KB067793

# 中國漢詩真寶

編著者 金 弘 光

中國漢詩真寶

㈜이화문화출판사

命 題(명 제) : 禪心(선심)

書 體(서 체) : 金文(금문) · 印篆(인전)

規 格(규 격) : 47×47cm 한지

內 容(내 용) : 本書(본서) 511.題璿公山池(제선공산지) 參照(참조)

斷 想(단 상) : 2005. 제2회 개인전 작품이다. 禪은 불교에서 말하는 三門(삼문), 즉 敎(교) 律(율) 禪(선)의 하나로 정신을 가다듬어 煩惱(번뇌)를 버리고 眞理(진리)를 깊이 생각하며 無我(무아)의 境地(경지)로 드는 일이라고 풀이되어 있다.

# 머리글

현대사회는 知識情報(지식정보)와 함께 쉽고 편한 것만 追求(추구)하는 경향이 있어 우리 선조들의 얼이 담긴 古典(고전)을 等閒視(등한시)하는 경향이 있다. 동양의 聖人(성인) 孔子(공자)께서는 그 아들에게 첫 번째로 강조한 것이 漢詩(한시) 학습이었다. <論語(논어)>에서도 人倫之道 詩無不備(인륜지도 시무불비)라 하여 漢詩 학습을 강조하였다. 시에는 人倫(인륜)의 道理(도리)가 다 갖추어져 있다는 것이다. <列女傳(열녀전)>에도 姙産婦(임산부)가 聰明(총명)한 자녀를 얻고 싶다면 밤에는 조용히 詩를 외우라고 했다. 이렇듯 시는 男女老少(남녀노소)를 불문하고 학습하고 생활화해야 할 중요한 과목이었다.

이 책에서는 우리나라와 중국에서 愛誦(애송)되고 있는 中國漢詩 중에서 感動(감동)과 敎訓(교훈)을 줄만하다고 판단된 珠玉(주옥)같은 560여 首(수)를 골라 실었다. <小學(소학)> 集解(집해)에 感於善則善 感於惡則惡也(감어선즉선 감어악즉악야)라고 했다. 善한 것에서 느낌을 받으면 善해지고 惡한 것에서 느낌을 받으면 惡해 진다는 말인데 善을 추구하는 마음에서 어둡고 슬픈 漢詩는 가급적 피했다.

이 책은 기존의 漢詩 책에 墨場寶鑑(묵장보감)의 기능을 添加(첨가)하여 書藝家(서예가)에게는 必讀書(필독서)가 되고 一般人(일반인)에게는 敎養書(교양서)가 되도록 노력하였는데 그 몇 가지 特徵(특징)을 들면 다음과 같다.

첫째, 漢詩에 讀音(독음)을 달고, 글자 한자 한자를 연결하여 直譯(직역)을 붙였다. 玉篇(옥편)에서 漢字(한자)를 일일이 찾지 않더라도,

한글만 알면 누구나 쉽게 읽고 解釋(해석)할 수 있도록 엮어 漢詩의 大衆化(대중화)를 圖謨(도모)하였다.

둘째, 본문에서 感銘(감명) 깊은 名句短句(명구단구)나 名句聯句(명구연구)는 진하게 처리하여 눈에 잘 띄게 했고, 이를 索引(색인)으로 정리하여 서예활동이나 일상생활에서 편리하게 활용하도록 하였다.

셋째, 故事成語(고사성어) 중에서 널리 膾炙(회자) 되고 있는 四字成語(사자성어) 200여 점을 附錄(부록)으로 정리하여 서예가는 물론 일반인도 즐겨 찾아 활용하도록 하였다.

넷째, 詩題(시제)를 가나다 順(순)에 따라 五言詩(오언시)와 七言詩(칠언시)로 정리하였고 다시 絶句(절구)와 律詩(율시) 그리고 古詩(고시)로 분류하여 詩題(시제)만 알면 쉽게 찾을 수 있도록 하였다. 다만 古詩 중에는 글자 수에 따라 絶句나 律詩에 包含(포함)된 것도 있다.

다섯째, 四君子(사군자)를 비롯한 文人畵(문인화) 관련 시 100여수를 索引으로 정리하여 畵題(화제)로 쉽게 활용할 수 있도록 하였다.

여섯째, 字(자) 號(호)에 관한 이야기나 別稱(별칭) 異稱(이칭), 破字(파자) 이야기를 附錄(부록)으로 整理(정리)하여 한문에 재미도 느끼면서 素養(소양)을 넓힐 수 있도록 하였다.

呂覽審問篇(여람심문편)에 以不解解之(이불해해지)란 글이 있다. 억지로 해석하지 말고 마음속으로 생각하면 자연히 바르게 해석된다는 말인데 直譯을 하다가 보니 無理(무리)하게 解釋(해석) 되는 경우도 있었다. 그러나 낱자들이 그 시에서 어떤 역할을 하고 있는지를 알기위해서는 直譯의 과정이 꼭 필요하다고 생각한다.

옛글에 校書如掃塵(교서여소진)이란 말이 있다. 청소하고 나면 금방 또 먼지가 쌓이듯 여러 번 矯正(교정)을 거쳤어도 잘못된 부분이 발견될 터이니 疑心(의심)되는 부분은 다른 專門書籍(전문서적)과 비교해 보거나 본인의 홈페이지를 檢索(검색)하여 바로잡아 활용하기 바란다. 이미 발행한 <韓國漢詩眞寶(한국한시진보)> 誤脫字(오탈자)는 애독자 여러분의 도움을 받아 正誤表(정오표)를 卷末(권말)에 실었으니 對照(대조) 활용하고 www.losong.co.kr에서 새롭게 確認(확인)하기 바란다.

孔子께서는 詩를 한마디로 말하여 思無邪(사무사)라고 했다. 思無邪에서 邪는 못되고 惡한 것이니 思無邪는 마음에 조금도 그릇됨이 없다는 말이다. 이 석자 속에 한시학습의 目標(목표)와 內容(내용)과 方法(방법) 그리고 評價(평가)의 準據(준거)가 담겨 있다고 할 것이다. 이 책을 읽는 사람 모두에게 곱고 바른 마음이 햇봄 새순처럼 돋아나길 기원한다.

2005년 10월 일

麒麟峯 자락 老松齋에서 盤谷 **金 弘 光**

命 題(명 제) : 愛淸幽 (애청유)

書 體(서 체) : 隷書(예서)

規 格(규 격) : 51×84cm

內 容(내 용) : 本書(본서) 52.松鶴(송학) 參照(참조)

斷 想(단 상) : 2005. 제2회 개인전 작품이다. 鶴(학)이 소나무에 앉아서 맑고 조용한 분위기를 즐긴다는 내용이다. 공기도 맑고 인적도 드문 소나무 숲속을 거닐면 마음도 몸도 신선처럼 맑아질 것 같다.

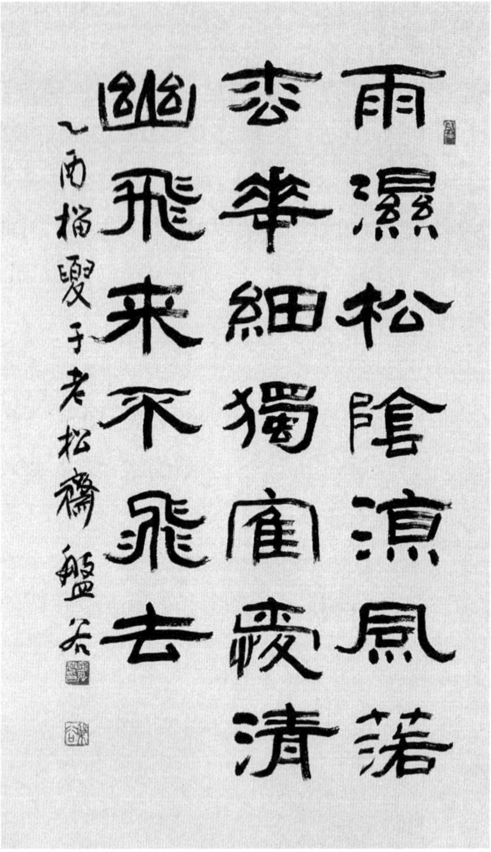

# 목 차

## 第1章 五言絶句(오언절구)

## 第2章 五言律詩(오언율시)

## 第3章 五言古詩(오언고시)

## 第4章 七言絶句(칠언절구)

## 第5章 七言律詩(칠언율시)

## 第6章 七言古詩(칠언고시)

## 索　　引



## 附　　錄

# 제1장 오언절구(五言絶句)

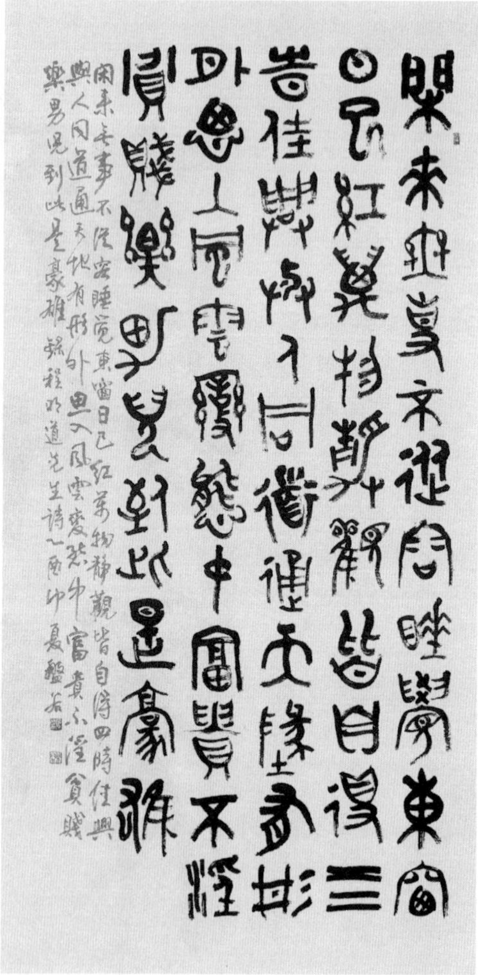

命 題(명 제) : 靜觀(정관)
書 體(서 체) : 金門(금문)
・行書(행서)
規 格(규 격) : 96×187cm
한지
內 容(내 용) : 本書(본서)
520.秋日(추일)
參照(참조)
斷 想(단 상) : 2005. 세계서예전북비엔날레(전라북도) 초대 작품이다. 靜觀이란 사물의 변화 따위를 조용히 지켜보는 것, 對象(대상)의 안에 있는 本質的(본질적)인 것을 마음의 눈으로 관찰하는 것이라고 풀이 된다.

絶句는 4句로 이루어지는 최소의 詩體(시체)이며 한 句의 자수가 5자인 五言絶句와 7자인 七言絶句 두 종류가 있는데 絶句라는 명칭에 대해서는 8句의 시 律詩(율시)를 半絶(반절)한 것 또는 1句 1絶의 뜻이라는 등 여러 설이 있으나 정설은 아직 없다.

오언절구의 기원은 六朝(육조)의 晉(진)·宋(송) 때 揚子江(양자강) 하류·중류 지역에서 남녀간의 애정을 경묘한 표현으로 노래하여 유행했던 子夜歌(자야가) 서곡가(西曲歌) 등의 民歌(민가)에 있으며 이것이 나중에 문인들의 주목을 끌어 齊(제)·梁(양) 이후로 활발하게 만들어지기에 이르러 민가풍의 것으로부터 차차 무게와 깊이를 더한 것이 되었고 唐代(당대)에는 韻律(운율)의 규격도 갖추어져 近體詩(근체시) 하나로서의 형태가 정해졌다.

絶句는 최소의 詩體이니만큼 착상·감각·표현에 고도의 날카로움이 있어야 하고 또 言外(언외)의 情(정)이라는 여운이 존중되는 것으로 獨坐幽篁裏 彈琴復長嘯 深林人不知 明月來相照(독좌유황리 탄금부장소 심림인부지 명월래상조)는 王維 詩 竹里館(왕유 시 죽리관)인데 불과 20자 속에 幽玄(유현)의 세계가 포착되고 시인의 유유한 심경이 여운을 남긴 것과 같이 絶句는 문자 하나 하나가 음미되고 句 하나 하나가 긴밀히 구성되며 起承轉結(기승전결)의 구성법도 최대의 효과를 발휘하는 것으로서 자연히 정해진 것이다. 唐代의 絶句를 모은 것으로는 송나라 洪 邁(홍 매)의 萬首唐人絶句(만수당인절구) 101권이 있는데 그 중에서 75권이 七言絶句이다.

五言古詩 중에서 넉 줄 시는 第1章 五言絶句에 여덟 줄 시는 第2章 五言律詩에 편집하였다.

## 1. 感事(감사)

－子漪 于 濆(자의 우 분)

花開蝶滿枝 花謝蝶還稀 惟有舊巢燕 主人貧亦歸
화개접만지 화사접환희 유유구소연 주인빈역귀

꽃이 피면 나비는 꽃가지에 가득하고
꽃이 시들면 나비는 날아가 버린다
오직 옛 둥지를 잊지 않은 제비만
주인이 가난해도 여전히 찾아온다

**直譯**(직역)－꽃이(花) 피면(開) 나비는(蝶) 꽃가지에(枝) 가득하고(滿)
꽃이(花) 시들면(謝) 나비는(蝶) 돌아가(還) 드물다(稀)
오직(惟) 옛(舊) 둥지에(巢) 있는(有) 제비만이(燕)
주인 된(主) 사람이(人) 가난해도(貧) 또한(亦) 돌아온다(歸)

**題意**(제의)－부귀할 때는 사람들이 모여들지만 세력이 시들고 나면 떠나버리는 경박한 세상인심을 비유하여 읊은 詩(시).

## 2. 江南曲(강남곡)

－儲光羲(저광희)

日暮長江裏 相邀歸渡頭 落花如**有意** 來去逐船流
일모장강리 상요귀도두 낙화여**유의** 내거축선류

해가 강속으로 저무는데
서로 만나 부두로 돌아왔다
낙화가 만일 뜻이 있다면
오가는 뱃전에 흘러가리라

直譯(직역) – 해는(日) 긴(長) 강(江) 속으로(裏) 저무는데(暮)
서로(相) 만나(邀) 나루(渡) 머리로(頭) 돌아왔다(歸)
떨어지는(落) 꽃도(花) 만일(如) 뜻이(意) 있다면(有)
오고(來) 가는(去) 배를(船) 쫓아(逐) 흘러라(流)

題意(제의) – 해가 저무는 부두에서 지는 꽃을 보고 그 느낌을 江南의 노래라는 제목으로 읊은 詩(시).

## 3. 江雪(강설)

– 子厚 柳宗元(자후 유종원)

千山鳥飛絶　萬徑人踪滅　孤舟蓑笠翁　獨釣寒江雪
천산조비절　만경인종멸　고주사립옹　독조한강설

산엔 새도 나르지 않고
길엔 사람도 보이지 않는데
외로운 배에 늙은 어부가
홀로 차가운 강 눈을 낚네

直譯(직역) – 온(千) 산에는(山) 새들도(鳥) 날다가(飛) 그만두고(絶)
모든(萬) 길에는(徑) 사람(人) 자취도(踪) 보이지 않는데(滅)
외로운(孤) 배에(舟) 도롱이 입고(蓑) 삿갓 쓴(笠) 늙은이가(翁)
홀로(獨) 차가운(寒) 강(江) 눈을(雪) 낚네(釣)

題意(제의) – 새들도 날지 않고 사람도 보이지 않는 차가운 겨울에 늙은 어부 홀로 눈 속에서 고기 낚는 모습을 읊은 詩(시).

## 4. 江樓(강루)

－韋承慶(위승경)

獨酌芳春酒　登樓已半醺　誰驚一行雁　衝斷過江雲
독작방춘주　등루이반훈　수경일행안　충단과강운

홀로 마시는 향긋한 봄 술로
높은 다락에 오르니 취기가 돈다
기러기 한 떼에 놀라 보라 보니
구름을 가르며 날아간다

直譯(직역)－홀로(獨) 따르는(酌) 향긋한(芳) 봄(春) 술로(酒)
다락에(樓) 오르니(登) 이미(已) 반쯤(半) 취했네(醺)
누가(誰) 한(一) 줄(行) 기러기에(雁) 놀라는가(驚)
강(江) 구름을(雲) 찔러(衝) 가르며(斷) 지나가네(過)

題意(제의)－홀로 향긋한 봄 술을 마시고 다락에 올라 기러기 한 떼가 구름을 가르며 날아가는 모습을 보고 읊은 詩(시).

## 5. 江行無題(강행무제)

－仲文 錢　起(중문 전　기)

咫尺愁風雨　匡廬不可登　祇疑雲霧窟　猶有六朝僧
지척수풍우　광려불가등　지의운무굴　유유육조승

비바람에 지척을 분간할 수 없어
구불구불 여산을 오를 수가 없다
다만 저 구름과 안개 자욱한 골짜기에
아직 육조의 스님들이 살고 있을까

直譯(직역) – 여덟 치와(咫) 한자에도(尺) 근심스러운(秋) 바람불고(風) 비 오니(雨)
휘어진(匡) 여산을(廬) 오를(登) 수가(可) 없다(不)
다만(祇) 의심스러운 것은(疑) 구름과(雲) 안개(霧) 바위굴에(窟)
아직도(猶) 육조의(六朝) 스님들이(僧) 있을까(有)

題意(제의) – 바로 앞도 분간할 수 없는 근심스런 비바람에 강 길을 가면서 안개 깊은 廬山(여산)의 모습을 읊은 詩(시).

註解(주해) – 六朝 : 建業(건업)에 도읍 한 여섯 나라로 吳·東晋·宋·齊·梁·陳(오·동진·송·제·양·진)을 말하는데 문학상으로는 魏·晉(위·진)에서 남북조를 거쳐 隋(수)에 이르는 기간을 통칭 함.

## 6. 見渭水思秦川(견위수사진천)

– 岑 參(잠 삼)

渭水東流去 何時到雍州 憑添兩行淚 寄向故園流
위수동류거 하시도옹주 빙첨양항루 기향고원류

위수가 동쪽으로 흘러
어느 때나 옹주에 이를까
두 줄기 눈물을 더하여
고향으로 흘려 보내리

直譯(직역) – 위수가(渭水) 동쪽으로(東) 흘러(流) 가서(去)
어느(何) 때나(時) 옹주에(雍州) 이를까(到)
기대어(憑) 두(兩) 줄기(行) 눈물을(淚) 더하여(添)
옛(故) 동산을(園) 향하여(向) 흘려(流) 보내리(寄)

題意(제의) – 흘러가는 渭水를 바라보니 고향 雍州로 흐르는 秦川 생각에 눈물이 난다고 읊은 詩(시).

註解(주해) – 渭水 : 長安(장안)에 이르러 黃何(황하)로 흘러가는 물.
秦川 : 渭水가 長安에 들어가서 秦川이 됨.
雍州 : 長安을 가리킴.
行 : ①갈 행. 行路(행로). ②줄 항. 行列(항렬).
故園 : 고향.

## 7. 溪居(계거)

– 中立 裵 度(중립 배 도)

門徑俯淸溪 茅簷古木齊 **紅塵飛不到 時有水禽啼**
문경부청계 모첨고목제 **홍진비부도 시유수금제**

문 앞길은 맑은 개울 굽어보는데
초라한 초가 처마는 고목과 나란하구나
이곳엔 세상 티끌도 날아들지 못하는데
가끔씩 물새만 울고 있을 뿐이로다

直譯(직역) – 문 앞의(門) 길은(徑) 맑은(淸) 개울(溪) 굽어보는데(俯)
띠로 이은 집(茅) 처마는(簷) 오래된(古) 나무와(木) 나란하구나(齊)
붉은(紅) 티끌도(塵) 날아(飛) 이르지(到) 못하는데(不)
때로(時) 물(禽) 새만(水) 울고(啼) 있을 뿐이로다(有)

題意(제의) – 세상 티끌도 날아들지 못하고 가끔씩 물새만 우는 맑은 개울가 깊은 산골 풍경을 읊은 詩(시).

## 8. 古墳(고분)

－樂天 白居易(낙천 백거이)

古墳何代人　不知姓與名　化爲路傍土　年年春草生
고분하대인　부지성여명　화위노방토　연년춘초생

이 무덤은 어느 시대 무덤일까
그 성도 이름도 알지 못 하겠네
길가 한 줌 흙으로 변하여
해마다 봄 풀만 돋아나네

**直譯**(직역)－오래된(古) 무덤은(墳) 어느(何) 시대(代) 사람일까(人)
성씨와(姓) 함께(與) 이름도(名) 알 수(知) 없네(不)
길(路) 가에(傍) 흙으로(主) 모양이 바뀌게(化) 되어(爲)
해마다(年) 해마다(年) 봄(春) 풀만(草) 돋아나네(生)

**題意**(제의)－살아서는 갖은 영화를 누렸다해도 죽어지면 길가의 한 줌 흙으로 변하는 인생무상을 읊은 詩(시).

## 9. 古意(고의)

－致堯 崔國輔(치요 최국보)

淨掃黃金階　飛霜皎如雪 下簾彈箜篌　不忍見秋月
정소황금계　비상교여설 하렴탄공후　불인견추월

섬돌을 정갈히 쓸고 있는데
날리는 서리는 눈 같이 희구나
발을 내리고 공후를 타는데
차마 저 달은 볼 수가 없을레라

**直譯**(직역) – 깨끗하게(淨) 누른(黃) 금빛(金) 섬돌을(階) 비로 쓰는데(掃)
날리는(飛) 서리는(霜) 눈(雪) 같이(如) 희구나(皎)
발을(簾) 내리고(下) 공후를(箜篌) 타는데(彈)
참아(忍) 가을(秋) 달은(月) 볼 수가(見) 없구나(不)

**題意**(제의) – 서리 내린 밤에 공후를 타며 옛 풍류를 즐기는데 차마 밝은 달을 쳐다볼 수 없는 심정을 읊은 詩(시).

**註解**(주해) – 箜篌 : 하프와 비슷한 현악기의 한가지이며 23줄의 竪(수)箜篌와 4~6줄의 臥(와)箜篌 그리고 10줄의 鳳首(봉수)箜篌 세 가지가 있는데 중국을 통해 한국에 들어왔으나 언제 어떠한 경로로 전래되었는지는 밝혀지지 않았고 문헌상의 기록도 거의 없어 그 흔적을 찾기조차 힘들다고 함.

## 10. 古秋獨夜(고추독야)

–樂天 白居易(낙천 백거이)

井梧凉葉動　隣杵秋聲發　獨向檐下眠　覺來半牀月
정오량엽동　인저추성발　독향첨하면　각래반상월

우물가 오동잎이 떨어지고
이웃의 다듬이는 가을 소린데
홀로 처마 밑에 졸다가
깨어 보니 달만 평상에 비치더라

**直譯**(직역) – 우물에(井) 오동나무는(梧) 쓸쓸히(凉) 잎이(葉) 흔들리고(動)
이웃의(隣) 다듬이는(杵) 가을(秋) 소리를(聲) 내는데(發)
홀로(獨) 처마(檐) 아래로(下) 나아가(向) 졸다가(眠)
깨어나(覺) 오니(來) 반쪽(半) 평상에(牀) 달이 비치더라(月)

題意(제의) – 오동잎 떨어지고 다듬이 소리 들리는 평상에서 홀로 자다 깨어난 가을밤의 정경을 읊은 詩(시).

## 11. 空山春雨圖(공산춘우도)

– 戴 熙(대 희)

空山足春雨 緋桃間丹杏 花發不逢人 自照溪中影
공산족춘우 비도간단행 화발불봉인 자조계중영

빈 산에 봄비 촉촉하니
복숭아꽃 살구꽃 울긋불긋
꽃이 피어도 맞아주는 이 없으니
스스로 비춰보는 개울 속 그림자

直譯(직역) – 빈(空) 산에(山) 충분히(足) 봄(春) 비 내리니(雨)
붉은 빛(緋) 복숭아꽃(桃) 사이에(間) 붉은(丹) 살구꽃인데(杏)
꽃이(花) 피어도(發) 맞아주는(逢) 사람(人) 없으니(不)
스스로(自) 개울(溪) 속(中) 그림자로(影) 비춰보네(照)

題意(제의) – 봄비 내리는 빈 산에 복숭아꽃 살구꽃 울긋불긋 피어 개울 속에 그림자만 비추고 있는 그림을 보며 읊은 詩(시).

## 12. 關山月(관산월)

– 儲光羲(저광희)

一雁過連營 繁霜覆古城 胡笳在何處 半夜起邊聲
일안과연영 번상복고성 호가재하처 반야기변성

진영을 날아가는 한 줄기 기러기
서리는 성 위에 하얗게 내렸는데

아득히 들려오는 오랑캐 피리소리
밤이 새도록 변경에서 들려 오네

**直譯**(직역) – 한(一) 기러기 떼(雁) 군대가 진을 친 곳을(營) 잇닿아(連) 지나가고(過)
많은(繁) 서리는(霜) 옛(古) 성을(城) 덮었다(覆)
오랑캐의(胡) 갈잎 피리는(笳) 어느(何) 곳에(處) 있는가(在)
한창(半) 밤인데(夜) 나라의 경계가 되는 곳에서(邊) 소리가(聲) 일어난다(起)

**題意**(제의) – 한 줄기 기러기 떼는 진영을 날아가는데 오랑캐들은 밤이 새도록 피리를 불고 있는 關山의 정경을 읊은 詩(시).

## 13. 宮中題(궁중제)

– 文宗皇帝(문종황제)

輦路生秋草　上林花滿枝　憑高何限意　無復侍臣知
연로생추초　상림화만지　빙고하한의　무부시신지

길에는 가을 풀이 돋고
뜰에는 꽃들이 가득해도
지금 끝없는 내 심정을
곁 사람도 알지 못하리

**直譯**(직역) – 임금님이 타는 수레(輦) 길에(路) 가을(秋) 풀이(草) 돋고(生)
임금님(上) 숲에(林) 꽃이(花) 가지에(枝) 가득해도(滿)
높은데(高) 의지하여보니(憑) 어찌(何) 마음에(意) 끝이 있겠는가(限)
곁에서 모시는(侍) 신하도(臣) 다시(復) 알지(知) 못하리(無)

**題意**(제의) – 풀들도 꽃들도 곁에 있는 사람도 자신의 깊은 뜻을 알아주지 않는 안타까운 심정을 문종이 궁중에서 읊은 詩(시).

註解(주해) – 復 : ①돌아올 복. 復歸(복귀). ②다시 부. 復興(부흥).

## 14. 勸酒(권주)

–武陵 于 鄴(무릉 우 업)

勸君金屈卮　滿酌不須辭　花發多風雨　人生足別離
권군금굴치　만작불수사　화발다풍우　인생족별리

그대에게 황금 술잔으로 권하니
이 술을 사양 마시게
꽃이 피면 비바람에 흩날리듯
인생도 만나면 헤어지는 것이라네

直譯(직역) – 그대에게(君) 황금으로(金) 깎은(屈) 술잔을(卮) 권하니(勸)
가득한(滿) 술을(酌) 모름지기(須) 거절하지(辭) 마시게(不)
꽃이(花) 피면(發) 바람(風) 비가(雨) 많아지듯(多)
사람(人) 사는 것도(生) 헤어지고(別) 헤어지는 것을(離) 만족하게 여겨야한다네(足)

題意(제의) – 꽃이 피었다가 비바람에 흩날리듯이 사람도 결국 서로 헤어지고 마는 인생 애환을 술을 권하며 읊은 詩(시).

## 15. 洛陽訪袁拾遺不遇(낙양방원습유불우)

–浩然 孟 浩(호연 맹 호)

洛陽訪才子　江嶺作流人　聞道梅花早　何如此地春
낙양방재자　강령작류인　문도매화조　하여차지춘

낙양에 가서 임을 찾으니
강령으로 귀양 갔더라
그곳은 매화꽃이 일찍 핀다지만
어찌 낙양의 봄만 하랴

**直譯**(직역)－낙양에(洛陽) 재능이 있는(才) 사람을(子) 찾았더니(訪)
강령 땅으로(江嶺) 귀양간(流) 사람이(人) 되었더라(作)
매화(梅) 꽃이(花) 이르다는(早) 말은(道) 들었지만(聞)
어찌(何) 이(此) 땅의(地) 봄과(春) 같으랴(如)

**題意**(제의)－拾遺 벼슬의 袁씨가 귀양간 洛陽은 매화꽃이 일찍 핀다고는 하지만 이 곳의 봄만은 못할 것이라고 읊은 詩(시).

## 16. 蘭(난)

－正淑 鄭允瑞(정숙 정윤서)

竝石疏花瘦　臨風細葉長　靈均**清夢**遠　遺風滿沅湘
병석소화수　임풍세엽장　영균**청몽**원　유풍만원상

여윈 꽃은 돌 곁에 성글고
길고 가는 잎은 바람에 날린다
옛 시인의 맑은 꿈은 아득하지만
남겨진 풍류는 강물에 가득하다

**直譯**(직역)－돌에(石) 나란한(竝) 성근(疏) 꽃은(花) 여위었고(瘦)
바람에(風) 마주 대한(臨) 가는(細) 잎은(葉) 길다(長)
굴원이란 시인의(靈均) 맑은(清) 꿈은(夢) 아득하지만(遠)
남겨진(遺) 멋은(風) 원수라는 강과(沅) 상수라는 강에(湘) 가득하다(滿)

題意(제의) – 난초를 보니 屈原의 맑은 꿈은 아득하지만 남겨진 풍류는 沅湘에 가득한 느낌을 읊은 詩(시).

註解(주해) – 靈均 : 屈原(굴원)의 字(자). 楚(초)나라 왕족 출신인 屈原은 뛰어난 재능으로 20대에 임금의 총애를 받았으나 모함을 받아 추방을 당하였고 그 후 楚나라가 晉(진)나라에 패하자 49세로 다시 쫓겨나 湘江 기슭을 오르내리며 정치적 향수와 좌절 속에 유랑 10년의 세월을 보내다가 돌을 품고 汨羅水(멱라수)에 몸을 던져 62세의 생을 마감하였는데 중국 최고의 비극적 시인으로 평가하며 작품으로는 離騷 · 天問 · 漁父詞(이소 · 천문 · 어부사) 등이 있음.
沅湘 : 동정호로 흐르는 두 강 이름.

## 17. 南樓望(남루망)

– 盧 僎(노 선)

去國三巴遠 登樓**萬里春** 傷心江上客 不是故鄕人
거국삼파원 등루**만리춘** 상심강상객 불시고향인

서울 떠나 삼파로 멀리 와
다락에 오르니 만리가 봄이구나
강둑을 걷는 사람 가운데
고향 친구는 하나도 없구나

直譯(직역) – 나라를(國) 떠나(去) 사천성 삼파로(三巴) 멀어져(遠)
다락에(樓) 오르니(登) 온갖(萬) 거리가(里) 봄이로다(春)
아픈(傷) 마음(心) 강(江) 위(上) 나그네(客)
이는(是) 옛(故) 마을(鄕) 사람이(人) 아니로다(不)

題意(제의) – 남쪽 다락에 올라보니 만리가 봄빛인데 강 위를 걷는 사람가운데 고향 사람이 하나도 없는 심정을 읊은 詩(시).

註解(주해) – 三巴 : 지금의 四川省 保寧府 巴江(사천성 보령부 파강) 근처에 있음.

## 18. 鹿柴(녹채)

– 摩詰 王 維(마힐 왕 유)

空山不見人 但聞人語響 **返景入深林 復照青苔上**
공산불견인 단문인어향 **반경입심림 부조청태상**

빈 산이라 사람은 보이지 않고
어디서 들리는 사람 소리
저녁노을이 숲 속에 스미더니
다시 푸른 이끼를 비치네

直譯(직역) – 빈(空) 산이라(山) 사람은(人) 보이지(見) 않고(不)
다만(但) 사람의(人) 말(語) 소리가(響) 들린다(聞)
되돌아오는(返) 햇빛이(景) 깊은(深) 숲으로(林) 들어가더니(入)
다시(復) 푸른(靑) 이끼(苔) 위를(上) 비친다(照)

題意(제의) – 조용한 사슴 목장으로 반사되는 저녁 노을의 아름다움을 읊은 詩(시).

註解(주해) – 柴 : ①섶 시. 柴扉(시비). ②가지런하지 않을 치. 柴池(치지). ③쌓을 자. 助我擧柴(조아거자). ④울타리 채. 鹿柴(녹채).

## 19. 答武陵田太守(답무릉전태수)

－王倉齡(왕창령)

仗劍行千里 微軀敢一言 曾爲大梁客 不負信陵恩
장검행천리 미구감일언 증위대양객 불부신능은

칼을 차고 먼 길을 떠나며
한 말씀드리리다
그간 귀댁의 손이 되어
받은 큰 은혜 잊지 아니하리다

**直譯**(직역)－칼을(劍) 지팡이 삼아(仗) 천리를(千里) 가면서(行)
천한(微) 몸이(軀) 감히(敢) 한(一) 말씀하나이다(言)
일찍이(曾) 대양 신능군의(大梁) 손이(客) 되었던(爲)
신능군의(信陵) 은혜를(恩) 저버리지(負) 아니하리다(不)

**題意**(제의)－大梁의 信陵君이 그간 베풀어준 은혜를 잊지 않겠다며 武陵 땅 田太守에게 올리려고 읊은 詩(시).

**註解**(주해)－信陵 : 魏公子(위공자) 信陵君으로 선비를 좋아하여 잘 대접하였기 때문에 모여든 선비가 三千 名(삼천 명)이나 되었다고 함.

## 20. 答人(답인)

－太上隱者(태상은자)

偶來松樹下 高枕石頭眠 **山中無曆日 寒盡不知年**
우래송수하 고침석두면 **산중무력일 한진부지년**

소나무 아래로 와서
돌을 베고 잠이 들었다

산중에 달력이 없으니
추위가 가도 날짜를 모르겠다

直譯(직역) – 우연히(偶) 솔(松) 나무(樹) 아래로(下) 와서(來)
돌(石) 머리를(頭) 높게(高) 베고(枕) 잠들었다(眠)
산(山) 속에서는(中) 책력이(曆) 없는(無) 나날이니(日)
추위가(寒) 다 가도(盡) 때를(年) 알지(知) 못하겠다(不)

題意(제의) – 졸리면 소나무 아래서 자고 추위가 다 가도 날짜에 관심 없는 隱者(은자)의 생활을 사람에게 答하여 읊은 詩(시).

## 21. 獨坐敬亭山(독좌경정산)

– 淸蓮居士 李 白(청연거사 이 백)

衆鳥高飛盡 孤雲獨去閑 相看兩不厭 只有敬亭山
중조고비진 고운독거한 상간양불염 지유경정산

뭇 새들은 모두 날아가고
외로운 구름 홀로 한가로워라
마주 보며 둘 다 싫어하지 않음은
오직 경정산 뿐이라

直譯(직역) – 뭇(衆) 새들은(鳥) 높이(高) 다(盡) 날아가고(飛)
외로운(孤) 구름은(雲) 홀로(獨) 한가로이(閑) 간다(去)
서로(相) 바라보며(看) 둘 다(兩) 싫어하지(厭) 아니함은(不)
다만(只) 경정산이(敬亭山) 있음이라(有)

題意(제의) – 새들은 다 날아가고 외로운 구름도 한가로운데 항상 마주하여도 싫지 않은 敬亭山에 앉아 읊은 詩(시).

註解(주해) – 敬亭山 : 중국 安徽省(안휘성)의 宣城(선성)에 있는 산.

## 22. 登鸛鵲樓(등관작루)

－季陵 王之渙(계릉 왕지환)

白日依山盡　黃河入海流　欲窮千里目　更上一層樓
백일의산진　황하입해류　욕궁천리목　갱상일층루

해는 서산에 지고
황하는 바다에 흘러간다
더 멀리 바라보고자
다시 한 층을 오른다

**直譯**(직역)－빛나는(白) 해는(日) 산을(山) 의지하여(依) 다해가고(盡)
황하는(黃河) 바다로(海) 흘러(流) 들어간다(入)
천리를(千里) 다(窮) 보고자(目) 하여(欲)
다시(更) 한(一) 층(層) 다락으로(樓) 오른다(上)

**題意**(제의)－鸛鵲樓에 올라 해는 서산에 지려하고 黃河는 바다로 흘러 들어가는 맑고 평화로운 풍경을 읊은 詩(시).

**註解**(주해)－鸛鵲樓 : 지금의 山西省 浦州府(산서성 포주부)의 남쪽에 있는 삼층의 다락.
鸛鵲 : 까치.

## 23. 登柳州蛾山(등유주아산)

－子厚 柳宗元(자후 유종원)

荒山秋日午　獨上意悠悠　如何望鄕處　西北是融州
황산추일오　독상의유유　여하망향처　서북시융주

가을 한 낮에

산에 오르니 아득하구나
고향 쪽에는
다만 융주만 보이누나

直譯(직역) – 거친(荒) 산을(山) 가을(秋) 날(日) 낮에(午)
홀로(獨) 오르니(上) 마음이(意) 한가하고(悠) 멀구나(悠)
어찌(如) 어찌하여(何) 고향을(鄕) 바라보는(望) 곳에(處)
서북쪽(西北) 여기가(是) 융주인가(融州)

題意(제의) – 가을 낮에 柳州의 蛾山에 오르니 그리운 고향은 보이지 않고 融州만 보이는 답답한 심정을 읊은 詩(시).

註解(주해) – 柳州 : 지금의 廣西省 柳州府(광서성 유주부)에 있는 지명.
蛾山 : 柳州府 서쪽에 있는 山.
融州 : 柳州 북쪽에 있는 고을.

## 24. 晩望(만망)

– 樂天 白居易(낙천 백거이)

江城寒角動　沙州夕鳥還　獨在高亭上　西南望遠山
강성한각동　사주석조환　독재고정상　서남망원산

강 언덕에 피리소리 들려오고
사주에 해 지니 새들이 모여드는데
홀로 정자에 올라
서남쪽 먼 산을 바라본다

直譯(직역) – 강 언덕(江) 성에서(城) 차가운(寒) 피리소리(角) 흔들리고(動)
사주에는(沙州) 저녁에(夕) 새들이(鳥) 돌아오는데(還)
홀로(獨) 높은(高) 정자(亭) 위에(上) 있어(在)

서남쪽(西南) 먼(遠) 산을(山) 바라본다(望)

題意(제의) – 피리소리 들려오고 새들도 모여드는 석양에 홀로 정자로 올라 먼 산을 바라보며 읊은 詩(시).

註解(주해) – 沙州 : 지금의 甘肅省 安西縣(감숙성 안서현)에 있는 地名(지명).

## 25. 梅溪(매계)

– 子駿 韋 驤(자준 위 양)

**清影寵寒水 幽香逐晩風** 和羹人已遠 谿上自芳叢
**청영총한수 유향축만풍** 화갱인이원 계상자방총

맑은 그림자 싸늘한 물에 드리우고
그윽한 향기는 저녁 바람을 다툰다
사랑하는 사람 이미 멀어졌지만
시냇가에 무더기로 향기롭다

直譯(직역) – 맑은(清) 그림자는(影) 차가운(寒) 물을(水) 사랑하고(寵)
그윽한(幽) 향기는(香) 저녁(晩) 바람을(風) 다툰다(逐)
국(羹) 버무리는(和) 사람은(人) 이미(已) 멀어졌어도(遠)
시내(谿) 가에(上) 저절로(自) 무더기로(叢) 향기롭다(芳)

題意(제의) – 알아주는 사람 이미 멀어졌어도 맑은 그림자 그윽한 향기로 시냇가에 피어있는 매화를 읊은 詩(시).

註解(주해) – 和羹 : ①갖가지 양념을 하여 간을 맞춘 국. ②임금을 보좌하는 재상. 殷(은) 나라 고종 때에 傅說(부열)이란 사람을 和羹鹽梅(화갱염매)라고 칭송하였는데 소금과 식초를 쳐서 국 맛을 고르게 맞춘다는 뜻으로 나라의 정치를 맡아보는 재상을 이름.

說 : ①말씀 설. 說明(설명). ②기쁠 열. 說喜(열희). ③달랠 세. 說

客(세객). ④벗을 탈. 說甲(탈갑).

## 26. 買花(매화)

－樂天 白居易(낙천 백거이)

帝城春欲暮　喧喧車馬度　共道牧丹時　相隨買花去
제성춘욕모　훤훤거마도　공도목단시　상수매화거

장안에 봄이 저무는데
말 수레도 시끄럽게 지나간다
모란이 피는 때라 말하면서
서로 따르며 꽃을 사 간다

**直譯**(직역)－임금의(帝) 성에(城) 봄은(春) 저물고자(暮) 하는데(欲)
시끄럽고(喧) 시끄럽게(喧) 수레(車) 말도(馬) 지나간다(度)
목단의(牧丹) 때라고(時) 함께(共) 말하면서(道)
서로(相) 따르며(隨) 꽃을(花) 사 가지고(買) 간다(去)

**題意**(제의)－말 수레도 시끄러운 늦은 봄에 모란이 피는 때라고 말하며 서로 다정하게 꽃을 사 가는 모습을 읊은 詩(시).

**註解**(주해)－牧丹 : 목단.
牡丹 : 모란. 높이는 1~3m 이고 5월에 여러 겹의 홍색 꽃이 피는데 개량종은 적색·자홍색·흑자색·황색·백색이며 중국이 원산임.

## 27. 梅花(매화)

－半山 王安石(반산 왕안석)

牆角數枝梅　凌寒獨自開　**遙知不是雪　爲有暗香來**
장각수지매　능한독자개　**요지불시설　위유암향래**

담 모서리에 두서너 가지 매화
추위 속에 홀로 피었네
눈인 듯 눈도 아닌 것이
그윽한 향기를 풍기네

**直譯**(직역) – 담장(牆) 모서리에(角) 두서너(數) 가지의(枝) 매화(梅)
추위를(寒) 업신여기고(凌) 홀로(獨) 스스로(自) 피었네(開)
멀리서도(遙) 이는(是) 눈이(雪) 아닌 줄(不) 알지만(知)
그윽한(暗) 향기가(香) 오도록(來) 함이(爲) 있네(有)

**題意**(제의) – 담 모서리에 서너 가지 매화가 추위를 무릅쓰고 눈인 듯 피어나 그윽한 향기를 풍기고 있는 멋을 읊은 詩(시).

## 28. 梅花烏坐月(매화오좌월)

– 翁 照(옹 조)

靜坐月明中　孤吟破淸冷　**隔溪老鶴來　踏碎梅花影**
정좌월명중　고음파청랭　**격계노학내　답쇄매화영**

달 밝은 가운데 조용히 앉아
시를 읊어 맑고 차가운 정적을 깨뜨리니
개울 저 쪽 늙은 학이 건너와
매화꽃 그림자를 밟고 노닌다

**直譯**(직역) – 달(月) 밝은(明) 가운데(中) 조용히(靜) 앉아서(坐)
외로이(孤) 읊어(吟) 맑고(淸) 한산함을(冷) 깨뜨리니(破)
개울을(溪) 사이 했던(隔) 늙은(老) 학이(鶴) 와서(來)
매화(梅) 꽃(花) 그림자를(影) 밟아(踏) 부순다(碎)

**題意**(제의) – 달 밝은 가운데 조용히 앉아 시를 읊으니 늙은 학이 날아와 매화꽃 그림자를 밟고 노니는 풍경을 읊은 詩(시).

## 29. 梅花折枝圖(매화절지도)

－半軒 王 行(반헌 왕 행)

**映水一枝開　春從筆底來**　高樓漫吹笛　終不點蒼苔
**영수일지개　춘종필저래**　고루만취적　종부점창태

물에 비친 한 가지 매화
봄 따라 붓끝에서 온 것
높은 다락의 피리소리 끊이지 않아
태점은 마침내 찍지 못했지

直譯(직역)－물에(水) 비쳐(映) 핀(開) 한(一) 가지는(枝)
봄(春) 따라(從) 붓(筆) 밑에서(底) 온 것이라(來)
높은(高) 다락에서(樓) 질펀하게(漫) 불어대는(吹) 피리로(笛)
끝내(終) 푸른(蒼) 이끼(苔) 점은 찍지(點) 못했어라(不)

題意(제의)－물에 비친 한 가지 매화를 그리다가 다락의 피리소리 끊이지 않아 마침내 태점을 찍지 못한 심정을 읊은 詩(시).

註解(주해)－苔點 : 오래 된 나무를 표현하는 방법의 하나로 나무 줄기에 점을 찍는 수법.

## 30. 孟城坳(맹성요)

－裴 迪(배 적)

結廬古城下　時登古城上　古城非疇昔　今人自來往
결려고성하　시등고성상　고성비주석　금인자래왕

옛 성 아래에 집을 짓고
때때로 성에 오르네
성은 옛 모습이 아니지만
지금 사람들이 오가네

**直譯**(직역) – 옛(古) 성(城) 아래에(下) 오두막집을(廬) 짓고(結)
때로(時) 옛(古) 성(城) 위로(上) 오른다(登)
옛(古) 성은(城) 접때(疇) 옛날이(昔) 아니지만(非)
이제(今) 사람들이(人) 스스로(自) 오고(來) 간다(往)

**題意**(제의) – 古城아래에 집을 짓고 가끔 올라보는 孟城의 옛 모습을 회고하며 읊은 詩(시).

**註解**(주해) – 孟城坳 : 孟城은 성의 이름이며 이곳 근처에 王維(왕유)의 별장이 있었음. 坳는 움푹 패여 요철(凹凸)이 있는 형용 임.

## 31. 孟夏(맹하)

– 賈 弇(고 엄)

江南孟夏天　紫竹筍如編　蜃氣爲樓閣　蛙聲作管絃
강남맹하천　자죽순여편　신기위누각　와성작관현

강남은 초여름 날이라
불그레한 죽순이 엮은 듯 솟는다
아지랑이는 누각 모양으로 변하고
개구리는 음악회를 열었다

**直譯**(직역) – 강의(江) 남쪽에는(南) 첫(孟) 여름(夏) 하늘이라(天)
붉은(紫) 대나무(竹) 순이(筍) 엮은(編) 듯 하다(如)
온도와 습도의(蜃) 기운은(氣) 다락(樓) 집을(閣) 만들고(爲)

개구리(蛙) 소리는(聲) 피리와(管) 거문고나 가야금을(絃) 이룬다(作)

題意(제의) – 아지랑이는 누각 모양으로 피어오르고 개구리 소리는 관현악 연주처럼 아름다운 강남의 초여름을 읊은 詩(시).

註解(주해) – 蜃氣 : 蜃氣樓(신기루). 온도와 습도의 영향으로 대기의 밀도가 층층이 달라졌을 때 빛의 이상 굴절로 엉뚱한 곳에 물상이 나타나는 현상.

## 32. 牡丹(모란)

– 希文 范仲淹(희문 범중엄)

陽和不擇地　海角亦逢春　憶得上林色　相看如故人
양화불택지　해각역봉춘　억득상림색　상간여고인

따뜻한 해 빛은 어디에나 비쳐
바다보퉁이에서도 봄을 만났네
궁궐 안 꽃 빛이 생각이 나서
바라보니 옛 친구를 만난 듯 하네

直譯(직역) – 따뜻하고(陽) 온화함은(和) 땅을(地) 가리지(擇) 아니하니(不)
바다(海) 보퉁이에서도(角) 또한(亦) 봄을(春) 만났네(逢)
궁궐 안(上林) 빛(色) 생각이(憶) 이루어져(得)
서로(相) 바라보니(看) 옛 벗(故) 그 사람(人) 같다네(如)

題意(제의) – 햇빛은 땅을 가리지 않아 궁궐 안에도 꽃이 피어 옛 친구를 만난 듯 반가운 牡丹을 읊은 詩(시).

註解(주해) – 上林 : 진나라 때의 御苑(어원). 궁궐 안의 정원.
牡丹 : 모란. 牧丹(목단). 작약과에 속하며 높이 1~3m이고 5월에 홍색 꽃이 피는데 木芍藥(목작약)이라고도 함.

## 33. 牧牛圖(목우도)

－伯均 錢 宰(백균 전 재)

**野老春耕歇 溪兒晩牧過** 夕陽牛背笛 强似飯牛歌
**야노춘경헐 계아만목과** 석양우배적 강사반우가

시골 늙은이 봄갈이 하다 쉬고
아이는 소치고 시냇가를 지나며
노을지는 소등에서 피리를 들고
흥겨워 소치는 노래 부르더라

**直譯**(직역)－시골(野) 늙은이는(老) 봄(春) 갈이 하다(耕) 쉬고(歇)
시냇가(溪) 아이는(兒) 저물게(晩) 소치고(牧) 지나가며(過)
저녁(夕) 볕(陽) 소(牛) 등에서(背) 피리로(笛)
소(牛) 먹이는(飯) 노래를(歌) 억지(强) 흉내내더라(似)

**題意**(제의)－석양에 아이가 소를 타고 시냇가를 돌아오며 피리 부는 그림을 보고 읊은 詩(시).

## 34. 問梅閣(문매각)

－靑邱 高 啓(청구 고 계)

問春何處來 春來在何許 **月墮花不言 幽禽自相語**
문춘하처래 춘래재하허 **월타화불언 유금자상어**

봄은 어디에서 오고
와서 어느 곳에 있는가
달은 지고 꽃도 말이 없는데
새들만 다정하게 속삭인다

直譯(직역) – 묻느니(問) 봄은(春) 어느(何) 곳에서(處) 오고(來)
봄이(春) 와서(來) 어느(何) 곳에(許) 있는가(在)
달은(月) 지고(墮) 꽃도(花) 말이(言) 없는데(不)
숨은(幽) 새들만(禽) 스스로(自) 서로(相) 속삭인다(語)

題意(제의) – 어느 봄날 달은 지고 꽃도 말이 없는데 새들만이 다정하게 속삭이는 梅閣의 정경을 읊은 詩(시).

## 35. 聞雁(문안)

– 韋應物(위응물)

故園眇何處　歸思方悠哉　淮南秋雨夜　高齋聞雁來
고원묘하처　귀사방유재　회남추우야　고재문안래

고향은 어디쯤인가
돌아가고 싶은 생각이여
가을 비 오는 이 밤에
기러기 소리만 듣누나

直譯(직역) – 옛(故) 동산이(園) 어느(何) 곳인지(處) 희미한데(眇)
돌아가려(歸) 생각하니(思) 바야흐로(方) 아득하기만(悠) 하구나(哉)
회수의(淮) 남쪽(南) 가을(秋) 비 내리는(雨) 밤에(夜)
높은(高) 집에서(齋) 기러기(雁) 오는 것을(來) 듣누나(聞)

題意(제의) – 고향을 떠난 나그네가 비 내리는 가을밤에 기러기 소리를 들으니 더욱 간절해지는 고향생각을 읊은 詩(시).

註解(주해) – 聞雁 : 기러기 소리를 들음.

## 36. 憫農(민농)

－公垂 李 紳(공수 이 신)

鋤禾日當午 汗滴禾下土 誰知盤中飧 粒粒皆辛苦
서화일당오 한적화하토 수지반중손 입입개신고

한낮에 김을 매니
땀방울이 논을 적신다
누가 알 것인가 소반의 밥이
알알이 땀방울인 것을

**直譯**(직역)－해가(日) 낮에(午) 당하여(當) 벼농사(禾) 김매기를 하니(鋤)
땀이(汗) 벼(禾) 아래(下) 땅으로(土) 방울져 떨어진다(滴)
누가(誰) 알겠는가(知) 소반(盤) 가운데(中) 밥이(飧)
알(粒) 알이(粒) 모두(皆) 고생하고(辛) 괴로웠던 것임을(苦)

**題意**(제의)－농민의 땀으로 이루어 진 밥상의 밥알을 보고 고달픈 농사일을 동정하여 읊은 詩(시).

## 37. 別盧秦卿(별노진경)

－文明 司空 曙(문명 사공 서)

知有前期在 難分此夜中 無將故人酒 不及石尤風
지유전기재 난분차야중 무장고인주 불급석우풍

앞으로 만날 기약은 있지만
오늘밤은 헤어지기 어렵네
벗이 술을 권한다해도
아니 가서는 안되네

直譯(직역) – 앞으로(前) 때를 정한 약속이(期) 있음을(有) 알고(知) 있으나(在)
이(此) 밤(夜) 가운데에(中) 헤어지기(分) 어렵네(難)
아니 될 것은(無) 장차(將) 옛 벗(故) 사람의(人) 술로(酒)
바다에서 일어나는 역풍인 듯(石尤風) 미치지(及) 못하는 것일세(不)

題意(제의) – 盧秦卿을 이별하기 섭섭하여 술을 권하지만 이 술로 인하여 계획에 어긋남이 없기를 바라며 읊은 詩(시).

註解(주해) – 故人酒 : 친구가 권하는 술.
石尤風 : 옛날 石氏(석씨)의 딸이 尤郎(우랑)에게 시집을 갔는데 아내의 만류에도 끝내 尤郎이 장사하러 떠나자 그의 아내가 남편 생각에 병들어 죽으면서 장사를 떠날 때 굳이 막지 못한 것이 잘못이니 앞으로 장사로 멀리 가는 사람이 있으면 내 영혼이 큰바람이 되어 배가 떠나지 못하도록 해서 나 같은 여자가 없게 하겠다고 하였다는데 그 후 장사 길에 역풍을 만나면 石尤風이라고 한다는 고사가 있음.

## 38. 逢雪宿芙蓉山(봉설숙부용산)

– 文房 劉長卿(문방 유장경)

日暮蒼山遠　天寒白屋貧　柴門聞犬吠　風雪夜歸人
일모창산원　천한백옥빈　시문문견폐　풍설야귀인

해도 저물고 산도 멀리 보이는데
날도 춥고 선비 집도 가난하다
사립문 밖에서 개 짖는 소리 들리더니
눈보라 속에 누가 오고 있다

直譯(직역) – 해도(日) 저물고(暮) 푸른(蒼) 산도(山) 먼데(遠)
하늘도(天) 차갑고(寒) 벼슬이 없는 사람(白) 초가집도(屋) 가난하다(貧)

땔나무로 된(柴) 문에서(門) 개(犬) 짖는 소리(吠) 들리더니(聞)
바람불고(風) 눈오는(雪) 밤에(夜) 사람이(人) 돌아오고 있다(歸)

題意(제의) – 개 짖는 소리와 함께 누군가 어두운 눈보라 속에 돌아오고 있는 芙蓉山 겨울밤의 쓸쓸함을 읊은 詩(시).

## 39. 逢俠者(봉협자)

– 仲文 錢 起(중문 전 기)

燕趙悲歌士 相逢劇孟家 **寸心**言不盡 前路日將斜
연조비가사 상봉극맹가 **촌심**언부진 전로일장사

연나라 조나라의 강개한 협객들이
이 집에서 서로 만났네
포부의 말도 끝나지 안았건만
해는 서산에 기울려 하네

直譯(직역) – 연나라(燕) 조나라의(趙) 슬퍼(悲) 노래하는(歌) 선비들이(士)
서로(相) 극맹이란 사람의(劇孟) 집에서(家) 만나(逢)
마음(寸) 마음을(心) 다(盡) 말하지(言) 못했건만(不)
앞(前) 길의(路) 해는(日) 거의(將) 기울고 있네(斜)

題意(제의) – 燕나라 趙나라 俠者들이 劇孟의 집에서 만나 포부를 말하기도 전에 떠나야 하는 안타까운 심정을 읊은 詩(시).

註解(주해) – 俠者 : 기개가 호협한 사람.
燕 : 중국 춘추전국시대의 나라로 시조인 召公奭(소공석)으로부터 34대 800년을 지낸 뒤 秦始皇(진시황)에게 멸망 됨.
趙 : 晉(진) 나라를 韓・魏・趙(한・위・조)로 삼분하여 세운 전국시대 제후국으로 10대 176년을 지낸 뒤 秦始皇(진시황)에게 멸망 됨.

## 40. 復愁(부수)

－子美 杜 甫(자미 두 보)

萬國尙戎馬　故園今若何　昔歸相識少　早已戰場多
만국상융마　고원금약하　석귀상식소　조이전장다

온 나라에서 싸움이 일어나고 있으니
내 고향은 지금 어찌 되었을까
옛날에도 피난을 떠나 아는 이가 적었는데
지금은 전쟁터가 되어 버렸으니

**直譯**(직역)－온(萬) 나라가(國) 싸움하는(戎) 말을(馬) 받드니(尙)
옛(故) 동산은(園) 지금(今) 어떠하고(若) 어떠할까(何)
옛적에(昔) 돌아와서도(歸) 서로(相) 앎이(識) 적었는데(少)
일찍이(早) 이미(已) 싸움(戰) 마당이(場) 많음에라(多)

**題意**(제의)－당나라 玄宗(현종) 때 安祿山(안록산) 난으로 고향이 전쟁터가 되니 피난하여 친구의 그리움을 읊은 詩(시).

**註解**(주해)－復愁 : 다시 근심이 일어남.
戎馬 : 군사 곧 싸움을 뜻함.
故園 : 고향인 洛陽(낙양)을 가리킴.
昔歸 : 옛날 蜀(촉)에서 돌아왔을 때.

## 41. 北坨(북타)

－沈德潛(심덕잠)

白雲生高原　忽然南湖去　遙知隔溪人　應與雲相遇
백운생고원　홀연남호거　요지격계인　응여운상우

높은 언덕에 흰 구름 일어
홀연히 남으로 호수를 건너네
멀리 강 건너 그 사람도
응당 그 구름 만나리

**直譯**(직역)－흰(白) 구름이(雲) 높은(高) 언덕에서(原) 일어나(生)
갑자기(忽) 그러하게(然) 남쪽(南) 호수로(湖) 떠나가네(去)
알겠거니(知) 멀리(遙) 시내를(溪) 사이 한(隔) 사람도(人)
응당(應) 구름과(雲) 더불어(與) 서로(相) 만나리(遇)

**題意**(제의)－강 건너 그 사람도 응당 호수를 건너는 흰 구름을 만날 것이라며 언덕 기슭에 올라 구름을 보고 읊은 詩(시).

## 42. 四時(사시)

－淵明 陶 潛(연명 도 잠)

春水滿四澤　夏雲多奇峰　秋月揚明輝　冬嶺秀孤松
춘수만사택　하운다기봉　추월양명휘　동령수고송

봄물은 못마다 가득
여름 구름은 기이한 봉우리도 많을 시고
가을이면 밝은 달
겨울 산마루엔 빼어난 솔 한 그루

**直譯**(직역)－봄(春) 물은(水) 사방의(四) 못에(澤) 가득 차고(滿)
여름(夏) 구름은(雲) 기이한(奇) 봉우리도(峰) 많구나(多)
가을(秋) 달은(月) 밝은(明) 빛을(輝) 밝히고(揚)
겨울(冬) 산마루고개엔(嶺) 소나무(松) 홀로(孤) 빼어났구나(秀)

題意(제의) – 봄의 물 · 여름의 구름 · 가을의 달 · 겨울 소나무의 아름다운 四季節(사계절)을 읊은 시(詩).

註解(주해) – 四時 : 晉(진)나라 顧愷之(고개지)의 작 神情詩(신정시)라고 하는 설도 있고 明輝를 光輝(광휘)로 한 곳도 있음.

## 43. 山中示諸生(산중시제생)

–陽明 王守仁(양명 왕수인)

**溪邊坐流水　水流心共閑**　不知山月上　松影落衣斑
**계변좌류수　수류심공한**　부지산월상　송영락의반

흐르는 물가에 앉았으니
마음은 물처럼 한가롭더라
산에 달이 올랐는지
솔 그림자 옷에 떨어져 얼룩지더라

直譯(직역) – 시내(溪) 가(邊) 흐르는(流) 물에(水) 앉았는데(坐)
물이(水) 흐르니(流) 마음도(心) 함께(共) 한가롭더라(閑)
산에(山) 달이(月) 오르는 줄(上) 알지(知) 못했는데(不)
솔(松) 그림자가(影) 옷에(衣) 떨어져(落) 얼룩지더라(斑)

題意(제의) – 산중의 제자들에게 깨달음을 주려고 흐르는 물과 산에 걸린 달을 보며 인생의 높은 경지를 읊은 詩(시).

## 44. 商山路有感(상산로유감)

–樂天 白居易(낙천 백거이)

萬里路長在　六年今始歸　所經多舊館　太半主人非
만리로장재　육년금시귀　소경다구관　태반주인비

만리 길 멀고도 먼데
육 년 만에 돌아왔노라
지나는 길에 집도 많은데
태반이 옛 주인은 아니더라

直譯(직역) – 만리(萬里) 길이(路) 길게(長) 있는데(在)
여섯(六) 해만에(年) 이제(今) 처음(始) 돌아왔다(歸)
지나는(經) 곳(所) 많은(多) 옛(舊) 집엔(館)
크게(太) 반은(半) 주인 된(主) 사람이(人) 아니더라(非)

題意(제의) – 육 년 만에 돌아와 길을 걸으니 많은 옛집에 태반은 옛 주인이 아닌 商山길의 느낌을 읊은 詩(시).

註解(주해) – 商山 : 옛 날 秦(진)나라 때 난을 피하여 東園公·綺里季·夏黃公·甪里(동원공·기리계·하황공·염리)선생이 숨어서 살던 곳으로 商山四皓(상산사호)라고도 함.
舊館 : 옛날 유숙했던 여관.

## 45. 西垣榴花(서원류화)

– 同叔 晏 殊(동숙 안 수)

山本有甘實　托根淸禁中　歲芳搖落盡　獨自向炎風
산본유감실　탁근청금중　세방요락진　독자향염풍

본디 산에서 달콤한 열매 맺던 것이
청결한 궁중에 뿌리를 내렸다가
봄꽃 시들어 다 떨어질 때
홀로 무더운 바람 타고 피어나누나

**直譯**(직역) – 산에서(山) 본디(本) 달콤한(甘) 열매(實) 가졌던 것이(有)
맑은(淸) 대궐(禁) 안에(中) 뿌리를(根) 맡기었다가(托)
새해의(歲) 꽃이(芳) 흔들리어(搖) 다(盡) 떨어지매(落)
홀로(獨) 스스로(自) 무더운(炎) 바람을(風) 향하누나(向)

**題意**(제의) – 봄꽃은 시들어 다 떨어졌건만 홀로 무더운 바람 타고 서쪽 담 곁에 피어있는 석류꽃을 읊은 詩(시).

## 46. 西湖(서호)

– 袁宏道(원굉도)

一曰湖上行　一曰湖上坐　一曰湖上住　一曰湖上臥
일왈호상행　일왈호상좌　일왈호상주　일왈호상와

호수 가를 거닐다가
호수 가에 앉고
호수 가에 머물다가
호수 가에 누웠다

**直譯**(직역) – 한번은(一) 호수(湖) 가를(上) 거닐었다(行) 말하고(曰)
한번은(一) 호수(湖) 가에(上) 앉았다고(坐) 말하고(曰)
한번은(一) 호수(湖) 가에(上) 머물렀다(住) 말하고(曰)
한번은(一) 호수(湖) 가에(上) 누웠다고(臥) 말하네(曰)

**題意**(제의) – 한가로운 호수 가의 생활을 읊은 詩(시).

## 47. 石人峰(석인봉)

－淸碧 杜 本(청벽 두 본)

臨風衣自整 **帶月**影偏長 獨立經寒暑 眞成石作腸
임풍의자정 **대월**영편장 독립경한서 진성석작장

바람 불어도 옷이 날리지 않고
달 오르면 그림자 늘어져 길다
홀로 서서 더위와 추위를 견뎌내니
정말 돌로 된 창자를 가졌나보다

**直譯**(직역)－바람을(風) 맞아도(臨) 옷은(衣) 저절로(自) 가지런하고(整)
달빛을(月) 띠면(帶) 그림자(影) 치우쳐(偏) 길다(長)
홀로(獨) 서서(立) 추위(寒) 더위를(暑) 지내니(經)
참으로(眞) 돌(石) 창자로(腸) 만들어지고(作) 이루어졌나보다(成)

**題意**(제의)－바람이 불고 춥거나 더워도 변함 없이 우뚝 솟은 石人峰을 읊은 詩(시).

## 48. 蟬(선)

－伯施 虞世南(백시 우세남)

垂緌飮淸露 流響出疎桐 居高聲自遠 非是藉秋風
수유음청로 유향출소동 거고성자원 비시자추풍

매미 부리 드리우고 맑은 이슬 마시니
맑은 울음소리는 성긴 오동나무에서 퍼져간다
높은 곳에 살아 소리도 저절로 멀리 가는 것이지
가을바람이 도와서가 아니란다

直譯(직역) – 매미 부리를(緌) 늘어지게 하여(垂) 맑은(淸) 이슬(露) 마시니(飮)
흐르는(流) 소리가(響) 성긴(疎) 오동나무에서(桐) 나오네(出)
높은 곳에(高) 살아(居) 소리도(聲) 저절로(自) 멀리 가는 것이지(遠)
이는(是) 가을(秋) 바람을(風) 빌려서가(藉) 아니라네(非)

題意(제의) – 매미소리 맑은 것은 맑은 이슬 마시기 때문이며 멀리 들리는 것은 높은 나무에서 울기 때문이라고 읊은 詩(시).

## 49. 送郭司倉(송곽사창)

–少伯 王昌齡(소백 왕창령)

映門淮水綠　留騎主人心　明月隨良椽　春潮夜夜深
영문회수록　유기주인심　명월수양연　춘조야야심

문 앞에 강물은 푸른데
이별을 슬퍼하는 이 심정
저 달이 그대와 함께 떠가면
밤마다 물소리만 듣겠네

直譯(직역) – 문을(門) 비치는(映) 회수는(淮水) 푸른데(綠)
말을 타고(騎) 머뭇거리는(留) 주인 된(主) 사람의(人) 마음이라(心)
밝은(明) 달이(月) 좋은(良) 서까래를(椽) 따르면(隨)
봄(春) 강물만(潮) 밤마다(夜) 밤마다(夜) 깊어지리(深)

題意(제의) – 푸른 淮水에서 主人 王昌齡이 郭司倉을 이별하며 쓸쓸한 심정을 읊은 詩(시).

註解(주해) – 良椽 : 좋은 서까래. 좋은 벼슬아치. 여기서는 郭司倉을 말함.

## 50. 送人(송인)

－仲初 王 建(중초 왕 건)

河亭收酒器 語盡各西東 回首不相見 行車秋雨中
하정수주기 어진각서동 회수불상견 행차추우중

정자에서 술잔을 치우고
말이 끝나자 각각 떠나간다
머리를 돌려도 보이지 않고
가을비 속에 수레 소리 멀어진다

直譯(직역)－물가(河) 정자에서(亭) 술(酒) 그릇을(器) 거두어들이고(收)
말이(語) 다하자(盡) 각각(各) 서쪽으로(西) 동쪽으로 가네(東)
머리를(首) 돌려도(回) 서로(相) 보이지(見) 않고(不)
떠나가는(行) 수레는(車) 가을(秋) 비(雨) 속이네(中)

題意(제의)－물가 정자에서 술을 마시고 놀다가 가을 비 속에 친구를 보내는 심정을 읊은 詩(시).

## 51. 送朱大入秦(송주대입진)

－浩然 孟 浩(호연 맹 호)

遊人五陵去 寶劍價千金 分手脫相贈 平生一片心
유인오릉거 보검가천금 분수탈상증 평생일편심

오릉으로 떠나가는 그대에게
천금의 보검을
풀어 주는 것은
평소의 작은 뜻이라

直譯(직역) – 놀러 다니는(遊) 사람이(人) 오릉으로(五陵) 가는데(去)
보배로운(寶) 칼(劍) 값은(價) 천금이라(千金)
손을(手) 나누어(分) 벗기어서(脫) 시중드는 사람에게(相) 주는 것은(贈)
보통(平) 살아가는(生) 한(一) 조각의(片) 마음이라(心)

題意(제의) – 朱大가 秦나라 五陵으로 들어가는 데 千金의 寶劍을 풀어 주는 것은 평소의 작은 뜻이라고 읊은 詩(시).

## 52. 松鶴(송학)

– 幼公 戴叔倫(유공 대숙륜)

雨濕松陰凉 風落松花細 獨鶴愛**淸幽** 飛來不飛去
우습송음량 풍락송화세 독학애**청유** 비래불비거

비에 젖은 소나무 서늘한 그늘
솔 꽃이 바람에 날리는데
학 홀로 맑고 그윽함을 좋아해
날아와서는 날아가지 않네

直譯(직역) – 비에(雨) 젖은(濕) 소나무(松) 그늘은(陰) 서늘하고(凉)
바람이(風) 소나무(松) 꽃을(花) 가늘게(細) 떨어지게 하는데(落)
홀로(獨) 학만이(鶴) 맑고(淸) 그윽함을(幽) 사랑하여(愛)
날아(飛) 와서는(來) 날아(飛) 가지(去) 않네(不)

題意(제의) – 비에 젖은 소나무에 앉아있는 鶴의 高古(고고)한 모습을 읊은 詩(시).

## 53. 宿建德江(숙건덕강)

－浩然 孟 浩(호연 맹 호)

移舟泊煙渚 日暮客愁新 **野曠天低樹 江淸月近人**

이주박연저 일모객수신 **야광천저수 강청월근인**

배 저어 안개 어린 물가에 대어놓고
날 저무니 나그네 근심 새로워라
들이 넓어 하늘은 나무에 머물고
강이 맑아 달은 사람에 가까워진다

**直譯**(직역)－배를(舟) 옮겨(移) 안개(煙) 물가에(渚) 대어놓고(泊)
날(日) 저무니(暮) 나그네(客) 근심(愁) 새로워라(新)
들이(野) 넓으니(曠) 하늘은(天) 나무에(樹) 머물고(低)
강이(江) 맑으니(淸) 달은(月) 사람에(人) 가까워라(近)

**題意**(제의)－배를 저어 안개 낀 健德江에 대어놓고 밝은 달을 쳐다보고 있는 나그네의 심정을 읊은 詩(시).

## 54. 宿王昌齡隱居(숙왕창령은거)

－常 建(상 건)

淸溪深不測 隱居唯孤雲 松際露微月 淸光猶爲君

청계심불측 은거유고운 송제노미월 청광유위군

맑은 개울 너무 깊어 잴 수 없고
세상 피한 이곳은 오직 구름 뿐
소나무 끝 이슬에 희미한 달빛
그 맑은 빛은 오히려 그대를 위함이라

**直譯**(직역) – 맑은(淸) 시내는(溪) 깊어(深) 잴 수(測) 없고(不)
숨어(隱) 사는 곳은(居) 오직(唯) 홀로(孤) 구름 뿐(雲)
소나무(松) 가(際) 이슬에는(露) 희미한(微) 달빛(月)
그 맑은(淸) 빛은(光) 오히려(猶) 그대를(君) 위함이라(爲)

**題意**(제의) – 개울이 깊고 맑으며 구름만 자욱한 王昌齡의 隱居處(은거처)에 묵으면서 읊은 詩(시).

## 55. 宿樟亭驛(숙장정역)

–樂天 白巨易(낙천 백거이)

夜半樟亭驛　愁人起望鄕　月明何所見　潮水白茫茫
야반장정역　수인기망향　월명하소견　조수백망망

한밤중 장정역에서
시름겨워 일어나 고향을 바라본다
달은 밝지만 보이는 것은
하얗게 출렁이는 바닷물 뿐

**直譯**(직역) – 밤이(夜) 한창인(半) 장정(樟亭) 역에서(驛)
근심스런(愁) 사람은(人) 일어나(起) 고향을(鄕) 바라본다(望)
달은(月) 밝지만(明) 어느(何) 곳이(所) 보이는가(見)
밀려왔다 나가는 바닷물은(潮水) 하얗게(白) 아득하고(茫) 아득하기만 하다(茫)

**題意**(제의) – 휘영청 밝은 달밤에 樟亭驛에 묵으면서 고향 생각을 읊은 詩(시).

## 56. 嵩壁蘭(숭벽란)

－板橋 鄭 燮(판교 정 섭)

峭壁一千尺　蘭花在空碧　下有采樵人　伸手折不得
초벽일천척　난화재공벽　하유채초인　신수절부득

가파른 벽 일천 척이니
난초 꽃 푸른 하늘에 날리는 듯
아래에 있는 나무꾼이
팔을 올려도 꺾을 수 없네

**直譯**(직역)－가파른(峭) 벽(壁) 일천(一千) 척이니(尺)
난초(蘭) 꽃이(花) 푸른(碧) 하늘에(空) 있는 듯(在)
아래에(下) 땔나무(樵) 캐는(采) 사람(人) 있어(有)
손을(手) 펴도(伸) 꺾어(折) 얻지(得) 못하네(不)

**題意**(제의)－一千 尺이나 가파른 壁에 매달린 蘭草 꽃은 너무 높아 나무꾼도 꺾을 수 없는 자태를 읊은 詩(시).

## 57. 新嫁娘(신가랑)

－仲初 王 建(중초 왕 건)

三日入廚下　洗手作羹湯　未諳姑食性　先遣小姑嘗
삼일입주하　세수작갱탕　미암고식성　선견소고상

시집온 지 사흘째에 부엌으로 들어가
손 씻고 국을 끓이는데
아직 시어머니 식성을 알지 못해
먼저 올케에게 맛 보라 하네

直譯(직역) – 세 번째(三) 날에(日) 부엌으로(廚) 내려(下) 들어가(入)
손(手) 씻고(洗) 국(羹) 끓여(湯) 만드는데(作)
시어머니(姑) 식사(食) 성질을(性) 익히 알지(諳) 못하여(未)
먼저(先) 작은(小) 시어머니에게(姑) 맛(嘗) 보라 하네(遣)

題意(제의) – 갓 시집온 새댁이 정성껏 음식을 장만하는 화목한 가정의 모습을 읊은 詩(시).

## 58. 辛夷塢 - 1(신이오)

– 仲禮 楊敬悳(중례 양경덕)

**迎春發蒼柯　映日在瓊**萼　欣欣各自私　先開還早落
**영춘발창가　영일재경악**　흔흔각자사　선개환조락

봄을 맞아 가지는 푸르러 오고
햇빛 받은 꽃받침은 구슬 같다
제각기 기뻐함이 따로 있나니
먼저 피면 도리어 먼저 떨어지더라

直譯(직역) – 봄을(春) 맞아(迎) 가지에는(柯) 싹이 터(發) 푸르고(蒼)
햇빛(映) 햇빛은(日) 꽃받침에(萼) 구슬로(瓊) 있다(在)
기뻐하고(欣) 기뻐함에는(欣) 서로(各) 저마다(自) 사사로우니(私)
먼저(先) 피면(開) 도리어(還) 일찍(早) 지더라(落)

題意(제의) – 봄을 맞아 가지는 푸르러 오고 햇빛 받은 꽃받침은 구슬 같이 영롱한 辛夷塢 즉 언덕에 핀 백목련을 읊은 詩(시).

## 59. 辛夷塢 - 2(신이오)

-摩詰 王 維(마힐 왕 유)

木末芙蓉花 山中發紅萼 澗戶寂無人 紛紛開且落
목말부용화 산중발홍악 간호적무인 분분개차락

나무 가지 끝에 부용화
산 속에 붉은 꽃을 피웠구나
산골 집에는 인적도 없건만
어지러이 피고 또 지누나

**直譯**(직역) - 나무(木) 끝에(末) 부용화(芙蓉花)
산(山) 속에(中) 붉은(紅) 꽃을(萼) 피웠구나(發)
산골짜기(澗) 집은(戶) 사람도(人) 없이(無) 고요하건만(寂)
어지럽고(紛) 어지러이(紛) 피고(開) 또(且) 떨어지누나(落)

**題意**(제의) - 목련 핀 언덕에서 芙蓉花가 빨갛게 저절로 피고 지는 自然(자연)의 神秘(신비)를 읊은 詩(시).

**註解**(주해) - 辛夷塢 : 백목련 핀 둑.
芙蓉花 : 연꽃. 木芙蓉(목부용).
木芙蓉 : 높이는 1~2m이고 초가을에 흰 빛 또는 담홍색의 꽃이 핌.

## 60. 新莊漫興(신장만흥)

-獻吉 李夢陽(헌길 이몽양)

昨來杏花紅 今來楝花赤 一花復一花 坐見歲年易
작래행화홍 금래련화적 일화부일화 좌견세년역

어제는 살구꽃 연붉게 피는가 했더니

오늘은 이미 멀구슬꽃 새빨갛게 피어 있다
꽃이 피고 또 피는 것을 보노라면
그저 세월만 덧없이 흐르는 것을 알 수 있다

直譯(직역) – 어제(昨)까지는(來) 살구(杏) 꽃(花) 붉더니(紅)
오늘(今) 와서는(來) 멀구슬나무(楝) 꽃(花) 빨갛다(赤)
한번(一) 꽃이 피고(花) 다시(復) 한번(一) 꽃이 피니(花)
앉아서도(坐) 해와(歲) 해가(年) 바뀌는 것을(易) 보게된다(見)

題意(제의) – 새로 지은 산장에 피고 지는 꽃을 보고 덧없는 인생에 대한 감흥을 읊은 詩(시).

註解(주해) – 楝 : 쥐손이풀목 멀구슬나무과에 속하며 구주목이라고도 하는데 5월에 자줏빛 꽃이 피고 열매는 핵과로 넓은 타원형이며 9월에 황색으로 익고 겨울에도 달려 있음.
復 : ①돌아올 복. 復習(복습). ②다시 부. 復活(부활).
易 : ①바꿀 역. 易地思之(역지사지). ②쉬울 이. 安易(안이).

## 61. 尋隱者不遇(심은자불우)

– 浪仙 賈 島(낭선 가 도)

松下問童子　言師採藥去　只在此山中　雲深不知處
송하문동자　언사채약거　지재차산중　운심부지처

소나무 아래 동자에게 물으니
스승은 약을 캐러 가셨단다
다만 이 산중에 있으련만
구름 깊어 찾을 수 없구나

直譯(직역) – 소나무(松) 아래(下) 아이(童) 사람에게(子) 물으니(問)

스승은(師) 약을(藥) 캐러(採) 갔다고(去) 말한다(言)
다만(只) 이(此) 산(山) 속에(中) 있으련만(在)
구름(雲) 깊으니(深) 그곳을(處) 알지(知) 못하겠다(不)

**題意**(제의) – 세상을 등진 隱者를 찾아 왔다가 구름이 깊어 찾지 못하고 그냥 돌아갈 수밖에 없는 심정을 읊은 詩(시).

**註解**(주해) – 隱者 : 학식이 뛰어난 사람으로 세상을 피하여 숨어 사는 사람.

## 62. 尋胡隱者(심호은자)

– 靑邱 高 啓(청구 고 계)

渡水復渡水　看花還**看花**　春風江上路　不覺到君家
도수부도수　간화환**간화**　춘풍강상로　불각도군가

물 건너 다시 물 건너
꽃을 보고 또 꽃을 보느라
봄바람 부는 강 길
그대 집에 이른 것도 몰랐네

**直譯**(직역) – 물을(水) 건너서(渡) 다시(復) 물을(水) 건너고(渡)
꽃을(花) 보고(看) 도로(還) 꽃을(花) 보느라(看)
봄(春) 바람 부는(風) 강(江) 위의(上) 길을(路)
그대(君) 집에(家) 이른 줄도(到) 알지(覺) 못했네(不)

**題意**(제의) – 꽃을 보고 또 꽃을 보며 봄바람 부는 강 길을 가니 집에 이른 줄도 미처 알지 못한 아름다운 봄을 읊은 詩(시).

## 63. 夜雨(야우)

－樂天 白巨易(낙천 백거이)

早蛩啼復歇 殘燈滅又明 隔窓知夜雨 芭蕉先有聲
조공제부헐 잔등멸우명 격창지야우 파초선유성

철 이른 귀뚜라미는 울다 그치고
남은 등불은 꺼질 듯 밝아오네
창 너머 내리는 밤비
파초에서 먼저 소리나네

**直譯**(직역)－이른(早) 귀뚜라미는(蛩) 울다가(啼) 다시(復) 그치고(歇)
남은(殘) 등불은(燈) 꺼지다가(滅) 또(又) 밝아진다(明)
창을(窓) 사이하고(隔) 밤(夜) 비 내리는 줄(雨) 알겠거니(知)
파초에(芭蕉) 먼저(先) 소리가(聲) 있더라(有)

**題意**(제의)－귀뚜라미는 울다 그치고 등불은 꺼질 듯 밝아오는데 창 밖에 밤비만 내리는 쓸쓸한 가을밤을 읊은 詩(시).

## 64. 蓮(연)

－正淑 鄭允瑞(정숙 정윤서)

**本無塵土氣 自在水雲鄉** 楚楚淨如拭 亭亭生妙香
**본무진토기 자재수운향** 초초정여식 정정생묘향

본래 흙먼지 기질이 아니어서
속기를 떠난 맑은 물에서만 핀다
곱고 선명하여 닦은 듯 깨끗하고
우뚝 솟아 묘한 향기를 피운다

直譯(직역) – 본래(本) 먼지(塵) 흙(土) 기운이(氣) 아니어서(無)
스스로(自) 물과(水) 구름의(雲) 마을에만(鄕) 있다(在)
곱고 선명하고(楚) 곱고 선명하여(楚) 닦은 것(拭) 같이(如) 깨끗하고(淨)
높이 솟고(亭) 높이 솟아(亭) 묘한(妙) 향기가(香) 일어난다(生)

題意(제의) – 본래 흙먼지 기질이 아니어서 맑은 물에서만 우뚝 솟아 맑은 자태와 묘한 향기를 뽐내는 연꽃을 읊은 詩(시).

## 65. 玉階怨(옥계원)

– 靑蓮居士 李 白(청련거사 이 백)

玉階生白露　夜久侵羅襪　却下水精簾　玲瓏望秋月
옥계생백로　야구침라말　각하수정렴　영롱망추월

옥 섬돌에는 벌써 흰 이슬이 내리고
밤 깊어 명주 버선에 추위 스민다
방에 들어와 수정 발을 내리고서
곱고 환한 가을달만 바라본다

直譯(직역) – 구슬(玉) 섬돌에는(階) 흰(白) 이슬이(露) 일어나고(生)
밤이(夜) 오래되어(久) 비단(羅) 버선을(襪) 침노한다(侵)
수정(水精) 발을(簾) 물리쳐(却) 내리고서(下)
곱고(玲) 환한(瓏) 가을(秋) 달만(月) 바라본다(望)

題意(제의) – 명주버선으로 옥 섬돌에서 님을 기다리다가 방에 들어와 영롱한 가을달만 쳐다보는 애틋한 심정을 읊은 詩(시).

## 66. 王昭君－1(왕소군)

－青蓮居士 李 白(청연거사 이 백)

昭君拂玉鞍　上馬啼紅頰　今日漢宮人　明朝胡地妾
소군불옥안　상마제홍협　금일한궁인　명조호지첩

백옥으로 장식한 말안장의 소녀
꽃다운 얼굴에선 눈물이
오늘은 한나라 사람이지만
내일은 오랑캐 땅의 첩이 될 몸

**直譯**(직역)－한나라의 궁녀 소군이(昭君) 구슬(玉) 안장을(鞍) 떨치고(拂)
말(馬) 위에 올라(上) 붉은(紅) 뺨으로(頰) 우네(啼)
오늘(今) 날은(日) 한나라(漢) 궁궐(宮) 사람이지만(人)
밝아오는(明) 아침엔(朝) 오랑캐(胡) 땅의(地) 첩이라네(妾)

**題意**(제의)－匈奴(흉노)의 單于(선우)에게 妾으로 가는 漢 나라 궁녀 王昭君의 슬픔을 읊은 詩(시).

**註解**(주해)－王昭君 : 원제(전46～전33년)는 화가 毛廷壽(모정수)가 그려 올린 초상화를 보고 아름다운 궁녀를 골라 총애하였으나 뇌물을 화가에게 주지 않은 王昭君은 뛰어난 미모임에도 미운 초상화 때문에 희생물이 되어 먼 흉노 땅에 보내지게 되었음.
玉鞍 : 白玉(백옥)을 장식한 말안장.

## 67. 王昭君－2(왕소군)

－太白 李 白(태백 이 백)

胡地無花草　春來不似春　自然衣帶緩　非是爲腰身
호지무화초　춘래불사춘　자연의대완　비시위요신

오랑캐 땅에 화초가 없으니
봄이 와도 봄 같지 아니하네
자연히 옷이 헐렁해지니
허리를 가늘게 하려 함이 아니라네

**直譯(직역)** – 오랑캐(胡) 땅에는(地) 꽃(花) 풀이(草) 없으니(無)
봄이(春) 와도(來) 봄(春) 같지(似) 아니하네(不)
저절로(自) 그러하게(然) 옷(衣) 띠가(帶) 느슨해 진 것은(緩)
이는(是) 몸(身) 허리를(腰) 위함이(爲) 아니라네(非)

**題意(제의)** – 花草도 없는 오랑캐 땅에서 고향이 그리워 몸도 야위게 된 王昭君의 모습을 읊은 詩(시).

## 68. 偶見白髮(우견백발)

– 袁宏道(원굉도)

無端見白髮　欲哭反成笑　**自喜笑中意**　一笑又一跳
무단견백발　욕곡반성소　**자희소중의**　일소우일도

어쩌다 흰머리를 보고는
울고 싶어도 웃어본다
스스로 기뻐 속마음을 비웃다가
한 번 웃고 또 한 번 뛰어본다

**直譯(직역)** – 실마리도(端) 없이(無) 흰(白) 머리를(髮) 보고는(見)
울려고(哭) 하다가는(欲) 도리어(反) 웃음이(笑) 일어난다(成)
스스로(自) 기뻐(喜) 속(中) 마음을(意) 비웃다가(笑)
한 번(一) 웃고는(笑) 또(又) 한 번(一) 뛰어본다(跳)

題意(제의) – 우연히 백발을 보니 한편 슬프기도 하고 한편 우습기도 한 심정을 읊은 詩(시).

## 69. 怨情(원정)

– 太白 李 白(태백 이 백)

美人捲珠簾 深坐嚬蛾眉 但見淚痕濕 不知心恨誰
미인권주렴 심좌빈아미 단견루흔습 부지심한수

미인이 발을 걷고
눈썹을 찡그리며 앉았는데
눈물 자국이 젖어 보일 뿐
누구 때문인지 모를레라

直譯(직역) – 아름다운(美) 사람이(人) 구슬(珠) 발을(簾) 걷고서(捲)
깊숙이(深) 앉아(坐) 초승달(蛾) 눈썹을(眉) 찡그리는데(嚬)
다만(但) 눈물(淚) 자국이(痕) 젖어(濕) 보일 뿐(見)
마음에(心) 누구를(誰) 원망하는지(恨) 알지(知) 못하겠네(不)

題意(제의) – 미인이 발을 걷고 홀로 눈물을 흘리며 님을 원망하는 모습을 읊은 詩(시).

## 70. 柳橋晚眺(유교만조)

– 放翁 陸 游(방옹 육 유)

小浦聞魚躍 橫林待鶴歸 閒雲不成雨 故傍碧山飛
소포문어약 횡림대학귀 간운불성우 고방벽산비

작은 샛강에서 물고기 뛰는 소리 듣고
숲에서 학이 돌아오기를 기다린다

한가로운 구름은 비조차 몰아오지 않고
짐짓 파란 산에 기대어 날기만 한다

直譯(직역)－작은(小) 개펄에서(浦) 물고기(魚) 뛰는 것을(躍) 듣고(聞)
가로놓인(橫) 숲에서(林) 학이(鶴) 돌아오기를(歸) 기다린다(待)
멀어지는(間) 구름은(雲) 비를(雨) 이루지도(成) 않고(不)
짐짓(故) 파란(碧) 산(山) 기대어(傍) 날기만 한다(飛)

題意(제의)－한가하고 평화로운 柳橋의 저녁 경치를 읊은 詩(시).

## 71. 幽州(유주)

－君虞 李 益(군우 이 익)

征戍在桑乾　年年薊水寒　殷勤驛西路　此去向長安
정수재상건　연년계수한　은근역서로　차거향장안

수자리가 있는 상건 땅
이 곳 계수 물은 차갑기만 하고
서쪽으로 뻗은 은근한 길
이 길을 가면 장안으로 향하지

直譯(직역)－천자의 명으로 무도한 자를 치는(征) 수자리가(戍) 상건땅에(桑乾) 있으니(在)
해마다(年) 해마다(年) 계수는(薊水) 차갑기만 하네(寒)
정이 도탑고(殷) 정이 도타운(勤) 역의(驛) 서쪽(西) 길(路)
이리(此) 가면(去) 장안으로(長安) 향한다네(向)

題意(제의)－변방에서 서쪽으로 가면 고향인 長安으로 갈 수 있지만 수자리에 있는 몸이라 그럴 수 없는 심정을 읊은 詩(시).

註解(주해) – 幽州 : 地名(지명).
桑乾 : 縣名(현명).
薊水 : 水名(수명).

## 72. 隱求齋(은구재)

–晦庵 朱 熹(회암 주 희)

晨窓林影開　夜寢山泉響　隱此復何求　無言**道心長**
신창림영개　야침산천향　은차부하구　무언**도심장**

새벽 창엔 숲 그림자 열리고
잠자는 밤엔 산 샘의 메아리
여기 숨어 무엇을 구할 것인가
말 없이 길러지는 마음공부

直譯(직역) – 새벽(晨) 창엔(窓) 숲(林) 그림자(影) 열리고(開)
밤에(夜) 잠자니(寢) 산(山) 샘에서(泉) 소리가 울린다(響)
여기(此) 숨어서(隱) 다시(復) 무엇을(何) 구할 것인가(求)
말(無) 없이(言) 도덕적인(道) 마음만(心) 길러진다(長)

題意(제의) – 산 샘의 메아리가 들리는 숲 속에 은거하니 자연히 道心이 길러지는 기쁨을 읊은 詩(시).

## 73. 飮酒看牧丹(음주간목단)

–夢得 劉禹錫(몽득 유우석)

今日花前飮　**甘心**醉數杯　但愁花有語　不爲老人開
금일화전음　**감심**취수배　단수화유어　불위노인개

오늘 꽃 앞에서 술을 마시니

기분 좋아 몇 잔에 취해버렸다
다만 꽃이 말을 할까 근심되느니
늙은이를 위해 핀 것이 아니라면 어쩌나

**直譯**(직역) – 오늘(今) 날(日) 꽃(花) 앞에서(前) 마시니(飮)
상쾌한(甘) 마음이라(心) 몇(數) 잔에(杯) 취하였네(醉)
다만(但) 꽃이(花) 말함이(語) 있을까(有) 걱정됨은(愁)
늙은(老) 사람을(人) 위해(爲) 핀 것이(開) 아니라는 것이네(不)

**題意**(제의) – 꽃과 벗하여 술을 마시는데 다만 꽃이 노인을 위하여 핀 것이 아니라고 말할까 걱정이라고 읊은 詩(시).

## 74. 義公禪房(의공선방)

–浩然 孟 浩(호연 맹 호)

夕陽連雨是　空翠落庭陰　看取蓮花淨　方知**不染心**
석양연우시　공취락정음　간취연화부　방지**불염심**

비가 부슬거리는 석양에
산 그림자 뜰에 깃 든다
깨끗한 연꽃 꺾어 바라보니
세속에 물들지 않는 마음을 알겠다

**直譯**(직역) – 저녁(夕) 볕은(陽) 이에(是) 비로(雨) 이어지고(連)
하늘의(空) 푸름은(翠) 뜰로(庭) 떨어져(落) 그늘진다(陰)
연(蓮) 꽃이(花) 떠있는 것을(浮) 취하여(取) 바라보니(看)
바야흐로(方) 물들지(染) 아니한(不) 마음을(心) 알겠다(知)

題意(제의) – 비가 내리는 夕陽에 蓮 꽃을 꺾어 바라보니 仙境(선경)에 든 것 같은 심정을 義公의 禪房에서 읊은 詩(시).

註解(주해) – 禪房 : 참선을 하고 있는 암자. 절.
空翠 : 초목이 울창한 산 속의 기운.

## 75. 臨高臺(임고대)

– 摩詰 王 維(마힐 왕 유)

相送臨高臺　川原杳何極　日暮飛鳥還　行人去不息
상송임고대　천원묘하극　일모비조환　행인거불식

그대를 보내고 높은 곳에 올라 보니
천원 땅은 아득하여 끝이 없구나
해가 지면 새들도 돌아오는데
그대는 쉬지 않고 가기만 할 것인가

直譯(직역) – 서로(相) 보내고(送) 높은(高) 돈대에(臺) 임하니(臨)
천원 땅(川原) 아득한데(杳) 어디가(何) 끝인가(極)
해가(日) 저물면(暮) 나르는(飛) 새도(鳥) 돌아오는데(還)
길을 가는(行) 사람은(人) 쉬지(息) 아니하고(不) 가는구나(去)

題意(제의) – 벗을 이별하고 높은 곳에 올라보니 갈 길은 아득한데 쉬지도 않고 가기만 하는 아쉬운 심정을 읊은 詩(시).

## 76. 自遣(자견)

– 太白 李 白(태백 이 백)

對酒不覺暝　落花盈我衣　醉起步溪月　鳥還人跡稀
대주불각명　낙화영아의　취기보계월　조환인적희

술잔 기울이느라 해 지는 줄 몰랐는데
꽃이 떨어져 옷깃을 덮었구나
취한 채 달빛을 밟으며 시냇가를 걸으니
새는 둥지를 찾고 인적은 드물구나

**直譯**(직역) – 술을(酒) 마주하느라(對) 어두워지는 줄(暝) 느끼지(覺) 못했는데(不)
떨어진(落) 꽃이(花) 내(我) 옷에(衣) 가득하다( 盈)
취하여(醉) 일어나(起) 시내(溪) 달빛을(月) 걸으니(步)
새는(鳥) 돌아오고(還) 사람(人) 자취는(跡) 드물다(稀)

**題意**(제의) – 꽃이 떨어지는 시냇가에 앉아 해지는 줄도 모르며 술을 마시다가 밝은 달을 보면서 무료한 심정을 읊은 詩(시).

## 77. 子夜吳歌(자야오가)

–叔達 蕭 衍(숙달 소 연)

蘭葉始滿池　梅花已落枝　持此可憐意　摘以寄心知
난엽시만지　매화이락지　지차가련의　적이기심지

난 잎은 못에 가득히 드리워졌고
매화꽃은 가지에서 떨어지고 있는데
꽃이 피고 지는 이 가련한 뜻을
내 벗에게 보내주고 싶네

**直譯**(직역) – 난(蘭) 잎이(葉) 비로소(始) 못에(池) 가득하고(滿)
매화(梅) 꽃은(花) 이미(已) 가지에서(枝) 떨어지네(落)
이(此) 가히(可) 불쌍히 여기는(憐) 뜻을(意) 가지고(持)
따서(摘) 그리고(以) 마음의(心) 짝에게(知) 부치려네(寄)

**題意**(제의) – 꽃이 피었다가 시들어 버리는 이 가련한 뜻을 님에게 보내고 싶은 子夜라는 여자의 심정을 읊은 詩(시).

註解(주해) – 蕭 衍 : 梁武帝로 齊(제)나라 때 재상을 지냈으며 梁公(양공)에 봉하였다가 梁王(양왕)이 되었고 그 후 齊나라 和帝(화제)의 양위를 받아 武帝가 되어 國號(국호)를 梁이라 하였음.

## 78. 子夜春歌(자야춘가)

– 元振 郭 振(원진 곽 진)

陌頭楊柳枝 已被春風吹 妾心正斷絶 君懷那得知
맥두양유지 이피춘풍취 첩심정단절 군회나득지

길가 버들가지
봄바람에 잎이 돋아나고
내 마음 끊어 질듯한데
어찌 님의 심정 알겠는가

直譯(직역) – 길(陌) 머리에(頭) 갯버들(楊) 수양버들(柳) 가지는(枝)
이미(已) 봄을(春) 입어(被) 바람을(風) 내 불고(吹)
첩의(妾) 마음(心) 바로(正) 끊어지고(斷) 끊어지려 하건만(絶)
님의(君) 마음을(懷) 어찌(那) 얻어(得) 알겠는가(知)

題意(제의) – 봄이 돌아와 버들가지에 잎이 돋아난 것을 보고 멀리 떨어져 있는 님을 그리는 여인의 심정을 읊은 詩(시).

## 79. 蠶婦(잠부)

– 無名氏(무명씨)

昨日到城郭 歸來淚滿巾 遍身綺羅者 不是養蠶人
작일도성곽 귀래루만건 편신기라자 불시양잠인

어제 성밖에 나갔다가
돌아와 눈물을 흘렸다네
비단옷 걸친 사람은
모두 농부가 아니었다네

直譯(직역) – 어제(昨) 낮에(日) 성(城) 바깥 성으로(郭) 이르렀다가(到)
돌아(歸) 와(來) 수건에(巾) 가득(滿) 눈물을 흘렸다네(淚)
몸에(身) 무늬비단(綺) 얇은 비단을(羅) 두른(遍) 사람은(者)
이는(是) 누에를(蠶) 기른(養) 사람이(人) 아니었다네(不)

題意(제의) – 비단옷 입은 사람이 누에를 친 농부가 아니고 돈 있고 권력 있는 사람임을 알게된 蠶婦의 설음을 읊은 詩(시).

## 80. 雜詩(잡시)

–摩詰 王 維(마힐 왕 유)

已見寒梅發 復聞啼鳥聲 愁心視春草 畏向玉階生
이견한매발 부문제조성 수심시춘초 외향옥계생

차가운 매화를 보고
다시 새소리를 듣는다
시름으로 봄 풀을 보다가
궁전 뜰에도 우거질까 두려워한다

直譯(직역) – 이미(已) 차가운(寒) 매화가(梅) 핀 것을(發) 보고(見)
다시(復) 우는(啼) 새(鳥) 소리를(聲) 듣는다(聞)
근심스런(愁) 마음으로(心) 봄(春) 풀을(草) 보다가(視)
구슬(玉) 섬돌(階) 향해(向) 생겨날까(生) 두려워한다(畏)

題意(제의) – 차가운 매화도 피어나고 새들도 지저귀니 봄은 왔는데 한번

간 왕손은 다시 돌아오지 않음을 읊은 詩(시).

## 81. 雜詠(잡영)

-摩詰 王 維(마힐 왕 유)

君自故鄕來 應知故鄕事 來日綺窓前 寒梅着花未
군자고향래 응지고향사 내일기창전 한매착화미

그대 고향에서 왔으니
응당 고향 일을 알리라
오든 날 비단 창 앞에
매화꽃은 피었던가

**直譯**(직역)-그대(君) 옛(故) 마을로(鄕)부터(自) 왔으니(來)
응당(應) 옛(故) 마을(鄕) 일을(事) 알리라(知)
오든(來) 날(日) 비단 무늬(綺) 창(窓) 앞에(前)
차가운(寒) 매화는(梅) 꽃이(花) 시작되었던가(着) 아니던가(未)

**題意**(제의)-고향에서 온 사람을 보고 고향 소식이 궁금하다며 읊은 詩(시).

## 82. 長干行(장간행)

-崔 顥(최 호)

君家住何處 妾住在橫塘 停船暫借問 或恐是同鄕
군가주하처 첩주재횡당 정선잠차문 혹공시동향

임의 집은 어느 곳일까
첩은 나루터에 산다네
배가 멈추자 잠시 물어보고는
고향 사람일까 조바심한다네

直譯(직역) – 임의(君) 집은(家) 어느(何) 곳에(處) 세웠는가(住)
첩이(妾) 사는 집은(住) 가로놓인(橫) 둑에(塘) 있다네(在)
배를(船) 멈추고(停) 잠시(暫) 시험삼아(借) 묻고는(問)
혹(或) 이는(是) 같은(同) 고향일까(鄕) 두려워한다네(恐)

題意(제의) – 배가 머무는 나루터에서 웃음을 팔고 사는 여자들의 생활을 읊은 詩(시).

註解(주해) – 長干行 : 府(부)의 제목으로 都邑二十四曲(도읍이십사곡) 중의 하나인데 선착장의 번화한 곳에서 웃음을 팔고 사는 여자의 생활을 쓴 것이며 行은 시의 한 체를 뜻함.
橫塘 : 나루터.

## 83. 長信草(장신초)

– 致堯 崔國輔(치요 최국보)

長信宮中草　年年愁處生　時侵珠履跡　不使玉階行
장신궁중초　연년수처생　시침주리적　불사옥계행

장신궁에 돋아난 풀이
해마다 수심처럼 자라
임의 발자국을 덮으니
뜰에도 오르지 못하겠네

直譯(직역) – 長信宮(장신궁) 가운데(中) 풀(草)
해마다(年) 해마다(年) 시름겹게(愁) 곳곳에서(處) 자라(生)
때로(時) 구슬(珠) 신(履) 자국을(跡) 침범하여(侵)
구슬(玉) 섬돌로(階) 행하지(行) 못(不) 하게 하네(使)

題意(제의) – 천자의 행차는 끊어지고 풀만이 무성히 자라고 있는 長信宮의 쓸쓸한 모습을 읊은 詩(시).

## 84. 長安道(장안도)

－儲光羲(저광희)

鳴鞭過酒肆　袨服遊倡門　**百萬一時盡　含情無片言**
명편과주사　현복유창문　**백만일시진　함정무편언**

말을 타고 술집도 가보았고
고운 옷 입고 기생방에도 놀았네
백만 금을 다 없앴어도
정이 무엇인지 한마디 말도 못하네

**直譯**(직역)－소리내 울리고(鳴) 채찍질하며(鞭) 술(酒) 가게를(肆) 지나기도 하고(過)
고운 옷을(袨) 입고(服) 기생(倡) 문에서(門) 놀기도 하였네(遊)
백만을(百萬) 한(一) 때에(時) 다하고도(盡)
정을(情) 품고서(含) 한 조각(片) 말이(言) 없네(無)

**題意**(제의)－사내들이 술집이나 기생집에서 많은 돈을 쓰고도 정을 생각하여 한마디 말도 않는다는 長安의 道를 읊은 詩(시).

## 85. 田家春望(전가춘망)

－仲武 高 適(중무 고 적)

出門**無所見**　春色滿平蕪　可歎無知己　高陽一酒徒
출문**무소견**　춘색만평무　가탄무지기　고양일주도

문을 나서니 보이는 것은 없고
봄빛만 들판에 가득한데

친구가 없는 것이 한이 되어
고양 땅에 술꾼이 되었네

直譯(직역) – 문을(門) 나서니(出) 보이는(見) 것은(所) 없고(無)
봄(春) 빛만(色) 거칠어진(蕪) 들판에(平) 가득하다(滿)
가히(可) 나를(己) 알아주는 이(知) 없음이(無) 한탄되어(歎)
고양 땅에(高陽) 하나의(一) 술 마시는(酒) 무리가 되었다(徒)

題意(제의) – 농촌 들판에 봄빛이 가득한 이 좋은 계절에 친한 벗이 없어 술만 마시는 타향살이의 심정을 읊은 詩(시).

註解(주해) – 田家 : 농사짓는 집.
知己 : 친한 벗.
高陽 : 중국 河南省 開封府(하남성 개봉부)에 있는 地名(지명).

## 86. 絶句 - 1(절구)

– 小陵 杜 甫(소능 두 보)

**遲日江山麗 春風花草香** 泥融飛燕子 沙暖睡鴛鴦
**지일강산여 춘풍화초향** 이융비연자 사난수원앙

늦은 봄날 강산은 화려하고
봄바람에 꽃과 풀은 향기롭다
진흙땅 녹으니 제비 날아들고
모랫벌 따뜻하니 원앙새 졸고 있다

直譯(직역) – 느린(遲) 해에(日) 강과(江) 산은(山) 곱고(麗)
봄(春) 바람에(風) 꽃과(花) 풀은(草) 향기롭다(香)
진흙땅(泥) 녹으니(融) 제비란(燕) 놈이(子) 날고(飛)
모랫벌(沙) 따뜻하니(暖) 수컷 원앙(鴛) 암컷 원앙새(鴦) 졸고있다(睡)

**題意**(제의) – 꽃이 피어 아름다운데 제비들은 진흙으로 집을 짓고 원앙새는 모랫벌에서 졸고 있는 봄 풍경을 읊은 詩(시).

**註解**(주해) – 遲日 : 봄날. 해가 길고 늦게 지기 때문에 이름.

## 87. 絶句 – 2(절구)

–小陵 杜 甫(소능 두 보)

**江碧鳥逾白 山靑花欲然** 今春看又過 何日是歸年
**강벽조유백 산청화욕연** 금춘간우과 하일시귀년

강물이 푸르니 새 더욱 희고
산이 푸르니 꽃 더욱 붉다
이 봄도 이대로 지나가거니
언제나 고향에 돌아갈까

**直譯**(직역) – 강이(江) 푸르니(碧) 새는(鳥) 더욱(逾) 희고(白)
산이(山) 푸르니(靑) 꽃은(花) 불타려(然) 한다(欲)
이(今) 봄도(春) 보고(看) 또(又) 지나가니(過)
어느(何) 날(日) 이에(是) 돌아갈(歸) 해 일까(年)

**題意**(제의) – 강물과 새 그리고 산과 꽃이 아름답게 어우러진 봄을 타향에서 보내야만 하는 나그네의 심정을 읊은 詩(시).

## 88. 靜夜思(정야사)

–靑蓮居士 李 白(청연거사 이 백)

牀前看月光 疑是地上霜 擧頭望山月 低頭思故鄕
상전간월광 의시지상상 거두망산월 저두사고향

침상에서 달을 보니
서리가 내린 듯 하얀데
산에 솟은 달을 보다가
머리를 숙여 고향을 생각하네

**直譯**(직역) – 침상(牀) 앞에서(前) 달(月) 빛을(光) 바라보니(看)
이것이(是) 땅(地) 위의(上) 서리로(霜) 의심이 된다(疑)
머리를(頭) 들어(擧) 산의(山) 달을(月) 바라보다가(望)
머리를(頭) 숙여(低) 옛(故) 마을을(鄕) 생각한다(思)

**題意**(제의) – 서리가 내린 듯 달빛이 하얀 밤에 산 위 달을 보니 고향 생각이 간절하여 읊은 詩(시).

## 89. 題蘭棘同芳圖(제란극동방도)

–希遽 李 祁(희거 이 기)

幽蘭旣叢茂　荊棘仍不除　**素心自芳潔　怡然與之俱**
유란기총무　형극잉부제　**소심자방결　이연여지구**

그윽한 난초는 이미 포기로 우거졌건만
가시나무를 베어 버리지 아니함은
본디 마음이 꽃답고 조촐하여
그와 함께 하기를 좋아하기 때문이라

**直譯**(직역) – 그윽한(幽) 난초는(蘭) 이미(旣) 떨기로(叢) 우거졌건만(茂)
가시나무(荊) 가시나무를(棘) 곧(仍) 덜어버리지(除) 아니함은(不)
본래(素) 마음이(心) 저절로(自) 꽃답고(芳) 깨끗하여(潔)
기뻐(怡) 그러하게(然) 그와(之) 함께 하기를(俱) 좋아함이라(與)

**題意**(제의) – 그윽하고 무성한 난초 포기 곁에 가시나무를 그린 까닭은 가시나무도 사랑하기 때문이라고 읊은 詩(시).

註解(주해) – 素心 : 평소의 마음. 순수하고 깨끗한 인간 본래의 마음.

## 90. 題蘭畫(제난화)

– 公甫 陳獻章(공보 진헌장)

陰崖百草枯　蘭蕙多生意　君子居險夷　乃與恒人異
음애백초고　난혜다생의　군자거험이　내여항인리

낭떠러지에 온갖 풀 말랐는데
난초는 오히려 생기가 돋아난다
군자는 험악한 곳에 살면서도
진정 보통 사람과 다르지 않은가

直譯(직역) – 그늘진(陰) 낭떠러지에(崖) 온갖(百) 풀은(草) 말랐는데(枯)
난초(蘭) 혜초에는(蕙) 살아있는(生) 정취가(意) 많다(多)
어진(君) 사람은(子) 험악한(險) 오랑캐 땅에(夷) 살더라도(居)
진정(乃) 보통(恒) 사람에(人) 비교하면(與) 다른 것이다(異)

題意(제의) – 온갖 풀은 말랐는데 오히려 생기가 돋아나는 난초 혜초에서 군자의 모습을 엿볼 수 있다고 읊은 詩(시).

## 91. 題小畵(제소화)

– 伯溫 劉 基(백온 유 기)

**庭前綠荷葉　香氣濃於酒**　疏雨忽飛來　的皪明珠走
**정전녹하엽　향기농어주**　소우홀비래　적력명주주

앞뜰의 푸른 연잎

향기는 술 보다 짙고
성긴 비가 흩날리니
흰 구슬이 굴러 흐르고

直譯(직역) – 뜰(庭) 앞의(前) 푸른(綠) 연(荷) 잎(葉)
향긋한(香) 기운은(氣) 술(酒) 보다(於) 짙다(濃)
성긴(疏) 비가(雨) 갑자기(忽) 날아(飛) 오니(來)
하얗게(的) 빛나는(皪) 밝은(明) 구슬이(珠) 굴러간다(走)

題意(제의) – 앞뜰 연잎 향기는 술보다도 진하고 갑자기 내리는 빗방울은 하얀 구슬 되어 연잎에 구르는 모습을 읊은 詩(시).

## 92. 題倪雲林竹石圖(제예운림죽석도)

– 士敏 高遜志(사민 고손지)

卷石不盈尺　孤竹不成林　惟有歲寒節　乃知君子心
권석불영척　고죽불성림　유유세한절　내지군자심

주먹만한 돌은 한 자 남짓하고
외로운 대는 숲을 이루지 않았지만
오직 심한 추위 참는 절개 있어
이에 군자의 마음임을 알만하네

直譯(직역) – 주먹만한(卷) 돌은(石) 한 자에(尺) 차지(盈) 아니하고(不)
외로운(孤) 대는(竹) 숲을(林) 이루지(成) 아니했지만(不)
오직(惟) 해마다(歲) 추위의(寒) 절개(節) 있어(有)
이에(乃) 어진(君) 사람의(子) 마음임을(心) 알만하네(知)

題意(제의) – 대나무는 심한 추위를 이겨내는 절개 있어 君子의 마음임을 알만하다고 倪雲林이 그린 竹石圖를 읊은 詩(시).

註解(주해)－倪雲林 : 元(원) 나라 화가.

盈尺 : 한 자 남짓.

竹 : 대나무의 딴 이름으로는 綠卿(녹경) 瀟碧(소벽) 龍種(용종) 直節虛心(직절허심) 此君(차군) 青士(청사) 青玉(청옥) 寒玉(한옥) 虛中子(허중자) 등이 있음.(본서 부록 참조)

君子 : 중국 周(주)나라 때부터 많이 써 온 말로 학식과 덕행이 높은 사람인 有德者(유덕자)와 높은 관직에 있는 사람인 有位者(유위자)를 이르는 말인데 옛날에는 학덕이 있는 훌륭한 사람이 벼슬을 얻어 정치를 하였기 때문이며 대나무는 고결함과 청결함이 군자와 같다 하여 대나무를 군자라 함.

## 93. 題袁氏別業(제원씨별업)

－狂客 賀知章(광객 하지장)

主人不相識　偶坐爲林泉　莫謾愁沽酒　囊中自有錢
주인불상식　우좌위림천　막만수고주　낭중자유전

서로 알지 못하지만
숲과 샘이 좋아 마주 앉았네
공연히 술 살 걱정일랑 말게나
내 주머니에 돈이 있다네

直譯(직역)－주인(主) 사람은(人) 서로(相) 알지(識) 못한데(不)
마주(偶) 앉음은(坐) 숲과(林) 샘을(泉) 위함이라(爲)
공연히(謾) 술을(酒) 사야할(沽) 걱정일랑(愁) 말게나(莫)
주머니(囊) 속에(中) 나도(自) 돈이(錢) 있다네(有)

題意(제의)－처음 만난 주인에게 술은 내가 살터이니 아름다운 정원의 경치나 함께 구경하자며 袁氏의 별장에서 읊은 詩(시).

## 94. 題慈恩塔(제자은탑)

－荊　叔(형　숙)

漢國山河在　秦陵草樹深　暮雲千里色　無處不傷心
한국산하재　진릉초수심　모운천리색　무처불상심

산과 물은 예와 같건만
무덤은 이제 초목만 우거졌다
저 천리로 펼친 구름을 바라보니
곳마다 마음이 괴롭구나

**直譯**(직역)－한(漢) 나라의(國) 산과(山) 물은(河) 있건만(在)
진나라의(秦) 임금 무덤엔(陵) 풀과(草) 나무가(樹) 깊네(深)
저녁(暮) 구름은(雲) 천리의(千里) 빛깔이니(色)
마음을(心) 괴롭게 하지(傷) 아니하는(不) 곳이(處) 없네(無)

**題意**(제의)－山河는 옛날 그대로 있건만 진시황의 무덤엔 풀과 나무가 우거진 인생무상의 심정을 慈恩塔에 붙여 읊은 詩(시).

## 95. 題竹林寺(제죽림사)

－長通 朱　放(장통 주　방)

歲月人間促　煙霞此地多　殷勤竹林寺　更得幾回過
세월인간촉　연하차지다　은근죽림사　갱득기회과

세월이 사람을 재촉하는데
이곳은 경치가 아름답구나
정겨운 이 죽림사
다시 몇 번이나 올 수 있을까

直譯(직역) — 해와(歲) 달이(月) 사람(人) 사이를(間) 재촉하는데(促)
연기와(煙) 노을은(霞) 이(此) 곳에(地) 많구나(多)
정이 도탑고(殷) 정이 도타운(勤) 죽림사(竹林寺)
다시(更) 몇(幾) 번이나(回) 얻어(得) 지나갈까(過)

題意(제의) — 세월이 인간을 재촉 하니 이 아름답고 정겨운 竹林寺도 몇 번이나 더 올지 모르는 인생의 허무함을 읊은 詩(시).

註解(주해) — 煙霞 : 아름다운 경치.

## 96. 題懸崖蘭圖(제현애난도)

— 僧宗然(승종연)

**居高貴能下** 値險在自持 此日或可轉 此根終不移
**거고귀능하** 치험재자지 차일혹가전 차근종불이

높은 자리에 있으면서 몸을 낮출 수 있고
낭떠러지에 처하여도 스스로를 지키나니
오늘 해는 졌다 다시 뜰 수 있으나
이 튼튼한 뿌리 끝내 옮겨가지 못하리

直譯(직역) — 높고(高) 귀한 곳에(貴) 있으면서도(居) 낮출(下) 수 있고(能)
낭떠러지에(險) 당하여(値) 있어도(在) 스스로를(自) 지키나니(持)
이(此) 해는(日) 언제나(或) 가히(可) 옮겨가지만(轉)
이(此) 뿌리는(根) 끝내(終) 옮겨가지(移) 못하리(不)

題意(제의) — 벼랑 끝에 핀 난초 그림을 보니 스스로를 낮추는 것 같고 스스로를 지킬 것 같은 감흥을 읊은 詩(시).

## 97. 題畵竹(제화죽)

−戴 熙(대 희)

雨後龍孫長 風前鳳尾搖 **心虛**根底固 指日定干霄
우후용손장 풍전봉미요 **심허**근저고 지일정간소

비 온 뒤 죽순 솟아나고
바람 앞에 대나무 잎이 한들한들
속 비고 뿌리 굳으니
조만간 하늘까지 닿겠네

**直譯(직역)**−비 온(雨) 뒤(後) 용의(龍) 손자인 듯(孫) 자라나고(長)
바람(風) 앞에(前) 봉황의(鳳) 꼬리인 듯(尾) 흔들리네(搖)
한가운데는(心) 비고(虛) 뿌리(根) 밑이(底) 굳으니(固)
뜻한(指) 날에(日) 하늘을(霄) 방패로(干) 정하겠네(定)

**題意(제의)**−비 온 뒤 죽순 자라나고 바람 앞에 잎이 한들거리는 대나무 그림에 부쳐 읊은 詩(시).

**註解(주해)**−龍孫 : 竹筍(죽순). 竹筍의 딴 이름으로는 龍雛(용추) 竹牙(죽아) 竹胎(죽태) 稚筍(치순) 등이 있음.
鳳尾 : 대나무 잎.
指日 : 훗날.

## 98. 照鏡見白髮(조경견백발)

−長通 朱 放(장통 주 방)

宿昔靑雲志 蹉跎白髮年 誰知明鏡裏 形影自相憐
숙석청운지 차타백발년 수지명경리 형영자상련

옛날 청운의 뜻이
어쩌다 보니 늙었네
누가 알까 거울을 보고
나 홀로 슬퍼하는 심정을

直譯(직역)－묵은(宿) 옛날에(昔) 푸른(靑) 구름의(雲) 뜻이(志)
발을 헛디뎌(蹉) 넘어지다 보니(跎) 하얀(白) 머리의(髮) 나이라(年)
누가(誰) 알리(知) 맑은(明) 거울(鏡) 속에(裏)
몸과(形) 그림자가(影) 스스로(自) 서로(相) 불쌍히 여길 줄을(憐)

題意(제의)－거울에 비쳐 보니 젊었을 때 가졌던 큰 뜻이 어느 사이에 백발로 되어버린 세월의 무상함을 읊은 詩(시).

註解(주해)－靑雲 : 높은 이상이나 벼슬의 비유.

## 99. 早起(조기)

－玉溪子 李商隱(옥계자 이상은)

風露澹淸晨　簾間獨起人　櫻花啼又笑　畢竟是誰春
풍로담청신　염간독기인　앵화제우소　필경시수춘

이슬이 맑은 새벽에
주렴 안에서 일어나는 사람아
앵두꽃이 지고 피는데
이것은 누구를 위한 봄인가

直譯(직역)－바람에(風) 이슬이 내려(露) 깨끗하고(澹) 맑은(淸) 아침(晨)
발(簾) 사이에서(間) 홀로(獨) 일어나는(起) 사람아(人)
앵두(櫻) 꽃이(花) 울고(啼) 또(又) 웃는데(笑)
마침내(畢) 마침내(竟) 이는(是) 누구의(誰) 봄인가(春)

題意(제의) – 차갑게 서리 내린 맑은 새벽에 일찍 일어나 앵두꽃이 피고 지는 것을 보고 그 서글픈 심정을 읊은 詩(시).

## 100. 朝來曲(조래곡)

– 少伯 王昌齡(소백 왕창령)

日昃鳴珂動 花連繡戶春 盤龍玉臺鏡 惟待畵眉人
일측명가동 화연수호춘 반룡옥대경 유대화미인

해질 녘 구슬소리 울리고
집안에는 봄꽃이 수를 놓은 듯 아름다운데
용이 서린 옥 화장대 앞에서
눈썹 그려줄 사람만 기다리고 있다

直譯(직역) – 해가(日) 서쪽으로 기우니(昃) 마노 구슬이(珂) 흔들리어(動) 울리고(鳴)
꽃으로(花) 잇달아(連) 수를 놓은 듯한(繡) 집에는(戶) 봄이 왔다(春)
용이(龍) 서린(盤) 옥을(玉) 대로 한(臺) 거울에서(鏡)
오직(惟) 눈썹(眉) 그려줄(畵) 사람만(人) 기다리고 있다(待)

題意(제의) – 옥 화장대 앞에서 예쁘게 단장하며 누군가를 애틋하게 기다리는 심정을 아침의 노래라는 제목으로 읊은 詩(시).

註解(주해) – 珂 : 白瑪瑙(백마노). 瑪瑙는 石英 蛋白石 玉髓(석영 단백석 옥수)의 혼합물로 때때로 다른 광물질이 침투하여 적갈색·백색의 무늬를 나타내고 細工物(세공물)·조각 재료 등에 사용함.

## 101. 詔問山中何所有賦待以答(조문산중하소유부대이답)

-華陽隱居 陶弘景(화양은거 도홍경)

山中何所有　嶺上多白雲　只可自**怡悅**　不堪持贈君
산중하소유　영상다백운　지가자**이열**　불감지증군

산중에 무엇이 있는고
산마루에 흰 구름도 많지만
다만 홀로 즐길 뿐
차마 님에게 보낼 수 없소

**直譯**(직역)-산(山) 가운데에(中) 있는(有) 것이(所) 무엇인가(何)
산마루 고개(嶺) 위에(上) 흰(白) 구름이(雲) 많지만(多)
다만(只) 스스로(自) 기뻐하고(怡) 기뻐할(悅) 수 있어도(可)
님에게(君) 가져다(持) 주는 것은(贈) 견디지(堪) 못합니다(不)

**題意**(제의)-산중에 무엇이 있느냐고 묻자 산마루에는 흰 구름도 많지만 홀로 즐길 뿐이라고 글로 답하여 읊은 詩(시).

**註解**(주해)-詔問 : 임금님이 물어 봄.

## 102. 早秋(조추)

-用晦 許 渾(용회 허 혼)

遙夜泛淸瑟　西風生翠蘿　殘螢棲玉露　早雁拂銀河
요야범청슬　서풍생취라　잔형서옥로　조안불은하

긴 밤 맑은 거문고 소리 가득하고
푸른 담쟁이덩굴에 서풍이 인다
남은 반딧불은 구슬 같은 이슬에 깃들고

이른 기러기는 은하수를 스칠 듯 날아간다

直譯(직역) – 긴(遙) 밤(夜) 맑은(淸) 거문고 소리로(瑟) 가득하고(泛)
푸른(翠) 담쟁이덩굴에(蘿) 서쪽(西) 바람이(風) 일어난다(生)
남은(殘) 반딧불은(螢) 구슬(玉) 이슬에(露) 깃들고(棲)
이른(早) 기러기는(雁) 은하수를(銀河) 스친다(拂)

題意(제의) – 맑은 비파 소리로 가득한 밤 반딧불은 이슬에 깃들고 벌써 기러기 날아오는 이른 가을을 읊은 詩(시).

## 103. 早秋獨夜(조추독야)

– 樂天 白居易(락천 백거이)

井梧凉葉動　隣杵秋聲發　獨向簷下眠　覺來半牀月
정오량엽동　인저추성발　독향첨하면　각래반상월

우물가 오동잎이 차갑게 나부끼고
이웃집 다듬이는 가을 소리 울릴 새
홀로 처마 밑에서 잠을 자다 보니
달이 침상 반쯤에 와 있더라

直譯(직역) – 우물가(井) 오동나무는(梧) 차갑게(凉) 잎을(葉) 흔들고(動)
이웃의(隣) 다듬이는(杵) 가을(秋) 소리를(聲) 내는데(發)
홀로(獨) 처마(簷) 아래(下) 향해(向) 잠자니(眠)
침상(牀) 반쯤에(半) 달이(月) 와 있음을(來) 알겠더라(覺)

題意(제의) – 오동 잎 소리 차갑고 다듬이 소리 한창인데 달은 벌써 침상 반쯤에 와 있는 이른 가을 정경을 읊은 詩(시).

## 104. 終南望餘雪(종남망여설)

－祖　詠(조　영)

終南陰嶺秀　積雪浮雲端　林表明霽色　城中增暮寒
종남음령수　적설부운단　임표명제색　성중증모한

종남산 높이 솟아 빼어나니
쌓인 눈이 구름 사이에 떠 있는 듯
나뭇가지는 한결 밝게 빛나니
성 가운데 저녁은 더 차가운 듯

**直譯**(직역)－종남산(終南) 북쪽에(陰) 산봉우리가(嶺) 빼어났는데(秀)
쌓인(積) 눈은(雪) 구름(雲) 끝에(端) 떠있다(浮)
수풀(林) 나뭇가지 끝은(表) 밝고(明) 맑은(霽) 빛인데(色)
성(城) 가운데(中) 저녁은(暮) 더(增) 차갑다(寒)

**題意**(제의)－終南山 높이 솟은 봉우리에 쌓여 있는 눈을 보며 그 느낌을 읊은 詩(시).

**註解**(주해)－終南 : 終南山으로 木覓山(목멱산)이라고도 하며 중국 陝西省(섬서성) 남부에 있는 산인데 古刹(고찰)과 명승지가 많음.

## 105. 左掖梨花(좌액이화)

－丘　爲(구　위)

冷艶全欺雪　**餘香**乍入衣　春風且莫定　吹向玉階飛
냉염전기설　**여향**사입의　춘풍차막정　취향옥계비

차가운 빛이 눈인가 했더니
남은 향기가 옷에 스며드네

봄바람이여 멈추지 말고
임의 뜰로 불어 날아다오

直譯(직역) – 차가운(冷) 빛이(艶) 온전히(全) 눈인 듯(雪) 속이더니(欺)
남은(餘) 향기가(香) 언뜻(乍) 옷으로(衣) 들어오네(入)
봄(春) 바람은(風) 또한(且) 멈추지(定) 말고(莫)
구슬(玉) 섬돌을(階) 향하여(向) 불어(吹) 날아다오(飛)

題意(제의) – 차가운 눈처럼 하얗게 핀 배꽃 향기를 님 계신 곳으로 보내고 싶은 심정을 읊은 詩(시).

註解(주해) – 左掖 : 궁중의 동문을 가리킴.
玉階 : 임금님이 거처하는 곳의 뜰.

## 106. 竹(죽)

– 殷堯藩(은요번)

窓戶盡蕭森　空堦凝碧陰　不緣氷雪裏　爲識歲寒心
창호진소삼　공계응벽음　불연빙설리　위식세한심

너무나 쓸쓸하고 조용한 창 밖
텅 빈 섬돌에 엉킨 푸른 그늘
얼음 눈 속이 아니라도
심한 추위이기는 마음 알 만하네

直譯(직역) – 창(窓) 문은(戶) 다하여(盡) 쓸쓸하고(蕭) 오싹하며(森)
텅 빈(空) 섬돌에는(堦) 푸른(碧) 그늘만(陰) 엉켜있는데(凝)
얼음(氷) 눈(雪) 속과(裏) 인연이(緣) 아니라도(不)
한 해(歲) 추위(寒) 마음을(心) 알만(識) 하네(爲)

題意(제의) – 섬돌에는 푸른 그늘만 쓸쓸한데 얼음 눈 속이 아니라도 알만한 대나무의 추위이기는 마음을 읊은 詩(시).

## 107. 竹菊(죽국)

－彦德 屠 性(언덕 도 성)

曾向山中住　黃花爛漫栽　主人緣愛竹　三徑不敎開
증향산중주　황화란만재　주인연애죽　삼경불교개

일찍부터 산중에 살면서
국화를 무르녹게 가꾸었는데
주인은 좋아하는 대나무를 둘러 심어
세 갈래 오솔길을 닫아버렸네

**直譯(직역)**－일찍이(曾) 이전부터(向) 산(山) 속에(中) 살면서(住)
누른(黃) 꽃을(花) 문드러지고(爛) 질펀하게(漫) 가꾸었는데(栽)
주인 된(主) 사람은(人) 사랑하는(愛) 대나무로(竹) 가장자리를 삼아(緣)
세 갈래(三) 오솔길이(徑) 열리지(開) 못하게(不) 하였네(敎)

**題意(제의)**－국화를 무르녹게 가꾸고 그 둘레를 대나무로 심어 놓은 주인의 대나무와 국화에 대한 사랑을 읊은 詩(시).

**註解(주해)**－黃花 : 菊花(국화). 菊花의 異稱(이칭)으로는 佳友(가우) 東籬君子(동리군자) 壽客(수객) 傲霜(오상) 隱逸花(은일화) 隱君子(은군자) 重陽花(중양화) 秋芳(추방) 秋華(추화) 寒英(한영) 黃華(황화) 등이 있다.(본서 부록 참조)
爛漫 : 꽃이 만발하여 화려하고 탐스러움.
敎 : 가르칠 교. 스승 교. …로 하여금 …하게 할 교.
三徑 : 漢(한) 나라 때 蔣詡(장후)라는 隱士(은사)가 집 앞 대나무 숲 사이에 세 가닥 길을 내어놓고 求仲(구중)과 羊中(양중)이란 두 친구만 오게 하여 놀았다는 고사에서 유래되어 隱士의 문 앞이나 그 집을 뜻함.

## 108. 竹里館(죽리관)

－摩詰 王 維(마힐 왕 유)

獨坐幽篁裏　彈琴復長嘯　深林人不知　明月來**相照**
독좌유황리　탄금부장소　심림인부지　명월래**상조**

홀로 대숲에 앉아
거문고를 타다가 휘파람도 불어 본다
깊은 숲이라 사람은 알지 못하고
밝은 달만 비쳐 준다

**直譯**(직역)－홀로(獨) 그윽한(幽) 대 숲(篁) 속에(裏) 앉아(坐)
거문고를(琴) 타다가(彈) 다시(復) 길게(長) 휘파람을 분다(嘯)
깊은(深) 숲이라(林) 사람은(人) 알지(知) 못하고(不)
밝은(明) 달만(月) 와서(來) 서로(相) 비춘다(照)

**題意**(제의)－대 숲 정자에서 밝은 달을 벗삼아 거문고를 타다가 휘파람도 불어보는 심정을 읊은 詩(시).

## 109. 竹窓(죽창)

－東萊 呂祖謙(동래 여조겸)

前山雨褪花　餘芳棲老木　**卷藏萬古春**　**歸此一窓竹**
전산우퇴화　여방서노목　**권장만고춘**　**귀차일창죽**

앞산 비에 꽃이 지다가
남은 꽃은 늙은 나무에 붙어 있는데
돌 돌 말아 감추어두었던 아주 오랜 봄이
창 앞 한 그루 대나무로 돌아왔네

**直譯**(직역) – 앞(前) 산(山) 비에(雨) 꽃(花) 꽃이 지다가(褪)
남은(餘) 꽃은(芳) 늙은(老) 나무에(木) 붙어 있는데(棲)
돌 돌 말아(卷) 감추어두었던(藏) 크게(萬) 오랜(古) 봄이(春)
이에(此) 돌아온 곳은(歸) 창 앞(窓) 한 그루(一) 대나무라네(竹)

**題意**(제의) – 앞산에 비가 내려 꽃이 지는데 창 앞 한 그루 대나무에서 새 봄을 찾은 기쁨을 읊은 詩(시).

## 110. 池上 - 1(지상)

– 樂天 白居易(낙천 백거이)

**山僧對棋坐　局上竹陰清**　映竹無人見　時聞下子聲
**산승대기좌　국상죽음청**　영죽무인견　시문하자성

산에서 스님이 바둑판을 마주하고 앉았는데
바둑판 위로 대나무 그늘이 서늘하다
대나무 그림자로 사람은 보이지 않고
때때로 바둑 두는 소리만 들린다

**直譯**(직역) – 산에서(山) 스님이(僧) 바둑판을(棋) 마주하고(對) 앉았는데(坐)
바둑판(局) 위로(上) 대나무(竹) 그늘이(陰) 서늘하다(淸)
대나무는(竹) 비치는데(映) 사람은(人) 보이지(見) 않고(無)
때때로(時) 알맹이를(子) 내리는(下) 소리만(聲) 들린다(聞)

**題意**(제의) – 대나무 그늘이 비치는 바둑판을 마주하고 앉아 스님 홀로 바둑을 두고 있는 한가로운 풍경을 읊은 詩(시).

## 111. 池上-2(지상)

-樂天 白居易(낙천 백거이)

小娃撑小艇 偸采白蓮回 不解藏蹤迹 浮萍一道開
소왜탱소정 투채백련회 불해장종적 부평일도개

예쁜 소녀가 작은 배를 저어
흰 연꽃을 몰래 따서 돌아오네
자취를 감출 줄 몰라
물풀 위로 길 하나 열리네

**直譯**(직역)-젊은(小) 미녀가(娃) 작은(小) 배를(艇) 저어(撑)
흰(白) 연꽃을(蓮) 훔쳐(偸) 따 가지고(采) 돌아오네(回)
자취와(蹤) 자취(迹) 감추는 것을(藏) 깨닫지(解) 못해(不)
물에 뜬(浮) 개구리밥 풀에(萍) 길을(道) 하나(一) 여네(開)

**題意**(제의)-소녀가 연꽃을 몰래 따서 작은 배를 저어 돌아오는데 물풀 위로 길 하나 열리는 연못의 풍경을 읊은 詩(시).

## 112. 池窓(지창)

-樂天 白巨易(낙천 백거이)

池晩蓮芳謝 窓秋竹意深 更無人作伴 唯對一彈琴
지만연방사 창추죽의심 갱무인작반 유대일탄금

해 기울자 못에 연꽃도 지고
가을되니 창 앞에 대나무도 쓸쓸하다
또한 이야기할 벗도 없어
홀로 거문고만 타고 있다

直譯(직역) – 연못에(池) 해가 저무니(晩) 연(蓮) 꽃도(芳) 시들고(謝)
창에(窓) 가을이 되니(秋) 대나무(竹) 뜻도(意) 깊어간다(深)
또(更) 짝(伴) 지을(作) 사람도(人) 없으니(無)
오직(唯) 한결같이(一) 거문고만(琴) 타며(彈) 마주한다(對)

題意(제의) – 가을날 떨어지는 연꽃과 대 바람소리를 들으면서 거문고로 달래 보는 무료한 심정을 읊은 詩(시).

## 113. 聽嘉陵江水聲寄深上人 - 1(청가릉강수성기심상인)

– 韋應物(위응물)

**水性自云靜　石中本無聲**　如何兩相激　雷轉空山驚
**수성자운정　석중본무성**　여하양상격　뇌전공산경

물은 스스로 고요하고
돌은 본래 소리가 없다
만일 어찌하여 돌과 물이 부딪히면
우레 소리에 빈 산이 놀랄 때도 있지만

直譯(직역) – 물의(水) 성질은(性) 스스로(自) 고요하다고(靜) 말할 수 있고(云)
돌(石) 마음에는(中) 본래(本) 소리가(聲) 없다(無)
만일(如) 어찌하다가(何) 둘이(兩) 서로(相) 부딪히면(激)
우레 소리(雷) 굴러(轉) 빈(空) 산이(山) 놀라긴 하지만(驚)

題意(제의) – 본래 소리가 없는 물과 돌이 부딪히면 우레 소리를 낼 때도 있다면서 嘉陵에서 강물 소리를 듣고 읊은 詩(시).

## 114. 聽嘉陵江水聲寄深上人 - 2(청가릉강수성기심상인)

- 韋應物(위응물)

遠聽江上笛　臨觴一送君　還愁獨宿夜　更向郡齋聞
원청강상적　임상일송군　환수독숙야　갱향군재문

먼 강에서 부는 피리소리에
술잔을 마주하고 그대를 보낸다
그대 떠난 쓸쓸한 밤에
저 피리소리 다시 들릴까 걱정스럽다

直譯(직역) - 멀리(遠) 들리는(聽) 강(江) 위의(上) 피리소리에(笛)
술잔을(觴) 마주하고(臨) 한번(一) 그대를(君) 보낸다(送)
도리어(還) 걱정스러운 것은(愁) 홀로(獨) 자는(宿) 밤에(夜)
다시(更) 고을의(郡) 집을(齋) 향해(向) 들려오는 것이라(聞)

題意(제의) - 江에서 부는 피리소리를 들으며 侍御 벼슬에 있는 陸씨와 이별하는 심정을 읊은 詩(시).

註解(주해) - 郡齋 : 郡廳(군청). 군수의 관사.

## 115. 聽嘉陵江水聲寄深上人 - 3(청가릉강수성기심상인)

- 漁洋山人 王士禛(어양산인 왕사진)

晨雨過青山　漠漠寒煙織　不見秣陵城　坐愛秋江色
신우과청산　막막한연직　불견말릉성　좌애추강색

아침 비 앞산을 지나가자
아득히 펼쳐지는 차가운 아침 안개

마을 거리는 보이지 않지만
앉은 채 즐겨보는 가을 강 경치여

直譯(직역) – 아침(晨) 비(雨) 청산을(靑山) 지나가자(過)
아득하고(漠) 아득히(漠) 짜여지는(織) 차가운(寒) 안개(煙)
말릉의(秣陵) 성은(城) 보이지(見) 않지만(不)
앉아서(坐) 가을(秋) 강(江) 빛을(色) 즐긴다(愛)

題意(제의) – 시인 27세 때 작품으로 靑山에 펼쳐진 산뜻하고 해맑은 아침 풍경을 읊은 詩(시).

註解(주해) – 靑山 : 강소성에 있는 명승지로 이름 높은 산.
秣陵 : 지금의 南京市(남경시).

## 116. 淸夜吟(청야음)

– 安樂先生 邵 雍(안락선생 소 옹)

**月到天心處 風來水面時** 一般淸意味 料得少人知
**월도천심처 풍래수면시** 일반청의미 요득소인지

달은 하늘 가운데에 이르고
바람은 호수에 일렁일 때
이렇게 맑은 운치를
헤아려 아는 이 적으리

直譯(직역) – 달이(月) 하늘(天) 한가운데(心) 곳에(處) 이르고(到)
바람은(風) 물(水) 겉에(面) 오는(來) 때에(時)
모든(一) 무리의(般) 맑은(淸) 뜻과(意) 뜻을(味)
헤아려(料) 얻어(得) 아는(知) 사람(人) 적으리(少)

題意(제의) – 달도 밝고 물결도 잔잔한 밤에 道學者 邵康節(도학자 소강절)

선생이 느낀 맑은 운치를 읊은 詩(시).

## 117. 蜀葵花(촉규화)

－岑 參(잠 삼)

昨日一花開　今日一花開　今日花正好　昨日花已老
작일일화개　금일일화개　금일화정호　작일화이노

어제도 한 송이 꽃이 피고
오늘도 한 송이 꽃이 피네
오늘 핀 꽃은 매우 곱거니와
어제 핀 꽃은 벌써 시들었네

直譯(직역)－어제(昨) 날에(日) 하나(一) 꽃이(花) 피었는데(開)
오늘(今) 날에도(日) 하나(一) 꽃이(花) 피네(開)
오늘(今) 날(日) 꽃은(花) 정히(正) 좋거니와(好)
어제(昨) 날(日) 꽃은(花) 벌써(已) 늙어버렸네(老)

題意(제의)－어제도 피고 오늘도 핀 접시꽃이지만 어제 핀 꽃은 이미 시들어 곱지 않게 된 것을 보고 인생무상을 읊은 詩(시).

註解(주해)－蜀葵花 : 접시꽃.

## 118. 蜀道後期(촉도후기)

－道濟 張 說(도제 장 설)

客心爭日月　來往預期程　秋風不相待　先至洛陽城
객심쟁일월　내왕예기정　추풍불상대　선지낙양성

나그네 마음은 날짜를 다투는 것

오고 가는 일정이 미리 정하여 있는데
가을바람은 나를 기다리지 않고
저 먼저 낙양성에 이르렀네

直譯(직역)－나그네(客) 마음은(心) 날과(日) 달을(月) 다투니(爭)
오고(來) 감에(往) 미리(預) 한도를(程) 정하는데(期)
가을(秋) 바람은(風) 서로(相) 기다리지(待) 않고(不)
먼저(先) 낙양성에(洛陽城) 이르렀네(至)

題意(제의)－가을에 만나기로 한 蜀나라 길이 약속보다 늦어짐은 가을바람이 나를 기다리지 않았기 때문이라고 읊은 詩(시).

註解(주해)－洛陽 : 중국 하남성 북쪽에 邙山(망산)이 있고 남쪽에 洛水(낙수)를 끼고 있는 경치 좋은 곳인데 周(주)나라의 洛邑(낙읍)으로 後漢・晉・隋・後唐(후한・진・수・후당)의 도읍지였으며 명승고적이 많음.

## 119. 叢菊(총국)

－曼卿 石延年(만경 석연년)

**風勁香逾遠　天寒色更鮮**　秋天買不斷　無意學金錢
**풍경향유원　천한색갱선**　추천매부단　무의학금전

바람이 거셀수록 향기 더욱 드러나고
날씨가 추울수록 빛은 더욱 선명하다
가을 날씨에 끊임없이 사가려 하지만
돈벌이 배우는데는 뜻이 없단다

直譯(직역)－바람이(風) 굳세면(勁) 향기(香) 더욱(逾) 깊어지고(遠)
하늘이(天) 차가우면(寒) 빛은(色) 다시(更) 곱다(鮮)

가을(秋) 하늘에(天) 끊임(斷) 없이(不) 사가려 하지만(買)
돈과(金) 돈을(錢) 배우는데는(學) 뜻이(意) 없단다(無)

**題意**(제의) – 바람에 향기 더욱 드러나고 추위에 빛이 더욱 선명한 포기진 국화가 그대로 있는 것을 보고 읊은 詩(시).

## 120. 秋夜寄丘二十二員外(추야기구이십이원외)

– 韋應物(위응물)

懷君屬秋夜　散步咏凉天　山空松子落　幽人應未眠
회군촉추야　산보영량천　산공송자락　유인응미면

그대 생각하는 가을밤
한가로이 거닐며 흥얼거린다
고요한 밤 솔방울 떨어지는 소리
그대도 잠 못 이루리라

**直譯**(직역) – 그대를(君) 생각하는(懷) 가을(秋) 밤에(夜) 맡기어(屬)
한가로이(散) 거닐면서(步) 서늘한(凉) 하늘에(天) 읊조린다(咏)
산은(山) 쓸쓸한데(空) 솔(松) 방울(子) 떨어지니(落)
숨어사는(幽) 사람도(人) 응당(應) 잠을 이루지(眠) 못하리라(未)

**題意**(제의) – 쓸쓸한 가을 산에 솔방울 떨어지는 밤 員外벼슬에 있는 丘씨 생각에 잠 못 이루고 거닐면서 읊은 詩(시).

**註解**(주해) – 丘二十二 : 구씨 형제 중 二十二번째의 사람.
員外 : 尙書省(상서성)에 속해 있는 관리.

## 121. 秋日(추일)

-洪源 耿 湋(홍원 경 위)

返照入閭巷 憂來誰共語 古道少人行 秋風動禾黍
반조입여항 우래수공어 고도소인행 추풍동화서

저녁놀이 마을을 비치는데
이 시름 누구에게 하소할까
길에 다니는 사람도 드문데
가을바람만 들에 물결친다

直譯(직역)-되돌아와(返) 비치는 빛은(照) 마을(閭) 거리로(巷) 들어오는데(入)
근심스러움(憂)을(來) 누구와(誰) 함께(共) 말할까(語)
옛(古) 길엔(道) 다니는(行) 사람도(人) 적은데(少)
가을(秋) 바람만(風) 벼와(禾) 기장을(黍) 흔든다(動)

題意(제의)-저녁놀은 붉게 타고 바람이 살랑대는 가을날 오가는 사람 없어 서글픈 심정을 읊은 詩(시).

註解(주해)-返照 : 저녁놀.
黍 : 기장. 수수와 비슷한데 이삭은 9~10월에 익으며 담황색이고 떡·술·과자·빵 등의 원료로 쓰임.

## 122. 秋日湖上(추일호상)

-薛 瑩(설 영)

落日五湖遊 煙波處處愁 浮沈千古事 誰與問東流
낙일오호유 연파처처수 부침천고사 수여문동류

저녁놀에 강기슭을 걷느니

물안개가 시름으로 피어난다
흥망성쇠의 오랜 일을
저 강물에 물어볼까

直譯(직역) – 지는(落) 해에(日) 오호에서(五湖) 노니(遊)
연기(煙) 물결은(波) 곳(處) 곳이(處) 시름이라(愁)
떠오르고(浮) 잠긴(沈) 천 번이나(千) 오랜(古) 일을(事)
누구와(誰) 더불어(與) 동쪽으로(東) 흐르는 물에(流) 물어볼까(問)

題意(제의) – 가을 날 湖水에서 시름으로 피어나는 물안개를 바라보며 興亡盛衰(흥망성쇠)의 무상함을 읊은 詩(시).

註解(주해) – 五湖 : 중국 蘇州(소주)에 있는 太湖(태호).
沈 : ①가라앉을 침. 沈默(침묵). ②성 심. 沈氏(심씨).

## 123. 秋浦歌(추포가)

– 靑蓮居士 李 白(청연거사 이 백)

白髮三千丈 緣愁似個長 不知明鏡裏 何處得秋霜
백발삼천장 연수사개장 부지명경리 하처득추상

길고 긴 흰머리
시름 때문인가
거울 속의 가을 서리는
어디서 얻어 왔나

直譯(직역) – 흰(白) 머리카락(髮) 삼(三) 천(千) 장(丈)
근심으로(愁) 말미암아(緣) 이같이(似) 낱낱이(個) 길어졌나(長)
알지(知) 못하리(不) 밝은(明) 거울(鏡) 속에(裏)
어느(何) 곳에서(處) 가을(秋) 서리를(霜) 얻어 왔나(得)

**題意**(제의) – 李 白이 秋浦에 살면서 거울 속의 흰머리를 새삼스럽게 깨달으며 읊은 詩(시).

## 124. 秋風引(추풍인)

–夢得 劉禹錫(몽득 유우석)

何處秋風至 蕭蕭送雁群 朝來入庭樹 孤客最先聞
하처추풍지 소소송안군 조래입정수 고객최선문

어느 곳에서 가을바람이 부는가
쓸쓸한 바람 속에 기러기
아침 일찍 나무에서 우니
외로운 나그네 먼저 듣누나

**直譯**(직역) – 어느(何) 곳에서(處) 가을(秋) 바람이(風) 오는가(至)
쓸쓸하고(蕭) 쓸쓸하게(蕭) 기러기(雁) 떼를(群) 보내네(送)
아침(朝) 되어(來) 뜰(庭) 나무에(樹) 드니(入)
외로운(孤) 손이(客) 가장(最) 먼저(先) 듣누나(聞)

**題意**(제의) – 기러기 떼 날아와 뜰에 있는 나무에서 우니 외로운 나그네 고향생각에 젖는 쓸쓸한 가을을 읊은 詩(시).

**註解**(주해) – 秋風引 : 가을바람에 관한 노래(곡).

## 125. 春曉(춘효)

–浩然 孟 浩(호연 맹 호)

春眠不覺曉 處處聞啼鳥 夜來風雨聲 花落知多少
춘면불각효 처처문제조 야래풍우성 화락지다소

봄 잠이라 새벽인 줄도 몰랐는데
곳곳에서 새소리 들린다
어젯밤 비바람에
꽃은 많이도 졌겠다

**直譯**(직역) – 봄(春) 잠이라(眠) 새벽인줄(曉) 알지(覺) 못했는데(不)
곳(處) 곳에서(處) 새(鳥) 우는 소리(啼) 들린다(聞)
밤이(夜) 와(來) 바람(風) 비(雨) 소리나더니(聲)
꽃(花) 떨어짐이(落) 많고도(多) 적은 줄(少) 알겠다(知)

**題意**(제의) – 늦잠을 자고 새벽에 일어나니 어젯밤 비바람에 꽃이 많이도 떨어진 것 같아 그 아쉬운 마음을 읊은 詩(시).

## 126. 梔子花(치자화)

– 希魯 蔣 堂(희노 장 당)

庭前梔子樹　四畔有椏枝　未結黃金子　先開白玉花
정전치자수　사반유아지　미결황금자　선개백옥화

뜰 앞 치자나무
사방에 뻗친 가지
황금 열매 맺으려고
하얀 꽃 먼저 피네

**直譯**(직역) – 뜰(庭) 앞(前) 치자(梔子) 나무(樹)
네 군데(四) 두둑에는(畔) 나무 가장귀(椏) 가지가(枝) 있다(有)
누른(黃) 금빛(金) 열매(子) 맺지(結) 않았지만(未)
하얀(白) 구슬(玉) 꽃이(花) 먼저(先) 피었다(開)

**題意**(제의) – 뜰 앞에 하얗게 피어있는 치자 꽃을 읊은 詩(시).

## 127. 彈琴(탄금)

－文房 劉長卿(문방 유장경)

泠泠七絃上　靜聽松風寒　古調雖自愛　今人多不彈
냉냉칠현상　정청송풍한　고조수자애　금인다불탄

싸늘히 거문고를 타니
솔바람 소리도 차갑다
옛 가락을 나는 좋아하지만
지금 사람은 잘 타지 않는다

**直譯**(직역)－차갑고(泠) 차가운(泠) 일곱(七) 줄에(絃) 오르니(上)
솔(松) 바람도(風) 차갑고(寒) 고요하게(靜) 들리네(聽)
옛(古) 가락을(調) 비록(雖) 나는(自) 좋아하지만(愛)
이제(今) 사람은(人) 많이(多) 타지(彈) 아니하네(不)

**題意**(제의)－지금 사람은 즐겨하지 않지만 옛 가락이 좋아 거문고를 타니 솔바람 소리도 차갑게 들리는 감흥을 읊은 詩(시).

## 128. 萍池(평지)

－摩詰 王 維(마힐 왕 유)

春池深且廣　會待輕舟廻　靡靡綠萍合　垂楊掃復開
춘지심차광　회대경주회　미미녹평합　수양소부개

봄 연못은 넓고도 깊어
가볍고 빠른 배 돌아오기를 기다린다
흩어진 녹색 개구리밥이 모였다가는
늘어진 버들가지로 다시 흩어진다

直譯(직역) – 봄(春) 연못은(池) 깊고(深) 또(且) 넓어(廣)
가벼운(輕) 배(舟) 돌아오기를(廻) 때마침(會) 기다린다(待)
쓰러지고(靡) 쏠린(靡) 녹색(綠) 부평초가(萍) 모였다가는(合)
늘어진(垂) 버들이(楊) 쓸어주자(掃) 다시(復) 열린다(開)

題意(제의) – 봄 연못에 늘어진 버들가지가 녹색 개구리밥을 모았다가 다시 흩어지게 하는 한적한 모습을 읊은 詩(시).

## 129. 夏日山中(하일산중)

– 靑蓮居士 李 白(청련거사 이 백)

懶搖白羽扇 裸體靑林中 脫巾掛石壁 露頂灑松風
나요백우선 나체청림중 탈건괘석벽 노정쇄송풍

깃털 부채 부치기도 귀찮으니
숲 속에서 벌거숭이가 되어
두건은 바윗돌에 걸어놓고
맨머리로 솔바람을 쐰다

直譯(직역) – 흰(白) 깃(羽) 부채(扇) 흔들기도(搖) 게으르니(懶)
푸른(靑) 숲(林) 속에서(中) 몸을(體) 벗어(裸)
두건(巾) 벗어(脫) 바위(石) 벽에(壁) 걸어놓고(掛)
정수리를(頂) 드러내어(露) 솔(松) 바람을(風) 뿌린다(灑)

題意(제의) – 여름 날 숲 속에 벌거숭이가 되어 두건은 바윗돌에 걸어놓고 맨머리로 솔바람을 쐬는 모습을 읊은 詩(시).

## 130. 鶴(학)

－香山居士 白居易(향산거사 백거이)

**人有各所好　物固無常宜**　誰謂爾能舞 不如閑立時
**인유각소호　물고무상의**　수위이능무 불여한립시

사람마다 각자 좋아하는 바가 있고
사물에는 본디 항상 옳은 것은 없느니
누가 너 학에게 춤 잘 춘다 하드냐
한가롭게 서 있는 때만 못한 것을

**直譯**(직역)－사람에게는(人) 서로(各) 좋아하는(好) 바가(所) 있고(有)
사물에는(物) 본디(固) 항상(常) 마땅한 것은(宜) 없느니라(無)
누가(誰) 너에게(爾) 춤추기(舞) 잘한다고(能) 말하더냐(謂)
한가롭게(閑) 서 있는(立) 때만(時) 같지(如) 못한 것을(不)

**題意**(제의)－사람마다 좋아하는 바가 다르니 춤추는 학을 좋아하기도 하지만 한가로이 서 있는 학이 더 좋다고 읊은 詩(시).

## 131. 寒梅(한매)

－晦庵 朱 熹(회암 주 희)

白玉堂前樹　風淸月影殘　無情三弄笛　遙夜不勝寒
백옥당전수　풍청월영잔　무정삼롱적　요야불승한

한림원 앞뜰엔 매화나무
맑은 바람에 어스름 달빛
무정히 들리는 피리소리
긴긴 밤을 추위에 떠는 듯

**直譯**(직역) – 한림원(白玉堂) 앞에는(前) 나무요(樹)
바람(風) 맑고(淸) 달(月) 그림자는(影) 쇠하여 약하다(殘)
아무 뜻도(情) 없이(無) 서너 번(三) 희롱해보는(弄) 피리(笛)
긴(遙) 밤은(夜) 추위를(寒) 이기지(勝) 못한다(不)

**題意**(제의) – 한림원 앞뜰에 차가운 매화는 피었는데 피리소리만이 구슬피 들리는 정경을 읊은 詩(시).

**註解**(주해) – 白玉堂 : 玉堂을 운치 있게 일컫는 말인데 玉堂은 송나라 翰林院(한림원)의 별칭이며 조선조 弘文館(홍문과)의 별칭이기도 함.

## 132. 紅柹子(홍시자)

–夢得 劉禹錫(몽득 유우석)

曉連星影出 晩帶日光懸 本因遺採掇 翻自**保天年**
효연성영출 만대일광현 본인유채철 번자**보천년**

아침엔 별빛 함께 나오고
저물 녘엔 햇빛 띠고 달려있다
본디 가리고 모음에서 버려진 것이
도리어 타고난 수명을 보전하게 되었구나

**直譯**(직역) – 아침엔(曉) 별(星) 빛에(影) 잇닿아(連) 나오고(出)
저물 녘엔(晩) 해(日) 빛(光) 띠고(帶) 달려있다(懸)
본디(本) 가려내고(採) 주워 모음에서(掇) 버려진 것으로(遺) 말미암아(因)
도리어(翻) 저절로(自) 하늘이 준(天) 나이를(年) 지키게 되었구나(保)

**題意**(제의) – 아침엔 별이 지기 전에 나오고 저물 녘엔 햇빛 띠고 대롱대롱 매달려 천수를 누리고 있는 홍시를 읊은 詩(시).

**註解**(주해) – 天年 : 타고난 수명. 天壽(천수).

## 133. 紅蕉(홍초)

－晦庵 朱 熹(회암 주 회)

弱枝不自持　芳根爲誰好　雖微九秋榦　丹心中自保
약지부자지　방근위수호　수미구추간　단심중자보

약한 가지를 스스로 지탱하지 못하면서
향기로운 뿌리는 누구를 좋아하기 때문인가
비록 늦가을 힘없는 작은 줄기지만
정성스런 마음은 가슴속에 간직하고 있다네

**直譯**(직역)－약한(弱) 가지(枝) 스스로(自) 버티지(持) 못하면서(不)
향기로운(芳) 뿌리는(根) 누구를(誰) 좋아하기(好) 때문인가(爲)
비록(雖) 끝(九) 가을(秋) 작은(微) 줄기지만(榦)
붉은(丹) 마음은(心) 속에(中) 스스로(自) 지킨다네(保)

**題意**(제의)－스스로 지탱하기 어려운 약한 가지이지만 스스로 정성스런 마음을 지키고 있는 붉은 파초를 읊은 詩(시).

## 134. 華山(화산)

－寇 準(구 준)

只有天在上　更無與山齊　擧頭紅日近　回看向雲低
지유천재상　갱무여산제　거두홍일근　회간향운저

위에 있는 것은 오직 하늘 뿐
더불어 다시 비길 산이 없다네
머리 들면 붉은 해에 가깝고
고개 돌리면 마주한 구름이 낮다네

直譯(직역) – 다만(只) 위에(上) 있는 것은(在) 하늘만(天) 있을 뿐(有)
다시(更) 가지런히(齊) 함께 할(與) 산이(山) 없다네(無)
머리를(頭) 들면(擧) 붉은(紅) 해에(日) 가깝고(近)
돌려(回) 바라보면(看) 마주한(向) 구름도(雲) 낮다네(低)

題意(제의) – 위로는 하늘만 있을 뿐이고 아래로는 흰 구름만 낮게 깔려 있어 비교할 수 없이 높은 華山을 읊은 詩(시).

註解(주해) – 華山 : 중국 五嶽(오악)의 하나로 陝西城(협서성) 山陰縣(산음현) 남쪽에 있는데 秦嶺山脈(진령산맥) 중의 高峰(고봉) 임. 五嶽은 중국 고대에 천자가 돌아가며 狩獵(수렵)을 하고 諸侯(제후)를 會同(회동) 시켰던 각 방면의 鎭山(진산)으로 동쪽의 泰山(태산) 서쪽의 華山 남쪽의 衡山(형산) 북쪽의 恒山(항산)과 중앙의 崇山(숭산)을 말함.

## 135. 和張僕射塞下曲(화장복야새하곡)

– 允言 盧 綸(윤언 노 륜)

月黑雁飛高　單于遠遁逃　欲將輕騎逐　大雪滿弓刀
월흑안비고　선우원둔도　욕장경기축　대설만궁도

어두운 하늘에 기러기 높이 날고
오랑캐도 멀리 달아났건만
빠른 말을 타고 좇으려해도
눈이 많이 쌓여 갈 수 없네

直譯(직역) – 달이(月) 어두운데(黑) 기러기(雁) 날아(飛) 높고(高)
오랑캐도(單于) 멀리(遠) 달아나고(遁) 달아났건만(逃)
장차(將) 가벼운(輕) 말을 타고(騎) 좇으려(逐) 해도(欲)
큰(大) 눈이(雪) 활과(弓) 칼에(刀) 가득하네(滿)

題意(제의) – 추운 겨울 밤 큰 눈이 쌓여 달아난 오랑캐를 쫓을 수 없다고 僕射 벼슬인 張씨의 塞下曲에 답하여 읊은 詩(시).

註解(주해) – 僕射 : 중국 唐·宋(당·송) 때 宰相(재상)을 이름.
射 : ①쏠 사. 射亭(사정). ②벼슬이름 야. 僕射(복야).
塞 : ①변방 새. 塞翁之馬(새옹지마). ②막을 색. 塞心(색심).
單 : ①홑 단. 單數(단수). ②오랑캐 임금 선. 單于(선우).

## 136. 效崔國輔體(효최국보체)

– 致堯 韓 偓(치요 한 악)

澹月照中庭　海棠花自落 獨立俯閑階　風動鞦韆索
담월조중정　해당화자락 독립부한계　풍동추천색

맑은 달이 뜰을 비치는데
해당화는 소리 없이 지고
홀로 서서 뜰을 바라보는데
바람은 그네 줄만 흔들고

直譯(직역) – 맑은(澹) 달이(月) 가운데(中) 뜰을(庭) 비추는데(照)
해당화는(海棠花) 스스로(自) 떨어지고(落)
홀로(獨) 서서(立) 한가로운(閑) 섬돌을(階) 굽어보는데(俯)
바람은(風) 그네(鞦韆) 줄만(索) 흔들고(動)

題意(제의) – 해당화 지고 있는 뜰을 바라보니 그네 줄만 바람에 흔들리고 있는 풍경을 崔國輔의 글체를 따서 읊은 詩(시).

# 제2장 오언율시(五言律詩)

命 題(명 제) : 勤學(근학)

書 體(서 체) : 印篆(인전) · 行書(행서)

規 格(규 격) : 66×52cm

內 容(내 용) : 本書(본서) 550.朱子十悔(주자십회) 參照(참조)

斷 想(단 상) : 2005. 전북서예의 역사와 動向展(동향전)(전북도립미술관) 초대작품이다. 朱子十悔는 ①孝道(효도) ②和睦(화목) ③勤學(근학) ④思難(사난) ⑤儉用(검용) ⑥耕種(경종) ⑦治垣(치원) ⑧勤愼(근신) ⑨醉言(취언) ⑩接客(접객)에 관한 열 가지 내용이다.

律詩는 近體詩(근체시)에 속하는 중국 한시의 한 체로 唐代(당대)에 정해졌으며 8句로 되어 있고 1句가 5자인 五言律詩(오언율시)와 7자인 七言律詩(칠언율시)의 두 가지가 있다.

律詩는 六朝(육조)의 齊·梁(제·양) 때 沈 約(심 약) 등의 四聲八病說(사성팔병설)을 대표로 하는 움직임 즉 시의 音聲美(음성미)에 대한 자각의 움직임이 그 기원이며 句 안의 聲調(성조)가 갖는 均整美(균정미)와 함께 종래의 20句 내지 12句의 중편형식이 차차 10句 내지 8句로 짧게 고정되었고 중간 4句에 對句(대구)를 쓰는 규칙도 정해졌는데 대체로 7세기 후반 初唐(초당)의 王勃·楊炯·盧照隣·駱賓王(왕발·양경·노조린·낙빈왕) 四傑(사걸) 시대에 먼저 五言律詩부터 성립하였으며 8세기 전반에 沈佺期·宋之問(심전기·송지문)에 의하여 七言律詩가 성립되었다.

처음에는 修辭性(수사성)에 치중되어 應酬(응수)와 題詠(제영) 등에 주로 사용되었으나 예술적으로 고도의 내용을 가지게 된 것은 杜甫(두 보)의 출현부터라고 한다.

형식은 2句 1聯(연)이 4聯 있으며 중간의 2聯에는 반드시 對句(대구)를 쓰도록 되어 있는 것이 특색으로 다른 2聯에도 對句를 쓸 수 있으며 4聯이 모두 對句로 구성되는 것을 全對格이라 하는데 絶句(절구) 경우의 재치나 기지에 비해서 律詩의 경우에는 對句를 중심으로 한 均整美나 修辭의 세련미가 관심의 초점이 되며 律詩의 변형으로서는 중간의 對句 부분이 3聯 4聯으로 길어진 것을 排律(배율) 또는 長律(장률)이라 하고 긴 것은 100句 이상이나 되는 것도 있는데 杜 甫가 완성자 이며 科擧(과거) 詩 과목에서는 12句 排律을 쓰는 것이 관례였고 排律은 五言 위주이며 七言은 별로 없다.

## 137. 感遇 – 1(감우)

–子壽 張九齡(자수 장구령)

**蘭葉春**葳蕤 **桂華秋皎潔** 欣欣此生意 自爾爲佳節
誰知林棲者 聞風坐相悅 草木有本心 何求美人折
**난엽춘위유 계화추교결** 흔흔차생의 자이위가절
수지림서자 문풍좌상열 초목유본심 하구미인절

봄이면 난초 잎 무성하고
가을이면 계수나무 꽃 아름답다
기쁘고 기쁜 이 삶의 뜻이여
저절로 이와 같이 좋은 시절이 되는구나
누가 알아주랴 숲 속의 삶을
바람 소리 들으며 모여 앉아 즐긴다
초목에도 바탕 마음 있거니
어찌 꼭 미인에게만 꺾이려하랴

直譯(직역) – 난초(蘭) 잎은(葉) 봄이면(春) 무성하게(葳) 늘어지고(蕤)
계수나무(桂) 꽃은(華) 가을이면(秋) 희고도(皎) 깨끗하다(潔)
기쁘고도(欣) 기쁜(欣) 이(此) 삶의(生) 뜻이여(意)
저절로(自) 이와 같이(爾) 좋은(佳) 시절이(節) 되는구나(爲)
누가(誰) 알아주겠는가(知) 숲에서(林) 사는(棲) 사람을(者)
바람 소리(風) 들으며(聞) 앉아(坐) 서로 따르며(相) 즐긴다(悅)
풀(草) 나무에도(木) 바탕(本) 마음이(心) 있거니(有)
어찌(何) 아름다운(美) 사람에게만(人) 꺾이기를(折) 탐하겠는가(求)

題意(제의) – 봄이면 난초가 무성하고 가을이면 계수나무 꽃이 아름답지만 초목도 본 마음을 갖고 있어 꼭 미인만을 좋아하는 것이 아니라고 읊은 詩(시).

## 138. 感遇 - 2(감우)

- 伯玉 陳子昂(백옥 진자앙)

銀燭吐青煙 金樽對綺筵 離堂思琴瑟 別路繞山川
明月隱高樹 長河沒曉天 悠悠洛陽道 此會在何年
은촉토청연 금준대기연 이당사금실 별노요산천
명월은고수 장하몰효천 유유낙양도 차회재하년

은촛대는 푸른 연기 토해내는데
금 술 동이로 아름다운 자리를 마주한다
이별하는 집에서는 부부의 정을 생각하는데
떠나가는 길은 산천을 감돌아있다
밝은 달은 높은 나무에 가려있는데
긴 은하는 새벽하늘로 사라진다
낙양 길은 아득하고 아득한데
어느 해에 또 만날까

**直譯**(직역) - 은(銀) 촛불은(燭) 푸른(青) 연기를(煙) 토해내는데(吐)
금(金) 술 동이로(樽) 아름다운(綺) 자리를(筵) 마주한다(對)
이별하는(離) 집에서는(堂) 부부간의 화목한 즐거움을(琴瑟) 생각하는데(思)
이별하는(別) 길은(路) 산과(山) 시내를(川) 감돈다(繞)
밝은(明) 달은(月) 높은(高) 나무에(樹) 숨었는데(隱)
긴(長) 은하는(河) 새벽(曉) 하늘로(天) 가라앉는다(沒)
낙양의(洛陽) 길은(道) 아득하고(悠) 아득한데(悠)
이런(此) 만남(會) 어느(何) 해에나(年) 있을까(在)

**題意**(제의) - 우연히 만나 은촛대에 불을 밝히고 금 술 동이의 술을 마시며 이별을 아쉬워하는 심정을 읊은 詩(시).

註解(주해)－洛陽 : 중국의 옛 서울. 東周・後漢・魏・西晉・남북조의 北魏・唐(동주・후한・위・서진・북위・당)나라의 서울로 洛水(낙수)의 북쪽에 있는 지금의 하남성 낙양현 임.

## 139. 感遇－3(감우)

－伯玉 陳子昂(백옥 진자앙)

蘭若生春夏　芊蔚何青青　幽獨空林色　朱蕤冒紫莖
遲遲白日晚　嫋嫋秋風生　歲華盡搖落　芳意竟何成
난약생춘하　천울하청청　유독공림색　주유모자경
지지백일만　요뇨추풍생　세화진요락　방의경하성

난초와 두약이 봄과 여름에 자라
우거져 어찌 그리도 푸른가
빈 숲의 빛은 홀로 그윽한데
붉게 늘어져 자주 빛의 줄기를 덮었구나
뉘엿뉘엿 해는 저물고
하늘하늘 가을바람 불어온다
한해가 다 가 떨어져 버리니
꽃다운 마음 끝내 무엇을 이루었던가

直譯(직역)－난초와(蘭) 두약이(若) 봄과(春) 여름에(夏) 자라(生)
우거지고(芊) 우거져(蔚) 어찌나(何) 푸르고(青) 푸른가(青)
빈(空) 숲의(林) 빛은(色) 홀로(獨) 그윽한데(幽)
붉게(朱) 늘어져(蕤) 자주 빛의(紫) 줄기를(莖) 덮었구나(冒)
더디고(遲) 더디게(遲) 밝은(白) 해는(日) 저물고(晚)
하늘하늘(嫋) 솔솔(嫋) 가을(秋) 바람이(風) 일어난다(生)
세월의(歲) 꽃이(華) 다(盡) 흔들리어(搖) 떨어져버리는데(落)

꽃다운(芳) 마음은(意) 끝내(竟) 무엇을(何) 이루었던가(成)

題意(제의) – 난초와 두약이 봄과 여름에 무성하다가 꽃이 떨어져 버리니 그 꽃은 무엇을 이루었는지 모르겠다며 세월의 무상함을 읊은 詩(시).

註解(주해) – 杜若 : 宿根草(숙근초)로 줄기 높이는 30cm 가량이고 따뜻한 지방의 응달에서 여름에 황적색의 穗狀花(수상화)가 腋出(액출)하여 핌.

## 140. 溪居(계거)

– 子厚 柳宗元(자후 유종원)

久爲簪組累　幸此南夷謫　閑依農圃隣　偶似山林客
**曉耕翻露草　夜榜響溪石**　來往不逢人　長歌楚天碧
구위잠조루　행차남이적　한의농포린　우사산림객
**효경번로초　야방향계석**　내왕불봉인　장가초천벽

오랫동안 벼슬에 얽매였다가
다행히 이 곳 남방으로 귀양와
한가히 농가의 이웃에 의지하니
우연히 산 속의 은자 같다
새벽이면 밭 갈아 이슬 풀 뒤집고
저녁이면 개울가 돌 울려 배 저어가고
오며 가며 만나는 사람 없어
길게 노래하니 하늘도 푸르구나

直譯(직역) – 오랫동안(久) 비녀 꽂고(簪) 끈으로 묶는 일이(組) 번거롭게(累) 되었었는데(爲)
다행히(幸) 이 곳(此) 남방으로(南) 편안하게(夷) 귀양왔구나(謫)
한가히(閑) 농사짓고(農) 들일하는(圃) 이웃에(隣) 의지하니(依)

우연히(偶) 산(山) 숲의(林) 나그네(客) 같구나(似)
새벽이면(曉) 밭 갈아(耕) 이슬 맺힌(露) 풀을(草) 뒤집고(翻)
밤이면(夜) 개울가(溪) 돌을(石) 울려(響) 배 저어간다(榜)
오며(來) 가며(往) 만나는(逢) 사람(人) 없어(不)
길이(長) 노래하니(歌) 초 나라 땅(楚) 하늘도(天) 푸르다(碧)

題意(제의)－오랫동안 공무에 얽매였다가 남방으로 귀양 와서 새벽이면 밭 갈고 저녁이면 배 저으며 노래하는 한가로운 개울가의 삶을 읊은 詩(시).

註解(주해)－簪 : 여자의 쪽 진 머리가 풀어지지 않도록 가로질러 꽂는 한 일자 모양의 장신구로 금·은·옥·쇠·나무·뿔·뼈 등으로 만듦. 또한 冠(관)이나 가체를 머리에 고정시키기 위해 꽂는 장신구를 말하는 것으로 주대(周代)에는 帝王·貴族·士族(제왕·귀족·사족) 계급들이 모두 冠을 착용하였으며 帝王의 즉위식이나 正裝(정장) 때 착용하는 면류관 판의 앞과 뒤의 가장자리에 旒(유 : 작은 구슬을 꿰어 단 줄)를 달았는데 황제는 12줄·제후는 9줄·관리는 5줄이었음. 이 詩에서 簪組는 벼슬아치의 公務(공무)를 뜻함.

## 141. 高冠谷口招鄭鄠(고관곡구초정호)

－岑　參(잠　삼)

谷口來相訪　空齋不見君　**澗花燃暮雨　潭樹暖春雲**
**門逕稀人迹　簷峰下鹿群**　衣裳與枕席　山霞碧氤氳
곡구래상방　공재불견군　**간화연모우　담수난춘운**
**문경희인적　첨봉하녹군**　의상여침석　산하벽인온

산골짜기 찾아 왔더니
사람은 안 보이고 서재만 비어있네

저녁 비에 붉게 타는 시냇가 꽃
봄 구름에 따뜻해진 못 가 나무들
사람 발길 드문 문밖 오솔길
사슴 떼 내려오는 처마 끝 산봉우리
옷은 베개 잠자리에 그대로 있고
산 노을 기운만 푸르네

**直譯**(직역) – 골짜기(谷) 어귀로(口) 찾아(訪) 보러(相) 왔더니(來)
빈(空) 서재에(齋) 그대는(君) 보이지(見) 않네(不)
산골짜기(澗) 꽃은(花) 저녁(暮) 비에(雨) 붉게 타는 듯(燃)
못 가(潭) 나무는(樹) 봄(春) 구름에(雲) 따뜻하네(暖)
문밖(門) 지름길엔(逕) 사람(人) 흔적도(迹) 드물고(稀)
처마 끝(簷) 봉우리엔(峰) 사슴(鹿) 떼(群) 내려오네(下)
저고리와(衣) 치마는(裳) 베개(枕) 자리와(席) 함께 있고(與)
산(山) 노을은(霞) 성한 기운(氤) 성한 기운으로(氳) 푸르네(碧)

**題意**(제의) – 岑參이 高冠이라는 산골짜기로 鄭鄠를 찾아갔더니 서재는 비어 있는데 산에서 사슴 떼가 내려오는 한가하고 고요한 풍경을 읊은 詩(시).

## 142. 谷口書齋寄楊補闕(곡구서재기양보궐)

– 仲文 錢 起(중문 전 기)

泉壑帶茅茨　雲霞生薜帷　**竹憐新雨後　山愛夕陽時**
閑鷺棲常早　秋花落更遲　家僮掃蘿徑　昨與故人期
천학대모자　운하생설유　**죽련신우후　산애석양시**
한로서상조　추화락갱지　가동소라경　작여고인기

샘물 골짜기에 띠 집 한 채

늘푸른 덩굴나무 휘장에선 구름과 놀
대숲은 비 갠 뒤에 어여쁘고
산은 해질 때에 더욱 사랑스럽고
항상 일찍 깃들이는 한가한 해오라기
더욱 더디게 떨어지는 가을꽃
머슴아이가 담쟁이 오솔길을 쓰는 것은
친구와 어제 약속이 있음이라

**直譯**(직역)－샘(泉) 골짜기는(壑) 띠 집(茅) 띠 집을(茨) 허리에 띠었고(帶)
구름과(雲) 놀은(霞) 줄사철나무(薜) 휘장에서(帷) 생겨나네(生)
대나무는(竹) 새로(新) 비가 내린(雨) 뒤에(後) 어여쁘고(憐)
산은(山) 저녁(夕) 볕일(陽) 때에(時) 사랑스럽네(愛)
한가한(閑) 해오라기는(鷺) 항상(常) 일찍(早) 깃들고(棲)
가을(秋) 꽃은(花) 더욱(更) 더디게(遲) 떨어지네(落)
집(家) 머슴아이가(僮) 담쟁이덩굴의(蘿) 좁은 길을(徑) 쓸고 있음은(掃)
어제(昨) 옛 벗(故) 사람과(人) 함께(與) 기약을 하였음이라(期)

**題意**(제의)－비 갠 뒤의 대나무와 해질 녘 산이 더욱 아름다운 골짜기 띠 집에서 머슴아이 시켜 길을 쓸게 하고 谷口書齋에서 읊어보는 詩(시).

## 143. 過故人莊(과고인장)

－浩然 孟 浩(호연 맹 호)

故人具鷄黍 邀我至田家 **綠樹村邊合** **青山郭外斜**
**開軒面場圃** **把酒話桑麻** 待到重陽日 還來就菊花
고인구계서 요아지전가 **녹수촌변합** **청산곽외사**
**개헌면장포** **파주화상마** 대도중양일 환래취국화

친구는 닭고기와 밥을 차려놓고

나를 집으로 불러 맞이하는데
파란나무들은 마을을 둘러 있고
푸른 산은 마을 밖에 비껴있다
방문 열면 넓은 채마밭이 보이고
술 마시며 뽕나무와 삼을 이야기하는데
구월 구일 중양절 기다렸나가
다시 와서 국화꽃을 보련다

**直譯**(직역)－옛 벗(故) 그 사람은(人) 닭과(鷄) 기장을(黍) 갖추어놓고(具)
나를(我) 맞이하여(邀) 농사짓는(田) 집에(家) 이르렀는데(至)
파란(綠) 나무들은(樹) 마을(村) 가에(邊) 모여있고(合)
푸른(靑) 산은(山) 둘레(郭) 밖으로(外) 비껴있다(斜)
창을(軒) 열면(開) 마당(場) 밭이(圃) 보이고(面)
술(酒) 잡고(把) 뽕과(桑) 삼을(麻) 이야기하는데(話)
기다리던(待) 거듭(重) 양인(陽) 날에(日) 이르면(到)
다시(還) 와서(來) 국화(菊) 꽃으로(花) 나아가련다(就)

**題意**(제의)－닭고기와 기장밥을 차려놓고 술을 마시면서 뽕나무와 삼 농사에 대하여 이야기하며 즐긴 친구의 농장에 관하여 읊은 詩(시).

**註解**(주해)－桑 : 뽕나무는 높이가 2~3m가량인데 뽕잎은 누에의 먹이가 되고 누에는 뽕잎을 먹고 누에고치를 만들며 누에고치에서 뽑은 실은 명주비단의 원료가 됨.
麻 : 높이가 2~3m로 긴 纖維(섬유) 재료가 되는 식물의 총칭이며 3~5월에 파종하여 밭에 재배하는데 종자는 「삼씨」라 하여 식용·약용·사료·비료의 원료로가 되고 껍질은 삼베·魚網(어망)·포대·돛·밧줄 등에 쓰이나 痲藥(마약)의 일종인 大麻草(대마초)의 원료로서 허가를 받아야 재배할 수 있음.
重陽 : 9는 원래 陽數(양수)이기 때문에 양수가 겹쳤다는 뜻으로 重

九 또는 重陽이라 하며 重陽節(중양절)은 제비가 江南(강남)으로 간다고 전하는데 이 때쯤 되면 제비를 볼 수 없다 함. 이 날 柚子(유자)를 잘게 썰어 석류 알 그리고 잣과 함께 꿀물에 타서 마시는데 이것을 화채(花菜)라 하며 時食(시식)으로 조상에게 차례를 지내기도 하고 또 선비들은 교외로 나가서 楓菊(풍국) 놀이를 하며 시인 ·묵객들은 주식을 마련하여 黃菊(황국)을 술잔에 띄워 마시고 시를 읊거나 그림을 그리며 하루를 즐겼고 각 가정에서는 3월 3일에 진달래로 화전을 만드는 것과 같이 菊花煎(국화전)을 부쳐먹었음.

## 144. 過香積寺(과향적사)

–摩詰 王 維(마힐 왕 유)

不知香積寺 數里入雲峰 古木無人逕 深山何處鐘
**泉聲咽危石 日色冷青松** 薄暮空潭曲 **安禪**制毒龍
부지향적사 수리입운봉 고목무인경 심산하처종
**천성열위석 일색냉청송** 박모공담곡 **안선**제독룡

알지 못하는 향적사를 찾아
몇 리를 걸어 구름 속에 들어갔다
고목 밑에는 길도 없는데
깊은 산 어느 곳에 종소리인가
냇물은 바위틈으로 힘차게 흐르고
햇빛은 소나무에 차갑게 비치는데
해질 무렵 깊은 못 가에서
좌선하며 번뇌를 씻어 버리련다

直譯(직역) – 향적사를(香積寺) 알지(知) 못하면서(不)
몇(數) 리에(里) 구름(雲) 봉우리로(峰) 들어갔다(入)

오래된(古) 나무에는(木) 사람의(人) 길도(逕) 없는데(無)
깊은(深) 산(山) 어느(何) 곳에서(處) 종소리인가(鐘)
샘(泉) 소리는(聲) 위태로운(危) 바위에서(石) 목이 메이고(咽)
해(日) 빛은(色) 푸른(靑) 소나무에(松) 차가운데(冷)
엷게(薄) 해질 무렵(暮) 비어 있는(空) 못(潭) 굽이에서(曲)
편안히(安) 좌선하며(禪) 독한(毒) 용을(龍) 다스리련다(制)

**題意**(제의) – 깊은 연못에서 좌선을 하며 盤陀王(반타왕)이 毒龍(독룡)을 제압하였다는 전설처럼 속세의 욕심을 씻어 보겠다고 읊은 詩(시).

**註解**(주해) – 香積寺 : 종남산에 있는 절.
空潭 : 깊은 못.
禪 : 마음을 가다듬고 정신을 통일하여 번뇌를 끊고 진리를 깊이 생각하여 無我靜寂(무아정적)의 경지에 몰입하는 일.
毒龍 : 사람의 욕심을 비유한 것. 盤陀王의 고사에 서방의 不可依山(불가의산)에 못이 있고 그 못에 毒龍이 있는데 盤陀王이 婆羅門(파라문)의 주문을 4년 동안 배운 후 그 못에 가서 주문을 읽었더니 그 毒龍이 사람으로 화하여 죄를 뉘우치매 王이 이것을 용서했다는 전설이 있음.

## 145. 倦夜(권야)

–小陵 杜 甫(소릉 두 보)

竹凉侵臥內 野月滿庭隅 **重露成涓滴 稀星乍有無**
**暗飛螢自照 水宿鳥相呼** 萬事干戈裏 空悲淸夜徂
죽량침와내 야월만정우 **중로성연적 희성사유무**
**암비형자조 수숙조상호** 만사간과리 공비청야조

대나무 숲 시원함이 침실 안까지 스며들고

들 달빛은 마당 구석까지 가득한데
잎에 맺힌 이슬은 이윽고 방울 되고
드문드문 뜬 별은 잠시에 나타났다 사라졌다 한다
어두운 곳을 나는 반딧불이는 스스로 빛을 내어 비추고
물가에서 잠자는 새는 서로 부르고 있는데
이 모든 일이 전쟁 중에 이루어지고 있으니
부질없이 맑은 밤 지나가는 것만 슬퍼한다

**直譯**(직역) – 대나무(竹) 시원함이(凉) 침실(臥) 안까지(內) 침노하고(侵)
들(野) 달빛은(月) 뜰(庭) 구석까지(隅) 가득한데(滿)
무거워진(重) 이슬은(露) 물방울(涓) 물방울을(滴) 이루고(成)
드문드문한(稀) 별은(星) 잠시(乍) 있다가(有) 없어졌다 한다(無)
어두운 데를(暗) 나는(飛) 반디는(螢) 스스로(自) 비추고(照)
물가에(水) 잠자는(宿) 새는(鳥) 서로(相) 부르는데(呼)
모든(萬) 일이(事) 방패와(干) 창(戈) 속이니(裏)
부질없이(空) 맑은(淸) 밤이(夜) 가는 것만(徂) 슬퍼한다(悲)

**題意**(제의) – 맑고 평온한 밤이긴 하나 전쟁이 끝나지 않음을 탄식하며 잠 못 이루는 밤에 읊은 詩(시).

## 146. 闕題(궐제)

– 全乙 劉愼虛(전을 유신허)

道由白雲盡　春與靑溪長　**時有落花至**　**遠隨流水香**
閑門向山路　深柳讀書堂　幽映每白日　淸輝照衣裳
도유백운진　춘여청계장　**시유락화지**　**원수류수향**
한문향산로　심유독서당　유영매백일　청휘조의상

산길은 흰 구름 속으로 사라지고

봄은 푸른 계곡과 더불어 길다
때로 꽃이 흘러 내려와서는
멀리 흐르는 물 따라 향기롭다
고요한 산장의 문은 산을 향하였고
무성한 버들 숲에는 글방이 있다
그윽한 햇빛은 언제나 맑은 날씨요
맑은 달빛은 친구의 옷을 비춘다

**直譯(직역)** – 길은(道) 흰(白) 구름으로(雲) 말미암아(由) 다해지고(盡)
봄은(春) 푸른(靑) 시내와(溪) 더불어(與) 길다(長)
때로(時) 떨어진(落) 꽃이(花) 있어(有) 다다르고(至)
멀리(遠) 흐르는(流) 물(水) 따라(隨) 향기롭다(香)
한가한(閑) 문은(門) 산(山) 길로(路) 향하고(向)
깊은(深) 버들에는(柳) 책을(書) 읽는(讀) 집이다(堂)
그윽한(幽) 햇빛은(映) 언제나(每) 깨끗한(白) 날이요(日)
맑은(淸) 빛은(輝) 옷(衣) 치마를(裳) 비춘다(照)

**題意(제의)** – 봄날 친구의 집을 방문하니 맑은 물에는 향기로운 꽃잎이 떠 내려오고 우거진 버들 숲 속에 글방이 있는 평화로운 풍경을 읊은 詩(시).

**註解(주해)** – 闕題 : 제목이 빠짐. 無題(무제)·失題(실제)와 같음.

## 147. 歸嵩山作(귀숭산작)

– 摩詰 王 維(마힐 왕 유)

淸川帶長薄　車馬去閑閑　**流水如有意　暮禽相與還**
荒城臨古渡　落日滿秋山　迢遞嵩高下　歸來且閉關
청천대장박　거마거한한　유수여유의　모금상여환

황성림고도 낙일만추산 초체숭고하 귀래차폐관

맑은 개울 긴 숲 끼고
수레 타고 한가로이 간다
흐르는 물도 무슨 마음 있는 듯 하고
나는 저녁 새와 함께 돌아온다
거친 성은 옛 나루를 굽어보고
지는 햇빛은 가을 산에 가득한데
멀리 숭산 아래를 떠나
집으로 돌아와 문을 닫는다

直譯(직역) – 맑은(淸) 개울은(川) 긴(長) 풀숲을(薄) 둘렀고(帶)
수레(車) 말로(馬) 한가롭고(閑) 한가로이(閑) 간다(去)
흐르는(流) 물은(水) 마음이(意) 있는 것(有) 같고(如)
저녁(暮) 새와(禽) 서로(相) 함께(與) 돌아온다(還)
거친(荒) 성은(城) 옛(古) 나루를(渡) 내려다보고(臨)
지는(落) 햇빛(日) 가을(秋) 산에(山) 가득한데(滿)
멀리(迢) 숭산(嵩) 높은(高) 아래를(下) 떠나(遞)
돌아(歸) 와서(來) 또한(且) 문을 닫고(閉) 문을 닫았다(關)

題意(제의) – 황폐한 성은 옛 나루에 접해있고 지는 햇빛 가을 산에 가득한데 멀리 숭산 아래를 떠나 집으로 돌아가며 읊은 詩(시).

註解(주해) – 嵩高 : 嵩山(숭산)으로 嵩高山 · 外方山 · 中岳山 · 太室山(숭고산 · 외방산 · 중악산 · 태실산)등 많은 별칭이 있는 중국 5대 명산 즉 5岳의 하나이며 唐(당)나라 때인 688년에 神嶽(신악)으로 지정되었고 南北朝(남북조)시대부터 종교와 문화의 중심지로 유명하였음. 산중에는 승려와 道士(도사)의 修業道場(수업도장)이 되었던 사찰이 있는데 嵩山 서쪽 少室峰(소실봉) 북쪽 기슭에 있는 少林寺(소림사)는 禪宗

(선종)의 시조 達磨大師(달마대사)가 面壁(면벽) 9년의 坐禪(좌선)을 했던 곳으로 황폐해질 때마다 재건하여 후세까지 선종의 중심지가 되어 왔고 서쪽 기슭의 嵩岳寺(숭악사)는 隋唐(수당)시대에 北宗禪(북종선)의 중심이었던 절이며 이 곳의 12각 15층의 탑은 北魏(북위) 때의 것으로 중국에 현존하는 最古(최고)의 탑임.

## 148. 寄全椒山中道士(기전초산중도사)

－小陵 杜 甫(소릉 두 보)

今朝郡齋冷　忽念山中客　澗底束荊薪　歸來煮白石
遙持一杯酒　遠慰風雨夕　落葉滿空山　何處尋行迹
금조군재냉　홀념산중객　간저속형신　귀래자백석
요지일배주　원위풍우석　낙엽만공산　하처심행적

오늘 아침은 고을 관사도 썰렁하니
갑작스런 산 속의 친구 생각에
산골짜기 아래서 땔나무 묶어다가
흰 돌을 따뜻하게 한다
멀리서 한 잔의 술을 들어
비바람 치는 저녁을 위로하는데
낙엽만 빈 산에 가득하니
어디서 그의 행적을 찾을까

**直譯(직역)**－오늘(今) 아침은(朝) 고을(郡) 집도(齋) 차가우니(冷)
갑자기(忽) 산(山) 속의(中) 사람이(客) 생각난다(念)
산골짜기(澗) 아래서(底) 가시나무(荊) 땔나무(薪) 묶어다가(束)
돌아와(歸) 와서(來) 흰(白) 돌을(石) 굽는다(煮)
멀리서(遙) 한(一) 잔(杯) 술을(酒) 가지고(持)

멀리(遠) 비(雨) 바람 치는(風) 저녁을(夕) 위로하는데(慰)
떨어진(落) 잎은(葉) 빈(空) 산에(山) 가득하니(滿)
어느(何) 곳에서(處) 다니는(行) 자취를(迹) 찾을까(尋)

題意(제의) – 관사도 썰렁한 아침이라 갑작스레 산 속 친구 생각이 나지만 어디에 있는지 알 수 없다면서 全椒의 山中道士에게 부치려고 읊은 詩(시).

## 149. 落日(낙일)

– 小陵 杜　甫(소릉 두　보)

落日在簾鉤　溪邊春事幽　芳菲緣岸圃　樵爨倚灘舟
**啅雀爭枝墜　飛虫滿院游**　濁醪誰造汝　一酌散千憂
낙일재렴구　계변춘사유　방비연안포　초찬의탄주
**탁작쟁지추　비충만원유**　탁료수조여　일작산천우

해는 주렴 발 고리에 걸렸고
시냇가에는 봄 일이 한가하다
언덕 밭에는 꽃이 향기로운데
여울가 배에서 저녁밥을 짓는다
지저귀는 새들은 가지를 다투다 떨어지기도 하고
나르는 벌레들은 뜰에 가득 헤엄치는데
누가 너에게 탁주를 갖다 주었는가
한 잔 술에 온갖 시름 흩어진다

直譯(직역) – 지는(落) 해는(日) 발의(簾) 갈고랑이에 걸려(鉤) 있고(在)
시내(溪) 가에는(邊) 봄(春) 일이(事) 조용하다(幽)
꽃답고(芳) 향기롭게(菲) 언덕(岸) 밭을(圃) 꾸미었고(緣)
여울에(灘) 의지한(倚) 배에서는(舟) 땔나무로(樵) 불을 때 밥을 짓는

다(爨)
지저귀는(啅) 새들은(雀) 가지를(枝) 다투다(爭) 떨어지고(墜)
나르는(飛) 벌레들은(虫) 뜰에(院) 가득(滿) 날아다니는데(游)
흐린(濁) 막걸리를(醪) 누가(誰) 너에게(汝) 이르게 했나(造)
한(一) 술잔에(酌) 온갖(千) 시름이(憂) 흩어진다(散)

**題意**(제의) – 해 질 무렵 새들은 가지를 다투고 벌레들은 뜰에 가득 날아다니는데 텁텁한 막걸리 한잔을 마시니 온갖 시름이 흩어진다고 읊은 詩(시).

## 150. 南園(남원)

–長吉 李 賀(장길 이 하)

小樹開朝徑 長茸濕夜煙 **柳花驚雪浦 麥雨漲溪田**
**古刹疏鐘度 遙嵐破月懸** 沙頭敲石火 燒竹照漁船
소수개조경 장용습야연 **유화경설포 맥우창계전**
**고찰소종도 요람파월현** 사두고석화 소죽조어선

작은 나무들 사이로 새벽길 열리고
길게 우거진 풀들은 밤 안개에 젖는데
버들 꽃은 포구에 내린 눈인 양 놀라게 되고
보리 비 내려 개울가 밭에 물 불어난다
옛 절에서는 종소리 드물고
멀리 산 기운에 조각달 걸려있는데
물가에서 부싯돌로 불 붙여
대나무 태워 고깃배를 비춘다

**直譯**(직역) – 작은(小) 나무들은(樹) 새벽(朝) 길(徑) 열고(開)
길게 자라(長) 우거진 풀은(茸) 밤(夜) 안개에(煙) 젖는데(濕)

버들(柳) 꽃은(花) 포구에(浦) 내린 눈인 듯(雪) 놀라게 되고(驚)
보리(麥) 비 내려(雨) 개울가(溪) 밭에(田) 물 불어난다(漲)
옛(古) 절에서는(刹) 종소리(鐘) 횟수가(度) 드물고(疏)
멀리(遙) 산 기운에(嵐) 깨진(破) 달이(月) 걸려있는데(懸)
물가(沙) 근처에서(頭) 돌을(石) 두드려(敲) 불붙이고(火)
대나무(竹) 태워(燒) 고기잡이(漁) 배를(船) 비춘다(照)

**題意**(제의)－멀리 산 기운에 조각달 걸려있는 물가에서 부싯돌로 대나무에 불 붙여 고깃배를 비추는 평화로운 풍경을 남쪽 텃밭에서 읊은 詩(시).

**註解**(주해)－敲石 : 부싯돌. 부싯돌을 침. 石英(석영)의 한가지로 아주 단단하고 여러 가지 빛깔의 것이 있는데 鋼鐵(강철)로 치면 閃火(섬화)가 잘 일어나므로 그 위에 부시 깃을 놓고 부시로 쳐서 불을 일으키는 데에 사용함.

## 151. 岱嶺夜雨(대령야우)

－施閏章(시윤장)

寒星看掌上　暮雨忽尊前　積氣無巖壑　秋聲劃海天
**萬松飛瀑裏　三觀亂雲邊**　恍惚身何在　眞從象緯眠
한성간장상　모우홀존전　적기무암학　추성획해천
**만송비폭이　삼관난운변**　황홀신하재　진종상위면

차가운 별이 손바닥 위로 보이더니
저물어 빗방울이 갑자기 술 동이 앞에 떨어진다
안개 기운이 쌓여 바위 골짜기 보이지 않고
가을 바람소리는 바다와 하늘을 가른다
우거진 소나무는 날아오르는 듯한 폭포 속에 있고
어지러이 나르는 구름 가에 삼제의 진리를 관찰한다

이 몸은 어디에 있는가 어슴푸레한데
참으로 별을 거느리고 잠이 든다

**直譯**(직역) – 차가운(寒) 별이(星) 손바닥(掌) 위로(上) 보이더니(看)
날이 저물매(暮) 갑자기(忽) 술 동이(尊) 앞에(前) 비가 온다(雨)
쌓인(積) 기운으로(氣) 바위(巖) 골짜기(壑) 없어지고(無)
가을(秋) 소리는(聲) 바다와(海) 하늘을(天) 가른다(劃)
많은(萬) 소나무는(松) 날아오르는(飛) 폭포(瀑) 속에 있고(裏)
어지러운(亂) 구름(雲) 가에는(邊) 삼제의 지혜가 있다(三觀)
몸이(身) 어디에(何) 있는지(在) 어슴푸레하고(恍) 흐릿한데(惚)
참으로(眞) 해 달 별을(象) 좇아서(從) 잠을(眠) 짜낸다(緯)

**題意**(제의) – 차가운 별이 보이더니 빗방울이 갑자기 술 동이 앞에 떨어지며 가을 바람도 싸늘한 岱嶺에 묵으면서 그 감흥을 읊은 詩(시).

**註解**(주해) – 三觀 : 불교의 三諦(삼제)로 空・假・中(공・가・중)의 진리를 관찰하는 세 가지 지혜.

## 152. 待酒不至(대주부지)

– 青蓮居士 李 白(청련거사 이 백)

玉壺繫青絲　沽酒來何遲　**山花向我笑　正好銜杯時**
晩酌東窗下　流鶯復在玆　春風與醉客　今日乃相宜
옥호계청사　고주래하지　**산화향아소　정호함배시**
만작동창하　유앵부재자　춘풍여취객　금일내상의

푸른 끈 달린 술병인데
술 사오기 어찌 이리 늦은고
산 꽃이 나를 향해 웃어주니

참으로 술 마시기에 좋은 때로다
저녁에야 동쪽 창 아래서 술을 마시니
따르는 술은 꾀꼬리가 나르는 듯
봄바람과 취한 나그네는
오늘에야 서로가 잘 어울린다

**直譯**(직역) – 푸른(靑) 실을(絲) 매어 단(繫) 구슬(玉) 병에(壺)
술(酒) 사(沽) 오기가(來) 어찌(何) 늦은고(遲)
산(山) 꽃이(花) 나를(我) 향해(向) 웃어주니(笑)
참으로(正) 술잔(杯) 머금기에(銜) 좋은(好) 때로다(時)
저녁에야(晩) 동쪽(東) 창(窗) 아래서(下) 술을 따르니(酌)
흐르듯 날아다니는(流) 꾀꼬리(鶯) 다시(復) 여기에(玆) 있는 듯(在)
봄(春) 바람과(風) 더불어(與) 취한(醉) 나그네는(客)
오늘(今) 날에야(日) 이에(乃) 서로가(相) 화목하구나(宜)

**題意**(제의) – 술 사 오기를 기다리다가 저녁에야 봄바람을 벗하여 동쪽 창 아래서 따르는 술이 마치 꾀꼬리가 날아다니는 듯한 취흥을 읊은 詩(시).

## 153. 對酒憶賀監(대주억하감)

– 太白 李 白(태백 이 백)

四明有狂客　風流賀季眞　長安一相見　呼我謫仙人
昔好盃中物　今爲松下塵　金龜換酒處　卻憶淚沾巾
사명유광객　풍류하계진　장안일상견　호아적선인
석호배중물　금위송하진　금귀환주처　각억루첨건

사명이란 산에 광객이 있었으니
풍류남아 하계진이었지

장안에서 한 번 상면하고
나를 적선인이라 불렀지
옛날엔 술을 좋아하더니
지금은 송하의 진토가 되었구나
금귀를 끌러 술을 사 던 곳
돌이켜 생각해보니 눈물이 수건을 적신다

**直譯(직역)** – 사명이란 산에(四明) 미친 듯한(狂) 나그네가(客) 있었으니(有)
풍채가 있고(風) 제멋대로 노는(流) 하계진이란 사람이더라(賀季眞)
장안에서(長安) 한번(一) 서로(相) 보고는(見)
나를(我) 귀양온(謫) 신선의(仙) 사람이라고(人) 부르더라(呼)
옛적엔(昔) 잔(盃) 속의(中) 물건을(物) 좋아하더니(好)
이제는(今) 소나무(松) 아래의(下) 먼지가(塵) 되었구나(爲)
금(金) 거북으로(龜) 술을(酒) 바꾸던(換) 곳(處)
문득(卻) 생각에(憶) 눈물이 흘러(淚) 수건을(巾) 적신다(沾)

**題意(제의)** – 李太白(이태백)이 술을 마주하니 옛 친구 賀監(하감)이 생각나 읊은 詩(시).

**註解(주해)** – 四明 : 浙江省(절강성)에 있는 산으로 이백 팔십 봉우리가 있고 중간에 分水嶺(분수령)이 있으며 사면에 玲瓏(영롱)한 石窓(석창)이 있는데 그 한 중간에 日月星辰(일월성신)의 빛이 통한다고 하여 四明이라고 함.
狂客 : 세속을 무시하는 행동을 하는 사람.
風流 : 개성의 독특한 멋.
賀季眞 : 季眞(계진)은 賀知章(하지장)의 字(자)로 越州 永興(월주 영흥) 사람이며 肅宗(숙종)이 태자로 있을 때 賓客(빈객)으로 뽑히어 秘書監(비서감)이 되었던 연고로 詩題(시제)에 賀監(하감)으로 하였음.
謫仙人 : 謫(적)은 罪(죄)로 말미암아 減等(감등) 됨을 말하는 데 謫仙

人은 하늘에서 罪(죄)를 지어 下界(하계)로 귀양 온 사람을 말함.
金龜 : 禮服(예복)에 띠는 물고기 形象(형상)의 주머니로 金・銀(금・은)의 魚袋(어대)가 있었고 그 것을 則天武后(칙천무후) 때 거북으로 고쳤음. 金은 位 三品(위 삼품) 이상이고 銀은 五品(오품) 이하였다고 하는데 賀知章이 돈 대신 이것을 떼어주고 술을 산 것임.

## 154. 登岳陽樓(등악양루)

－小陵 杜　甫(소릉 두　보)

昔聞洞庭水　今上岳陽樓　吳楚東南坼　乾坤日夜浮
親朋無一字　老病有孤舟　戎馬關山北　憑軒涕泗流
석문동정수　금상악양루　오초동남탁　건곤일야부
친붕무일자　노병유고주　융마관산북　빙헌체사류

옛날 동정호 이름만 들었더니
오늘은 악양루에 올랐다
오 나라 초 나라는 동남쪽에 갈라있고
하늘과 땅이 밤낮으로 호수에 떠 있는 것 같다
고향의 벗은 소식 한 자 없고
나이 먹고 시들어 외로운 배를 타고 떠도는데
싸움이 고향 쪽에서 그치지 않고 있으니
난간에 기대어 눈물만 흘리고 있다

**直譯(직역)** – 옛적에(昔) 동정호를(洞庭水) 들었더니(聞)
이제(今) 악양루에(岳陽樓) 올랐다(上)
오 나라(吳) 초 나라는(楚) 동쪽(東) 남쪽으로(南) 갈라져있고(坼)
하늘과(乾) 땅은(坤) 낮(日) 밤으로(夜) 떠있다(浮)
친한(親) 벗에서는(朋) 한(一) 글자도(字) 없고(無)

나이 먹고(老) 시들어(病) 외로이(孤) 배에(舟) 있는데(有)
싸움을 하는(戎) 말은(馬) 고향인 관산의(關山) 북쪽에 있으니(北)
난간에(軒) 기대어(憑) 눈물(涕) 콧물만(泗) 흘린다(流)

**題意**(제의) – 옛적부터 그리워하던 洞庭湖를 구경하는데 전쟁중이라 소식조차 알 수 없는 친구 생각에 눈물 흘리며 岳陽樓에 올라 읊은 詩(시).

**註解**(주해) – 岳陽樓 : 洞庭湖 호반에 있는 누각.
吳楚 : 洞庭湖 남쪽에 楚가 있고 동쪽에 吳가 있었음.

## 155. 輞川閑居(망천한거)

–摩詰 王 維(마힐 왕 유)

寒山轉蒼翠 秋水日潺湲 **倚杖柴門外 臨風聽暮蟬**
渡頭餘落日 墟里上孤烟 復値接輿醉 狂歌五柳前
한산전창취 추수일잔원 **의장시문외 임풍청모선**
도두여락일 허리상고연 부치접여취 광가오류전

가을 산은 한층 짙푸르고
가을 물은 날마다 졸졸거리며 흐르는데
지팡이 짚고 사립문을 나서서
바람 쐬며 저녁 매미 소리 듣는다
나루터 언저리에는 저녁 해 비치고
시골 마을에는 한 줄기 연기가 솟아오르는데
다시 숨어사는 사람인 듯 취하여
다섯 그루 버드나무 앞에서 미친 듯 노래부른다

**直譯**(직역) – 차가운(寒) 산은(山) 더욱더(轉) 푸르고(蒼) 푸르고(翠)
가을(秋) 물은(水) 날마다(日) 물이 졸졸 흐르고(潺) 물이 흐르는데(湲)

지팡이에(杖) 기대(倚) 섶으로 된(柴) 문(門) 밖에서(外)
바람에(風) 임하여(臨) 저녁(暮) 매미(蟬) 소리 듣는다(聽)
나루(渡) 머리에(頭) 떨어지는(落) 햇빛(日) 남아있고(餘)
산기슭(墟) 마을에는(里) 외로이(孤) 연기가(烟) 오르는데(上)
또다시(復) 접여라는 사람에(接輿) 해당한 듯(値) 취하여(醉)
다섯(五) 버드나무(柳) 앞에서(前) 미친 듯(狂) 노래부른다(歌)

**題意**(제의) – 술에 醉해 찾아 온 裵迪(배적)이란 친구와 다섯 그루 버드나무 아래에서 마음껏 노래부르며 즐긴 輞川의 한가로운 삶을 읊은 詩(시).

**註解**(주해) – 輞川 : 王維의 별장이 있었던 장안 교외의 지명.
接輿 : 정신병자인 체하고 세상을 피했던 춘추시대 초 나라 隱者(은자)로 여기서는 자기 친구 裵迪을 가리 킴.
五柳 : 진나라 시인 陶淵明(도연명)이 자기 집 마당에 다섯 그루 버드나무를 심어 五柳先生이라 칭한 것을 사모하여 자기 집 마당을 이렇게 불렀음.

## 156. 跋子瞻和陶詩(발자첨화도시)

– 山谷道人 黃庭堅(산곡도인 황정견)

子瞻謫嶺南　時宰欲殺之　飽喫惠州飯　細和淵明詩
**彭澤千載人　東坡百世師**　出處雖不同　風味乃相似
자첨적영남　시재욕살지　포끽혜주반　세화연명시
**팽택천재인　동파백세사**　출처수부동　풍미내상사

자첨 선생은 영남땅으로 귀양갔었는데
그때의 재상은 선생을 죽이려 했었다
그렇지만 선생은 혜주에서 양껏 식사를 하고

섬세한 배려로 도연명의 시에 화답하였다
평택의 도연명은 천년 후까지 이름이 남을 사람이고
동파 또한 백대 후까지 사람을 분발시킬 스승이다
제각기 환경에서 취한 태도는 다르지만
멋과 운치는 서로 같다 할 것이다

**直譯**(직역)－자첨 선생은(子瞻) 영남 땅으로(嶺南) 귀양갔었는데(謫)
그때의(時) 재상은(宰) 그를(之) 죽이려(殺) 했었다(欲)
혜주에서(惠州) 밥을(飯) 배불리(飽) 먹고(喫)
드물게도(細) 도연명의(淵明) 시에(詩) 응하여 대답하였다(和)
평택의 도연명은(彭澤) 천(千) 년의(載) 사람이고(人)
동파는(東坡) 백(百) 대의(世) 스승이다(師)
나온(出) 곳은(處) 비록(雖) 같지(同) 아니하나(不)
품성과(風) 맛은(味) 이에(乃) 서로(相) 같다 할 것이다(似)

**題意**(제의)－子瞻 蘇 軾(소 식)이 영남 땅에 귀양살이를 하면서 陶淵明의 詩에 화답한 詩에 붙이는 글로 陶淵明과 蘇 軾을 흠모하여 읊은 詩(시).

**註解**(주해)－跋 : 문장 뒤에 붙이는 글.
陶淵明 : 字(자)는 淵明 또는 元亮(원량)이고 이름은 潛(잠)이며 문 앞에 버드나무 5 그루를 심어 놓고 스스로 五柳(오류) 선생이라 칭하기도 하였는데 29세 때에 벼슬길에 올랐다가 41세 때 향리의 전원에 퇴거하여 스스로 괭이를 들고 농경생활을 영위하며 62세에 생애를 마치기까지 훌륭한 작품으로 많은 시인들에게 영향을 끼침.
子瞻 : 字는 子瞻이며 號(호)는 東坡居士(동파거사)이고 愛稱(애칭)으로는 坡公(파공) 또는 坡仙(파선)이라 하며 이름은 軾(식)으로 蘇 洵(소 순)의 아들이며 蘇 轍(소 철)의 형으로 송나라 제1의 시인이며 문장에 있어서도 唐宋八大家(당송팔대가)의 한 사람인데 대표작

인 「赤壁賦(적벽부)」는 불후의 명작으로 널리 애송되고 있음.
彭澤 : 陶　潛이 縣令(현령)을 지낸 강서성에 있는 縣 이름으로 陶潛을 가리킴.

## 157. 房兵曹胡馬(방병조호마)

－小陵 杜　甫(소릉 두　보)

胡馬大宛名　鋒稜瘦骨成　竹批雙耳峻　風入四蹄輕
所向無空闊　眞堪託死生　驍騰有如此　萬里可橫行
호마대원명　봉릉수골성　죽비쌍이준　풍입사제경
소향무공활　진감탁사생　효등유여차　만리가횡행

호마는 대원에서도 이름난 말
모난 칼날처럼 마른 뼈대에
대나무 자른 듯 두 귀는 쫑긋하고
바람이 날아들 듯 네 발굽은 가볍다
향하는 곳이 넓다할 수 없어도
정말로 생사를 맡길 수 있고
용맹스럽게 달림이 이와 같으니
만 리라도 마음대로 달릴 수 있겠다

**直譯(직역)**－호나라(胡) 말은(馬) 대원이란 나라에서도(大宛) 이름났는데(名)
칼날(鋒) 모서리같이(稜) 마른(瘦) 뼈대를(骨) 이루었다(成)
대나무가(竹) 엇비슷이 베인 듯(批) 두(雙) 귀는(耳) 높은데(峻)
바람이(風) 날아들 듯(入) 네(四) 발굽은(蹄) 가볍다(輕)
향하는(向) 곳이(所) 비어서(空) 넓은 것이(闊) 아니어도(無)
참으로(眞) 기꺼이(堪) 죽고(死) 사는 것을(生) 맡길 만 하다(託)
용감하게(驍) 달림이(騰) 이와(此) 같음이(如) 있으니(有)

만(萬) 리라도(里) 가로질러(橫) 달릴(行) 수 있겠다(可)

**題意**(제의)－大宛에서도 이름난 胡馬는 生死를 맡겨 萬里라도 마음대로 달릴 수 있겠다면서 兵曹의 벼슬인 房씨의 胡馬를 읊은 詩(시).

**註解**(주해)－胡馬 : 만주・중국 북방 산의 말.

宛 : 漢(한) 나라 때 西域(서역)에 있었던 나라. ①완연히 완. 宛然(완연) ②나라이름 원. 大宛(대원)

## 158. 泛溪(범계)

－聖兪 梅堯臣(성유 매요신)

中流淸且平　捨楫任舟行　漸近鷺猶立　已遙村覺横
何妨綠樽滿　不畏晩風生　屈賈江潭上　愁多未適情
중류청차평　사즙임주행　점근로유립　이요촌각횡
하방녹준만　불외만풍생　굴고강담상　수다미적정

물결 한 가운데는 맑고 잔잔하여
노를 놓고 배에 맡겨 간다
배가 점점 가까이 가도 백로는 그대로 서있고
멀어진 고을은 비스듬히 놓여 있다
항아리에 가득한 술을 어찌 꺼려하랴
저녁 바람 불어도 두렵지 않건만
굴원과 가도는 강가에서도
근심 많아 마음 편치 못했단다

**直譯**(직역)－가운데(中) 흐름은(流) 맑고(淸) 또(且) 평평하여(平)

노를(楫) 놓고(捨) 배에(舟) 맡겨(任) 간다(行)

점차(漸) 가까워져도(近) 해오라기는(鷺) 오히려(猶) 서있고(立)

이미(已) 멀어진(遙) 고을이(村) 가로 놓여있음을(橫) 알겠다(覺)
푸름이(綠) 술통에(樽) 가득한 것을(滿) 어찌(何) 꺼려하랴(妨)
저녁(晩) 바람이(風) 일어나도(生) 두렵지(畏) 않건만(不)
굴원이란 시인과(屈) 가도라는 시인은(賈) 강이나(江) 연못(潭) 곁에서도(上)
근심(愁) 많아(多) 마음이(情) 상쾌하지(適) 아니했단다(未)

**題意(제의)** – 맑고 잔잔한 강에 겨울 배를 띄워 놓고 맛좋은 술이나 마시며 시름을 잊어본다고 읊은 詩(시).

**註解(주해)** – 屈原(굴원) : 중국 전국시대 楚(초) 나라 시인으로 懷王·頃襄王(회왕·경양왕)을 섬겨 벼슬을 했고 모략에 빠져 한때 방랑생활을 하다가 汨羅水(멱라수)에 빠져 죽었는데 작품은 모두 울분의 감정에 넘쳤지만 고대 문학 중에 드물게 보는 서정성을 띄고 있으며 楚辭(초사)에 수록된 작품 25편 중 離騷·天問·九章(이소·천문·구장)이 남아 있음.

賈島(가도) : 중국 唐(당) 나라 시인으로 자는 浪仙(낭선)이고 하북성 출생이며 한 때 중이 되었으나 뒤에 微官(미관)이 되었고 鳥宿池邊樹 僧敲月下門(조숙지변수 승고월하문)이란 구의 推敲(퇴고)에 관한 逸話(일화)는 유명한데 僧敲月下門에서 敲를 堆로 할까 敲로 할까 궁리를 하다가 정신이 팔려 대 문장가이며 높은 벼슬에 오른 韓愈(한 유) 행차와 맞부딪쳤으나 벌 대신 오히려 堆보다는 敲로 하는 것이 좋다는 가르침을 받았다는 이야기가 湘素雜記(상소잡기)에 있음.

## 159. 北青蘿(북청라)

－玉溪子 李商隱(옥계자 이상은)

殘陽西入崦 茅屋訪孤僧 落葉人何在 寒雲路幾層
獨敲初夜磬 閑倚一枝藤 世界微塵里 吾寧愛與憎
잔양서입엄 모옥방고승 낙섭인하재 한운노기층
독고초야경 한의일지등 세계미진리 오녕애여증

저녁 해는 서쪽으로 넘어가는데
띠 집에 홀로 있는 스님을 찾아왔다
잎은 지는데 사람은 어디 있으며
찬 구름 떠가는데 길은 몇 층이나 되는가
혼자 초저녁 경쇠를 치고
한가히 등나무 가지에 몸을 기대고 있다
세상은 작은 티끌 동네이거니
나 어찌 사랑하고 미워하리

**直譯**(직역)－쇠하여 약해진(殘) 해는(陽) 서쪽(西) 산으로(崦) 들어가는데(入)
띠(茅) 집으로(屋) 외로운(孤) 스님을(僧) 찾아왔다(訪)
잎은(葉) 떨어지는데(落) 사람은(人) 어디에(何) 있으며(在)
구름도(雲) 차가운데(寒) 길은(路) 몇(幾) 층인가(層)
혼자(獨) 밤이(夜) 시작되는(初) 경쇠를(磬) 치고(敲)
한가로이(閑) 등나무(藤) 한(一) 가지에(枝) 기대고 있다(倚)
세상(世) 경계 안은(界) 작은(微) 티끌(塵) 동네이거니(里)
나(吾) 어찌(寧) 사랑하고(愛) 더불어(與) 미워하리(憎)

**題意**(제의)－스님을 찾아갔더니 만날 수 없어 등나무에 기대고 생각해 보니 세상은 티끌 동네라 사랑할 것도 미워할 것도 없는 심정을 읊은 詩(시).

**註解**(주해)－崦 : 산 이름. 해가 지는 산이라 함.

## 160. 山居秋暝(산거추명)

－摩詰 王 維(마힐 왕 유)

空山新雨後　天氣晩來秋　**明月松間照　清泉石上流**
**竹喧歸浣女　蓮動下漁舟**　隨意春芳歇　王孫自可留
공산신우후　천기만래추　**명월송간조　청천석상류**
**죽훤귀완여　연동하어주**　수의춘방헐　왕손자가유

쓸쓸한 산은 비 온 뒤라 새롭고
날씨는 저녁 무렵에 더욱 맑아 가을답다
소나무 사이로 비치는 밝은 달
돌 위로 흐르는 맑은 물
대나무 숲엔 빨래하던 여인들이 떠들썩하게 돌아오고
연꽃이 흔들흔들 고깃배 내려간다
봄꽃은 제멋대로 흩어져도
왕손은 상관없이 여기에 머물리라

**直譯**(직역)－쓸쓸한(空) 산은(山) 비 온(雨) 뒤라(後) 새롭고(新)
하늘의(天) 기운은(氣) 해 질 무렵에(晩) 와서(來) 가을답다(秋)
밝은(明) 달은(月) 소나무(松) 사이로(間) 비추고(照)
맑은(淸) 샘물은(泉) 돌(石) 위로(上) 흐른다(流)
대나무가(竹) 떠들썩하게(暄) 빨래한(浣) 아낙네들이(女) 돌아오고(歸)
연꽃이(蓮) 움직이며(動) 고기잡이(漁) 배가(舟) 내려온다(下)
뜻에(意) 따라(隨) 봄(春) 꽃은(芳) 다하여도(歇)
왕의(王) 자손은(孫) 스스로(自) 머물(留) 수 있으리라(可)

**題意**(제의)－산에 살면서 비 내린 뒤의 맑은 산과 밝은 달빛 그리고 평화로운 산골 가을 풍경을 읊은 詩(시).

## 161. 聖果寺(성과사)

－釋處默(석처묵)

路自中峰上　盤回出薜蘿　到江吳地盡　隔岸越山多
古木叢靑靄　遙天浸白波　下方城郭近　鐘磬雜笙歌
노자중봉상　반회출벽라　도강오지진　격안월산다
고목총청애　요천침백파　하방성곽근　종경잡생가

길이 산중턱 위에서부터
돌아서 담쟁이덩굴 속을 빠져나가니
강에 이르러 오 나라 땅이 끝나고
강 언덕에는 월 나라 산이 첩 첩이다
고목은 아지랑이 속에 숲을 이루었고
먼 하늘은 하얀 파도에 잠겼다
산 아래에는 성곽이 보이는데
종과 피리소리 요란하다

**直譯(직역)** －길은(路) 가운데(中) 봉우리(峰) 위로(上)부터(自)
꾸불꾸불(盤) 돌아서(回) 담쟁이(薜) 담쟁이덩굴로(蘿) 나갔다(出)
강에(江) 이르니(到) 오 나라(吳) 땅이(地) 다하고(盡)
언덕을(岸) 사이 하여(隔) 월 나라(越) 산이(山) 많다(多)
오래된(古) 나무는(木) 푸른(靑) 아지랑이 속에(靄) 숲을 이루고(叢)
먼(遙) 하늘은(天) 하얀(白) 물결에(波) 잠겼다(浸)
아래로(下) 향해서는(方) 울 안 쪽인 성과(城) 울 밖 쪽인 곽이(郭) 가까운데(近)
종소리와(鐘) 경쇠소리가(磬) 피리(笙) 노래에(歌) 섞이었다(雜)

**題意**(제의)－담쟁이덩굴을 부여잡고 빙빙 돌아 聖果寺에 오르면 오 나라 땅과 월 나라 산이 한 눈에 들어오는데 그 멀고 가까운 정경을 읊은 詩(시).

**註解**(주해)－聖果寺 : 浙江 杭州 鳳凰山中(절강 항주 봉황산중)에 있는 越나라 錢(전) 씨가 건립한 절.
隔岸 : 언덕 너머.

## 162. 送友人(송우인)

－靑蓮居士 李 白(청련거사 이 백)

靑山橫北郭　白水遶東城　此地一爲別　孤蓬萬里征
**浮雲遊子意　落日故人情**　揮手自玆去　蕭蕭班馬鳴
청산횡북곽　백수요동성　차지일위별　고봉만리정
**부운유자의　낙일고인정**　휘수자자거　소소반마명

청산은 북쪽으로 뻗어 있고
물은 동쪽 성을 돌아 흐른다
이 곳에서 이별하고
홀로 바람 따라 만리 길을 간다
뜬구름은 나그네의 마음이고
지는 해는 옛 벗의 정이로다
손을 뿌리치고 이에 떠나려니
섭섭한 듯 말도 울어댄다

**直譯**(직역)－푸른(靑) 산은(山) 북쪽(北) 성에(郭) 가로 놓였고(橫)
하얀(白) 물은(水) 동쪽(東) 성을(城) 두른다(遶)
이(此) 곳에서(地) 한번(一) 이별을(別) 하고(爲)
홀로(孤) 머리카락 흐트러뜨리며(蓬) 만리를(萬里) 간다(征)

뜬(浮) 구름은(雲) 놀러 다니는(遊) 사람의(子) 마음이고(意)
지는(落) 해는(日) 옛 벗(故) 사람의(人) 정이로다(情)
손을(手) 떨치고(揮) 스스로(自) 이에(玆) 떠나려니(去)
쓸쓸하고(蕭) 쓸쓸한 듯(蕭) 이별하는(班) 말도(馬) 울어댄다(鳴)

**題意**(제의) – 지는 해에 붙잡는 손을 뿌리치고 떠나는 친구를 보내기 안타까운데 수레를 끄는 말도 서운한 듯 울어대는 이별의 아쉬움을 읊은 詩(시).

## 163. 送友人入蜀(송우인입촉)

– 靑蓮居士 李 白(청련거사 이 백)

見說蠶叢路 崎嶇不易行 **山從人面起 雲傍馬頭生**
芳樹籠秦棧 春流遶蜀城 升沈應已定 不必問君平
견설잠총로 기구불이행 **산종인면기 운방마두생**
방수롱진잔 춘류요촉성 승침응이정 불필문군평

말을 들으니 잠총 길이
험하여 가기가 어렵다고 한다
산은 눈앞에서 솟아오르고
구름은 타고 가는 말머리에 피어난다
나무는 건너편 사다리 길을 둘러쌌고
물은 흘러내려 촉성을 휘감는다
성패는 이미 정해져 있는 것
운명을 점칠 필요가 있겠는가

**直譯**(직역) – 말을(說) 터득해 보니(見) 잠총의(蠶叢) 길이(路)
험하고(崎) 험하여(嶇) 다니기가(行) 쉽지(易) 않단다(不)
산은(山) 사람(人) 얼굴을(面) 따라서(從) 일어나고(起)

구름은(雲) 말(馬) 머리(頭) 곁에서(傍) 생긴다(生)
꽃다운(芳) 나무는(樹) 진나라 때(秦) 사다리를(棧) 둘러쌌고(籠)
봄에(春) 흐르는 물은(流) 촉성을(蜀城) 두른다(遶)
오르고(升) 가라앉음은(沈) 응당(應) 이미(已) 정해졌으니(定)
점을 잘 친다는 군평에게(君平) 물을(問) 필요가(必) 없겠는가(不)

**題意**(제의) – 운명에 순응하여 떳떳하게 사는 것이 성공의 길이라고 蜀나라에 들어가는 벗을 위로하여 읊은 詩(시).

**註解**(주해) – 蠶叢 : 蜀나라 지명.
秦棧 : 옛날 秦나라 때 이곳에 사다리를 걸어 놓고 건너게 만든 다리.
蜀城 : 지금의 四川省 成都縣(사천성 성도현)에 있는 지명.
君平 : 前漢(전한)의 사람으로 성은 嚴씨요 자는 君平이며 점을 잘 치는 것으로 이름이 높았음.

## 164. 送張舍人之江東(송장사인지강동)

–太白 李 白(태백 이 백)

張翰江東去 正値秋風時 **天晴一雁遠 海闊孤帆遲**
白日行欲暮 滄波杳難期 吳洲如見月 千里幸相思
장한강동거 정치추풍시 **천청일안원 해활고범지**
백일행욕모 창파묘난기 오주여견월 천리행상사

장씨 집안 사람 강동으로 떠나가는데
바로 가을 바람이 부는 때라
외기러기는 하늘 맑아 멀리 날고
외로운 돛배는 바다 넓어 더디고
밝은 해는 뉘엿뉘엿 저물고자 하는데
푸른 물결 아득하니 돌아올 기약 어렵다

오 나라 땅에서도 달을 보거들랑
멀리 이 몸을 생각해주게나

**直譯**(직역) – 장씨(張) 편지를 갖고(翰) 강(江) 동쪽으로(東) 떠나보내니(去)
바로(正) 가을(秋) 바람이 부는(風) 때에(時) 해당되네(値)
하늘은(天) 맑아(晴) 한 마리(一) 기러기는(雁) 멀고(遠)
바나는(海) 넓어(闊) 외로운(孤) 돛배(帆) 더디네(遲)
밝은(白) 해는(日) 저물어(暮) 가고자(行) 하고(欲)
푸른(滄) 물결은(波) 아득하여(杳) 기약하기(期) 어렵네(難)
오 나라(吳) 섬에서(洲) 만일(如) 달을(月) 보게 된다면(見)
먼(千) 거리에서도(里) 서로(相) 생각하기를(思) 바라네(幸)

**題意**(제의) – 하늘이 맑고 바다는 넓어 돛배가 더딘 가을에 江東으로 가는 장씨 집안 사람에게 편지 써 보내면서 친구를 그리는 마음을 읊은 詩(시).

## 165. 酬張少府(수장소부)

– 摩詰 王 維(마힐 왕 유)

晩年**惟好靜**　萬事不關心　自顧無長策　空知返舊林
**松風吹解帶**　**山月照彈琴**　君問**窮通理**　漁歌入浦深
만년**유호정**　만사불관심　자고무장책　공지반구림
**송풍취해대**　**산월조탄금**　군문**궁통리**　어가입포심

늘그막에는 다만 고요한 것이 좋아
세상만사에 관심을 두지 않았고
스스로 돌아보아도 묘책이 없어
덧없이 옛 고향으로 돌아올 것만 생각했다
솔바람 불어 허리띠 풀어놓고

산에 뜨는 밝은 달이 내가 타는 거문고 비춘다
그대는 모두 통하는 이치를 묻는데
어부 노래가 포구 깊숙이 들려온다

**直譯**(직역) – 늘그막(晩) 나이에(年) 오직(惟) 고요한 것만(靜) 좋아서(好)
모든(萬) 일에(事) 관계하는(關) 마음이(心) 없었고(不)
스스로(自) 생각해도(顧) 우수한(長) 꾀가(策) 없어(無)
덧없이(空) 옛(舊) 숲으로(林) 돌아와야 한다는 것만(返) 알고있었다(知)
솔(松) 바람(風) 불어(吹) 허리띠(帶) 풀어놓고(解)
산(山) 달이(月) 타는(彈) 거문고를(琴) 비춘다(照)
그대는(君) 다(窮) 통하는(通) 이치를(理) 묻는데(問)
고기잡이 사람(漁) 노래가(歌) 포구(浦) 깊숙이(深) 들려온다(入)

**題意**(제의) – 晩年에 고향으로 돌아와 솔바람에 허리띠 풀어놓고 밝은 달빛 아래 거문고를 연주하는 평화로운 정경을 張少府에게 답하여 읊은 詩(시).

**註解**(주해) – 窮達 : 깊은 속까지 통함.

## 166. 宿業師山房待丁大不至(숙업사산방대정대부지)

–浩然 孟 浩(호연 맹 호)

夕陽度西嶺　群壑倏已暝　**松月生夜涼　風泉滿淸聽**
**樵人歸欲盡　煙鳥棲初定**　之子期宿來　孤琴候蘿徑
석양도서령　군학숙이명　**송월생야량　풍천만청청**
**초인귀욕진　연조서초정**　지자기숙래　고금후나경

저녁 해 서산을 넘으니

뭇 골짜기 갑자기 어두워지네
소나무 사이의 달빛에 시원한 기운 감돌고
바람 부는 샘물에 맑은 소리 가득하네
나무꾼들 다 집으로 돌아가고
저녁 안개 속의 새들도 이제 둥지에 드네
그대 찾아 같이 묵기를 기대하며
담쟁이 좁은 길목에서 거문고만 타고 있네

**直譯**(직역) – 저녁(夕) 해(陽) 서쪽(西) 재를(嶺) 넘으니(度)
뭇(群) 골짜기(壑) 갑자기(倏) 이미(已) 어두워졌네(暝)
소나무(松) 달빛에(月) 밤이(夜) 시원하게(涼) 이루어지고(生)
바람 부는(風) 샘물에(泉) 맑은(淸) 들림이(聽) 가득하네(滿)
나무하는(樵) 사람들(人) 모두(盡) 돌아가고자(歸) 하고(欲)
안개 속의(煙) 새들도(鳥) 비로소(初) 정하여(定) 깃들이네(棲)
그대에게(子) 가서(之) 묵고(宿) 올 것을(來) 기대하며(期)
외로운(孤) 거문고로(琴) 담쟁이(蘿) 좁은 길목에서(徑) 기다리네(候)

**題意**(제의) – 저녁 해 갑자기 어두워지고 안개 속의 새들도 둥지에 드는 밤에 業師山房에 묵으며 丁大를 기다리는 심정을 읊은 詩(시).

## 167. 宿竹閣(숙죽각)

–樂天 白居易(낙천 백거이)

晩坐松簷下 宵眠竹閣閒 **淸虛當服藥** **幽獨抵歸山**
**巧未能勝拙** **忙應不及閑** 無勞別修道 卽此是**玄關**
만좌송첨하 소면죽각한 **청허당복약** **유독저귀산**
**교미능승졸** **망응불급한** 무노별수도 즉차시**현관**

저녁에 소나무 처마 아래 앉았다가

밤에는 대나무 누각에서 잠을 자니
맑게 비어있어 마치 선약을 복용한 듯
그윽하고 조용하여 마치 산 속에 들어간 듯
꾸민 재주는 어리석음만 못하고
바쁨은 한가로움만 못하니
별로 수고로움도 없이
이것이 곧 현묘한 도가 되리라

**直譯**(직역)－저녁에는(晩) 소나무(松) 처마(簷) 아래에(下) 앉았다가(坐)
밤에는(宵) 대나무(竹) 다락집(閣) 방에서(間) 잠을 자니(眠)
맑고(淸) 비어 있는 것이(虛) 약을(藥) 먹은 것에(服) 당할만하고(當)
그윽하고(幽) 홀로 인 것이(獨) 산으로(山) 돌아 간 것에(歸) 당할만하네(抵)
꾸민 솜씨는(巧) 서투른 솜씨를(拙) 이겨 낼(勝) 수가(能) 없고(未)
바쁨은(忙) 응당(應) 한가로움에(閑) 미치지(及) 못한다네(不)
별로(別) 도를(道) 닦는데(修) 어려움이(勞) 없을 것이니(無)
곧(卽) 이것이(此) 그윽하고 깊은 도의(玄) 관문(關) 이라네(是)

**題意**(제의)－선약을 먹은 듯 기분이 상쾌하고 그윽하고 고요한 맛이 산 속에 들어 온 것 같은 심정을 대나무 다락집에 자면서 읊은 詩(시).

## 168. 新荷(신하)

－武平 胡 宿(무평 호 숙)

一夜抽輕蓋　平明映曲池　**水凉魚未覺　烟淨鳥先窺**
露重心猶卷　風多柄尙危　東林應結社　祇待素華披
일야추경개　평명영곡지　**수량어미각　연정조선규**
노중심유권　풍다병상위　동림응결사　지대소화피

하룻밤 사이에 가벼운 우산으로 빼어나
이른 새벽 굽은 연못에 비친다
물이 차가우니 고기들은 아직 나타나지 않았고
안개 맑아지니 새가 먼저 기웃거린다
이슬 젖은 꽃 심은 오히려 안으로 말려들고
잦은 바람결에 꽃자루가 위태롭게 흔들린다
동쪽 숲에는 응당 사람들이 모여
꽃이 하얗게 피기만을 기다릴 것이다

**直譯**(직역) – 하루(一) 밤에(夜) 가벼운(輕) 비단 양산으로(蓋) 빼어나(抽)
밝음이(明) 이루어지면(平) 굽은(曲) 연못에(池) 비친다(映)
물이(水) 차가워(凉) 고기는(魚) 나타나지(覺) 않았는데(未)
안개가(烟) 맑아지니(淨) 새들이(鳥) 먼저(先) 엿본다(窺)
이슬이(露) 꽃 심을(心) 무겁게 하니(重) 오히려(猶) 돌돌 말리고(卷)
바람이(風) 많으니(多) 자루가(柄) 오히려(尙) 위태롭다(危)
동쪽(東) 숲에는(林) 응당(應) 모임을(社) 맺어(結)
이에(祇) 하얗게(素) 꽃이(華) 열리기를(披) 기다릴 것이다(待)

**題意**(제의) – 하룻밤 사이에 우산 모양으로 가볍게 피어나 이른 새벽 연못에 모습을 비친 새 연잎을 읊은 詩(시).

## 169. 尋南溪常山道人隱居(심남계상산도인은거)

– 文房 劉長卿(문방 유장경)

一路經行處　莓苔見履痕　白雲依靜渚　春草閉閑門
過雨看松色　隨山到水源　溪花與禪意　相對亦忘言
일노경행처　매태견리흔　백운의정저　춘초폐한문
과우간송색　수산도수원　계화여선의　상대역망언

한 갈래 길은 사람 다니는 곳이라
이끼 위에 발자국이 보이는데
흰 구름은 고요한 물가에 어려있고
봄 풀은 한적한 문을 닫아버렸다
비 지나간 뒤 소나무 빛 바라보며
산을 따라 수원지에 다다랐건만
개울가의 꽃과 선정에 든 마음이라
마주 대해도 할 말을 잊어버렸다

**直譯**(직역) – 하나의(一) 길은(路) 지나(經) 다니는(行) 곳이라(處)
이끼(莓) 이끼에(苔) 밟은(履) 자취(痕) 보이는데(見)
흰(白) 구름은(雲) 고요한(靜) 물가에(渚) 의지하여있고(依)
봄(春) 풀은(草) 한가한(閑) 문을(門) 닫았다(閉)
비(雨) 지나간(過) 소나무(松) 빛(色) 바라보며(看)
산을(山) 따라(隨) 물(水) 근원에(源) 다다랐건만(到)
개울가(溪) 꽃과(花) 함께(與) 참선하는(禪) 마음이라(意)
서로(相) 마주 대해도(對) 또한(亦) 말을(言) 잊어버렸다(忘)

**題意**(제의) – 南溪 常山道人의 隱居處(은거처)에 다다르니 선정에 든 마음이라 사람을 마주 대해도 할 말을 잊어버린 감흥을 읊은 詩(시).

## 170. 尋雍尊師隱居(심옹존사은거)

– 太白 李 白(태백 이 백)

群峭碧摩天 逍遙不記年 撥雲尋古道 倚樹聽流泉
**花暖青牛臥 松高白鶴眠** 語來江色暮 獨自下寒煙
군초벽마천 소요불기년 발운심고도 의수청류천
**화난청우와 송고백학면** 어래강색모 독자하한연

푸른 산봉우리 하늘에 닿았는데
거기 소요하기 몇 년이런가
구름 헤치고 묵은 길 찾다가
나무에 기대어 샘물소리 듣네
꽃 그늘 따뜻하니 검은 소도 누웠고
소나무 가지 높으니 흰 두루미도 졸고
이야기하다 강물 빛 저물어
홀로 차가운 연기에 내려오네

**直譯**(직역) – 무리 이룬(群) 가파르고 높은(峭) 푸름은(碧) 하늘에(天) 닿았는데(摩)
노닐고(逍) 거닌(遙) 해를(年) 기억하지(記) 못하겠네(不)
구름을(雲) 휘저어(撥) 옛(古) 길을(道) 찾다가(尋)
나무에(樹) 기대어(倚) 흐르는(流) 샘을(泉) 듣네(聽)
꽃이(花) 따뜻하니(暖) 푸른(靑) 소도(牛) 누웠고(臥)
소나무(松) 높으니(高) 흰(白) 두루미도(鶴) 졸고(眠)
이야기(語) 하다보니(來) 강(江) 빛은(色) 저물어(暮)
혼자(獨) 스스로(自) 차가운(寒) 연기에(煙) 내려오네(下)

**題意**(제의) – 검은 소는 꽃 그늘에 누웠고 두루미는 소나무 가지에서 졸고 있는 雍尊師가 隱居하는 곳의 평화로운 풍경을 읊은 詩(시).

**註解**(주해) – 紀年 : 紀元(기원)으로부터 헤아린 햇수.
紀元 : 연대를 세는 기초가 되는 해.

## 171. 岳陽晩景(악양만경)

－張　均(장　균)

晩景寒鴉集　秋風旅雁歸　**水光浮日出**　**霞彩映江飛**
**洲白蘆花吐**　**園紅柿葉稀**　長沙卑濕地　九月未成衣
만경한아집　추풍여안귀　**수광부일출**　**하채영강비**
**주백노화토**　**원홍시엽희**　장사비습지　구월미성의

해 저무니 까마귀 떼 모이고
가을 바람에 기러기 떼 돌아간다
물빛에 해가 떠서 나아가고
안개 빛은 강물에 비치어 나른다
모래 섬에는 갈대꽃이 하얗게 피었고
동산에는 감나무 잎이 빨갛게 떨어졌다
장사라는 곳은 낮고 습한 땅이건만
구월인데 관청에서는 옷을 보내오지 않는다

**直譯**(직역)－저문(晩) 해에(景) 차가운(寒) 까마귀는(鴉) 모이고(集)
가을(秋) 바람에(風) 무리 진(旅) 기러기(雁) 돌아간다(歸)
물(水) 빛에(光) 해가(日) 떠서(浮) 나가고(出)
노을(霞) 빛이(彩) 강에(江) 비치어(映) 나른다(飛)
모래 섬에는(洲) 하얗게(白) 갈대(蘆) 꽃을(花) 토해내고(吐)
동산에는(園) 빨간(紅) 감나무(柿) 잎이(葉) 드물다(稀)
장사라는 곳에는(長沙) 낮고(卑) 습한(濕) 땅이건만(地)
구월인데(九月) 옷을(衣) 갖추지(成) 못했다(未)

**題意**(제의)－늦가을 저녁놀에 아름답게 물든 동정호는 더욱 장관을 이루었지만 관청에서 겨울옷을 보내주지 않아 추위 걱정을 하며 읊은 詩(시).

註解(주해) – 晩景 : 저녁 경치.

九月 : 구월은 授衣(수의)의 계절로 관청에서 옷을 보내주었음.

## 172. 野望(야망)

– 東皐子 王　績(동고자 왕　적)

東皐薄暮望　徙倚欲何依　樹樹皆秋色　山山唯落暉

牧人驅犢返　獵馬帶禽歸　相顧無相識　長歌懷采薇

동고박모망　사의욕하의　수수개추색　산산유락휘

목인구독반　엽마대금귀　상고무상식　장가회채미

언덕에 올라 땅거미 바라보고

이리저리 다니며 서성이네

나무는 가을빛이고

산은 저녁놀에 타고 있네

목동은 소를 몰고 돌아오고

사냥하던 말도 새를 데리고 돌아오네

돌아보아도 아는 사람 없고

노래 부르며 고사리 캐던 이제를 그리네

直譯(직역) – 동쪽(東) 언덕에서(皐) 엷게(薄) 저무는 것을(暮) 바라보고(望)

장소를 옮기어(徙) 의지하였다가(倚) 무엇에(何) 의지하려(依) 하네(欲)

나무와(樹) 나무는(樹) 모두(皆) 가을(秋) 빛이고(色)

산과(山) 산에는(山) 오직(唯) 떨어지며(落) 빛나네(暉)

소치는(牧) 사람이(人) 송아지를(犢) 몰고(驅) 돌아오고(返)

사냥하던(獵) 말도(馬) 새를(禽) 데리고(帶) 돌아오네(歸)

서로(相) 돌아보아도(顧) 서로(相) 알지(識) 못하고(無)

길게(長) 노래하며(歌) 고사리(薇) 캐던 일(采) 생각하네(懷)

**題意**(제의)－서로 돌아보아도 아는 사람 없고 고사리만 캐 먹던 백이 숙제가 생각나는 가을 석양의 정경을 읊은 詩(시).

**註解**(주해)－野望 : 들을 바라 봄.
徙倚 : 배회하는 것.
洛暉 : 저녁 놀.
懷采薇 : 首楊山(수양산)에 들어가 고사리를 캐먹고 살다가 죽은 伯夷 叔齊(백이 숙제)의 높은 절개를 생각함.

## 173. 夜泊牛渚懷古(야박우저회고)

－太白 李 白(태백 이 백)

牛渚西江夜　青天無片雲　登舟望秋月　空憶謝將軍
余亦能高詠　斯人不可聞　明朝掛帆席　楓葉落紛紛
우저서강야　청천무편운　등주망추월　공억사장군
여역능고영　사인불가문　명조괘범석　풍섭낙분분

우저산 서편 장강의 밤
푸른 하늘엔 조각구름도 없는데
배에 올라 가을달을 바라보니
부질없이 여기 놀던 장군이 생각난다
나 역시 시를 잘 읊지만
이런 사람 들어 볼 수도 없구나
내일 아침 돛을 달고 떠나면
단풍잎 어지러이 떨어지겠지

**直譯**(직역)－우저산(牛渚) 서편(西) 장강의(江) 밤(夜)
푸른(靑) 하늘엔(天) 조각(片) 구름도(雲) 없는데(無)
배에(舟) 올라(登) 가을(秋) 달을(月) 바라보니(望)

부질없이(空) 사(謝) 장군이(將軍) 생각난다(憶)
나(余) 또한(亦) 뽐내며(高) 시를 읊을(詠) 수 있지만(能)
이런(斯) 사람을(人) 들어 볼(聞) 수도(可) 없구나(不)
밝아오는(明) 아침(朝) 돗자리의(席) 돛을(帆) 걸면(掛)
단풍(楓) 잎(葉) 많고(紛) 어지럽게(紛) 떨어지겠지(落)

**題意**(제의) – 牛渚山 서편 장강에 碇泊(정박)하며 가을달을 바라보니 謝 장군이 생각난다면서 옛일을 懷古하여 읊은 詩(시).

**註解**(주해) – 謝 : 중국 東晋(동진) 중기의 謝安(사안)으로 字(자)는 安石(안석)이며 河南省 陳郡陽夏(하남성 진군양하)에서 출생하여 오랫동안 會稽(회계)에서 은둔생활을 하며 王羲之(왕희지) · 支遁(지둔) 등과 풍류를 즐기다가 40이 넘은 중년에 비로소 중앙정계에 투신하였는데 처음 征西大將軍(정서대장군) 桓溫(환온)의 휘하에서 활약하다가 이부상서의 요직으로 진급하였고 桓溫이 죽은 뒤 재상이 되어 國初(국초)의 王導(왕도)와 함께 명재상으로 칭송이 높았으며 당시의 손꼽는 문화인이기도 하였음.
帆席 : 돗자리로 만든 돛. 돛이란 돛대에 달아 바람의 힘을 이용하여 배가 앞으로 나갈 수 있도록 한 천으로 펴 올렸다 접어 내렸다 할 수 있도록 되어있는데 麻布 · 綿布(마포 · 면포)가 많이 사용되었으나 오늘날은 테트론 등 합성섬유 제품이 일반화되었으며 모양은 삼각형 또는 사각형으로 되어 있음.

## 174. 汝墳別業(여분별업)

– 祖 詠(조 영)

失路農爲業 移家到汝墳 獨愁常廢卷 多病久離群
**鳥雀垂窓柳 虹蜺出澗雲 山中無外事 樵唱有時聞**
실로농위업 이가도여분 독수상폐권 다병구리군

**조작수창류 홍예출간운 산중무외사 초창유시문**

벼슬 길 버리고 농사로 살기 위해
여분 땅으로 이사하여 왔다
홀로 시름에 잠겨 책 읽기도 그만두었고
병도 많아 오랫동안 벗들과 떨어져 살고 있다
창가 늘어진 버드나무에는 새들이 지저귀고
골짜기 시내에서 생긴 구름에는 무지개가 걸린다
이런 산중 생활에는 바깥 세상의 번거로움 없고
나무꾼의 노랫소리만 때때로 들려온다

**直譯**(직역) – 길을(路) 잃고(失) 농사를(農) 업으로(業) 삼기 위해(爲)
집을(家) 옮겨(移) 여분 땅에(汝墳) 이르렀다(到)
홀로(獨) 시름겨워(愁) 보통(常) 책도(卷) 그만두었고(廢)
많은(多) 병으로(病) 오랫동안(久) 동아리와(群) 떨어져 있다(離)
새(鳥) 참새는(雀) 창에(窓) 늘어진(垂) 버드나무요(柳)
무지개(虹) 무지개는(蜺) 골짜기에서(澗) 생긴(出) 구름이라(雲)
산(山) 속에는(中) 바깥(外) 일(事) 없고(無)
나무꾼의(樵) 노래만(唱) 때때로(時) 들리고(聞) 있다(有)

**題意**(제의) – 벼슬을 버리고 汝墳이라는 별장으로 이사하여 나무꾼의 노래소리나 들으면서 한가롭게 살아가는 전원생활을 읊은 詩(시).

## 175. 旅夜書懷(여야서회)

–小陵 杜 甫(소릉 두 보)

細草微風岸 危檣獨夜舟 **星垂平野濶 月湧大江流**
名豈文章著 官因老病休 飄飄何所似 天地一沙鷗
세초미풍안 위장독야주 **성수평야활 월용대강류**

명기문장저 관인노병휴 표표하소사 천지일사구

봄바람이 솔솔 부는 파릇한 강기슭에서
돛을 매어놓고 배에서 홀로 밤을 새운다
별은 넓고 평평한 들에 빛나고
달은 흐르는 큰 강속에서 솟구쳐 나온다
이름을 어찌 문장으로만 나타내려 했던가
벼슬도 이제 늙어서 그만두었다
떠도는 이 신세 무엇과 같을까
하늘을 나는 한 마리 갈매기로다

**直譯**(직역) – 풀이(草) 작고(細) 바람도(風) 작은(微) 언덕에(岸)
돛대를(檣) 위태롭게 높이고(危) 홀로(獨) 밤에(夜) 배에 올랐다(舟)
별은(星) 넓고(濶) 평평한(平) 들에(野) 드리워지고(垂)
달은(月) 흐르는(流) 큰(大) 강에서(江) 솟는다(湧)
어찌(豈) 글과(文) 글로(章) 이름을(名) 나타내려했던가(著)
늙고(老) 시들어(病) 그로 인하여(因) 벼슬도(官) 그만두었다(休)
떠돌이(飄) 떠돌이가(飄) 어느(何) 것과(所) 같은가(似)
하늘(天) 땅에(地) 하나의(一) 모래(沙) 갈매기로다(鷗)

**題意**(제의) – 文章으로는 이름을 얻었지만 큰 포부는 이루지 못하고 한 마리 갈매기와 같은 신세로 방랑생활을 하는 나그네의 밤 생각을 읊은 詩(시).

**註解**(주해) – 旅夜 : 나그네 밤. 여기서는 배 안에서 새우는 밤.
書懷 : 회포를 씀.
危檣 : 돛을 매어 놓음.
官 : 이때 杜甫가 嚴武(엄무)의 막하에서 參謀工員部外郞(참모공원부외랑)으로 있었음.

## 176. 煙寺晩鐘(연사만종)

—陳 孚(진 부)

山深不見寺　藤蔭鎖脩竹　**忽聞疎鐘聲　白雲滿空谷**
**老僧汲水歸　松露墜衣綠**　鐘殘寺門掩　山鳥自爭宿
산심불견사　등음쇄수죽　**홀문소종성　백운만공곡**
**노승급수귀　송로추의록**　종잔사문엄　산조자쟁숙

산이 깊어 절은 보이지 않고
등나무 그늘이 긴 대나무를 덮었는데
문득 멀리서 가끔씩 종소리 들리고
흰 구름은 빈 골짜기에 가득하다
노승은 물길어 돌아오고
솔 이슬은 옷에 방울져 푸른데
종소리 잦아들자 절 문 닫히고
산새들만 잠자리를 다툰다

直譯(직역)—산이(山) 깊어(深) 절은(寺) 보이지(見) 않고(不)
등나무(藤) 그늘이(蔭) 긴(脩) 대나무를(竹) 잠가버렸다(鎖)
문득(忽) 멀리서 드물게(疎) 종(鐘) 소리(聲) 들리고(聞)
흰(白) 구름은(雲) 빈(滿) 골짜기에(空) 가득하다(谷)
늙은(老) 스님은(僧) 물을(水) 길어(汲) 돌아오고(歸)
솔(松) 이슬이(露) 옷에(衣) 떨어져(墜) 푸르다(綠)
종소리(鐘) 잦아들자(殘) 절(寺) 문이(門) 닫히고(掩)
산(山) 새들은(鳥) 스스로(自) 잠자리를(宿) 다툰다(爭)

題意(제의)—흰 구름이 가득한 깊은 골짜기에 老僧은 물을 길어 돌아가고 솔 가지의 이슬이 푸르게 옷을 적시는 안개 낀 저녁 풍경을 읊은 詩(시).

## 177. 五月十五日夜月(오월십오일야월)

-樂天 白居易(락천 백거이)

歲熟人**心樂** 朝遊復夜遊 **春風來海上** **明月在江頭**
燈火家家市 笙歌處處樓 無妨思帝里 不合厭杭州
세숙인**심락** 조유부야유 **춘풍래해상** **명월재강두**
등화가가시 생가처처루 무방사제리 불합염항주

풍년이라 사람들 마음 즐거우니
아침부터 밤까지 마냥 놀아라
봄바람은 바다에서 불어오고
밝은 달은 강물 머리에서 돋아온다
집집마다 등불은 저자처럼 밝고
곳곳마다 피리와 노래 소리 다락처럼 높다
장안 생각은 방해될 것 없지만
그렇다고 항주를 싫다할 수 없으리

直譯(직역)－해에(歲) 곡식이 잘 익어(熟) 사람(人) 마음도(心) 즐거우니(樂)
아침에(朝) 놀고(遊) 다시(復) 밤에도(夜) 놀아라(遊)
봄(春) 바람은(風) 바다(海) 위에서(上) 오고(來)
밝은(明) 달은(月) 강(江) 머리에(頭) 있다(在)
등(燈) 불은(火) 집(家) 집마다(家) 저자이고(市)
17개 대롱으로 만든 악기와(笙) 노래는(歌) 곳(處) 곳마다(處) 다락이다(樓)
임금의(帝) 마을을(里) 생각함은(思) 방해될 것(妨) 없지만(不)
항주를(杭州) 싫어함은(厭) 알맞지(合) 않으리(不)

題意(제의)－풍년이 되니 집집마다 등불을 켜고 아침에도 밤에도 笙簧(생황)을 연주하고 노래를 부르며 놀이하는 오월보름 달밤을 읊은 詩(시).

註解(주해) – 杭州 : 중국 浙江省(절강성)의 성도로 南宋(남송)의 수도였으며 景勝地(경승지)이고 예부터 외국 무역으로 유명함.

## 178. 王右軍(왕우군)

– 靑蓮居士 李 白(청련거사 이 백)

右軍本淸眞 瀟洒在風塵 山陰遇羽客 愛此好鵝賓
**掃素寫道經 筆精妙入神** 書罷籠鵝去 何曾別主人
우군본청진 소쇄재풍진 산음우우객 애차호아빈
**소소사도경 필정묘입신** 서파농아거 하증별주인

본디 맑고 참된 왕우군은
속세에 있으면서도 씻은 듯
산음 땅에서 만난 도사는
거위를 좋아하는 이 빈객을 사랑하더라
우군이 흰 비단에 도경을 베끼매
귀신 같이 정묘한 필적
쓰기를 마치고 거위를 조롱에 넣어 떠나니
새삼 주인에게 이별을 고하랴

直譯(직역) – 왕우군이란 사람은(友軍) 본디(本) 맑고(淸) 참되어서(眞)
바람과(風) 먼지에(塵) 있어서도(在) 맑고 깊게(瀟) 씻은 듯(洒)
산음 땅에서(山陰) 날개가 달린(羽) 손을(客) 만났는데(遇)
거위란(鵝) 새를(鳥) 사랑하는(好) 이(此) 손을(賓) 좋아하더라(愛)
흰 비단을(素) 쓸 듯(掃) 도덕경을(道經) 베끼매(寫)
붓의(筆) 맑고(精) 뛰어남이(妙) 귀신에(神) 든 듯(入)
쓰기를(書) 마치고(罷) 거위를(鵝) 조롱에 넣어(籠) 떠나니(去)
어찌(何) 곧(曾) 주인 된(主) 사람에게(人) 떠난다 하랴(別)

題意(제의) – 王羲之(왕희지)가 山陰縣(산음현)의 道士(도사)를 위해 道德經(도덕경)을 書寫 해 주고 거위를 얻어 돌아 온 故事(고사)를 읊은 詩(시).

註解(주해) – 王右軍 : 王羲之(왕희지)의 자는 逸少(일소)이며 右軍將軍(우군장군)의 벼슬을 하였으므로 세상 사람들이 王右軍이라고도 불렀는데 오늘날의 山東省(산둥성) 출신이며 東晋(동진) 왕조 건설에 공이 컸던 王導(왕도)의 조카이고 王曠(왕광)의 아들로 중국 古今(고금)의 첫째가는 書聖(서성)으로 존경받고 있으며 그에 못지 않은 서예가로 알려진 일곱 번 째 아들 王獻之(왕헌지)와 함께 二王(이왕) 또는 羲獻(희헌)이라 불림.

瀟洒 : 산뜻하고 깨끗함.

風塵 : 바람에 일어나는 먼지 곧 인간 세상.

羽客 : 날개 달린 나그네란 뜻으로 仙人(선인) · 道士(도사)를 말함.

山陰 : 會稽山(회계산) 북쪽의 縣名(현명).

## 179. 王昌齡隱居(왕창령은거)

– 常 建(상 건)

清溪深不測 隱處唯孤雲 松際露微月 清光猶爲君
**茅亭宿花影 藥院滋苔紋** 余亦謝時去 西山鸞鶴群
청계심불측 은처유고운 송제노미월 청광유위군
**모정숙화영 약원자태문** 여역사시거 서산난학군

물은 맑아 깊이조차 알 수 없고
그대 숨어사는 곳엔 외로운 구름 한 조각
소나무 끝에 초승달이 나오니
맑은 빛이 오히려 그대인 듯
띠 풀 정자에 꽃 그림자 머물고

약초 밭엔 이끼가 짙어지니
나도 세상 일 버리고 떠나와
서산 학들과 놀고 싶다

**直譯**(직역) – 맑은(淸) 시내는(溪) 깊어(深) 헤아릴 수(測) 없고(不)
숨어( 隱) 사는 곳은(處) 오직(唯) 외로운(孤) 구름뿐(雲)
소나무(松) 가에(際) 작은(微) 달이(月) 드러나니(露)
맑은(淸) 빛은(光) 그대나(君) 되는 것(爲) 같다(猶)
띠 풀(茅) 정자에(亭) 꽃(花) 그림자(影) 머물고(宿)
약초(藥) 동산엔(院) 이끼(苔) 무늬가(紋) 우거지니(滋)
나(余) 또한(亦) 때맞춰(時) 따라가는 것도(去) 거절하고(謝)
서쪽(西) 산(山) 난새와(鸞) 학과(鶴) 무리 지련다(群)

**題意**(제의) – 그대 숨어사는 곳은 평화로운 곳이니 나도 세상 일 버리고 떠나와 서산 학들과 놀고 싶다면서 王昌齡의 隱居處에서 읊은 詩(시).

**註解**(주해) – 鸞 : 鳳凰(봉황)의 일종인 상상의 靈鳥(영조).

## 180. 臨洞庭(임동정)

–浩然 孟 浩(호연 맹 호)

八月湖水平 涵虛混太淸 氣蒸雲夢澤 波撼岳陽城
欲濟無舟楫 端居恥聖明 坐看垂釣者 徒有羨魚情
팔월호수평 함허혼태청 기증운몽택 파감악양성
욕제무주즙 단거치성명 좌간수조자 도유선어정

가을의 호수는 잔잔하고
물이 하늘에 닿으니 서로 구별이 없다
솟아오르는 증기는 운몽택을 뒤덮고

파도는 악양성을 흔들 듯 하다
호수를 건너고 싶으나 배도 노도 없고
벼슬이 없으니 세상에 부끄럽다
낚시질하는 것을 바라보니
부질없이 고기 잡을 생각이 난다

**直譯**(직역) – 팔월(八月) 호수의(湖) 물은(水) 평평하고(平)
하늘을(虛) 잠기게 하니(涵) 하늘과(太淸) 나누어지지 않는다(混)
운몽택은(雲夢澤) 기운이(氣) 찌는 듯하고(蒸)
악양성은(岳陽城) 파도에(波) 흔들릴 듯하다(撼)
건너고자(濟) 하여도(欲) 배도(舟) 노도(楫) 없고(無)
가장자리에서(端) 살아감에(居) 성인의(聖) 밝음을(明) 부끄러워한다(恥)
앉아서(坐) 낚시(釣) 드리운(垂) 사람을(者) 바라보고(看)
헛되이(徒) 고기잡이가(魚) 부러운(羨) 뜻을(情) 갖게된다(有)

**題意**(제의) – 태평성대에 태어나 일 없이 세상을 살아가고 있지만 천하를 다스릴 재주는 있으니 벼슬길에 오르도록 천거해 주기를 바라며 읊은 詩(시).

**註解**(주해) – 洞庭 : 중국에서 제일 큰 湖水.
太淸 : 하늘.
雲夢澤 : 湖北省 荊州府(호북성 형주부)에 있는 못.
欲濟 : 천하를 다스리고 싶은 생각.
舟楫 : 천하를 다스릴 수 있는 재질.
端居 : 하는 일 없이 사는 것.
聖明 : 태평성대. 성군이 다스리는 세상.
羨魚情 : 옛 말에 못에 임하여 고기를 부러워하는 것보다는 물러가서 그물을 얽는 것 같은 것이 없다고 했는데 노력 없이 벼슬하고 싶은 생각을 말함.

## 181. 入山寄城中故人(입산기성중고인)

－摩詰 王 維(마힐 왕 유)

中歲頗好道 晚家南山陲 **興來每獨往 勝事空自知**
**行到水窮處 坐看雲起時** 偶然值林叟 談笑無還期
중세파호도 만가남산수 **흥래매독왕 승사공자지**
**행도수궁처 좌간운기시** 우연치림수 담소무환기

중년에 자못 불도에 마음이 끌려
만년에 남산 기슭에 살게 되었다
흥이 일면 언제나 홀로 찾아가나니
넘치는 기쁨은 한갓 나만 알뿐이다
거닐다 물줄기 다한 곳까지 이르면
앉아서 구름 솟아오르는 모습만 바라보다가
때로 숲 속의 노인이라도 만나면
이야기하고 웃느라 돌아갈 줄도 모른다

**直譯**(직역)－가운데(中) 나이에(歲) 자못(頗) 불도를(道) 좋아하여(好)
늘그막에(晚) 남쪽(南) 산(山) 부근에(陲) 살게 되었다(家)
흥이(興) 일어오면(來) 언제나(每) 홀로(獨) 찾아가나니(往)
훌륭한(勝) 일은(事) 한갓(空) 스스로만(自) 알뿐이다(知)
거닐다(行) 물이(水) 다한(窮) 곳에(處) 이르면(到)
앉아서(坐) 구름(雲) 일어나는(起) 때를(時) 바라보다가(看)
때때로(偶) 그러하게(然) 숲의(林) 늙은이라도(叟) 만나면(值)
이야기하고(談) 웃느라(笑) 돌아갈(還) 기약이(期) 없게 된다(無)

**題意**(제의)－入山하여 城中 친구에게 보낸 것으로 산 속의 한가하고 평화로운 생활을 읊은 詩(시).

註解(주해) – 道 : 道에서 벗어나는 것은 不道德(부도덕)이며 예술작품으로서도 불완전하다고 생각하였는데 본래 사람이 걷는 길이라는 뜻을 가진 이 글자가 추상적인 의미로 바뀌어 인간의 행위에 꼭 따라야 할 기준과 원칙의 의미로 되었으며 도덕적으로는 儒敎(유교) 그리고 예술적으로는 老莊思想(노장사상)이 그 발달에 중요한 역할을 하였음. 儒敎의 정통사상에서는 天命(천명)인 인간의 선(善) 즉 본성에 따라 仁義(인의) 등의 德目(덕목)을 실천하는 것이 道의 실현이라 하였으나 老莊(노장)에서는 사람의 입장을 버리고 형상의 밑바닥에 숨는 것으로 생각한 자연의 道에 합일하는 것이 理想(이상)이라 하였으며 사람은 이 道와 하나가 됨으로써 현실의 피상적인 차별이나 변화를 떠나 절대불변의 입장에서 참다운 자유를 얻게 되고 예술의 세계는 거기서부터 열리게 되어 훌륭한 예술작품도 이 道의 구현으로서 비로소 태어난다고 생각하게 되었음.

## 182. 入若耶溪(입약야계)

–東皐子 王 籍(동고자 왕 적)

艅艎何汎汎　空水共悠悠　**陰霞生遠岫　陽景逐回流**
**蟬**噪**林逾靜　鳥鳴山更幽**　此地動歸念　長年悲倦遊
여황하범범　공수공유유　**음하생원수　양경축회류**
**선조림유정　조명산갱유**　차지동귀념　장년비권유

아름답게 꾸민 배 물에 떠 흐르는데
하늘도 물도 끝없이 넓기만 하다
멀리 산꼭대기에서 생겨나는 구름과 노을
소용돌이 물 따라 좇아가는 햇빛
매미 시끄러우니 숲은 더욱 고요하고
새가 지저귀니 산은 다시 그윽하다

이 땅에 와 돌아갈 마음이 생기고
길 떠난 지 오랜지라 나그네 생활도 싫증난다

**直譯**(직역) – 아름답게 장식한 배(艅) 큰배는(艎) 어찌(何) 물에 떠돌고(汎) 떠도는가(汎)
하늘과(空) 물은(水) 함께(共) 멀고도(悠) 멀구나(遊)
낮은 구름과(陰) 놀은(霞) 멀리(遠) 산꼭대기에서(岫) 생기고(生)
볕(陽) 햇빛은(景) 돌아(回) 흐르는 물을(流) 쫓아간다(逐)
매미가(蟬) 울어대니(噪) 숲은(林) 더욱(逾) 고요하고(靜)
새가(鳥) 울어대니(鳴) 산은(山) 다시(更) 그윽하다(幽)
이(此) 곳에서(地) 돌아갈(歸) 생각으로(念) 바뀌고(動)
오랜(長) 해(年) 놀기도(遊) 지쳐(倦) 슬퍼진다(悲)

**題意**(제의) – 若耶溪는 하늘도 물도 넓기만 한데 숲 속에서는 매미와 새들이 울어대 산과 숲은 더욱 고요하니 고향 생각이 간절한 심정을 읊은 詩(시).

## 183. 題老松樹(제노송수)

– 延淸 宋之問(연청 송지문)

歲晩東巖下　周顧何悽惻　日落西山陰　衆草起寒色
中有喬松樹　使我長歎息　百尺無寸枝　一生自孤直
세만동암하　주고하처측　일락서산음　중초기한색
중유교송수　사아장탄식　백척무촌지　일생자고직

동쪽 바위 아래로 한 해가 저무는데
둘러보니 어찌 이리 서글픈지
서산에 해지니 산그늘 짙어지고
뭇 풀들엔 차가운 빛이 일어난다

그 속에 큰 소나무 있어
나를 길게 탄식하게 하는데
백 척 높이에 잔가지 전혀 없어
일생동안 홀로 곧구나

**直譯**(직역) – 한 해가(歲) 저무는(晩) 동쪽(東) 바위(巖) 아래로(下)
두루(周) 돌아보니(顧) 어찌나(何) 서글프고(悽) 서글픈지(惻)
서쪽으로(西) 해가(日) 지니(落) 산이(山) 그늘지고(陰)
뭇(衆) 풀들은(草) 차가운(寒) 빛이(色) 일어난다(起)
그 속에(中) 높이 솟은(喬) 솔(松) 나무(樹) 있어(有)
나를(我) 길게(長) 한숨쉬며(歎) 숨쉬게(息) 하는데(使)
백(百) 자에(尺) 마디도(寸) 가지도(枝) 없이(無)
한(一) 평생(生) 스스로(自) 홀로(孤) 곧구나(直)

**題意**(제의) – 한 해가 저물어 뭇 풀들은 눈보라에 시드는데 홀로 곧게 서 있는 높은 소나무를 바라보니 마음이 서글퍼 읊은 詩(시).

## 184. 題松汀驛(제송정역)

– 承吉 張 祐(승길 장 우)

山色遠含空 蒼茫澤國東 **海明先見日 江白迥聞風**
**鳥道高原去 人煙小逕通** 那知舊遺逸 不在五湖中
산색원함공 창망택국동 **해명선견일 강백형문풍**
**조도고원거 인연소경통** 나지구유일 부재오호중

산이 멀리 하늘을 머금어
택국 동쪽은 아득하게 파랗다
바다가 맑게 개이니 먼저 해가 보이고
파도가 하얗게 부서지니 멀리 바람 소리 들린다

새가 나르는 길에 고원이 바뀌어 또 있고
연기가 피어나는 마을에 작은 길이 보인다
어떻게 알 것인가 옛날 은자들이
지금도 이 호수에 살고 있는지 아니한지를

**直譯**(직역)－산(山) 빛은(色) 멀리(遠) 하늘을(空) 머금었고(含)
푸르고(蒼) 아득하니(茫) 늪의(澤) 나라(國) 동쪽이다(東)
바다가(海) 맑아지니(明) 먼저(先) 해를(日) 보게되고(見)
강이(江) 하야니(白) 멀리서(逈) 바람이(風) 들린다(聞)
새가 나르는(鳥) 길에(道) 높은(高) 들이(原) 바뀌고(去)
사람의(人) 연기는(煙) 좁고(小) 좁은 길로(逕) 통한다(通)
어찌(那) 알 것인가(知) 옛날(舊) 남아서(遺) 숨은 사람들이(逸)
다섯(五) 호수의(湖) 가운데에(中) 있는지(在) 없는지를(不)

**題意**(제의)－그 옛날 東方朔(동방삭)이 노닐었다는 이 호수의 언저리에 지금도 隱者(은자)들이 숨어 살 것만 같은 澤國의 아름다움을 읊은 詩(시).

**註解**(주해)－松汀驛 : 松汀의 驛.
澤國 : 水國(수국).
鳥道 : 새만이 갈 수 있는 좁은 길.
人煙 : 사람 사는 마을에서 피어나는 연기.

## 185. 題溫處士山居(제온처사산거)

－仲文 錢 起(중문 전 기)

誰知白雲外　別有綠蘿春　**苔繞溪邊徑　花深洞里人**
**逸妻看種藥　稚子伴乘綸**　穎上逃堯者　何如此養眞
수지백운외　별유녹라춘　태요계변경　화심동리인
일처간종약　치자반승륜　영상도요자　하여차양진

누가 알리 흰 구름 밖에는
푸른 넝쿨 뻗어나는 봄이 있음을
개울가 오솔길엔 이끼 끼어있고
마을 사람 온통 꽃 속에 묻혀 산다
한가한 아내는 약초 심는 일 지켜보고
어린 아이는 낚시터로 따라 나선다
요임금 피하여 영수에 온 사람
이같이 천성을 길러봄이 어떠하리

**直譯**(직역)－누가(誰) 알리오(知) 흰(白) 구름(雲) 밖에는(外)
따로(別) 푸른(綠) 담쟁이 넝쿨의(蘿) 봄이(春) 있음을(有)
개울(溪) 가(邊) 오솔길엔(徑) 이끼(苔) 둘러싸고(繞)
꽃은(花) 골(洞) 마을(里) 사람을(人) 숨긴다(深)
즐거운(逸) 아내는(妻) 약초(藥) 심는 것(種) 지켜보고(看)
어린(稚) 아이는(子) 올리는(乘) 낚싯줄(綸) 따라간다(伴)
요임금에서(堯) 달아나(逃) 영수에(穎) 오른(上) 사람(者)
이(此) 같이(如) 타고난 천성을(眞) 길러봄이(養) 어떠하리(何)

**題意**(제의)－아내는 약초 심는 일 지켜보고 어린 아이는 낚시터로 따라 나서는 溫處士의 산 속 집은 天性을 기르기에 좋은 곳이라고 읊은 詩(시).

**註解**(주해)－穎 : 穎水 또는 穎川(영천)으로 중국 河南省 臨穎縣(하남성 임영현)에 있는 강인데 堯임금이 벼슬에 나오라는 청을 거절한 許由·巢父(허유·소부)의 故事(고사)로 유명함.

## 186. 題竹石牧牛(제죽석목우)

－山谷道人 黃庭堅(산곡도인 황정견)

野次小崢嶸　幽篁相依綠　阿童三尺箠　御此老觳觫
石吾甚愛之　勿遣牛礪角　牛礪角尙可　牛鬪殘我竹
야차소쟁영　유황상의록　아동삼척추　어차노곡속
석오심애지　물견우려각　우려각상가　우투잔아죽

들에서 거처하니 가파른 곳 적고
깊은 대숲이 서로 어우러져 푸른데
아이는 세 자 짜리 대나무로
두려워하는 이 늙은이를 데리고 간다
돌은 내가 너무 좋아하니
소에게 뿔을 갈게 하지 말게나
소가 뿔을 가는 것은 괜찮지만
소가 싸우면 내 대나무를 다 망친다네

**直譯**(직역)－들의(野) 임시 거처는(次) 험하고(崢) 가파름이(嶸) 적고(小)
깊은(幽) 대숲이(篁) 서로(相) 의지하여(依) 푸른데(綠)
알랑대는(阿) 아이는(童) 세(三) 자 짜리(尺) 대나무로(箠)
죽음을 두려워하고(觳) 두려워하는(觫) 이(此) 늙은이를(老) 데리고 간다(御)
돌은(石) 내가(吾) 너무나(甚) 그것을(之) 좋아하니(愛)
소가(牛) 뿔을(角) 갈게(礪) 하지는(遣) 말게나(勿)
소가(牛) 뿔을(角) 가는 것은(礪) 오히려(尙) 좋겠지만(可)
소가(牛) 싸우면(鬪) 내(我) 대나무를(竹) 해친다네(殘)

**題意**(제의)－평탄한 들에 소를 치면서 대나무와 돌을 아끼는 노인의 마음을 읊은 詩(시).

## 187. 題破山寺后禪院(제파산사후선원)

－常 建(상 건)

清晨入古寺 初日照高林 **竹逕通幽處 禪房花木深**
**山光悅鳥性 潭影空人心** 萬籟此俱寂 惟餘鐘磬音
청신입고사 초일조고림 **죽경통유처 선방화목심**
**산광열조성 담영공인심** 만뢰차구적 유여종경음

맑은 새벽 옛 절을 찾아드니
떠오르는 해 높은 숲을 비춘다
대나무 좁은 길은 깊숙한 곳으로 통하고
선방엔 꽃과 나무들 무성하다
산 빛은 새의 마음 기쁘게 하고
못 그림자는 사람의 마음 비우게 한다
온갖 소리 다 고요한 지금
오직 풍경소리만 남아돈다

**直譯**(직역)－맑은(清) 새벽(晨) 옛(古) 절에(寺) 들어가니(入)
처음(初) 해가(日) 높은(高) 숲을(林) 비춘다(照)
대나무(竹) 좁은 길은(逕) 깊숙한(幽) 곳으로(處) 통하고(通)
절(禪) 방엔(房) 꽃과(花) 나무들이(木) 깊다(深)
산(山) 빛은(光) 새(鳥) 성품을(性) 기쁘게 하고(悅)
못(潭) 그림자는(影) 사람의(人) 마음을(心) 비우게 한다(空)
온갖(萬) 소리는(籟) 이에(此) 모두(俱) 고요한데(寂)
오직(惟) 종소리(鐘) 경쇠(磬) 소리만(音) 남아돈다(餘)

**題意**(제의)－맑은 새벽 옛 절을 찾아드니 삼라만상이 다 고요하고 오직 풍경소리만 들려오는 破山寺 뒤 禪院의 그윽한 정취를 읊은 詩(시).

註解(주해) – 破山寺 : 蘇州 常熟縣 虞山(소주 상숙현 우산)에 있는 興福寺(흥복사)의 별명.
後禪院 : 절의 뒤에 있는 승방.

## 188. 嘲王歷陽不肯飮酒(조왕력양불긍음주)

– 靑蓮居士 李 白(청련거사 이 백)

地白風色寒 雪花大如手 笑殺陶淵明 不飮杯中酒
浪撫一張琴 虛栽五株柳 空負頭上巾 吾于爾何有
지백풍색한 설화대여수 소살도연명 불음배중주
낭무일장금 허재오주류 공부두상건 오우이하유

눈이 하얗고 바람기는 차가운데
눈꽃은 손바닥만하다
우습구나 도연명 같은 이여
술을 마시지 못하다니
부질없이 줄 없는 거문고 어루만지며
덧없이 다섯 그루 버드나무 심고
헛되이 머리에 갈건을 저버리니
내가 그대에게 무엇을 할 수 있으리

直譯(직역) – 땅은(地) 하얗고(白) 바람(風) 빛은(色) 차가운데(寒)
눈(雪) 꽃송이는(花) 손바닥(手) 같이(如) 크다(大)
우스워(笑) 죽겠구나(殺) 도연명 같은 이여(陶淵明)
잔(杯) 속의(中) 술을(酒) 마시지(飮) 못하다니(不)
부질없이(浪) 한차례(一) 줄을 맨(張) 거문고만(琴) 어루만지며(撫)
쓸데없이(虛) 다섯(五) 그루(株) 버드나무를(柳) 심고(栽)
헛되이(空) 머리(頭) 위(上) 수건을(巾) 저버리니(負)

내가(吾) 그대(爾)에게(于) 무엇을(何) 가지게 해주리(有)

題意(제의) – 줄 없는 거문고 타며 덧없이 다섯 그루 버드나무를 심은 도연명을 흠모하면서도 술을 마시지 못하는 王歷陽을 조롱하여 읊은 詩(시).

註解(주해) – 陶淵明 : 이름은 潛(잠)이며 字(자)는 淵明 또는 元亮(원량)이라 하고 문 앞에 버드나무 5 그루를 심어 놓고 스스로 五柳(오류) 선생이라 칭하기도 하였으며 29세 때에 벼슬길에 올라 州(주)의 祭酒(제주)가 되었지만 얼마 안 가서 사임하였고 그 후 군벌항쟁의 세파에 밀리면서 생활을 위하여 鎭軍參軍・建衛參軍(진군참군・건위참군) 등의 관직을 역임하였으나 항상 전원생활에 대한 사모의 정을 달래지 못한 그는 41세 때 누이의 죽음을 구실 삼아 彭澤縣 縣令(팽택현 현령)을 사임한 후 재차 벼슬길에 나가지 않았고 이때의 퇴관성명서라고도 할 수 있는 것이 유명한 「歸去來辭(귀거래사)」인데 향리의 전원에 퇴거하여 스스로 괭이를 들고 농경생활을 영위하여 가난과 병의 괴로움을 당하면서도 62세에 깨달음의 경지에 도달한 것처럼 그 생애를 마쳤으며 후에 그의 시호를 靖節先生(정절선생)이라 칭하였음. 그의 시는 四言體(4언체) 9편과 그때에 유행하던 五言體(5언체) 47편이 전해지고 있지만 기교를 그다지 부리지 않고 平淡(평담)한 시풍이었기 때문에 당시의 사람들로부터는 경시를 받았으나 당대 이후로는 六朝(6조) 최고의 시인으로서 그 이름이 높아졌음.

## 189. 足柳公權聯句(족유공권연구)

– 東坡 蘇 軾(동파 소 식)

人皆苦炎熱　我愛夏日長　薰風自南來　殿閣生微凉
一爲居所移　苦樂永相忘　願言均此施　淸陰分四方
인개고염열　아애하일장　훈풍자남래　전각생미량

일위거소이 고락영상망 원언균차시 청음분사방

사람들은 다 더위를 괴로워하지만
나는 여름 해가 긴 것을 좋아하노라
훈풍이 남쪽으로부터 불어 와
전각에 서늘한 기운이 생기누나
한 번 거소를 옮기니
길이 고락을 잊을레라
원컨대 이를 골고루 베풀어
사방에까지 서늘함이 나눠지기를

**直譯**(직역)－사람들은(人) 모두(皆) 불타는(炎) 더위를(熱) 괴로워 하지만(苦)
나는(我) 여름(夏) 날이(日) 긴 것을(長) 사랑한다네(愛)
온화한(薰) 바람이(風) 남쪽으로(南)부터(自) 오니(來)
궁전과(殿) 누각에(閣) 적은(微) 서늘함이(凉) 생기네(生)
한번(一) 있는(居) 곳을(所) 옮기게(移) 되니(爲)
괴롭거나(苦) 즐거움을(樂) 서로(相) 길이(永) 잊겠네(忘)
바라건대(願) 말하고자 하는 것은(言) 이를(此) 고루(均) 베풀어서(施)
서늘한(淸) 그늘이(陰) 네(四) 방향으로(方) 나눠지기를(分)

**題意**(제의)－당 文宗(문종)의 처음 두 줄과 柳公權(유공권)이 和答(화답)한 두 줄에 蘇東坡(소동파)가 넉 줄의 詩句(시구)를 채워 읊은 詩(시).

**註解**(주해)－足 : 발. 채우다.

## 190. 贈孟浩然(증맹호연)

－太白 李 白(태백 이 백)

吾愛孟夫子 風流天下聞 紅顔棄軒冕 白首臥松雲
**醉月頻中聖 迷花不事君** 高山安可仰 徒此揖淸芬
오애맹부자 풍류천하문 `홍안기헌면 백수와송운
**취월빈중성 미화불사군** 고산안가앙 도차읍청분

나는 맹 선생님을 좋아하지만
그의 풍류는 세상이 다 안 다네
젊어서는 벼슬 버리고
늙어서는 소나무와 구름 사이에 노니셨네
달에 취하여 자주 술을 마시고
꽃에 미쳐서 나라님도 섬기지 못하였네
그 높은 산을 어찌 가히 쳐다볼 수 있을까
다만 이렇게 맑은 향기를 떠 올 뿐이라네

直譯(직역)－나는(吾) 맹씨라는(孟) 사나이(夫) 사람을(子) 좋아하는데(愛)
멋스럽고(風) 멋스러운 것은(流) 하늘(天) 아래에(下) 소문이 났다네(聞)
붉은(紅) 얼굴로도(顔) 벼슬아치 수레와(軒) 벼슬아치 모자를(冕) 버리고(棄)
흰(白) 머리로(首) 소나무와(松) 구름에(雲) 누웠네(臥)
달에(月) 취하여(醉) 맑은 술(聖) 가운데에(中) 자주 있고(頻)
꽃에(花) 빠져서(迷) 나라님도(君) 섬기지(事) 못하였네(不)
높은(高) 산은(山) 어찌(安) 쳐다볼(仰) 수 있을까(可)
한갓(徒) 이렇게(此) 맑은(淸) 향기를(芬) 떠 올 뿐이라네(揖)

題意(제의)－孟浩然(맹호연)을 좋아하지만 그의 세상이 다 아는 높은 風流를 따를 수 없다면서 孟浩然을 흠모하여 읊은 詩(시).

註解(주해)－孟夫子 : 중국 唐(당)나라 시인 孟浩然(맹호연)으로 湖北省 襄陽縣(호북성 양양현)에서 출생하여 공부에 힘쓰다가 40세쯤에 長安(장안)으로 올라와 進士(진사) 시험을 보았으나 낙방하여 은둔생활을 하다가 만년에 宰相(재상) 張九齡(장구령)의 부탁으로 잠시 그 밑에서 일한 것 이외에는 관직에 오르지 못하고 불우한 일생을 마쳤으며 평소 陶淵明(도연명)을 존경하여 고독한 전원생활을 즐기고 자연의 한적한 정취를 사랑한 작품을 남겼는데 그 중에서도 春眠不覺曉 處處聞啼鳥 夜來風雨聲 花落知多少(춘면불각효 처처문제조 야래풍우성 화락지다소)라는 春曉(춘효) 시가 유명함.

夫子 : 남편・스승・賢者(현자)・長者(장자) 등에 대한 존칭.

風流 : 본래 聖賢(성현)들의 遺風(유풍)・전통을 말하였으나 점차 고상한 雅趣(아취)・멋스러움을 말하게 되었음.

軒冕 : 높은 관리가 타는 軺軒(초헌)과 머리에 쓰는 冠(관)의 뜻으로 높은 관직을 이름.

聖 : 맑은 술. 李適之(이적지)의 詩에 樂聖且銜杯(낙성차함배)란 글이 있음. 淸酒(청주)의 별칭은 聖人(성인).

## 191. 贈程處士(증정처사)

－無功 王 績(무공 왕 적)

百年長擾擾 萬事悉悠悠 日光隨意落 河水任意流
禮樂囚姬旦 詩書縛孔丘 不如高枕上 時取醉消愁
백년장요요 만사실유유 일광수의락 하수임의류
예악수희단 시서박공구 불여고침상 시취취소수

인생 백년이 어지럽고 어지러워도
모든 일은 그저 한가롭기만 하니
햇빛은 뜻에 따라 서산에 지고

강물은 마음대로 흘러가누나
주공 단은 예와 악에 갇히어 살았고
공자는 시와 서에 묶이어 살았으니
높은 베개 베고 있는 것보다는
차라리 술에 취해 근심을 잊는 것이 좋으리

**直譯(직역)** – 백년이나(百年) 오래도록(長) 어지럽고(擾) 어지러워도(擾)
온갖(萬) 일은(事) 모두다(悉) 느긋하고(悠) 한가하니(悠)
해(日) 빛은(光) 뜻에(意) 따라(隨) 떨어지고(落)
강(河) 물은(水) 마음대로(任) 뜻대로(意) 흘러가누나(流)
예(禮) 악은(樂) 주공(姬) 단을(旦) 가두었고(囚)
시(詩) 서는(書) 공자를(孔丘) 묶었으니(縛)
같지(如) 못하리라(不) 높은(高) 베개(枕) 위는(上)
때때로(時) 취함을(醉) 얻어(取) 근심을(愁) 녹이는 것만(消)

**題意(제의)** – 殷나라를 멸한 주공 단이나 詩書를 편찬한 孔子도 비난을 받게 되니 명성보다 차라리 술이 더 좋다는 뜻을 程處士에게 전하기 위해 읊은 詩(시).

**註解(주해)** – 姬旦 : 姬는 周(주) 나라 왕의 성씨이고 旦은 周公(주공)의 이름이니 周公 旦을 말하는데 周公 旦은 중국 周나라의 정치가로 문왕의 아들이며 武王(무왕)의 동생이고 武王을 도와 殷(은) 나라를 멸망시켰으며 무왕이 죽자 成王(성왕)을 도와 왕실의 기초를 튼튼히 하였으나 武王이 周公 旦과 더불어 殷나라를 치러 갈 때 殷나라 처사인 伯夷・叔齊(백이・숙제) 형제가 부당함을 내세워 말렸는데도 이를 듣지 않았으므로 후세의 비난을 면치 못하였음.
孔丘 : 孔子의 본명인데 중국 춘추시대의 대 철학자로 儒家(유가)의 鼻祖(비조)이며 仁(인)을 理想(이상)의 道德(도덕)이라 하여 孝悌・忠恕(효제・충서)를 중시하였고 뒤에 그의 제자들이 그의 언행을 기록

한 論語(논어) 7권이 있음.

## 192. 秦州雜詩(진주잡시)

－小陵 杜 甫(소릉 두 보)

秦州城北寺 勝跡隗囂宮 **苔蘚山門古 丹青野殿空**
**月明垂葉露 雲逐度溪風** 淸渭無情極 愁時獨向東
진주성북사 승적외효궁 **태선산문고 단청야전공**
**월명수엽로 운축도계풍** 청위무정극 수시독향동

진주 북쪽의 절
뛰어난 외효궁
이끼 낀 절 문은 낡았고
단청이 거친 궁전은 쓸쓸하다
달은 나뭇잎 이슬에 빛나고
구름은 시내 넘는 바람을 쫓는다
맑은 위수는 이다지도 무정타니
서러울 때 홀로 동쪽으로 흐른다

**直譯(직역)**－중국 진주(秦州) 성(城) 북쪽의(北) 절(寺)
뛰어난(勝) 자취는(跡) 전한 말 외효라는 사람이 지은(隗囂) 궁전(宮)
이끼(苔) 이끼 낀(蘚) 절(山) 문은(門) 오래되었고(古)
붉은 빛(丹) 푸른빛이(靑) 거칠어진(野) 궁궐은(殿) 쓸쓸하다(空)
달은(月) 잎에(葉) 드리운(垂) 이슬을(露) 밝히고(明)
구름은(雲) 시내를(溪) 건너는(度) 바람을(風) 쫓는다(逐)
맑은(淸) 위수는(渭) 정(情) 없음이(無) 세차기도 하여(極)
근심스런(愁) 때에(時) 홀로(獨) 동쪽으로(東) 향하는 구나(向)

**題意**(제의)－秦州 북동쪽에 있는 隈囂宮에 오르니 당시의 영화는 흔적이 없고 丹靑은 낡아 허전하기만 하다고 읊은 詩(시).

**註解**(주해)－隗囂宮 : 隗囂는 前漢(전한) 말 사람으로 한 때는 秦州의 패자였으며 진주 동북쪽에 궁전을 지었음.
渭 : 渭水인데 甘肅省(감숙성)에서 발원하여 洛水(낙수)와 합쳐 黃河(황화)로 흐르는 강.

## 193. 次北固山下(차북고산하)

－王 灣(왕 만)

客路靑山外　行舟綠水前　潮平兩岸濶　風正一帆懸
**海日生殘夜　江春入舊年**　鄕書何處達　歸雁洛陽邊
객로청산외　행주록수전　조평양안활　풍정일범현
**해일생잔야　강춘입구년**　향서하처달　귀안낙양변

길은 청산 밖에 뻗어 있고
배는 푸른 물 위에 떠간다
물결은 고요한데 양쪽 언덕은 보이지 않고
바람은 잔잔한데 돛단배가 걸려 있다
바다에는 밤이 가기도 전에 해가 뜨고
강변에는 새 해가 오기 전에 봄이 든다
고향 편지를 어느 곳에 전할 것인가
기러기는 낙양 땅으로 날아간다

**直譯**(직역)－나그네(客) 길은(路) 푸른(靑) 산(山) 밖이고(外)
가는(行) 배는(舟) 푸른(綠) 물(水) 앞이로다(前)
흘러가는 강물은(潮) 평평한데(平) 양쪽(兩) 언덕이(岸) 멀고(濶)
바람은(風) 단아한데(正) 하나의(一) 돛배가(帆) 달려있다(懸)

바다의(海) 해는(日) 나머지(殘) 밤에(夜) 생겨나고(生)
강의(江) 봄은(春) 묵은(舊) 해에(年) 들어온다(入)
고향(鄕) 글은(書) 어느(何) 곳에(處) 다다를까(達)
돌아가는(歸) 기러기는(雁) 낙양 땅(洛陽) 근처로다(邊)

**題意**(제의) – 배를 저어 北固山아래에 이르니 주위의 경치가 아름다워 고향에 가고 싶은 나그네의 심정을 읊은 詩(시).

**註解**(주해) – 北固山 : 鎭江府 北揚子江(진강부 북양자강)에 임하여 있는 험준한 산.

## 194. 清明日宴梅道士房(청명일연매도사방)

–浩然 孟 浩(호연 맹 호)

林臥愁春盡　開軒覽物華　忽逢青鳥使　邀入赤松家
丹竈初開火　仙桃正發花　童顏若可駐　何惜醉流霞
임와수춘진　개헌람물화　홀봉청조사　요입적송가
단조초개화　선도정발화　동안약가주　하석취류하

숲에 누워 봄이 가는 것을 근심하고
창을 열어 풍광을 바라본다
홀연히 반가운 심부름꾼을 만나
신선 적송자의 집으로 나를 맞아들인다
도사가 사는 부엌인양 막 불을 지피는데
복숭아나무는 마침 꽃이 활짝 피었다
젊음을 머무르게 할 수 있다면
신선이 마신다는 유하주가 어찌 아까우리

**直譯**(직역) – 숲에(林) 누워(臥) 봄이(春) 다 됨을(盡) 근심하고(愁)

창을(軒) 열어(開) 물건의(物) 빛을(華) 바라본다(覽)
갑자기(忽) 푸른(靑) 새(鳥) 심부름꾼을(使) 만나니(逢)
붉은(赤) 소나무(松) 집으로(家) 맞아(邀) 들인다(入)
단약의(丹) 부엌에(竈) 처음(初) 불을(火) 피우는데(開)
신선의(仙) 복숭아나무는(桃) 마침(正) 꽃을(花) 피웠다(發)
어린 아이(童) 얼굴로(顔) 머무르게(駐) 할 수(可) 있을 것 같으면(若)
좋은 술 유하주에(霞流) 취하여도(醉) 어찌(何) 아까워하리(惜)

題意(제의) – 젊음을 머무르게 할 수 있다면 神仙의 流霞酒(유하주)도 아까울 것이 없다면서 淸明날에 梅道士 房에서 잔치하는 즐거움을 읊은 詩(시).

註解(주해) – 靑鳥 : 파랑새. 반가운 使者(사자) 또는 편지를 말하는데 漢(한)나라 궁전에 푸른 새가 온 것을 보고 東方朔(동방삭)이 西王母(서왕모)의 사자라고 한 이야기에서 유래 됨.

赤松子 : 중국 전설에 나오는 神仙(신선)의 이름.

丹竈 : 道士가 丹藥(단약)을 고는 부엌인데 丹藥은 丹砂(단사)를 이겨 만든 환약으로 먹으면 長生不死(장생불사)한다고 함.

仙桃 : 仙果로 복숭아의 딴이름.

童顔 : 15세 이하의 어린아이의 얼굴인데 늙어서도 어린아이의 얼굴처럼 혈색이 좋고 주름살이 없는 얼굴을 말하기도 함.

流霞 : 流霞酒로 신선이 마신다는 좋은 술을 말하며 綠醅(녹배) 綠蟻(녹의) 綠酒(녹주) 上尊 · 上樽(상준) 靑州從事(청주종사)라고도 함.(본서 부록 참조)

## 195. 聽蜀僧濬彈琴(청촉승준탄금)

－太白 李 白(태백 이 백)

蜀僧抱綠綺 西下峨眉峰 爲我一揮手 如聽萬壑松
**客心洗流水 餘響入霜鐘** 不覺碧山暮 秋雲暗幾重
촉승포록기 서하아미봉 위아일휘수 여청만학송
**객심세류수 여향입상종** 불각벽산모 추운암기중

촉 나라 스님이 거문고를 안고서
서쪽으로 아미산 봉우리를 내려와
나를 위해 거문고를 타니
온 골짜기 소나무 소리 들리는 듯
나그네 마음 흐르는 물처럼 씻어주고
남은 소리는 차가운 종소리에 빨려든다
청산이 저무는 줄도 몰랐거니
가을 구름은 어둡게 몇 겹인가

**直譯**(직역)－촉 나라(蜀) 스님이(僧) 녹기라는 거문고를(綠綺) 안고(抱)
서쪽으로(西) 아미산(峨眉) 봉우리를(峰) 내려와(下)
나를(我) 위해(爲) 한번(一) 손을(手) 떨치니(揮)
온(萬) 골짜기(壑) 소나무(松) 소리를 듣는 것(聽) 같았다(如)
나그네(客) 마음은(心) 흐르는(流) 물로(水) 씻은 듯 하고(洗)
남은(餘) 울림은(響) 서리 내린(霜) 종소리에(鐘) 들어간다(入)
푸른(碧) 산이(山) 저무는 줄(暮) 알지(覺) 못하는데(不)
가을(秋) 구름은(雲) 몇(幾) 겹으로(重) 어두운가(暗)

**題意**(제의)－蜀나라 스님이 綠綺라는 거문고를 안고 서쪽으로 峨尾山 봉우리를 내려와 나를 위해 거문고 타는 소리를 듣고 읊은 詩(시).

註解(주해) – 峨眉 : 중국 四川省 峨眉縣(사천성 아미현)의 남서쪽에 있는 산으로 普賢菩薩(보현보살)의 靈場(영장)이며 五臺山 · 普陀山(오대산 · 보타산)과 더불어 중국 3대 靈山의 하나로 알려져 있음.

## 196. 春江獨釣(춘강독조)

– 幼公 戴叔倫(유공 대숙륜)

獨釣春江上　春江引趣長　**斷煙樓草碧　流水帶花香**
心事同沙鳥　浮生寄野港　荷衣**塵不染**　何用濯滄浪
독조춘강상　춘강인취장　**단연누초벽　유수대화향**
심사동사조　부생기야항　하의**진불염**　하용탁창랑

홀로 봄 강에서 낚시를 하니
봄 강의 흥취가 마냥 길구나
안개 서린 누각에 풀은 푸르고
강물은 꽃향기 가득 담고 흘러간다
내 마음은 모랫벌 갈매기 같아
뜬구름 나의 삶 시골 나루에 든다
연꽃 옷은 흙먼지에 물들지 않았으니
어찌 맑은 물에 빨래를 하랴

直譯(직역) – 홀로(獨) 봄(春) 강(江) 가에서(上) 낚시를 하니(釣)
봄(春) 강의(江) 끌어당기는(引) 뜻이(趣) 길다(長)
연기를(煙) 가르는(斷) 누각엔(樓) 풀이(草) 푸르고(碧)
흐르는(流) 물은(水) 꽃(花) 향기를(香) 띠고있다(帶)
마음의(心) 일은(事) 모랫벌(沙) 새와(鳥) 한가지인데(同)
뜬구름(浮) 삶은(生) 시골(野) 항구에(港) 맡긴다(寄)
연잎(荷) 옷은(衣) 티끌에(塵) 물들지(染) 아니하였으니(不)

어찌(何) 하여서(用) 푸른(滄) 물결에(浪) 빨래를 하랴(濯)

**題意**(제의) – 연꽃 같은 옷은 흙먼지에 물들지 않았으니 어찌 滄浪의 맑은 물에 빨래를 하겠느냐면서 봄 강에 홀로 낚시하며 그 흥취를 읊은 詩(시).

## 197. 春望(춘망)

–小陵 杜 甫(소릉 두 보)

國破山河在　城春草木深　感時花濺淚　恨別鳥驚心
烽花連三月　家書抵萬金　白頭搔更短　渾欲不勝簪
국파산하재　성춘초목심　감시화천루　한별조경심
봉화연삼월　가서저만금　백두소갱단　혼욕불승잠

나라는 파괴되었으나 산과 강은 그대로 있고
거리에는 봄이 왔으나 초목만 무성할 뿐이다
시대를 느끼니 꽃을 보고도 눈물이 쏟아지고
이별이 한스러워 새소리 듣고도 가슴 철렁한다
전쟁을 알리는 횃불은 여러 달째 타고 있고
가족 편지는 만금을 주고도 얻을 수 없다
희어진 머리칼 쥐어뜯으니 더욱더 짧아져
이제는 갓을 고정시킬 비녀조차 꽂을 수 없다

**直譯**(직역) – 나라는(國) 깨졌어도(破) 산과(山) 물은(河) 그대로 있고(在)
성안은(城) 봄이어도(春) 풀(草) 나무만(木) 깊다(深)
때를(時) 느끼니(感) 꽃으로도(花) 눈물(淚) 흩뿌려지고(濺)
이별이(別) 한스러워(恨) 새로도(鳥) 가슴(心) 놀란다(驚)
전쟁을 알리는 횃불은(烽火) 서너(三) 달째(月) 이어지고(連)
집의(家) 편지는(書) 일만이나 되는(萬) 돈에(金) 해당된다(抵)

희어진(白) 머리(頭) 긁으니(搔) 다시(更) 짧아져(短)
모두(渾) 하고자 해도(欲) 비녀조차(簪) 이기지(勝) 못한다(不)

**題意**(제의) – 안록산의 난리로 폐허가 돼버린 서울의 봄 경치를 바라보면서 고향의 부모 형제를 그리워하고 자신의 늙음을 한탄하여 읊은 詩(시).

## 198. 春山夜月(춘산야월)

– 于良史(우량사)

春山多勝事　賞玩夜忘歸　掬**水月在手**　**弄花香滿衣**
興來無遠近　欲去惜芳菲　南望鐘鳴處　樓臺深翠微
춘산다승사　상완야망귀　**국수월재수**　**농화향만의**
흥내무원근　욕거석방비　남망종명처　누대심취미

봄날 산에는 좋은 일도 많아
즐거워 밤에도 돌아갈 줄 모르네
손에 움킨 물에 달이 떠있고
꽃 속이라 꽃향기가 옷에 가득
흥겨워 이리저리 다니다가
떠나려니 향기로운 풀 아까운데
남쪽 종소리 나는 곳 바라보니
누대에 푸른 산 기운 짙게 서리네

**直譯**(직역) – 봄(春) 산에는(山) 훌륭한(勝) 일도(事) 많아(多)
즐겁고(賞) 사랑스러워(玩) 밤에도(夜) 돌아갈 줄(歸) 잊었네(忘)
물을(水) 두 손으로 움키니(掬) 달은(月) 손에(手) 있고(在)
꽃을(花) 희롱하니(弄) 향기가(香) 옷에(衣) 가득하네(滿)
흥겨워(興) 멀고(遠) 가까운 것을(近) 무시하고(無) 다니다가(來)
떠나려(去) 하니(欲) 향기로운(芳) 풀(菲) 아깝네(惜)

남쪽으로(南) 종소리(鐘) 울리는(鳴) 곳(處) 바라보니(望)
다락과(樓) 돈대에는(臺) 푸른 산이(翠) 어렴풋이(微) 깊어지네(深)

**題意**(제의)－손에 물을 움키니 그 속에 달이 떠있고 꽃향기가 옷에 가득한 봄 산의 달밤을 읊은 詩(시).

**註解**(주해)－翠微 : 푸른 산 기운.

## 199. 春宿左省(춘숙좌성)

－小陵 杜 甫(소릉 두 보)

花隱掖垣暮　啾啾棲鳥過　**星臨萬戶動　月傍九霄多**
不寢聽金鑰　因風想玉珂　明朝有封事　數問夜如何
화은액원모　추추서조과　**성임만호동　월방구소다**
불침청금약　인풍상옥가　명조유봉사　삭문야여하

해가 져 담 머리에 핀 꽃도 안 보이는데
짹짹 새가 울며 날아다닌다
별빛은 온 장안에 반짝이는데
달은 하늘 높이 밝게 떠간다
한 밤 문 여닫는 소리에 귀 기울이니
바람 따라 말방울 소리 들린다
내일 아침에 글 올릴 일 있어
밤이 새는지 자주 물어본다

**直譯**(직역)－꽃이(花) 희미하게(隱) 곁채(掖) 담도(垣) 저무는데(暮)
소리(啾) 소리내며(啾) 보금자리(棲) 새들이(鳥) 지나간다(過)
별은(星) 온갖(萬) 집을(戶) 내려보며(臨) 움직이고(動)
달빛은(月) 가장 높은(九) 하늘(霄) 곁으로(傍) 넓다(多)

잠을 자지(寢) 않고(不) 쇠(金) 빗장(鑰) 소리를 듣고(聽)
바람으로(風) 인하여(因) 옥(玉) 말굴레를(珂) 생각하게 된다(想)
밝아오는(明) 아침에(朝) 편지(封) 일이(事) 있어(有)
밤이(夜) 어떠하고(如) 어떠한지(何) 자주(數) 묻는다(問)

**題意**(제의) – 봄날 천자에게 상서하기 위해 궁중 門下省(문하성)에 숙직을 하며 보고 느낀 밤의 정경을 읊은 詩(시).

**註解**(주해) – 宿 : 숙직.
左省 : 門下省.
金鑰 : 宮門을 여는 자물쇠.
玉珂 : 말에 장식한 구슬.
數 : ①수 수. 數量(수량) ②자주 삭. 數飛(삭비) ③빠를 속. 遲數(지속) ④촘촘할 촉. 數罟(촉고)

## 200. 春夜喜雨(춘야희우)

– 小陵 杜 甫(소릉 두 보)

**好雨知時節 當春乃發生** 隨風潛入夜 潤物細無聲
野徑雲俱黑 江船火獨明 曉看紅濕處 花重錦官城
**호우지시절 당춘내발생** 수풍잠입야 윤물세무성
야경운구흑 강선화독명 효간홍습처 화중금관성

좋은 비는 때를 알고 있어
봄이 되면 만물을 싹터 자라게 하고
바람 따라 조용히 밤중까지 내려
만물에 생기를 돌게 하면서도 소리내지 않는다
들길도 비구름과 더불어 새까맣고
강엔 배의 불빛만이 홀로 밝은데

새벽에 보게될 붉게 젖은 곳은
꽃이 겹쳐 핀 금관성이리라

**直譯**(직역) – 좋은(好) 비는(雨) 때와(時) 때를(節) 알아(知)
봄에(春) 당하면(當) 이에(乃) 싹이 트고(發) 자라게 하면서(生)
바람을(風) 따라서(隨) 몰래(潛) 밤까지(夜) 이르고(入)
만물을(物) 적시면서도(潤) 가늘어(細) 소리가(聲) 없다(無)
들의(野) 좁은 길은(徑) 구름과(雲) 함께(俱) 검고(黑)
강엔(江) 배의(船) 불빛만이(火) 홀로(獨) 밝은데(明)
새벽에(曉) 보게되는(看) 붉게(紅) 젖은(濕) 곳은(處)
꽃이(花) 거듭된(重) 금관성이리라(錦官城)

**題意**(제의) – 만물을 싹터 자라게도 하고 생기가 돌게 하는 봄날 밤비가 때맞추어 내리는 기쁨을 읊은 詩(시).

**註解**(주해) – 好雨 : 때를 맞추어 알맞게 오는 비.

## 201. 醉後贈張九旭(취후증장구욱)

–達夫 高 適(달부 고 적)

世上謾相識　此翁殊不然　**興來書自聖　醉後語尤顚**
白髮老閑事　靑雲在目前　牀頭一壺酒　能更幾回眼
세상만상식　차옹수불연　**흥래서자성　취후어우전**
백발노한사　청운재목전　상두일호주　능갱기회안

세상 사람들은 너무 쉽게 사귀지만
이 노인은 유난히도 그렇지 않다
흥에 겨워 글씨 쓰면 명필이요
취하면 말을 거리낌 없이 마구 했다

백발이 되어도 세상일에 무심하였고
벼슬길이 눈앞에 있어도
상머리에 한 병의 술만
바라보다 마시며 인생을 즐긴다

**直譯**(직역) – 인간에(世) 있어서는(上) 까닭도 없이(謾) 서로(相) 사귀지만(識)
이(此) 늙은이는(翁) 유달리(殊) 그렇지(然) 않다(不)
흥이(興) 이르면(來) 글씨는(書) 저절로(自) 더할 수 없이 뛰어났고(聖)
취한(醉) 뒤(後) 말은(語) 더욱(尤) 헛갈리었다(顚)
흰(白) 머리로(髮) 늙었어도(老) 세상일에는(事) 느긋했고(閑)
푸른(靑) 구름이(雲) 눈(目) 앞에(前) 있어도(在)
상(床) 머리에(頭) 한(一) 병의(壺) 술을(酒)
다시(更) 몇(幾) 번이나(回) 바라볼(眼) 수 있겠는가(能)

**題意**(제의) – 이 노인은 벼슬에 생각이 없고 상머리에 있는 한 병의 술만 마시며 인생을 즐긴다면서 醉한 뒤 張九旭에게 보내려고 읊은 詩(시).

## 202. 和韋蘇州詩寄鄧道士(화위소주시기등도사)

–東坡 蘇 軾(동파 소 식)

一杯羅浮春 遠餉採薇客 遙知獨酌罷 醉臥松下石
幽人不可見 淸嘯聞月夕 聊戱庵中人 空飛本無迹
일배나부춘 원향채미객 요지독작파 취와송하석
유인불가견 청소문월석 요희암중인 공비본무적

나부춘 한잔 술을
멀리 숨어사는 도사에게 보냈는데
아마 지금쯤 혼자 다 마시고

취하여 소나무 아래 바위에 누웠으리
숨어사는 도사는 만날 수 없지만
맑은 휘파람 소리 달밤에 들려오니
진정 암자에 앉은 그대는
하늘을 날아다녀 본래 자취가 없기 때문이리

**直譯**(직역) – 나부춘(羅浮春) 한(一) 잔술을(杯)
멀리(遠) 고사리나(薇) 캐는(採) 사람에게(客) 보냈는데(餉)
멀리서(遙) 알겠거니와(知) 홀로(獨) 술잔을(酌) 물리치고(罷)
취하여(醉) 소나무(松) 아래(下) 바위에(石) 누웠으리(臥)
숨어사는(幽) 사람은(人) 볼(見) 수(可) 없으나(不)
맑은(淸) 휘파람 소리(嘯) 달(月) 밤에(夕) 들려오니(聞)
암자(庵) 속의(中) 그대에게(人) 멋대로(聊) 장난을 하겠는데(戲)
하늘을(空) 날아다녀(飛) 본래(本) 자취가(迹) 없는 것이겠지(無)

**題意**(제의) – 韋蘇州의 詩에 和韻(화운)하여 羅浮春 한잔 술에 취하여 암자에 앉아 있을 鄧道士에게 부치려고 읊은 詩.

**註解**(주해) – 羅浮 : 羅浮山. 중국 廣東省 惠州府 傅羅(광동성 혜주부 부라)에 있으며 道書(도서)에 이르는 十大洞天(십대동천)의 하나. 洞天이란 산에 싸이고 내에 둘린 경치 좋은 곳을 말하며 舊說(구설)에 높이가 三千丈(삼천장)이고 70개의 石室(석실)과 72개의 긴 시내가 있다고 하는데 隋(수) 나라 趙師雄(자사웅)이 羅浮山 梅花村(매화촌)에서 꿈속에 淡粧素服(담장소복)한 미인을 만나 즐겁게 놀다가 깨어보니 쇠잔한 달빛만이 차갑게 흐르고 있을 뿐 미인은 간데 없다는 고사 羅浮之夢(나부지몽)이 있음.

採薇客 : 殷(은) 나라 처사인 孤竹君(고죽군) 의 두 아들 伯夷 叔齊(백이 숙제) 형제가 殷을 치려는 周(주)나라 武王(무왕)을 말리려다 듣지 않으므로 周나라의 곡식 먹기를 부끄럽게 여기어 首陽山(수양

산)에 들어가 고사리를 캐어 먹으며 숨어살다가 굶어 죽었다는 故事(고사)와 같이 산 속에 숨어사는 隱者(은자)를 말 함.

## 203. 和晉陵陸丞早春遊望(화진릉육승조춘유망)

－必簡 杜審言(필간 두심언)

獨有宦遊人 偏驚物候新 **雲霞出海曙 梅柳渡江春**
**淑氣催黃鳥 晴光轉綠**蘋 忽聞歌古調 歸思欲沾巾
독유환유인 편경물후신 **운하출해서 매류도강춘**
**숙기최황조 청광전록빈** 홀문가고조 귀사욕첨건

벼슬길에 홀로 떠나온 몸이
철따라 새 풍경에 놀란다
안개가 바다로 흘러가니 날이 밝아지고
강 건너 버들 꽃이 피니 봄이로다
화창한 날씨는 꾀꼬리를 울게 하고
따스한 햇빛은 물풀에 뒤척인다
문득 옛 가락을 듣고
고향 생각에 눈물이 옷을 적신다

**直譯(직역)**－벼슬길에(宦) 있어서(有) 홀로(獨) 떠도는(遊) 사람이(人)
철에 따라(候) 물건이(物) 새로워짐을(新) 뜻밖에(偏) 놀란다(驚)
구름(雲) 놀이(霞) 바다로(海) 나가니(出) 밝아지고(曙)
매화와(梅) 버들은(柳) 강을(江) 건너(渡) 봄이로다(春)
맑은(淑) 기운은(氣) 누런(黃) 새를(鳥) 재촉하고(催)
맑게 개인(晴) 빛이(光) 푸른(綠) 물풀에(蘋) 구른다(轉)
문득(忽) 옛(古) 가락(調) 노래를(歌) 듣고(聞)
돌아 갈(歸) 생각을(思) 하게되니(欲) 수건이(巾) 젖는다(沾)

**題意**(제의) – 타향에서 옛 가락 노래 들으니 고향에 돌아가고 싶은 심정을 陸丞의 「早春遊望」에 화답하여 읊은 詩(시).

**註解**(주해) – 晉陵陸丞 : 晉陵縣(진릉현)의 승상 벼슬에 있는 陸씨.
和 : 서로 시를 지어서 부르는 것.

## 204. 戲贈鄭溧陽(희증정률양)

– 青蓮居士 李 白(청련거사 이 백)

陶令日日醉 不知五柳春 素琴本無絃 漉酒用葛巾
清風北窓下 自謂羲皇人 何時到栗里 一見平生親
도령일일취 부지오류춘 소금본무현 녹주용갈건
청풍북창하 자위희황인 하시도율리 일견평생친

도연명은 날마다 취하여
다섯 그루 버드나무에 봄이 온 줄도 몰랐다
거문고엔 본래 줄이 없었고
갈건으로 술을 거르며
맑은 바람 불어오는 북창 아래서
스스로 소박한 복희 황제 때의 사람이라 하였다
어느 시절 도연명이 살던 마을로 가서
평생의 친구를 한번 만나볼 수 있을까

**直譯**(직역) – 도연명이란(陶) 현령은(令) 날마다(日) 날마다(日) 취하여(醉)
다섯(五) 버드나무에(柳) 봄이 온 줄도(春) 알지(知) 못했다(不)
평소(素) 거문고엔(琴) 본래(本) 줄이(絃) 없었고(無)
술을(酒) 거르는데(漉) 칡(葛) 두건을(巾) 썼다(用)
맑은(淸) 바람 부는(風) 북쪽(北) 창(窓) 아래서(下)
스스로(自) 복희(羲) 황제 때의(皇) 사람이라(人) 일컬었다(謂)

어느(何) 때(時) 도연명이 살던 율리에(栗里) 이르러(到)
평상(平) 삶의(生) 벗을(親) 한번(一) 만나볼 것인가(見)

**題意(제의)**－날마다 거문고를 벗삼아 술을 마시며 세상을 잊고 살았던 도연명을 한 번 만나보고 싶은 심정을 鄭溧陽에게 장난삼아 읊어 보낸 詩(시).

**註解(주해)**－陶 : 陶淵明(도연명)으로 중국 晉(진) 나라 시인이며 이름은 潛(잠)이고 405년에 彭澤(팽택)의 슈이 되었으나 80 여일 후에 歸去來辭(귀거래사)를 남겨 두고 귀향하였는데 자연미를 노래한 詩가 많으며 중국의 敍景詩(서경시)는 이 때부터 발달하였음.

五柳 : 다섯 그루의 버드나무로 陶淵明은 그의 집에 五柳를 심어 놓고 스스로 五柳先生이라 하였음.

葛巾 : 칡의 섬유로 만든 두건.

栗里 : 陶淵明이 살던 고을로 南史陶淵明傳・自建昌州還經行廬山下記(남사도연명전・자건창주환경행여산하기) 등에 나타남.

# 제3장 오언고시(五言古詩)

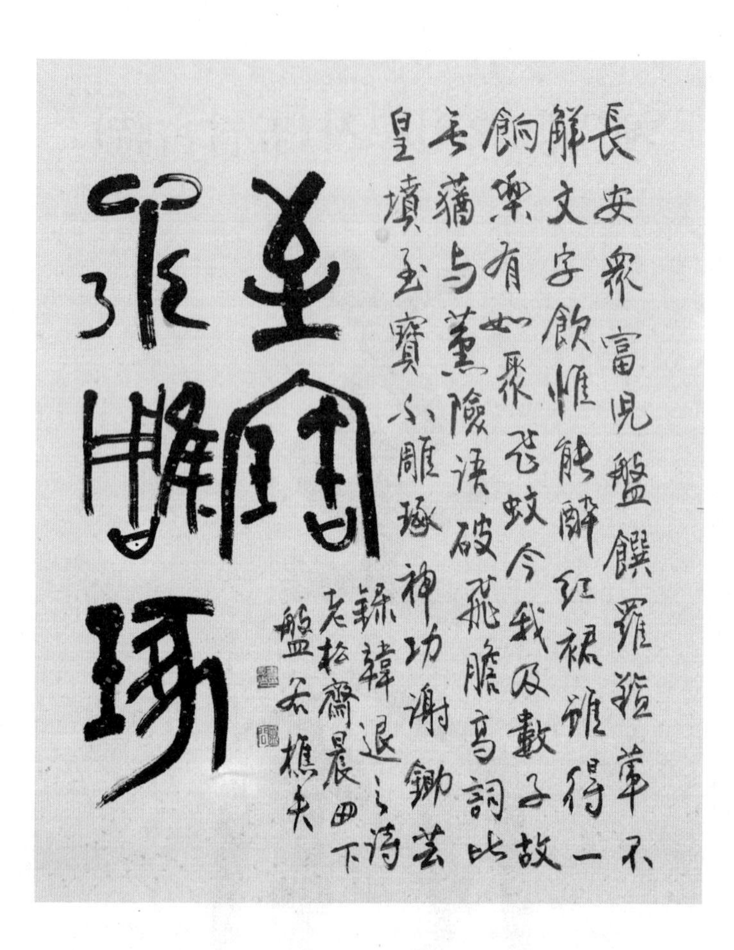

命 題(명 제) : 至寶(지보)

書 體(서 체) : 金文(금문) · 行書(행서)

規 格(규 격) : 53×66cm

內 容(내 용) : 本書(본서) 284.醉贈張秘書(취증장비서) 參照(참조)

斷 想(단 상) : 2005. 대한민국서예대전(서협) 초대작품이다. 至寶(지보)란 더없이 귀한 보배로 풀이된다. 至寶는 가공이 필요 없는 그대로 완전한 보배이듯이 열심히 노력하여 至寶와 같은 경지에 오르기를 바란다는 내용이다.

古詩(고시)는 古風(고풍)이라고도 하는데 古體詩(고체시)라는 말은 六朝時代(육조시대)에 그 이전 시대의 고대시라는 뜻으로 주로 漢代(한대)의 시를 가리켰고 당대에 근체시가 완성된 이후에는 태고 때부터 隋代(수대)에 이르는 모든 詩를 뜻하게 되었다. 근체시 성립 이전의 詩라 하더라도 樂府體(악부체) 詩는 古詩에 포함시키지 않으며 근체시 성립 이후의 것이라도 근체시의 형식에 따르지 않고 그 이전 詩의 형식을 따라서 지은 것은 古體詩라고 한다.

古體詩의 시율은 근체시에 비해 매우 자유롭고 詩의 길이와 押韻(압운)이 자유로우며 각 장의 句數(구수)도 일정하지 않다. 구성상의 규칙도 없어 四言(4언) 五言(5언) 六言(6언) 七言(7언) 등의 형식이 있으며 오언과 칠언을 섞은 雜言(잡언)도 있다.

## 205. 乞食(걸식)

－淵明 陶 潛 (연명 도 잠)

饑來驅我去　不知竟何之　行行至斯里　叩門拙言辭　主人解余意
遺贈豈虛來　談諧終日夕　觴至輒傾杯　**情欣新知歡**　**言詠遂賦詩**
感子漂母惠　愧我非韓才　銜戢知何謝　冥報以相貽
기래구아거　부지경하지　행행지사리　고문졸언사　주인해여의
유증기허래　담해종일석　상지첩경배　**정흔신지환**　**언영수부시**
감자표모혜　괴아비한재　함즙지하사　명보이상이

굶주림이 나를 몰고 가지만
나는 끝내 어디로 가는 지 알지 못 한다
걷고 또 걸어 -이 마을에 이르러
문을 두드리고는 더듬더듬 말을 하니

주인은 나의 마음을 알아차리고
음식을 남겨 주니 어찌 헛되이 온 것이겠는가
낮부터 저녁까지 이야기하며 놀다가
술잔이 내게 이르면 문득 술잔을 기울인다
참으로 새로 사귄 친구를 기뻐하고
말을 길게 읊으며 마침내 시를 짓는다
자네는 그 옛날 한신 빨래하는 어머니의 은혜에 감복하나
내게는 그 은혜 갚을 한신의 재주가 없음이 부끄럽다
이 고마움을 머금고 거두어 어떻게 감사해야 할지
내가 죽어서라도 갚으리다

**直譯**(직역) – 굶주림이(饑) 와서(來) 나를(我) 몰고(驅) 가지만(去)
끝내(竟) 어디로(何) 가는 지(之) 알 수(知) 없다(不)
걷고(行) 또 걸어(行) 이(斯) 마을에(里) 이르러(至)
문을(門) 두드리고는(叩) 서투르게(拙) 말을 하고(言) 말을 하니(辭)
주인 된(主) 사람은(人) 나의(余) 마음을(意) 깨닫고서(解)
남겨(遺) 주니(贈) 어찌(豈) 헛되이(虛) 온 것이겠는가(來)
해를(日) 마치고(終) 저녁까지(夕) 익살스럽게(諧) 이야기하다가(談)
술잔이(觴) 이르면(至) 문득(輒) 술잔을(杯) 기울인다(傾)
참으로(情) 새로(新) 알게된(知) 기쁨을(歡) 기뻐하고(欣)
말을(言) 길게 읊으며(詠) 마침내(遂) 시를(詩) 짓는다(賦)
자네는(子) 빨래하는(漂) 어머니의(母) 은혜에(惠) 마음이 움직이나(感)
나에게(我) 한신의(韓) 재주가(才) 없음이(非) 부끄럽다(愧)
느끼고(銜) 거두어(戢) 어떻게(何) 고맙다는 뜻을 나타내야 할지(謝)
알겠는가(知)
어둠에서라도(冥) 갚도록(報) 매우(以) 힘써(相) 드리리다(貽)

**題意**(제의) – 배가 고파서 헤매다가 구걸을 하여 주린 배를 채우고 시를

지어 서로 사귀니 이 은혜 죽어도 잊지 않겠다며 고마운 심정을 읊은 詩(시).

註解(주해) – 韓才 : 韓信(한신)의 재주. 韓信은 秦(진)나라 말 난세에 처음에는 楚(초)나라의 項梁·項羽(항량·항우)를 섬겼으나 중용되지 않아 漢高祖 劉邦(한고조 유방)의 군에 참가하여 승상 蕭何(소하)에게 인정을 받아 垓下(해하)의 싸움에 이르기까지 韓군을 지휘하여 크게 공을 세움으로써 齊王(제왕)에 이어 楚王(초왕)이 되었고 BC 196년 陳豨(진희)의 난에 通謀(통모)하였다 하여 呂后(여후)의 부하에게 참살 당하였는데 불우하던 젊은 시절에 시비를 걸어오는 市井(시정) 무뢰배의 가랑이 밑을 태연히 기어나갔다는 일화는 유명함.

## 206. 古詩 - 1(고시)

– 無名氏(무명씨)

迢迢牽牛星　皎皎河漢女　纖纖擢素手　札札弄機杼　終日不成章
涕泣零如雨　河漢淸且淺　相去復幾許　盈盈一水間　默默不得語
초초견우성　교교하한녀　섬섬탁소수　찰찰농기저　종일불성장
체읍영여우　하한청차천　상거부기허　영영일수간　묵묵부득어

멀고 먼 견우성아
해말쑥한 은하수의 아가씨는
가냘픈 손 드러내
찰칵찰칵 베틀을 다루건만
종일토록 무늬는 나지 않고
눈물은 비가 되어 떨어지더라
맑고도 옅은 은하수는
서로 먼 것도 아니건만

찰랑찰랑 냇물을 사이에 두고
묵묵히 말이 없더라

直譯(직역) – 멀고도(迢) 먼(迢) 견우성아(牽牛星)
희고도(皎) 흰(皎) 은하수의(河漢) 계집아이는(女)
가늘고(纖) 보드라운(纖) 흰(素) 손을(手) 길게 늘이어(擢)
찰찰(札札) 베틀에서(機) 북을(杼) 솜씨 있게 다루건만(弄)
날이(日) 마치도록(終) 무늬를(章) 이루지(成) 못하고(不)
눈물과(涕) 눈물은(泣) 비와(雨) 같이(如) 떨어지더라(零)
은하수는(河漢) 맑고(淸) 또(且) 얕아서(淺)
서로(相) 떨어짐이(去) 다시(復) 얼마나(幾) 얼마나 된다고(許)
가득 차고(盈) 가득 찬(盈) 물(水) 하나(一) 사이건만(間)
고요하고(默) 고요할 뿐(默) 말을(語) 얻지(得) 못하더라(不)

題意(제의) – 칠석의 전설인 牽牛(견우)와 織女(직녀)의 연애를 노래하여 지아비나 연인에게 이별한 여인의 심정을 읊은 詩(시).

註解(주해) – 札札 : 베 짜는 소리의 형용.
無名氏 : 玉臺新詠(옥호신영)에는 漢(한) 나라 枚乘(매승)의 作(작)이라 하였음.

## 207. 古詩 – 2(고시)

– 無名氏(무명씨)

生年不滿百　常懷千歲憂　晝短苦夜長　何不秉燭遊　爲樂當及時
何能待來玆　愚者愛惜費　俱爲塵世嗤　仙人王子喬　難可以等期
생년불만백　상회천세우　주단고야장　하불병촉유　위락당급시
하능대래자　우자애석비　구위진세치　선인왕자교　난가이등기

백년 도 못 살면서

늘 천 세의 근심을 품는구나
낮은 짧고 밤이 길어 괴롭거든
어찌 밤엔들 불 밝혀 놀지 못 하랴
즐겁기 위해서는 마땅히 때에 미치어야 하나니
무엇 때문에 내년을 기다리랴
어리석은 자는 비용을 아끼나
모두가 세상의 웃음거리로다
선인이 된 왕자 교와는
수명을 같이하기 어려운 일인 것을

直譯(직역) – 살아있는(生) 해는(年) 백을(百) 채우지(滿) 못하면서(不)
항상(常) 천(天) 년의(歲) 근심을(憂) 품는구나(懷)
낮은(晝) 짧고(短) 괴로운(苦) 밤이(夜) 길면(長)
어찌(何) 촟불을(燭) 잡고(秉) 놀지(遊) 아니하겠는가(不)
즐거움을(樂) 위해서는(爲) 마땅히(當) 그 때에(時) 미치어야 하니(及)
어찌(何) 이와 같이(能) 오는(來) 해만(玆) 기다리랴(待)
어리석은(愚) 사람은(者) 비용을(費) 사랑하고(愛) 아끼지만(惜)
모두가 다(俱) 티끌(塵) 세상의(世) 웃음거리가(蚩) 되나니(爲)
선인(仙人) 왕자(王子) 교(喬)와는
가히(可) 그로써(以) 기한을(期) 같이 하기는(等) 어려운 것을(難)

題意(제의) – 王子喬와 같은 仙人이 될 수 없으며 인생은 짧고도 덧없는 것이니 후회 없이 마음껏 즐기자고 읊은 詩(시).

註解(주해) – 仙人王子喬 : 周(주)나라 靈王(영왕)의 태자 晉(진)을 말하는데 列仙傳(열선전)에 의하면 道人(도인) 浮丘公(부구공)과 함께 嵩山(숭산)에 올라 術法(술법)을 얻어 永遠生命(영원생명)을 얻었다고 함.
俱爲塵世蚩 : 文選(문선)에는 但爲後世蚩로 되어 있음.
難可以等期 : 文選(문선)에는 難與可等期로 되어 있음. 여기에서 期는

기간 또는 수명을 뜻 함.

## 208. 古詩 - 3(고시)

- 無名氏(무명씨)

庭中有奇樹　綠葉發華滋　攀條折其榮　將以遺所思　馨香盈懷袖
路遠莫致之　此物何足貴　但感別經時
정중유기수　녹엽발화자　반조절기영　장이유소사　형향영회수
노원막치지　차물하족귀　단감별경시

뜰에 있는 귀한 나무들
푸른 잎에 핀 꽃이 가득하다
가지를 당겨 그 꽃을 꺾어
님에게 보내려니
향기는 소매에 가득하나
길이 멀어 보낼 수 없다
이 꽃이야 귀할 것도 없지만
다만 이별한 그 때를 느끼게 한다

**直譯**(직역) - 뜰(庭) 가운데(中) 기이한(奇) 나무들이(樹) 있는데(有)
푸른(綠) 잎에(葉) 꽃이(華) 가득(滋) 피었다(發)
가지를(條) 당겨(攀) 그(其) 꽃을(榮) 꺾어(折)
장차(將) 생각하는(思) 바에게(所) 보내려고(遺) 하니(以)
향기(馨) 향기는(香) 소매에(袖) 품어(懷) 가득하지만(盈)
길이(路) 멀어(遠) 그곳에(之) 이르지(致) 못 한다(莫)
이(此) 물건이(物) 어찌(何) 귀하여(貴) 만족하겠는가 마는(足)
다만(但) 이별한(別) 지난(經) 때를(時) 느끼게 한다(感)

**題意**(제의) - 뜰에 있는 귀한 나무의 푸른 잎에 핀 꽃을 보니 이별한 그

때가 그립다고 읊은 詩(시).

## 209. 古詩 - 4(고시)

- 無名氏(무명씨)

涉江采芙蓉　蘭澤多芳草　采之欲遺誰　所思在遠道　還顧望舊鄉
長路漫浩浩　同心而離居　憂傷以終老
섭강채부용　난택다방초　채지욕유수　소사재원도　환고망구향
장로만호호　동심이리거　우상이종로

강을 건너며 연꽃을 따는데
진 펄에는 향기로운 풀도 많구나
따다가 누구에게 주려하는가
마음속에 생각하는 사람은 멀리 있는데
다시 돌아서 옛 고향 바라보니
먼 길은 아득하여 끝이 없구나
마음은 함께 하나 몸은 떨어져 사니
가여워 하다가 늙어지누나

**直譯(직역)** – 강을(江) 건너다(涉) 연꽃(芙) 연꽃을(蓉) 따는데(采)
난초의(蘭) 못에는(澤) 향기로운(芳) 풀도(草) 많구나(多)
이것을(之) 따서(采) 누구에게(誰) 보내려(遺) 하는가(欲)
생각하는(思) 바는(所) 먼(遠) 길에(道) 있는데(在)
다시(還) 돌아(顧) 옛(舊) 고향(鄉) 바라보니(望)
먼(長) 길이(路) 잇닿아(漫) 크고(浩) 넓구나(浩)
마음은(心) 함께 하나(同) 그러나(而) 떨어져(離) 살게되니(居)
가엽게 여기고(憂) 가엽게 여기며(傷) 마침내(終) 늙으려(老) 생각하누나(以)

題意(제의) – 강을 건너다 연꽃을 보니 멀리 있는 님이 생각나 읊은 詩(시).

## 210. 古詩 - 5(고시)

– 無名氏(무명씨)

今日良宴會　歡樂難具陳　彈箏奮逸響　新聲妙入神　令德唱高言
識曲聽其眞　齊心同所願　含意俱未伸　人生寄一世　奄忽若飄塵
何不策高足　先據要路津　無違守貧賤　轗軻長苦辛
금일량연회　환락난구진　탄쟁분일향　신성묘입신　영덕창고언
식곡청기진　제심동소원　함의구미신　인생기일세　엄홀약표진
하불책고족　선거요로진　무위수빈천　감가장고신

오늘은 좋은 잔칫날이라
그 즐거움 말로 다 하기가 어렵다
쟁이란 현악기로 뛰어난 음향을 떨치니
새로운 소리는 입신의 경지에 드는구나
소리 높여 훌륭한 덕을 찬양하니
곡을 아는 이는 그 진리에 귀 기울인다
한 마음으로 소원을 같이하지만
품은 뜻을 다 말하지는 않는다
사람이 한 평생을 살아감이
문득 회오리바람의 티끌과 같은 것이라
어찌 뛰어난 자제를 채찍질하여
먼저 중요한 자리를 차지하지 않겠는가
부디 곤궁함과 비천함을 지켜
불우하게 오래도록 고생하지 말라

直譯(직역) – 오늘(今) 날은(日) 좋은(良) 잔치(宴) 모임이니(會)
기쁘고(歡) 즐거움을(樂) 자세히(具) 말하기가(陳) 어렵네(難)
13줄 현악기인 쟁을(箏) 타서(彈) 뛰어난(逸) 소리를(響) 떨치니(奮)
새로운(新) 소리는(聲) 신비스러움에(神) 든 것같이(入) 묘하구나(妙)
훌륭한(令) 덕을(德) 높은(高) 소리로(言) 노래하니(唱)
곡을(曲) 아는 이는(識) 그(其) 본질을(眞) 듣는다(聽)
같은(齊) 마음으로(心) 바라는(願) 바를(所) 함께 하지만(同)
품은(含) 뜻을(意) 모두 다(俱) 말하지는(伸) 않는다(未)
사람(人) 살이(生) 한(一) 세상을(世) 맡김이(寄)
문득(奄) 갑자기(忽) 회오리바람의(飄) 티끌과(塵) 같은 것이라(若)
어찌(何) 아니(不) 뛰어난(高) 제자를(足) 채찍질하여(策)
먼저(先) 중요한(要) 나루(津) 길을(路) 굳게 지키겠는가(據)
어긋남이(違) 없어야 함은(無) 가난과(貧) 천함을(賤) 지켜(守)
가기 힘든(轗) 굴대로(軻) 오래도록(長) 괴로워하고(苦) 고생함이라(辛)

題意(제의) – 한 평생을 살아감이 회오리바람의 티끌과 같은 것이니 부디 곤궁함과 비천함을 지켜 불우하게 오래도록 고생하지 말라고 읊은 詩(시).

註解(주해) – 箏 : 거문고 비슷한 13줄의 현악기인데 거문고의 줄은 옛 날에는 다섯이었으나 지금은 일곱 임.
高足 : 뛰어난 제자.
轗軻 : 일이 뜻대로 되지 아니함.

## 211. 古瓦硯(고와연)

– 醉翁 歐陽修(취옹 구양수)

磚瓦賤微物　得厠筆墨間　于物用有宜　不計醜與姸　金非不爲寶
玉豈不爲堅　用之以發墨　不及瓦礫頑　乃知物雖賤　當用價難攀

豈惟瓦礫爾　用人從古難

전와천미물　득측필묵간　우물용유의　불계추여연　금비불위보
옥기불위견　용지이발묵　불급와력완　내지물수천　당용가난반
기유와력이　용인종고난

흙벽돌이나 기와는 비록 하찮은 물건이나
붓과 먹과 함께 문구로 쓰이네
물건에는 그 쓰임에 적합함이 있으니
추하고 예쁜 것을 따지지 않는다네
금이 보물이 아닌 것 아니고
옥이 어찌 단단하지 않겠는가
이러한 보물도 먹을 갊에 있어서는
기와나 벽돌 조각만 못하다네
물건이 천하다 하나
꼭 써야할 때는 값 매기기 어렵다네
어찌 기와와 벽돌에서 뿐이겠는가
사람을 쓰는 일도 예부터 어려웠다네

**直譯**(직역) – 흙벽돌이나(磚) 기와는(瓦) 천하고(賤) 자질구레한(微) 물건이나(物)
붓과(筆) 먹(墨) 사이에서(間) 섞임을(厠) 얻게된다(得)
물건(物)에는(于) 그 쓰임에(用) 마땅함이(宜) 있으니(有)
추한 것(醜)과(與) 예쁜 것을(姸) 생각하지(計) 않는다(不)
금이(金) 보배가(寶) 되지(爲) 아니함이(不) 아니며(非)
옥이(玉) 어찌(豈) 단단(堅)하지(爲) 않겠는가(不)
이를(之) 써서(用) 먹빛을(墨) 내는데(發) 있어서는(以)
기와와(瓦) 조약돌의(礫) 둔함에(頑) 미치지(及) 못한다(不)
이에(乃) 물건이(物) 비록(雖) 천한 줄(賤) 알지만(知)
마땅히(當) 써야 함에는(用) 값에(價) 의지하기가(攀) 어려운 것이다(難)

어찌(豈) 오직(惟) 기와와(瓦) 조약돌에서만(礫) 그러하겠는가(爾)
사람을(人) 쓰는 일도(用) 예(古)부터(從) 어려웠다(難)

**題意**(제의) – 흙벽돌이나 기와는 하찮은 물건이나 붓과 먹과 함께 문구로 쓰이니 물건에는 그 적재적소가 있다면서 낡은 기와 벼루를 읊은 詩(시).

**註解**(주해) – 硯 : 벼루는 간다는 뜻에서 硏(연)을 동의자로 쓰는데 대개는 돌로 만들지만 瓦硯·陶硯(와연·도연)도 있고 옥·유리·비취·수정 등 보석이라든가 금·은·동·철·木(목)·竹(죽) 등으로도 만들고 형태는 직사각형·사각형·원형·타원형·風字(풍자)형 등이 있으며 먹을 가는 부분을 硯堂(연당) 또는 墨道(묵도)라 하고 갈려진 먹물 즉 묵즙이 모이도록 된 오목한 곳을 硯池·硯泓·硯海(연지·연홍·연해)라 함. 벼루가 구비하여야 할 첫째 조건으로는 먹이 잘 갈리고 고유의 먹 색이 잘 나타나야 하며 硯堂의 표면에는 숫돌과 같은 까끌까끌한 미세한 鋒芒(봉망)이 있어 여기에 물을 붓고 먹을 마찰시킴으로써 먹물이 생기는데 鋒芒이 약하면 먹이 잘 갈리지 않고 반대로 강하기만 하면 잘 갈리기는 하나 먹빛이 좋지 않음. 벼루는 실용의 기능을 충족시킬 수 있는 좋은 재질의 것을 첫째 요건으로 하지만 먹을 가는 도구라는 차원을 넘어 돌의 빛깔이라든가 무늬의 아름다움을 취하고 나아가 硯面(연면)을 고도의 미적 의장으로 조각 장식하여 문방사우의 하나로서 감상의 대상으로 소중히 여겨왔음.

## 212. 勸學文 - 1(권학문)

– 王荊公 王安石(왕형공 왕안석)

讀書不破費　讀書萬倍利　書顯官人才　書添君子智　有卽起書樓
無卽致書櫃　**窓前看古書　燈下尋書意　貧者因書富　富者因書貴**

**愚者得書賢** **賢者因書利** 只見**讀書榮** 不見讀書墜 賣金買書讀
讀書買金易 好書卒難逢 好書眞難致 奉勸讀書人 好書在心記
독서불파비 독서만배리 서현관인재 서첨군자지 유즉기서루
무즉치서궤 **창전간고서** **등하심서의** 빈자인서부 **부자인서귀**
**우자득서현** **현자인서리** 지견**독서영** 불견독서추 매금매서독
독서매금이 호서졸난봉 호서진난치 봉권독서인 호서재심기

독서에는 돈이 들지 않으면서도
만 배의 이익이 있다
책은 관리의 재주를 드러내주고
군자의 지혜를 더해주니
돈이 생기면 곧 서재를 짓고
돈이 없으면 곧 책 궤라도 마련하여라
창 앞에서 고서를 보고
등 아래에서 글의 뜻을 찾아라
가난한 사람은 글로 인하여 부자가 되고
부유한 사람은 글로 말미암아서 귀하게 될 것이며
어리석은 사람은 글을 통해서 어질게 되고
어진 사람은 글로 인하여 이롭게 될 것이다
다만 글을 읽어서 영화를 누리는 것은 보았어도
글을 읽어서 떨어지는 것은 보이지 아니했으니
금을 팔아 책을 사서 읽어라
책을 읽어 금을 사기는 쉬워도
좋은 책은 정말 얻기 어려운 것이니라
글 읽는 사람에게 받들어 권하나니
좋은 글은 마음에 기억해 두기를 바란다

直譯(직역) – 책을(書) 읽는데는(讀) 비용을(費) 깨지(破) 아니해도 되고(不)
책을(書) 읽는 것은(讀) 만(萬) 곱절의(倍) 이익이 된다(利)
책은(書) 벼슬아치(官) 사람의(人) 재주를(才) 나타내 주고(顯)
책은(書) 어진(君) 사람의(子) 슬기를(智) 더해주니(添)
있으면(有) 곧(卽) 책(書) 다락을(樓) 짓고(起)
없으면(無) 곧(卽) 책(書) 상자라도(櫃) 갖춰라(致)
창(窓) 앞에서(前) 옛(古) 책을(書) 보고(看)
등(燈) 아래에서(下) 글의(書) 뜻을(意) 찾아라(尋)
가난한(貧) 사람은(者) 글로(書) 인하여(因) 부자가 되고(富)
부유한(富) 사람은(者) 글로(書) 말미암아서(因) 귀하게 되며(貴)
어리석은(愚) 사람은(者) 글을(書) 얻음으로 해서(得) 어질게 되고(賢)
어진(賢) 사람은(者) 글로(書) 인하여서(因) 이롭게 되리라(利)
다만(只) 글을(書) 읽어서(讀) 영화롭게 된 것은(榮) 보았어도(見)
글을(書) 읽어서(讀) 떨어지는 것은(墜) 보이지(見) 아니했으니(不)
금을(金) 팔아(賣) 책을(書) 사서(買) 읽어라(讀)
책을(書) 읽어(讀) 금을(金) 사기는(買) 쉬워도(易)
좋은(好) 책은(書) 끝내(卒) 만나기(逢) 힘들고(難)
좋은(好) 책은(書) 정말(眞) 이루기(致) 어렵다(難)
글(書) 읽는(讀) 사람에게(人) 받들어(奉) 권하나니(勸)
좋은(好) 글은(書) 마음에(心) 기억하여(記) 있게 하라(在)

題意(제의) – 독서는 돈이 들지 않으면서도 만 배의 이익이 되니 좋은 책을 읽어 마음에 간직하기를 바라는 마음으로 읊은 詩(시).

## 213. 勸學文 – 2(권학문)

– 仁宗皇帝(인종황제)

朕觀無學人　無物堪比倫　若比於草木　**草有靈芝木有椿**　若比於禽獸　**禽有鸞鳳獸有麟**　若比於糞土　糞滋五穀土養民　世間無限物　無比無學人

짐관무학인 무물감비륜 약비어초목 **초유영지목유춘** 약비어금수 **금유란봉수유린** 약비어분토 분자오곡토양민 세간무한물 무비무학인

배움이 없는 사람을 보면
이와 비교할만한 것이 없느니
풀과 나무에 견주어 보아도
이들에는 영지와 춘목이 있고
새와 짐승에 견주어 보아도
이들에는 난새와 봉황새가 있고 기린이 있고
똥과 흙에 견주어 보아도
이들은 오곡을 살찌우고 백성을 기르니
세상의 무수한 사물 중에
배움 없는 사람과 비교할 것은 없느니

**直譯**(직역) – 내가(朕) 배움이(學) 없는(無) 사람을(人) 보면(觀)
참아(堪) 무리와(倫) 견줄(比) 물건이(物) 없느니라(無)
풀과(草) 나무(木)에(於) 견줄 것(比) 같으면(若)
풀에는(草) 신령스런(靈) 향 풀이(芝) 있고(有) 나무에는(木) 신령스러운 나무가(椿) 있고(有)
새와(禽) 짐승(獸)에(於) 견줄 것(比) 같으면(若)
새에는(禽) 난 새와(鸞) 봉황새가(鳳) 있고(有) 짐승에는(獸) 기린이(麟) 있느니라(有)
똥과(糞) 흙(土)에(於) 견줄 것(比) 같으면(若)
똥은(糞) 다섯 가지(五) 곡식을(穀) 자라게 하고(滋) 흙은(土) 백성을(民) 기르니(養)
세상(世) 사이에(間) 헤아릴 수(限) 없는(無) 물건에서(物)
배움(學) 없는(無) 사람과(人) 비교할 것은(比) 없느니라(無)

題意(제의) – 배움이 없으면 풀과 나무 또는 새 짐승 심지어 똥이나 흙과 도 비교가 안 되는 하찮은 물건에 해당되니 학문에 열중하라고 읊은 詩(시).

註解(주해) – 靈芝 : 불로초라고도 하는데 여름에 활엽수 뿌리에서 발생하여 땅 위에 돋으며 갓과 자루 표면에 옻칠을 한 것과 같은 광택이 있는 1년 생 버섯으로 한방에서는 강장 · 진해 · 消腫(소종) 등의 효능이 있어 신경쇠약 · 심장병 · 고혈압 · 각종 암 종에 사용하며 일본에서는 만년버섯이라 하고 중국에서는 영지라 하여 한약재료로 귀하게 사용함.

椿 : 신령스런 나무이름. 참죽나무.

鸞 : 봉황의 일종인 상징상의 靈鳥.

鳳 : 聖人(성인)의 탄생에 맞추어 세상에 나타나는 새로 알려져 있으며 수컷은 鳳(봉)이라고 하며 암컷은 凰(황)이라고 하는데 사이좋게 오동나무에 살면서 醴川 · 甘泉(예천 · 감천)을 마시고 대나무 열매를 먹으며 뭇 새의 왕으로서 귀하게 여기는 환상적인 靈鳥(영조). 說文解字(설문해자)에는 머리의 앞쪽은 수컷의 기린이요 뒤쪽은 사슴이며 목은 뱀이고 꽁지는 물고기로 용과 같은 비늘이 있으며 등은 龜甲(귀갑)과 같고 털은 제비요 부리는 닭과 같다고 쓰여 있어 닭 · 뱀 · 용을 합치면 가장 일반적인 봉황의 모습이 될 것이라고 함.

麒麟 : 고대 중국의 전설에 나오는 상상의 靈獸(영수)로 騏(기)는 수컷이며 麟(린)은 암컷인데 前漢(전한) 말 京房(경방)의 저서 易傳(역전)에는 麟은 몸이 사슴 같고 꼬리는 소와 같으며 발굽과 갈기는 말과 같고 빛깔은 5색이라고 하여 봉황과 마찬가지로 이것이 출현하면 세상에 聖王(성왕)이 나올 길조라고 여겼고 이마에 뿔이 하나 돋아 그 끝에 살이 붙어 있어 다른 짐승을 해치지 않는다 하여 仁獸(인수)라고 하였으며 百獸(백수)의 靈長(영장)이라는 점에서 걸출한 인물에 비유되고 뛰어난 젊은이를 麒麟兒(기린아)라고 함.

五穀 : 한국 · 중국 · 일본 등에서 主食(주식)으로 하는 주요 穀物(곡

물) 다섯 가지로 옛날 인도에서는 보리 · 밀 · 쌀 · 콩 · 깨를 5곡이라 하였으며 중국에서는 참깨 · 보리 · 피 · 수수 · 콩이거나 참깨 · 피 · 보리 · 쌀 · 콩의 5종 또는 수수 · 피 · 콩 · 보리 · 쌀의 5종을 五穀이라고 하였고 한국에서는 쌀 · 보리 · 조 · 콩 · 기장을 五穀이라고 하는데 식생활의 변화에 따라 시대나 지역에 의하여 종류나 순서가 달라짐.

## 214. 歸田園居 - 1(귀전원거)

-淵明 陶 潛(연명 도 잠)

種苗在東皐 苗生滿阡陌 **雖有荷鋤倦** **濁酒聊自適** 日暮巾柴車
路暗光已夕 歸人望煙火 稚子候簷隙 問君亦何爲 百年會有役
但願桑麻成 蠶月得紡績 **素心**正如此 開逕望三益
종묘재동고 묘생만천맥 **수유하서권** **탁주료자적** 일모건시거
노암광이석 귀인망연화 치자후첨극 문군역하위 백년회유역
단원상마성 잠월득방적 **소심**정여차 개경망삼익

동쪽 언덕에 살면서 곡식 씨앗을 뿌리니
싹이 자라 둔덕에 가득하다
호미 메고 김매기가 진저리도 나지만
막걸리 한잔에 애오라지 즐겁기만 하다
날이 저물어 나무는 한 수레를 덮었고
길은 어둑하여 이미 저녁이 되었다
돌아가는 사람들은 저녁연기와 불빛 바라보고
아이들은 처마 밑에서 기다린다
또한 무엇을 하려는지 그대에게 묻나니
일생에 반드시 할 일이 있을 것이다

뽕나무와 삼나무 잘 자라기를 바라고
누에치는 달에는 길쌈할 수 있기를 바란다
평소의 마음이 참으로 이와 같다면
좁은 길 열어놓고 좋은 친구 기다리련다

直譯(직역) – 동쪽(東) 언덕에(皐) 살면서(在) 씨를 뿌려(種) 모를 기르니(苗)
모가(苗) 자라(生) 두렁과(阡) 두렁에(陌) 가득하다(滿)
비록(雖) 호미(鋤) 메기에(荷) 싫증도(倦) 나지만(有)
흐린(濁) 술은(酒) 넉넉하진 못해도(聊) 스스로(自) 즐겁기만 하다(適)
날이(日) 저물어(暮) 땔나무로(柴) 수레를(車) 덮었는데(巾)
길은(路) 어둑하여(暗) 시간은(光) 이미(已) 저녁이다(夕)
돌아가는(歸) 사람들은(人) 연기와(煙) 불빛(火) 바라보고(望)
어린(稚) 아이들은(子) 처마를(簷) 사이하고(隙) 기다린다(候)
그대는(君) 또한(亦) 무엇을(何) 하려는지(爲) 묻나니(問)
백(百) 살에(年) 반드시(會) 할 일이(役) 있을 것이다(有)
다만(但) 뽕나무와(桑) 삼나무(麻) 우거지기를(成) 바라고(願)
누에치는(蠶) 달에는(月) 길쌈하고(紡) 길쌈하는 것이(績) 이루어지기를(得)
본디(素) 마음이(心) 참으로(正) 이와(此) 같다면(如)
좁은 길(逕) 열어놓고(開) 세 가지(三) 이로움을(益) 기다리겠다(望)

題意(제의) – 동쪽 언덕에 농사짓고 살면서 좁은 길 열어놓고 좋은 친구 기다리는 농촌 생활 모습을 읊은 詩(시).

註解(주해) – 阡陌 : 두렁으로 논이나 밭 사이에 낸 길을 말하는데 동서로 난 것을 陌(맥)이라 하고 남북으로 난 것을 阡(천)이라고 함.
聊 : 애오라지. 마음에 부족하나마 겨우. 넉넉하지는 못하나마 좀.
三益 : 三益友 또는 益者三友(익자삼우)의 준말로 세 가지 이로운 벗은 정직한 사람과(友直) 신의가 있는 사람과(友諒) 견문이 넓은 사람

(友多聞)이고 반면에 損者三友(손자삼우)는 손해가 되는 세 벗으로 무슨 일에나 안이한 길만을 취하는 사람과(友便辟) 남에게 아첨하는 사람과(友善柔) 입에 발린 말뿐이고 성의가 없는 사람(友偏佞)을 말하는 것으로 論語 季子篇(논어 계자편)에 나옴. 益者三友 損者三友 友直 友諒 友多聞 益矣 友便辟 友善柔 友偏佞 損矣(익자삼우 손자삼우 우직 우양 우다문 익의 우편벽 우선유 우편녕 손의)

## 215. 歸田園居 - 2(귀전원거)

- 淵明 陶 潛(연명 도 잠)

悵恨獨策還 崎嶇歷榛曲 **山澗淸且淺 可以濯吾足** 漉我新熟酒
隻鷄招近局 日入室中暗 荊薪代明燭 歡來苦夕短 已復至天旭
창한독책환 기구역진곡 **산간청차천 가이탁오족** 녹아신숙주
척계초근국 일입실중암 형신대명촉 환래고석단 이부지천욱

서글픈 심정에 전원 찾아 홀로 지팡이 집고서
험한 산길 가시덤불 헤치고 돌아오니
산골짜기 물은 맑고 얕아서
내 발을 씻을 만 하다
잘 익은 술을 빚고 닭을 잡아
이웃 사람 초대하며 마시는데
해는 지고 방 안 어두워
촛불 대신 싸리 불 밝히고
즐기며 짧은 밤을 아쉬워할 때
어느덧 다시 아침해가 돋는다

**直譯(직역)** - 원망스럽고(悵) 억울하여(恨) 홀로(獨) 지팡이로(策) 돌아오며(還) 험하고(崎) 험한(嶇) 가시덤불(榛) 굽이를(曲) 지나왔다(歷)

산의(山) 산골 물은(澗) 맑고(淸) 또(且) 얕아서(淺)
생각하건대(以) 내(吾) 발을(足) 씻기에(濯) 그런 대로 좋다(可)
나는(我) 새로이(新) 잘 익은(熟) 술을(酒) 거르고(漉)
한 마리(隻) 닭으로(鷄) 가깝고(近) 가까운 이를(局) 불렀는데(招)
해는(日) 들어가(入) 방(室) 가운데가(中) 어두워(暗)
가시나무(荊) 땔나무로(薪) 촛불(燭) 대신(代) 밝히고(明)
즐겨(歡) 옴에(來) 밤이(夕) 짧아(短) 괴로운데(苦)
벌써(已) 다시(復) 하늘에(天) 아침해가(旭) 이르렀다(至)

題意(제의)－싸리나무 땔나무로 불을 밝히고 즐기다보니 아침해가 밝아 와 짧은 밤이 너무 아쉬운 전원의 생활을 읊은 詩(시).

註解(주해)－崎嶇歷榛曲 : 험난하게 엉키고 우여곡절이 많게 살아 온 인생을 상징 함.
濯吾足 : 굴원의 漁父辭(어부사)에 나오는 것으로 갓끈을 빤다는 濯吾纓(탁오영)은 出仕(출사)를 의미하는 것이고 발을 씻는다는 濯吾足은 은퇴를 의미하는 것인데 굴원은 물이 濁하면 발을 씻겠다고 했고 도연명은 물이 맑아도 발을 씻겠다고 했으니 철저하게 隱逸(은일)하겠다는 심정을 느낄 수 있음.

## 216. 歸園田居－3(귀전원거)

－淵明 陶　潛(연명 도　잠)

野外罕人事　窮巷寡輪鞅　白日掩荊扉　虛室絶塵想　時復墟曲中
披草共來往　**相見無雜言　但道桑麻長　桑麻日已長　我土日已廣**
常恐霜霰至　零落同草莽
야외한인사　궁항과윤앙　백일엄형비　허실절진상　시부허곡중
피초공내왕　**상견무잡언　단도상마장　상마일이장　아토일이광**
상공상산지　영락동초망

시골이라 번거로운 일 없고
빈촌이라 마차바퀴의 해로움도 없다
대낮에도 사립문 굳게 닫았고
말쑥한 방에는 지저분한 생각 없다
이따금 조용한 마을로 발길 옮겨
풀을 헤치며 사람들과 오간다
서로 만나도 천한 말 않고
오직 농사일 잘 되는가 묻는다
뽕과 삼은 무럭무럭 날로 자라고
나의 농토도 날로 넓어진다
다만 서리나 싸라기눈이 내리어
잡초 모양 시들어 떨어질까 두렵다

**直譯**(직역) – 들(野) 밖이라(外) 사람(人) 일이(事) 드물고(罕)
가난한(窮) 마을이라(巷) 수레바퀴의(輪) 원망이(鞅) 적다(寡)
하얀(白) 낮에도(日) 가시나무의(荊) 문짝은(扉) 닫혀있고(掩)
비어있는(虛) 방에는(室) 티끌의(塵) 생각이(想) 끊어진다(絶)
때로(時) 황폐한 옛터(墟) 구석(曲) 속으로(中) 돌아가(復)
풀을(草) 헤치며(披) 함께(共) 왔다(來) 갔다한다(往)
서로(相) 보아도(見) 천한(雜) 말이(言) 없고(無)
다만(但) 뽕나무와(桑) 삼이(麻) 자라는 것을(長) 말한다(道)
뽕나무와(桑) 삼은(麻) 날로(日) 이미(已) 자라고(長)
나의(我) 땅은(土) 날로(日) 이미(已) 넓어진다(廣)
항상(常) 두려운 것은(恐) 서리나(霜) 싸라기눈이(霰) 와서(至)
풀이나(草) 잡초와(莽) 함께(同) 말라서(零) 떨어지는 것이다(落)

**題意**(제의) – 서리가 일찍 내려 정성들인 농사가 잡초 모양 시들어 떨어질까 두려워하는 소박하고 평화로운 田園生活(전원생활)을 읊은 詩(시).

註解(주해) – 野外 : 陶淵明이 돌아온 田園.

窮 : 가난하다. 좁다랗다.

巷 : 골목. 동리. 마을.

虛室 : 靜虛(정허)한 방이나 마음. 莊子(장자)라는 철학자는 虛를 作爲(작위)가 없고 세속적인 야욕이 없는 상태라고 보았음.

## 217. 歸田園居 – 4(귀전원거)

–淵明 陶 潛(연명 도 잠)

種豆南山下 草盛豆苗稀 侵晨理荒穢 帶月荷鋤歸 路狹草木長
夕露沾我衣 衣沾不足惜 但使願無違
종두남산하 초성두묘희 침신리황예 대월하서귀 노협초목장
석로첨아의 의첨부족석 단사원무위

콩을 남산아래 심었더니
풀이 성해서 콩 싹은 드물다
이른 새벽에 풀을 매고
달빛에 괭이 메고 돌아온다
좁은 길에 초목이 자라
저녁 이슬이 내 옷을 적시는데
옷이 젖는다 아까우랴
다만 농사나 잘 되기를

直譯(직역) – 콩을(豆) 남쪽(南) 산(山) 아래에(下) 심었더니(種)

풀이(草) 성해서(盛) 콩(豆) 싹이(苗) 드물다(稀)

새벽을(晨) 훔쳐(侵) 거친(荒) 잡초를(穢) 다스리다가(理)

달빛을(月) 두르고(帶) 긴 호미를(鋤) 메고(荷) 돌아온다(歸)

길은(道) 좁은데(狹) 풀(草) 나무는(木) 자라서(長)

저녁(夕) 이슬은(露) 나의(我) 옷을(衣) 적신다(沾)
옷이(衣) 젖는 것은(沾) 지나치게(足) 아쉬워 할 것이(惜) 아니니(不)
다만(但) 바라는 것으로(願) 하여금(使) 어긋남이(違) 없기를(無)

**題意**(제의)－벼슬을 버리고 田園生活(전원생활)로 돌아와 농사지으며 풍년 들기 바라는 심정을 읊은 詩(시).

**註解**(주해)－侵晨 : 晨興으로 된 곳도 있음.
路狹 : 道狹으로 된 곳도 있음.

## 218. 歸園田居－5(귀전원거)

－淵明 陶 潛(연명 도 잠)

久去山澤遊　浪莽林野娛　試携子姪輩　披榛步荒墟　徘徊邱隴間
依依昔人居 井竈有遺處　桑竹殘朽株　借問採薪者　此人皆焉如
薪者向我言　死沒無復餘　一世異朝市　此語眞不虛　人生似幻化
終當歸空無
구거산택유　낭망임야오　시휴자질배　피진보황허　배회구농간
의의석인거　정조유유처　상죽잔후주　차문채신자　차인개언여
신자향아언　사몰무부여　일세이조시　차어진불허　인생사환화
종당귀공무

오랜만에 산과 호수 찾아 나서니
넓은 임야에 기쁨 마냥 넘친다
잠시 자식과 조카들 데리고
숲을 헤치며 황폐한 옛터로 걸어가
언덕 위 무덤 사이 어정거리니
옛날에 살던 사람 그립다

우물과 부뚜막은 흔적만 남았고
뽕나무와 대나무도 썩은 그루뿐
잠시 땔나무하는 사람에게
모두들 어찌 되었는지 물으니
나무꾼이 나에게 하는 말이
다 죽고 남은 이 없단다
세대 따라 세상 바뀐다더니
그 말 참으로 빈말이 아니로다
인생은 허깨비 요술과 같다드니
끝내 비어있는 곳과 없는 곳으로 돌아가는구나

直譯(직역) – 오랜만에(久) 산과(山) 못으로(澤) 놀러(遊) 나가니(去)
넓은(莽) 숲과(林) 들의(野) 즐거움이(娛) 물결친다(浪)
시험삼아(試) 아들과(子) 조카(姪) 들을(輩) 데리고(携)
덤불을(榛) 헤치고(披) 거칠어진(荒) 옛터로(墟) 걸어가(步)
언덕과(邱) 언덕(隴) 사이를(間) 어정거리고(徘) 어정거리며(徊)
옛적에(昔) 살던(居) 사람을(人) 그리워하고(依) 그리워한다(依)
우물과(井) 부엌은(竈) 위치만(處) 남아(遺) 있고(有)
뽕나무와(桑) 대나무도(竹) 썩은(朽) 그루터기만(株) 남아있다(殘)
시험삼아(借) 땔나무(薪) 나무꾼인(採) 사람에게(者) 묻겠는데(問)
이(此) 사람들은(人) 모두(皆) 어찌되고(焉) 어찌되었는가(如)
땔나무를 하는(薪) 사람이(者) 나를(我) 향해(向) 하는 말이(言)
죽고(死) 죽어(沒) 다시(復) 남음이(餘) 없단다(無)
한(一) 세대에(世) 조청도(朝) 저자도(市) 달라진다더니(異)
이(此) 말이(語) 참으로(眞) 빈 것이(虛) 아니구나(不)
사람(人) 살이(生) 허깨비(幻) 요술과(化) 같다더니(似)
마침내(終) 마땅히(當) 비어있고(空) 없는 데로(無) 돌아가는 것이구나(歸)

**題意**(제의) – 고향으로 돌아와 옛터를 살펴보니 인생은 허깨비 요술과 같아 끝내 虛와 無로 돌아가게 되는 인생무상을 읊은 詩(시).

**註解**(주해) – 似幻化 : 인생은 환상이 변하는 것과 같다는 것으로 幻化는 無形(무형)으로 복귀하는 것인데 列子(열자)에 知幻化之不異生死也(지환화지불이생사야) 즉 무형으로 복귀하는 것은 생사가 같다는 것을 알 수 있다는 구절이 있음.

## 219. 歸園田居 – 6(귀전원거)

–淵明 陶 潛(연명 도 잠)

少無適俗韻　性本愛丘山　誤落塵網中　一去三十年　**羈鳥戀舊林**
**池魚思故淵　開荒南野際　守拙歸園田**　方宅十餘畝　草屋八九間
楡柳蔭後簷　桃李羅堂前　曖曖遠人村　依依墟里煙　**狗吠深巷中**
**鷄鳴桑樹顚　戶庭無塵雜　虛室有餘閒**　久在樊籠裏　不得返自然
소무적속운　성본애구산　오락진망중　일거삼십년　**기조연구림**
**지어사고연　개황남야제　수졸귀원전**　방택십여무　초옥팔구간
유유음후첨　도리라당전　애애원인촌　의의허리연　**구폐심항중**
**계명상수전　호정무진잡　허실유여한**　구재번농리　부득반자연

젊어 세속 풍습이 맞지 않았지만
천성은 자연을 사랑하였거니
티끌 속으로 잘못 떨어져
한번에 삼 십 년이 지났구나
떠도는 새는 옛 수풀을 그리워하고
고기도 놀던 못을 생각하나니
남쪽 들 한 끝을 일구어
시골로 돌아온 내 본성을 지키려

집터는 여남은 이랑
초옥은 여덟 아홉 간
뒤편 처마를 덮은 느릅나무 버드나무
집 앞에 늘어선 복숭아 자두나무
희미하게 먼 인가에서
연기는 솔솔 피어오르고
동네에서는 개 짖는 소리
뽕나무에서는 닭 우는 소리
집안엔 시끄러운 일 없고
텅 빈 방안엔 한가로울 뿐
오래 새장에 있다가
다시 자연으로 돌아왔노라

**直譯**(직역) – 젊어서는(少) 세상(俗) 운치를(韻) 즐기지(適) 아니하였고(無)
성품은(性) 본디(本) 언덕과(丘) 산을(山) 사랑했는데(愛)
잘못(誤) 티끌의(塵) 그물(網) 속으로(中) 떨어져(落)
한 차례(一) 세 번(三) 열(十) 해가(年) 갔구나(去)
나그네 살이(羈) 새들은(鳥) 옛(舊) 수풀을(林) 그리워하고(戀)
못의(池) 고기는(魚) 옛(故) 연못을(淵) 생각한다(思)
남쪽(南) 들판(野) 변두리에(際) 거친 곳을(荒) 개간하여(開)
동산과(園) 밭에(田) 돌아온(歸) 어리석음을(拙) 지키려한다(守)
네모진(方) 집터는(宅) 열(十) 남짓한(餘) 이랑이고(畝)
풀(草) 집은(屋) 여덟(八) 아홉(九) 간이라(間)
느릅나무(楡) 버드나무는(柳) 뒤편(後) 처마를(簷) 덮었고(蔭)
복숭아나무(桃) 자두나무는(李) 집(堂) 앞에(前) 잇닿아 있다(羅)
멀리(遠) 사람 사는(人) 마을은(村) 흐리고(曖) 희미하고(曖)
언덕의(墟) 마을(里) 연기는(煙) 어렴풋이 피어오르는데(依依)

깊은(深) 마을(巷) 가운데서는(中) 개가(狗) 짖고(吠)
뽕나무(桑) 나무(樹) 꼭대기에선(顚) 닭이(鷄) 운다(鳴)
집(戶) 뜰엔(庭) 티끌이(塵) 모이지(雜) 아니하고(無)
빈(虛) 방엔(室) 나머지의(餘) 한가함이(閒) 있다(有)
오래(久) 새장(樊) 새장(籠) 속에(裏) 있다가(在)
다시(復) 스스로(自) 그러한데(然) 돌아옴을(返) 얻었다(得)

**題意(제의)**－淵明(연명)의 傑作(걸작)으로 답답한 벼슬을 그만두고 자연과 더불어 평화로운 생활을 누리게 된데 대한 기쁨을 읊은 詩(시).

**註解(주해)**－故淵 : 고기가 사람의 손에 길러지기 이전에 있었던 못.
守拙 : 본성의 소박함을 대견히 지켜나감.
三十年 : 벼슬에 있었던 기간. 十三年이란 說(설)도 있음.

## 220. 箕山(기산)

－遺山 元好問(유산 원호문)

幽林轉陰厓　烏道人跡絶　許君棲隱地　唯有太古雪　**人間黃屋貴**
**物外祇自潔　尙厭一瓢暄　重負寗所屑**　降衷均義稟　汨利忘智決
得隴又望蜀　有齊安用薛　干戈幾蠻觸　宇宙日流血　魯連蹈東海
夷齊采薇蕨　至今陽城山　衡茅兩邱垤　古人不可作　百念肝肺熱
浩歌北風前　悠悠送孤月

유림전음애　오도인적절　허군서은지　유유태고설　**인간황옥귀**
**물외지자결　상염일표훤　중부녕소설**　강이균의품　골이망지결
득롱우망촉　유제안용설　간과기만촉　우주일유혈　노연도동해
이제채미궐　지금양성산　형모양구질　고인불가작　백념간폐열
호가북풍전　유유송고월

그윽한 숲 그늘진 언덕을 돌아

오솔길엔 사람의 자취도 끊어졌다
허군이란 사람이 은거하는 곳은
오직 태고의 눈만 쌓였고
인간세상 천자가 귀하긴 하나
세상 밖은 저절로 깨끗하기만 하다
오히려 한 표주박의 시끄러움도 싫고
무거운 짐이지만 편안함이 좋다
하늘의 덕은 올바른 바탕을 고루 주었는데
이익에 골몰하여 지혜로운 판단 잊었다
농 땅을 얻고도 촉 땅을 욕심내고
제 나라를 얻고서도 어찌 설 나라를 부리려하는가
전쟁으로 얼마나 남쪽 만이란 민족과 다투었던가
세상은 날마다 피를 흘리고
노련이란 사람은 동해 땅에서 슬퍼하였으며
백이와 숙제는 고사리를 캐어 먹었다
지금 양성산에는
은둔의 띠 집 두 언덕에 있고
옛사람 다시 살아날 수 없지만
온갖 생각에 마음속이 뜨거워
불어오는 북풍 앞에 큰소리로 노래 부르며
유유히 외로운 달을 보낸다

直譯(직역) – 그윽한(幽) 숲(林) 그늘진(陰) 언덕을(崖) 돌아가니(轉)
까마귀(烏) 길에(道) 사람의(人) 자취(跡) 끊어졌다(絶)
허군이(許君) 숨어(隱) 살던(棲) 곳에는(地)
오직(唯) 매우(太) 오랜(古) 눈만(雪) 있다(有)
사람(人) 사이에(間) 황금의(黃) 집이(屋) 귀하긴 하나(貴)

물건(物) 밖은(外) 마침(祗) 저절로(自) 깨끗하기만 하다(潔)
오히려(尙) 한(一) 표주박의(瓢) 시끄러움도(喧) 싫고(厭)
무거운(重) 짐은(負) 차라리(寗) 업신여길 만한(屑) 것이라(所)
가슴속에(裏) 내려진(降) 품성은(稟) 고르고(均) 올바른데(義)
이익에(利) 빠져(汩) 슬기롭게(智) 정하는 것을(決) 잊었다(忘)
농 땅을(隴) 얻고(得) 또(又) 촉 땅을(蜀) 바라며(望)
제 나라를(齊) 가지고서도(有) 어찌(安) 설 나라를(薛) 쓰려 하는가(用)
창과(干) 방패로(戈) 남쪽 민족과(蠻) 얼마나(幾) 부딪쳤던가(觸)
천지사방과(宇) 예나 지금이나(宙) 날로(日) 피를(血) 흘리니(流)
노련은(魯連) 동쪽(東) 바다에서(海) 슬퍼하였고(蹈)
백이와(夷) 숙제는(齊) 고비와(薇) 고사리를(蕨) 캤다(采)
오늘에(今) 이르러서도(至) 양성산에는(陽城山)
두(兩) 언덕(邱) 언덕에(垤) 지붕 없는 대문과(衡) 초가 집(茅)
옛(古) 사람은(人) 가히(可) 나타날 수가(作) 없지만(不)
백가지(百) 생각에(念) 간과(肝) 허파가(肺) 뜨거워(熱)
북쪽(北) 바람(風) 앞에서(前) 크게(浩) 노래하며(歌)
한가하고(悠) 느긋하게(悠) 외로운(孤) 달을(月) 보낸다(送)

**題意**(제의)－堯(요) 임금 때 許由(허유)나 首陽山(수양산)에 은거했던 伯夷(백이)·叔齊(숙제)와 같이 의로운 옛 사람들을 생각하며 읊은 詩(시).

**註解**(주해)－許君 : 許由로 堯 임금 때 巢父(소보)·許由 두 사람이 임금자리를 물려주겠다는 堯 임금의 말을 듣지 않고 箕山에 은거했다는 故事(고사)가 있음.

黃屋 : 天子(천자)의 존칭.

夷齊 : 伯夷와 叔齊. 伯夷는 중국 殷나라 處士(처사)로 孤竹君(고죽군)의 장남이며 叔齊의 형인데 두 사람 모두 武王(무왕)이 殷나라를 치려는 것을 말리다가 듣지 않으므로 周(주) 나라의 곡식을 먹기 부끄럽게 여기어 首陽山에 들어가 고사리를 캐어 먹으며 숨어살다가

굶어 죽음.

薇 : 고비. 고비과에 속하는 다년생 高等隱花植物(고등은화식물)로 높이는 1m 가량이며 어린잎과 줄기는 식용으로 쓰이고 산이나 들에 나는데 함경도와 평안도를 제외한 한국 각지 및 일본과 중국에 분포함.

## 221. 寄李白(기이백)

－子美 杜 甫(자미 두 보)

昔年有狂客　號爾謫仙人　**筆落驚風雨**　**詩成泣鬼神**　聲名從此大
汨沒一朝伸　文彩承殊渥　流傳必絶倫　龍舟移棹晚　獸錦奪袍新
白日來深殿　青雲滿後塵　乞歸優詔許　遇我宿心親　未負幽棲志
兼全寵辱身　劇談憐野逸　嗜酒見天眞　醉舞梁園夜　行歌泗水春
才高心不展　道屈善無鄰　處士禰衡俊　諸生原憲貧　稻粱求未足
薏苡謗何頻　五嶺炎蒸地　三危放逐臣　幾年遭鵩鳥　獨泣向麒麟
蘇武先還漢　黃公豈事秦　楚筵辭醴日　梁獄上書辰　已用當時法
誰將此義陳　老吟秋月下　病起暮江濱　莫怪恩波隔　乘槎與問津
석년유광객　호이적선인　**필락경풍우**　**시성읍귀신**　성명종차대
골몰일조신　문채승수악　유전필절륜　용주이도만　수금탈포신
백일래심전　청운만후진　걸귀우조허　우아숙심친　미부유서지
겸전총욕신　극담련야일　기주견천진　취무양원야　행가사수춘
재고심부전　도굴선무린　처사네위준　제생원헌빈　도양구미족
의이방하빈　오령염증지　삼위방축신　기년조복조　독읍향기린
소무선환한　황공기사진　초연사예일　양옥상서진　이용당시법
수장차의진　노음추월하　병기모강빈　막괴은파격　승사여문진

옛적에 광객이 있어

적선인이라 하였는데
붓을 떨구면 풍우를 놀라게 하고
시를 이루면 귀신을 울게 하고
성명이 이를 좇아 컸으니
묻혀 있던 그대는 일조에 뜻을 이루었지
아름다운 시부로 천자의 총애를 받고
세상에 유전한 시들은 겨룰 자가 없더니
천자의 배도 노 옮기는 것을 늦추었고
수금 비단 저고리 빼앗아 주인을 새로이 하였지
별안간 한림의 지위에 오르니
고관들이 수레의 먼지 속에 가득 따랐었지
그대 산으로 돌아가고자 황제의 허락을 얻고
나를 만나서는 변함 없는 우정으로 친하였지
유서의 뜻을 저버리지 않았고
또 영욕의 몸을 보전하였으며
극담으로 재야의 풍류를 사랑하였고
술을 좋아하여 천진한 인간성을 드러내곤 하였지
양원에서 밤늦도록 취하여 춤을 춘 적도 있었고
서수의 봄에 거닐면서 노래를 부른 일도 있었고
재주는 높아도 마음은 펴지지 않아
나아갈 길을 가지 못해 착하면서도 고독하였지
처사 예위는 훌륭한 인물이었고
공자의 제자 원헌은 가난하였듯이
식량조차 넉넉지 못한데
율무의 비방은 어찌 그리도 잦은가
찌는 듯 무더운 오령 땅

삼위라는 곳으로 쫓긴 신하
올빼미를 만나는 흉액이 몇 해일런가
홀로 기린을 향해 눈물지었지
소무에 비하면 돌아옴이 빨랐고
황공이 어찌 진나라를 섬기리
목생은 감주로 말미암아 초연을 떠났고
양왕의 신하는 옥중에서 글월을 올렸었지
이미 당시의 법이 통용되었거니
이제 새삼 그 누가 의로운 말을 진술하리
나는 가을 달 아래에서 시를 읊조리고
병중에 일어나니 강빈엔 저녁놀이라
임금의 은총 막혀 있음을 괴이쩍게 생각지 말지니
뗏목에 올라 운명의 나루를 물어보아 주리

**直譯(직역)** – 옛(昔) 때에(年) 미친 듯한(狂) 나그네가(客) 있었으니(有)
그를(爾) 일컬어(號) 귀양온(謫) 신선(仙) 사람이라 하였는데(人)
붓이(筆) 떨어지면(落) 바람도(風) 비도(雨) 놀라고(驚)
시가(詩) 이루어지면(成) 귀신(鬼) 귀신도(神) 울더라(泣)
명예로운(聲) 이름은(名) 이를(此) 좇아(從) 컸으니(大)
잠기고(汩) 가라앉았다가(沒) 하루(一) 아침에(朝) 곧게 폈더라(伸)
글의(文) 고운 빛은(彩) 특별한(殊) 두터움으로(渥) 이어지고(承)
흐르듯(流) 전해지는 것들은(傳) 반드시(必) 서열이(倫) 끊어지더니(絶)
천자의(龍) 배도(舟) 노(棹) 옮기는 것을(移) 늦추게 했고(晩)
짐승의(獸) 비단(錦) 웃옷을(袍) 빼앗아(奪) 새롭게 하더라(新)
하얀(白) 낮에(日) 깊은(深) 궁궐로(殿) 오니(來)
푸른(靑) 구름이(雲) 뒤의(後) 먼지에(塵) 가득하더라(滿)
돌아가기를(歸) 빌어(乞) 너그러운(優) 조서로(詔) 허락을 받았고(許)

나를(我) 만나서는(遇) 묵은(宿) 마음으로(心) 친했더라(親)
조용히(幽) 살려는(棲) 뜻을(志) 저버리지(負) 아니하였고(未)
아울러(兼) 영화롭고도(寵) 욕된(辱) 몸을(身) 온전히 하여(全)
희롱거리는(劇) 이야기로(談) 시골의(野) 즐거움을(逸) 사랑하였고(憐)
술을(酒) 좋아하여(嗜) 자연스럽고(天) 생긴 그대로를(眞) 보이더라(見)
양 나라(梁) 장원에서(園) 밤에(夜) 술에 취해(醉) 춤을 추었고(舞)
산동성의 서수에서는(泗水) 봄에(春) 거닐며(行) 노래하였더라(歌)
재주는(才) 높아도(高) 마음은(心) 펴지(展) 아니하고(不)
나아갈 길이(道) 굽으니(屈) 착하면서도(善) 이웃이(隣) 없더라(無)
벼슬을 하지 아니한(處) 선비인(士) 한나라 예위는(禰衛) 뛰어났었고(俊)
여러(諸) 학문이 있는 사람에서(生) 공자의 제자 원헌은(原憲) 가난하였더라(貧)
벼와(稻) 기장은(粱) 구하여도(求) 넉넉하지(足) 아니하였고(未)
마원이 당했던 율무의(薏苡) 헐뜯는 말은(謗) 어찌나(何) 잦았던가(頻)
남방 광주의 오령은(五嶺) 불타고(炎) 찌는(蒸) 땅인데(地)
삼위라는 산으로(三危) 내치고(放) 쫓긴(逐) 신하였더라(臣)
몇(幾) 해나(年) 불길한 올빼미(鵩) 새(鳥) 만날까(遭)
홀로(獨) 눈물 흘리며(泣) 수컷기린(麒) 암컷기린을(麟) 향하였더라(向)
한나라 소무에(蘇武) 앞서(先) 한나라로(漢) 돌아왔고(還)
하나라 황공은(黃公) 어찌(豈) 진나라를(秦) 섬기었으랴(事)
초나라(楚) 잔치에서는(筵) 단술의(醴) 다른 날에(日) 떠났고(辭)
양나라(梁) 옥중에서는(獄) 날을 받아(辰) 글을(書) 올렸더라(上)
이미(已) 그(當) 때의(時) 법이(法) 쓰였으니(用)
누가(誰) 또한(將) 이(此) 옳음을(義) 말하랴(陳)
늙은이는(老) 가을(秋) 달(月) 아래서(下) 읊조리고(吟)
병에서(病) 일어나니(起) 강의(江) 물가는(濱) 해질 무렵이더라(暮)
은혜의(恩) 물결이(波) 막히었다고(隔) 이상하게 여기지(怪) 말게나(莫)
뗏목에(槎) 올라(乘) 나루를(津) 물어(問) 주겠노라(與)

**題意**(제의) – 李白이 永王璘(영왕린)의 난에 연관하였다는 혐의로 夜郞(야랑)에 귀양가자 杜子美가 위로하기 위해 그의 怨罪(원죄)를 밝혀 읊은 詩(시).

**註解**(주해) – 狂客 : 세속에 離反(이반)된 志行(지행)이 있는 사람으로 四明狂客(사명광객)이라 號(호)를 한 賀知章(하지장)을 말함.

一朝伸 : 하루아침에 그의 뜻을 달성함.

殊渥 : 천자의 寵愛(총애)가 특별히 두터움.

絶倫 : 겨룰 만한 사람이 없음.

獸錦 : 獸類(수류)의 모양을 짜낸 비단 저고리를 임금이 어떤 사람에게 下賜(하사)하였다가 도로 거두어 들여서 詩作(시작)의 상으로 李白에게 주었다고 함.

白日來深殿 : 李白이 별안간에 榮達(영달)하여 白晝 金鑾殿(백주 금란전)에 들어가 翰林學士(한림학사)가 되었다는 것임.

靑雲 : 高官(고관)을 말함.

優詔 : 황감하신 특별한 詔勅(조칙). 황제의 말씀.

野逸 : 제도나 격식에 얽매이지 않고 멋대로 편안하게 생활을 함.

梁園 : 양나라 효왕의 莊園(장원). 이백은 양원에 놀면서 梁園醉歌(양원취가)를 지었음.

薏苡以謗 : 後漢書馬援傳(후한서마원전)에 남방에서 馬援이 군사를 돌이킬 적에 그곳의 율무가 병에 좋다하여 뒷 수레에 싣고 왔는데 그것은 율무가 아니라 明珠(명주) 文犀(문서)를 실어 간 것이라고 帝王(제왕)에게 상소하는 모함을 받았다는 고사가 있어 억울한 收賄(수회) 혐의를 말함.

五嶺 : 남방 廣州(광주)에 있는 大庾嶺(대수령) 始安嶺(시안령) 臨賀嶺(임하령) 桂陽嶺(계양령) 揭陽嶺(게양령)을 말함.

遭鵩鳥 : 服鳥(복조)라고도 쓰며 올빼미를 말하는데 賈誼(가의)가 長沙(장사)로 귀양 갔을 때 鵩鳥가 집 주위에 모여들었으므로 鵩賦(복부)를 지었음. 이태백도 賈誼와 같은 불길한 流謫生活(유적생활)을

몇 해나 해야 할 것인가 하는 뜻을 나타낸 것임.

泣向麒麟 : 麒麟은 仁獸(인수)로서 성인이 왕이 되려는 때에 나온다고 하는데 공자는 성인이었으나 제왕의 位(위)에 나아가지 못하였고 道(도)를 행하지 못함을 슬퍼하였던 것으로 李白(이백)도 자신의 不遇(불우)함을 한탄하며 울었다는 뜻으로 쓰임.

蘇武 : 漢 武帝(한 무제) 때에 蘇武는 匈奴(흉노)에게 붙들려 갔다가 19년 후에 漢으로 돌아왔는데 李白은 그 蘇武처럼 夜郎(야랑)으로 귀양을 가게 되었으나 그 보다는 일찍 중국으로 돌아왔다는 뜻임.

黃公 : 漢 高祖(한 고조) 때 벼슬길에 나아가지 않고 商山(상산)으로 들어간 四老人(사노인) 중 한 사람인 夏黃公(하황공)은 한나라에 벼슬을 하지 않았거니 어찌 적국인 秦(진)나라엔들 벼슬을 살 것인가 李白 또한 永王隣(영왕린)의 편이 되어 亂(난)을 일으키지 않고 唐王朝(당 왕조)를 물러나 산으로 들어갔다는 뜻임. 商山四皓(상산사호)는 東園公(동원공) 綺里季(기리계) 黃公(황공) 甪里先生(녹리선생) 네 사람을 말함.

楚筵 : 漢 穆生(한 목생)은 楚王이 그를 위해 醴酒(예주)를 베풀지 않게 되자 楚에 벼슬하는 것을 그만 두었듯이 李白도 임금의 대우가 좋지 않았으므로 벼슬을 하직코자 하였다는 의미.

梁獄 : 漢 鄒陽(한 추양)이 梁의 孝王(효왕)께 벼슬을 살다가 옥중에 갇혔을 때 임금에게 上書(상서)하였듯이 李白이 罪(죄) 없이 潯陽 獄(심양 옥)에 던져졌다는 뜻임.

恩波隔 : 은총의 물결이 멀어서 李白의 몸에까지 미치지 않음.

龍舟移棹晚 : 龍舟移棹晚의 兩句(양구)는 白蓮池(백연지)의 遊宴(유연)에서 樂章(악장)을 짓던 때의 일을 나타냈고 劇談憐野逸 嗜酒見天眞句는 太白(태백)의 평생을 그리고 醉舞梁園夜 行歌泗水春의 句는 풍류 李白의 면모를 나타낸 것임.

## 222. 綠筠軒(녹균헌)

－東坡 蘇 軾(동파 소 식)

可使食無肉 不可居無竹 **無肉令人瘦 無竹令人俗** 人瘦尙可肥 士俗不可醫 傍人笑此言 似高還似癡 若對此君仍大嚼 世間那有楊州鶴
가사식무육 불가거무죽 **무육영인수 무죽영인속** 인수상가비 사속불가의 방인소차언 사고환사치 약대차군잉대작 세간나유양주학

고기 없는 밥일지언정
대나무 없이 살 수 있겠는가
고기가 없으면 사람이 여윌 것이
대나무가 없으면 사람이 속 될 것이
사람이 여위면 살찌게 할 수 있지만
사내가 속되면 고칠 수 없어
곁의 사람이 이 말에 웃으며
고상한 듯 도리어 어리석다고
만약 대나무도 대하고 고기도 먹을 수 있다면
어찌 세간에 양주학 애기가 있으리

**直譯(직역)**－가히(可) 밥에(食) 고기가(肉) 없게(無) 할지언정(使)
삶에(居) 대나무가(竹) 없도록(無) 할 수는(可) 없다네(不)
고기가(肉) 없으면(無) 사람으로(人) 하여금(令) 여위게 할 것이나(瘦)
대나무가(竹) 없다면(無) 사람으로(人) 하여금(令) 속되게 할 것이네(俗)
사람이(人) 여위게 되면(瘦) 오히려(尙) 살찌게(肥) 할 수 있지만(肥)
선비가(士) 속된다면(俗) 고치게(醫) 할 수가(可) 없나니(不)
곁에 있던(傍) 사람이(人) 이(此) 말에(言) 웃으면서(笑)
고상한 것(高) 같으면서도(似) 도리어(還) 어리석은 것(癡) 같다네(似)
만약(若) 이(此) 군자를(君) 마주하고(對) 곧(仍) 크게(大) 씹기도 한다

면(嚼)
세상(世) 사이에(間) 어찌(那) 양주의(楊州) 학이(鶴) 있겠는가(有)

**題意**(제의) – 杭州府(항주부) 於潛縣(어잠현)에 사는 중이 거처하는 小室(소실)의 이름이 綠筠軒인데 東坡(동파)가 이 小室을 두고 읊은 詩(시).

**註解**(주해) – 此君 : 대나무.
大嚼 : 크게 소리내어가며 고기를 먹음.
楊州鶴 : 事文類聚後集 四十二에 옛날에 객이 있어 서로 마주하고 각기 생각하는 바를 말하는데 혹은 楊州의 刺史(자사)가 되기를 원하고 혹은 財貨(재화)가 많기를 원하고 혹은 鶴(학)의 등에 올라 하늘로 오르기를 원한다 하니 그 중의 한 사람이 허리에 十萬貫(십만관)의 돈을 두르고 학의 등에 올라서 양주로 가면 좋겠다고 하니 세 사람의 욕망을 한꺼번에 겸해서 얻는 것을 말함.

## 223. 答龐參軍(답방참군)

–淵明 陶 潛(연명 도 잠)

相知何必舊　傾蓋定前言　有客賞我趣　每每顧林園　**談諧無俗調**
**所說聖人篇**　或有數斗酒　閑飮**自歡然**　我實幽居士　無復東西緣
物新人惟舊　弱毫夕所宣　情通萬里外　形跡滯江山　君其愛體素
來會在何年
상지하필구　경개정전언　유객상아취　매매고림원　**담해무속조**
**소설성인편**　혹유수두주　한음**자환연**　아실유거사　무복동서연
물신인유구　약호석소선　정통만리외　형적체강산　군기애체소
내회재하년

서로 사귐에 어찌 기간이 오래되어야만 할까
친하고 위해주는 정도가 더 중요하다

벗이 있어 항상 나의 취미를 칭찬해 주고
자주 나의 나무숲 동산을 찾아준다
재미있게 이야기를 하나 속되지 않고
하는 말은 언제나 성인의 이야기였다
혹 몇 말의 술이 있으면
한가롭게 마시며 스스로 즐거워했다
나는 정말로 그윽한 곳에 사는 선비이니
다시 여기저기 옮겨 다닐 일도 없다
물건이 이처럼 새로운데 사람은 오직 예스럽기만 하고
보잘것없는 글은 저녁에 지을 만하다
서로 생각하는 정은 만 리 밖까지 통하나
몸은 강과 산에 막힌다
그대는 몸의 건강을 아껴라
장차 우리의 만남은 어느 해에 있을까

**直譯(직역)**－서로(相) 앎이(知) 어찌(何) 반드시(必) 오래되어야만 할까(舊)
마음을 기울이는 정도가(傾) 앞의(前) 말을(言) 결정한다고(定) 어찌 아니하겠는가(蓋)
손님이(客) 있어(有) 나의(我) 멋을(趣) 칭찬해 주고(賞)
매번(每) 매번(每) 숲(林) 동산을(園) 찾아준다(顧)
익살스럽게(諧) 이야기해도(談) 속되거나(俗) 조롱함이(調) 없고(無)
말하는(說) 바는(所) 성인의(聖人) 책이었다(篇)
혹(或) 몇(數) 말의(斗) 술이(酒) 있으면(有)
한가롭게(閑) 마시며(飮) 스스로(自) 즐기며(歡) 그러하였다(然)
나는(我) 정말로(實) 숨어(幽) 사는(居) 선비이니(士)
다시는(復) 동쪽이나(東) 서쪽에(西) 인연을(緣) 없애겠다(無)
물건은(物) 새로운데(新) 사람은(人) 오직(惟) 예스럽기만 하니(舊)

약한(弱) 붓은(毫) 저녁에나(夕) 마땅한(宣) 바이다(所)
정은(情) 만(萬) 리(里) 밖까지(外) 통하나(通)
몸과(形) 자취는(跡) 강과(江) 산에(山) 막힌다(滯)
그대는(君) 그(其) 몸의(體) 근본을(素) 아껴라(愛)
장래에(來) 만남은(會) 어느(何) 해에나(年) 있을까(在)

**題意**(제의)–사귄 기간이 짧고 오래됨이 문제가 아니라 위해주는 정도가 중요한데 자주 만날 수 없는 안타까움을 龐參軍에게 答하여 읊은 詩(시).

## 224. 讀山海經(독산해경)

–淵明 陶 潛(연명 도 잠)

孟夏草木長 繞屋樹扶疎 **衆鳥欣有託** **吾亦愛吾廬** **旣耕亦已種**
**時還讀我書** 窮巷隔深轍 頗回故人車 **欣然酌春酒** **摘我園中蔬**
微雨從東來 好風與之俱 汎覽周王傳 流觀山海圖 俛仰終宇宙
不樂復何如

맹하초목장 요옥수부소 **중조흔유탁** **오역애오려** **기경역이종**
**시환독아서** 궁항격심철 파회고인거 **흔연작춘주** **적아원중소**
미우종동래 호풍여지구 범람주왕전 유관산해도 면앙종우주
불락부하여

맹하에 초목들은 자라
집을 두른 나무는 무성도 하니
뭇 새는 깃들 곳 있음을 즐겨하고
나 또한 집을 사랑한다
이미 밭 갈고 씨도 뿌리고
때로 책을 읽기도 한다

외진 마을은 거리에서 멀어
벗의 수레도 자못 그냥 돌리고
흔연히 봄 술을 기울이며
밭의 나물을 뜯어 안주를 한다
보슬비 동녘에서 뿌리며
고운 바람과 함께 불어오고
두루 주왕전을 읽다가
산해도를 보는데
머리 들고 숙여 우주를 다 보니
즐겁지 않고 또한 어이하리

**直譯(직역)** – 첫(孟) 여름에(夏) 풀(草) 나무는(木) 자라고(長)
집을(屋) 두른(繞) 나무들은(樹) 곁으로(扶) 멀어지네(疏)
많은(衆) 새들은(鳥) 기쁜 마음으로(欣) 맡길 곳이(託) 있고(有)
나(吾) 또한(亦) 내(吾) 오두막집을(廬) 사랑하네(愛)
이미(旣) 밭 갈고(耕) 또한(亦) 씨뿌림도(種) 끝내고(已)
때로는(時) 또(還) 나의(我) 책을(書) 읽네(讀)
외진(窮) 마을은(巷) 깊은(深) 바퀴자국을(轍) 멀리하고(隔)
옛 벗인(故) 사람의(人) 수레도(車) 거의(頗) 돌아가게 한다네(回)
기뻐서(欣) 그러하게(然) 봄(春) 술을(酒) 따르고(酌)
내(我) 밭(園) 가운데서(中) 푸성귀를(蔬) 따네(摘)
가는(微) 비는(雨) 동쪽으로(東)부터(從) 오고(來)
좋은(好) 바람은(風) 이와(之) 더불어(與) 함께 하네(俱)
주나라 목왕의 전기인 주왕전을(周王傳)을 두루(汎) 살펴보고(覽)
진귀한 그림의 산해도(山海圖)를 널리(流) 보네(觀)
구부리고(俛) 우러르며(仰) 하늘과(宇) 하늘을(宙) 마치니(終)
즐겁지(樂) 아니하고서(不) 다시(復) 어찌(如) 어찌하리(何)

**題意**(제의) – 외진 시골에서 전원생활을 하며 한가로이 山海經과 周王傳을 읽고 느낀 感興(감흥)을 읊은 詩(시).

**註解**(주해) – 扶疏 : 가지와 잎이 무성함.
深轍 : 깊이 파인 수레바퀴 자국. 수레가 많이 지나다녀서 차바퀴의 자국이 깊이 파여진 큰 거리와 한길.
頗回故人車 : 오래 전부터 사귀었던 사람의 수레를 되돌려보내는 일도 많았음.
汎覽 : 남기지 않고 두루 다 봄.
周王傳 : 周나라 穆王(목왕)의 傳記(전기)로 穆天王傳(목천왕전)이라는 것인데 穆王이 여덟 필의 駿馬(준마)로 달려 西遊(서유)한 얘기이며 穆王遊行記(목왕유행기)라고도 함.
流觀 : 넓게 죽 훑어 봄.
山海圖 : 漢(한)의 劉歆(유흠)이 교정한 海內・海外(해내・해외)의 絶遠(절원)한 산천과 인물의 珍貴(진귀)한 것이 실려 있는 것으로 王充(왕충)의 論衡(논형)이나 吳越春秋(오월춘추)에는 이 經書(경서)가 夏(하)나라 禹王(우왕)이 홍수를 다스리고 海內를 周遊(주유)하여 견문한 것을 伯益(백익)이란 사람이 기술한 것이라고 되어있는데 晉(진)의 郭璞(곽박)이 그 注(주)와 圖讚(도찬)을 지었다고 함.
俛仰 : 엎드려 보고 우러러 보는 잠깐 동안의 동작을 말함.
終宇宙 : 우주의 모든 것을 도서를 통해서 다 보아 마침.

## 225. 獨酌(독작)

– 青蓮居士 李 白(청련거사 이 백)

天若不**愛酒**　酒星不在天　地若不愛酒　地應無酒泉　天地既愛酒
愛酒不愧天　已聞淸比聖　復道濁如賢　賢聖既已飮　何必求神仙
**三盃通大道　一斗合自然**　但得醉中趣　物爲醒者傳
천약불**애주**　주성부재천　지약불애주　지응무주천　천지기애주

애주불괴천 이문청비성 부도탁여현 현성기이음 하필구신선
**삼배통대도 일두합자연** 단득취중취 물위성자전

만일 하늘이 술을 사랑하지 않았다면
주성이 하늘에 있으리
땅이 술을 사랑하지 않았다면
땅에 주천이 있으리
이미 하늘과 땅이 술을 사랑하였거니
술을 사랑함이 하늘에 부끄러우랴
맑은 술을 성인에 비하고
탁한 술은 현자와 같다 하는데
성현을 이미 마셨거니
어찌 반드시 신선을 구할 것인가
석 잔이면 대도에 통하고
말술이면 자연에 합하니
다만 취중의 멋을 얻으면 그뿐
깨어 있는 자에게 전하지 말지라

直譯(직역) – 하늘이(天) 만일(若) 술을(酒) 사랑하지(愛) 아니하였다면(不)
술의 별이라는 주성이(酒星) 하늘에(天) 있지(在) 아니하리(不)
땅이(地) 만약(若) 술을(酒) 사랑하지(愛) 아니하였다면(不)
땅에(地) 응당(應) 술 샘이라는 주천이(酒泉) 없어야하리(無)
하늘과(天) 땅이(地) 이미(已) 술을(酒) 사랑하였거니(愛)
술을(酒) 사랑함은(愛) 하늘에(天) 부끄럽지(愧) 아니하리(不)
맑음은(淸) 성인에(聖) 견줄 만 하다고(比) 이미(已) 들었거니(聞)
흐림은(濁) 어진 사람과(賢) 같다고(如) 다시(復) 말하더라(道)
현인과(賢) 성인을(聲) 이미(旣) 벌써(已) 마셨으니(飮)
어찌(何) 반드시(必) 신선(神仙) 얻기를 바라랴(求)

석(三) 잔이면(盃) 큰(大) 길로(道) 통하고(通)
한(一) 말이면(斗) 스스로(自) 그러함에(然) 들어맞나니(合)
다만(但) 취한(醉) 가운데에(中) 멋만(趣) 얻고(得)
깨어있는(醒) 사람에겐(者) 전하려(傳) 하지(爲) 말기를(勿)

**題意**(제의) – 老莊思想(노장사상)의 虛無的(허무적)이며 浪漫的(낭만적)인 인생관 · 우주관에 根柢(근저)를 두고 술을 즐기며 大道 自然을 읊은 詩(시).

**註解**(주해) – 大道 : 老子(노자)가 말한 만물의 본체로 우주의 진리 즉 形而上學的(형이상학적) 존재를 말하는데 萬象(만상)은 허무한 본체를 표현한 현상이라고 함.
自然 : 스스로 그러함. 누가 시키지 않는데도 혼자서 스스로 그렇게 되는 것이 眞理(진리)의 성질인 것임.

## 226. 東郊(동교)

– 韋應物(위응물)

吏舍跼終年　出郊曠晴曙　**楊柳散和風**　**青山澹吾慮**　依叢適自憩
緣澗還復去　**微雨靄芳原**　**春鳩鳴何處**　**樂幽心**屢止　遵事跡猶遽
終罷斯結廬　慕陶直可庶
이사국종년　출교광청서　**양류산화풍**　**청산담오려**　의총적자게
연간환부거　**미우애방원**　**춘구명하처**　**낙유심**구지　준사적유거
종파사결려　모도직가서

일년 내내 관청 일에 매어 있다가
교외에 나가 맑은 새벽 맞이하니
버드나무는 부드러운 바람에 흩날리고
푸른 산 빛은 내 생각을 밝혀준다

우거진 숲에서 쉬어도 보고
맑은 시냇가를 거닐어도 본다
꽃다운 들은 보슬비에 젖는데
봄 비둘기는 어디서 우는가
조용히 사는 것 즐기는 마음 자주 억누름은
할 일을 갑자기 버리지 못함이라
그러나 여기 초당 지으면
도연명을 그리던 뜻 거의 이루리

**直譯**(직역) – 해를(年) 마치도록(終) 벼슬아치의(吏) 집에서(舍) 구부리고 있다가(跼)
들로(郊) 나갔더니(出) 밝고(曠) 맑은(晴) 새벽이더라(曙)
갯버들(楊) 수양버들은(柳) 부드러운(和) 바람에(風) 흩어지고(散)
푸른(靑) 산은(山) 내(吾) 생각을(慮) 맑게 한다(澹)
나무가 무성한(依) 숲에서(叢) 마음 내키는 대로(適) 스스로(自) 쉬어도 보고(憩)
산골 물(澗) 가에서(緣) 돌아왔다가(還) 다시(復) 가기도 한다(去)
꽃다운(芳) 들엔(原) 가는(微) 비로(雨) 아지랑이가 끼었는데(靄)
봄(春) 비둘기는(鳩) 어느(何) 곳에서(處) 우는가(鳴)
숨어있는 것(幽) 즐기는(樂) 마음을(心) 자주(屢) 억제함은(止)
일을(事) 좇는(遵) 자취가(跡) 오히려(猶) 분주함이라(遽)
마침내(終) 이를(斯) 그만두고(罷) 오두막집을(廬) 지으면(結)
그리운(慕) 도연명에(陶) 곧(直) 가까울(庶) 수 있으리라(可)

**題意**(제의) – 일에 얽매여 있다가 동쪽들로(東郊) 나가 마음내키는 대로 거닐어도 보며 자연을 즐기니 도연명이 생각이 난다고 읊은 詩(시).

## 227. 同吉中孚夢桃園(동길중부몽도원)

－允言 盧 綸(윤언 노 륜)

春雨夜不散　夢中山亦陰　雲中碧潭水　路暗紅花林　花水自深淺
無人知古今
춘우야불산　몽중산역음　운중벽담수　노암홍화임　화수자심천
무인지고금

봄비 밤에도 그치지 않고
꿈속에선 산 또한 그늘지네
구름 속에 푸른 못물 있고
길은 어두운데 붉은 꽃이 늘어섰네
꽃과 물은 저절로 깊거나 얕지만
예나 지금이나 아는 사람 없네

**直譯**(직역)－봄(春) 비(雨) 밤에도(夜) 흩어지지(散) 않고(不)
꿈(夢) 속에선(中) 산(山) 또한(亦) 그늘지네(陰)
구름(雲) 속은(中) 푸른(碧) 못(潭) 물이고(水)
길은(路) 어두운데(暗) 붉은(紅) 꽃이(花) 숲이네(林)
꽃과(花) 물은(水) 저절로(自) 깊기도 하고(深) 얕기도 하지만(淺)
아는(知) 사람(人) 예나(古) 지금이나(今) 없네(無)

**題意**(제의)－밤에도 봄비 내리고 꽃과 물은 어우러져 있지만 옛날이나 지금이나 아는 사람 없는 桃園의 꿈을 吉中孚와 함께 꾸며 읊은 詩(시).

## 228. 明妃曲(명비곡)

－醉翁 區陽修(취옹 구양수)

漢宮有佳人 天子初未識 一朝隨漢使 遠嫁單于國 絶色天下無 一失難再得 雖能殺畫工 於事竟何益 耳目所及尙如此 萬里安能制夷狄 漢計誠已拙 女色難自誇 明妃去時淚 灑向枝上花 狂風日暮起 漂泊落誰家 紅顔勝人多薄命 莫怨春風當自嗟

한궁유가인 천자초미식 일조수한사 원가선우국 절색천하무 일실난재득 수능살화공 어사경하익 이목소급상여차 만리안능제이적 한계성이졸 여색난자과 명비거시루 쇄향지상화 광풍일모기 표박락수가 홍안승인다박명 막원춘풍당자차

한나라 궁궐에 예쁜 여인 있어
처음에는 천자도 알아보지 못해
어느 날 아침 한나라 사신을 따라
멀리 선우에게 시집갔다네
빼어난 미색 세상에는 다시없어
한번 잃으면 다시 얻기 어려운데
비록 화공에게 벌을 준다 해도
이 일에 무슨 이익이 있겠는가
여러 사람이 보고 있는 곳에서도 이러한데
먼 리 먼 곳 오랑캐를 어찌 막을 수 있을까
한나라의 대책이 참으로 졸렬하니
여색을 스스로 자랑하기 어렵다네
명비 떠날 때 눈물이 흘러내려
가지 위의 꽃에 뿌렸다네
광풍이 날이 저물어 일어나니

흩날려 누구의 집에 떨어졌는가
예쁜 얼굴 다른 사람보다 뛰어나면 운명이 짧으니
봄바람 원망말고 스스로 탄식해야 하리

直譯(직역) – 한나라(漢) 궁궐에(宮) 예쁜(佳) 사람(人) 있어(有)
천자도(天子) 처음에는(初) 알아차리지(識) 못했다네(未)
어느(一) 아침에(朝) 한나라(漢) 사신을(使) 따라(隨)
멀리(遠) 선우라는(單于) 나라로(國) 시집갔다네(嫁)
빼어난(絶) 여색이라(色) 하늘(天) 아래에는(下) 없어(無)
한번(一) 잃으면(失) 다시(再) 얻기(得) 어렵다네(難)
비록(雖) 그림 그린(畵) 사람을(工) 능히(能) 죽인다 해도(殺)
일(事)에(於) 마침내(竟) 무슨(何) 이익이겠는가(益)
귀와(耳) 눈이(目) 미치는(及) 곳에서도(所) 오히려(尙) 이와(此) 같은데(如)
먼(萬) 길(里) 동쪽 오랑캐(夷) 북쪽 오랑캐를(狄) 어찌(安) 능히(能) 누르겠는가(制)
한나라의(漢) 꾀가(計) 참으로(誠) 매우(已) 어리석으니(拙)
여자의(女) 얼굴빛은(色) 스스로(自) 자랑하기(誇) 어렵다네(難)
명비가(明妃) 떠날(去) 때(時) 눈물이 흘러(淚)
가지(枝) 위의(上) 꽃을(花) 향해(向) 뿌려졌다네(灑)
미친(狂) 바람이(風) 날이(日) 저물자(暮) 일어나서(起)
나부끼다가(漂) 누구의(誰) 집에(家) 떨어져(落) 머물렀는가(泊)
예쁜(紅) 얼굴(顔) 다른 사람(人) 보다 나으면(勝) 크게(多) 목숨이(命) 엷으니(薄)
봄(春) 바람(風) 원망(怨) 말고(莫) 마땅히(當) 스스로(自) 탄식해야 하리(嗟)

題意(제의) – 畵工이 絶世美人(절세미인) 얼굴을 잘 못 그려 어느 날 漢나라 사신을 따라 멀리 單于에게 시집가야만 했던 옛 明妃의 운명을 읊은 詩(시).

註解(주해) – 單于 : 넓고 크다는 뜻으로 匈奴 임금의 칭호.

明妃 : 王昭君(왕소군)의 다른 이름인데 중국 前漢(전한) 元帝(원제)의 궁녀로 이름은 嬙(장)이고 昭君은 字(자)이며 絶世美人(절세미인)인 때문에 匈奴와의 親和策(친화책)으로 呼韓邪單于(호한사선우)에게 출가하여 아들 넷을 낳고 살다가 胡地(호지)에서 자살하였음.

## 229. 符讀書城南(부독서성남)

–退之 韓 愈(퇴지 한 유)

木之就規矩 在梓匠輪輿 人之能爲人 由腹有詩書 詩書勤乃有 不勤腹空虛 欲知學之力 賢愚同一初 由其不能學 所入遂異閭 兩家各生子 提孩巧相如 少長聚嬉戲 不殊同隊魚 年至十二三 頭角稍相疎 二十漸乖張 清溝映汚渠 三十骨格成 乃一龍一豬 飛黃騰踏去 不能顧蟾蜍 一爲馬前卒 鞭背生蟲蛆 一爲公與相 潭潭府中居 問之何因爾 學與不學歟 **金璧雖重寶 費用難貯儲** 學問藏之身 身在則有餘 君子與小人 不繫父母且 不見公與相 起身自犁鋤 不見三公後 寒饑出無驢 **文章豈不貴 經訓乃菑畬** 潢潦無根源 朝滿夕已除 **人不通古今 馬牛而襟裾** 行身陷不義 況望多名譽 時秋積雨霽 新凉入郊墟 **燈火稍可親 簡編可卷舒** 豈不旦夕思 爲爾惜居諸 恩義有相奪 作詩勸躊躇

목지취규구 재재장륜여 인지능위인 유복유시서 시서근내유 불근복공허 욕지학지력 현우동일초 유기불능학 소입수이려 양가각생자 제해교상여 소장취희희 불수동대어 연지십이삼 두각초상소 이십점괴장 청구영오거 삼십골격성 내일룡일저 비황등답거 불능고섬서 일위마전졸 편배생충저 일위공여상 담담부중거문지하인이 학여불학여 **금벽수중보 비용난저저** 학문장지신 신재즉유여 군자여소인 불계부모차 불견공여상 기신자리서 불견삼공후 한기출무려 **문장기불귀 경훈내치여** 황료무근원 조만석이제 **인불통고금 마우이금거** 행신함불의 황망다명예 시추적우제 신량입교허 **등화초가친 간편가권서** 기부단석사 위이석거제 은의유상탈 작시권주저

나무가 둥글거나 모나게 깎임은
목수에 달려있고
사람이 사람답게 됨은
뱃속의 시와 글에 달린 것이라
시와 글은 노력하면 곧 가질 수 있지만
부지런하지 않으면 속이 비이게 되리라
배움의 힘을 알고 싶은가
어진 이도 어리석은 이도 처음은 같지만
만일 배우지 아니한다면
들어가는 문이 마침내는 달라지는 것
두 집에서 각기 아들을 낳았어도
두세 살 어릴 적엔 재주가 서로 비슷하고
조금 성장하여 모여 놀 때도
같은 무리의 물고기처럼 비슷하지만
나이가 열 두세 살이 되면
지혜의 뛰어남이 약간 서로 달라지고
스무 살이 되면 점점 더 달라져서
맑은 냇물이 흐린 도랑물에 비치 듯이 되고
서른 살에 뼈대가 굵게 형성되면

하나는 용이요 하나는 돼지처럼 되리니
학문을 이루면 훌륭한 말인 비황처럼 뛰어 달려
두꺼비 따위는 돌아보려고도 하지 아니할 것이라
한쪽은 말 앞의 졸개가 되어
채찍 맞은 등에서 구더기가 생길 것이고
한쪽은 높은 벼슬인 삼공이나 재상이 되어서
고래 등 같은 집에 살리라
무슨 이유로 그렇게 되었는가 하면
배웠느냐 또는 배우지 아니했느냐에 달린 것이라
금이나 구슬이 비록 귀중한 보배이나
써버리게 되어 간직하기 어렵고
학문은 몸에 간직하게만 되면
몸에 있어 사용하고도 남음이 있게 되는 것
군자와 소인은
부모에 매인 것이 아니니라
알지 못하는가 삼공과 재상이
농민으로부터 나온 것을
깨닫지 못했는가 삼공의 후손들이라도
헐벗고 굶주리고 나귀도 없이 다니는 것을
문장이 어찌 귀하지 않겠는가
경서의 가르침은 곧 마음속의 땅을 넓히는 것
고인 빗물은 근원이 없으니
아침에 찼다가 저녁엔 이미 없어지리라
사람이 고금의 일에 통하지 않으면
말이나 소에 옷을 입혀놓은 것과 같아
자신의 행동이 불의에 빠지리니

어찌 많은 명예를 바라겠는가
때는 가을이라 장마 그치고
산뜻한 기운 시골 마을에 드니
등불 점점 가까이 할 만 하고
책을 펼칠 만 하게 되었노라
어찌 아침저녁으로 생각하지 않겠는가
너를 위해 세월을 아껴야하리라
부자간의 사랑과 의리는 서로 상하기도 하리니
시를 지어 머뭇거리지 말고 힘써 공부하라 권하노라

直譯(직역) – 나무(木)가(之) 둥글고(規) 모나게(矩) 이루어짐은(就)
수레와(輿) 수레바퀴를 만드는(輪) 목수(梓) 기술자에게(匠) 달려있고(在)
사람(人)이(之) 사람답게(人) 될(爲) 수 있음은(能)
뱃속에(腹) 들어있는(有) 시와(詩) 글에서(書) 움튼다(由)
시와(詩) 글은(書) 부지런하면(勤) 곧(乃) 갖게 되지만(有)
부지런하지(勤) 않으면(不) 뱃속이(腹) 비고(空) 비어진다(虛)
배움(學)의(之) 힘을(力) 알고자(知) 하는가(欲)
어진 이와(賢) 어리석은 이가(愚) 처음은(初) 한가지로(一) 같은데(同)
그(其) 배울(學) 수(能) 없는 것으로(不) 말미암아(由)
마침내는(遂) 다른(異) 문으로(閭) 들어가게 되는(入) 것이라(所)
두(兩) 집에서(家) 서로(各) 아들을(子) 낳았어도(生)
끌고 다니는(提) 두세 살 어릴 적엔(孩) 재주가(巧) 서로(相) 같고(如)
조금(少) 자라서(長) 함께 모여(聚) 즐겁게 놀고(嬉) 놀 때도(戲)
같은(同) 무리의(隊) 물고기처럼(魚) 다르지(殊) 아니하지만(不)
나이가(年) 열(十) 두(二) 셋에(三) 이르면(至)
지혜의(頭) 뛰어남이(角) 점점(稍) 서로(相) 달라지고(疎)
스물이 되면(二十) 점점(漸) 어긋나고(乖) 어긋나서(張)
맑은(淸) 시내가(溝) 흐린(汚) 개천에(渠) 비치는 듯하고(映)

서른 살에(三十) 뼈(骨) 자리가(格) 이루어지면(成)
이에(乃) 하나는(一) 용이요(龍) 하나는(一) 돼지라(豬)
비황이란 훌륭한 말이(飛黃) 나르는 듯(騰) 밟아(踏) 가리니(去)
두꺼비를(蟾蜍) 돌아보려(顧) 하지도(能) 않으리라(不)
한쪽은(一) 말(馬) 앞의(前) 졸개가(卒) 되어(爲)
채찍 맞은(鞭) 등에서는(背) 벌레(蟲) 구더기가(蛆) 생기고(生)
한쪽은(一) 정승의 높은 벼슬아치(公)와(與) 정승의 높은 벼슬아치가(相) 되어서(爲)
깊고(潭) 깊은(潭) 귀인의 저택(府) 안에서(中) 살리라(居)
무엇으로(何) 인하여(因) 그와 같으냐고(爾) 이에(之) 묻는다면(問)
배웠느냐(學)와(與) 배우지(學) 아니했느냐가(不) 될 것이리라(歟)
금이나(金) 구슬은(璧) 비록(雖) 귀중한(重) 보배이나(寶)
쓰고(費) 써버려(用) 쌓아두고(貯) 쌓아두기가(儲) 어렵고(難)
배우고(學) 물어(問) 이것을(之) 몸에(身) 간직하면(藏)
몸에(身) 있어(在) 곧(則) 남음이(餘) 있게되리니(有)
학식과 덕행이 높은(君) 사람(子)과(與) 도량이 좁은(小) 사람은(人)
아버지(父) 어머니에게(母) 또한(且) 매인 것이(繫) 아니리라(不)
보이지(見) 아니했는가(不) 삼공이란 높은 벼슬아치(公)와(與) 재상이란 높은 벼슬아치가(相)
쟁기질하고(犁) 김매는데서(鋤)부터(自) 몸을(身) 일으켰다는 것을(起)
보이지(見) 아니했는가(不) 삼공이란 높은 벼슬아치의(三公) 아랫사람이(後)
떨고(寒) 굶주리며(饑) 나귀도(驢) 없이(無) 나다니는 것을(出)
글과(文) 글이(章) 어찌(豈) 귀하지(貴) 않겠는가(不)
성인이 지은 책의(經) 가르침은(訓) 곧(乃) 밭을 일궈주고(菑) 밭을 일궈주리라(畬)
웅덩이와(潢) 길바닥에 괸 물은(潦) 뿌리도(根) 근원도(源) 없으니(無)
아침에(朝) 찼다가도(滿) 저녁엔(夕) 이미(已) 없어지게 되는 것(除)

사람이(人) 예와(古) 이제에(今) 통하지(通) 않으면(不)
말이나(馬) 소에(牛) 곧(而) 옷깃을 하거나(襟) 옷자락을 하는 것이니(裾)
몸의(身) 행실이(行) 의롭지(義) 아니함에(不) 빠지고도(陷)
하물며(況) 두터운(多) 이름과(名) 영예를(譽) 바라는가(望)
때는(時) 가을이라(秋) 쌓이던(積) 비도(雨) 개이고(霽)
새로운(新) 서늘함이(凉) 시골(郊) 언덕에(墟) 드니(入)
등(燈) 불(火) 점점(稍) 가까이(親) 할 만 하고(可)
대쪽에 쓴 글과(簡) 엮은 책이나(編) 두루마리 책을(卷) 펼칠 만(舒) 하노라(可)
어찌(豈) 아침(旦) 저녁으로(夕) 생각하지(思) 않겠는가(不)
너를(爾) 위해(爲) 날짜도(居) 세월도(諸) 아껴야하리라(惜)
은혜와(恩) 의리는(義) 서로(相) 빼앗아 잃게됨이(奪) 있는 것이니(有)
머뭇거리고(躊) 머뭇거림에(躇) 시를(詩) 지어(作) 힘쓰라고 권하노라(勸)

**題意**(제의) – 燈火可親의 출전 詩인데 君子와 小人은 父母가 아니라 讀書에 달려 있으니 열심히 讀書 하라고 아들 符에게 당부하며 읊은 詩(시).

**註解**(주해) – 城南 : 韓 愈의 별장이 있는 곳.
飛黃 : 등에 뿔이 있고 천년을 산다고 하는 좋은 말의 이름으로 淮南子 覽冥訓(회남자 남명훈)에 나옴.
居諸(거저) : 詩經(시경)에 日居月諸 昭臨下士(일거월저 소임하사)란 구절이 있는데 日居月諸의 준말로 日月이란 뜻임.

## 230. 司馬溫公獨樂園(사마온공독락원)

–東坡 蘇 軾(동파 소 식)

青山在屋上　流水在屋下　中有五畝園　花竹秀而野　**花香襲杖**屨
**竹色侵盞**斝　**樽酒樂餘香　碁局消長夏**　洛陽古多士　風俗猶爾雅
先生臥不出　冠盖傾洛社　雖云與衆惡　中有**獨樂**者　**才全德不形**

**所貴知我寡**　先生獨何事　四海望陶冶　兒童誦君實　走卒知司馬
持此欲安歸　造物不我捨　各聲逐我輩　此病天所赭　撫掌笑先生
年來效暗啞
청산재옥상　유수재옥하　중유오무원　화죽수이야　**화향습장구**
**죽색침잔가**　**준주낙여향**　**기국소장하**　낙양고다사　풍속유이아
선생와불출　관개경낙사　수운여중오　중유**독락**자　**재전덕불형**
**소귀지아과**　선생독하사　사해망도야　아동송군실　주졸지사마
지차욕안귀　조물불아사　각성축아배　차병천소자　무장소선생
연래효암아

지붕 위에는 푸른 산
지붕 아래는 흐르는 물
가운데는 다섯 이랑의 정원이 있어
꽃나무와 대나무 우거져 들판 같다
지팡이와 신에 꽃향기 젖어들고
술잔에 대나무 빛 잠기는데
통술로 남은 봄 즐기며
바둑으로 기나긴 여름을 보낸다
낙양은 예부터 선비가 많아
아직도 남아있는 우아한 풍속
선생은 세상에 나타나지 않으니
관 쓰고 수레 탄 명사들이 낙사로 몰려든다
비록 여러 사람들과 벗한다고 헐뜯지만
그 속에 홀로 즐기는 것이 있으니
재주가 완전해도 덕은 나타내지 않아
귀한 것은 나를 알아주는 이가 적은 것이라

선생은 홀로 무슨 일을 하신 까닭으로
모든 사람들이 세상을 다스려 주기를 바라는가
아이들도 선생의 자인 군실을 외우고
하인들도 선생의 성인 사마를 안다
이런 명성을 지니고서 어디로 가려는가
조물주는 우리를 버린 것이 아니라
명성이 우리를 좇은 것이니
이러한 괴롭힘은 하늘이 붉은 표식을 한 것이다
손뼉을 치며 선생에게 웃어주는 것은
요사이 남모르게 벙어리 흉내를 내고 있기 때문이라

**直譯(직역)** – 푸른(靑) 산이(山) 지붕(屋) 위에(上) 있고(在)
흐르는(流) 물은(水) 지붕(屋) 아래에(下) 있다(在)
가운데는(中) 다섯(五) 이랑의(畝) 동산이(園) 있어(有)
꽃나무(花) 대나무(竹) 무성하여(秀) 들판(野) 같다(而)
꽃(花) 향기는(香) 지팡이와(杖) 신에(屨) 들고(襲)
대나무(竹) 빛은(色) 술잔(盞) 술잔을(斝) 침범한다(侵)
통(樽) 술로(酒) 남은(餘) 향기(香) 즐기며(樂)
바둑(碁) 판으로(局) 긴(長) 여름을(夏) 사라지게 한다(消)
낙양은(洛陽) 예부터(古) 선비가(士) 많아(多)
관습과(風) 풍속은(俗) 아직도(猶) 곱고 아름답고(爾) 우아하다(雅)
선생은(先生) 숨어살며(臥) 나오지(出) 않으니(不)
관 쓰고(冠) 수레를 덮고서(盖) 낙사로(洛社) 기울어졌다(傾)
비록(雖) 많은 사람들과(衆) 더불어(與) 친하다고(云) 헐뜯지만(惡)
그 속에(中) 홀로(獨) 즐기는(樂) 것이(者) 있으니(有)
재주가(才) 완전해도(全) 덕은(德) 나타내지(形) 않아(不)
귀한(貴) 것은(所) 나를(我) 알아주는 이가(知) 적은 것이라(寡)
선생은(先生) 홀로(獨) 무슨(何) 일로(事)

네 군데(四) 땅 끝까지(海) 교화하고(陶) 단련해 주기를(冶) 바라는가(望)
아이(兒) 아이들은(童) 군실이라는 선생의 자를(君實) 외우고(誦)
하인(走) 하인들도(卒) 사마라고 하는 선생의 성을(司馬) 알았다(知)
이런 것을(此) 가지고서(持) 어디로(安) 가려(歸) 하는가(欲)
만물을(物) 만드는 신은(造) 우리를(我) 버리지(捨) 않으셨다(不)
이름난(各) 소문이(聲) 우리(我) 들을(輩) 좇은 것이니(逐)
이러한(此) 괴롭힘은(病) 하늘이(天) 붉은 표식을 한(赭) 것이다(所)
손바닥을(掌) 치며(撫) 선생에게(先生) 웃어주는 것은(笑)
여러 해(年) 전부터(來) 몰래(暗) 벙어리로(啞) 나타나기 때문이다(效)

**題意**(제의) – 손뼉을 치며 선생에게 웃어주는 것은 요사이 남모르게 벙어리 흉내를 내고 있기 때문이라며 司馬溫公 獨樂園에 대하여 읊은 詩(시).

**註解**(주해) – 司馬溫公 : 중국 宋代(송대)의 학자이고 정치가인 司馬 光(사마 광)으로 字(자)는 君室이며 호는 迂夫 · 迂叟(우부 · 우수)인데 山西省(산서성) 출생으로 神宗(신종) 초년에 王安石(왕안석)의 新法(신법)에 반대하여 벼슬을 사직하고 「資治通鑑(자치통감)」의 편찬에 전념하였음.

盞斝 : 옥으로 만든 술잔으로 夏(하) 나라에서는 醆(잔)이라 했고 殷(은) 나라에서는 斝라 했으며 周(주) 나라에서는 爵(작)이라고 일컬었음.

惡 : ①모질악. 善惡(선악) ②헐뜯을 오. 毁惡(훼오)

陶冶 : 질그릇을 굽고 풀무질을 한다는 것으로 몸과 마음을 닦는다는 뜻임.

走卒 : 남을 따라다니며 바쁜 심부름이나 하며 지내는 사람.

## 231. 西山隱者不遇(서산은자불우)

– 邱 爲(구 위)

絶頂一茅茨 直上三十里 扣關無僮仆 窺室惟案几 若非巾柴車

應是釣秋水　差池不相見　黽勉空仰止　**草色新雨中**　**松聲晩**窗**裏**
及玆契幽絶　**自足**蕩心耳　雖無賓主意　頗得淸淨理　興盡方下山
何必待之子

절정일모자　직상삼십리　구관무동부　규실유안궤　약비건시거
응시조추수　차지불상견　민면공앙지　**초색신우중**　**송성만창리**
급자결유절　**자족**탕심이　수무빈주의　파득청정리　흥진방하산
하필대지자

가장 높은 곳에 띠 집 하나
곧바로 삼십 리나 올라갔는데
문을 두드려도 넘어질 듯 반기는 아이 하나 없고
방안을 엿보니 책상뿐
낡은 수레 타고 가지 않았다면
틀림없이 가을 물가에 낚시 할 것이지만
연못이 어긋나 만나지 못하니
만나려 힘쓰다가 헛되이 우러러 사모하네
풀빛은 내리는 비속에 새롭고
솔바람 소리는 창 속에 저무는데
지금의 맑고 그윽한 경치 마음에 들어
흡족히 내 마음과 귀를 씻어주네
비록 손님이나 주인의 생각 몰라도
다소간 맑고 깨끗한 이치 얻었네
흥이 다하면 바야흐로 산 내려가리니
어찌 반드시 그대 오기만 기다릴까

**直譯**(직역) – 더 이상 없는(絶) 꼭대기에(頂) 띠로(茅) 인 지붕(茨) 하나(一)
곧바로(直) 세 번(三) 십리를(十里) 올라갔다(上)

닫은 문(關) 두드려도(扣) 넘어질 듯(仆) 반기는 아이(僮) 없고(無)
방안을(室) 엿보니(窺) 오직(惟) 책상(案) 책상뿐(几)
만약(若) 헝겊과(巾) 섶나무로 된(柴) 수레 타지(車) 않았다면(非)
응당(應) 이에(是) 가을(秋) 물에서(水) 낚시할 것이다(釣)
못이(池) 어긋나(差) 서로(相) 보이지(見) 못하니(不)
힘쓰고(黽) 힘쓰다가(勉) 헛되이(空) 우러러(仰) 머문다(止)
풀(草) 빛은(色) 내리는 비(雨) 속에(中) 새롭고(新)
솔(松) 소리는(聲) 창(窗) 속에(裏) 저무는데(晩)
여기에(玆) 미치어서는(及) 깨끗하고(契) 조용하며(幽) 뛰어나(絶)
스스로(自) 만족하게(足) 마음과(心) 귀를(耳) 씻어준다(蕩)
비록(雖) 손님이나(賓) 주인의(主) 생각(意) 몰라도(無)
자못(頗) 맑고(淸) 깨끗한(淨) 이치(理) 얻었다(得)
흥이(興) 다하면(盡) 바야흐로(方) 산을(山) 내려가리니(下)
어찌(何) 반드시(必) 그대(子) 오기를(之) 기다릴까(待)

題意(제의) – 곧바로 삼십 리나 오른 외딴 집의 그윽한 경치는 내 마음과 귀를 씻어주니 西山의 隱者를 만나지 못하였어도 흡족한 마음을 읊은 詩(시).

## 232. 鼠鬚筆(서수필)

– 蘇 過(소 과)

太倉失陳紅　狡穴得餘腐　旣興丞相歎　又發廷尉怒　磔肉餧餓猫
分鬚雜霜兎　揷架刀槊健　落紙龍蛇騖　**物理未易詰　時來卽所遇**
穿塘何卑微　託此得佳譽

태창실진홍　교혈득여부　기흥승상탄　우발정위노　책육위아묘
분수잡상토　삽가도삭건　낙지용사무　**물리미이힐　시래즉소우**
천당하비미　탁차득가예

나라의 창고에서 오래된 붉은 곡식 잃고
교활한 쥐 굴 뒤져서 썩은 고기 찾아내
이미 승상 이사의 감탄을 받았고
또 정위 장탄을 화나게도 했었다
쥐 고기를 찢어 굶주린 고양이 주고
수염을 잘라내어 토끼털과 섞어서 붓을 만들어
붓 통에 꽂으면 창을 세워둔 듯 하고
종이에 글씨를 쓰면 용이나 뱀이 달리는 듯 하다
사물의 도리는 따지기 어렵고
만물은 때를 만나야 제 구실을 하는 것이니
둑을 뚫는다는 것은 천하고 자질구레한 일이긴 하지만
이를 맡아 좋은 명예를 얻기도 한다

直譯(직역) – 큰(太) 창고에서(倉) 오래된(陳) 붉은 곡식(紅) 잃고(失)
교활한(狡) 구멍에서(穴) 남은(餘) 썩은 고기(腐) 얻어내(得)
이미(旣) 승상의(丞相) 감탄을(歎) 일으켰고(興)
또(又) 정위의(廷尉) 노여움을(怒) 일으켰다(發)
고기를(肉) 찢어(磔) 굶주린(餓) 고양이에게(猫) 먹이고(餧)
수염을(鬚) 나누어(分) 깨끗한(霜) 토끼털과(兎) 섞어서(雜)
시렁에(架) 꽂으면(插) 칼과(刀) 창을(槊) 세운 듯 하고(健)
종이에(紙) 떨어지면(落) 용이나(龍) 뱀이(蛇) 달리는 듯 하다(驚)
사물의(物) 이치는(理) 따지기가(詰) 쉽지(易) 아니하고(未)
때에(時) 이르러야(來) 곧(卽) 갖추어지는(遇) 것이니(所)
둑을(塘) 뚫으면(穿) 얼마나(何) 천하고(卑) 천한 것이겠는가 마는(微)
이를(此) 맡아(託) 좋은(佳) 명예를(譽) 얻기도 한다(得)

題意(제의) – 만물은 때를 만나야 제 구실을 하는 것이라며 토끼털과 섞어 만든 쥐 수염 붓에 대한 느낌을 읊은 詩(시).

註解(주해) – 鼠鬚筆 : 쥐의 수염으로 만든 붓으로 王羲之 · 鍾繇 · 張芝(왕희지 · 종요 · 장지) 등이 사용하였다고 韻語陽秋(운어양추)에 전함.
丞相 : 天子(천자)를 보좌하는 大臣(대신). 政丞(정승). 宰相(재상).
廷尉 : 조정의 벼슬이름.
李斯(이사) : 중국 楚(초) 나라 사람으로 秦(진) 나라 客卿(객경)이었으나 그 후 丞相이 되었으며 秦始皇帝(진시황제)를 도와 천하를 통일하고 焚書(분서)에 의한 사상통일을 강행하였으며 小篆(소전)이란 글씨체를 창작하였음.

## 233. 石壁精舍還湖中作(석벽정사환호중작)

– 謝靈運(사령운)

昏旦變氣候　山水含淸暉　淸暉能娛人　游子憺忘歸　出谷日尙早
入舟陽已微　林壑斂暝色　雲霞收夕霏　**芰荷迭映蔚　蒲稗相因依**
披拂趨南徑　愉悅偃東扉　**慮澹物自輕　意愜理無違**　寄言攝生客
試用此道推
혼단변기후　산수함청휘　청휘능오인　유자담망귀　출곡일상조
입주양이미　임학렴명색　운하수석비　**기하질영위　포패상인의**
피불추남경　유열언동비　**여담물자경　의협리무위**　기언섭생객
시용차도추

아침저녁으로 기후가 변하여
산과 물은 맑은 빛을 머금었다
맑은 빛은 사람을 즐겁게 하나니
한량들 편안하여 돌아갈 것도 잊었다
골짜기를 나설 때는 아직 일렀건만
배에 오르자 햇빛은 매우 희미하다
숲 우거진 골짜기에 저녁 빛 젖어들고

구름과 노을 속에 저녁 비 그친다
마름 꽃 연 꽃은 물에 가득 어리었고
부들과 피가 서로 시샘하여 우거졌다
옷자락 떨치며 남쪽으로 달려가
기쁜 마음으로 동쪽 문 앞에 누우니
생각이 담박하여 물건은 저절로 가벼워지고
마음이 흡족하여 도리에 어긋나는 일 없다
섭생하는 객에게 말 하고자 함은
이러한 도리를 헤아려 써 보시기를

**直譯**(직역) – 아침(旦) 저녁으로(昏) 철의(候) 기운이(氣) 변하여(變)
산과(山) 물이(水) 맑은(淸) 빛을(暉) 머금었다(含)
맑은(淸) 빛은(暉) 사람을(人) 즐겁게(娛) 할 수 있으니(能)
놀러 다니는(游) 사람들은(子) 편안하여(憺) 돌아가는 것도(歸) 잊는다(忘)
골짜기를(谷) 나섬에(出) 도리어(尙) 이른(早) 날이었건만(日)
배에(舟) 들어가니(入) 볕은(陽) 매우(已) 희미하다(微)
숲(林) 골짜기는(壑) 어두운(暝) 빛을(色) 거두어들이고(斂)
구름과(雲) 노을은(霞) 저녁에(夕) 조용히 오는 비를(霏) 거두어들인다(收)
마름과(芰) 연으로(荷) 덮인(映) 무늬가 아름답게(蔚) 넘치고(迭)
부들과(蒲) 피가(稗) 서로(相) 잇닿아(因) 우거졌다(依)
입은 것을 풀어(披) 떨치며(拂) 남쪽(南) 지름길로(徑) 달려가(趨)
기쁘고(愉) 기뻐서(悅) 동쪽(東) 문짝에(扉) 눕는다(偃)
생각에(慮) 욕심 없이 깨끗하니(澹) 물건은(物) 저절로(自) 가벼워지고(輕)
마음에(意) 맞으니(愜) 이치에(理) 어긋남이(違) 없다(無)
삶을(生) 알맞게 다스리는(攝) 손에게(客) 말을(言) 부치나니(寄)
이러한(此) 도리를(道) 헤아려(推) 시험삼아(試) 써 보시라(用)

**題意**(제의) – 石壁精舍에서 湖中으로 돌아가며 아름다운 자연 속에서 평화롭게 살아가는 즐거움을 읊은 詩(시).

**註解**(주해) – 石壁精舍 : 작자의 고향인 절강성 始寧(시령)에 있는 서재.
芰 : 마름. 뿌리는 진흙 속에 박으나 줄기는 물 속에서 길게 자라서 물 위에 나오며 7~8월에 흰 꽃이 핌.
蒲 : 부들. 게울가니 언못에 나는데 7월경에 원주형의 황색 꽃이 핌.
稗 : 피. 8~9월에 꽃이 피며 열매는 식용 또는 사료로 쓰임.
攝生客 : 도를 즐기며 長生(장생)하려고 노력하고 있는 사람.

## 234. 送諸葛覺往隨州讀書(송제갈각왕수주독서)

–退之 韓 愈(퇴지 한 유)

鄴侯家多書 架插三萬軸 一一懸牙籤 新若手未觸 **爲人强記覽**
**過眼不再讀** 偉哉群聖書 **磊落**載其腹 行年逾五十 出守數已六
京邑有舊廬 不容久宿食 臺閣多官員 無地寄一足 我雖官在朝
氣勢日局縮

업후가다서 가삽삼만축 일일현아첨 신약수미촉 **위인강기람**
**과안부재독** 위재군성서 **뇌락**재기복 행년유오십 출수수이육
경읍유구려 불용구숙식 대각다관원 무지기일족 아수관재조
기세일국축

업후의 집에는 책이 많아
서가에는 삼만 권의 두루마리가 꼽혀있다
하나하나에 상아 패 쪽지가 달려있고
손 하나 대지 않은 새 책 같았다
사람됨이 암기력이 좋고 널리 책을 읽는데
한 번 읽은 책은 다시 읽지 않는다

아아 위대하다 여러 성현들의 글이
그의 머리 속에 가득히 들어 있다
이제 나이 오십이 넘었는데
고을 태수로 나간 지 벌써 육 년이 되었다
서울에도 옛집이 있으나
오래 살지 못하게 되었다
중앙엔 관리도 많아
한 발 붙일 여지도 없다
내가 비록 조정에서 벼슬하고 있지만
기세가 나날이 위축되고 있다

直譯(직역) – 업후의(鄴侯) 집에는(家) 책이(書) 많은데(多)
시렁에는(架) 삼만의(三萬) 두루마리가(軸) 꼽혀있다(插)
하나(一) 하나에(一) 상아(牙) 꼬치가(籤) 달려있는데(懸)
손(手) 닿지(觸) 않은(未) 새 것(新) 같았다(若)
사람(人) 됨이(爲) 살펴 본 것을(覽) 기억하는 것이(記) 굳세어서(强)
눈이(眼) 지나가면(過) 다시(再) 읽지(讀) 않았다(不)
아아(哉) 훌륭하다(偉) 여러(群) 성인들의(聖) 글이(書)
큰 뜻으로(磊) 이루어져(落) 그의(其) 배에(腹) 쌓여있다(載)
행하여진(行) 나이는(年) 오십이(五十) 넘었는데(逾)
고을 태수로(守) 나간 것(出) 헤아려보니(數) 벌써(已) 여섯 해다(六)
서울(京) 고을에도(邑) 옛(舊) 집이(廬) 있으나(有)
오래(久) 머물러(宿) 생활하는 것이(食) 쉽지(容) 아니 하였다(不)
조정과(臺) 궁전엔(閣) 벼슬아치(官) 벼슬아치도(員) 많아(多)
한(一) 발(足) 붙일(寄) 땅도(地) 없다(無)
내가(我) 비록(雖) 벼슬이(官) 조정에(朝) 있지만(在)
기상과(氣) 기세가(勢) 날로(日) 웅크려들고(局) 오그라든다(縮)

**題意**(제의) – 鄴候의 가슴에는 여러 성현들의 글이 가득히 들어 있다면서 諸葛　覺이 讀書하기 위해 隨州로 가는 것을 전송하며 읊은 詩(시).

**註解**(주해) – 鄴候 : 唐(당)나라 鄴縣候 李　泌(업현후 이　필)로 그의 집에 藏書(장서)가 많았다고 하여 書架(서가)를 鄴架라고도 하며 鄴은 춘추 시대 齊(제) 나라의 邑(읍)으로 지금의 河南省 臨漳縣(하남성 임장현)의 서쪽.

牙籤 : 상아로 만든 책의 標題(표제)를 적은 標.

磊落 : 도량이 넓어 자질구레한 일에 거리끼지 않는 모양.

行年 : 그 해까지 먹은 나이.

## 235. 晨詣超師院讀禪經(신예초사원독선경)

– 子厚 柳宗元(자후 유종원)

汲井漱寒齒　**清心**拂塵服　閑持貝葉書　步出東齋讀　眞源了無取
妄跡世所逐　遺言冀可冥　繕性何由熟　道人庭宇靜　苔色連深竹
**日出霧露餘　青松如膏沐**　澹然離言說　悟悅**心自足**
급정수한치　**청심**불진복　한지패엽서　보출동재독　진원료무취
망적세소축　유언기가명　선성하유숙　도인정우정　태색련심죽
**일출무노여　청송여고목**　담연리언설　오열**심자족**

샘물 길러 양치하고
마음 씻고 옷 먼지 털어 내어
한가로이 불경을 들고
공부방으로 걸어가 읽으나
참된 진리는 찾지 못하고
세상 사람이 찾는 건 헛된 자취뿐
부처님 남긴 말씀에 부합되기를 바라나니

성품을 닦음에 무엇을 좇아야하나
도인의 뜰은 조용한데
푸른 이끼는 깊은 대나무로 이어져 있구나
해 떴어도 안개 이슬이 남아있고
푸른 소나무 머리감고 단장한 듯
마음이 평안하니 말이 필요 없고
깨달음에 기뻐 저절로 만족하노라

直譯(직역) – 샘물(井) 길어다가(汲) 적은(寒) 이(齒) 양치질하고(漱)
마음(心) 맑게 하고(淸) 먼지 묻은(塵) 옷을(服) 턴다(拂)
한가로이(閑) 보리수(貝) 잎에(葉) 쓴 글을(書) 들고(持)
동쪽(東) 공부방으로(齋) 걸어(步) 나가(出) 읽는다(讀)
참된(眞) 근원은(源) 끝내(了) 가지지(取) 못하고(無)
세상에서(世) 좇는(逐) 바는(所) 헛된(妄) 자취뿐이다(跡)
남긴(遺) 말씀(言) 묵묵히 생각(冥) 할 수 있기를(可) 바라나니(冀)
성품을(性) 다스림에(繕) 어찌해야(何) 말미암아서(由) 익게될까(熟)
도를 닦는(道) 사람의(人) 집(宇) 뜰(庭) 조용한데(靜)
이끼(苔) 빛은(色) 깊은(深) 대나무로(竹) 이어졌다(連)
해가(日) 나와도(出) 안개(霧) 이슬이(露) 남아있고(餘)
푸른(靑) 소나무는(松) 머리감고(沐) 단장한 것(膏) 같다(如)
조용하고(澹) 그러하여(然) 말씀과(言) 말씀을(說) 떠나게 하니(離)
깨달음에(悟) 기뻐(悅) 마음이(心) 저절로(自) 만족하다(足)

題意(제의) – 한가로이 超師院에 나아가 禪經을 읽으니 마음이 평안하고 고요해져 말이 필요 없고 깨달음에 기뻐 저절로 만족한 심정을 읊은 詩(시).

註解(주해) – 禪經 : 불교의 경전.
貝葉 : 옛날 인도에서 바늘로 불교 經文(경문)을 새기든 多羅樹(다라

수)의 잎을 말하며 貝葉에 새긴 貝葉經(패엽경)은 종이 대신 貝多羅(패다라)에 송곳 또는 칼끝으로 글자를 새긴 뒤 먹물을 먹인 초기의 불교 結集經典(결집경전)으로 貝葉經 중 일부는 1986년 한국의 邊密耘(변밀운)이 스리랑카의 캐리니아 사원을 방문했을 때 기증 받아 3질이 서울 奉恩寺(봉은사)에 소장되어 있음.

東齋 : 옛날 성균관이나 鄕校(향교)의 明倫堂(명륜당) 앞 동쪽에 있는 집으로 儒生(유생)들이 거처하며 글을 읽었던 집.

## 236. 梁甫吟(양보음)

－孔明 諸葛 亮(공명 제갈 량)

步出齊城門　遙望蕩陰里　里中有三墓　纍纍正相似　問是誰家塚
田疆古冶氏　**力能排南山**　**文能絶地紀**　一朝被讒言　二桃殺三士
誰能爲此謀　國相齊晏子

보출제성문　요망탕음리　이중유삼묘　누루정상사　문시수가총
전강고야씨　**역능배남산**　**문능절지기**　일조피참언　이도살삼사
수능위차모　국상제안자

걸음을 옮겨 제나라 성문으로 나면
멀리 탕음리가 보인다
마을 가운데에 묘 셋이 있으니
서로 겹친 듯 연이어져 서로 비슷하다
이 누구 집 무덤이냐 물으니
전강 고야자 등의 무덤이라고
힘은 능히 남산을 밀어젖힐 만하고
문장은 능히 땅의 벼리를 끊을 만하였건만
일조에 음해를 입어

두 복숭아로 세 선비가 죽었으니
누가 이 같은 모략을 하였는가
제나라 재상 안자라는 사람이란다

直譯(직역) – 걸어서(步) 제나라(齊) 성(城) 문으로(門) 나가니(出)
멀리(遙) 탕음리라는 마을이(蕩陰里) 바라보인다(望)
마을(里) 가운데에(中) 묘가(墓) 셋(三) 있으니(有)
연이어지고(纍) 연이어져(纍) 참으로(正) 서로(相) 같더라(似)
이(是) 누구(誰) 사람(家) 무덤이냐(塚) 물으니(問)
제나라 전개강(田疆) 고야자(古冶) 씨란다(氏)
힘은(力) 능히(能) 남쪽(南) 산을(山) 밀어젖힐 만 하고(排)
글월은(文) 능히(能) 땅의(地) 코를 꿴 줄인 벼리를(紀) 끊을 만 하였건만(絶)
하루(一) 아침에(朝) 거짓으로 남을 모함하는 참소(讒) 말을(言) 입혀(被)
두 개의(二) 복숭아로(桃) 세(三) 선비를(士) 죽였다(殺)
누가(誰) 이와 같이(能) 이(此) 꾀를(謀) 만들었는가(爲)
나라(國) 재상인(相) 제나라(齊) 안자였더라(晏子)

題意(제의) – 諸葛孔明이 아직 蜀漢(촉한)의 劉備(유비)에게 軍師(군사)로 나아가기 전에 南陽(남양)의 隆中(융중)에 隱栖(은서)하면서 읊은 詩(시).

註解(주해) – 吟 : 白石道人詩說(백석도인시설)에 슬프기가 귀뚜라미 같은 벌레의 소리에 비슷한 것을 吟이라고 하였고 文體明辨(문체명변)에는 탄식하여 슬퍼하고 근심하는 마음이 그 가슴에 막혀 있는 것을 吟이라하였으며 吟은 詠(영)과 같은 것이라고도 하는데 다분히 景物(경물)을 읊은 시임.
梁甫吟 : 齊나라 太山(태산)의 기슭에 있는 梁父山(양보산) 가까운 지방을 노래한 시로서 지금 남아 전하는 것은 이 시 한 수뿐인데 내용은 齊의 晏平仲(안평중)이 謀略(모략)으로써 公孫接 · 田開疆 · 古冶

子(공손접・전개강・고야자)의 三士를 죽인 故事(고사)로 그 三士의 義烈(의열)을 哀悼(애도)한 시이며 梁父吟(양보음)이라고도 씀.

諸葛 亮 : 字(자)는 孔明(공명)이고 시호는 忠武(충무)이며 豪族(호족) 출신이었으나 후한 말의 전란을 피하여 사관(仕官)하지 않았고 명성이 높아 臥龍先生(와룡선생)이라 일컬어졌는데 劉備 玄德(유비 현덕)으로부터 三顧草廬(삼고초려)의 예로써 초빙되어 天下三分之計(천하삼분지계)를 進言(진언)하고 君臣水魚之交(군신수어지교)를 맺었으며 吳(오)의 孫權(손권)과 연합하여 남하하는 조조의 대군을 赤壁(적벽)의 싸움에서 대파하였고 漢(한)의 멸망을 계기로 劉備가 제위에 오르자 재상이 되었으며 魏(위)와 싸우기 위하여 출전할 때 올린 前出師表(전출사표)와 後出師表(후출사표)는 千古(천고)의 명문으로 이것을 읽고 울지 않는 자는 사람이 아니라고까지 일컬어졌음.

地紀 : 땅을 유지하는 동아줄로 끊어지면 땅이 기울어진다고 함.

讒言 : 齊나라 名相(명상) 晏平仲이 景公(경공)에게 청하여 公孫接・田開疆・古冶子 세 사람에게 두 개의 복숭아를 주게 한 다음 晏子는 三士에게 三士는 무슨 功이 있어 그 복숭아를 먹느냐고 詰難(힐난)하니 公孫接은 큰 멧돼지나 호랑이 같은 것도 단숨에 잡을 수 있는 힘이 있기 때문이라 하였고 田開疆은 伏兵(복병)을 設(설)하여 재차 적을 도망케 한 功이 있다고 하였으며 古冶子는 나는 그대를 따라 황하를 건널 적에 큰 거북이 말을 물고 물 속으로 들어가매 거북을 죽인 후 말꼬리를 쥐고 물 속에서 건져냈는데 그 거북은 河伯(하백)이라는 황하의 귀신이었다고 대답하니 二士는 古冶子에 미치지 못하였는데 복숭아를 받고서 죽지 않은 것은 貪慾(탐욕)이며 貪慾의 불명예를 받고서 죽지 않는 것은 용기가 없는 일이 된다하여 자살하고 古冶子는 二士가 죽었는데 자기가 살아 잇는 것은 不仁(불인)함이요 남을 부끄럽게 하여 명성을 얻는 것은 不義(불의)함이니 이런 유감 된 일을 하고 죽지 않는 것은 용기가 없는 일이 된다고 생각하여 자살하였음. 이 사실은 齊의 國相인 晏子에게 三士가

일어나 禮(예)를 하지 않은 것을 마음에 괘씸히 여겨 일부러 트집을 잡아서 그들을 죽게 한 것이라 하며 이것을 二桃가 三士를 죽였다고 하는데 이 글은 晏子春秋(안자춘추)에 나옴.

## 237. 養拙(양졸)

－樂天 白居易(낙천 백거이)

鐵柔不爲劍 木曲不爲轅 今我亦如此 愚蒙不及門 甘心謝名利
滅跡歸邱園 **坐臥茅茨中** **但對琴與尊** 身去韁鎖累 耳辭朝市喧
逍遙無所爲 時窺五千言 **無憂樂性場** **寡欲清心源** 始知不才音
可以擇道根

철유불위검 목곡불위원 금아역여차 우몽불급문 감심사명리
멸적귀구원 **좌와모자중** **단대금여존** 신거강쇄루 이사조시훤
소요무소위 시규오천언 **무우락성장** **과욕청심원** 시지부재음
가이택도근

부드러운 쇠로는 칼을 만들 수 없고
굽은 나무로는 수레의 끌채를 만들 수 없지
지금 내가 바로 그렇듯이
어리석어 쓸모가 없구나
달갑게 명리를 버리고
전원으로 돌아가리
띠 풀 지붕 밑에 앉았다 누웠다 하며
오직 거문고와 술잔을 마주 대하며
몸은 구속에서 벗어나고
귀론 속세의 이야기 사양하고
하는 일 없이 소요하며

이따금 노자의 말씀을 읽으며
걱정 없으니 본성은 바탕에서 즐겁고
욕심 적으니 마음은 뿌리에서 맑아지고
비로소 재주 없음을 알겠거니
도의 근원을 찾아가리

**直譯(직역)** – 쇠가(鐵) 약하면(柔) 칼을(劍) 만들지(爲) 못하고(不)
나무가(木) 굽으면(曲) 끌채를(轅) 만들지(爲) 못한다(不)
이제(今) 나(我) 또한(亦) 이와(此) 같아(如)
어리석고(遇) 어리석어(蒙) 사물이 반드시 거치는 요소에(門) 미치지(及) 못한다(不)
달가운(甘) 마음으로(心) 이름과(名) 이익을(利) 거절하고(謝)
언덕과(邱) 동산으로(園) 돌아가(歸) 자취를(跡) 숨기리라(滅)
띠로(茅) 지붕을 인 집(茨) 가운데에(中) 앉았다(坐) 누웠다하며(臥)
다만(但) 거문고와(琴) 더불어(與) 술잔을(尊) 마주한다(對)
몸은(身) 고삐와(韁) 쇠사슬로(鎖) 묶은 데에서(累) 풀려나서(去)
귀는(耳) 조정이나(朝) 거리의(市) 시끄러움을(喧) 거절한다(辭)
거닐고(逍) 거닐면서(遙) 하는(爲) 바가(所) 없고(無)
때로(時) 노자의 오천이나 되는(五千) 말씀을(言) 엿본다(窺)
걱정이(憂) 없으니(無) 성품은(性) 바탕에서(場) 즐겁고(樂)
욕심이(欲) 적으니(寡) 마음은(心) 근원에서(源) 맑아진다(淸)
비로소(始) 재주의(才) 소리가(音) 없음을(不) 알겠거니(知)
생각하건대(以) 도의(道) 뿌리를(根) 가릴(擇) 수는 있으리라(可)

**題意(제의)** – 名利를 버리고 전원으로 돌아가 五千言으로 된 老子(노자)의 道德經(도덕경)을 읽으면서 욕심과 걱정을 떨쳐 버리겠다고 읊은 詩(시).

**註解(주해)** – 五千言 : 老子 또는 道德經으로 약 5,000자 상하 2편으로 되어 있으며 성립연대에 관해서는 異說(이설)이 분분하나 그 사상·문체·용어의 통일성이 부족한 것으로 미루어보면 한 사람 또는 한 시대의 작품으로 보기 어려운데 현행본의 성립은 漢初(한초)로 보는 것이 통설이며 그 후 南北朝時代(남북조시대)에 상편 37장 하편 44장 합계 81장으로 정착되어 오늘날에 이르렀고 老子 사상의 특색은 形而上的(형이상적)인 道(도)의 존재를 설파하는 데 있으며 그가 말하는 도는 天地(천지)보다도 앞서고 만물을 생성하는 근원적 존재이며 천지간의 모든 현상의 배후에서 이를 성립시키는 理法(이법) 즉 대자연의 營爲(영위)를 지탱하게 하는 것이 道이며 그 道의 작용을 德(덕)이라 하였던 바 이런 의미에서 道와 德을 설파하는 데서 道德經이라는 별명이 생기게 되었고 老子는 하는 일만 많으면 도리어 혼란을 초래하고 공을 서두르면 도리어 파멸에 빠지는 일이 흔한 세상에 비추어 오히려 無爲(무위)함이 大成(대성)을 얻는 방법이라고 생각하였으며 儒家(유가)가 말하는 仁義禮樂(인의예악) 또는 法制禁令(법제금령)은 말세의 것으로 배척하고 太古(태고)의 소박한 세상을 이상으로 삼으나 그 가르침은 궁극적으로는 세속적인 성공을 쟁취하는 데 있으며 道는 언제나 無爲하면서도 無爲함이 아니라는 등 逆說(역설)이 많은 점이 두드러짐.

## 238. 漁浦(어포)

－常　建(상　건)

春至百草綠　陂澤聞鶬鶊　別家投釣翁　今世滄浪情　漚紵爲縕袍
折麻爲長纓　榮譽朱**本眞**　怪人浮此生　**碧月水自闊　安流靜而平**
扁舟與天際　獨往誰能名
춘지백초록　피택문창경　별가투조옹　금세창랑정　구저위온포
절마위장영　영예주**본진**　괴인부차생　**벽월수자활　안류정이평**
편주여천제　독왕수능명

봄이 되니 온갖 풀이 파래지고
늪지엔 꾀꼬리 우는 소리
낚시하는 저 늙은이는 누구일까
요즈음 세상에 맑은 뜻 지닌 분이리
모시풀 물에 부풀려 옷을 만들고
삼을 갈라 긴 끈 만들고
영화와 명예가 사람의 본디 진실을 잃게 하거늘
이상한 사람들은 이러한 사람을 덧없다하리
파란 달은 수면에 한없이 넓게 비추고
강물은 고요히 흘러간다
조각배는 하늘 저 멀리가지만
누가 홀로 오가는 사람을 알아주랴

**直譯**(직역) – 봄이(春) 오니(至) 온갖(百) 풀이(草) 푸르고(綠)
물가(陂) 늪에서(澤) 꾀꼬리(鶬) 꾀꼬리소리(鶊) 들려온다(聞)
유별난(別) 사람은(家) 낚시를(釣) 던지는(投) 늙은이인가(翁)
요즈음(今) 세상에(世) 푸른(滄) 물결의(浪) 뜻이리라(情)
모시풀을(紵) 물에 담갔다가(漚) 부스러기로 하여(縕) 옷을(袍) 만들고(爲)
삼을(麻) 쪼개어(折) 긴(長) 끈을(纓) 만든다(爲)
영화와(榮) 명성이(譽) 본디(本) 참을(眞) 붉게 물들이니(朱)
괴이한(怪) 사람들은(人) 이러한(此) 삶을(生) 덧없다한다(浮)
파란(碧) 달은(月) 물을(水) 좇아서(自) 넓고(闊)
편안한(安) 흐름은(流) 고요하고(靜) 그리고(而) 평평하다(平)
조각(扁) 배는(舟) 하늘(天) 가와(際) 더불어 가지만(與)
홀로(獨) 가는 사람은(往) 누가(誰) 능히(能) 이름하겠는가(名)

**題意**(제의) – 늪에서 낚시하는 저 늙은이는 맑은 뜻을 지닌 분 같다면서 漁村浦口(어촌포구)의 감흥을 읊은 詩(시).

## 239. 與高適薛據同登慈恩寺浮圖(여고적설거동등자은사부도)

-岑 參(잠 삼)

塔勢如湧出　孤高聳天宮　登臨出世界　磴道盤虛空　突兀壓神州
崢嶸如鬼工　四角碍白日　七層摩蒼穹　下窺指高鳥　俯聽聞驚風
連山若波濤　奔走似朝東　青松夾馳道　宮觀何玲瓏　秋色從西來
蒼然滿關中　五陵北原上　萬古青濛濛　**淨理了**可悟　**勝因**夙所宗
誓將掛冠去　覺道資**無窮**
탑세여용출　고고용천궁　등림출세계　등도반허공　돌올압신주
쟁영여귀공　사각애백일　칠층마창궁　하규지고조　부청문경풍
연산약파도　분주사조동　청송협치도　궁관하영롱　추색종서래
창연만관중　오릉북원상　만고청몽몽　**정리료**가오　**승인**숙소종
서장괘관거　각도자**무궁**

탑의 형세는
홀로 우뚝 하늘로 솟아
올라보니 속세에서 벗어난 듯
돌 언덕 길이 하늘로 뻗쳐있고
우뚝한 기운은 신주 고을을 눌렀는데
높고 높은 모양은 귀신의 솜씨로다
사각 모서리엔 햇빛도 들지 않고
칠 층 높은 탑은 하늘에 닿았는데
나는 새도 아래를 보아야 가리키게 되고
거센 바람소리도 엎드려야 들린다
파도 같이 연이은 산맥은
달려가는 아침 해 같고

푸른 소나무는 길을 끼고 늘어져 있는데
궁궐의 경관은 어찌 그리도 영롱한지
가을빛이 서쪽에서 와
창연히 관중이란 고을에 가득하다
다섯 무덤의 북쪽 언덕에는
오랫동안 푸른 나무가 울창한데
무상의 진리를 깨달았고
해탈의 진리를 내가 일찍부터 높였으니
맹세코 벼슬을 버리고
도를 깨쳐 무궁한 진리를 배우리다

直譯(직역) – 탑의(塔) 형세는(勢) 솟아(湧) 나오는 것(出) 같이(如)
외롭게(孤) 높이(高) 하늘(天) 궁궐로(宮) 솟아있다(聳)
올라(登) 내려보니(臨) 세상의(世) 지경에서(界) 나온 듯(出)
돌 언덕(磴) 길이(道) 빈(虛) 하늘로(空) 서리어있다(盤)
갑자기(突) 우뚝 솟아(兀) 신주 고을을(神州) 누르고(壓)
높고(崢) 가파른 것이(嶸) 귀신(鬼) 같이(如) 교묘하다(工)
네(四) 모서리는(角) 빛나는(白) 해를(日) 막고(碍)
일곱(七) 층은(層) 푸른(蒼) 하늘에(穹) 닿았으니(摩)
높은 데(高) 새도(鳥) 아래로(下) 엿보아야(窺) 가리키고(指)
거센(驚) 바람이(風) 들리는 것도(聞) 엎드려야(俯) 들린다(聽)
이어진(連) 산은(山) 큰 물결(波) 큰 물결(濤) 같고(若)
달리고(奔) 달려가는(走) 아침의(朝) 동녘(東) 같다(似)
푸른(靑) 소나무는(松) 수레가 달리는(馳) 길을(道) 끼었고(夾)
궁궐의(宮) 경관은(觀) 어찌 그리(何) 곱고(玲) 빛나는가(瓏)
가을(秋) 빛이(色) 서쪽에서(西) 따라(從) 와서는(來)
쓸쓸히(蒼) 그렇게(然) 관중이란 고을에(關中) 가득하다(滿)
다섯(五) 무덤의(陵) 북쪽(北) 언덕(原) 위에는(上)

아주(萬) 오랜(古) 푸름이(靑) 흐릿하고(濛) 흐릿하다(濛)
아주 깨끗한(淨) 이치를(理) 드디어(了) 깨우쳤다고(悟) 할 수 있으니(可)
뛰어난 좋은(勝) 인연을(因) 일찍이(夙) 높인(宗) 바였다(所)
맹세코(誓) 장차(將) 갓을(冠) 걸어놓고(掛) 떠나(去)
도를(道) 깨달아(覺) 다함이(窮) 없도록(無) 쌓으리다(資)

**題意**(제의) – 高適과 薛據와 함께 慈恩寺 浮圖에 올라 경관을 굽어보며 앞으로는 벼슬을 버리고 도를 깨쳐 무궁한 진리를 배우겠다고 읊은 詩(시).

**註解**(주해) – 浮圖 : 고승의 사리나 유골을 안치하여 세운 둥근 돌탑.
神州 : 중국 사람이 자기 나라를 일컫는 말로 신선이 있는 곳. 서울과 서울 부근의 지역. 京畿(경기).
關中 : 지금의 陝西省(섬서성).
五陵 : 長安(장안)에 있는 漢代 五帝(한대 오제)의 陵으로 高宗의 長陵(고종 장릉) 惠帝의 安陵(혜제 안릉) 景帝의 陽陵(경제 양릉) 武帝의 茂陵(무제 무릉) 昭帝의 平陵(소제 평릉)을 말하는데 이 근방에 富豪(부호)가 많이 살았다고 함.
淨理 : 번뇌의 속박을 벗어나게 한 아주 깨끗한 무상의 진리.
勝因 : 불교에서 말하는 좋은 인연. 특별히 뛰어난 좋은 인연.

## 240. 燕昭王(연소왕)

– 伯玉 陳子昂(백옥 진자앙)

南登碣石館　遙望黃金臺　丘陵盡喬木　昭王安在哉　覇圖悵已矣
驅馬復歸來
남등갈석관　요망황금대　구릉진교목　소왕안재재　패도창이의
구마부귀래

남녘 갈석관에 올라
멀리 황금대를 바라보니
언덕엔 큰 나무들 가득한데
연 나라 소왕은 지금 어디에 있는가
큰 꿈 이루지 못한 일 서글퍼
말 몰아 다시 돌아 왔으리

**直譯**(직역) – 남쪽(南) 갈석관에(碣石館) 올라서(登)
멀리(遙) 황금대를(黃金臺) 바라보니(望)
작은 언덕(丘) 큰 언덕은(陵) 큰(喬) 나무들에게(木) 다 맡겨졌는데(盡)
연나라 소왕은(昭王) 어찌하고(安) 있는(在) 것일까(哉)
우두머리를(霸) 꾀했지만(圖) 슬플(愴) 뿐이어서(已矣)
말(馬) 몰아(驅) 다시(復) 돌아(歸) 왔으리(來)

**題意**(제의) – 燕나라 昭王은 주변 나라들을 평정하여 霸王이 되고자 했지만 뜻을 이루지 못하였으니 애석할 뿐이라며 인생무상을 읊은 詩(시).

## 241. 燕詩示劉叟(연시시유수)

– 香山居士 白居易(향산거사 백거이)

梁上有雙燕　翩翩雄與雌　銜泥兩椽間　一巢生四兒　四兒日夜長
索食聲孜孜　青蟲不易捕　黃口無飽期　嘴爪雖欲弊　心力不知疲
須臾千來往　猶恐巢中饑　辛勤三十日　母瘦雛漸肥　喃喃教言語
一一刷毛衣　一旦羽翼成　引上庭樹枝　擧翅不回顧　隨風四散飛
雌雄空中鳴　聲盡呼不歸　却入空巢裏　啁啾終夜悲　燕燕爾勿悲
爾當返**自思**　思爾爲雛日　高飛背母時　當時父母念　今日爾應知
양상유쌍연　편편웅여자　함니양연간　일소생사아　사아일야장
색식성자자　청충불이포　황구무포기　취조수욕폐　심력부지피

수유천래왕 유공소중기 신근삼십일 모수추점비 남남교언어
일일쇄모의 일단우익성 인상정수지 거시불회고 수풍사산비
자웅공중명 성진호불귀 각입공소이 추추종야비 연연이물비
이당반자사 사이위추일 고비배모시 당시부모념 금일이응지

들보 위에 한 쌍의 제비가
함께 날아다니며
흙을 물어다 서까래에 집을 짓고
한 둥지에 새끼 네 마리 낳았다
네 마리 새끼가 밤낮 자라면서
먹이를 달라고 서로 짹짹거리는데
푸른 벌레 잡기 쉽지 못해
새끼들 배불리 먹일 수가 없었다
부리와 발톱이 다 헤어져도
정신력으로 피곤을 잊은 채
잠깐 동안에도 수천 번을 오가며
둥지의 새끼 굶주릴까 걱정했다
고생하고 부지런히 보낸 삼십 일에
어미는 야위고 새끼는 점점 살쪄갔다
재잘거리며 말을 가르치고
일일이 털을 씻어주었다
어느 아침에 날개가 생겨
뜰의 나뭇가지 위로 끌어 올려주었더니
날개를 펴자 높이 날아
바람 따라 사방으로 흩어져버렸다
어미 새는 공중에서 울며

돌아오라고 소리치다가
문득 빈 둥지에 들어와
밤새도록 슬피 울었다
제비야 너는 슬퍼만 말고
마땅히 돌이켜 생각해 보라
너도 어렸을 적
높아 날아 어버이를 등졌으니
그때 어버이 마음을
비로소 오늘에야 알겠구나

直譯(직역) – 들보(梁) 위에(上) 한 쌍의(雙) 제비가(燕) 있었는데(有)
수컷과(雄) 더불어(與) 암컷이(雌) 뒤집히며(翩) 날아다녔다(翩)
두(兩) 서까래(椽) 사이에(間) 진흙을(泥) 머금더니(銜)
한(一) 둥지에(巢) 네(四) 아이를(兒) 낳았다(生)
네 마리(四) 새끼가(兒) 밤(夜) 낮(日) 자라면서(長)
힘쓰고(孜) 힘써(孜) 먹이(食) 찾는(索) 소리를 냈어도(聲)
푸른(靑) 벌레(蟲) 쉽게(易) 잡지(捕) 못해(不)
노란(黃) 입들이(口) 배부른(飽) 때가(期) 없었다(無)
부리와(嘴) 발톱이(爪) 비록(雖) 해지려(弊) 하여도(欲)
마음의(心) 힘으로(力) 피로를(疲) 알지(知) 못했다(不)
잠깐(須) 잠깐사이에도(臾) 여러 번(千) 왔다(來) 갔다하면서(往)
오히려(猶) 둥지(巢) 속에서(中) 굶주릴까(饑) 걱정되었다(恐)
고생하며(辛) 부지런했던(勤) 삼십(三十) 일에(日)
어미는(母) 야위고(瘦) 새끼는(雛) 점점(漸) 살쪄갔다(肥)
재잘거리고(喃) 재잘거리며(喃) 말과(言) 말을(語) 가르치고(教)
하나(一) 하나(一) 털(毛) 옷을(衣) 씻어주었다(刷)
하루(一) 아침에(旦) 깃(羽) 날개가(翼) 이루어져서(成)
뜰의(庭) 나무(樹) 가지로(枝) 끌어(引) 올렸더니(上)

날개를(翅) 들어(擧) 돌아오거나(回) 돌아보려(顧) 아니하고(不)
바람(風) 따라(隨) 네 군데로(四) 흩어져(散) 날아 가버렸다(飛)
암컷과(雌) 수컷이(雄) 하늘(空) 가운데에서(中) 울며(鳴)
소리가(聲) 다하도록(盡) 불러도(呼) 돌아오지(歸) 않았다(不)
문득(却) 빈(空) 둥지(巢) 속으로(裏) 들어가(入)
슬픈(惆) 소리로(啾) 밤이(夜) 다하도록(終) 슬퍼했다(悲)
제비야(燕) 제비야(燕) 너는(爾) 슬퍼만(悲) 말고(勿)
너희도(爾) 마땅히(當) 돌이켜(返) 스스로를(自) 생각하라(思)
네가(爾) 새끼(雛) 되었던(爲) 날을(日) 생각해 보면(思)
높이(高) 날아(飛) 어미(母) 등졌을(背) 때(時)
그(當) 때(時) 아비(父) 어미(母) 생각을(念)
이제(今) 날에야(日) 너희도(爾) 응당(應) 알 것이다(知)

**題意**(제의) – 劉노인게 보낸 제비 詩로 자식이 부모를 보살피지 않는다고 슬퍼할 것이 아니라 먼저 부모를 저버린 자신을 반성해야 된다고 읊은 詩(시).

## 242. 烈女操(열녀조)

– 東野 孟 郊(동야 맹 교)

梧桐相待老　鴛鴦會雙死　貞婦貴殉夫　舍生亦如此　波瀾誓不起
妾心井中水
오동상대노　원앙회쌍사　정부귀순부　사생역여차　파란서불기
첩심정중수

오동나무는 서로 따라서 늙기를 기다리고
원앙새는 모여 짝지어 죽는다네
절개가 곧은 부인은 남편 따라 죽는 것을 소중히 여기니
목숨을 버리기를 이와 같이 한다네

어떠한 물결도 일으키지 않을 것을 맹세하나니
첩의 마음 우물 속의 물과 같다네

直譯(직역) – 벽오동나무(梧) 오동나무는(桐) 서로 따라서(相) 늙기를(老) 기다리고(待)
수컷 원앙새(鴛) 암컷 원앙새는(鴦) 모여(會) 짝지어(雙) 죽는다네(死)
절개가 곧은(貞) 부인은(婦) 남편(夫) 따라 죽는 것을(殉) 소중히 여기니(貴)
목숨(生) 버리기를(舍) 또한(亦) 이와(此) 같이한다네(如)
물결(波) 물결도(瀾) 일으키지(起) 않을 것을(不) 맹세하니(誓)
첩의(妾) 마음은(心) 우물(井) 속의(中) 물이라네(水)

題意(제의) – 오동나무는 같이 늙고 원앙새는 모여 함께 죽듯이 정조가 굳은 부인은 남편 따라 죽는 것을 소중히 여긴다는 열녀의 절개를 읊은 詩(시).

註解 – 烈女 : 유교에서 중요시한 덕목 가운데는 孝(효)와 烈(열)이 있으며 孝는 자식이 부모를 잘 섬기는 것이고 烈은 아내가 남편을 잘 섬기는 것인데 우리나라 史書(사서)에 보이는 대표적 열녀로는 都彌(도미)의 아내와 박제상의 아내 그리고 평강공주 등이 있음. 고려 말까지는 남편이 죽고 수절한 여인은 무조건 烈女로서 국왕이 旌表(정표)하였는데 이는 그때까지만 해도 남편이 죽은 후 아내가 재혼하는 것이 일반화된 일이었기 때문이었으나 조선시대에는 남편이 죽으면 재혼할 수 없도록 법제화하여 1485년(성종 16)에는 經國大典(경국대전)에 再嫁婦女(재가부녀)와 庶孼(서얼)의 자손은 벼슬길을 막는다는 조항을 넣었고 중종 때는 再嫁 자체를 범죄시하였음. 이와 같은 불평등은 한쪽 배우자가 죽은 경우에도 마찬가지여서 아내가 죽으면 남편은 1년 정도 상복을 입고 곧 재혼할 수 있었으나 아내는 남편이 죽으면 3년 동안 무덤을 지키고 평생 동안 상복을 입었으니 여성의 수절을 미덕으로 삼는 풍조는 烈女라는 이름으로 여성의 희생

과 고통을 강요하는 봉건적 발상이었음.

鴛鴦 : 오리과의 물새로 수컷의 겨울 깃은 특히 아름다우며 머리는 금록색으로 뒤통수에 긴 冠毛(관모)가 있고 암수가 늘 같이 다녀 匹鳥(필조)라고도 하는데 화목하고 금실이 좋은 부부를 비유 함.

## 243. 影答形(영답형)

－淵明 陶 潛(연명 도 잠)

存生不可言 衛生每苦拙 誠願遊崑華 邈然玆道絶 與子相遇來
未嘗異悲悅 憩蔭若暫乖 止日終不別 此同旣難常 黯爾俱時滅
身沒名亦盡 念之五情熱 **立善有遺愛 胡爲不自竭** 酒云能消憂
方此詎不劣
존생불가언 위생매고졸 성원유곤화 막연자도절 여자상우래
미상이비열 게음약잠괴 지일종불별 차동기난상 암이구시멸
신몰명역진 염지오정열 **입선유유애 호위부자갈** 주운능소우
방차거불열

불로장생은 바라지도 않고
살기조차 힘겨운 고생이라
곤륜산과 화산에서 신선되고 싶으나
너무나 아득하고 길도 없다
그림자와 몸이 서로 만나 짝이 되어
언제나 슬픔과 기쁨 함께 했으며
그늘에 쉴 때는 헤어진 듯해도
햇볕에 나와선 끝까지 짝이었다
그러나 영원히 함께 있기 어렵고
때와 더불어 서로가 어둠에 묻힐 것이며

몸이 죽으면 이름도 없어질 것이니
오장육부가 타는 듯하다
오직 착함을 세우면 후세에서도 사랑 받는다 하니
온갖 힘 기울여 행하지 않겠는가
술이 수심 없애 준다 해도
그보다는 못할 것이다

直譯(직역) – 살아(生) 있다고(存) 말도(言) 할 수(可) 없었고(不)
삶을(生) 지킨다는 것이(衛) 늘(每) 괴롭고도(苦) 운이 나빴다(拙)
곤륜산과(崑) 화산에서(華) 놀기를(遊) 참으로(誠) 바랬으나(願)
멀고도(邈) 그러한데(然) 이에(玆) 길도(道) 끊어졌다(絶)
그대와(子) 함께(與) 서로(相) 만나(遇) 와서(來)
일찍이(嘗) 슬픔과(悲) 기쁨을(悅) 달리하지(異) 아니했고(未)
그늘에(蔭) 쉬면(憩) 잠시(暫) 어기는 것(乖) 같았어도(若)
햇볕에(日) 머물면(止) 끝내(終) 헤어지지(別) 아니했다(不)
이와(此) 같이(同) 변함이 없기에는(常) 이미(旣) 어려워(難)
때와(時) 함께(俱) 어둡고(黯) 그러함에(爾) 잠길 것이다(滅)
몸이(身) 없어지면(沒) 이름(名) 또한(亦) 다할 것이니(盡)
이에(之) 다섯 군데(五) 마음작용의(情) 뜨거움이(熱) 생각난다(念)
착함을(善) 세우면(立) 후세에도 끼치는(遺) 사랑이(愛) 있다고 하니(有)
어찌(胡) 스스로(自) 힘을 다하지(竭) 아니(不) 하겠는가(爲)
술이(酒) 걱정을(憂) 삭일(消) 수 있다고(能) 말하지만(云)
이에(此) 견주면(方) 어찌(詎) 뒤떨어지지(劣) 않겠는가(不)

題意(제의) – 불로장생은 바라지도 않지만 오직 착함을 세우면 후세에까지
끼치는 사랑이 있다고 그림자가 몸에게 말하는 형식으로 읊은 詩(시).

註解(주해) – 崑華 : 崑崙山(곤륜산)과 華山(화산)으로 신선이 산다고 함.
有遺愛 : 착한 일을 하면 후세에도 길이 사랑을 받음.

自竭 : 최선을 다 함.

## 244. 友人會宿(우인회숙)

－靑蓮居士 李 白(청련거사 이 백)

滌蕩千古愁 留連百壺飮 良宵宜且談 皓月未能寢 **醉來臥空山 天地卽衾枕**

척탕천고수 유련백호음 양소의차담 호월미능침 **취래와공산 천지즉금침**

천고의 시름을 씻어버리고
머물러 계속하여 백 병의 술을 마신다
이 좋은 밤 마땅히 또한 이야기에
밝은 달도 아직 잠들지 못했는데
취하여 돌아와 빈 산에 누우니
천지가 바로 이불이요 베개로다

直譯(직역)－매우(千) 오랜(古) 시름을(愁) 씻고(滌) 씻어버리려(蕩)
머물러(留) 계속하여(連) 백(百) 병의(壺) 술을 마신다(飮)
좋은(良) 이 밤(宵) 마땅히(宜) 또한(且) 이야기에(談)
밝은(皓) 달도(月) 잠들(寢) 수가(能) 없을 것이다(未)
취하여(醉) 돌아와(來) 빈(空) 산에(山) 누우니(臥)
하늘과(天) 땅이(地) 곧(卽) 이불이요(衾) 베개로다(枕)

題意(제의)－달도 밝은 이 좋은 밤 취하여 돌아와 빈 산에 누우니 천지가 바로 이불이요 베개가 되는 평화로운 심정을 읊은 詩(시).

## 245. 月下獨酌(월하독작)

－太白 李 白(태백 이 백)

花間一壺酒 獨酌無相親 舉盃邀明月 對影成三人 月旣不解飮
影徒隨我身 **暫伴月將影 行樂須及春 我歌月徘徊 我舞影凌亂**
醒時同交歡 醉後各分散 永結**無情遊** 相期邈雲漢
화간일호주 녹작무상친 거배요명월 대영성삼인 월기불해음
영도수아신 **잠반월장영 행락수급춘 아가월배회 아무영능란**
성시동교환 취후각분산 영결**무정유** 상기막운한

꽃 사이에 놓인 한 단지 술
친한 이도 없이 혼자서 마신다
잔을 들어 명월을 맞이하고
그림자를 대하니 세 사람이라
달은 전부터 술 마실 줄 모르고
그림자는 부질없이 내 모습만 따르누나
잠시 달과 그림자를 벗해서
행락은 모름지기 봄과 맞추었다
내 노래에 거니는 달
내 춤에 어지러운 그림자
깨어서는 같이 즐기고
취한 뒤는 제각기 흩어지고
길이 무정한 놀음 저들과 맺어
머나먼 은하수에서 다시 만나기를

**直譯**(직역)－꽃(花) 사이에(間) 한(一) 항아리(壺) 술을(酒)
서로(相) 친한 이도(親) 없이(無) 홀로(獨) 술을 따르네(酌)
잔을(盃) 들어(擧) 밝은(明) 달을(月) 맞이하고(邀)

그림자를(影) 마주하니(對) 세(三) 사람이(人) 되었네(成)
달은(月) 원래(旣) 마시는 것을(飮) 깨닫지(解) 못하고(不)
그림자는(影) 부질없이(徒) 내(我) 몸을(身) 따르네(隨)
잠시(暫) 달을(月) 벗하고(伴) 그림자를(影) 따라서(將)
즐거움을(樂) 행함에(行) 모름지기(須) 봄과(春) 함께 하네(及)
내가(我) 노래하면(歌) 달은(月) 어정거리고(徘) 머뭇거리고(徊)
내가(我) 춤추면(舞) 그림자는(影) 뒤섞이어(淩) 어지럽네(亂)
술이 깰(醒) 때에는(時) 함께(同) 서로(交) 기뻐하고(歡)
술이 취한(醉) 뒤엔(後) 서로(各) 나누어(分) 흩어지네(散)
오래오래(永) 정이(情) 없는(無) 놀음을(遊) 맺어(結)
멀리(邈) 구름 어린(雲) 은하수에서(漢) 서로 보기를(相) 기대하네(期)

題意(제의) – 달 아래서 혼자 술잔을 기울이며 달과 그림자를 벗하여 非人情(비인정)의 즐거움을 읊은 詩(시).

註解(주해) – 不解飮 : 술 마실 줄 모름.
淩亂 : 순서가 어지러워짐. 모양이 흐트러짐.
無情遊 : 인정이 개입치 않은 놀음놀이. 자연과 비인정의 交遊(교유).

## 246. 幽居(유거)

– 韋應物(위응물)

**貴賤雖異等　出門皆有營**　獨無外物牽　遂此幽居情　微雨夜來過
不知春草生　**青山忽已曙　鳥雀繞舍鳴**　時與道人偶　或隨樵者行
自當安蹇劣　誰爲薄世榮
**귀천수이등　출문개유영**　독무외물견　수차유거정　미우야래과
부지춘초생　**청산홀이서　조작요사명**　시여도인우　혹수초자행
자당안건열　수위박세영

귀하고 천한 것이 비록 다르다 해도
문밖에 나서면 제각기 일이 있다
홀로 명리에 끌리지 않고
이에 조용히 사는 정 기르는데
보슬 비 밤새 내렸으니
풀은 얼마나 길어 났을까
청산엔 벌써 아침 햇볕 비치는데
새들은 집을 싸고 울어댄다
때로는 도사와 만나기도 하고
혹은 나무꾼 따라 가기도 하고
이렇게 사는 것이 즐거운 것을
뉘라서 세상영화 엷다 하겠는가

直譯(직역) – 귀하고(貴) 천한 것이(賤) 비록(雖) 무리는(等) 달라도(異)
문에(門) 나서면(出) 모두가(皆) 꾀함이(營) 있다(有)
홀로(獨) 바깥(外) 물건에(物) 끌림이(牽) 없고(無)
이에(此) 조용히(幽) 사는(居) 정(情) 이룬다(遂)
가는(微) 비는(雨) 밤새(夜) 오다가(來) 지나갔으니(過)
봄(春) 풀은(草) 자라났는지(生) 알지(知) 못하겠다(不)
푸른(靑) 산은(山) 갑자기(忽) 벌써(已) 새벽이니(曙)
새와(鳥) 새들은(雀) 집을(舍) 둘러싸고(繞) 울어댄다(鳴)
때로는(時) 도를 닦은(道) 사람과(人) 더불어(與) 만나고(偶)
어쩌다가 더러는(或) 땔나무하는(樵) 사람을(者) 따라(隨) 가기도 한다(行)
굼뜨고(蹇) 어리석어(劣) 스스로(自) 마땅하고(當) 편안하니(安)
뉘라서(誰) 세상(世) 영화가(榮) 엷다고만(薄) 하겠는가(爲)

題意(제의) – 도연명의 飮酒(음주)라는 시 영향을 받은 것으로 명예나 재산에 끌리지 않고 자연을 벗삼아 유유자적한 생활의 즐거움을 읊은 詩(시).

## 247. 遊東園(유동원)

－玄暉 謝 朓(현휘 사 조)

戚戚苦無悰　携手共行樂　尋雲陟累榭　隨山望菌閣　遠樹曖芊芊
生煙紛漠漠　**魚戲新荷動**　**鳥散餘花落**　不對芳春酒　還望靑山郭
척척고무종　휴수공행락　심운척루사　수산망균각　원수애천천
생연분막막　**어희신하동**　**조산여화락**　부대방춘주　환망청산곽

시름겹고 괴로우니 즐거움도 없어
손을 함께 맞잡고 나가 즐긴다
구름 찾아 여러 층의 다락에 오르고
산을 따라 향기로운 누각을 바라본다
멀리 보이는 나무들은 푸르게 우거지고
피어오르는 안개 여기저기 아득하다
물고기가 희롱하니 새로 난 연꽃이 일렁이고
새들이 흩어져 날아가니 남은 꽃이 떨어진다
향기로운 봄 술은 마주하지도 않고
도리어 푸른 산 둘레만 바라본다

**直譯**(직역)－근심스럽고(戚) 근심스러워(戚) 즐길 것도(悰) 없이(無) 괴로워서(苦)
손을(手) 이끌고(携) 함께(共) 나가(行) 즐긴다(樂)
구름(雲) 찾아(尋) 포개어진(累) 정자에(榭) 오르고(陟)
산을(山) 따라서(隨) 버섯의(菌) 누각을(閣) 바라본다(望)
멀리(遠) 희미한(曖) 나무들은(樹) 푸르게(芊) 우거지고(芊)
어지럽게(紛) 일어나는(生) 안개는(煙) 아득하고(漠) 아득하다(漠)
물고기가(魚) 노니(戲) 새(新) 연꽃이(荷) 움직이고(動)
새들이(鳥) 흩어지니(散) 남은(餘) 꽃이(花) 떨어진다(落)

향기로운(芳) 봄의(春) 술은(酒) 마주하지도(對) 않고(不)
도리어(還) 푸른(靑) 산(山) 둘레만(郭) 바라본다(望)

**題意**(제의) – 동쪽 별장에 놀면서 여러 층의 누대에 올라 향기로운 봄 술은 마주하지도 않고 도리어 푸른 산 둘레만 바라보는 심정을 읊은 詩(시).

**註解**(주해) – 謝朓 : 중국 六朝(육조) 시대 齊(제) 나라 시인으로 그의 시는 永明體(영명체)라고 불리는 五言體(오언체)에 능하며 寫景(사경)에 묘하고 淸新(천신)한 기풍이 풍부하며 작품은 謝宣城詩集(사선성시집)이 있음.

## 248. 遊子吟(유자음)

– 東野 孟 郊(동야 맹 교)

慈母手中線　遊子身上衣　臨行密密縫　意恐遲遲歸　難將寸草心
報得三春輝
자모수중선　유자신상의　임행밀밀봉　의공지지귀　난장촌초심
보득삼춘휘

어머님 손에 실을 들고
길 떠날 아들의 옷을 지으신다
나그네길에 해지지 말라 꼼꼼히 기우시며
돌아옴이 늦어질까 걱정
아들의 짧은 마음으론
보답하기 어려운 어머님의 봄볕 마음

**直譯**(직역) – 인자하신(慈) 어머님께서(母) 손(手) 가운데(中) 실로(線)
여행할(遊) 아들의(子) 몸(身) 위에 걸칠(上) 옷을(衣)

떠남에(行) 미치어(臨) 촘촘하고(密) 촘촘하게(密) 지으시며(縫)
마음 속으로(意) 돌아옴이(歸) 늦어지고(遲) 늦어질까(遲) 걱정을 하시지만(恐)
풀(草) 마디 같은(寸) 마음으로(心) 받들기(將) 어려운 것은(難)
세(三) 봄(春) 빛을(輝) 얻어(得) 보답함이라네(報)

**題意**(제의)－樂府體(악부체)로 길 떠나는 아들을 위해 옷을 지어 준비 해 주는 어머니의 큰사랑을 갚을 수 없는 자식된 마음을 읊은 詩(시).

## 249. 幽懷(유회)

－退之 韓 愈(퇴지 한 유)

幽懷不可瀉 行此春江潯 適與佳節會 男女競光陰 凝妝耀洲渚
繁吹蕩人心 **間關林中鳥 知時爲和音** 豈無一樽酒 自酌還自吟
但悲時易失 四序迭相侵 我歌**君子行** 視古猶視今
유회불가사 행차춘강심 적여가절회 남녀경광음 응장요주저
번취탕인심 **간관임중조 지시위화음** 기무일준주 자작환자음
단비시이실 사서질상침 아가**군자행** 시고유시금

깊은 시름 씻지 못해
이 곳 봄 강가를 걷는데
마침 좋은 시절이라
남녀들 다투어 시간을 즐긴다
화장한 얼굴은 물가에 어리고
요란한 피리소리 사람의 마음을 들뜨게 하는데
숲 속 새소리는
때 맞춰 아름답게 노래하니
어찌 한 통의 술 없겠는가

스스로 술 마시며 시를 읊어본다
다만 때를 쉽게 잃을까 슬퍼하고
사철은 차례대로 번갈아 드는데
나는 군자행을 부르니
옛일이 오히려 지금 일만 같다

直譯(직역) – 그윽한(幽) 마음(懷) 쏟을(瀉) 수가(可) 없어(不)
이(此) 봄(春) 강(江) 물가를(潯) 걷는다(行)
마침(適) 좋은(佳) 때와(節) 때를(會) 따라(與)
사내와(男) 계집애들이(女) 시간과(光) 시간을(陰) 다툰다(競)
화장은(妝) 빛나는(耀) 섬(洲) 물가에(渚) 어리고(凝)
많이도(繁) 악기를 불어대(吹) 사람의(人) 마음을(心) 흔든다(蕩)
숲(林) 속(中) 새들이(鳥) 지저귀는 새 소리(間關)
때를(時) 알고서(知) 알맞은(和) 소리를(音) 만들어 낸다(爲)
어찌(豈) 한(一) 통의(樽) 술이(酒) 없겠는가(無)
스스로(自) 잔에 술을 따르다가(酌) 다시(還) 스스로(自) 읊어본다(吟)
다만(但) 때를(時) 쉽게(易) 잃을까(失) 슬퍼하는데(悲)
사철은(四) 차례대로(序) 서로(相) 침노하여(侵) 갈마든다(迭)
나는(我) 군자에 관한(君子) 노래를(行) 부르니(歌)
옛날에(古) 본 것이(視) 이제(今) 본 것과(視) 같다(猶)

題意(제의) – 가슴속의 시름 씻지 못해 한 통의 술을 스스로 마시며 君子行을 부르니 옛일이 오히려 지금 일 같은 속마음을 읊은 詩(시).

註解(주해) – 間關 : 새들이 지저귀는 소리.
和音 : 동시에 울리는 높낮이가 다른 둘 이상의 서로 어울리는 소리.
君子 : 학식과 덕행이 높은 사람. 마음이 착하고 무던한 사람.
行 : 가요의 한 형식인 樂府(악부)의 이름인데 白石詩說(백석시설)에 法度(법도)를 지키는 것을 詩라 하고 시말을 싣는 것을 引(인)이라

하며 體行書(체행서)와 같은 것을 行이라 하고 情(정)을 놓는 것을 歌(가)라 하니 이를 겸하여 歌行이라 일컫는다고 하였음.

## 250. 飮綠軒(음녹헌)

—澹居子 至 仁(담거자 지 인)

道人住清溪 日飮溪中綠 **滌慮發天光 心花瑩如玉** 復愛溪上雲 時來簷下宿

도인주청계 일음계중록 **척려발천광 심화영여옥** 부애계상운 시래첨하숙

도인이 맑은 냇가에 살아
날마다 시내의 푸름을 마시면서
근심을 씻어내어 천진한 광채를 드러내니
마음의 꽃은 구슬같이 밝은데
다시 사랑스런 시내 위 구름은
때때로 찾아와 처마 밑에 묵기도 한다

直譯(직역)—도닦는(道) 사람이(人) 맑은(淸) 냇가에(溪) 살아(住)
날마다(日) 시내(溪) 속의(中) 푸름을(綠) 마시면서(飮)
근심 걱정(慮) 씻어내어(滌) 자연그대로의(天) 빛을(光) 나타내니(發)
마음의(心) 꽃은(花) 구슬(玉) 같이(如) 밝은데(瑩)
다시(復) 사랑스런(愛) 시내(溪) 위의(上) 구름은(雲)
때때로(時) 와서(來) 처마(簷) 밑에(下) 묵기도 한다(宿)

題意(제의)—맑은 냇가에 살며 날마다 시내의 푸름을 마시면서 근심을 씻어내는 道人의 삶을 읊은 詩(시).

## 251. 飮酒 - 1(음주)

- 淵明 陶 潛(연명 도 잠)

衰榮無定在 彼此更共之 邵生瓜田中 寧似東陵時 寒暑有代謝
人道每如玆 **達人解其會** **逝將不復疑** 忽與一樽酒 日夕歡相持
쇠영무정재 피차갱공지 소생과전중 영사동릉시 한서유대사
인도매여자 **달인해기회** **서장불부의** 홀여일준주 일석환상지

영고성쇠는 일정하지 않으니
서로 바뀌어 돌게 마련이라
오이 밭을 가는 소평이란 사람이
어찌 높은 벼슬아치였던 줄 알겠는가
여름 겨울 뒤바뀌는 자연같이
인간의 도리도 그와 같거늘
심오한 기미를 터득하였으니
앞으로 다시는 미혹되지 않으리
홀연히 한 동이의 술이 생겼으니
날 저물면 술 마시며 즐기리

直譯(직역) - 쇠하고(衰) 영화로운 것은(榮) 정해져(定) 있지(在) 아니하니(無)
저것과(彼) 이것이(此) 바뀌며(更) 이를(之) 함께 한다(共)
오이(瓜) 밭(田) 가운데(中) 소생이란 사람이(邵生)
어찌(寧) 동릉후란 벼슬에(東陵) 있을 때와(時) 같겠는가(似)
추위와(寒) 더위는(暑) 번갈아(代) 바뀌어 짐이(謝) 있으니(有)
사람의(人) 도리도(道) 매양(每) 이와(玆) 같은 것(如)
통한(達) 사람은(人) 그(其) 깨달음이(會) 풀리어(解)
이에(逝) 앞으로는(將) 다시(復) 의심하지(疑) 않으리다(不)
갑자기(忽) 한(一) 단지(樽) 술을(酒) 주었으니(與)

날이(日) 저문 저녁에(夕) 서로(相) 가지고(持) 즐기리라(歡)

**題意**(제의) – 인생에 있어서 榮枯盛衰(영고성쇠)는 일정하지 않아 서로 바뀌어 돌게 마련이니 자연의 順理(순리)에 맞게 살아야 한다고 읊은 詩(시).

**註解**(주해) – 邵生 : 邵平이란 사람으로 秦(진)나라 東陵候였는데 秦이 漢(한)에게 패망하자 모든 것을 버리고 長安省(장안성) 밖 동쪽에서 오이를 심으며 살았다고 함.

機微 : 사물의 미묘한 징후.

迷惑 : 무엇에 홀리어 제 정신을 못 차림.

## 252. 飮酒 – 2(음주)

– 淵明 陶 潛(연명 도 잠)

**積善云有報** 夷叔在西山 善惡苟不應 何事立空言 **九十行帶索**
飢寒況當年 不賴固窮節 百世當誰傳

**적선운유보** 이숙재서산 선악구불응 하사입공언 **구십행대삭**
기한황당년 불뢰고궁절 백세당수전

선을 쌓으면 하늘이 복을 내린다 했는데
백이 숙제는 수양산에서 굶주렸지
선과 악이 제대로 보답되지 않거늘
어째서 공연한 말을 내세웠는가
아흔에도 새끼 띠 매고 가난을 지켰는데
한참 나이에 굶주림과 추위로 굽힐 수 있으랴
실로 곤궁한 절개가 아니면
어찌 후세에 영원토록 이름 전하리

直譯(직역) – 착함을(善) 쌓으면(積) 갚음이(報) 있다고(有) 말했는데(云)
백이(夷) 숙제는(叔) 서쪽(西) 산에서만(山) 있었다(在)
착함과(善) 악함이(惡) 진실로(苟) 응함이(應) 없는데(不)
어떠한(何) 일로(事) 헛된(空) 말을(言) 내세웠는가(立)
아흔에도(九十) 새끼 꼬아(索) 매고서(帶) 다녔거늘(行)
하물며(況) 당한(當) 나이에(年) 굶주림과(飢) 추위쯤이야(寒)
실로(固) 다하는(窮) 절개에(節) 의지하지(賴) 아니하면(不)
오랜(百) 후세에(世) 마땅히(當) 누구를(誰) 전하리까(傳)

題意(제의) – 곤궁한 절개가 아니면 후세에 영원토록 이름 전하기 어렵다면서 故事(고사)를 인용하여 자신이 가난을 지키는 높은 절개를 읊은 詩(시).

註解(주해) – 西山 : 수양산. 사마천은 史記(사기)에 하늘은 언제나 善한 사람을 편든다고 했는데 그렇다면 백이 숙제는 善人이 아니란 말인가 덕을 쌓고 지조 있게 행동했는데 그렇게 굶어 죽다니 하늘이 착한 사람에게 보답한다던 말을 무슨 뜻이란 말인가 라고 적었음.
九十行帶索 : 列子에 나오는 榮啓期를 가리키는 말로 사슴 가죽을 몸에 걸치고 새끼 띠를 매고 泰山 모퉁이에서 거문고를 타며 즐기고 있었는데 마침 수레를 타고 지나가던 공자가 선생은 어찌 그리 즐거워하시오 라고 물으니 이에 노인이 즐겁고 말고 우선 하늘이 낳은 만물 중 가장 위대한 인간으로 태어났으니 즐겁고 둘째로는 사람 중에서도 높은 자리에 설 남자로 태어났으니 즐겁고 셋째로는 이 세상에 태어나면 어려서 죽는 수가 있는데 나는 이렇듯 나이 구십 살까지 살 수 있었으니 즐겁지 않겠는가 가난은 선비의 常態(상태)이고 죽음은 인생의 종착이니 常에 처하여 종착을 기다리고 있으면 이 또한 즐겁지 않으랴 라고 대답했다 함.
飢寒 : 도연명도 榮啓期같이 늘 굶주림과 추위에 떠는 가난뱅이였다 함.
況當年 : 도연명은 구십 세가 아닌 한창 나이 즉 장년이었으니 장년

기에 어찌 가난을 겁내고 두려워하겠느냐는 뜻임.

## 253. 飮酒－3(음주)

－淵明 陶 潛(연명 도 잠)

道喪向千載 人人惜其情 有酒不肯飮 但顧世間名 所以貴我身
豈不在一生 一生不能幾 倏如流電驚 鼎鼎百年內 持此欲何成
도상향천재 인인석기정 유주불긍음 단고세간명 소이귀아신
기부재일생 일생불능기 숙여유전경 정정백년내 지차욕하성

도리를 잃은 지 어느 덧 천 년이라
사람들은 정 주기를 아끼네
술조차 마시기 꺼리고
다만 세상에 명리만을 좇는구나
내 한 몸 귀하게 하는 부귀영화도
어찌 한번쯤이야 없겠는가마는
한평생이 얼마나 되겠는가
홀연 번쩍하고 지나가는 번개같거늘
길어봐야 백년도 안 되는 인생인데
그런 짧은 생애에 무엇을 이루고자 하는가

**直譯(직역)**－도리를(道) 잃은 지(喪) 천(千) 년을(載) 향하고(向)
사람(人) 사람들은(人) 그(其) 정을(情) 아끼네(惜)
술이(酒) 있으나(有) 즐겨(肯) 마시지(飮) 아니하고(不)
다만(但) 세상(世) 사이에서(間) 이름만을(名) 찾네(顧)
내(我) 몸(身) 귀하게(貴) 하는(以) 경우가(所)
어찌(豈) 한번쯤(一) 삶에(生) 있지(在) 아니하겠는가(不)
한번(一) 삶이(生) 얼마라고(幾) 할 수도(能) 없는 것이(不)

갑자기(倏) 번쩍하고(電) 빠르게(驚) 흐르는 것(流) 같다네(如)
느슨하고(鼎) 느슨해야(鼎) 백년(百年) 안쪽인데(內)
이런 것을(此) 가지고( 持) 무엇을(何) 이루려(成) 하는가(欲)

**題意**(제의) – 길어봐야 백년도 안 되는 짧은 인생이니 욕심을 채우기 위해 아까운 세월만 허송하지 말고 술이나 마시며 인생을 즐기자고 읊은 詩(시).

## 254. 飮酒 – 4(음주)

– 淵明 陶 潛(연명 도 잠)

故人賞我趣 挈壺相與至 班荊坐松下 數斟已復醉 父老雜亂言
觴酌失行次 不覺知有我 安知物爲貴 悠悠迷所留 **酒中有深味**
고인상아취 설호상여지 반형좌송하 수짐이부취 부노잡난언
상작실항차 불각지유아 안지물위귀 유유미소류 **주중유심미**

마을의 옛 친구들이 나를 반기어
술병 들고 함께 몰려 찾아왔네
소나무 밑에 허술한 자리 깔고 마시니
몇 잔술에 이내 다시 취하네
마을 어른들 두서 없이 떠들고
술잔도 순서 없이 돌아가네
나의 존재조차 의식하지 못하니
어찌 물건이 귀한 줄 알겠는가
유유히 마시고 아득한 경지에 드니
술 속에 참 삶의 뜻을 알겠네

**直譯**(직역) – 옛 벗인(故) 사람이(人) 내(我) 멋을(趣) 즐기려고(賞)
술병을(壺) 손에 들고(挈) 서로(相) 함께(與) 왔네(至)

소나무(松) 아래(下) 가시나무(荊) 깔고(班) 앉아(坐)
약간(數) 주고받는 술에(斟) 이내(已) 다시(復) 취하네(醉)
시골 늙은이(父) 늙은이는(老) 뒤섞이어(雜) 어지럽게(亂) 말하고(言)
술잔(酌) 술잔을 돌리는(觴) 순서와(行) 차례를(次) 잃었네(失)
내가(我) 있다는 것조차(有) 깨달아(覺) 알지(知) 못하니(不)
어찌(安) 물건이(物) 귀함이(貴) 되는 줄을(爲) 알겠는가(知)
느긋하고(悠) 느긋하게(悠) 머물려는(留) 곳에(所) 열중하여 빠지니(迷)
술(酒) 가운데에(中) 깊은(深) 맛이(味) 있다네(有)

**題意**(제의)－마을의 옛 친구들과 유유히 마시며 아득한 경지에 빠지니 명예나 권세나 재물을 초월한 인생의 참 뜻이 술 속에 있다고 읊은 詩(시).

**註解**(주해)－賞我趣 : 은퇴한 생활태도와 高雅한 취향을 즐김.
物爲貴 : 외적인 모든 사물을 귀하게 여김.
行 : ①갈 행. 旅行(여행). ②순서 항. 行列(항렬).

## 255. 飮酒－5(음주)

－淵明 陶 潛(연명 도 잠)

結廬在人境 而無車馬喧 問君何能爾 **心遠地自偏** **採菊東籬下**
**悠然見南山** **山氣日夕佳** **飛鳥相與還** 此中有**眞意** 欲辯已忘言
결려재인경 이무거마훤 문군하능이 **심원지자편** **채국동리하**
**유연견남산** **산기일석가** **비조상여환** 차중유**진의** 욕변이망언

오두막집을 사람 사는 곳에 마련해도
말 수레의 시끄러운 소리가 들리지 않아
나보고 왜 그러냐고 묻지만
마음이 멀어지면 사는 곳도 외지는 것

국화를 동편 울타리에서 따다가
멀리 남산을 바라보니
산은 저녁놀에 타 아름답고
나는 새도 짝을 불러 돌아오는데
이 속에서 참뜻을 깨닫게 되니
이미 할 말을 잊고 말았다

直譯(직역) – 오두막집을(廬) 묶어(結) 사람의(人) 곳에(境) 있어도(在)
그런데(而) 수레와(車) 말의(馬) 시끄러움이(喧) 없더라(無)
그대는(君) 어찌하여(何) 이와 같을(爾) 수 있느냐고(能) 묻지만(問)
마음이(心) 멀어지면(遠) 땅은(地) 저절로(自) 시골이더라(偏)
국화를(菊) 동쪽(東) 울타리(籬) 아래서(下) 따다가(採)
멀리(悠) 그러하게(然) 남쪽(南) 산을(山) 바라본다(見)
산(山) 기운은(氣) 해가(日) 저녁이 되어(夕) 아름답고(佳)
나는(飛) 새는(鳥) 서로(相) 함께(與) 돌아온다(還)
이(此) 가운데(中) 참(眞) 뜻이(意) 있으니(有)
말을 잘 하려(辯) 하다가(欲) 이미(已) 말을(言) 잊었다(忘)

題意(제의) – 마음이 넓고 멀어지면 사는 곳도 저절로 사람과 멀어져 悠悠自適(유유자적) 할 수 있다고 읊은 詩(시).

註解(주해) – 眞意 : 참된 진리. 참이란 無爲自然(무위자연) 즉 스스로 이루어지는 것이며 老子(노자)가 말한 道의 경지요 오직 인간적인 속세를 벗어나 자연에 歸一(귀일)한 경우에 마음으로 느낄 수 있는 경지라 할 것임.

## 256. 飮酒－6(음주)

－淵明 陶 潛(연명 도 잠)

行止千萬端　誰止非與是　是非苟相形　雷同共譽毁　三季多此事
達士似不爾　咄咄俗中愚　且當從黃綺
행지천만단　수지비여시　시비구상형　뇌동공예훼　삼계다차사
달사사불이　돌돌속중우　차당종황기

사람의 행동은 저마다 다르건만
누가 옳고 그름을 가리겠는가
옳고 그름은 상대적인데도
부화뇌동하여 서로 헐뜯는구나
은과 하와 주 삼대 이후 더욱 더 그러한데
통달한 선비만이 그렇지 않구나
참으로 딱한 세상의 어리석은 사람들아
이제 상산 사호를 따르련다

**直譯**(직역)－가거나(行) 그침은(止) 천가지(千) 만가지(萬) 실마리니(端)
누가(誰) 그름과(非) 더불어(與) 옳음을(是) 꼭 붙들겠는가(止)
옳고(是) 그름은(非) 진실로(苟) 서로(相) 모양을 이루니(形)
빠르게도(雷) 서로 같게되어(同) 함께(共) 칭찬도 하고(譽) 헐뜯는다(毁)
은과 하와 주나라(三) 끝에(季) 이런(此) 일이(事) 많았는데(多)
꿰뚫어 통한(達) 선비만이(士) 그렇지(爾) 아니한 것(不) 같다(似)
아아(咄咄) 속된(俗) 가운데(中) 어리석음이여(愚)
장차(且) 마땅히(當) 상산 사호의 하황공과(黃) 기리계를(綺) 따르리다(從)

**題意**(제의)－사람의 행동은 저마다 달라 是非를 가릴 수 없는데 附和雷同(부화뇌동)하여 주견 없이 남의 말에 현혹되는 인심을 꼬집어 읊은

詩(시).

註解(주해) – 千萬端 : 천만가지. 천차만별.

相形 : 상대적으로 형성됨. 옳고 그름이 절대적으로 판단되는 것이 아님.

雷同 : 주견 없이 남의 의견에 덩달아 함께 어울림.

三季 : 殷(은) 夏(하) 周(주)의 말엽.

咄咄 : 꾸짖는 소리. 괴이하게 여겨 혀를 차는 소리. 어이! 소리질러 부르는 소리.

黃綺 : 秦始皇(진시황)의 무도한 정치를 피해 낙양 근처 商山(상산)으로 은거한 네 사람을 商山四皓라고 하는데 東園公 角理先生 夏黃公 綺里季(동원공 각리선생 하황공 기리계) 네 사람임.

## 257. 飮酒 – 7(음주)

–淵明 陶 潛(연명 도 잠)

秋菊有佳色　裛露掇其英　汎此**忘憂物**　遠我遺世情　一觴雖獨進
杯盡壺自傾　**日入群動息**　**歸鳥趨林鳴**　嘯傲東軒下　聊復得此生
추국유가색　읍로철기영　범차**망우물**　원아유세정　일상수독진
배진호자경　**일입군동식**　**귀조추림명**　소오동헌하　요부득차생

가을 국화 빛이 고와
이슬 젖은 꽃잎을 따서
근심을 잊게 해주는 술에 띄워 마시니
속세를 버린 나의 정이 더욱 깊어진다
술잔 하나로 홀로 마시나
술잔이 다하니 술병도 저절로 기울어진다
해는 저물어 만물이 쉬고

새들도 돌아와 숲에서 울어대는데
동쪽 창 아래서 휘파람 부니
애오라지 참다운 삶을 알겠다

**直譯**(직역) – 가을(秋) 국화에(菊) 아름다운(佳) 빛이(色) 있어(有)
이슬에(露) 젖은(裛) 그(其) 꽃부리를(英) 거두어 가지고(擷)
이것을(此) 근심을(憂) 잊게 해주는(忘) 물건에(物) 띄우니(汎)
인간 세상을(世) 버린(遺) 나의(我) 정이(情) 깊어진다(遠)
술잔(觴) 하나로(一) 비록(雖) 홀로(獨) 나아가게 하지만(進)
술잔은(杯) 다하고(盡) 병도(壺) 저절로(自) 기울어진다(傾)
해가(日) 들어가니(入) 여러(群) 생물이(動) 쉬고(息)
돌아온(歸) 새들은(鳥) 숲을(林) 달리며(趨) 울어대는데(鳴)
동쪽(東) 들창(軒) 아래서(下) 마음대로(傲) 휘파람 부니(嘯)
애오라지(聊) 다시(復) 이에(此) 삶을(生) 얻게된다(得)

**題意**(제의) – 이슬 젖은 꽃잎을 술에 띄워 마시며 흥에 겨워 동쪽 창 아래서 휘파람 부니 참다운 삶을 알 것 같은 가을의 흥취를 읊은 詩(시).

**註解**(주해) – 忘憂物 : 걱정을 잊게 해주는 물건. 술. 潘岳(반악)의 秋菊賦(추국부)에 있음.
聊 : 애오라지. 마음에 부족하나마 겨우.

## 258. **飮酒** – 8(음주)

– 淵明 陶 潛(연명 도 잠)

淸晨聞叩門　倒裳往自開　問子爲誰與　田父有好懷　壺漿遠見候
疑我與時乖　襤縷茅簷下　未足爲**高栖**　一世**皆尙同**　願君汨其泥
深感父老言　稟氣寡所諧　紆轡誠可學　違己詎非迷　且共歡此飮
吾駕不可回

청신문고문 도상왕자개 문자위수여 전부유호회 호장원현후
의아여시괴 남루모첨하 미족위**고서** 일세**개상동** 원군골기니
심감부로언 품기과소해 우비성가학 위기거비미 차공환차음
오가불가회

이른 새벽 문을 두드리는 소리에
서둘러 옷 걸치고 나가 문을 열고
그대는 누구냐고 물으니
마음 좋게 생긴 농부가 서 있는데
멀리서 술 동이 들고 인사 왔다며
내가 세상을 등지고 산다 나무란다
누더기로 초가에 사는 것만이
고상한 삶이라 할 수 없다고
세상 모든 사람들은 함께 어울려 사는 것이니
그대 또한 진흙에 뒹굴며 살라 한다
노인장 말씀이 마음 깊이 느껴지지만
타고나길 남들과 어울리는 것이 모자라니
고삐 잡는 일이야 배울 수 있지만
본성을 어김도 미혹이 아니겠는지
우선 가져온 술이나 마시며 즐길 것이
타고난 나의 본성은 돌릴 수 없는 것을

直譯(직역) – 맑은(淸) 새벽에(晨) 문을(門) 두드리는(叩) 소리 들려(聞)
치마를(裳) 거꾸로 한 채(倒) 가서(往) 스스로(自) 문을 열고(開)
그대는(子) 누구와(誰) 어우르려(與) 하느냐고(爲) 물으니(問)
농사짓는(田) 남자는(父) 좋은(好) 마음이(懷) 있는 듯한데(有)
술병에(壺) 마실 것으로(漿) 멀리서(遠) 찾아뵙고자(俟) 나타났다며(見)

내가(我) 때에(時) 따름을(與) 어기는지(乖) 의심쩍단다(疑)
누더기(襤) 누더기로(縷) 띠 집(茅) 죽 농(簷) 아래에서만이(下)
고상한(高) 삶이라고(栖) 하기에는(爲) 만족하지(足) 아니하다며(未)
한(一) 평생(世) 모두(皆) 서로 같아지기를(同) 바라니(尙)
그대는(君) 그(其) 진흙에(泥) 빠지기를(汨) 바란단다(願)
연장이신(父) 늙은이의(老) 말에(言) 깊이(深) 마음이 움직이지만(感)
타고난 성품과(稟) 성질이(氣) 잘 어울리는(諧) 바가(所) 적으니(寡)
고삐를(轡) 굽히는 것이야(紆) 진실로(誠) 배울(學) 수 있지만(可)
자기 자신을(己) 어김이(違) 어찌(詎) 제 정신을 못 차리는 것(迷) 아니겠는가(非)
우선(且) 이에(此) 마시는 것을(飮) 함께(共) 즐길 것이나(歡)
나의(吾) 수레는(駕) 돌아가게(回) 할 수(可) 없는 것을(不)

**題意**(제의)－타고난 本性(본성)은 돌릴 수 없는 것이니 우선 가져온 술이나 마시고 즐기자며 本性을 지키는 것이 高尙한 삶이라고 읊은 詩(시).

**註解**(주해)－見 : ①볼 견. 見解(견해). ②나타날 현. 謁見(알현).
紆轡 : 紆는 굽히다. 轡는 고삐 재갈. 고삐를 옆으로 휘어잡는 일 즉 바른 길이 아닌 길로 간다는 뜻임.

## 259. 飮酒－9(음주)

－淵明 陶 潛(연명 도 잠)

青松在東園　衆草沒其姿　凝霜殄異類　卓然見高枝　連林人不覺
獨樹衆乃奇　提壺掛寒柯　遠望時復爲　吾生夢幻間　何事紲塵羈
청송재동원　중초몰기자　응상진이류　탁연견고지　연림인불각
독수중내기　제호괘한가　원망시부위　오생몽환간　하사설진기

동원에 자란 푸른 소나무

뭇 풀에 묻혀 안 보였으나
찬 서리에 다른 나무 시들자
높은 가지 우뚝 솟아 보이더라
숲에 끼어 사람들 몰랐으나
홀로 서 있으니 진정 기이하여
술병을 겨울 나뭇가지에 걸고
멀리 바라보고 또 바라보니
나의 삶은 꿈과 허깨비 사이거늘
무슨 일로 속세의 구속에 매이겠는가

**直譯**(직역) – 푸른(靑) 소나무는(松) 동쪽(東) 동산에(園) 있는데(在)
뭇(衆) 풀에(草) 그(其) 모습은(姿) 가라앉았지만(沒)
추운(凝) 서리에(霜) 다른(異) 무리들이(類) 시들자(殄)
높고(卓) 그러하게(然) 높은(高) 가지가(枝) 보인다(見)
숲이(林) 잇닿아(連) 사람이(人) 나타나지(覺) 않았으나(不)
홀로(獨) 서있으니(樹) 많은 물건에서(衆) 진정(乃) 기이하여(奇)
들고 있던(提) 술병을(壺) 차가운(寒) 나뭇가지에(柯) 걸고(掛)
멀리(遠) 보기를(望) 때때로(時) 다시(復) 하니(爲)
나의(吾) 삶은(生) 꿈과(夢) 허깨비(幻) 사이거늘(間)
무슨(何) 일로(事) 티끌의(塵) 굴레에(羈) 매이겠는가(紲)

**題意**(제의) – 술병을 겨울 나뭇가지에 걸고 멀리 바라보고 또 바라보며 속세의 구속에 얽매이지 않는 전원생활의 홀가분한 심정을 읊은 詩(시).

## 260. 飮酒 - 10(음주)

-淵明 陶 潛(연명 도 잠)

在昔曾遠遊　直至東海隅　道路迥且長　風波阻中塗　此行誰使然
似爲飢所驅　傾身營一飽　少許便有餘　恐此非名計　息駕**歸閒居**
재석증원유　직지동해우　도로형차장　풍파조중도　차행수사연
사위기소구　경신영일포　소허편유여　공차비명계　식가**귀한거**

옛날에 멀리 간 적이 있었으니
곧바로 동해 구석까지 갔었다
가는 길은 멀고도 길었고
풍파로 험난했다
누구를 위해 그 길을 갔을까
아마도 굶주림에 몰리어 간 듯
허나 몸을 기울여 노력하면 한 번쯤 배를 채울 수 있고
조금만 아첨하면 살고도 남을 것인데
그 길이 명예로운 계책이 아니기에
걸음 멈추고 전원에 돌아와 한가롭게 살고 있다

**直譯(직역)** - 옛적에(昔) 일찍이(曾) 멀리(遠) 여행을 한 적이(遊) 있었으니(在)
곧바로(直) 동쪽(東) 바다(海) 모퉁이에(隅) 이르렀다(至)
가는(道) 길은(路) 멀고도(迥) 또(且) 길었고(長)
바람(風) 물결로(波) 험한(阻) 가운데에(中) 길이었다(塗)
이는(此) 누구로(誰) 하여금(使) 그렇게(然) 가도록 했는가(行)
굶주림으로(飢) 몰린(驅) 바가(所) 된 것(爲) 같다(似)
몸을(身) 기울이면(傾) 한 번쯤(一) 배부름을(飽) 꾀할 수 있고(營)
조금이라도(少) 아첨을(便) 허락하면(許) 남음이(餘) 있겠는데(有)
이를(此) 두려워함은(恐) 이름할 만한(名) 꾀가(計) 아니어서(非)

수레를(駕) 그치고(息) 돌아와(歸) 한가롭게(閒) 살고 있다(居)

**題意**(제의) – 명예롭지 못한 부귀영화보다는 가난하더라도 명분을 지키기 위해 전원에 돌아와 한가롭게 살고 있는 심정을 읊은 詩(시).

**註解**(주해) – 曾遠遊 : 멀리 간 일이 있었음. 도연명은 35세 때에 劉로之의 참모격 문관인 參軍(참군)으로 浙江(절강)일대에서 착취와 압박에 견디지 못해 반란을 일으킨 孫恩(손은)을 치러 나간 유로지의 토벌군에 종군해 동쪽 바다까지 간 일이 있었지만 도연명은 이 일을 명예롭게 생각할 수 없었음.

## 261. 飮酒 – 11(음주)

– 淵明 陶 潛(연명 도 잠)

顔生稱爲仁　榮公言有道　屢空不獲年　長飢至於老　雖留身後名
一生亦枯槁　死去何所知　**稱心固爲好**　客養千金軀　臨化消其寶
裸葬何必惡　人當**解意表**
안생칭위인　영공언유도　누공불획년　장기지어노　수류신후명
일생역고고　사거하소지　**칭심고위호**　객양천금구　임화소기보
나장하필악　인당**해의표**

안연이란 사람은 인을 행함으로 칭찬 받았고
영계기란 사람은 도통했다고 하였으나
자주 쌀 단지가 비었으며 일찍 죽었고
또는 늙도록 굶주림에 시달렸으며
비록 죽은 뒤에 이름을 남겼지만
평생을 가난하게 지냈으니
죽고 나면 무엇을 알 수 있겠는가
마음에 흡족하게 사는 것이 가장 좋은 것을

천금이나 보배로 육신을 꾸며도
죽으면 모두 사라져 없어지니
알몸으로 흙에 묻히는 것이 나쁘다고만 하겠는가
사람들은 마땅히 속 깊은 참 뜻을 알아야 하리라

**直譯**(직역) – 공자의 제자 안연이란(顔) 사람은(生) 인을(仁) 행함으로(爲) 칭찬 받았고(稱)
영계기라는(榮) 사람은(公) 사물의 이치를(道) 알고 있다고(有) 말했으나(言)
자주(屢) 비었으며(空) 나이를(年) 얻지(獲) 못하였고(不)
오래(長) 굶주려(飢) 늙음(老)에(於) 이르렀는데(至)
비록(雖) 몸뚱이(身) 뒤에(後) 이름을(名) 남겼으나(留)
한(一) 평생을(生) 또한(亦) 마르고(枯) 말랐으니(槁)
죽어(死) 가버리고 나면(去) 아는(知) 바가(所) 무엇이겠는가(何)
마음에(心) 알맞으면(稱) 진실로(固) 좋은 것이(好) 되나니(爲)
사람이(客) 많은(千) 금덩이로(金) 몸을(軀) 숨겨도(養)
죽음에(化) 다다르면(臨) 그(其) 보배도(寶) 사라지니(消)
알몸으로(裸) 묻히는 것이(葬) 어찌(何) 반드시(必) 나쁘기만 하겠는가(惡)
사람들은(人) 마땅히(當) 뜻이(意) 나타냄을(表) 알아야 하리(解)

**題意**(제의) – 훌륭한 사람이라도 죽고 나면 아무 소용이 없으니 富貴榮華(부귀영화)보다도 마음 편안하게 사는 것이 중요하다고 읊은 詩(시).

**註解**(주해) – 稱心 : 마음 내키는 대로 자기 마음에 흡족하게 사는 것.
裸葬 : 前漢(전한)의 楊王孫(양왕손)은 黃老之術(황노지술)을 배웠고 집에는 천만금이 있었으며 평소에는 養生(양생)을 위해 온갖 사치를 다했으나 임종에 죽거든 알몸으로 묻어 본연으로 돌아가게 해 달라고 하여 그의 자식이 알몸으로 흙에 묻었다고 함.
解意表 : 意는 말의 뜻. 表는 밖(外). 즉 말의 깊고 참된 뜻 말로 표

현할 수 없는 속에 감추어진 심오한 뜻을 이해해야 함.

## 262. 飮酒－12(음주)

－淵明 陶 潛(연명 도 잠)

長公曾一仕　壯節忽失時　杜門不復出　終身與世辭　仲理歸大澤
高風始在玆　一往便當已　何爲復狐疑　去去當奚道　世俗久相欺
擺落悠悠談　請從余所之
장공증일사　장절홀실시　두문불부출　종신여세사　중리귀대택
고풍시재자　일왕편당이　하위부호의　거거당해도　세속구상기
파락유유담　청종여소지

장공이란 사람은 일찍이 한번 출사했으나
젊은 시절에 홀연 때를 버리고는
문을 닫고 나오지 않고서
평생토록 속세와 등졌고
양중리라는 사람도 대택에 돌아오자
고상한 기풍이 비로소 살아났다
한번 결심하면 마땅히 끝을 봐야지
어찌 거듭 망설이기만 하는가
냉큼 물러나 어디로든 가야 하지만
속세는 언제나 속이기만 하니
허튼 소리에 귀 기울이지 않고
오직 내 뜻대로 살아가려 한다

**直譯(직역)**－장공이란 사람은(長公) 일찍이(曾) 한번(一) 벼슬을 했으나(仕)
젊은(壯) 때에(節) 갑자기(忽) 시절을(時) 놓아 버리고는(失)
문을(門) 닫고(杜) 다시는(復) 나오지(出) 아니하고서(不)

몸을(身) 마치도록(終) 세상과(世) 함께 하는 것을(與) 거절하였고(辭)
양중리란 사람도(仲理) 대택이라는 곳에(大澤) 돌아오자(歸)
고상한(高) 풍채가(風) 비로소(始) 이에(玆) 있었다(在)
한번(一) 가면(往) 곧(便) 마땅히(當) 끝나야지(已)
어찌(何) 거듭(復) 여우같이(狐) 의심만(疑) 하는가(爲)
갈 테면(去) 마땅히(當) 어느(奚) 길이든(道) 가야 하지만(去)
세상(世) 풍속은(俗) 오래되도록(久) 서로(相) 속이기만 하니(欺)
한가롭고(悠) 한가로운(悠) 이야기는(談) 털어(擺) 버리고(落)
내가(余) 가야 할(之) 바에(所) 따르기를(從) 바란다(請)

**題意**(제의) – 前漢(전한)의 長公과 後漢(후한)의 楊仲理(양중리)와 같이 속세를 떠나 오직 인간 본연의 모습으로 살아가겠다고 읊은 詩(시).

**註解**(주해) – 長公 : 前漢(전한)의 長摯(장지)의 字가 長公이며 張釋之(장택지)의 아들로 벼슬은 大夫에 올랐으나 세상과 맞지 않아 물러난 후 평생 벼슬길에 나가지 않았다고 함.

仲理 : 後漢(후한)의 학자 楊倫(양륜)으로 字는 仲理이고 군문학연이라는 높은 벼슬을 지냈으나 뜻에 맞지 않아 벼슬을 버리고 大澤에서 글을 가르쳤는데 제자가 천 여명이 넘었다고 하며 그 후에도 세 번이나 불리었으나 끝까지 조정에 나가지 않았다고 함.

大澤 : 넓은 沼澤지방. 江湖와 같은 의미로 쓰임.

悠悠談 : 한가로운 사람들의 헛소리. 자신이 농사를 짓지 않고 무위도식하는 위정자나 철학자 같은 상류층의 허튼 소리.

## 263. 飮酒 – 13(음주)

– 淵明 陶 潛(연명 도 잠)

有客常同止　取舍邈異境　一士長獨醉　一夫終年醒　醒醉還相笑
發言各不領　規規一何愚　兀傲差若穎　寄言酣中客　日沒燭當秉

유객상동지 취사막이경 일사장독취 일부종년성 성취환상소
발언각불령 규규일하우 올오차약영 기언감중객 일몰촉당병

두 사람이 함께 살고 있으나
생각은 서로가 다르더라
한 사람은 늘 혼자 취해 있고
또 한 사람은 항상 깨어 있는데
서로를 비웃으며
말을 해도 통하지 않더라
깨어있는 이는 고지식하여 어리석고
조금은 거만한 주정뱅이가 훌륭한 듯하여
술 취한 이에게 한 마디 하겠으니
날 저물면 촛불을 켜고 마시라

直譯(직역) – 항상(常) 함께(同) 머무르는(止) 사람이(客) 있었으나(有)
가지거나(取) 버림은(舍) 멀고도(邈) 다른(異) 지경이더라(境)
한(一) 사내는(士) 늘(長) 혼자(獨) 취해 있고(醉)
한(一) 사내는(夫) 열 두 달(年) 끝까지(終) 깨어 있는데(醒)
깨어 있고(醒) 취했음을(醉) 돌아가며(還) 서로(相) 비웃으며(笑)
말을(言) 내도(發) 제각기(各) 깨닫지(領) 못하더라(不)
규정대로(規) 규정대로라면(規) 모두(一) 어찌 아니(何) 어리석겠는가(愚)
무지하고(兀) 거만함이(傲) 조금(差) 빼어난 것(穎) 같아(若)
술을 마시며 즐기는(酣) 가운데의(中) 사람에게(客) 말을(言) 보내니(寄)
해가(日) 다하면(沒) 촛불을(燭) 마땅히(當) 잡으시라(秉)

題意(제의) – 깨어있는 사람 보다 거만한 주정뱅이가 훌륭한 듯하니 날 저물면 촛불을 켜고 밤새도록 마시자면서 술 마시는 흥취를 읊은 詩(시).

註解(주해) – 規規 : 고지식하게 깨어 있는 者.

兀傲 : 술에 취해 의기양양한 모습.
差 : 도리어. 약간.

## 264. 飮酒 - 14(음주)

-淵明 陶 潛(연명 도 잠)

貧居乏人工　灌木荒余宅　班班有翔鳥　寂寂無行迹　宇宙一何悠
人生少至百　歲月相催逼　鬢邊早已白　**若不委窮達　素抱深可惜**
빈거핍인공　관목황여택　반반유상조　적적무행적　우주일하유
인생소지백　세월상최핍　빈변조이백　**약불위궁달　소포심가석**

가난한 살림이라 손이 모자라
뜰에 떨기나무들 거칠게 자라니
오직 새들만이 날아 올 뿐
사람 발자취 없어 적적하여라
우주는 참으로 크고 영원하지만
사람의 삶은 백년도 못되는데
세월이 서로 황급히 독촉하듯
어느 듯 귀가의 털이 희어졌으니
만약 운명대로 가난을 지키지 않는 다면
평생 지닌 소신 앞에 깊이 부끄러우리

**直譯**(직역) - 가난하게(貧) 살다보니(居) 사람(人) 일이(工) 모자라(乏)
더부룩한 떨기(灌) 나무가(木) 내(余) 집에(宅) 거칠었구나(荒)
나누고(班) 나누어져(班) 빙빙 돌며 나는(翔) 새들만(鳥) 있고(有)
고요하고(寂) 고요하여(寂) 다니는(行) 자취조차(迹) 없구나(無)
하늘과(宇) 하늘은(宙) 한결같이(一) 어찌 아니(何) 멀겠는가(悠)
사람(人) 살이(生) 백년에(百) 이름이(至) 적은데(少)

해와(歲) 달이(月) 서로(相) 황급하게(逼) 재촉하여(催)
귀밑 털(鬢) 근처가(邊) 일찍이(早) 이미(已) 희어졌으니(白)
만약(若) 가난하거나(窮) 뜻을 이룸에(達) 맡겨두지(委) 않는다면(不)
본디(素) 품은 생각에(抱) 깊이(深) 아쉬워(惜) 할 것이라(可)

**題意(제의)** – 우주는 참으로 크고 영원하지만 사람의 삶은 백년도 못 되니 운명에 순응하며 살겠다고 읊은 詩(시).

**註解(주해)** – 窮達 : 곤궁함과 영달. 여기서는 운명을 뜻함.
素抱 : 평소에 깊이 지니고 있던 생각이나 절개.

## 265. 飮酒 - 15(음주)

– 淵明 陶 潛(연명 도 잠)

羲農去我久 擧世少復眞 汲汲魯中叟 彌縫使其淳 鳳鳥雖不至
禮樂暫**得新** 洙泗輟微響 漂流逮狂秦 詩書復何罪 一朝成灰塵
區區諸老翁 爲事誠殷勤 如何絶世下 六籍無一親 終日馳車走
不見所問津 若復不快飮 空負頭上巾 但恨多謬誤 君當恕醉人
희농거아구 거세소복진 급급노중수 미봉사기순 봉조수부지
예악잠**득신** 수사철미향 표류체광진 시서부하죄 일조성회진
구구제노옹 위사성은근 여하절세하 육적무일친 종일치차주
불견소문진 약부불쾌음 공부두상건 단한다류오 군당서취인

복희씨와 신농씨는 우리시대로부터 멀어
온 세상에 참됨을 회복하려는 사람이 적다
노나라 공자께서 애쓰시어
깁고 기워서 본성을 순박하게 하시니
봉황새는 비록 날아오지 않았지만
예악이 잠시나마 새로워질 수 있었다

공자의 가르침은 그 영향이 약하였어도
미친 진나라까지 떠내려 오게되었는데
시경과 서경은 또 무슨 죄가 있어
하루아침에 재와 티끌이 되고 말았던가
변변치 못한 여러 노인들이었지만
일을 하심에 정말 은근하시었다
오랜 후대에는 어떠하였는가
육경에 가까운 것이 하나도 없게 되었고
종일토록 수레를 몰고 달려보았어도
나루터를 묻는 공자의 무리들은 보이지 않으니
만약 다시 흔쾌히 술을 마시지 않는다면
헛되이 머리에 쓴 두건을 저버리는 것이 되리라
다만 그릇됨이 많음을 한탄하려 함이니
그대는 마땅히 술 취한 이 사람을 용서하게나

**直譯(직역)**－복희씨와(羲) 신농씨는(農) 우리와(我) 오래되도록(久) 떨어져(去)
온(擧) 세상에(世) 참됨을(眞) 회복하려 함이(復) 적다(少)
노나라(魯) 가운데에(中) 늙은이가(叟) 분주하고(汲) 분주하게(汲)
깁고(彌) 꿰매서(縫) 그것을(其) 꾸밈없게(淳) 하시니(使)
봉황(鳳) 새는(鳥) 비록(雖) 이르지(至) 않았지만(不)
예절과(禮) 음악이(樂) 잠시나마(暫) 새로워짐을(新) 얻었다(得)
공자의 가르침은(洙泗) 울림이(響) 약하고(微) 그치었어도(輟)
떠돌고(漂) 흘러서(流) 미친(狂) 진나라에(秦) 이르렀는데(逮)
시경과(詩) 서경은(書) 또(復) 무슨(何) 죄인가(罪)
하루(一) 아침에(朝) 재와(灰) 티끌이(塵) 되었다(成)
자질구레하고(區) 자질구레한(區) 여러(諸) 늙은이(老) 늙은이들이었지
만(翁)

일을(事) 하심에(爲) 참으로(誠) 정이 도탑고(殷) 정성스러웠다(勤)
이어오던 대가(世) 끊어진(絶) 아래로는(下) 어떠하고(如) 어떠하였는가(何)
여섯 가지(六) 서적에(籍) 가까이 한 것이(親) 하나도(一) 없었고(無)
하루 날이(日) 끝나도록(終) 수레를(車) 몰고(馳) 달렸어도(走)
나루터를(津) 묻는(問) 경우가(所) 보이지(見) 아니했으니(不)
만약(若) 다시(復) 빠르세(快) 마시지(飮) 않는다면(不)
헛되이(空) 머리(頭) 위의(上) 두건을(巾) 저버리게 되리라(負)
다만(但) 그릇되고(謬) 잘못됨이(誤) 많음을(多) 한탄하나니(恨)
그대는(君) 마땅히(當) 술 취한(醉) 이 사람을(人) 용서하게나(恕)

**題意**(제의) – 魯나라 孔子가 禮樂을 바로 잡았었지만 지금은 세상에 그릇됨이 많게되어 술을 마시지 않을 수 없는 심정을 읊은 詩(시).

**註解**(주해) – 復 : ①돌아올 복. 往復(왕복). ②다시 부. 復活(부활).

羲農 : 팔괘를 처음으로 만들고 고기 잡는 방법을 처음 가르친 중국 고대의 제왕 伏羲氏(복희씨)와 농업·의료·양조·주조·상업 등을 처음 가르친 중국 고대의 제왕으로 사람 몸에 소머리를 하고 있었다는 神農氏(신농씨).

鳳鳥 : 鳳凰(봉황). 想像上(상상상)의 상서로운 새로 몸은 닭의 머리를 하고 뱀의 목을 하였으며 제비의 턱과 거북의 등 그리고 물고기의 꼬리 모양 등을 하고 있다는데 聖天子(성천자)가 나타나면 이 새도 나타난다고 하며 뭇 짐승들이 따라 모인다고 함.

禮樂 : 중국 고대에는 禮로써 사회질서를 유지하고 樂으로써 사람의 마음을 감화시켰기 때문에 禮樂을 중요시하였다고 함.

洙泗 : 중국 산동성에 있는 洙水·泗水(수수·사수) 두 강으로 孔子(공자)가 여기서 제자를 가르쳤기 때문에 孔子의 고향 또는 공자의 가르침을 이름.

詩書 : 詩經과 書經(서경). 三經 또는 五經의 하나인데 詩經은 중국

춘추시대의 민요를 중심으로 하여 모은 가장 오래된 시집이고 書經은 중국 堯舜(요순) 때부터 周(주) 나라 때까지의 政事(정사)에 관한 문서를 孔子가 수집하여 편찬한 책.

六籍 : 六經(육경) 즉 중국의 여섯 가지 經書(경서)로 易經・書經・詩經・春秋・禮記・樂記(역경・서경・시경・춘추・예기・악기) 또는 禮記 대신에 周禮(주례)를 넣기도 함. 經書는 儒敎(유교)의 經典(경전)을 말하고 經典이란 성인의 말이나 행실을 적은 글임.

問津 : 孔子가 洙水・泗水(수수・사수) 두 강에서 제자를 가르쳤기 때문에 孔子의 가르침을 받기 위해 洙水와 泗水로 가는 나루를 묻는 것으로 학문에 들어가는 길을 묻는 것에 비유되기도 함.

## 266. 擬古 - 1(의고)

-淵明 陶 潛(연명 도 잠)

日暮天無雲 春風扇微和 佳人美淸夜 達曙酣且歌 歌竟長歎息
特此感人多 皎皎雲間月 灼灼葉中華 豈無一時好 不久當如何
일모천무운 춘풍선미화 가인미청야 달서감차가 가경장탄식
특차감인다 교교운간월 작작엽중화 기무일시호 불구당여하

해가 저무는데 하늘엔 구름 한 점 없고
봄바람이 부채질하듯 부드럽고 따뜻한데
임은 맑은 밤을 좋아하여
새벽까지 술 마시며 노래한다
노래를 마치고 길게 한숨쉬니
특별히 이 모습 많은 사람을 감동하게 한다
구름사이의 달은 밝고
잎 속의 꽃은 눈이 부시는데
어찌 한 때의 아름다움 없겠는가마는

오래가지 않으니 이를 어찌하랴

**直譯**(직역) – 해가(日) 저무는데(暮) 하늘엔(天) 구름도(雲) 없고(無)
봄(春) 바람이(風) 몰래(微) 부드럽게(和) 부채질하는데(扇)
아름다운(佳) 사람은(人) 맑은(淸) 밤이(夜) 아름다워(美)
새벽에(曙) 이르도록(達) 술 마시며 즐기고(酣) 또(且) 노래한다(歌)
노래를(歌) 마치고(竟) 길게(長) 한숨쉬고(歎) 숨쉬니(息)
특별히(特) 이에(此) 많은(多) 사람을(人) 감동하게 한다(感)
구름(雲) 사이의(間) 달은(月) 밝고도(皎) 밝고(皎)
잎(葉) 속의(中) 꽃은(華) 빛나고도(灼) 빛나는데(灼)
어찌(豈) 한(一) 때의(時) 아름다움(好) 없겠는가마는(無)
오래가지(久) 않으니(不) 마땅히(當) 어찌하고(如) 어찌하랴(何)

**題意**(제의) – 구름사이의 달은 밝고 잎 속의 꽃은 눈이 부시도록 아름답지만 이 아름다움이 오래가지 않으니 어찌할 수 없는 안타까운 심정을 읊은 詩(시).

## 267. 擬古 – 2(의고)

– 淵明 陶 潛(연명 도 잠)

東方有一士　被服常不完　三旬九遇食　十年著一冠　辛苦無此比
常有好容顔　我欲觀其人　晨去越河關　**靑松夾路生**　**白雲宿簷端**
知我故來意　取琴爲我彈　上絃驚別鶴　下絃操孤鸞　願留就君住
從今至歲寒
동방유일사　피복상불완　삼순구우식　십년착일관　신고무차비
상유호용안　아욕관기인　신거월하관　**청송협로생**　**백운숙첨단**
지아고래의　취금위아탄　상현경별학　하현조고란　원유취군주
종금지세한

동방에 한 선비가
항상 피복은 남루하고
삼 순에 구식이며
십 년 동안 관 하나로 지내
고생이 비할 바 없건만
언제나 좋은 얼굴이더라
그분을 보고자 하여
이른 아침에 하관을 넘어갔더니
푸른 솔은 길을 끼고 울창하고
흰 구름은 처마 끝에 잠들더라
내 일부러 온 뜻을 알고
거문고 줄을 골라 퉁겨대니
높은 음은 별학조 놀란 듯한 가락이요
낮은 소리는 고란이더라
바라건대 이제부턴 그대 곁에 살며
노년까지 이르고자 하노라

**直譯(직역)** – 동쪽(東) 지방에(方) 한(一) 선비가(士) 있는데(有)
입은(被) 옷이(服) 항상(常) 온전치(完) 아니하더라(不)
세 번(三) 열흘에(旬) 아홉 번(九) 밥을(食) 만나고(遇)
열(十) 해에(年) 갓을(冠) 하나만(一) 썼단다(著)
맵고(辛) 쓴 것이(苦) 이에(此) 견줄 것이(比) 없건만(無)
항상(常) 좋은(好) 몸가짐과(容) 얼굴로(顔) 있더라(有)
나는(我) 그(其) 사람(人) 보기를(觀) 바래서(欲)
새벽에(晨) 하관이란 곳을(河關) 넘어(越) 갔더니(去)
푸른(靑) 소나무는(松) 길을(路) 끼고(夾) 자라고(生)
흰(白) 구름은(雲) 처마(簷) 끝에서(端) 잠들더라(宿)

내가(我) 일부러(故) 온(來) 뜻을(意) 알고(知)
거문고를(琴) 가지고(取) 나를(我) 위해(爲) 퉁겨대니(彈)
높은(上) 줄은(絃) 학을 떠나간다는 별학조의(別鶴操) 빠름이요(驚)
낮은(下) 줄은(絃) 외로운 난새라는 고란의(孤鸞) 곡조로다(操)
바라건대(願) 그대를(君) 좇아(就) 머물러(留) 살면서(住)
이제(今)부터(從) 일생의(歲) 추위까지(寒) 이르고자 하노라(至)

**題意**(제의) – 동방의 한 선비를 찾아보고 그의 高潔(고결)한 風度(풍도)에 감심(感心)하여 그의 문중에 滯留(체류) 하고자 하는 마음을 읊은 詩(시).

**註解**(주해) – 擬古 : 古詩(고시)의 格調(격조)를 본떠서 지은 시로서 육조시대에 많았음.

著 : ①나타날 저. 著名(저명). ②붙을 착. 著服(착복).

三旬九食 : 旬은 열흘. 삼십일에 아홉 번쯤 식사를 대함. 說苑(설원)에 劉向(유향)이 말하기를 子思(자사)는 三旬에 九食을 하였다고 함.

別鶴 : 別鶴操(별학조)라는 곡명으로 漢(한)의 商陵 牧子(상능 목자)가 아내를 취했는데 자식이 없는 관계로 父兄(부형)은 이혼을 하라고 하니 아내는 이 말을 듣고 슬픈 마음에서 將乖比翼隔天端 山川悠遠路漫漫 攬衣不寢食忘餐(장괴비익격천단 산천유원로만만 남의하침식망찬)라고 하는 노래를 지었는데 뒷날 그 노래의 가락을 취해서 거문고의 곡을 삼았다고 함.

孤鸞 : 鸞은 닭의 형상을 한 봉황의 한 종류로 오색 날개가 있고 우는 소리는 五音(오음)을 내는 瑞鳥(서조)인데 孤鸞은 거울을 보고 암놈인 줄 생각하며 슬피 울고 춤을 춘다하여 配偶(배우)를 잃은 슬픔에 비유함.

十年著一冠 : 십 년 동안 하나의 관을 쓰고 지냄.

歲寒 : 老年(노년)

## 268. 子夜吳歌(자야오가)

－太白 李 백(태백 이 백)

長安一片月 萬戶擣衣聲 秋風吹不盡 總是玉關情 何日平胡虜 良人罷遠征

장안일편월 만호도의성 추풍취부진 총시옥관정 하일평호로 양인파원정

장안에는 한 조각 달
집집마다 다듬이 소리
불고 불어 멎지 않는 가을 바람은
모두가 님 그리는 정이라
그 어느 날 오랑캐 평정되어
님께서 돌아올까

**直譯(직역)**－장안에는(長安) 한(一) 조각(片) 달인데(月)
모든(萬) 집에서는(戶) 옷을(衣) 다듬이질하는(擣) 소리(聲)
가을(秋) 바람은(風) 불어(吹) 그치지(盡) 않으니(不)
이는(是) 모두(總) 옥문관의(玉關) 정일세(情)
어느(何) 날에(日) 오랑캐(胡) 오랑캐를(虜) 평정할꼬(平)
남편 된(良) 사람(人) 멀리(遠) 치는 것을(征) 그만두어야 할 터인데(罷)

**題意(제의)**－옥문관(玉門關)으로 원정(遠征)을 나간 남편이 빨리 돌아오기를 기다리는 부인의 심정을 읊은 시(詩).

**註解(주해)**－子夜吳歌 : 악부의 제목으로 東晉(동진)시대 子夜라는 여성이 부르기 시작한 민요.
長安 : 唐(당)의 서울.
玉關 : 玉門關(옥문관). 長安(장안)의 북서 삼천 육백 리 서역의 관문.

胡虜 : 北狄(북적). 匈奴(흉노).
良人 : 남편.

## 269. 雜詩 - 1(잡시)

-淵明 陶 潛(연명 도 잠)

結廬在人境 而無車馬喧 問君何能爾 **心遠地自偏** **採菊東籬下**
**悠然見南山** **山氣日夕佳** **飛鳥相與還** 此中有眞意 欲辯已忘言
결려재인경 이무거마훤 문군하능이 **심원지자편** **채국동리하**
**유연견남산** **산기일석가** **비조상여환** 차중유진의 욕변이망언

오두막집을 사람 사는 곳에 마련해도
말 수레의 시끄러운 소리가 들리지 않아
나보고 왜 그러냐고 묻지만
마음이 멀어지면 사는 곳도 외지는 것
국화를 동편 울타리에서 따다가
멀리 남산을 바라보니
산은 저녁놀에 타 아름답고
나는 새도 짝을 불러 돌아오는데
이 속에서 참뜻을 깨닫게 되니
이미 할 말을 잊고 말았다

**直譯(직역)** - 오두막집을(廬) 묶어(結) 사람의(人) 곳에(境) 있어도(在)
그런데(而) 수레와(車) 말의(馬) 시끄러움이(喧) 없더라(無)
그대는(君) 어찌하여(何) 이와 같을(爾) 수 있느냐고(能) 묻지만(問)
마음이(心) 멀어지면(遠) 땅은(地) 저절로(自) 시골이더라(偏)
국화를(菊) 동쪽(東) 울타리(籬) 아래서(下) 따다가(採)
멀리(悠) 그러하게(然) 남쪽(南) 산을(山) 바라본다(見)

산(山) 기운은(氣) 해가(日) 저녁이 되어(夕) 아름답고(佳)
나는(飛) 새는(鳥) 서로(相) 함께(與) 돌아온다(還)
이(此) 가운데(中) 참(眞) 뜻이(意) 있으니(有)
말을 잘 하려(辯) 하다가(欲) 이미(已) 말을(言) 잊었다(忘)

**題意**(제의) – 본서 255. 飮酒–5(음주)에도 실려 있는 것으로 마음이 넓고 멀어지면 사는 곳도 저절로 사람과 멀어져 悠悠自適(유유자적) 할 수 있다고 읊은 詩(시).

**註解**(주해) – 眞意 : 참된 진리. 참이란 無爲自然(무위자연) 즉 스스로 이루어지는 것이며 老子(노자)가 말한 道의 경지요 오직 인간적인 속세를 벗어나 자연에 歸一(귀일)한 경우에 마음으로 느낄 수 있는 경지라 할 것임.
雜 : 시의 한 體(체)로 관례를 따르지 않고 느낀 대로 읊은 詩(시). 文選(문선)에서는 본 書(서)와 같이 雜詩로 되어 있으나 陶淵明詩集(도연명시집) 3에는 飮酒(음주)라는 제목으로 되어 있으며 이것은 그 중 第 五 首(제5수) 째의 것임.

## 270. 雜詩 – 2(잡시)

– 淵明 陶 潛(연명 도 잠)

秋菊有佳色 裛露掇其英 汎此**忘憂物** 遠我遺世情 一觴雖獨進
杯盡壺自傾 **日入群動息** **歸鳥趨林鳴** 嘯傲東軒下 聊復得此生
추국유가색 읍로철기영 범차**망우물** 원아유세정 일상수독진
배진호자경 **일입군동식** **귀조추림명** 소오동헌하 요부득차생

가을 국화 빛이 고와
이슬 젖은 꽃잎을 따서
근심을 잊게 해주는 술에 띄워 마시니

속세를 버린 나의 정이 더욱 깊어진다
술잔 하나로 홀로 마시나
술잔이 다하니 술병도 저절로 기울어진다
해는 저물어 만물이 쉬고
새들도 돌아와 숲에서 울어대는데
동쪽 창 아래서 휘파람 부니
애오라지 참다운 삶을 알겠다

**直譯(직역)** – 가을(秋) 국화에(菊) 아름다운(佳) 빛이(色) 있어(有)
이슬에(露) 젖은(裛) 그(其) 꽃부리를(英) 거두어 가지고(掇)
이것을(此) 근심을(憂) 잊게 해주는(忘) 물건에(物) 띄우니(汎)
인간 세상을(世) 버린(遺) 나의(我) 정이(情) 깊어진다(遠)
술잔(觴) 하나로(一) 비록(雖) 홀로(獨) 나아가게 하지만(進)
술잔은(杯) 다하고(盡) 병도(壺) 저절로(自) 기울어진다(傾)
해가(日) 들어가니(入) 여러(群) 생물이(動) 쉬고(息)
돌아온(歸) 새들은(鳥) 숲을(林) 달리며(趨) 울어대는데(鳴)
동쪽(東) 들창(軒) 아래서(下) 마음대로(傲) 휘파람 부니(嘯)
애오라지(聊) 다시(復) 이에(此) 삶을(生) 얻게된다(得)

**題意(제의)** – 본서 257. 飮酒–7(음주)에도 실린 것으로서 淵明(연명)이 좋아하는 국화를 따 술에 띄워 마시며 自適 閑居(자적 한거)의 樂(락)을 읊은 詩(시).

**註解(주해)** – 羣動 : 뭇 떠들고 움직이는 물건들.
嘯傲 : 울부짖고 마음대로 행동함. 저 하고 싶은 대로하여 아무 拘碍(구애) 될 것이 없는 自由自在(자유자재)로운 상태.
忘憂物 : 걱정을 잊는 물건이니 술을 말하는데 술의 異稱(이칭)으로는 시를 낚는 낚시라는 釣詩鉤(조시구) 잔 속에 있는 물건이라는 盃中物(배중물) 항아리 속의 물건이라는 壺中物(호중물) 근심을 쓸어내

는 비라는 掃愁帚(소수추) 등이 있음.(본서 부록 참조)

## 271. 雜詩－3(잡시)

－淵明 陶 潛(연명 도 잠)

人生無根蔕 飄如陌上塵 分散逐風轉 此已非常身 落地爲兄弟
何必骨肉親 **得歡當作樂** 斗酒聚比隣 **盛年不重來 一日難再晨**
**及時當勉勵 歲月不待人**
인생무근체 표여맥상진 분산축풍전 차이비상신 낙지위형제
하필골육친 **득환당작락** 두주취비린 **성년부중래 일일난재신**
**급시당면려 세월부대인**

인생은 뿌리도 꼭지도 없는 것
바람에 휘날리는 길 위의 먼지 같아
바람을 따라서 흩어지고 뒤집히나니
이는 벌써 불변의 몸이 아닌 것을
땅에 떨어져 형이다 아우다 하는 것이
어찌 반드시 골육 친척뿐이랴
기쁜 일엔 마땅히 즐거워하고
말술로 이웃을 불러라
청춘이 거듭 오겠는가
하루는 다시 아침 되기 어려운 것
마땅히 좋은 때에 힘쓸지니
세월은 사람을 기다려주지 않는 것을

**直譯(직역)**－사람이(人) 산다는 것은(生) 뿌리도(根) 꼭지도(蔕) 없어(無)
회오리바람에(飄) 길(陌) 위의(上) 먼지와(塵) 같더라(如)
나누어지고(分) 흩어져(散) 바람을(風) 따라(逐) 구르나니(轉)

이것은(此) 이미(已) 불변의(常) 몸이(身) 아니로다(非)
땅에(地) 떨어져(落) 형이니(兄) 아우니(弟) 하는 것이(爲)
어찌(何) 반드시(必) 뼈와(骨) 살의(肉) 일가뿐이랴(親)
기쁨을(歡) 얻으면(得) 마땅히(當) 즐거움을(樂) 이루고(作)
말(斗) 술로(酒) 이웃과(比) 이웃을(隣) 모아라(聚)
한창 때의(盛) 나이는(年) 거듭(重) 오지(來) 아니하고(不)
하나 하나의(一) 날은(日) 두 번(再) 새벽이(晨) 어려워라(難)
때에(時) 미치어서는(及) 마땅히(當) 힘쓰고(勉) 힘쓸지니(勵)
해와(歲) 달은(月) 사람을(人) 기다려주지(待) 아니하는 것(不)

題意(제의) — 四海兄弟(사해형제)의 同類意識(동류의식)과 인간이 인간으로 더불어 서로 친애하자는 인류애를 읊은 詩(시).

註解(주해) — 根蔕 : 根柢. 확고한 기반.
常身 : 늙거나 병들지 않는 몸뚱이.
何必骨肉親 : 論語 顔淵篇(논어 안연편)에 四海之內皆爲兄弟也(사해지내개위형제야)라 하였는데 이는 하필 골육의 친척 사이에서만 형이니 아우니 할 것이 무엇이냐는 뜻임.

## 272. 長歌行(장가행)

— 沈休文(심휴문)

青青園中葵 朝露待日晞 **陽春布德澤** **萬物生光輝** 常恐秋節至
焜黃華葉衰 百川東到海 何時復西歸 少壯不**努力** 老大徒傷悲
청청원중규 조로대일희 **양춘포덕택** **만물생광휘** 상공추절지
혼황화엽쇠 백천동도해 하시부서귀 소장불**노력** 노대도상비

푸르고 푸른 밭의 해바라기는
아침 이슬을 해 뜨기 기다려서 말리누나

따뜻한 봄볕은 복과 은혜를 펴고
만물은 빛을 내어 아름답다
항상 두려워하는 것은 가을철이 닥쳐와서
꽃과 잎새가 누렇게 시들어질까 함이라
온갖 시내가 동쪽 바다에 이르면
어느 때에 다시 서쪽으로 돌아오리
젊어서 노력하지 않으면
늙어서는 부질없이 마음 아프고 슬퍼지리

**直譯(직역)** – 푸르고(靑) 푸른(靑) 밭(園) 가운데(中) 해바라기(葵)
아침(朝) 이슬은(露) 해를(日) 기다려서(待) 말리누나(晞)
따뜻한(陽) 봄이(春) 복과(德) 은혜를(澤) 펴니(布)
온갖(萬) 물건은(物) 윤을(光) 내어(生) 빛난다(輝)
항상(常) 두려워함은(恐) 가을(秋) 때에(節) 이르러(至)
누렇게 시들고(焜) 누레진(黃) 꽃과(華) 잎이(葉) 기운이 없어지는 것이라(衰)
모든(百) 냇물이(川) 동쪽으로 흘러(東) 바다에(海) 이르면(到)
어느(何) 때나(時) 다시(復) 서쪽으로(西) 돌아올꼬(歸)
젊고(少) 젊을 때(壯) 힘을 다하여(努) 힘쓰지(力) 아니하면(不)
늙고(老) 늙어서(大) 부질없이(徒) 마음 아파하고(傷) 슬퍼하리라(悲)

**題意(제의)** – 해바라기가(葵) 봄철에 성장하고 가을철에 凋落(조락)하는 것처럼 사람이 젊어서 努力하지 않으면 늙어 후회됨을 비유하여 읊은 詩(시).

**註解(주해)** – 行 : 行은 歌謠(가요)의 한 형식인 樂府(악부)의 이름. 白石詩說(백석시설)에 법도를 지키는 것을 詩라하고 始末(시말)을 싣는 것을 引(인)이라 하며 體行書(체행서)와 같은 것을 行이라 하고 情(정)을 놓는 것을 歌라 하나니 이를 겸한 것을 歌行이라 일컫는다 하였고

文體明辨(문체명변)에는 疎(소)하고 滯(체)하지 않음을 行이라 하였으니 歌의 調律(조율)이 유창하여 속도가 있는 것을 行이라 할 것임. 長歌行은 沈休文의 作(작)이 아니라 漢代(한대) 樂府의 古詩(고시)로 봐야 한다는 說(설)이 유력함.

## 273. 田家－1(전가)

－子厚 柳宗元(자후 유종원)

籬落隔煙火　農談四隣夕　庭際秋蛩鳴　疎麻方寂歷　蠶絲盡輸稅
機杼空倚壁　里胥夜經過　鷄黍事宴席　各言長官峻　文字多督責
東鄉後租期　車轂陷泥澤　公門少推恕　鞭扑恣狼藉　**努力**慎經營
肌膚眞可惜　新迎在此歲　惟恐踵前跡
이락격연화　농담사린석　정제추공명　소마방적력　잠사진수세
기저공의벽　이서야경과　계서사연석　각언장관준　문자다독책
동향후조기　거곡함니택　공문소추원　편복자낭자　**노력**신경영
기부진가석　신영재차세　유공종전적

울타리 사이로 연기와 불빛 비치니
농사 이야기로 사방 이웃이 저녁 되었는데
뜰에서는 귀뚜라미 울어대고
성긴 삼대는 너무 쓸쓸하다
명주실을 모두 세금으로 실어가니
베틀만 벽에 세워 두었고
이장이 밤에 마을을 돌아다니니
닭고기 기장밥으로 술자리 대접한다
모두 장관이 엄하다고 말하고
명령하는 문서에 독촉과 질책의 말이 많은데

동쪽 마을에서는 세금 기일 미루어
수레바퀴 진흙에 빠진 듯 어렵단다
관청에서는 어려운 형편 생각해주는 일 드물고
매질을 함부로 거칠게 한다하니
열심히 일하되 조심해서 해야 할 것이
사람의 몸은 정말 소중한 것이다
새로 맞이하는 올해의 추수가
지난 해 같이 될까 두려울 뿐이다

直譯(직역) – 울타리를(籬) 사이 하여(隔) 연기와(煙) 불빛(火) 흩어지니(落)
농사(農) 이야기로(談) 사방(四) 이웃이(隣) 저녁 되었는데(夕)
뜰(庭) 가에서는(際) 가을(秋) 귀뚜라미(蛩) 울어대고(鳴)
성긴(疎) 삼대는(麻) 바야흐로(方) 쓸쓸하고(寂) 분명하다(歷)
누에(蠶) 실을(絲) 모두(盡) 세금으로(稅) 실어가니(輸)
베틀과(機) 베틀의 북만(杼) 부질없이(空) 벽에(壁) 기대었고(倚)
마을(里) 벼슬아치가(胥) 밤에(夜) 지나가고(經) 지나가니(過)
닭과(鷄) 기장밥으로(黍) 잔치(宴) 자리에(席) 섬긴다(事)
서로(各) 우두머리(長) 벼슬아치는(官) 엄하다고(峻) 말하며(言)
글자와(文) 글자에는(字) 꾸짖고(督) 꾸짖음이(責) 많단다(多)
동쪽(東) 마을에서는(鄉) 세금(租) 기일에(期) 뒤지어(後)
수레(車) 바퀴 통이(轂) 진흙(泥) 늪에(澤) 빠진 듯 하였는데(陷)
관청(公) 문에서는(門) 원망을(怨) 헤아림이(推) 드물고(少)
매로(鞭) 치는 것은(扑) 거칠고(狼) 어지럽게(藉) 제멋대로 했단다(恣)
힘쓰고(努) 힘쓰되(力) 조심해서(愼) 방침을 세워서 일을 하고(經) 꾀해야 하니(營)
살과(肌) 살갗은(膚) 참으로(眞) 아껴야만(惜) 옳다(可)
새로(新) 맞이하는(迎) 이(此) 해에(歲) 있어서도(在)
오직(惟) 지난(前) 자취를(跡) 뒤쫓을까(踵) 두렵다(恐)

題意(제의) – 세금으로 사람살기 어려운데 올해 추수가 지난해 같이 흉작이 될까 두렵다면서 농촌의 어려운 실정을 읊은 詩(시).

## 274. 田家 – 2(전가)

– 子厚 柳宗元(자후 유종원)

古道饒蒺藜　縈廻古城曲　蓼花被堤岸　陂水寒更綠　是時收穫竟
落日多樵牧　風高楡柳疎　霜重梨棗熟　行人迷去徑　野鳥競棲宿
田翁笑想念　昏黑愼原陸　今年幸少豐　無惡飦與粥
고도요질려　영회고성곡　요화피제안　피수한갱록　시시수확경
낙일다초목　풍고유류소　상중이조숙　행인미거경　야조경서숙
전옹소상념　혼흑신원육　금년행소풍　무오전여죽

옛 길가에 납가새가 무성하여
옛 성 모서리에 얽혀있는데
여뀌 꽃은 제방 위를 뒤덮고
못 물은 차고도 푸르다
이제는 추수도 끝나
날이 저물자 나무꾼과 목동들이 돌아오는데
높이 부는 바람은 느릅나무와 버드나무에 성기고
거듭되는 서리에 배와 대추는 익어간다
행인은 갈 길을 잃고 헤매는데
들새들은 잠자리를 다투고
늙은 농부 웃으며 생각해주는데
날이 어두우니 들길을 조심하라며
다행히 금년은 작은 풍년이라
범벅이든 죽이든 싫어말란다

直譯(직역) – 옛(古) 길가에(道) 납가새(蒺藜) 많기도 하여(饒)
옛(古) 성(城) 굽이에(曲) 얽히어(縈) 돈다(廻)
여뀌(蓼) 꽃은(花) 둑(堤) 언덕을(岸) 덮었고(被)
못의(陂) 물은(水) 차갑고(寒) 다시 또(更) 푸르다(綠)
이(是) 때에(時) 거두어들이고(收) 거두어들이는 것도(穫) 마치니(竟)
해가(日) 떨어지자(落) 나무꾼과(樵) 목동들이(牧) 많아진다(多)
바람은(風) 높아(高) 느릅나무와(楡) 버드나무에(柳) 성글고(疎)
서리는(霜) 거듭하니(重) 배와(梨) 대추가(棗) 익어간다(熟)
가는(行) 사람은(人) 갈(去) 길을(徑) 잃어 헤매는데(迷)
들의(野) 새들은(鳥) 잠자리에(宿) 들어가려고(棲) 다툰다(競)
농사짓는(田) 늙은이가(翁) 웃으며(笑) 생각하고(想) 생각해주는데(念)
어두운(昏) 밤에는(黑) 들과(原) 언덕을(陸) 조심하라며(愼)
올(今) 해는(年) 다행히(幸) 작은(少) 풍년이니(豊)
된 죽이든(飦) 묽은 죽이든(粥) 모두(與) 싫어하지(惡) 말란다(無)

題意(제의) – 늙은 농부가 웃으며 다행히 금년은 작은 풍년이라 먹을 것은 있으니 범벅이든 죽이든 사양하지 말라는 농촌의 인심을 읊은 詩(시).

註解(주해) – 蒺藜 : 납가새. 납가새과에 속하는 일년초로 높이 1m가량이고 7~8월에 노란 꽃이 피며 과실은 果皮(과피)가 단단한데 열 개의 가시와 털이 있고 해변의 모래 땅에 나며 뿌리와 씨를 약용으로 씀.
蓼 : 여뀌. 마디풀과에 속하는 일년초로 줄기 높이는 60cm 가량이고 6~9월에 백색의 꽃이 피며 잎줄기는 짓이겨 물에 풀어서 고기를 잡고 잎은 맛이 매우므로 조미료로도 쓰임.
惡 : ①악할 악. 惡日(악일). ②미워할 오. 憎惡(증오).

## 275. 贈東坡 - 1(증동파)

- 山谷道人 黃庭堅(산곡도인 황정견)

江梅有佳實 託根桃李場 桃李終不言 朝露借恩光 孤芳忌皎潔
氷雪空自香 古來和鼎實 此物升廟廊 歲月坐成晚 煙雨青已黃
得升桃李盤 以遠初見嘗 終然不可口 擲置官道邊 但使本根在
棄捐果何傷
강매유가실 탁근도리장 도리종불언 조로차은광 고방기교결
빙설공자향 고래화정실 차물승묘랑 세월좌성만 연우청이황
득승도리반 이원초견상 종연불가구 척치관도변 단사본근재
기연과하상

강가 매화나무에 좋은 열매 열렸는데
복숭아와 오얏나무 마당에 뿌리를 내렸다
복숭아와 오얏나무 끝내 말은 아니해도
아침 이슬에 은총의 빛을 빌리고
혼자 향기로운 매화꽃은 희고 깨끗함을 시기하여
얼음과 눈 속에서 홀로 향기로우니
예로부터 솥에서 익힌 음식과 합하여
이 물건이 조정에 올랐단다
세월은 하는 일 없이 저물어가니
안개와 비로 푸른 열매 이미 누렇게 익어간다
복숭아와 오얏 쟁반에 올라
오랜만에 비로소 맛보게 되었건만
그러나 끝내는 먹을 수 없어
관청의 길가에 버려졌으니
다만 뿌리만 그대로 있다면

버려진들 어떠하랴

直譯(직역) – 강가(江) 매화나무에(梅) 좋은(佳) 열매(實) 달려있는데(有)
뿌리는(根) 복숭아와(桃) 자두나무(李) 마당에(場) 붙이었다(託)
복숭아와(桃) 자두나무는(李) 끝내(終) 말은(言) 아니해도(不)
아침(朝) 이슬에(露) 은혜의(恩) 빛을(光) 빌린다(借)
홀로(孤) 향기가 좋은 꽃은(芳) 희고(皎) 깨끗함을(潔) 질투하여(忌)
얼음과(氷) 눈에서(雪) 쓸쓸하게(空) 스스로(自) 향기로우니(香)
예로(古)부터(來) 솥에서(鼎) 익힌 것과(實) 합치어(和)
이(此) 물건들이(物) 정사를 보는 곳의(廟) 행랑에(廊) 올랐단다(升)
해와(歲) 달은(月) 앉아서(坐) 저물게(晩) 되니(成)
안개와(煙) 비로(雨) 푸른 것이(靑) 이미(已) 누렇게 되었다(黃)
복숭아와(桃) 자두가(李) 쟁반에(盤) 얻어(得) 올라(升)
매우(以) 오랜만에(遠) 비로소(初) 맛을(嘗) 보게 되었건만(見)
그러나(然) 끝내(終) 먹을(口) 수가(可) 없어(不)
관청의(官) 길(道) 가에(邊) 던져(擲) 버렸으니(置)
다만(但) 뿌리라도(根) 본디대로(本) 있게(在) 한다면(使)
버려지고(棄) 버려진들(捐) 과연(果) 어찌(何) 마음 아파하겠는가(傷)

題意(제의) – 매화는 지조 높은 선비에 비유되지만 조정에 들어가 끝내는 배척 당한 심정을 東坡에게 전해주기 위해 읊은 詩(시).

註解(주해) – 桃李 : 복숭아와 오얏으로 남이 천거한 어진 사람을 비유하는 말 또는 형제의 비유.
李 : 오얏 · 紫桃(자도) · 자두 · 紫李(자리)라고도 하며 이 나무는 앵도과에 속하는 낙엽 활엽의 작은 교목으로 높이는 5m 가량이고 4월경에 흰 꽃이 두 세 개 씩 모여 피고 8월에 紫色(자색) 또는 黃色(황색)으로 익으며 중국이 원산이고 한국 각지 및 일본에 분포하여 과수로 재배함.

## 276. 贈東坡 - 2(증동파)

- 山谷道人 黃庭堅(산곡도인 황정견)

**青松出澗壑** **十里聞風聲** 上有百尺絲 下有千歲苓 自性得久要
爲人制頹齡 **小草有遠志** **相依在平生** 醫和不竝世 深根且固蔕
人言可醫國 何用大早計 小大材則特 氣味固相似
**청송출간학** **십리간풍성** 상유백척사 하유천세령 자성득구요
위인제퇴령 **소초유원지** **상의재평생** 의화불병세 심근차고체
인언가의국 하용대조계 소대재즉특 기미고상사

푸른 소나무는 물 흐르는 골짜기에 자라
십 리 먼 곳의 바람 소리도 들린다
소나무 위에는 백 자 크기의 토사가 감기어 있고
아래에는 천년 묵은 복령이 자라고 있는데
복령은 속성이 오래 견딜 수 있고
사람들을 위해 노화를 억제해준다
작은 풀로는 원지라는 약초가 있는데
서로 의지하며 평생을 함께 한다
의화와 같은 명의가 세상에 없다면
뿌리는 깊고 꼭지는 그대로 단단해지리라
사람들은 나라의 병도 고칠 수 있다고 하니
어찌 크게 서두르는 계책을 쓸까
크고 작은 재능은 다르지만
냄새와 맛은 본래 서로 비슷한 것이리라

**直譯(직역)** – 푸른(靑) 소나무가(松) 산골 물(澗) 골짜기에서(壑) 자라나(出)
십(十) 리(里) 사이에도(間) 바람(風) 소리난다(聲)
위에는(上) 백(百) 자의(尺) 가늘고 긴 것이(絲) 있고(有)

아래에는(下) 천(千) 살의(歲) 복령이(苓) 자라고 있다(有)
스스로(自) 성질이(性) 오래(久) 원하는 것을(要) 얻을 수 있는데(得)
사람들을(人) 위해(爲) 쇠퇴하는(頹) 나이를(齡) 억제 해준다(制)
작은(小) 풀로는(草) 원지라는 풀이(遠志) 있는데(有)
서로(相) 의지하며(依) 보통의(平) 삶에(生) 같이 있다(在)
의화와 같은 명의가(醫和) 세상에(世) 함께 하지(竝) 않는다면(不)
뿌리는(根) 깊고(深) 또(且) 꼭지는(蔕) 단단해지리라(固)
사람들이(人) 나라도(國) 고칠(醫) 수 있다고(可) 말 하니(言)
어찌(何) 크게(大) 서두르는(早) 꾀를(計) 쓰겠는가(用)
작고(小) 큰(大) 재능은(材) 곧(則) 다르지만(特)
냄새와(氣) 맛은(味) 본래(固) 서로(相) 같은 것이다(似)

**題意(제의)**－사람 몸에 좋은 茯笭과 遠志와 그것을 이용하는 명의인 醫和와의 관계를 통하여 인재 등용의 중요성을 東坡에게 알려주려고 읊은 詩(시).

**註解(주해)**－苓 : 茯笭(복령). 不完全菌類(불완전균류)의 한가지이며 보통 球形(구형)이나 타원형의 큰 덩이인데 赤松(적송)에는 赤茯笭이 많고 黑松(흑송)에는 黑茯笭이 많으며 땅속의 솔뿌리에 기생하는 것으로 漢方(한방)에서 水腫・淋疾(수종・임질) 같은 데에 약재로 쓰임.

遠志 : 遠志科(원지과)에 속하는 다년초로 줄기의 높이는 30cm 내외이며 잎은 互生(호생)하고 無柄(무병)이며 線形(선형)으로 7~8월에 紫色(자색) 꽃이 피고 뿌리는 정력에 특효가 있다는 補精壯陽劑(보정장양제)의 약재로 쓰이는 靈神草(영신초) 임.

互生 : 잎이나 눈이 줄기의 각 마디에 한 개씩 서로 어긋나게 남.

醫和 : 晉平公(진평공)의 병을 고친 의사로 上醫(상의)는 醫國(의국)하고 그 다음이 救人(구인)이라고 하였음.

## 277. 贈韋左丞(증위좌승)

－子美 杜 甫(자미 두 보)

紈袴不餓死 儒冠多誤身 丈人試靜聽 賤子請具陳 甫昔少年日
早充觀國賓 **讀書破萬券 下筆如有神 賦料揚雄敵 詩看子建親**
李邕求識面 王翰願卜隣 自謂頗挺出 立登要路津 致君堯舜上
再使風俗淳 此意竟蕭條 行歌非隱淪 騎驢三十載 旅食京華春
朝扣富兒門 暮隨肥馬塵 殘盃與冷炙 到處潛悲辛 主上頃見徵
欻然欲求伸 青冥卻垂翅 蹭蹬無縱鱗 甚愧丈人厚 甚知丈人眞
每於百僚上 猥誦街句新 竊效貢公喜 難甘原憲貧 焉能心怏怏
祗是走踆踆 今欲東入海 卽將西去秦 尙憐終南山 回首淸渭濱
常擬報一飯 況懷辭大臣 白鷗沒浩蕩 萬里誰能馴
환고불아사 유관다오신 장인시정청 천자청구진 보석소년일
조충관국빈 **독서파만권 하필여유신 부료양웅적 시간자건친**
이옹구식면 왕한원복린 자위파정출 입등요로진 치군요순상
재사풍속순 차의경소조 행가비은륜 기려삼십재 여식경화춘
조구부아문 모수비마진 잔배여랭자 도처잠비신 주상경견징
훌연욕구신 청명극수시 층등무종린 심괴장인후 심지장인진
매어백료상 외송가구신 절효공공희 난감원헌빈 언능심앙앙
지시주준준 금욕동입해 즉장서거진 상련종남산 회수청위빈
상의보일반 황회사대신 백구몰호탕 만리수능순

비단 저고리 귀족은 굶어서 죽는 일이 없지만
선비 갓을 쓴 학자는 몸을 그르치는 일이 많지
시험삼아 이 내 말 들어보소
구구한 사정 갖추 말하리
나는 옛적 소년 시절에

일찍이 조정 문물을 살피는 한 사람이었는데
책은 만 권을 읽었고
붓을 내리면 신비함이 있는 듯
부를 짓기론 양웅에 필적하고
시는 자건의 솜씨에 가까우니
명인 이옹이 내 얼굴 보기를 청하고
호탕한 왕한도 이웃하기를 원했지
나는 스스로 다른 사람보다 월등하다고 생각되어
대번에 조정의 요로에 올라
군주가 요순의 위에 서도록 보필하고
풍속을 다시금 순박하게 하리라
이 같은 생각도 필경은 쓸쓸하게 되었지만
길을 걸으며 노래를 불러도 세상을 등진 사람은 아니리
나귀를 타기 삼 십 년
서울의 봄을 나그네 신세로 지내왔지
아침이면 부자 집 문을 두들기고
저녁이면 귀인의 행차 뒤를 따라다니고
그들이 남긴 술과 식은 불고기로 입 다시며
가는 곳마다 남모르는 슬픔과 괴로움
주상이 전 번에 부르시기에
홀연 이제야 뜻을 펴고자 하였더니
조정에서 쫓기어 날갯죽지가 꺾어지매
기운을 잃음이 비늘 빠진 고기라
존당의 후의를 심히 부끄러워하고
존당의 진귀한 인품을 깊이 알았지
매양 백관의 윗자리에 있으면서

분수에 넘치게도 아름다운 글귀를 새롭게 읽어
은근히 왕길이 공공을 천거하듯 나도 기쁨 본받을까
원헌의 가난을 달갑게 생각하기 어려워도
어찌 능히 마음에 불평하리
다만 타향으로 달아나고자
이제 곧 동쪽으로 바다를 건널까
금시 또 서쪽으로 진나라로 떠날까
그러면서도 종남산을 못내 마음에 아껴두고
머리를 돌려 위수 강빈을 못 잊어
항상 은혜를 잊지 않는 나로서
하물며 대신의 곁을 하직코자 함이랴
갈매기인양 아득한 바다 저쪽으로 꺼져버리면
만리에 뉘 능히 따를 것인가

**直譯**(직역) – 흰 비단의(紈) 바지로는(袴) 굶어(餓) 죽지(死) 아니하지만(不)
선비의(儒) 갓을 쓰고서는(冠) 몸을(身) 그러치는 일이(誤) 많다네(多)
어른(丈) 사람께서는(人) 시험삼아(試) 조용히(靜) 들어보소(聽)
천한(賤) 이 사람은(子) 청컨대(請) 갖추어서(具) 말하리(陳)
아무개가(甫) 옛적(昔) 젊었던(少) 해와(年) 날에(日)
일찍이(早) 나라를(國) 살피는(觀) 손으로(賓) 충당되었었지(充)
책은(書) 만(萬) 권이나(卷) 읽기를(讀) 다했고(破)
붓을(筆) 내리면(下) 귀신이(神) 있는 것(有) 같았었지(如)
부는(賦) 양웅이란 사람과(揚雄) 대등하리라(敵) 생각되었고(料)
시는(詩) 위나라 조식 자건과(子健) 가깝게(親) 보였었지(看)
당나라 재사 이옹이(李邕) 얼굴(面) 알기를(識) 청하였고(求)
왕한이란 사람은(王翰) 점쳐서(卜) 이웃하기를(隣) 바랬었지(願)
스스로는(自) 거의(頗) 빼어나고(挺) 뛰어났다고(出) 생각되어(謂)

곧(立) 원하는(要) 길과(路) 나루에(津) 올라(登)
임금이(君) 요임금(堯) 순임금(舜) 위에(上) 이르게 하고(致)
관습과(風) 습관을(俗) 거듭(再) 순박하게(淳) 하려 했었지(使)
이(此) 뜻도(意) 끝내는(竟) 쓸쓸함에(蕭) 미치었지만(條)
걸어가면서(行) 노래해도(歌) 숨거나(隱) 빠지진(淪) 아니했었지(非)
나귀를(驢) 타기(騎) 서른(三十) 해(載)
서울의(京) 고운(華) 봄에(春) 나그네로(旅) 살았었지(食)
아침이면(朝) 부자(富) 아이네(兒) 문을(門) 두들기고(扣)
저녁이면(暮) 살찐(肥) 말의(馬) 먼지를(塵) 따라다녔었지(隨)
남아있는(殘) 술잔(杯)과(與) 차가운(冷) 구운 고기(炙)
이르는(到) 곳마다(處) 슬픔과(悲) 고생살이에(辛) 잠겼었지(潛)
임금(主) 임금께서(上) 잠시(頃) 부르심을(徵) 당하여(見)
문득(欻) 그러하게(然) 폄을(伸) 구하려고(求) 했었지만(欲)
푸르고(青) 먼 곳에(冥) 틈이 생겨(卻) 날개는(翅) 아래로 처져 늘어지고(垂)
비틀거리고(蹭) 비틀거림은(蹬) 많은(縱) 비늘이(鱗) 없음이었지(無)
어른(丈) 사람의(人) 마음씀씀이가 두터움을(厚) 매우(甚) 부끄럽게 여겼고(愧)
어른(丈) 사람의(人) 참됨을(眞) 진실로(甚) 알았었지(知)
언제나(每) 여러(百) 벼슬아치들의(僚) 위에(上) 있어(於)
분수에 넘치게도(猥) 아름다운(佳) 글귀를(句) 새롭게(新) 외워 주셨지(誦)
몰래(竊) 한나라 공공의(貢公) 기쁨을(喜) 본받으려했고(效)
공자 제자 원헌의(原憲) 가난을(貧) 달게 여기기는(甘) 어려웠지(難)
어찌(焉) 마음이(心) 원망스럽고(怏) 불만스러움에(怏) 미치겠는가(能)
다만(祇) 종종걸음으로(走) 물러나고(踆) 물러나는 것이(踆) 옳았지(是)
이제(今) 동쪽(東) 바다에(海) 들어가려(入) 하고자했고(欲)
곧(卽) 장차(將) 서쪽(西) 진나라로(秦) 가려했었지만(去)
오히려(尙) 장안 남방의 종남산을(終南山) 어여삐 여겼고(憐)

맑은(淸) 위수와(渭) 강빈으로(濱) 머리를(首) 돌렸었지(回)
항상(常) 한끼의(一) 밥도(飯) 갚으려(報) 헤아렸거늘(擬)
하물며(況) 훌륭한(大) 신하와(臣) 헤어지려고(辭) 생각함에랴(懷)
흰(白) 갈매기로(鷗) 물이 넓게 흐르고(浩) 흐르는 데에(蕩) 숨어버리면(沒)
일만의(萬) 길이에(里) 누가(誰) 능히(能) 따르겠는가(馴)

題意(제의) – 杜甫가 조정에서 자기를 써 주지 않아서 물러나는 심정을 호소하고 左丞이 자기를 한 번 돌보아 천거해 주기를 바라면서 읊은 詩(시).

註解(주해) – 丈人 : 韋左丞을 말하는데 韋는 姓(성)이요 名(명)은 濟(제). 丞(승)은 尙書省(상서성)의 차관인데 左右丞(좌우승)이 있음.
賤子 : 杜甫 자신을 말함.
觀國賓 : 지방에서 도성의 문물을 관광하기 위해 올라와 조정의 賓客(빈객)으로서 仕官(사관)하는 사람.
賦 : 韻文(운문)의 한 가지로 근원은 楚辭(초사)이며 特長(특장)이 서술적인 성질로 사물을 잘 형용 함. 辭句(사구)는 華麗・敍景・敍事(화려・서경・서사)에 뛰어난 것도 있고 說話(설화)나 신화적 공상을 서술하여 낭만적・서정적인 감정이 풍부한 작품이 많음.
料揚雄敵 : 한나라 揚雄의 賦에 匹敵(필적)코자 함.
看子建親 : 子建은 魏(위)의 曹植(조식)의 字(자)인데 子建은 詩(시)로 유명하니 그의 詩에 가까운 것이 되려함.
李邕 : 唐(당)의 才士(재사).
王翰 : 豪俠(호협)한 선비로 杜甫와 이웃하기를 원한 사람.
挺出 : 훨씬 뛰어남.
要路津 : 要路는 누구라도 지나가지 않으면 안될 요긴한 장소요 津은 渡船場(도선장)으로 轉化(전화)해서 정치의 중요한 지위를 말함.
隱淪 : 세상을 숨어서 삶.

騎驢 : 걸음이 느린 나귀를 탐. 천한 사람이 타는 나귀.
肥馬塵 : 富豪家(부호가)의 살찐 말이 끄는 수레의 흙먼지인데 그것을 따른다는 것은 부귀한 사람의 뒤를 追從(추종)함을 말함.
靑冥 : 푸르고 깊고 어두운 하늘 즉 조정을 말함.
蹭蹬 : 기세를 잃음.
縱鱗 : 제멋대로 헤엄쳐 다니는 물고기의 비늘과 지느러미.
貢公喜 : 漢書王吉傳(한서왕길전)에 吉이 · 貢禹(공우)와 친구가 되매 왕길의 천거로 貢公이 冠(관)을 떨쳐 쓰다고 한 대목이 있는데 王吉의 천거로 벼슬에 나가가게 됨을 기뻐 함.
原憲貧 : 공자의 제자 原憲은 가난을 달게 생각하며 道(도)에 精進(정진) 하였음.
怏怏 : 마음에 불평을 품음.
東入海 : 동해에 배를 띄워 멀리 떠남.
終南山 : 長安(장안) 南方(남방)에 있는 산.
報一飯(보일반) : 한끼 밥의 은혜라도 잊지 않고 갚음.
辭大臣 : 左丞같은 恩顧(은고)가 있는 大臣에게 작별을 고함.
白鷗沒浩蕩 : 흰 갈매기가 파도치는 망망한 바다 저쪽으로 날아서 보이지 않게 됨. 古文眞寶異本 등에는 波浩蕩으로 되어 있는 곳도 있음.

## 278. 贈衛八處士(증위팔처사)

－小陵 杜 甫(소릉 두 보)

人生不相見　動如參與商　今夕復何夕　共此燈燭光　少壯能幾時
鬢髮各已蒼　訪舊半爲鬼　驚呼熱中腸　焉知二十載　重上君子堂
昔別君未婚　兒女忽成行　怡然敬父執　問我來何方　問答未及已
兒女羅酒漿　**夜雨剪春**韭　**新炊間黃粱**　主稱會面難　一擧累十觴
十觴亦不醉　感子故意長　明日隔山丘　世事兩茫茫

인생불상견 동여삼여상 금석부하석 공차등촉광 소장능기시
빈발각이창 방구반위귀 경호열중장 언지이십재 중상군자당
석별군미혼 아여홀성행 이연경부집 문아래하방 문답미급이
아여라주장 **야우전춘구 신취간황량** 주칭회면난 일거루십상
십상역불취 감자고의장 명일격산구 세사양망망

사람살이 서로 못 보기가
자칫 두 별과 같거니
오늘 어인 밤이 길래
그대와 촛불을 같이 하였는가
젊음이 그 얼마 동안이런가
귀밑머리 서로 희끗희끗
친구를 찾아보니 반이나 죽은 사람
놀라서 불러보니 창자가 더워지는데
어찌 알았으랴 이 십 년 만에
다시 그대의 집에 올 줄을
옛날 헤어질 때 결혼 안 했더니
지금은 자녀가 줄을 짓는구나
기쁜 얼굴로 아버지의 친구를 공경히 대하며
어디서 오셨느냐 묻고는
문답이 채 끝나지도 않아서
주안을 벌여놓는구나
밤비에 봄 부추 베어오고
노란 좁쌀 섞어 새로 밥을 짓고
주인은 서로 만나기 어렵다며
일거에 십 여 배를 권하건만

열 잔으로도 취하질 않으니
친구의 오랜 우정에 감동한 때문인가
내일 산악을 등지고 나면
세상일은 둘이 다 알지 못하리

直譯(직역) –사람(人) 살이(生) 서로(相) 볼 수(見) 없음이(不)
곧잘(動) 삼이라는 서쪽별과(參) 더불어(與) 상이라는 동쪽별과(商) 같거니(如)
오늘(今) 저녁은(夕) 다시(復) 어떤(何) 저녁인가(夕)
이(此) 등잔의(燈) 촛불(燭) 빛을(光) 함께 하는구나(共)
젊고(少) 젊음이(壯) 이와 같이(能) 몇(幾) 때이런가(時)
귀밑머리(鬢) 털은(髮) 서로(各) 이미(已) 회백색이라(蒼)
친구를(舊) 찾아보니(訪) 반은(半) 귀신이(鬼) 되어(爲)
놀라(驚) 불러보니(呼) 가운데(中) 창자가(腸) 더워지는데(熱)
어찌(焉) 알았으리(知) 스무(二十) 해만에(載)
거듭(重) 어진(君) 사람(子) 집에(堂) 오를 줄(上)
옛적(昔) 헤어질 때(別) 그대(君) 혼인을(婚) 아니했더니(未)
아들(兒) 딸들이(女) 갑자기(忽) 줄을(行) 이루었구나(成)
기뻐(怡) 그러하게(然) 아버지와(父) 교제하는 사람을(執) 공경하며(敬)
어느(何) 곳에서(方) 왔느냐고(來) 나에게(我) 묻고는(問)
물음에(問) 대답이(答) 미처(及) 끝나지도(已) 아니하여(未)
아들과(兒) 딸은(女) 술과(酒) 마실 것을(漿) 늘어놓는구나(羅)
밤(夜) 비에(雨) 봄(春) 부추를(韭) 베어오고(剪)
새로이(新) 밥을 짓는데(炊) 누른(黃) 기장을(粱) 섞었구나(間)
주인은(主) 만나(會) 뵙기(面) 어려움을(難) 일컫고(稱)
한번에(一) 끊임없이(累) 열(十) 잔을(觴) 들어 권하건만(擧)
열(十) 잔에도(觴) 또한(亦) 취하지(醉) 아니함은(不)
옛 벗의(故) 뜻이(意) 아름다워(長) 감동한(感) 까닭이라(子)

밝아오는(明) 날에(日) 산과(山) 언덕(丘) 사이를 떼면(隔)
세상(世) 일(事) 둘이 다(兩) 넓고 멀어(茫) 아득하게 되리(茫)

**題意**(제의) – 杜甫(두보)의 詩作(시작) 중 뛰어난 작품으로 衛씨의 여덟 번째 인 處士와 재회하고 그 가족으로부터 환대 받은 기쁨을 읊은 詩(시).

**註解**(주해) – 處士 : 官職(관직)에 나간 일이 없이 집에 처해 있는 선비.
參與商 : 參星(삼성)과 商星(상성) 두 별은 하늘의 반대쪽에 있으므로 이별하여 만나지 못함을 比喩(비유) 함.
粟 : 기장. 기장은 조보다 낟알이 굵지만 작고 노란 球形(구형)으로 한국에서도 五穀(오곡)의 하나로 오래 전부터 재배하였음. 곡식 열매가 줄기에 달려 있을 때를 禾(화)라 하고 껍데기에 싸여 있을 때를 粟(속)이라 하며 알맹이는 米(미)라 하고 정제한 것은 粱이라 함.

## 279. 直中書省(직중서성)

– 謝靈運(사령운)

紫殿肅陰陰　彤庭赫弘敞　**風動萬年枝**　**日華承露掌**　玲瓏結綺錢
深沈映朱網　**紅藥當階翻**　**蒼苔依砌上**　玆言翔鳳池　鳴珮多清響
信美非吾室　中園思偃仰　朋情以鬱陶　春物方駘蕩
자전숙음음　동정혁홍창　**풍동만년지**　**일화승노장**　영롱결기전
심침영주망　**홍약당계번**　**창태의체상**　자언상봉지　명패다청향
신미비오실　중원사언앙　붕정이울도　춘물방태탕

궁전은 엄숙하고도 깊숙한데
궁궐의 뜰은 밝고도 넓게 트여있다
바람이 일어 오래된 나뭇가지를 흔들고
햇볕은 이슬 받은 손바닥에 빛나는데
돈 모양으로 장식된 비단 창이 곱고도 환하며

붉은 망사 창문 깊숙이 비춰든다
작약은 섬돌에 닿아 뒤치어있고
푸른 이끼는 돌층계를 따라 돋아난다
지금 궁중 연못을 배회하고 있는데
울리는 패옥 맑은 소리 요란도하다
정말로 아름다우나 나의 집은 아니니
동산 가운데에 쉬면서 하늘 쳐다볼 생각이고
친구 생각에 가슴 답답하지만
봄의 풍물들은 이제 막 한창이구나

直譯(직역) – 붉은(紫) 궁궐은(殿) 엄숙하고도(肅) 깊숙하고(陰) 깊숙한데(陰)
붉은 칠의(彤) 뜰은(庭) 빛나고도(赫) 넓게(弘) 드러낸다(敞)
바람은(風) 오랜(萬) 나이의(年) 나무 가지를(枝) 흔들고(動)
햇볕은(日) 이슬(露) 받은(承) 손바닥에(掌) 곱다(華)
곱고도(玲) 환하게(瓏) 비단을(錢) 돈 모양으로(綺) 꾸미었는데(結)
붉은(朱) 그물을(網) 깊고(深) 깊게(沈) 비친다(映)
붉은(紅) 작약이(藥) 섬돌에(階) 당하여(當) 뒤치어있고(飜)
푸른(蒼) 이끼는(苔) 섬돌에(砌) 기대어(依) 올라온다(上)
이에(玆) 봉지를(鳳池) 배회한다고(翔) 말하는데(言)
울리는(鳴) 패옥(珮) 맑은(淸) 소리(響) 많다(多)
참으로(信) 아름다우나(美) 나의(吾) 집은(室) 아니니(非)
동산(園) 가운데에(中) 쉬면서(偃) 쳐다볼(仰) 생각이다(思)
친구(朋) 정(情) 때문에(以) 가슴(陶) 막히지만(鬱)
봄의(春) 만물은(物) 이제 막(方) 넓고도(駘) 크구나(蕩)

題意(제의) – 밝고도 넓게 트인 궁궐의 뜰에 작약은 활짝 피었으며 푸른 이끼도 아름다운 이 곳 中書省에서 일직을 서며 읊은 詩(시).

註解(주해) – 鳳池 : 중국 唐(당) 나라 때 禁中(금중)에 있었던 못 이름으로

中書省(중서성)이 그 곁에 있었던 관계로 中書省을 뜻하기도 하고 宰相(재상)을 이르기도 하며 禁中을 이르기도 함.

## 280. 責子(책자)

-淵明 陶 潛(연명 도 잠)

白髮被兩鬢 肌膚不復實 雖有五男兒 總不好紙筆 阿舒已二八
懶惰故無匹 阿宣行**志學** 而不愛文術 雍端年十三 不識六與七
通子垂九齡 但覓梨與栗 天運苟如此 且進**盃中物**
백발피양빈 기부불부실 수유오남아 총불호지필 아서이이팔
나타고무필 아선행**지학** 이불애문술 옹단년십삼 불식육여칠
통자수구령 단멱이여율 천운구여차 차진**배중물**

백발이 귀밑 털을 덮고
살도 또한 실하지 못하누나
비록 다섯 녀석이 있건만
모두 학문을 좋아하지 않아
열 여섯이 되는 첫째 아서는
게으르기 짝이 없고
곧 열 다섯인 둘째 아선은
학술을 즐겨하지 않고
열 세살 셋째와 넷째 옹과 단은
여섯과 일곱의 구별도 못하고
거의 아홉인 다섯째 통자는
배나 알밤을 찾을 뿐이니
천운이 실로 이와 같다면
차라리 술이나 마시리

**直譯**(직역) – 흰(白) 머리털이(髮) 두(兩) 귀밑 털을(鬢) 덮고(被)
살과(肌) 살갗도(膚) 거듭하여(復) 가득 차지(實) 아니하누나(不)
비록(雖) 다섯(五) 사내(男) 아이가(兒) 있다지만(有)
모두(總) 종이와(紙) 붓을(筆) 좋아하지(好) 아니하니(不)
아서란 녀석은(阿舒) 벌써(已) 이 팔은 십 육 열 여섯이건만(二八)
게으르고(懶) 게으른(惰) 까닭으로(故) 짝이(匹) 없고(無)
아선이란 녀석은(阿宣) 학문에 뜻한다는 열 여섯으로(志學) 행하건만(行)
그런데도(而) 글(文) 재주를(術) 좋아하지(愛) 아니하고(不)
옹이란 녀석과(雍) 단이란 녀석은(端) 나이가(年) 열(十) 셋이나(三)
여섯과(六) 더불어(與) 일곱도(七) 알지(識) 못하고(不)
통자란 녀석은(通子) 거의(垂) 아홉(九) 나이 이건만(齡)
그러나(但) 배와(梨) 더불어(與) 밤만(栗) 찾누나(覓)
하늘의(天) 운수가(運) 진실로(苟) 이와(此) 같다면(如)
장차(且) 잔(盃) 속의(中) 물건이나(物) 나가게 하리라(進)

**題意**(제의) – 제목은 아들을 꾸짖는 다는 뜻이지만 다섯 아들 모두 변변치 못함을 운명으로 받아들이고 마음 편하게 술이나 마시자며 읊은 詩(시).

**註解**(주해) – 無匹 : 비할 데가 없음.
志學 : 15살. 論語爲政篇(논어위정편)에 吾十有五而志于學(오십유오이지우학) 즉 나는 15살에 학문에 뜻을 두었다는 말이 있음.
盃中物 : 술.(본서 부록 참조)
進 : 자기가 자진해서 마심.

## 281. 清明宴司勳劉郞中別業(청명연사훈유랑중별업)

–祖 詠(조 영)

田家復近臣 **行樂**不違親 霽日園林好 清明煙火新 **以文常會友**
**惟德自成隣 池照窓陰晩 杯香藥味春 欄前花覆地 竹外鳥窺人**

何必桃源裏　深居作穩淪

전가부근신　**행락**불위친　제일원림호　청명연화신　**이문상회우**
**유덕자성린　지조창음만　배향약미춘　난전화복지　죽외조규인**
하필도원리　심거작온륜

시골에 살면서 또 가까운 신하로서
즐거운 놀이는 반드시 친구와 함께 하는데
비 갠 날이라 동산 숲이 좋고
청명절이라 불이 아직 새롭다
벗은 학문으로 모으고
이웃은 덕으로 이루고
못 물은 저녁 창의 그늘 비추는데
술잔에는 봄 약 맛이 향기롭다
난간 앞 땅에는 지는 꽃 쌓이고
대 숲 밖에서는 새가 사람 엿보고
어찌 반드시 무릉도원을 찾아
깊은 곳에 숨어사는 사람이 되랴

**直譯**(직역) – 밭을 갈며(田) 살고(家) 다시(復) 가까운(近) 신하로서(臣)
즐거움을(樂) 행함에는(行) 친한 이를(親) 어기지(違) 아니하네(不)
비 갠(霽) 날이라(日) 동산(園) 숲이(林) 좋고(好)
맑고(淸) 밝은 청명에는(明) 연기(煙) 불이(火) 새롭네(新)
글로(文) 하여서(以) 항상(常) 벗을(友) 모으고(會)
오직(惟) 덕은(德) 저절로(自) 이웃을(隣) 이루네(成)
못은(池) 저무는(晩) 창(窓) 그늘을(陰) 비추고(照)
술잔에는(杯) 봄의(春) 약(藥) 맛이(味) 향기롭네(香)
난간(欄) 앞에는(前) 꽃이(花) 땅을(地) 덮고(覆)
대 숲(竹) 밖에서는(外) 새가(鳥) 사람을(人) 엿보네(窺)

어찌(何) 반드시(必) 복숭아(桃) 근원(源) 속이어야만(裏)
깊이(深) 평온하게(穩) 빠져들어(淪) 사는 것이(居) 되랴(作)

**題意**(제의) – 淸明에 잔치를 베풀었는데 석양 놀이 아름답고 술맛이 향기로우니 여기가 바로 武陵桃源(무릉도원)이라고 읊은 詩(시).

## 282. 春泛若耶溪(춘범야야계)

– 綦毋潛(기무잠)

**幽意**無斷絶　此去隨所偶　晩風吹行舟　花路入溪口　際夜轉西壑
隔山望南斗　潭煙飛溶溶　林月低向后　生事且彌漫　願爲持竿叟
**유의**무단절　차거수소우　만풍취행주　화로입계구　제야전서학
격산망남두　담연비용용　임월저향후　생사차미만　원위지간수

그윽한 속마음 끝이 없어
여기서 떠나면 만나는 대로 맡겨 두리라
저녁 바람은 가고있는 배에 불고
꽃길은 개울 입구로 접어든다
밤사이에 서쪽 골짜기를 돌아
산 저 너머로 북두칠성 바라본다
못 속의 물안개 짙게 퍼지고
숲 속 달은 낮게 뒤로 움직인다
살아가는 일 장차 아득하고 부질없으니
낚싯대 잡은 노인이 되고 싶다

**直譯**(직역) – 그윽한(幽) 마음(意) 끊어지거나(斷) 끊어짐이(絶) 없어(無)
여기서(此) 떠나면(去) 만나는(偶) 바를(所) 따르리라(隨)
저녁(晩) 바람은(風) 가는(行) 배에(舟) 불고(吹)
꽃(花) 길은(路) 개울(溪) 입으로(口) 들어간다(入)

밤(夜) 사이에(際) 서쪽(西) 골짜기를(壑) 돌아(轉)
산을(山) 사이 하여(隔) 북두칠성을(南斗) 바라본다(望)
못의(潭) 안개는(煙) 질펀하고(溶) 질펀하게(溶) 날고(飛)
숲의(林) 달은(月) 낮게(低) 뒤로(后) 움직인다(向)
사는(生) 일(事) 장차(且) 멀고도(彌) 부질없으니(漫)
삼가(愿) 되려는 것은(爲) 낚싯대(竿) 가진(持) 노인이다(叟)

**題意**(제의) – 若耶溪에 배 띄워 꽃길 따라 접어드니 물안개 짙게 퍼지는데 살아갈 일 장차 아득하여 낚시하는 노인이나 되고 싶은 마음을 읊은 詩(시).

**註解**(주해) – 南斗 : 斗星이라고도 하는 북두칠성의 별칭으로 북쪽 하늘에 있음.

## 283. 春日醉起言志(춘일취기언지)

– 靑蓮居士 李 白(청련거사 이 백)

虛勢若大夢　胡爲勞其生　所以終日醉　頹然臥前楹　覺來盼庭前
一鳥花間鳴　借問如何時　春風語流鶯　感之欲歎息　對酒還自傾
浩歌待明月　曲盡已忘情
허세약대몽　호위노기생　소이종일취　퇴연와전영　각래혜정전
일조화간명　차문여하시　춘풍어류앵　감지욕탄식　대주환자경
호가대명월　곡진이망정

세상에 산다는 것이 꿈과 같거니
어찌 삶을 근심하랴
기울어져 앞 기둥에 누웠다가
깨어서 뜰 앞을 바라보매
새가 꽃가지 사이에서 우니

지금이 어느 때인고
봄바람에 흐르는 듯한 꾀꼬리 소리
그 소리에 탄식하며
술을 대하니 단지는 기울고
명월을 기다리며 크게 노래부르니
이미 잊어버린 희노애락

直譯(직역) – 세상에(世) 산다는 것이(處) 큰(大) 꿈과(夢) 같나니(若)
어찌(胡) 그(其) 삶을(生) 수고롭게(勞) 하리(爲)
그 까닭인(以) 바로(所) 날을(日) 마치도록(終) 취하여(醉)
기울어져(頹) 곧(然) 앞(前) 기둥에(楹) 누웠다가(臥)
깨어남에(覺) 이르러(來) 뜰(庭) 앞을(前) 돌아보니(眄)
한 마리(一) 새가(鳥) 꽃(花) 사이에서(間) 울더라(鳴)
시험삼아(借) 묻나니(問) 어떠하고(何) 어떠한(如) 때인가(時)
봄(春) 바람에(風) 흐르는(流) 꾀꼬리(鶯) 소리(語)
이에(之) 느껴(感) 자주(欲) 한숨을(歎) 쉬며(息)
술을(酒) 마주하니(對) 또(還) 저절로(自) 기울어지네(傾)
크게(浩) 노래하며(歌) 밝은(明) 달을(月) 만나려니(待)
곡조가(曲) 다하매(盡) 이미(已) 정을(情) 잊었노라(忘)

題意(제의) – 봄날 술에 취했다가 깨어 자기의 뜻을 말한다는 제목으로 봄의 한가로운 자연에 同化(동화)되어 모든 정을 잊게 되었다고 읊은 詩(시).

註解(주해) – 忘情 : 喜怒哀樂愛惡慾(희노애락애오욕)의 인정을 깨끗이 잊어버림.

## 284. 醉贈張秘書(취증장비서)

－退之 韓 愈(퇴지 한 유)

人皆勸我醉　我若耳不聞　今日到君家　呼酒持勸君　爲此座上客

及余各能文　君詩多態度　藹藹春空雲　東野動驚俗　天葩吐奇芬

張籍學古淡　軒鶴避鷄群　阿買不識字　頗知書八分　詩成使之寫

亦足張吾軍　所以欲得酒　爲文俟其醺　酒味既冷冽　性情漸浩浩

諧笑方云云　此誠得酒意　餘外徒繽紛　長安衆富兒　盤饌羅羶葷

不解文字飮　惟能醉紅裙　雖得一餉樂　有如聚飛蚊　今我及數子

故無蕕與薰　險語破飛膽　高詞比皇墳　**至寶不雕琢**　**神功謝鋤芸**

方今向**泰平**　元凱承華勛　吾徒幸無事　庶以窮朝曛

인개권아취　아약이불문　금일도군가　호주지권군　위차좌상객

급여각능문　군시다태도　애애춘공운　동야동경속　천파토기분

장적학고담　헌학피계군　아매불식자　파지서팔분　시성사지사

역족장오군　소이욕득주　위문사기훈　주미기냉렬　성정점호호

해소방운운　차성득주의　여외도빈분　장안중부아　반찬나전훈

불해문자음　유능취홍군　수득일향락　유여취비문　금아급수자

고무유여훈　험어파비담　고사비황분　**지보부조탁**　**신공사서운**

방금향**태평**　원개승화훈　오도행무사　서이궁조훈

사람들은 모두 나에게 술을 권했지만

나는 듣지 못한 척하였는데

오늘 그대 집에 와

술을 청해 그대에게 권하는 것은

이 자리의 손님들과

내가 글을 지을 수 있기 때문이네

그대의 시는 표현에 법도가 있어

봄 하늘에 한가한 구름 같이 어우러졌네
동야 맹교는 세상을 놀라게 하였으니
하늘의 꽃이 기이한 향기를 뿜는 듯하고
장적은 옛적의 담백한 기풍을 익혔으니
높이 나는 학이 닭들을 피하는 듯 하였네
내 조카 아매는 글도 읽지 못하지만
팔분체 글씨는 곧잘 쓸 줄 알아
시가 완성되면 그에게 베끼도록 하여
또한 우리의 군진을 펼치기에 충분하네
술을 얻으려는 이유는
얼큰하게 취하기를 기다려 문장을 지으려는 것이니
술맛은 차고도 시원하여
성정이 점점 호탕해지네
어울려 왁자지껄하게 이야기하고 웃으니
이것이 술 마시는 뜻이요
이외의 다른 것은 공연히 어지러울 뿐이네
서울 장안의 많은 부자들은
소반에 고기와 나물을 가득 늘어놓고
글도 모르면서 술만 마시며
오직 붉은 치마 입은 여인들과 취하기만 하니
이로써 비록 잠시의 즐거움은 얻을 수 있겠지만
모여서 날아다니는 모기와 같은 것이네
지금 나와 여러 손님들은
본래 유풀과 훈풀 같이 어울리지 않는 사람이란 없고
뛰어난 글은 귀신의 간담도 깨뜨리며
고상한 글은 삼 황 시대의 글과 견줄 만하니

지극한 보석은 갈고 다듬을 필요가 없고
신묘한 공적은 호미 질이나 김매지 않아도 된다네
지금은 태평세월이 되어가고
어진 사람들이 성군의 화려한 공을 이어 가고 있어
우리에겐 다행히 아무 일도 없으니
이로써 아침부터 저녁까지 노력하기를 바라네

**直譯**(직역) – 사람들은(人) 모두(皆) 내가(我) 취하도록(醉) 권했지만(勸)
나는(我) 귀로(耳) 듣지(聞) 못한 것(不) 같이하였는데(若)
오늘(今) 날(日) 그대(君) 집에(家) 이르러(到)
술을(酒) 가져오라고(持) 불러(呼) 그대에게(君) 권하니(勸)
이(此) 자리에(座) 있는(爲) 어른(上) 손님과(客)
함께(及) 내가(余) 각기(各) 글을(文) 잘 하기 때문이네(能)
그대의(君) 시에는(詩) 맵시와(態) 기량이(度) 두터워(多)
봄(春) 하늘의(空) 구름 같이(雲) 성하고(藹) 윤택하네(藹)
동야 맹교는(東野) 세상을(俗) 놀라고(動) 놀라게 하였으니(驚)
하늘의(天) 꽃이(葩) 기이한(奇) 향기를(芬) 토하는 것 같고(吐)
장적은(張籍) 옛적의(古) 욕심 없이 조촐함을(淡) 배웠으니(學)
훨훨 나는(軒) 학이(鶴) 닭의(鷄) 무리를(群) 피하는 듯하네(避)
내 조카 아매는(阿買) 글도(字) 알지(識) 못하지만(不)
팔분체는(八分) 자못(頗) 쓸 줄(書) 아니(知)
시가(詩) 이루어지면(成) 그에게(之) 베끼도록(寫) 하여(使)
또한(亦) 우리의(吾) 군사에 관한 것을(軍) 펼치기에(張) 충분하네(足)
술을(酒) 얻고자(得) 하는(欲) 까닭인(以) 바는(所)
그(其) 기분 좋게 취하기를(醺) 기다려(俟) 글월을(文) 지으려함이니(爲)
술(酒) 맛은(味) 이미(旣) 차갑고(冷) 차가워(冽)
성질과(性) 심정이(情) 점점(漸) 크고(浩) 넉넉해져(浩)
농담하고(諧) 웃으며(笑) 제멋대로(方) 말하고(云) 말하니(云)

이것이(此) 진실로(誠) 술의(酒) 뜻을(意) 얻음이요(得)
나머지(餘) 다른 것은(外) 다만(徒) 어지러운(繽) 부스러기네(粉)
서울 장안의(長安) 많은(衆) 부자(富) 사람들은(兒)
소반에(盤) 비린내나는 것과(羶) 냄새나는 채소로(葷) 반찬을 차려(饌) 늘어놓고(羅)
글월과(文) 글자도(字) 깨닫지(解) 못하면서(不) 술만 마시며(飮)
오직(惟) 능히(能) 붉은(紅) 치마에(裙) 취하니(醉)
비록(雖) 한번(一) 식사할 정도의 짧은 시간의(餉) 즐거움은(樂) 얻을 수 있겠지만(得)
모여서(聚) 날아다니는(飛) 모기와(蚊) 같음이(如) 있다네(有)
지금(今) 나와(我) 함께(及) 몇(數) 사람들은(子)
본래(故) 악취 나는 풀(蕕)과(與) 향내나는 풀은(薰) 아니니(無)
크고 깊은(險) 말은(語) 날아다니는(飛) 담력도(膽) 깨뜨리고(破)
훌륭한(高) 글은(詞) 삼 황 세 무덤의 글과(皇墳) 견줄 만하네(比)
지극한(至) 보석은(寶) 갈고(雕) 다듬지(琢) 아니하고(不)
신령의(神) 공덕은(功) 호미 질도(鋤) 김매는 것도(芸) 거절하는 것이니(謝)
바야흐로(方) 지금은(今) 편안하고(泰) 편안한 데로(平) 향하며(向)
아름답고(元) 훌륭하게(凱) 화려한(華) 공을(勛) 이어가고 있어(承)
우리(吾) 무리에겐(徒) 다행히(幸) 아무 일도(事) 없으니(無)
이로써(以) 아침부터(朝) 저녁까지(曛) 궁리하기를(窮) 바라네(庶)

題意(제의) – 지극한 보석은 갈고 다듬을 필요가 없으니 아침부터 저녁까지 노력하기 바란다면서 張秘書에게 주기 위해 취중에 읊은 詩(시).

註解(주해) – 八分 : 隷書(예서) 二分과 篆書(전서) 八分을 섞어서 만든 한자의 서체로 한나라 蔡 邕(채 옹)의 창작으로 알려짐.
蕕薰 : 악취 나는 풀(蕕)과 향내나는 풀(薰)로 善惡(선악)을 이름.
飛膽 : 날아다니는 귀신의 膽力(담력).

皇 : 三皇. 고대 중국 전설에 나타난 세 임금으로 伏羲氏·神農氏·燧人氏(복희씨·신농씨·수인씨) 또는 天皇氏·地皇氏·人皇氏(천황씨·지황씨·인황씨)를 말함.
皇墳 : 三皇시대의 三墳書(삼분서).

## 285. 七步詩(칠보시)

－子建 曹 植(자건 조 식)

煮豆持作羹 漉菽以爲汁 其在釜下然 豆在釜中泣 **本自同根生** 相煎何太急
자두지작갱 녹숙이위즙 기재부하연 두재부중읍 **본자동근생** 상전하태급

콩 볶아 죽을 만드는데
앙금을 쳐야 즙이 되나니
솥 아래에선 콩 깍지가 타고
솥에서는 콩이 운다
본디 같은 뿌리에서 태어났건만
어찌 이다지도 볶아대는고

**直譯**(직역)－콩을(豆) 볶아(煮) 가지고(持) 죽을(羹) 만드는데(作)
콩의(菽) 앙금을 쳐서(漉) 하여서(以) 국물이(汁) 되나니(爲)
콩깍지는(其) 솥(釜) 아래에서(下) 불타고(然) 있고(在)
콩은(豆) 솥(釜) 속에서(中) 울고(泣) 있답니다(在)
본디(本) 스스로(自) 같은(同) 뿌리에서(根) 태어났건만(生)
서로(相) 볶아대는 것이(煎) 어찌하여(何) 매우(太) 급하기만 하는고(急)

**題意**(제의)－魏(위)의 曹 植(조 식)이 형인 文帝(문제)의 미움을 받아 일곱 걸음 걷는 동안에 시를 지으라고 강요받고 형제에 빗대어 읊은

詩(시).

註解(주해)－曹　植 : 魏의 武帝 操(무제 조)의 셋째 아들이며 文帝 曹　丕(문제 조　비)의 아우로 그들 세 사람을 三 曹(삼 조)라 하고 함께 建安文學(건안문학)의 중심적 존재이나 맏형 丕와 태자 계승문제로 암투하다가 29세 때 아버지가 죽고 형이 魏의 초대 황제로 즉위한 뒤 평생 정치적 위치가 불우하게 되었는데 그의 재주와 인품을 싫어한 文帝 曹 丕는 거의 해마다 새 봉지에 옮겨 살도록 강요하니 曹　植은 엄격한 감시 하에 신변의 위험을 느끼며 불우한 나날을 보냈고 어느 날 연회석상에서 형 文帝가 일곱 걸음을 걷는 사이에 시 한 수를 짓지 못하면 大法(대법) 즉 사형으로 다스리겠다고 하자 그 말이 끝나기가 무섭게 시 한 수를 읊었으니 자기를 콩에 형을 콩 대에 비유하여 육친의 불화를 상징적으로 노래한 이 시가 바로 이름난 七步之詩(칠보지시) 임.

## 286. 七月夜行江陵途中作(칠월야행강릉도중작)

－淵明 陶　潛(연명 도　잠)

閑居三十載　遂與塵事冥　**詩書敦宿好　林園無俗情**　如何捨此居
遙遙至西荊　叩枻新秋月　臨流別友生　凉風起將夕　夜景湛虛明
昭昭天宇闊　皛皛川上平　懷役不遑寐　中宵尙孤征　商歌非吾事
依依在耦耕　投冠旋舊墟　不爲好爵縈　養眞衡茅下　庶以善自名
한거삼십재　수여진사명　**시서돈숙호　임원무속정**　여하사차거
요요지서형　고예신추월　임류별우생　양풍기장석　야경담허명
소소천우활　효효천상평　회역불황매　중소상고정　상가비오사
의의재우경　투관선구허　불위호작영　양진형모하　서이선자명

한가롭게 살기 삼십 년

마침내 세상일에 어둡게 되었네
시와 서는 예부터 우의를 두터이 하고
숲과 동산은 속된 정을 없이하네
어찌 이곳을 버리고
멀리 서쪽 형주로 가랴
노를 두드리니 가을달이 새롭고
강물 앞에서 벗을 이별하네
서늘한 바람이 저녁에 일어나는데
밤 경치의 고요하고 밝음을 즐기니
밝고 밝은 하늘은 넓기도 하고
맑고 맑은 냇물은 질펀하네
할 일 생각하니 잠 잘 겨를도 없어
밤중에도 외로이 길을 가고
출세는 내 뜻이 아니기에
의연히 밭을 갈고 있네
벼슬을 버리고 옛 마을로 돌아오니
벼슬 좋아하여 생기는 성가신 일 없고
초가집 아래에서 참됨을 기르며
스스로의 이름을 잘 지니기 바랄 뿐이라네

**直譯**(직역) – 한가롭게(閑) 살기(居) 삼십(三十) 해에(載)
드디어(遂) 흙먼지(塵) 일은(事) 모두(與) 어둡게되었네(冥)
시와(詩) 글은(書) 묵은(宿) 우의를(好) 도탑게 하고(敦)
숲과(林) 동산은(園) 속된(俗) 정을(情) 없게 하네(無)
어찌(如) 어찌하여(何) 이(此) 곳을(居) 버리고(捨)
멀고(遙) 멀리(遙) 서쪽(西) 형주 고을로(荊) 이르랴(至)
노를(枻) 두드리니(叩) 가을(秋) 달만(月) 새로운데(新)

흐르는 물에(流) 임하여(臨) 벗인(友) 사람과(生) 이별을 하네(別)
서늘한(凉) 바람은(風) 저녁을(夕) 따라서(將) 일어나고(起)
밤(夜) 경치가(景) 비어서(虛) 밝음을(明) 즐기네(湛)
밝고(昭) 밝은(昭) 하늘(天) 하늘은(宇) 넓기도 하고(闊)
희고(皛) 흰(皛) 냇물(川) 위는(上) 평평하네(平)
일을(役) 생각하니(懷) 잠잘(寐) 겨를도(遑) 없고(不)
밤(宵) 가운데에(中) 오히려(尙) 외로이(孤) 길을 가네(征)
남에게 알려져 등용되기를 바라는 슬픈 가락의(商) 노래는(歌) 나의(吾) 일이(事) 아니니(非)
성하고(依) 편안하게(依) 밭을 갈고(耦) 밭을 갈고(耕) 있네(在)
갓을(冠) 벗어 던지고(投) 오래된(舊) 옛터로(墟) 되돌아오니(旋)
벼슬을(爵) 좋아해(好) 얽히는 일(縈) 하지(爲) 않겠네(爲)
지붕 없는 대문과(衡) 띠 집(茅) 아래에서(下) 참됨을(眞) 기르고(養)
스스로의(自) 이름을(名) 높게(善) 하기를(以) 바라네(庶)

**題意**(제의)－벼슬을 버리고 고향에 돌아와 아름다운 자연을 즐기며 참된 마음을 기르는 감흥을 七月 밤 江陵으로 가는 길에서 읊은 詩(시).

## 287. 夏日南亭懷辛大(하일남정회신대)

－浩然 孟 浩(호연 맹 호)

山光忽西落 池月漸東上 散發乘夜凉 開軒臥閑敞 **荷風送香氣**
**竹露滴淸響** 欲取鳴琴彈 恨無知音賞 感此懷故人 中宵勞夢想
산광홀서락 지월점동상 산발승야량 개헌와한창 **하풍송향기**
**죽로적청향** 욕취명금탄 한무지음상 감차회고인 중소노몽상

산의 해 홀연히 서쪽으로 지니
못의 달 점차 동으로 오른다
머리 풀어헤치니 밤 기운 서늘하여

문 열어 한가하고 널찍하게 눕는다
연꽃 바람은 향긋한 기운 보내오고
대나무 이슬은 맑은 소리 적시는데
거문고 타고 싶으나
알아줄 친구 없어 한스럽다
이에 느껴 친구가 생각나니
한밤 꿈길도 괴롭다

**直譯**(직역) – 산의(山) 빛은(光) 홀연히(忽) 서쪽으로(西) 지고(落)
못의(池) 달(月) 점차(漸) 동으로(東) 오르네(上)
흩뜨리고(散) 흩뜨려(發) 밤의(夜) 서늘함을(涼) 타고(乘)
문을(軒) 열어(開) 한가롭고(閑) 널찍하게(敞) 눕네(臥)
연꽃(荷) 바람은(風) 향긋한(香) 기운을(氣) 보내오고(送)
대나무(竹) 이슬은(露) 맑은(淸) 소리(響) 적시네(滴)
가지고자(取) 하는 것은(欲) 거문고(琴) 타서(彈) 울리는 것이나(鳴)
없어(無) 한스러움은(恨) 소리를(音) 감상하여(賞) 알아주는 것이라네(知)
이에(此) 느껴(感) 옛 벗(故) 그 사람(人) 생각나(懷)
밤(宵) 중(中) 꿈(夢) 생각도(想) 괴롭다네(勞)

**題意**(제의) – 연꽃은 향기롭고 대나무 소리도 맑아 거문고를 타고 싶으나 알아줄 친구 없어 한스러운 夏日에 南亭에서 辛大를 생각하며 읊은 詩(시).

## 288. 夏日李公見訪(하일이공견방)

– 子美 杜 甫(자미 두 보)

遠林暑氣薄　公子過我遊　貧居類村塢　僻近城南樓　傍舍頗淳朴
所願亦易求　隔屋問西家　借問有酒不　牆頭過濁醪　淸風左右至

客意已驚秋 **巢多衆鳥鬪** **葉密鳴蟬稠** 苦遭此物聒 孰謂吾廬幽
水花晚色靜 庶足充淹留 預恐樽中盡 更起爲君謀
원림서기박 공자과아유 빈거류촌오 벽근성남루 방사파순박
소원역이구 격옥문서가 차문유주불 장두과탁료 청풍좌우지
객의이경추 **소다중조투** **엽밀명선조** 고조차물괄 숙위오려유
수화만색정 서족충엄류 예공준중진 갱기위군모

숲이 깊으면 더위가 적으니
이공께서 나를 찾아 오셨다
가난한 내 집은 시골마을을 닮아
외지게 성 남쪽 누대 가까이 있지만
이웃 사람들은 모두 순박하여
아쉬운 것도 쉽게 구한다
담 너머 서쪽 집에 묻기를
술 가진 것 좀 있는가 하니
담 너머로 막걸리를 건네준다
맑은 바람이 좌우에서 불어오니
손님 마음에 이미 가을인가 놀라는데
새둥지 많아 뭇 새들은 다투고
나뭇잎 무성하여 매미소리 요란하나
새소리 매미소리 듣기도 괴로운데
누가 내 집이 그윽하다 하는가
연꽃은 저녁 빛에 고요하니
손님 머물러두기에 충분하다
술통의 술 떨어질까 미리 두려워
다시 일어나 술을 마련해 둔다

**直譯**(직역) – 깊은(遠) 숲이라(林) 더위(暑) 기운이(氣) 엷으니(薄)
귀한(公) 사람이(子) 나에게(我) 놀러(遊) 찾아왔다(過)
가난하게(賓) 사는 곳은(居) 시골(村) 마을을(塢) 닮아서(類)
후미지게(僻) 성(城) 남쪽(南) 다락에(樓) 가까이 있지만(近)
곁의(傍) 집들은(舍) 두루(頗) 인정이 도탑고(淳) 꾸밈이 없어(朴)
바라는(願) 것은(所) 또한(亦) 쉽게(易) 구한다(求)
사이가 뜬(隔) 집(屋) 서쪽(西) 집에(家) 물어(問)
술이(酒) 있는지(有) 없는지(不) 시험삼아(借) 물으니(問)
담(牆) 머리로(頭) 흐린(濁) 막걸리를(醪) 건네준다(過)
맑은(淸) 바람이(風) 왼쪽(左) 오른쪽에서(右) 이르니(至)
손님(客) 마음에(意) 이미(已) 가을인가(秋) 놀라는데(驚)
새둥지(巢) 많아(多) 뭇(衆) 새들은(鳥) 다투고(鬪)
나뭇잎(葉) 빽빽하여(密) 우는(鳴) 매미가(蟬) 많으니(稠)
이러한(此) 물건들의(物) 떠들썩한 것을(聒) 당하는 것이(遭) 괴로운데(苦)
누가(孰) 내(吾) 오두막집이(廬) 그윽하다고(幽) 말하는가(謂)
물(水) 꽃은(花) 저녁(晩) 빛에(色) 고요하니(靜)
오래되도록(淹) 머무르게 하기에(留) 거의(庶) 만족하고(足) 흡족하다(充)
술통(樽) 속이(中) 다 없어질까(盡) 미리(預) 두려워(恐)
다시(更) 일어나(起) 그대를(君) 위해(爲) 꾀해둔다(謀)

**題意**(제의) – 어느 夏日 李公이 찾아와 함께 술을 마시다가 가난하지만 술통의 술이 떨어지기 전에 미리 마련해 두겠다고 읊은 詩(시).

## 289. 形贈影(형증영)

– 淵明 陶 潛(연명 도 잠)

天地長不沒　山川無改時　草木得常理　霜露榮悴之　謂人最靈智
獨復不如茲　適見在世中　奄去靡歸期　奚覺無一人　親識豈相思
但餘平生物　擧目情悽洏　我無騰化術　必爾不復疑　願君取吾言

得酒莫苟辭

천지장불몰 산천**무개시** 초목득**상리** 상로영췌지 위인최영지
독부불여자 적견재세중 엄거미귀기 해각무일인 친식기상사
단여평생물 거목정처이 아무등화술 필이불부의 원군취오언
득주막구사

하늘과 땅은 영원하고
산과 강은 변함이 없다
초목도 영원한 이치를 알아
서리와 이슬에 시들었다 되살아나는데
만물의 영장이란 사람만은
그들과 같지 못하여
잠시 이 세상에 살다가
어느덧 사라져 돌아오지 않으니
어찌 한 사람인들 기억해 주겠는가
친지들도 그를 잊어버리고
살아서 늘 쓰던 물건만 남아
보는 이만 옛정에 눈물 흘린다
나 또한 신선이 될 재주 없으니
반드시 언젠가는 그리 되리라
그림자여 자네도 내 말 듣고
술이나 실컷 들이마시자

**直譯(직역)** – 하늘과(天) 땅은(地) 길이(長) 없어지지(沒) 않고(不)
산과(山) 냇물은(川) 바뀌어지는(改) 때가(時) 없다(無)
풀과(草) 나무도(木) 오래도록 변하지 않는(常) 이치를(理) 얻어(得)
서리와(霜) 이슬에(露) 그것이(之) 시들었다가(悴) 무성하게된다(榮)

사람이(人) 가장(最) 신령스럽고(靈) 슬기롭다(智) 말하지만(謂)
홀로(獨) 거듭하여(復) 이와(玆) 같지(如) 아니하다(不)
마침(適) 세상(世) 가운데(中) 있음을(在) 당하였다가(見)
문득(奄) 가버리고(去) 돌아온다는(歸) 기약이(期) 없으니(靡)
어찌하여(奚) 알아주는 이가(覺) 한(一) 사람도(人) 없는가(無)
친하고(親) 친밀한 사이라도(識) 어찌(豈) 서로(相) 생각하겠는가(思)
다만(但) 보통(平) 생활의(生) 물건만(物) 남아(餘)
끌리는 정에(情) 슬프고(悽) 눈물이 나(洏) 눈을(目) 든다(擧)
나는(我) 날아 올라(騰) 모양이 바뀌는(化) 꾀가(術) 없으니(無)
반드시(必) 그러하리라(爾) 다시(復) 의심하지(疑) 아니하련다(不)
그대 그림자에게(君) 바라나니(願) 내(吾) 말을(言) 받아들여(取)
진실로(苟) 사양하지(辭) 말고(莫) 술이나(酒) 탐하자(得)

題意(제의)－우리 人間은 너무나 외롭고 허망한 것이라 할 것이니 나에게 붙어 다니는 그림자도 나와 함께 술이나 마시자며 인생무상을 읊은 詩(시).

註解(주해)－影 : 影(그림자)은 陰影(음영)만이 아니라 물체에 빛이 비친 뒷면에 생기는 것으로 눈에 보이는 모든 것도 같은 그림자라고 하겠고 또 인간의 名譽(명예)나 富貴(부귀) 같은 것들도 몸에 따라 있기도 하고 없기도 하는 그림자라 하겠으니 결국 이 모든 것은 몸과 더불어 있다가도 사라지는 것들이라 할 것임.
常理 : 영원히 변치 않는 도리. 자연의 섭리.
復 : ①돌아올 복. 復歸(복귀). ②다시 부. 復活(부활).

## 290. 和陶淵明擬古(화도연명의고)

－東坡 蘇 軾(동파 소 식)

有客扣我門 繫馬門前柳 庭空鳥雀噪 門閉客立久 主人枕書臥
夢我平生友 忽聞剝啄聲 驚散一杯酒 倒裳起謝客 夢覺兩愧負
坐談雜古今 不答顔愈厚 問我何處來 我來**無何有**
유객구아문 계마문전류 정공조작조 문폐객입구 주인침서와
몽아평생우 홀문박탁성 경산일배주 도상기사객 몽각양괴부
좌담잡고금 부답안유후 문아하처래 아래**무하유**

어떤 나그네가 우리 집 문을 두드려
문 앞 버드나무에 말을 맨다
뜰은 비어 새와 참새들 지저귀고
문은 닫혀있어도 나그네는 오랫동안 서있다
주인은 책을 베고 누워서
평생의 벗을 꿈꾸고 있는데
갑자기 벗기고 두들기는 소리 들려
한 잔 술에 놀라 달아나기도 하고
바지를 거꾸로 입고 일어나 사과 하다가
꿈에서 깨니 우정을 저버린 것 부끄러웠다
앉아서 고금의 여러 이야기를 나누다가
답하지 못하니 얼굴이 더욱 무안한데
어느 곳에서 왔느냐고 묻기에
나는 무하유 꿈나라에서 왔다고 했다

**直譯(직역)**－나의(我) 문을(門) 두드리는(扣) 나그네가(客) 있어(有)
문(門) 앞(前) 버드나무에(柳) 말을(馬) 맨다(繫)
뜰은(庭) 비어(空) 새와(鳥) 참새들(雀) 떼지어 지저귀고(噪)

문은(門) 닫혀있어도(閉) 나그네는(客) 오랫동안(久) 서있다(立)
주인 된(主) 사람은(人) 책을(書) 베고(枕) 누워(臥)
나의(我) 평생(平) 삶의(生) 벗을(友) 꿈꾸는데(夢)
갑자기(忽) 벗기고(剝) 두들기는(啄) 소리가(聲) 들려(聞)
한(一) 잔(杯) 술에(酒) 놀라(驚) 흩어지기도 하고(散)
치마를(裳) 거꾸로 하고(倒) 일어나(起) 나그네에게(客) 용서를 빌다가(謝)
꿈에서(夢) 깨니(覺) 짝을(兩) 저버린 것이(負) 부끄러웠다(愧)
앉아서(坐) 옛날과(古) 오늘의(今) 많은(雜) 이야기를 하다가(談)
답하지(答) 못하니(不) 낯가죽이(顔) 더욱(愈) 두꺼워지는데(厚)
나에게(我) 묻기를(問) 어느(何) 곳에서(處) 왔느냐고 하기에(來)
나는(我) 무하유 꿈나라에서(無何有) 왔다고 했다(來)

題意(제의) – 나그네가 어느 곳에서 왔느냐고 묻기에 無何有 꿈나라에서 왔노라 했다는 내용으로 도연명의 擬古 시에 和韻(화운)하여 읊은 詩(시).

註解(주해) – 無何有 : 자연 그대로 하등의 作爲(작위)도 없는 나라로 無何有之鄕(무하유지향)의 준말인데 無何有之鄕이란 莊子(장자) 應帝王(응제왕)에 나오는 말로 자연 그대로로서 어떠한 人爲(인위)도 없는 樂土(낙토) 즉 유토피아를 말함.
和韻 : 남이 지은 시의 韻字(운자)를 써서 答詩(답시)를 지음.

## 291. 和徐都曹(화서도조)

– 玄暉 謝 朓(현휘 사 조)

宛洛佳遨遊 春色滿皇州 結軫靑郊野 迥瞰蒼江流 **日華川上動**
**風光草際浮 桃李成蹊徑 桑楡蔭道周** 東都已俶載 言歸望綠疇
원락가오유 춘색만황주 결진청교야 형감창강류 **일화천상동**
**풍광초제부 도리성혜경 상유음도주** 동도이숙재 언귀망록주

옛 서울은 놀기 좋은 곳
봄빛은 황주에 가득
수레로 청교 들로 나가니
저 멀리 보이는 창강의 흐름이여
냇물 위에 번쩍이는 햇빛
풀밭 끝에서 움직이는 풍광
도리는 길을 내도록 흐드러지고
뽕나무 느릅나무는 길모퉁이를 뒤덮고
서울 밖은 벌써 농사일이 한창이거니
돌아가면 푸른 모종밭을 바라보리

**直譯(직역)** – 남양과(宛) 낙양은(洛) 즐겹게 놀고(遨) 놀기에(遊) 좋은데(佳)
봄(春) 빛은(色) 임금님(皇) 고을에도(州) 가득하여라(滿)
수레를(軫) 매어(結) 동 쪽(靑) 성 밖(郊) 들로 나가니(野)
멀리(逈) 푸른(蒼) 강의(江) 흐름이(流) 보이누나(瞰)
해(日) 빛은(華) 냇물(川) 위에서(上) 흔들리고(動)
바람(風) 빛은(光) 풀(草) 끝에서(際) 떠도는데(浮)
복숭아와(桃) 오얏은(李) 지름길(蹊) 지름길을(徑) 이루게 하고(成)
뽕나무(桑) 느릅나무는(楡) 길(道) 모퉁이를(周) 덮었다(蔭)
동쪽(東) 서울엔(都) 이미(已) 처음으로(俶) 일을 하고있으니(載)
아아(言) 돌아가서(歸) 푸른(綠) 밭을(疇) 바라보리라(望)

**題意(제의)** – 中都曹(중도조)의 관직에 있었던 徐勉(서면)의 시에 和(화)해서 首都(수도) 교외의 春朝遊觀(춘조육관)의 승경을 읊은 詩(시).

**註解(주해)** – 和 : 타인 시 韻(운)의 글자를 밟아서 시를 짓는 것을 말하며 혹은 남의 詩風(시풍)을 본뜨거나 그 비슷한 시를 짓는 것을 和解(화해)라고 함.
宛洛 : 宛은 남양이고 洛은 낙양으로 옛 서울을 지칭함.

青郊 : 오행으로 청은 동방으로 春(춘)에 해당함. 여기서는 낙양의 동쪽 성밖.

成蹊徑 : 漢書李廣傳贊(한서이광전찬)에 桃李(도리)가 말하지 않는데도 그 아래 절로 길을 이룬다고 하여 아름다운 꽃을 보고자 그 아래를 걷는 사람이 많아 저절로 길이 남을 말함.

俶載 : 俶은 처음으로 載는 일을 뜻하니 봄이 되이 농사일이 처음으로 벌어짐.

# 제4장 칠언절구(七言絶句)

命 題(명 제) : 樂性場
(낙성장)

書 體(서 체) : 金文(금문) ·
行書(행서)

規 格(규 격) : 55×137cm

內 容(내 용) : 本書(본서)
237.養拙(양졸)
參照(참조)

斷 想(단 상) : 2003. 정읍사 전국서예대전(정읍서협지회) 초대작품이다. 性은 天性(천성)이나 本性(본성)으로 풀이된다. 욕심이 없으면 본성은 마음바탕에서부터 즐거워진다는 것이니 즐거운 인생을 위해 욕심을 덜어내야 할 것 같다.

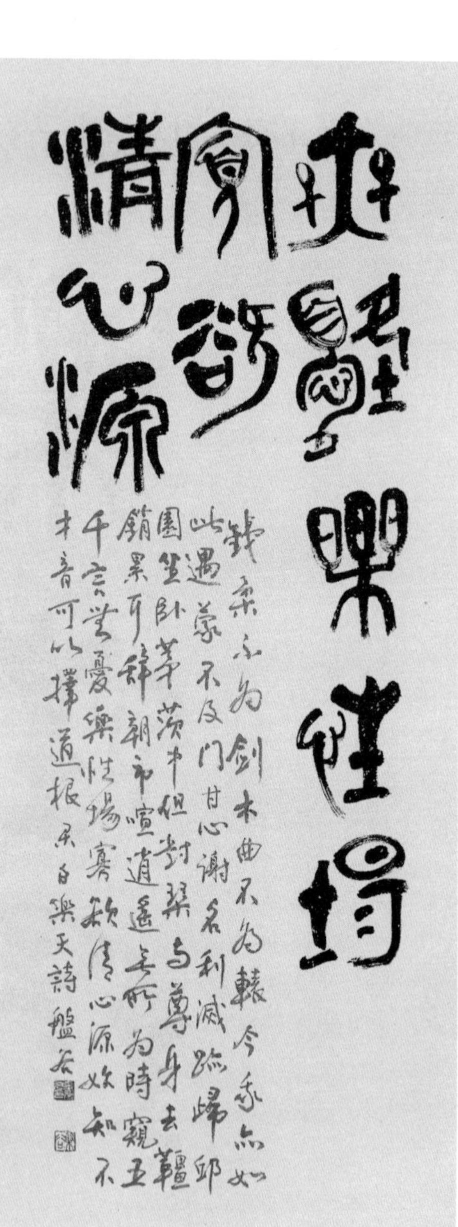

七言詩(칠언시)에는 古詩(고시)와 現代詩(현대시)가 있는데 七言古詩는 現代詩의 律詩·絶句 등과는 달라서 平仄(평측)이 자유롭기 때문에 長篇(장편)에 많이 씌어져서 譚話詩(담화시) 같은 것이 많은 것으로 漢 武帝(한 무제)의 栢梁臺聯句(백양대연구)에서 비롯한 것이라고 하나 楚辭系統(초사계통)의 歌謠類(가요류)에는 예부터 칠언의 句形(구형)이 여기 저기 보이고 있다. 이 형식은 소리가 길고 글자가 많으므로 자유롭게 아름다운 수식을 할 수 있는 것이 특징인 까닭으로 七言詩는 氣分·情調(기분·정조) 등이 풍부하고 語辭整頓(어사정돈)이 잘 된 점에서 五言詩(오언시)와는 큰 차이를 보이고 있다.

七言詩는 六朝(육조)의 梁(양) 이후 樂府(악부) 등에 약간 보이기 시작하여 唐(당)에 들어와 성행하게 된 형식인데 短篇(단편)은 絶句와 비슷하게 쓰여져 李白·王維(이백·왕유)에게서 많은 名篇(명편)이 전해지고 있다.

七言古詩 중 넉 줄 시는 第4章 七言絶句에 여덟 줄 시는 第5章 七言律詩에 편집하였다.

## 292. 江南春(강남춘)

－樊川 杜 牧(번천 두 목)

千里鶯啼綠映紅　水村山郭酒旗風　南朝四百八十寺　多少樓臺煙雨中
천리앵제녹영홍　수촌산곽주기풍　남조사백팔십사　다소누대연우중

길 따라 꾀꼬리 울며 푸른 잎은 붉은 꽃에 어른거리는데
산 둘레 물가 고을엔 주막 깃발이 바람에 펄럭이고
남조 시절 세워진 사백 팔십 개의 절과
여러 다락집이 안개비 속에 서있다

直譯(직역) – 천(千) 리에(里) 꾀꼬리(鶯) 울며(啼) 푸른 잎은(綠) 붉은 꽃을(紅) 덮어 가리는데(映)
산(山) 둘레의(郭) 물가(水) 고을(村) 주막에서(酒) 깃발이(旗) 바람에 펄럭이고(風)
남조 시대의(南朝) 사백( 四百) 팔십의(八十) 절과(寺)
많고(多) 적은(少) 다락의(樓) 돈대가(臺) 안개(煙) 비(雨) 속에 있다(中)

題意(제의) – 맑게 갠 농촌 풍경과 비 내리는 옛 서울 모습을 대조시켜 강남 지방의 봄 정경을 읊은 詩(시).

註解(주해) – 南朝 : 중국 漢(한) 나라가 남북으로 갈라졌을 때 남쪽 나라의 조정.

## 293. 江南行(강남행)

–張 潮(장 조)

茨菰葉爛別西灣 蓮子花開不未還 妾夢不離江上水 人傳郎在鳳凰山
자고엽란별서만 연자화개불미환 첩몽불리강상수 인전랑재봉황산

쇠귀나물 잎이 고울 때 서쪽 항구에서 이별하였는데
연꽃이 피었는데도 아직 돌아오지 않고 있다
내 꿈은 이 강물 위에 떠가고 있는데
임은 봉황산에 있다는 소식뿐이다

直譯(직역) – 납가새(茨) 줄 풀(菰) 잎이(葉) 고울 때(爛) 서쪽(西) 물굽이에서(灣) 떠났는데(別)
연(蓮) 이라고 하는(子) 꽃이(花) 피었는데도(開) 아직(未) 돌아오니(還) 아니한다(不)
첩의(妾) 꿈은(夢) 강(江) 위의(上) 물을(水) 떠나지(離) 아니한데(不)
사람이(人) 남편은(郎) 봉황산에(鳳凰山) 있다고(在) 전한다(傳)

**題意**(제의) – 가을 항구에서 이별을 하고 꿈에 님이 떠난 강물만 서성대고 있는데 님은 鳳凰山에 머문다는 소식을 듣는 첩의 심정을 읊은 詩(시).

**註解**(주해) – 行 : 歌謠(가요)의 한 형식으로 樂府(악부)의 이름이며 引(인)이나 歌曲(가곡)에 비해 歌詞上(가사상)에는 다름이 없음.

茨 : 납가새. 일년초로 높이는 1m 가량이고 7월에 노란 꽃이 잎 사이에 하나씩 달리며 해변의 모래땅에 남.

菰 : 줄. 포아 풀과에 속하는 다년초로 줄기 높이는 1~2m이고 8월에 꽃이 피며 못이나 물가에 나고 있은 도롱이 · 遮陽(차양) 및 자리를 만드는 데 쓰임.

## 294. 江樓書感(강루서감)

– 承祐 趙 嘏(승우 조 하)

獨上江樓思渺然 **月光如水**水連天 同來翫月人何處 風景依稀似去年
독상강루사묘연 **월광여수**수연천 동래완월인하처 풍경의희사거년

홀로 강 누각에 올라 멀리 바라보니
맑은 물이 달빛 따라 하늘에 닿았다
함께 달구경하던 그 사람 가버렸지만
풍경은 변함 없이 그대로 있다

**直譯**(직역) – 홀로(獨) 강(江) 다락에(樓) 오르니(上) 생각은(似) 아득히(渺) 그러하고(然)

달(月) 빛은(光) 물과(水) 같고(如) 물은(水) 하늘에(天) 잇닿았다(連)

함께(同) 와(來) 달(月) 구경한(翫) 그 사람은(人) 어느(何) 곳에 있는가(處)

경치와(風) 경치는(景) 변함이 드물어(稀) 전과 같고(依) 지난(去) 해와(年) 같다(似)

**題意**(제의) – 지난해에 저 밝은 달을 함께 구경했던 그 사람은 떠났지만 오늘도 변함 없이 그대로 있는 산천의 풍경을 읊은 詩(시).

## 295. 江畔獨步尋花(강반독보심화)

– 子美 杜 甫(자미 두 보)

江上桃花惱不徹　無處告訴只顚狂　走覓南鄰愛酒伴　經旬出飮獨空床
강상도화뇌불철　무처고소지전광　주멱남린애주반　경순출음독공상

강가의 복숭아꽃 너무 좋은데
이 아름다움 알릴 길 없어 미칠 것 같아
서둘러 남쪽 고을로 술친구 찾아갔더니
열흘 전 술 마시러 나가고 침상만 남았더라

**直譯**(직역) – 강(江) 가(上) 복숭아(桃) 꽃의(花) 괴롭힘을(惱) 없앨 수(徹) 없는데(不)
알리고(告) 하소연할(訴) 곳(處) 없어(無) 다만(只) 미쳐(狂) 넘어질 것 같아(顚)
남쪽(南) 고을로(鄰) 술(酒) 좋아하는(愛) 짝을(伴) 찾아(覓) 달려갔더니(走)
술 마시러(飮) 나가(出) 열흘이(旬) 지나도록(經) 홀로(獨) 침상만(床) 비어있더라(空)

**題意**(제의) – 복숭아꽃이 아름다워 술친구 찾아갔더니 열흘 전 술 마시러 나가고 침상만 남아있는 허탈한 심정을 읊은 詩(시).

## 296. 江村卽事(강촌즉사)

-文初 司空 曙(문초 사공 서)

罷釣歸來不繫船　江邨月落正堪眠　縱然一夜風吹去　唯在蘆花淺水邊
파조귀래불계선　강촌월락정감면　종연일야풍취거　유재노화천수변

고기 낚다 돌아와 배도 매지 않은 채
강촌 지는 달에 바로 잠이 들었는데
밤들어 제멋대로 바람이 분다해도
갈대꽃 핀 얕은 물가에 그대로 있겠지

直譯(직역)-낚시를(釣) 그만두고(罷) 돌아(歸) 와(來) 배를(船) 매지(繫) 않은 채(不)
강(江) 마을에(邨) 달이(月) 떨어져(落) 바로(正) 잠을(眠) 즐겼는데(堪)
멋대로(縱) 그러하게(然) 한(一) 밤(夜) 바람(風) 불어(吹) 지나가더라도(去)
오직(唯) 갈대(蘆) 꽃(花) 얕은(淺) 물(水) 가에(邊) 있겠지(在)

題意(제의)-낚시하고 고기잡이배를 매어두지 않아도 아무 걱정 없는 평화로운 江村을 읊은 詩(시).

註解(주해)-卽事 : 사물을 대하고서 바로 짓는 즉흥시.

## 297. 階下蓮(계하연)

-香山居士 白居易(향산거사 백거이)

**葉展影翻當砌月　花開香散入簾風**　不如種在天池上　猶勝生於野水中
**엽전영번당체월　화개향산입렴풍**　불여종재천지상　유승생어야수중

섬돌에 달 비칠 제 잎이 펴져 그림자 뒤집히고
꽃 필 제 향기 흩어져 바람에 날아든다
궁궐 연못에 심어져 있느니만 못하겠지만
오히려 들판보다 물에서 자라는 것이 낫겠지

**直譯**(직역) – 잎이(葉) 펴져(展) 그림자가(影) 뒤집힘은(翻) 섬돌에(砌) 달이(月) 당함이요(當)
꽃이(花) 피어나(開) 향기(香) 흩어짐은(散) 발에(簾) 바람이(風) 듦이라(入)
궁궐(天) 연못(池) 가에(上) 심어져(種) 있는 것만(在) 같지(如) 못하겠지만(不)
오히려(猶) 들판(野) 보다도(於) 물(水) 속에서(中) 자라는 것이(生) 낫겠지(勝)

**題意**(제의) – 섬돌에 달이 비치니 펴진 잎에 그림자 아롱지고 바람이 문발에 불어드니 향기가 흩어지는 섬돌 아래 연꽃을 보고 읊은 詩(시).

## 298. 過鄭山人所居(과정산인소거)

– 文房 劉長卿(문방 유장경)

寂寂孤鶯啼杏園　寥廖一犬吠桃源　**桃花芳草無尋處　萬壑千峰獨閉門**
적적고앵제행원　요료일견폐도원　**도화방초무심처　만학천봉독폐문**

고요하게 외로운 꾀꼬리는 살구꽃 동산에서 우짖고
쓸쓸하게 한 마리 개는 복숭아꽃 수원지에서 짖어댄다
복숭아꽃 향긋한 풀엔 찾을 만한 경치 없어
수많은 산골짜기 산봉우리 속에 홀로 문을 닫아버렸다

**直譯**(직역) – 고요하고(寂) 쓸쓸하게(寂) 외로운(孤) 꾀꼬리(鶯) 살구꽃(杏) 동

산에서(園) 울어대고(啼)
쓸쓸하고(寥) 쓸쓸하게(廖) 한 마리(一) 개는(犬) 복숭아(桃) 근원에서 (源) 짖어댄다(吠)
복숭아(桃) 꽃(花) 향긋한(芳) 풀엔(草) 찾을만한(尋) 곳이(處) 없어(無)
수많은(萬) 골짜기(壑) 수많은(千) 산봉우리에(峰) 홀로(獨) 문을(門) 닫아 벼렸다(閉)

**題意**(제의) – 도연명의 桃花源記(도화원기)와 이태백의 山中問答(산중문답)의 영향을 받아 별천지같이 아름다운 鄭山人의 거처 풍경을 읊은 詩(시).

## 299. 過鴻溝(과홍구)

– 退之 韓 愈(퇴지 한 유)

龍疲虎困割川原　億萬蒼生性命存　誰勸君王回馬首　眞成一**擲賭乾坤**
용피호곤할천원　억만창생성명존　수권군왕회마수　진성**일척도건곤**

용은 지치고 범은 노곤하여 강과 들판을 나누니
많고 많은 백성들의 목숨이 편안하더라
누가 군왕에게 말머리를 돌리도록 권하여
진정 천지를 걸고 도박을 하게 했나

**直譯**(직역) – 용은(龍) 지치고(疲) 범은(虎) 노곤하여(困) 내와(川) 들을(原) 나누니(割)
억과(億) 만이나 되는(萬) 우거진(蒼) 백성의(生) 성품과(性) 목숨이(命) 편안해 지더라(存)
누가(誰) 임금(君) 임금에게(王) 말(馬) 머리를(首) 돌리도록(回) 권하여(勸)
참으로(眞) 참으로(成) 한번(一) 노름에(擲) 하늘과(乾) 땅을(坤) 걸게

하였나(賭)

註解(주해) – 蒼生 : 백성. 백성 많은 것을 초목이 무성히 자라 퍼지는 데 비유하여 이름.

乾坤一擲 : 하늘과 땅을 걸고 한 번 주사위를 던진다는 뜻인데 곧 운명과 흥망을 걸고 단판걸이로 승부나 성패를 겨루거나 흥하든 망하든 운명을 하늘에 맡기고 결행함을 비유한 말. 전쟁을 시작한지 3년 만에 秦(진)나라를 멸하고(B.C. 206) 스스로 楚覇王(초패왕)이 된 항우는 지금의 徐州(서주) 彭城(팽성)을 도읍으로 정하고 義帝(의제)를 楚 나라의 황제로 삼아 유방을 비롯해서 진나라 타도에 기여 한 유공자들을 王侯(왕후)로 봉함 에 따라 천하는 일단 진정되었으나 이듬해 義帝가 弑害(시해)되고 論功行賞(논공행상)에 불만을 품어 온 제후들이 각지에서 반기를 들자 천하는 다시 혼란에 빠지게 됨. 항우가 齊(제) 趙(조) 梁(양) 땅을 전전하면서 田榮(전영) 陳餘(진여) 彭越(팽월) 등의 반군을 치는 사이에 유방은 關中(관중)을 합병하고 이듬해 의제 弑害에 대한 징벌을 구실로 56만 대군을 휘몰아 彭城을 공략하게 됨. 급보를 받고 달려온 항우가 반격하자 유방은 아버지와 아내까지 敵(적)의 진영에 남겨둔 채 겨우 목숨만 살아 하남성 內의 滎陽(형양)으로 달아나게 되었음. 그 후 병력을 보충한 유방은 항우와 일진일퇴의 공방전을 계속하다가 鴻溝를 경계로 천하를 양분하고 싸움을 멈추게 됨. 항우는 유방의 아버지와 아내를 돌려보내고 彭城을 향해 철군 길에 올랐으며 이어 유방도 철군하려 하자 참모인 張良(장량)과 陳平(진평)이 유방에게 진언하기를 漢(한)나라는 천하의 태반을 차지하고 제후들도 따르고 있지만 항우의 楚(초)나라는 군사들이 몹시 지쳐 있는 데다가 군량마저 바닥이 났으니 이야말로 하늘이 楚(초)나라를 멸하게 하려는 것으로 당장 쳐부숴야 하며 만약 지금 치지 않으면 養虎遺患(양호유환) 즉 호랑이를 길러 후환을 남기는 꼴이 될 것이라 하니 이 말을 듣고 마음을 굳힌 유방은 말머리를 돌려 항우를 추격하게 되었고 이듬해 유방은 韓信(한신) 彭

越 등의 군사와 더불어 安徽城(안휘성) 내의 垓下(해하)에서 楚(초)나라 군사를 포위하고 四面楚歌(사면초가) 작전을 폈음. 참패한 항우는 安徽城 내의 烏江(오강)으로 敗走(패주)하여 자결하고 유방은 천하를 얻게 되었음.

**題意**(제의) – 河南省(하남성) 내의 鴻溝를 지나다가 漢王(한왕) 劉邦(유방)에게 乾坤一擲을 촉구한 張良(장랑) 陳平(신평)을 기리며 읊은 詩(시).

## 300. 九月九日憶山中兄弟(구월구일억산중형제)

–摩詰 王 維(마힐 왕 유)

獨在異鄉爲異客　每逢佳節倍思親　遙知兄弟登高處　遍揷茱萸少一人
독재이향위이객　매봉가절배사친　요지형제등고처　편삽수유소일인

홀로 타향에 떠도는 나그네 몸이
명절을 만나면 어버이 생각이 간절하다
고향에선 형제들이 높은 곳에 올라
수유 꽂고 노는 자리에 한 사람만 빠졌겠지

**直譯**(직역) – 홀로(獨) 다른(異) 마을에(鄉) 있어(在) 다른(異) 나그네가(客) 되니(爲)
언제나(每) 좋은(佳) 때를(節) 만나면(逢) 곱으로(倍) 어버이가(親) 생각난다(思)
멀리서(遙) 알겠거니(知) 형(兄) 아우가(弟) 높은(高) 곳에(處) 올라(登)
두루(遍) 수유(茱) 수유를(萸) 꽂았는데(揷) 한(一) 사람만(人) 빠졌겠지(少)

**題意**(제의) – 九月九日 重陽節(중양절)인 오늘 고향에서 兄弟들이 모이는 자리에 참석하지 못하니 어버이생각이 간절하여 읊은 詩(시).

## 301. 菊花(국화)

—微之 元 稹(미지 원 진)

**秋叢繞舍似陶家 遍繞籬邊日漸斜** 不是花中偏愛菊 此花開盡更無花
**추총요사사도가 편요리변일점사** 불시화중편애국 차화개진갱무화

도연명의 집 같이 가을꽃이 덮여 있는데
두루 얽은 울타리 가에 해는 점점 기운다
반드시 국화만을 치우쳐 사랑해서가 아니고
이 꽃 피고 다하면 다른 꽃은 없기 때문이라

直譯(직역)—가을(秋) 꽃 떨기는(叢) 도연명의(陶) 집과(家) 같이(似) 집을(舍) 둘렀는데(繞)
두루(遍) 감은(繞) 울타리(籬) 가에(邊) 해는(日) 점점(漸) 기운다(斜)
이는(是) 꽃(花) 가운데서(中) 국화만을(菊) 치우쳐(偏) 사랑해서가(愛) 아니라(不)
이(此) 꽃(花) 피었다가(開) 다하면(盡) 다시(更) 꽃은(花) 없기 때문이라(無)

題意(제의)—陶淵明(도연명)의 집과 같이 菊花를 심은 까닭은 偏愛해서가 아니라 이 꽃 다 피고 나면 다른 꽃은 없기 때문이라고 읊은 詩(시).

註解(주해)—陶 : 陶淵明으로 字(자)는 淵明 또는 元亮(원량) 이고 이름은 潛(잠)이며 문 앞에 버드나무 다섯 그루를 심어 놓고 스스로 五柳(오류) 선생이라 칭하였음. 29세에 오른 벼슬을 41세에 버리고 향리의 전원에 퇴거하여 농경생활을 하다가 62세에 생애를 마쳤으며 후에 그의 시호를 靖節先生(정절선생)이라 칭하였는데 주요작품으로는 오류선생전 · 도화원기 · 귀거래사 등이 있음.

## 302. 勸學(권학)

－晦庵 朱 熹(회암 주 희)

休林坐石**老人行** 三十里爲一日程 若將一月能千里 以老人行戒後生
휴림좌석**노인행** 삼십리위일일정 약장일월능천리 이노인행계후생

나무 아래 쉬고 돌에 앉았다 가는 노인의 걸음이란
겨우 삼 십리가 하루 길이라
만일 한 달을 가자면 천리도 능하니
노인의 걸음으로 후생을 경계함이라

**直譯**(직역)－숲에서(林) 쉬고(休) 돌에(石) 앉았다가(坐) 늙은(老) 사람이(人) 가는데(行)
삼 십리를(三十里) 한(一) 날의(日) 길로(程) 삼는다(爲)
만약(若) 한(一) 달을(月) 나아간다면(將) 천리도(千里) 할 수 있으니(能)
늙은(老) 사람의(人) 걸음(行)으로써(以) 뒤에(後) 학문하는 사람을(生) 경계함이라(戒)

**題意**(제의)－느릿느릿 가는 노인의 하루 걸음이라도 한 달이면 천리를 갈 수 있으니 배우는 사람도 이 이치를 알아서 꾸준히 공부하라고 읊은 詩(시).

**註解**(주해)－朱熹 : 字(자)는 元晦・仲晦(원회・중회)이고 號(호는) 晦庵・晦翁・雲谷山人・滄洲病叟・遯翁(회암・회옹・운곡산인・창주병수・둔옹)이라 하며 이름은 熹(희)인데 思辨哲學(사변철학)과 實踐倫理(실천윤리)의 체계를 확립하였고 上古(상고)에서 후대까지 도학을 전한 聖賢(성현)의 계통을 밝혀 도학의 기초를 확립하였으며 四書集注(사서집주) 등 많은 업적을 남겨 孔子・孟子(공자・맹자) 다음가는 성인이라는 亞聖(아성)으로 칭송 됨.

## 303. 閨怨(규원)

－少伯 王昌齡(소백 왕창령)

閨中少婦不知愁　春日凝粧上翠樓　忽見陌頭楊柳色　悔教夫壻覓封侯
규중소부부지수　춘일응장상취루　홀견맥두양류색　회교부서멱봉후

안방 새댁이 근심을 모르다가
봄날에 화장을 하고 다락에 올라
문득 언덕의 버들잎을 보고는
임을 벼슬길에 떠나 보낸 것을 뉘우치더라

**直譯**(직역)－안방(閨) 가운데(中) 젊은(少) 부인이(婦) 근심을(愁) 알지(知) 못하다가(不)
봄(春) 날(日) 단장을(粧) 이루고(凝) 푸른(翠) 다락에(樓) 올라(上)
문득(忽) 두렁 길(陌) 머리에(頭) 갯버들(楊) 수양버들(柳) 빛을(色) 보고는(見)
남편(夫) 남편에게(壻) 내리어 주는(封) 큰 벼슬을(侯) 찾도록(覓) 한 것을(教) 뉘우치더라(悔)

**題意**(제의)－근심을 모르던 안방 젊은 새댁이 봄날 움트는 버드나무를 보고 문득 벼슬을 위해 멀리 떠나보낸 남편이 그리워 읊은 詩(시).

**註解**(주해)－楊柳 : 傷心樹(상심수)라고도 하는 버드나무.(본문 부록 참조)

## 304. 寄孫山人(기손산인)

－儲光羲(저광희)

新林二月孤舟還　水滿淸江花滿山　借問故園隱君子　時時來往住人間
신림이월고주환　수만청강화만산　차문고원은군자　시시래왕주인간

봄날 신림 땅에 외로운 배로 돌아오니
강에는 물이 흐르고 산에는 꽃이 피었네
산중에 숨어사는 군자시여
때때로 속세도 내왕하며 사소서

直譯(직역) – 신림 땅(新林) 이월에(二月) 외로운(孤) 배로(舟) 돌아오니(還)
물은(水) 맑은(淸) 강에(江) 가득하고(滿) 꽃은(花) 산에(山) 가득하네(滿)
시험삼아(借) 묻겠는데(問) 옛(故) 동산에(園) 덕행이 높은 사람(君) 사람이시여(子)
때(時) 때로(時) 오고(來) 가며(往) 사람(人) 사이에(間) 살고싶겠지(住)

題意(제의) – 꽃이 아름다운 봄날 산에 숨어사는 君子인 孫씨 山人도 때때로 인간세상을 往來하면서 함께 전원생활을 즐기자고 읊은 詩(시).

註解(주해) – 孫山人 : 孫은 성씨이고 작자와 同鄕(동향)인 山東(산동) 사람.
新林 : 應天府 西南 二十 里(응천부 서남 이십 리)에 있는 浦口(포구).

## 305. 寄韓鵬(기한붕)

– 李 頎(이 기)

**爲政心閑物自閑 朝看飛鳥暮飛還** 寄書河上神明宰 羡爾城頭姑射山
**위정심한물자한 조간비조모비환** 기서하상신명재 선이성두고야산

마음이 한가로우면 일마다 자연스러운 것
아침에 날아간 새가 저물면 돌아오듯이
신비스럽고 청렴한 그대에게 글을 보내니
고야산의 신선 탓인가 부럽기만 하네

直譯(직역) – 정치를(政) 함에(爲) 마음이(心) 한가로우면(閑) 일마다(物) 저절

로(自) 한가로운 것(閑)
아침에(朝) 날아간(飛) 새가(鳥) 저물면(暮) 날아서(飛) 돌아오는 것을(還) 보듯(看)
하상이라는 곳의(河上) 신비스럽고(神) 깨끗한(明) 재상에게(宰) 글을(書) 보내니(寄)
신선이 산다는 고야산의(姑射山) 성(城) 머리같이(頭) 그대를(爾) 부러워하네(羨)

題意(제의) – 姑射山에 신선이 많다는 전설의 영향인지 河上에서 신비스럽도록 덕을 베풀고 있는 韓 鵬을 찬미하여 읊은 詩(시).

註解(주해) – 韓鵬 : 河東 臨汾縣(하동 임분현)의 縣令(현령).
河上 : 汾河(분하)의 위. 臨汾縣.
姑射山 : 河東의 臨汾縣에 있는 산. 莊子(장자)에 姑射山에 神仙(신선)이 있는데 피부가 氷雪(빙설)과 같고 아주 고상한 처녀와 같다는 故事(고사)가 있음.
射 : ①쏠 사. 射擊(사격). ②맞힐 석. 射中(석중). ③벼슬이름 야. 僕射(복야). ④율 이름 역. 無射(무역).

## 306. 己亥歲(기해세)

–夢徵 曹 松(몽징 조 송)

澤國江山入戰圖 生民何計**樂樵蘇** 憑君莫話封侯事 **一將功成萬骨枯**
택국강산입전도 생민하계**락초소** 빙군막화봉후사 **일장공성만골고**

여기 늪지의 나라들도 전쟁에 휘말렸으니
사람들 어떻게 나무하고 풀 베며 살아갈 수 있을까
그대에게 바라기는 공을 세워 출세한다는 말 꺼내지 말지니
장군 한 사람 공을 세우려면 수많은 병졸이 희생돼야 한다네

直譯(직역) – 늪지(澤) 나라의(國) 강과(江) 산도(山) 싸움(戰) 그림에(圖) 들었으니(入)
살아가는(生) 사람들이(民) 어떻게(何) 나무하고(樵) 풀 베는(蘇) 즐거움을(樂) 꾀하랴(計)
그대에게(君) 기대는 것은(憑) 군주에(侯) 봉해지는(封) 일일랑(事) 말조차(話) 말라 함이니(莫)
장군(將) 한 사람(一) 공(功) 이루려면(成) 수많은(萬) 뼈가(骨) 죽어야만 된다네(枯)

題意(제의) – 장군 한 사람이 전쟁에 공을 세우기 위해서는 수많은 병졸이 희생돼야하니 공을 세워 벼슬할 생각은 하지 말라며 기해년에 읊은 詩(시).

註解(주해) – 一將功成萬骨枯 : 전쟁의 참혹 상을 표현한 것인데 별도 독립된 격언으로 쓰이는 유명한 詩句(시구) 임.

## 307. 吉祥寺古梅(길상사고매)

– 林古度(임고도)

一樹古梅花數畝　城中客子乍來看　不知花氣淸相逼　但覺深山春尙寒
일수고매화수무　성중객자사래간　부지화기청상핍　단각심산춘상한

한 가지 묵은 매화 밭이랑에 대여섯 나무
도성 사람들 잠간만에 몰려와 구경하네
꽃의 맑은 기운이 오도록 한 줄 모르고
깊은 산이라 봄 되어도 아직 춥다고만 말하네

直譯(직역) – 한(一) 나무(樹) 오래 된(古) 매화(梅) 꽃(花) 밭이랑에(畝) 대여섯(數)
성(城) 안(中) 나그네(客) 사람들(子) 갑자기(乍) 와서(來) 바라보네(看)

꽃(花) 기운이(氣) 맑아(淸) 가까이 다가오도록(逼) 돕는 줄(相) 알지(知) 못하고(不)

다만(但) 깊은(深) 산이라(山) 봄이(春) 아직(尙) 추운 줄만(寒) 알고있네(覺)

**題意**(제의) – 吉祥寺의 오래된 매화를 구경하기 위해 온 사람들이 매화의 맑은 기운을 감상하기보다는 아직 춥다고 날씨 탓만 하는 것을 보고 읊은 詩(시).

## 308. 洛陽客舍逢祖詠留宴(낙양객사봉조영유연)

– 蔡希叔(채희숙)

綿綿漏鼓洛陽城　客舍平居絶送迎　逢君買酒因成醉　醉後焉知世上情
면면루고낙양성　객사평거절송영　봉군매주인성취　취후언지세상정

끊임없이 낙양성에서는 시간을 알리는데
이 객사에는 찾아오는 사람도 없구나
그대 만나 비로소 술이 취하게 되니
모든 세상사가 잊어지누나

**直譯**(직역) – 낙양성의(洛陽城) 때를 알리는(漏) 큰 북소리는(鼓) 이어지고(綿) 이어지는데(綿)

나그네(客) 집에(舍) 보통(平) 있으니(居) 보내는 일도(送) 맞이하는 일도(迎) 없구나(絶)

그대를(君) 만나서(逢) 술을(酒) 사고(買) 인하여(因) 취함을(醉) 이루니(成)

취한(醉) 뒤엔(後) 어찌(焉) 세상(世) 위의(上) 정을(情) 알겠는가(知)

**註解**(주해) – 오가는 손님도 없는 洛陽城 客舍로 찾아 온 祖詠을 만나 술에 취하게 되니 세상의 온갖 煩惱(번뇌)가 다 사라진다고 읊은 詩(시).

## 309. 蘭 - 1(난)

-思白 董其昌(사백 동기창)

綠葉青葱傍石栽 孤根不與衆花開 酒闌展卷山窓下 習習香從紙上來
녹엽청총방석재 고근불여중화개 주란전권산창하 습습향종지상래

푸른 잎을 돌 곁에 심으니 더욱 푸른데
외로운 뿌리는 뭇 꽃들과 더불어 피려하지 않는다
잔치는 무르녹아 산 창 아래에 두루마리 펼치니
솔솔 부는 봄바람에 향기가 가득하다

**直譯**(직역) - 초록빛(綠) 잎(葉) 돌(石) 곁에(傍) 심으니(栽) 푸르고(青) 푸른데(葱)
외로운(孤) 뿌리는(根) 뭇(衆) 꽃들과(花) 더불어(與) 피려 하지(開) 아니한다(不)
잔치가(酒) 한창일 때(闌) 산(山) 창(窓) 아래에(下) 두루마리(卷) 펼치니(展)
솔솔 부는 바람에(習習) 향기가(香) 종이(紙) 위로(上) 따라(從) 온다(來)

**題意**(제의) - 돌 곁에 심은 푸른 난초는 다른 여러 꽃들과 함께 피려하지 않는데 창 아래 펼친 두루마리에 난초 향기가 가득한 기쁨을 읊은 詩(시).

## 310. 蘭 - 2(난)

-板橋 鄭 燮(판교 정 섭)

此是幽情一種花 **不求聞達**只烟霞 采樵或恐通來徑 更寫高山一片遮
차시유정일종화 **불구문달**지연하 채초혹공통래경 갱사고산일편차

여기 그윽하고 정겹게 자라난 한 포기 꽃이
바라는 것은 널리 알려지는 것이 아니고 노을에 잠기는 것이라

나무꾼이 혹시나 좁은 길 오갈까 두려워
다시 높은 산 그려 한 쪽을 막았지

直譯(직역) – 여기(此) 이(是) 그윽하고(幽) 정겨운(情) 한(一) 종류(種) 꽃이(花) 탐하는 것은(求) 뜻을 이루었다고(達) 들리는 것이(聞) 아니고(不) 다만(只) 안개와(烟) 노을이다(霞)
맬나무(樵) 캐러(采) 혹시나(或) 좁은 길로(徑) 통하며(通) 오갈까(來) 두려워(恐)
다시(更) 높은(高) 산(山) 그려(寫) 한(一) 쪽을(片) 막았지(遮)

題意(제의) – 그윽하고 정겹게 자란 한 포기 꽃을 나무꾼이 혹시 좁은 길 오가며 알게 될까 두려워 높은 산을 그려 한 쪽을 막은 심정을 읊은 詩(시).

## 311. 蘭石雨竹圖(난석우죽도)

– 庸庵 宋玄僖(용암 송현희)

久別春風翠羽衣　天涯今向雨中歸　飜思解佩江皐日　玉氣爲雲戀落暉
구별춘풍취우의　천애금향우중귀　번사해패강고일　옥기위운연락휘

봄바람은 푸른 깃옷을 떠난 지 오래인데
하늘 끝 멀리서 비를 맞으며 돌아오는 듯
강 언덕에서 노리개 풀어 주던 일 돌이켜 생각해 보면
구슬 기운이 구름 되어 저녁 햇살에 그리워하는 듯

直譯(직역) – 봄(春) 바람이(風) 푸른(翠) 깃(羽) 옷을(衣) 떠난 지(別) 오래인데(久)
하늘(天) 끝에서(涯) 이제(今) 비(雨) 속을(中) 향해(向) 돌아오는 듯(歸)
낮에(日) 강(江) 언덕에서(皐) 노리개(佩) 풀던 일(解) 뒤치어(飜) 생각하면(思)

구슬(玉) 기운이(氣) 구름(雲) 되어(爲) 떨어지는(落) 햇빛에(暉) 그리워하는 듯(戀)

題意(제의) – 난초와 바위와 비 맞은 대 그림을 보니 신선이 노리개 풀어 주던 옛 고사가 생각난다고 읊은 詩(시).

註解(주해) – 解佩 : 강가에서 놀던 湘水(상수)의 神人 江妃(신인 강비)가 鄭文甫(정문보)에게 佩玉을 풀어 주었는데 鄭文甫가 수십 보를 걸어와 보니 江妃에게 받았던 佩玉은 없어졌고 江妃도 보이지 않았다는 고사를 말 함.

## 312. 盧溪別人(노계별인)

– 少伯 王昌齡(소백 왕창령)

武陵溪口駐扁舟　溪水隨君向北流　行到荊門上三峽　莫將孤月對猿愁
무릉계구주편주　계수수군향북류　행도형문상삼협　막장고월대원수

무릉 포구에 조각배 멈추니
시냇물은 그대 따라 북으로 흐른다
가다가 형문에 이르러 삼협에 오르면
달을 보면서 원숭이 울음일랑 듣지 말라

直譯(직역) – 무릉(武陵) 시내(溪) 어귀에(口) 납작한(扁) 배를(舟) 머물게 하니(駐)
시내(溪) 물은(水) 그대(君) 따라(隨) 북을(北) 향해(向) 흐른다(流)
가다가(行) 형문에(荊門) 이르러(到) 삼협에(三峽) 오르면(上)
외로운(孤) 달을(月) 따르면서(將) 원숭이(猿) 근심을(愁) 마주하지(對) 말게나(莫)

題意(제의) – 荊門을 지나고 三峽에 오르거든 원숭이의 슬픈 울음소리에 정

이 쏠려 감상에 젖지 말라고 盧溪를 떠나는 사람을 위해 읊은 詩(시).

註解(주해) – 盧溪 : 武陵五溪(무릉오계)의 하나.

荊門 : 지명.

三峽 : 峽口의 하나.

## 313. 茶亭(다정)

–隨園 袁 枚(수원 원 매)

茶亭幾度息勞薪　慚愧塵寰著此身　輸與路傍三丈樹　陰他多少借涼人

다정기도식노신　참괴진환착차신　수여로방삼장수　음타다소차량인

찻집에 몇 차례 수레바퀴를 머물게 하면서
부끄러이 여기는 것은 이 몸이 속세에 있음이라
길가의 삼십 자나 되는 큰 나무에 모여서
그 그늘에 땀 씻는 사람도 얼마만큼은 있으리

直譯(직역) – 차(茶) 집에(亭) 몇(幾) 번이나(度) 일하는(勞) 땔나무를(薪) 쉬게 하면서(息)

부끄럽고(慚) 부끄러움은(愧) 티끌(塵) 인간 세상에(寰) 이(此) 몸을(身) 붙였음이라(著)

길(路) 곁의(傍) 세 번(三) 열자나 되는(丈) 나무에(樹) 모두(與) 모여(輸)

그(他) 그늘에서(陰) 서늘함을(涼) 빌리려는(借) 사람도(人) 많고도(多) 적으리라(少)

題意(제의) – 속세에 산다는 것이 부끄럽지만 권세 있는 사람 밑에서 굶주림을 면하려는 사람에 비할 바가 아닌 소감을 찻집에서 읊은 詩(시).

註解(주해) – 勞薪 : 나무로 만든 수레바퀴.

## 314. 對酒 - 1(대주)

- 青蓮居士 李　白(청련거사 이　백)

巧拙賢愚相是非　何如一醉盡忘機　君知天地中寬窄　鵰鶚鸞鳳**各自飛**
교졸현우상시비　하여일취진망기　군지천지중관착　조악난봉**각자비**

재주가 있고 없고 잘나고 못나고 서로 따지지만
한번 취해 모든 것 다 잊어보자
하늘과 땅 사이가 넓고도 좁다지만
독수리와 물수리도 난새와 봉황새도 제멋대로 날아다닌다

**直譯**(직역) - 재주 있거나(巧) 재주 없거나(拙) 어질거나(賢) 어리석은 것을(愚) 서로(相) 옳다고 하거니(是) 그르다고 하거니 하지만(非)
한번(一) 취해(醉) 가장 중요한 일도(機) 다(盡) 잊어보면(忘) 어떠하고(何) 어떠할까(如)
하늘과(天) 땅(地) 사이의(中) 넓고(寬) 좁음을(窄) 그대는(君) 아는가(知)
독수리와(鵰) 물수리도(鶚) 난새와(鸞) 봉황새도(鳳) 서로(各) 스스로(自) 날아다닌다(飛)

**題意**(제의) - 재주가 있고 없고 잘나고 못나고 서로 따지지 말고 한번 취해 모든 것 다 잊어보자면서 술을 대하고 읊은 詩(시).

**註解**(주해) - 鵰鶚 : 수리와 물수리란 뜻으로 才力(재력)이 雄建(웅건) 함을 말함.
鸞鳳 : 난새와 봉황. 현인・군자. 부부의 인연.

## 315. 對酒-2(대주)

-醉吟先生 白居易(취음선생 백거이)

**蝸牛角上爭**何事 石火光中寄此身 隨富隨貧且**歡樂** 不開口笑是癡人
**와우각상쟁**하사 석화광중기차신 수부수빈차**환락** 불개구소시치인

달팽이 뿔같이 좁은 곳에서 무엇을 다투나
부싯돌에 튀는 불꽃처럼 짧고 짧은 인생이라
부자든 가난뱅이든 기쁘고 즐겁게 살아야 할지니
입 벌려 웃을 줄 모른다면 이야말로 어리석은 사람이라

直譯(직역)-달팽이(蝸) 소(牛) 뿔(角) 위에서(上) 무슨(何) 일로(事) 다투는가(爭)
돌(石) 불(火) 빛(光) 가운데에(中) 이(此) 몸을(身) 맡겼다(寄)
부에(富) 따르든(隨) 가난에(貧) 따르든(隨) 또한(且) 기뻐하고(歡) 즐거워할 지니(樂)
입(口) 열어(開) 웃지(笑) 아니한다면(不) 이야말로是() 어리석은(癡) 사람이다(人)

題意(제의)-인생은 짧은 것이니 사소한 일로 다투지 말고 기쁘게 그리고 즐겁게 웃으며 사는 것이 현명한 처사라며 술을 대하고 읊은 詩(시).

註解(주해)-蝸牛角上爭 : 장자(莊子) 칙양편(則陽篇)에 나오는 말로 원래 달팽이 뿔 위에서의 싸움이란 뜻이며 蝸角之爭(와각지쟁)이라고도 하는데 齊(제)나라 威王(위왕)이 魏(위)나라 惠王(혜왕)을 배신하매 惠王은 齊나라를 치려 하자 戴晉人(대진인)이란 사람이 달팽이를 예로 들어 그 왼쪽 뿔은 觸氏(촉씨)의 나라이고 오른쪽 뿔은 蠻氏(만씨)의 나라인데 두 나라가 영토를 놓고 싸우다가 사람이 1만여 명이나 죽고 달아나는 적을 보름 동안이나 추격하다 돌아왔다고 비유한 데서 비롯되었음. 즉 광대한 우주와 넓은 세계 속의 위나라나 제나라는 달팽이 뿔보다도 작은 존재라는 것을 암시한 말임.

## 316. 桃花溪(도화계)

－張 旭(장 욱)

隱隱飛橋隔野煙　石磯西畔問漁船　桃花盡日隨流水　洞在淸溪何處邊
은은비교격야연　석기서반문어선　도화진일수류수　동재청계하처변

들 안개에 가려 보일 듯 말 듯 높은 다리
물가 바위 서편에서 어부에게 묻는다
복숭아 꽃잎 종일토록 물 따라 흘러가는데
신선 사는 마을은 계곡 어디쯤 있을까

**直譯**(직역)－숨을 듯(隱) 희미하게(隱) 높은(飛) 다리는(橋) 들(野) 안개를(煙) 사이 하였는데(隔)
돌(石) 자갈 물가(磯) 서쪽(西) 두둑에서(畔) 고기잡이(漁) 배에게(船) 물어본다(問)
복숭아(桃) 꽃이(花) 하루를(日) 다하도록(盡) 흐르는(流) 물에(水) 따르는데(隨)
마을은(洞) 맑은(淸) 시내(溪) 어느(何) 곳(處) 가에(邊) 있을까(在)

**題意**(제의)－복숭아 꽃잎이 종일토록 흘러가는 물가에서 신선 사는 도화동은 계곡 어디쯤인지 어부에게 묻고 싶은 심정을 읊은 詩(시).

## 317. 讀秦紀(독진기)

－玄孝 陳恭尹(현효 진공윤)

謗聲易弭怨難除　秦法雖嚴亦甚疎　夜半橋邊呼孺子　人間猶有未燒書
방성이미원난제　진법수엄역심소　야반교변호유자　인간유유미소서

정부를 헐뜯는 말은 멈추게 하기 쉬워도 백성의 원한은 덜기 어려우니

진시황이 아무리 서적에 대한 법을 엄하게 했어도 어딘가 허술했었다
한밤에 다리에서 노인이 장량을 불러 병법서를 준 것으로 미루어보아
이 세상에는 불태우지 못한 책이 오히려 남아 있었던 것이라

直譯(직역) – 헐뜯는(謗) 소리는(聲) 그치게 하기(弭) 쉬워도(易) 원망은(怨) 없애기(除) 어려우니(難)
진나라(秦) 법이(法) 비록(雖) 엄하긴 했어도(嚴) 또한(亦) 지나치게(甚) 거칠었다(疎)
밤(夜) 가운데에(半) 다리(橋) 가에서(邊) 젖먹이(孺) 사람을(子) 불렀으니(呼)
사람(人) 사이에는(間) 오히려(猶) 태우지(燒) 못한(未) 책이(書) 있었던 것이라(有)

題意(제의) – 진시황의 焚書坑儒(분서갱유)에 대한 역사를 읽고 학문에 대한 탄압정책이 어리석었음을 읊은 詩(시).

註解(주해) – 秦紀 : 진시황의 焚書坑儒에 관한 史記(사기)의 秦本紀.
秦法 : 진시황이 의약・점・농업 관계 이외의 서적을 민가에서 소장하지 못하게 했던 挾書律(협서율).
夜半橋邊 : 張良(장량)이 下邳(하비)의 다리 위에서 노인의 신발을 주워 준 것에 대한 보답으로 한 밤중에 다리에서 노인을 다시 만나 太空望(태공망)의 병법서를 받은 일.
孺子 : 젖먹이. 꼬마. 풋내기. 노인이 張良을 향해 꼬마야 너는 가르칠 만하구나 라고 했던 孺子可教(유자가교)의 유명한 故事(고사)가 있음.(본서 부록 四字成語眞寶 참조)
張良 : 책략에 뛰어난 漢(한)나라 高祖 劉邦(고조 유방)의 공신으로 자는 子房(자방)이며 시호는 文成公(문성공)인데 下邳에 은신하고 있을 때 黃石公(황석공)으로부터 太公兵法書(태공병법서)를 물려받았으며 項羽(항우)와 劉邦이 만난 鴻門會(홍문회)에서는 유방을 위기에서

구하였음.

鴻門會 : 楚(초)의 項羽와 漢의 劉邦이 秦의 도읍 咸陽(함양)의 쟁탈을 둘러싸고 일으킨 사건으로 始皇帝(시황제)가 죽자 각지에서 난이 일어났는데 項羽가 남방으로부터 咸陽을 향해 진격하는 도중 函谷關(함곡관)에 이르렀을 때 이미 劉邦은 秦의 서울 咸陽을 점령하고 방비를 굳게 하고 있으니 크게 노한 項羽가 10만 군사를 鴻門에 집결시켜 項羽 군사의 1/4에 불과한 劉邦을 치려고 면담을 청하자 이에 劉邦은 불과 100여 騎(기)만 거느리고 鴻門에 이르러 項羽에게 사과를 하게 되었지만 項羽의 謀臣(모신) 范增(범증)의 지시를 받은 項莊(항장)이 劉邦을 죽이려 하니 劉邦의 부하 樊楯(번쾌)가 방해하여 뜻을 이루지 못하였고 위협을 느낀 劉邦은 智將(지장) 張良(장량)의 계략에 따라 탈출하는 데 성공하여 훗날을 기약하게 되었음.

## 318. 東欄梨花(동난이화)

– 東坡 蘇 軾(동파 소 식)

**梨花淡白柳深青 柳絮飛時花滿城** 惆悵東欄一株雪 人生看得幾清明
**이화담백류심청 유서비시화만성** 추창동난일주설 인생간득기청명

배꽃은 담백하고 버들은 짙푸른데
버들 솜 털 흩날릴 때 배꽃은 떨어진다
아아 동쪽 난간에 눈 같은 배꽃이여
일생에 몇 번이나 맑고 밝은 저 꽃을 볼까나

直譯(직역) – 배(梨) 꽃은(花) 엷게(淡) 희고(白) 버들(柳) 깊게(深) 푸른데(青)
버들(柳) 솜이(絮) 흩날릴(飛) 때(時) 꽃은(花) 성에(城) 가득하다(滿)
슬프고(惆) 슬프구나(悵) 동쪽(東) 난간에(欄) 한(一) 떨기(株) 눈빛이여(雪)
사람이(人) 살아가며(生) 몇 번이나(幾) 맑고(清) 밝은 것을(明) 얻어

(得) 볼까나(看)

題意(제의) – 동쪽 난간에 눈 같이 맑고 하얗게 피어있는 저 배꽃을 일생에 몇 번이나 볼 수 있을지 안타까운 심정을 읊은 詩(시).

## 319. 東城(동성)

– 松雪 趙孟頫(송설 조맹부)

野店桃花紅粉姿　陌頭楊柳綠烟絲　不因送客東城去　過却春光總不知
야점도화홍분자　맥두양유녹연사　불인송객동성거　과각춘광총부지

들 가게에 핀 복숭아꽃은 단장한 미인 같고
길가에 버들은 안개 어린 푸른 실가지더라
길 떠나는 손을 위해 나오지 않았더라면
이 멋진 봄 경치를 알지도 못했으리

直譯(직역) – 들(野) 가게의(店) 복숭아(桃) 꽃은(花) 붉고(紅) 하얀(粉) 맵시이고(姿)
길(陌) 머리에(頭) 갯버들(楊) 수양버들은(柳) 푸른(綠) 연기(烟) 실이더라(絲)
나그네를(客) 보내는 것으로(送) 인하여(因) 동쪽(東) 성으로(城) 가지(去) 않았더라면(不)
도리어(却) 봄(春) 경치를(光) 지나게 하고도(過) 모두(總) 알지(知) 못했으리(不)

題意(제의) – 복숭아꽃이 붉게 피고 버들잎이 파릇파릇 돋아나는 아름다운 봄 경치를 읊은 詩(시).

註解(주해) – 綠烟絲 : 가느다란 버드나무 가지의 파릇파릇한 새싹이 멀리서 보면 안개 낀 것처럼 보이는 것.

## 320. 同兒輩賦未開海棠(동아배부미개해당)

－遺山 元好問(유산 원호문)

翠葉輕籠豆顆勻　胭脂濃抹蠟痕新　殷勤留著花梢露　滴下生紅可惜春
취엽경롱두과균　연지농말납흔신　은근유착화초로　적하생홍가석춘

푸른 잎 사이 해당화 봉오리는 방울져 가지런한데
연지 짙게 바른 듯 붉고 납으로 봉한 듯 굳게 닫혀있다
정성으로 나뭇가지 이슬 매달린 채 둘지니
이슬 떨어져 붉은 색 튀어나오면 봄날은 가고 말리라

**直譯**(직역)－푸른(翠) 잎(葉) 가벼운(輕) 그릇에는(籠) 콩(豆) 낟알이(顆) 고른 데(勻)
빰 연지(胭) 입술 연지(脂) 짙게(濃) 바르고(抹) 꿀벌 밀(蠟) 흔적은(痕) 새롭다(新)
정이 도탑고도(殷) 정성스럽게(勤) 꽃(花) 가지 끝(梢) 이슬을(露) 붙여(著) 머무르게 할지니(留)
물방울(滴) 떨어지고(下) 붉은 색(紅) 생기면(生) 봄은(春) 아쉽게(惜) 되리라(可)

**題意**(제의)－푸른 잎새 사이에 이슬을 머금은 콩알만한 봉오리가 이제 막 붉게 터질 듯 농염한 해당화를 읊은 詩(시).

**註解**(주해)－臘 : 벌집에서 加熱壓搾法・溶劑抽出法(가열압착법・용제추출법) 등에 의해 채취하는 동물성 고체랍으로 제과 및 화장품 등에 사용되며 크리스마스 때 사용되는 양초의 원료이기도 함.

## 321. 同李十一醉憶元九(동이십일취억원구)

－樂天 白居易(락천 백거이)

花時同醉破春愁　醉折花枝當酒籌　忽憶故人天際去　計程今日到梁州
화시동취파춘수　취절화지당주주　홀억고인천제거　계정금일도양주

꽃 필 무렵 함께 취해 봄 시름을 깰 때
취하며 꽃가지 꺾어 술잔을 세어본다
하늘 끝 옛 친구들 문득 생각하니
오늘은 양주 닿을까 노정을 헤어 본다

**直譯**(직역)－꽃 필(花) 때(時) 함께(同) 취해(醉) 봄(春) 시름을(愁) 깨부수는데(破)
취하며(醉) 꽃(花) 가지를(枝) 꺾어(折) 술을(酒) 세어보게(籌) 맡겼다(當)
문득(忽) 하늘(天) 가로(際) 가버린(去) 옛(故) 사람이(人) 생각나는데(憶)
오늘(今) 날은(日) 양주에(梁州) 이를지(到) 길을(程) 셈한다(計)

**題意**(제의)－봄 시름을 잊기 위해 李十一이라는 사람과 함께 취하니 元九라는 사람이 생각나 읊은 詩(시).

## 322. 登飛來峰(등비래봉)

－介甫 王安石(개보 왕안석)

飛來山上千尋塔　聞說鷄鳴見日昇　不畏浮雲遮望眼　自緣身在最高層
비래산상천심탑　문설계명견일병　불외부운차망안　자연신재최고층

높이 솟은 산 위에 천길 높은 탑
닭 울면 해돋이 본다고 하는데
뜬구름이 시야를 가릴까 걱정되지 아니함은

내 몸이 높은 곳 구름 위에 있음이라

直譯(직역) – 높이 솟아(飛) 오른(來) 산(山) 위로(上) 여덟 자씩(尋) 천 번이나 되는(千) 탑(塔)
닭(鷄) 울면(鳴) 해의(日) 울이(屛) 보인다는(見) 말을(說) 들었는데(聞)
뜬(浮) 구름이(雲) 바라보는(望) 눈을(眼) 가릴까(遮) 두려워하지(畏) 아니함은(不)
스스로(自) 몸이(身) 가장(最) 높은(高) 층에(層) 있는(在) 인연이라(緣)

題意(제의) – 천길 높은 봉우리에 올랐으니 구름 때문에 해돋이 구경을 못할 일은 없을 것이라고 읊은 詩(시).

註解(주해) – 尋 : 찾다. 두 팔을 벌린 길이. 7尺(척) 또는 8尺.

## 323. 晩春(만춘)

– 退之 韓 愈(퇴지 한 유)

草樹知春不久歸　百般紅紫鬪芳菲　楊花楡莢無才思　惟解漫天作雪飛
초수지춘불구귀　백반홍자투방비　양화유협무재사　유해만천작설비

풀과 나무들은 봄이 오래 맞아주지 않는 것 알아
온갖 색깔 꽃으로 향기를 다툰다
버드나무 꽃 느릅나무 꼬투리는 생각할 재주도 없어
오직 온 하늘 가득 어지러이 눈송이로 날린다

直譯(직역) – 풀과(草) 나무들은(樹) 봄이(春) 오래(久) 맞아주지(歸) 않는다는 것을(不) 알아(知)
온갖(百) 무리로(般) 붉고(紅) 붉어(紫) 향기(芳) 향기를(菲) 다툰다(鬪)
버드나무楊() 꽃이며(花) 느릅나무(楡) 꼬투리는(莢) 생각할(思) 재주도(才) 없어(無)

오직(惟) 하늘에(天) 어지러이(漫) 흩뜨려(解) 눈으로(雪) 날리게(飛) 만든다(作)

題意(제의) – 풀과 나무에는 온갖 색깔의 꽃이 피고 버드나무 꽃과 느릅나무 꼬투리가 하늘 가득 눈송이로 날리는 늦은 봄 풍경을 읊은 詩(시).

## 324. 晩春歸山居題窓前竹(만춘귀산거제창전죽)

– 文房 劉長卿(문방 유장경)

谿上殘春黃鳥稀　辛夷花盡杏花飛　始憐幽竹山牕下　不改淸陰待我歸
계상잔춘황조희　신이화진행화비　시련유죽산창하　불개청음대아귀

시냇가 늦봄이라 꾀꼬리 소리 드물고
백목련 다 떨어지고 살구꽃 마저 지는데
산골 집 창 앞의 올곧은 대나무들이
변함 없는 맑은 그늘로 나를 기다린다

直譯(직역) – 시내(谿) 위(上) 남은(殘) 봄엔(春) 노란(黃) 새(鳥) 드물고(稀) 백목련(辛夷) 꽃(花) 다 하고(盡) 살구(杏) 꽃도(花) 나르는데(飛) 산(山) 창(牕) 아래(下) 그윽한(幽) 대나가(竹) 비로소(始) 어여삐(憐) 맑은(淸) 그늘(陰) 고치지(改) 아니하고(不) 내가(我) 돌아오기만(歸) 기다린다(待)

題意(제의) – 늦봄이라 백목련 꽃도 살구꽃도 마저 지는데 변함 없이 맑은 그늘로 나를 기다려 주는 산골 집 창 앞의 올곧은 대나무를 읊은 詩(시).

註解(주해) – 黃鳥 : 꾀꼬리. 꾀꼬리의 다른 이름으로는 金衣公子(금의공자) 摶黍(단서) 倉庚(창경) 黃鸝(황리) 黃雀(황작) 등이 있음.(본서 부록 참조)

## 325. 望廬山瀑布(망여산폭포)

－靑蓮居士 李 白(청련거사 이 백)

日照香爐生紫煙　遙看瀑布掛長川　飛流直下三千尺　疑是銀河落九天
일조향로생자연　요간폭포괘장천　비류직하삼천척　의시은하락구천

해는 향로봉을 비추어 보라 빛 연기 일고
저 멀리 폭포는 긴 내를 걸어 놓은 듯
물줄기는 삼천 척 아래로 쏟아져 나르니
은하수가 하늘에서 흐르는 듯

**直譯**(직역)－해는(日) 향로봉을(香爐) 비추니(照) 자줏빛(紫) 연기가(煙) 일어나고(生)
멀리(遙) 보이는(看) 폭포는(瀑布) 긴(長) 내를(川) 걸어 놓은 듯하다(掛)
날아(飛) 흘러(流) 곧게(直) 아래로(下) 삼천(三千) 자이니(尺)
은하수가(銀河) 아홉 방위(九) 하늘에서(天) 떨어지는 것으로(落) 의심이(疑) 된다(是)

**題意**(제의)－눈앞의 瀑布를 직접 묘사하지 않았으면서도 멀리서 바라본 廬山 瀑布의 壯大(장대)한 모습을 읊은 詩(시).

**註解**(주해)－廬山 : 중국 江西省(강서성) 북부에 있는 산으로 경치가 아름답고 불교에 관한 古蹟(고적)이 많음.
九天 : 하늘을 아홉 방위로 나누어 이르던 말로 하늘의 가장 높은 곳.

## 326. 梅花－1(매화)

－放翁 陸 游(방옹 육 유)

聞道梅花坼曉風　雪堆遍滿四山中　何方分作身千億　一樹梅前一放翁
문도매화탁효풍　설퇴편만사산중　하방분작신천억　일수매전일방옹

새벽바람에 매화꽃이 피었다는 말을 들었는데
사방에는 눈이 가득 쌓였구나
어떻게 한 몸을 천억으로 나누어서
매화나무 아래마다 늙은이 하나씩 늘어놓았나

**直譯**(직역) – 매화(梅) 꽃이(花) 새벽(曉) 바람에(風) 피었다는(坼) 말을(道) 들었는데(聞)
눈이(雪) 사방(四) 산(山) 속에(中) 두루(遍) 가득(滿) 쌓였구나(堆)
어떻게(何) 몸을(身) 천(千) 억으로(億) 나누어(分) 만들어(作) 가지고(方)
한(一) 나무(樹) 매화(梅) 앞에(前) 한(一) 늙은이를(翁) 늘어놓았나(放)

**題意**(제의) – 아직 매화나무 아래에는 눈이 눈사람처럼 쌓여있는데 새벽바람에 피어난 매화가 반가워 읊은 詩(시).

## 327. 梅花 – 2(매화)

– 希直 方孝儒(희직 방효유)

微雪初消月半池　籬邊遙見兩三枝　**淸香**傳得天心在　未詳尋常草木知
미설초소월반지　이변요견양삼지　**청향**전득천심재　미상심상초목지

조금 내린 눈이 녹을 즈음 연못에 달이 반쯤 비춰드는데
멀리 울타리 가에 두세 가지 매화가 피었구나
맑은 향기는 하늘의 마음 전하려는 듯 한데
항상 알 수 없는 것은 초목의 마음이로다

**直譯**(직역) – 조금(微) 내린 눈이(雪) 비로소(初) 녹을 무렵(消) 연못에(池) 반쯤(半) 달이 비춰드는데(月)
울타리(籬) 가에(邊) 멀리(遙) 보이는 것은(見) 두(兩) 세(三) 가지로다(枝)
맑은(淸) 향기가(香) 전하려고(傳) 하는 것은(得) 하늘의(天) 마음이

(心) 있는 것인데(在)
평소(尋) 항상(常) 자세하지(詳) 않는 것은(未) 풀과(草) 나무의(木) 앎이로다(知)

題意(제의) – 다른 풀과 나무는 아직도 겨울잠에서 깨어나지 않았는데 울타리 가에 맑은 향기 은은한 매화가 피어나니 그 반가운 심정을 읊은 詩(시).

## 328. 梅花 - 3(매화)

– 南田 惲壽平(남전 운수평)

雪殘何處覓春光　漸見南枝放草堂　未許春風到桃李　先教鐵幹試寒香
설잔하처멱춘광　점견남지방초당　미허춘풍도도리　선교철간시한향

봄빛은 잔설 속 어느 곳에서 찾을꼬
초당으로 뻗은 남쪽 가지 살펴보니
아직 복숭아 자두 꽃엔 봄바람이 닿지 않았건만
먼저 무쇠 같은 가지가 싸늘한 향기 피우더라

直譯(직역) – 눈은(雪) 남아있는데(殘) 어느(何) 곳에서(處) 봄(春) 빛을(光) 찾을꼬(覓)
천천히 움직여(漸) 바라보니(見) 남쪽(南) 가지가(枝) 풀(草) 집에(堂) 놓였다(放)
봄(春) 바람은(風) 복숭아(桃) 오얏나무에(李) 이르도록(到) 허락하지(許) 아니했는데(未)
먼저(先) 무쇠(鐵) 가지가(幹) 차가운(寒) 향기를(香) 시험하게(試) 했구나(教)

題意(제의) – 아직 눈이 남아있는 이른봄에 복숭아 자두나무는 겨울잠에서 깨어나지 않았는데 무쇠 같은 가지에 피어난 매화가 반가워 읊은

詩(시).

註解(주해)－李 : 자두나무 · 오얏나무라고 하는데 과수로 심으며 높이가 10m에 달하고 4월에 꽃이 피며 열매는 7월에 노란색 또는 붉은빛을 띤 자주색으로 익음.

桃李 : 복숭아와 자두 또는 그 꽃이나 열매. 남이 천거한 좋은 인재(人材)를 비유하여 이르는 말.

## 329. 牡丹(모란)

－馮琢菴(풍탁암)

百寶闌干護曉寒　沈香亭畔若爲看　春來誰作韶華主　總領群芳是牧丹
백보란간호효한　심향정반약위간　춘래수작소화주　총령군방시목단

보석으로 꾸민 난간도 싸늘한 아침
꽃은 침향정 가에 피어 있는 듯
봄 들면 누가 아름다운 경치를 주관할꼬
꽃 중에 왕이 되는 모란꽃이리

直譯(직역)－온갖(百) 보석으로 꾸민(寶) 난간만이(闌干) 싸늘한(寒) 아침을(曉) 지키는데(護)

침향정(沈香亭) 가에서나(畔) 보게(看) 될 것(爲) 같다(若)

봄이(春) 오면(來) 누가(誰) 아름답고(韶) 고움을(華) 주장하여(主) 일할까(作)

여러(群) 꽃을(芳) 모두 다(總) 거느리는 것은(領) 이에(是) 모란이리라(牧丹)

題意(제의)－아직은 싸늘한 아침이지만 沈香亭 가에 피어 있는 牡丹은 봄의 아름다운 경치를 관장하게 될 것이라며 모란의 아름다움을 읊은 詩(시).

**註解**(주해) – 沈香亭 : 唐 玄宗(당 현종)과 楊貴妃(양귀비)가 놀던 정자.
牡丹 : 牡丹(모란) · 牧丹(목단)의 다른 이름으로는 國色(국색) 名花(명화) 百花王(백화왕) 醒酒華(성주화) 天香國色(천향국색) 花王(화왕) 花中王(화중왕) 등이 있음.(본서 부록 참조)

## 330. 暮春薩水送別(모춘살수송별)

–韓 琮(한 종)

綠暗紅稀出鳳城　暮雲宮闕古今情　行人莫聽宮前水　流盡年光是此聲
녹암홍희출봉성　모운궁궐고금정　행인막청궁전수　유진년광시차성

풀만 무성하고 꽃이 드문데 봉성을 떠나니
저문 구름 속 궁궐은 예나 지금이나 정겨워라
행인들은 궁전 앞 물소리 듣지 말 것이
흘러 다가버린 세월이 바로 이 소리라

**直譯**(직역) – 초록빛은(綠) 깊숙하고(暗) 붉은 꽃은(紅) 드문데(稀) 봉성을(鳳城) 나오니(出)
저문(暮) 구름에(雲) 궁궐(宮) 대궐은(闕) 예나(古) 지금이나(今) 정겹다(情)
다니는(行) 사람들은(人) 궁궐(宮) 앞의(前) 물소리(水) 듣지(聽) 말 것이(莫)
흘러(流) 다해버린(盡) 해의(年) 시간이(光) 바로(是) 이(此) 소리라(聲)

**題意**(제의) – 宮闕은 예나 지금이나 정겹지만 세월은 궁전 앞에 흐르는 물처럼 덧없다면서 늦봄 薩水에서 이별하며 읊은 詩(시).

## 331. 暮春吟(모춘음)

－堯夫 邵康節(요부 소강절)

林下居常睡起遲　那堪車馬近來稀　**春深晝永簾垂地　庭院無風花自飛**
임하거상수기지　나감거마근래희　**춘심주영렴수지　정원무풍화자비**

숲 속에 살면서 늦게 일어나는데
사람의 발길이 드물어 견딜 수가 없다
깊은 봄 한낮에 발이 드리워져 있고
뜰에는 바람도 없는데 꽃이 날린다

**直譯**(직역)－숲(林) 아래에(下) 늘(常) 살면서(居) 늦게(遲) 일어나는데(起)
수레와(車) 말이(馬) 요사이(近) 와서(來) 드문 것을(稀) 어찌(那) 견디랴(堪)
봄은(春) 깊고(深) 낮이(晝) 기니(永) 발은(簾) 땅에(地) 드리워져 있고(垂)
뜰과(庭) 뜰에는(院) 바람도(風) 없는데(無) 꽃은(花) 저절로(自) 날린다(飛)

**題意**(제의)－숲 속에 사니 항상 늦게 일어나는 버릇이 있고 뜰에는 바람도 없건만 꽃이 저절로 떨어지는 고요한 暮春의 정경을 읊은 詩(시).

## 332. 牧丹(목단)

－逸少 皮日休(일소 피일휴)

落盡殘紅始吐芳　佳名喚作百花王　競誇天下**無雙艶**　獨占人間第一香
낙진잔홍시토방　가명환작백화왕　경과천하**무쌍염**　독점인간제일향

붉은 꽃 다 시들 때 비로소 활짝 피어나
꽃 중의 왕이라는 아름다운 이름 얻고
고움은 천하에 다시없음을 자랑하니

이 세상에 제일가는 꽃이로다

直譯(직역) – 남은(殘) 붉은 꽃(紅) 다(盡) 지고서야(落) 비로소(始) 꽃을(芳) 토해내(吐)
아름다운(佳) 이름은(名) 온갖(百) 꽃의(花) 왕이라고(王) 지어(作) 불렀고(喚)
하늘(天) 아래(下) 나두어(競) 사랑은(誇) 쌍이(雙) 없는(無) 고움이니(艶)
홀로(獨) 사람(人) 사이에서(間) 차지한 것은(占) 차례(第) 처음의(一) 향기로다(香)

題意(제의) – 붉은 꽃 다 시들 때 활짝 피어나 천하에 다시없는 탐스러움을 자랑하니 꽃 중의 왕이라는 아름다운 이름 얻게 된 牧丹을 읊은 詩(시).

## 333. 牧童(목동)

–子發 盧 肇(자발 노 조)

**誰人得似牧童心 牛上橫眠秋聽深** 時復往來此一曲 何愁南北不知音
**수인득사목동심 우상횡면추청심** 시부왕래차일곡 하수남북부지음

누구인들 목동의 마음을 얻어 알리
소등에 비껴 누워 가을 소리 깊이 듣고
때때로 오가며 부르는 한 곡조는
남북에 알아주는 사람 없어도 좋으리

直譯(직역) – 어느(誰) 사람인들(人) 소치는(牧) 아이와(童) 같은(似) 마음을(心) 얻으리(得)
소(牛) 위에(上) 비껴(橫) 누워 쉬면서(眠) 가을이(秋) 깊어짐을(深) 듣고(聽)

때로(時) 가고(往) 오며(來) 되풀이하는(復) 이(此) 한(一) 곡조는(曲)
남쪽(南) 북쪽에(北) 소리를(音) 알아주지(知) 않다 해도(不) 어찌(何) 근심스러우리(愁)

**題意(제의)**－소등에 비껴 누워 가을 소리 깊이 듣고 때때로 가고 오며 흥얼거리는 牧童의 평화로운 생활을 읊은 詩(시).

## 334. 武夷櫂歌(무이도가)

－晦庵 朱 熹(회암 주 희)

**武夷山下有仙靈** 山下寒流曲曲淸 欲識箇中奇絶處 櫂歌閑聽兩三聲
**무이산하유선령** 산하한류곡곡청 욕식개중기절처 도가한청양삼성

무이산 아래 선경이 있는데
산아래 차가운 물이 굽이굽이 맑다
그 가운데 절경을 알고 싶으면
한가로이 노 젓는 노래를 따라가라

**直譯(직역)**－무이산(武夷山) 아래(下) 속세를 떠난 듯(仙) 신묘함이(靈) 있는데(有)
산(山) 아래에(下) 차갑게(寒) 흘러(流) 굽이(曲) 굽이(曲) 맑다(淸)
그(箇) 가운데(中) 기이하고(奇) 빼어난(絶) 곳을(處) 알고자(識) 한다면(欲)
한가로이(閑) 들리는(聽) 노 젓는(櫂) 노래(歌) 두(兩) 세(三) 소리라(聲)

**題意(제의)**－朱子 朱熹의 武夷九曲歌(무이구곡가) 열 首(수) 가운데 序曲(서곡)으로 武夷山의 아름다운 선경을 읊은 詩(시) 임.

**註解(주해)**－武夷櫂歌 : 武夷山 아래로 흐르는 물에 노 젓는 노래 소리.
仙靈 : 선경. 신선의 영기가 있는 아름다운 곳.

## 335. 墨梅(묵매)

－煮石山農 王 冕(자석산농 왕 면)

我家洗硯池邊樹　朶朶花開淡墨痕　不要人誇好顔色　只留**淸氣**滿乾坤
아가세연지변수　타타화개담묵흔　불요인과호안색　지유**청기**만건곤

우리 집 벼루 씻는 연못가 나무에
가지마다 연한 먹으로 꽃을 피우니
사람들에게 자랑하려 함이 아니라
다만 오래도록 맑은 기운 천지간에 가득하기를

**直譯**(직역)－우리(我) 집(家) 벼루(硯) 씻는(洗) 연못(池) 가(邊) 나무에(樹)
가지(朶) 가지마다(朶) 피어난(開) 꽃은(花) 묽은(淡) 먹(墨) 흔적이라(痕)
사람들에게(人) 얼굴(顔) 빛을(色) 좋게 하여(好) 자랑하게 되기를(誇)
바라는 것이(要) 아니라(不)
다만(只) 오래도록(留) 맑은(淸) 기운이(氣) 하늘과(乾) 땅에(坤) 가득하기를(滿)

**題意**(제의)－묽은 먹으로 매화를 그리는 것은 다른 사람들에게 자랑하고자 하는 것이 아니라 그 맑은 기운이 좋아서 그리는 심정을 읊은 詩(시).

## 336. 墨蕙(묵혜)

－簡齋 陳與義(간재 진여의)

人間風露不到畹　只有酪奴**無世塵**　何須更待秋風至　蕭艾從來不共春
인간풍로부도원　지유낙노**무세진**　하수갱대추풍지　소애종래불공춘

인간 세상의 바람 이슬은 난초 밭에 내리지 않고
다만 소치는 사내가 있어도 속된 사람들은 없건만
무엇 때문에 가을 바람이 불기만을 기다리고

봄철의 쑥 풀과는 함께 하지 않는가

直譯(직역) – 사람(人) 사이의(間) 바람과(風) 이슬은(露) 밭에(畹) 이르지(到) 아니하고(不)
다만(只) 소치는(酩) 사내는(奴) 있어도(有) 세상世() 먼지는(塵) 없건만(無)
어찌하여(何) 꼭(須) 가을(秋) 바람이(風) 다시(更) 이르기만을(至) 기다리고(待)
쑥과(蕭) 쑥이(艾) 따라(從) 와도(來) 봄을(春) 함께 하지(共) 않는가(不)

題意(제의) – 난초 밭에는 속된 사람 없건만 맑은 가을 바람 불기만을 기다릴 뿐 봄철의 쑥 풀과는 함께 하지 않는 고고한 혜초(蕙草)를 읊은 詩(시).

註解(주해) – 蕙 : 零陵香(영릉향). 콩과에 속하는 草本(초본)으로 높이는 70cm 가량이고 여름에 작은 나비 모양의 꽃이 피는데 난초를 기르면 집안에 상서롭지 못한 일이 생기지 않도록 막아주고 잎을 다려 마시면 노화현상이 없어진다 하여 난초 그림을 집안에 걸어두어 辟邪(벽사)를 염원하였음.
畹 : 스무 이랑 원. 屈原(굴원)의 離騷經(이소경)에 나는 이미 蘭草(난초)를 아홉 畹 심었고 또 蕙草를 일백 畹 심었다는 余旣滋蘭之九畹兮 又樹蕙之百畹(여기자란지구원혜 우수혜지백원)에서 유래된 것으로 蘭草 蕙草 이랑을 뜻함.

## 337. 發桐廬寄劉員外(발동려기유원외)

–李 穆(이 목)

處處雲山無盡時　桐廬南望更參差　舟人莫道新安在　欲上潺湲行自遲
처처운산무진시　동려남망갱참차　주인막도신안재　욕상잔원행자지

가는 곳마다 산이 끝이 없는데
동려 남쪽에서 높고 낮게 솟은 산을 바라본다
사공은 신안이 가까웠다 말을 말아라
잔잔한 물길을 따라 천천히 올라가고 싶다

直譯(직역) – 곳(處) 곳마다(處) 구름(雲) 산은(山) 다함이(盡) 없는(無) 때에(時) 농려라고 하는 곳(桐廬) 남쪽에서(南) 바라보니(望) 다시(更) 엇갈리고(參) 엇갈렸다(差)
배(舟) 사람은(人) 신안이(新安) 있다고(在) 말을(道) 말아라(莫)
물이 흐르고(潺) 물이 흐르는 데를(湲) 올라(上) 스스로(自) 더디게(遲) 가려고(行) 한다(欲)

題意(제의) – 桐廬를 떠나 新安으로 가는 아름다운 정경을 員外 벼슬에 있는 劉씨에게 읊은 詩(시).

註解(주해) – 桐廬 : 浙江省(절강성)에 있는 지명.
參差 : 길고 짧거나 서로 드나들어서 가지런하지 아니함.
新安 : 浙江省에 있는 지명.

## 338. 白牡丹(백모란)

– 醉翁 歐陽脩(취옹 구양수)

蟾精雪魄孕雲荄　春入香腴一夜開　宿露枝頭藏玉塊　暖風庭面倒銀杯
섬정설백잉운해　춘입향유일야개　숙로지두장옥괴　난풍정면도은배

달의 정령과 눈의 넋이 뿌리에 들어 있다가
봄이 되면 향긋하고 소담스레 피어나네
이슬 내린 가지 위에 꽃 구슬 달려있는데
바람 시원한 앞뜰에서 은 술잔을 기울이네

**直譯**(직역) – 달의(蟾) 혼과(精) 눈의(雪) 넋이(魄) 구름 같은(雲) 풀뿌리에(荄) 품어 있다가(孕)
봄(春) 들자(入) 향기롭고(香) 기름져(腴) 하루(一) 밤에(夜) 피어나네(開)
묵은(宿) 이슬 내린(露) 가지(枝) 머리엔(頭) 구슬(玉) 덩이가(塊) 감춰 있는데(藏)
따뜻한(暖) 바람 부는(風) 뜰(庭) 앞에서(面) 은(銀) 술잔(杯) 거꾸로 하네(倒)

**題意**(제의) – 따뜻한 봄이 되니 달의 혼인 양 또 눈의 넋인 양 하얗게 피어난 白牡丹의 아름다움과 향기에 취해 술잔을 기울이며 읊은 詩(시).

**註解**(주해) – 蟾 : 두꺼비. 달. 硯滴(연적).

## 339. 泛海(범해)

– 伯安 王守仁(백안 왕수인)

險夷原**不滯胸中**　何異浮雲過太空　夜靜海濤三萬里　月明飛錫下天風
험이원**불체흉중**　하이부운과태공　야정해도삼만리　월명비석하천풍

좋은 일이든 나쁜 일이든 마음에 두지 말 것이
어찌 뜬구름이 넓은 하늘을 지나가는 것과 다르랴
고요한 밤에 큰 파도 삼 만리를
달 아래 지팡이 휘둘러 하늘에서 내려오는 기분이라

**直譯**(직역) – 험한 것과(險) 평평한 것은(夷) 근본적으로(原) 가슴(胸) 가운데에(中) 엉기게 해서는(滯) 안되니(不)
어찌(何) 뜬(浮) 구름이(雲) 큰(太) 하늘을(空) 지나가는 것과(過) 다르랴(異)
고요한(靜) 밤에(夜) 바다(海) 큰 물결(濤) 삼 만리를(三萬里)
밝은(明) 달에(月) 지팡이(錫) 날리며(飛) 하늘(天) 바람에(風) 내려오

듯 하다(下)

題意(제의) – 바다 삼 만리나 배를 타고 오는데도 마치 밝은 달 아래 도사가 지팡이를 휘두르면서 天風을 타고 내려오 듯 상쾌한 기분을 읊은 詩(시).

## 340. 別董大(별동대)

– 達夫 高 適(달부 고 적)

十里黃雲白日曛　北風吹雁雪紛紛　莫愁前路無知己　天下誰人不識君
십리황운백일훈　북풍취안설분분　막수전로무지기　천하수인불식군

저녁노을에 물든 구름 끝이 없는데
눈이 분분한 하늘에 기러기 날아간다
타향에 친구 없다고 걱정 말아라
천하에 누가 그대를 모르리

直譯(직역) – 십리(十里) 누른(黃) 구름에(雲) 흰(白) 해는(日) 석양빛이고(曛)
북쪽(北) 바람이(風) 불어(吹) 기러기 나는데(雁) 눈은(雪) 어지럽고(紛) 어지럽다(紛)
앞(前) 길에(路) 자기를(己) 알아주지(知) 않는다고(無) 걱정(愁) 말아라(莫)
하늘(天) 아래(下) 누구(誰) 사람인들(人) 그대를(君) 알지(識) 못하리(不)

題意(제의) – 그대는 어디를 가나 비파를 잘 타기로 이름나 훌륭한 접대를 받게 될 것이라고 董大를 이별하며 읊은 詩(시).

註解(주해) – 董大 : 宰相房(재상방)에서 비파를 타는 琴工(금공)인 黃庭蘭(황정란).

## 341. 步虛詞(보허사)

－千里 高 駢(천리 고 병)

淸溪道士人不識　上天下天鶴一隻　洞門深鎖碧窓寒　滴露硏朱點周易
청계도사인불식　상천하천학일척　동문심쇄벽창한　적노연주점주역

청계의 도사를 사람들은 알아보지 못한데
한 마리 학이 하늘로 올라갔다 내려왔다 한다
동굴의 문은 깊이 잠기고 푸른 창은 차가운데
떨어지는 이슬방울로 먹을 갈아 주역에 점을 찍는다

**直譯**(직역)－맑은(淸) 시내의(溪) 도 닦는(道) 선비를(士) 사람들은(人) 알아보지(識) 못한데(不)
학(鶴) 하나(一) 한 마리가(隻) 하늘로(天) 올라갔다(上) 하늘에서(天) 내려온다(下)
동굴의(洞) 문은(門) 깊이(深) 잠기고(鎖) 푸른(碧) 창은(窓) 차가운데(寒)
방울져 떨어지는(滴) 이슬로(露) 붉은 먹을(朱) 갈아(硏) 주역에(周易) 점을 찍는다(點)

**題意**(제의)－한 마리 학이 평화롭게 날고 있는 곳에 동굴을 차지하고 주역을 공부하는 선비의 모습을 읊은 詩(시).

**註解**(주해)－周易 : 三經(삼경)의 하나인 이 책은 占卜(점복)을 위한 原典(원전)과도 같은 것이며 동시에 어떻게 하면 조금이라도 凶運(흉운)을 물리치고 吉運(길운)을 잡느냐 하는 처세상의 지혜이고 나아가서는 우주론적 철학이기도 함. 周易(주역)이란 글자 그대로 周나라 시대의 易이란 말로 周易이 나오기 전인 하(夏)나라 때의 連山易(연산역)이나 殷(은)나라 때의 歸藏易(귀장역)이라는 역서가 있었다고 하는데 易이란 말은 變易(변역) 즉 바뀐다 변한다는 뜻이며 천지만물이 끊임없이 변화하는 자연현상의 원리를 설명하고 풀이한 것임. 易은 陽

(양)과 陰(음)의 二元論(이원론)으로 이루어진 것으로 천지만물은 모두 陽과 陰으로 되어 있다는 것이니 하늘은 陽 땅은 陰 해는 陽 달은 陰 강한 것은 陽 약한 것은 陰 높은 것은 陽 낮은 것은 陰 등 상대되는 모든 사물과 현상들을 陽·陰 두 가지로 구분하고 그 위치나 생태에 따라 끊임없이 변화한다는 것이 周易의 원리이며 달은 차면 다시 기울기 시작하고 여름이 가면 다시 가을·겨울이 오는 현상은 끊임없이 변하나 그 원칙은 영원불변한 것으로 이 원칙을 인간사에 적용시켜 비교·연구하면서 풀이한 것이 易임.

## 342. 逢入京使(봉입경사)

–岑 參(잠 삼)

故園東望路漫漫　雙袖龍鐘淚不乾　馬上相逢無紙筆　憑君傳語報平安
고원동망로만만　쌍수용종루불건　마상상봉무지필　빙군전어보평안

고향을 바라보면 길이 끝이 없으니
두 소매에 눈물이 젖어 마를 겨를이 없다
말 위에서 서로 만나 지필묵이 없으니
고향에 가거들랑 잘 있다고 전하여 다오

直譯(직역) – 옛(故) 동산을(園) 동쪽으로(東) 바라보는데(望) 길이(路) 잇닿아(漫) 아득하니(漫)
두(雙) 소매(袖) 눈물이 흘러(龍鐘) 눈물이(淚) 마르지(乾) 아니한다(不)
말(馬) 위에서(上) 서로(相) 만나(逢) 종이(紙) 붓이(筆) 없으니(無)
그대에게(君) 기대어(憑) 전하는(傳) 말은(語) 편안하고(平) 편안하다고(安) 알려다오(報)

題意(제의) – 서울로 가는 사신을 만났으나 지필묵이 없으니 고향에 안부나 전해 달라며 고향을 그리는 마음을 읊은 詩(시).

註解(주해) – 龍鐘 : 늙고 병든 모양. 눈물을 흘리는 모양. 대나무의 일종.

## 343. 奉和同前(봉화동전)

– 崔惠童(최혜동)

一月主人笑幾回 相逢相值且銜杯 眼看春色如流水 今日殘花昨日開
일월주인소기회 상봉상치차함배 안간춘색여류수 금일잔화작일개

한 달 동안 주인은 몇 번이나 웃는가
서로 만나면 술잔을 들어야지
세월이 유수 같지 아니한가
어제 핀 꽃이 오늘 지는 것을

直譯(직역) – 한(一) 달(月) 주인 된(主) 사람이(人) 몇(幾) 번이나(回) 웃던가(笑)
서로(相) 만나고(逢) 서로(相) 만나면(值) 또한(且) 술잔을(杯) 입에 물자(銜)
눈으로(眼) 봄(春) 빛을(色) 보니(看) 흐르는(流) 물과(水) 같고(如)
오늘(今) 날(日) 남은(殘) 꽃이(花) 어제(昨) 날에(日) 핀 것이라(開)

題意(제의) – 나는 한 달에 몇 번이나 웃는가 세월이 흐르는 물과 같으니 친구와 만나 술이나 마시자며 崔敏童(최민동)의 지난번 시에 화답하여 읊은 詩(시).

註解(주해) – 奉和 : 삼가 화답하다.

## 344. 芙蓉樓送辛漸(부용루송신점)

– 少伯 王昌齡(소백 왕창령)

寒雨連江夜入吳 平明送客楚山孤 洛陽親友如相問 **一片氷心**在玉壺
한우연강야입오 평명송객초산고 낙양친우여상문 **일편빙심**재옥호

찬비 내리는 강 언덕을 따라 오 나라까지 와서
새벽에 그대 보내고 나면 산만 외롭게 보이리
낙양의 벗들이 만일 내 소식을 묻걸랑
마음이 옥 항아리에 얼음처럼 맑다고 하게나

**直譯(직역)** – 찬(寒) 비 내리는(雨) 강을(江) 잇닿아(連) 밤에(夜) 오 나라로(吳) 들어와(入)
바로(平) 새벽에(明) 나그네를(客) 보내면(送) 초 나라(楚) 산도(山) 외로우리(孤)
낙양의(洛陽) 친한(親) 벗이(友) 만일(如) 서로(相) 묻게 된다면(問)
한(一) 조각(片) 얼음 같은(氷) 마음이(心) 구슬(玉) 항아리에(壺) 있다고 하게나(在)

**題意(제의)** – 洛陽으로 가는 辛漸을 전송하기 위하여 날이 새도록 술을 마시면서 王昌齡 자신은 티끌하나 없이 맑게 살아가고 있다고 읊은 詩(시).

**註解(주해)** – 芙蓉樓 : 江蘇省 鎭江府城(강소성 진강부성)의 西北間(서북간)에 있는 樓閣(누각).
平明 : 해가 뜰 때. 새벽녘.
玉壺 : 구슬로 만든 투명한 항아리인데 사람의 마음이 맑은 것을 비유하여 쓴 것임.

## 345. 貧交行(빈교행)

–小陵 杜 甫(소릉 두 보)

飜手作雲覆手雨　紛紛世事何須數　君不見管鮑貧時交
此道今人棄如土
번수작운복수우　분분세사하수수　군불견관포빈시교

차도금인기여토

손 뒤집어 구름 만들고 다시 엎어 비로 만드니
분분한 세상일을 어찌 반드시 헤아리랴
관중과 포숙의 가난한 때의 사귐을 알고 있겠지
이러한 도리를 지금 사람들은 흙 버리듯 하는구나

**直譯**(직역) – 손을(手) 뒤치어(飜) 구름(雲) 만들고(作) 손을(手) 뒤집으면(覆) 비가 오니(雨)
어지럽고(紛) 어지러운(紛) 세상(世) 일(事) 어찌(何) 반드시(須) 헤아리랴(數)
그대는(君) 관중과(管) 포숙의(鮑) 가난한(貧) 때의(時) 사귐을(交) 아니(不) 보았던가(見)
이러한(此) 도리를(道) 지금(今) 사람들은(人) 흙과(土) 같이(如) 버리는구나(棄)

**題意**(제의) – 管仲(관중)과 鮑叔牙(포아)처럼 가난했을 당시부터 사귀어 온 友情(우정)이 일생 동안 변치 않아야 한다고 읊은 詩(시).

**註解**(주해) – 管鮑 : 중국의 管仲과 鮑叔牙와 같이 다정한 친구 사이를 管鮑之交(관포지교)라 하는 것으로 춘추시대 초엽 齊(제)나라에 管仲과 鮑叔牙라는 두 관리가 있었음. 管仲은 한때 소백을 암살하려 하였으나 소백이 먼저 귀국하여 桓公(환공 : B.C 685–643)이라 일컫고 管仲을 죽이려 하자 鮑叔牙가 전하에게 말하기를 齊(제) 나라 하나만 다스리시려면 臣(신)으로도 충분할 것이오나 천하의 覇者(패자)가 되시려면 管仲을 기용하시옵소서하니 도량이 넓고 식견이 높은 환공은 鮑叔牙의 진언을 받아들여 管仲을 대부로 重用(중용)하고 정사를 맡겼음. 管仲은 훗날 나는 젊어서 鮑叔牙와 장사를 할 때 늘 이익금을 내가 더 많이 차지했었으나 그는 나를 욕심 장이라고 말하지 않았는데 내가 가난하다는 걸 알고 있었기 때문이며 또 그를 위해

한 사업이 실패하여 그를 궁지에 빠뜨린 일이 있었지만 나를 용렬하다고 여기지 않았는데 일에는 成敗(성패)가 있다는 걸 알고 있었기 때문이며 나는 또 벼슬길에 나갔다가는 물러나곤 했었는데 나를 무능하다고 말하지 않은 것은 내게 운이 따르고 있지 않다는 것을 알고 있었기 때문이며 싸움터에서 도망친 적이 한두 번이 아니었지만 나를 겁쟁이라고 말하지 않은 것은 내게 老母(노모)가 계시다는 것을 알고 있었기 때문이라고 하면서 나를 낳아 준 분은 부모이지만 나를 알아준 사람은 포숙아다 즉 生我者父母 知我者鮑叔也(생아자부모 지아자포숙야)라고 하였다는 이야기가 史記 列子(사기 열전)에 있음.

## 346. 謝亭送別(사정송별)

－用晦 許 渾(용회 허 혼)

勞歌一曲解行舟　紅葉青山水急流　**日暮酒醒人已遠　滿天風雨下西樓**
노가일곡해행주　홍엽청산수급류　**일모주성인이원　만천풍우하서루**

노래 한 곡조에 배가 떠나는데
단풍이 고운 청산에 물살도 급하다
해가 지니 술이 깨고 사람도 떠나
비바람이 몰아치는 다락에서 내려온다

**直譯(직역)**－위로하는(勞) 노래(歌) 한(一) 곡조에(曲) 배를(舟) 풀어서(解) 가는데(行)
붉은(紅) 잎(葉) 푸른(青) 산에(山) 물은(水) 급히(急) 흐른다(流)
해는(日) 저물어(暮) 술이(酒) 깨이니(醒) 사람은(人) 이미(已) 멀어지고(遠)
비(雨) 바람이(風) 하늘(天) 가득하여(滿) 서쪽(西) 다락에서(樓) 내려온다(下)

題意(제의)－이별의 노래를 부르며 단풍 고운 청산 사이 물길로 벗을 떠나 보내고 해도 저물어 정자에서 내려와 집으로 가는 심정을 읊은 詩(시).

## 347. 山間秋夜(산간추야)

－眞山民(진산민)

夜色秋光共一闌　飽收風露入脾肝　虛檐立盡梧桐影　絡緯數聲山月寒
야색추광공일란　포수풍로입비간　허첨입진오동영　낙위수성산월한

밤 빛깔과 가을 달빛이 한 난간을 감싸고 있는데
이슬 내린 가을 바람을 가슴 깊이 들이마시고 있다
호젓한 처마 끝 오동나무 그림자 속에 서있는데
귀뚜라미 서너 소리에 산달이 더욱 차갑다

直譯(직역)－밤(夜) 빛깔과(色) 가을(秋) 빛이(光) 한(一) 난간을(闌) 함께 했는데(共)
바람(風) 이슬을(露) 실컷(飽) 거두어(收) 지라와(脾) 간에(肝) 들였다(入)
비어있는(虛) 처마에(檐) 오동나무(梧) 오동나무(桐) 그림자(影) 다하여(盡) 서있는데(立)
실을(緯) 얽는(絡) 서너(數) 소리에(聲) 산(山) 달이(月) 차갑다(寒)

題意(제의)－송나라의 망국민인 작자가 고요한 달빛아래 귀뚜라미 소리만 애처로운 가을밤을 읊은 詩(시).

註解(주해)－絡緯 : 귀뚜라미. 귀뚜라미의 別稱(별칭)으로는 趣織・促織(촉직・촉직)이 있음.(본서 부록 참조)

## 348. 山房春事(산방춘사)

－岑 參(잠 삼)

梁園日暮亂飛鴉　極目蕭條三兩家　庭樹不知人去盡　春來還發舊時花
양원일모란비아　극목소조삼양가　정수부지인거진　춘래환발구시화

양원에 해 저물어 까마귀 떼 어지러운데
보이는 것은 쓸쓸한 집 두세 채
뜰 나무는 옛사람 다 떠난 줄 알지 못하고
봄이 오자 다시 피어나는 옛날 꽃

直譯(직역)－양 나라(梁) 별장에(園) 해가(日) 저무니(暮) 나는(飛) 까마귀(鴉) 어지러운데(亂)
쓸쓸하고(蕭) 멀리(條) 두(兩) 세(三) 집만(家) 눈에(目) 닿네(極)
뜰(庭) 나무는(樹) 사람이(人) 다(盡) 가버린 줄도(去) 알지(知) 못하고(不)
봄이(春) 오자(來) 옛(舊) 때(時) 꽃을(花) 도로(還) 피우네(發)

題意(제의)－梁(양) 나라 孝王(효왕)의 장원에 해가 저무니 까마귀만 날고 뜰에 있는 나무는 봄이 오자 또 옛날의 꽃을 피우는 山房의 봄날 풍경을 읊은 詩(시).

## 349. 山亭夏日(산정하일)

－千里 高 駢(천리 고 병)

**綠樹陰濃夏日長　樓臺倒影入池塘**　水晶簾動微風起　一架薔薇滿院香
**녹수음농하일장　누대도영입지당**　수정염동미풍기　일가장미만원향

녹음이 짙어 가는 긴긴 여름날
누각의 그림자가 못 속에 잠겼는데
수정 발 흔들며 바람이 일어나니

선반 위 장미 향기 온 집안에 가득하네

**直譯**(직역) – 푸른(綠) 나무(樹) 그늘은(陰) 짙고(濃) 여름(夏) 날은(日) 길고(長)
다락(樓) 돈대(臺) 거꾸러진(倒) 그늘이(影) 연못(池) 연못에(塘) 들어오는데(入)
수정(水晶) 발(簾) 움직이며(動) 가는(微) 바람(風) 일어나니(起)
한(一) 시렁(架) 장미가(薔薇) 집안(院) 가득(滿) 향기롭네(香)

**題意**(제의) – 긴 여름날 樓臺의 그림자는 연못에 잠겨 고요한데 선반에 올려놓은 薔薇 향기가 온 집안을 향기롭게 하는 山亭의 여름날을 읊은 詩(시).

## 350. 山中答俗人(산중답속인)

–太白 李 白(태백 이 백)

**問余何事栖碧山　笑而不答心自閑**　桃花流水宛然去　別有天地非人間
**문여하사서벽산　소이부답심자한**　도화유수완연거　별유천지비인간

무슨 일로 푸른 산에 사느냐 하면
웃음으로 대답하나 마음 절로 한가로워
복숭아 꽃 물 따라 멀리 흘러가니
사람 살지 않는 곳에 별천지 있겠지

**直譯**(직역) – 무슨(何) 일로(事) 푸른(碧) 산에(山) 사느냐고(栖) 나에게(余) 묻는다면(問)
웃으며(笑) 곧(而) 대답은(答) 하지 않으나(不) 마음은(心) 한가로워(閑)
복숭아(桃) 꽃(花) 물에(水) 흘러(流) 분명하고(宛) 그러하게(然) 가버리니(去)
사람(人) 사이가(間) 아닌 데에(非) 다른(別) 하늘(天) 땅이(地) 있겠지(有)

**題意**(제의) – 山中問答이라고 쓰인 데도 있으며 속세를 버린 사람이 사는 산중에는 別世界(별세계)가 있음을 問答體(문답체)로 읊은 詩(시).

**註解**(주해) – 何事 : 무슨 일. 本集(본집)에는 何意(하의)로 되어 있음.
宛然 : 依然(의연)과 같음. 本集에는 杳然(묘연) 또는 窅然(요연)으로 되어 있음.
人間 : 사람 사는 세상.

## 351. 山中對酌(산중대작)

– 靑蓮居士 李 白(청련거사 이 백)

兩人對酌山花開 一盃一盃復一杯 我醉欲眠君且去 明朝有意**抱琴來**
양인대작산화개 일배일배부일배 아취욕면군차거 명조유의**포금래**

둘이 술잔을 마주하니 산에는 꽃이 피고
한 잔 한 잔 또 한 잔에
나 취해 잠들려니 그대 돌아갔다가
내일 아침 생각나거든 거문고 안고 오게나

**直譯**(직역) – 두(兩) 사람(人) 마주하여(對) 술잔을 주고받으니(酌) 산에는(山) 꽃이(花) 피어나고(開)
한(一) 잔(盃) 한(一) 잔(杯) 다시(復) 한(一) 잔에(盃)
나는(我) 취해서(醉) 자려고(眠) 하니(欲) 그대는(君) 장차(且) 가셨다가(去)
밝은(明) 아침에(朝) 뜻이(意) 있거든(有) 거문고를(琴) 안고(抱) 오시게나(來)

**題意**(제의) – 속세를 떠나 隱棲(은서)하는 사람이 뜻 맞는 벗과 꽃 그늘 아래서 술을 마시는 기쁨을 읊은 詩(시).

註解(주해) – 山中對酌 : 本集(본집)에는 山中與幽人對酌(산중여유인대작)이라 고 되어 있음.
君 : 本集에는 卿(경)으로 되어 있음.

## 352. 山中留客(산중유객)

–張 旭(장 욱)

山光物態弄春暉 莫爲輕陰便凝歸 縱使晴明無雨色 入雲深處亦沾衣
산광물태농춘휘 막위경음편응귀 종사청명무우색 입운심처역첨의

산 속 풍광엔 봄빛이 무르녹는데
날씨 좀 흐리다고 돌아갈 생각 마오
날씨 청명하여 비 올 기색 없어도
구름 깊은 곳에선 옷이 젖는다오

直譯(직역) – 산(山) 빛(光) 물건의(物) 모습은(態) 봄(春) 빛을(暉) 희롱하는데(弄)
가벼운(輕) 흐림에(陰) 곧(便) 돌아가기로(歸) 정하려(凝) 하려하지(爲) 마오(莫)
가령(縱) 하늘이 개이고(晴) 맑아(明) 비 올(雨) 기색이(色) 없다고(無) 하더라도(使)
구름(雲) 깊은(深) 곳에(處) 들면(入) 또한(亦) 옷이(衣) 젖는다오(沾)

題意(제의) – 날씨 좀 흐려졌다고 돌아갈 생각하지 말고 봄빛이 무르녹은 풍광을 구경하라며 놀러 온 나그네에게 당부하여 읊은 詩(시).

## 353. 山行(산행)

－樊川 杜 牧(번천 두 목)

遠上寒山石徑斜 白雲生處有人家 停車坐愛楓林晩 霜葉紅於二月花
원상한산석경사 백운생처유인가 정거좌애풍림만 상엽홍어이월화

멀리 한산의 돌길 돌아 오르니
구름이 피어나는 곳에 집이 있더라
수레를 멈추고 단풍을 구경하니
서리 단풍잎이 봄꽃보다 붉더라

**直譯**(직역)－멀리(遠) 한산의(寒山) 돌(石) 길을(徑) 꾸불꾸불(斜) 오르니(上)
흰(白) 구름(雲) 생기는(生) 곳에(處) 사람(人) 집이(家) 있더라(有)
수레를(車) 멈추고(停) 앉아(坐) 늦은(晩) 단풍(楓) 숲을(林) 사랑하니(愛)
서리(霜) 단풍잎은(葉) 이월(二月) 꽃(花)보다도(於) 붉더라(紅)

**題意**(제의)－봄꽃보다도 더 아름다운 가을 풍경을 한 폭의 그림같이 선명하게 읊은 詩(시).

## 354. 三日尋李九莊(삼일심이구장)

－常 建(상 건)

雨歇楊林東渡頭 永和三日盪輕舟 故人家在桃花岸 直到門前溪水流
우헐양림동도두 영화삼일탕경주 고인가재도화안 직도문전계수류

비가 갠 양림 땅 나루터에
삼월 삼일 빠른 배로 왔네
벗이 꽃 피는 언덕에 살기에
바로 문 앞 냇가에 이르렀네

**直譯(직역)** – 비가(雨) 갠(歇) 양림 땅(楊林) 동쪽(東) 나루(渡) 머리에(頭)
삼월(永和) 세 째(三) 날(日) 가벼운(輕) 배를(舟) 밀어 옮겼네(盪)
옛 벗(故) 사람의(人) 집이(家) 복숭아(桃) 꽃 핀(花) 언덕에(岸) 있기에(在)
곧(直) 시내(溪) 물이(水) 흐르는(流) 문(門) 앞에(前) 이르렀네(到)

**題意(제의)** – 옛날 王羲之(왕희지)가 永和 九年 三月 三日 會稽山 蘭亭(회계산 난정)에서 계를 했던 생각이 들어 李九의 별장을 찾게 된 소감을 읊은 詩(시).

**註解(주해)** – 李九莊 : 李九의 별장.
永和 : 東晋穆帝(동진목제)의 年號(년호)로 永和 九年 三月 三日 王羲之가 會稽山陰에 있는 蘭亭에서 계를 한 故事(고사)를 引用(인용)한 것임.

## 355. 挿秧(삽앙)

– 石湖居士 范成大(석호거사 범성대)

種密移疏綠毯平　行間淸淺縠紋生　誰知細細靑靑草　中有豊年**擊壤聲**
종밀이소녹담평　항간청천곡문생　수지세세청청초　중유풍년**격양성**

빽빽이 심은 것을 듬성듬성 고르게 옮기니
줄과 줄 사이 맑고 옅은 물에 주름 비단 물결 인다
누가 알랴 가늘고도 푸르기만 한 풀에
그 속에 풍년의 격양가 노래가 있는 줄을

**直譯(직역)** – 빽빽이(密) 심었다가(種) 드물게(疏) 옮겨(移) 녹색(綠) 담요처럼(毯) 평평하게 하니(平)
줄(行) 사이(間) 맑고(淸) 옅은 물에(淺) 주름 비단(縠) 무늬가(紋) 일어난다(生)

누가(誰) 알랴(知) 가늘고도(細) 가늘고(細) 푸르고도(靑) 푸른(靑) 풀에(草)
그 속에(中) 풍년 든(豊) 해(年) 흙덩이(壤) 두드리는(擊) 노래가(聲) 있는 줄을(有)

題意(제의) – 옮겨 심은 어리고 파란 묘 속에 풍년의 擊壤歌(격양가)가 있다는 사실을 아무도 모를 것이라며 모내기를 하고 난 감흥을 읊은 詩(시).

註解(주해) – 行 : ①갈 행. 行方(행방). ②순서 항. 行列(항렬).
擊壤 : 擊壤歌(격양가). 중국 唐堯(당요) 때 늙은 농부가 땅을 두드리면서 천하가 태평함을 기리어 불렀다는 노래.

## 356. 西宮秋怨(서궁추원)

– 少伯 王昌齡(소백 왕창령)

芙蓉不及美人粧　水殿風來珠翠香　却恨含情掩秋扇　空縣明月待君王
부용불급미인장　수전풍래주취향　각한함정엄추선　공현명월대군왕

부용꽃도 단장한 미인에 미치지 못하는 것
수전에 바람 부니 치장한 향기 그윽하다
문득 가을 부채인양 한스러워
헛되이 밝은 달을 바라보며 임을 기다린다

直譯(직역) – 부용꽃도(芙蓉) 단장한(粧) 아름다운(美) 사람에(人) 미치지(及) 않는것(不)
물(水) 궁전에(殿) 바람이(風) 오니(來) 구슬(珠) 비취에서(翠) 향기가 풍긴다(香)
문득(却) 정을(情) 품은(含) 한일랑(恨) 가을(秋) 부채처럼(扇) 숨겨두고(掩)

헛되이(空) 매달린(縣) 밝은(明) 달에(月) 임금(君) 임금을(王) 기다린다(待)

題意(제의) – 西宮의 빈방에 가을 부채처럼 버려진 것이 한스러워 휘영청 밝은 달만 바라보며 임금을 기다리는 가을 궁녀의 마음을 읊은 詩(시).

註解(주해) – 水殿 : 못 가에 있는 정자.

珠翠 : 구슬과 비취로 장식하여 만든 발. 珠簾(주렴).

秋扇 : 가을부채처럼 제철이 지나 쓸모 없이 버려짐을 말함. 班姬(반희)의 秋扇賦(추선부)는 가을 부채처럼 버려진 여자의 운명을 노래한 것임.

## 357. 西宮春怨(서궁춘원)

– 少伯 王昌齡(소백 왕창령)

西宮夜靜百花香　欲捲珠簾春恨長　斜抱雲和深見月　朦朧樹色隱昭陽
서궁야정백화향　욕권주렴춘한장　사포운화심견월　몽롱수색은소양

서궁에 밤은 고요한데 온갖 꽃 향기롭고
주렴을 걷으려니 봄의 한이 깊어진다
거문고를 안고 달을 그윽이 바라보는데
희미한 나무들이 소양궁을 가리운다

直譯(직역) – 서쪽(西) 궁궐에(宮) 밤은(夜) 고요한데(靜) 온갖(百) 꽃이(花) 향기롭고(香)

구슬(珠) 발을(簾) 걷으려(捲) 하니(欲) 봄의(春) 한이(恨) 길어진다(長)

구름과(雲) 어울리는 악기를(和) 비스듬히(斜) 안고(抱) 달을(月) 깊이(深) 바라보는데(見)

흐리고(朦) 흐린(朧) 나무(樹) 빛이(色) 소양궁을(昭陽) 가린다(隱)

**題意**(제의) – 거문고를 안고 달을 바라보니 西宮은 온갖 꽃이 향기롭지만 너무 고요하여 기나긴 봄밤이 원망스러운 심정을 읊은 詩(시).

## 358. 西塞風雨(서새풍우)

–東坡 蘇 軾(동파 소 식)

斜風細雨到來時　我本無家何處歸　**仰看雲天眞箬笠　旋收江海入蓑衣**
사풍세우도래시　아본무가하처귀　**앙간운천진약립　선수강해입사의**

바람 불고 가는 비 내릴 때에
집도 없는 나는 어느 곳으로 가야하나
올려다보면 구름 낀 하늘이 삿갓이니
도리어 강과 바다가 도롱이 속에 들었네

**直譯**(직역) – 비스듬히(斜) 부는 바람에(風) 가는(細) 비(雨) 와서(來) 이르는(到) 때에(時)
나는(我) 본디(本) 집이(家) 없으니(無) 어느(何) 곳으로(處) 돌아갈꼬(歸)
올려다(仰) 보면(看) 구름 낀(雲) 하늘이(天) 참으로(眞) 대껍질의(箬) 삿갓이니(笠)
도리어(旋) 강과(江) 바다를(海) 도롱이(蓑) 옷에(衣) 거두어(收) 들였네(入)

**題意**(제의) – 바람 불고 비가오지만 구름 낀 하늘이 삿갓이요 강과 바다는 도롱이 속에 있는 것과 같다면서 서쪽 변방의 비바람을 읊은 詩(시).

## 359. 暑夜(서야)

－全室 釋宗泐(전실 석종늑)

此夜炎蒸不可當　開門高樹月蒼蒼　天河只在南樓上　不借人間一滴凉
차야염증불가당　개문고수월창창　천하지재남루상　불차인간일적량

이 밤 찌는 더위 당할 수 없어
문을 여니 높은 나무에 달빛만 푸르다
은하수는 남쪽 다락 위에 있건만
인간에게 한 방울의 물도 빌려 주지 않는다

直譯(직역)－이(此) 밤(夜) 더위가(炎) 찌는 듯 하니(蒸) 당할(當) 수가(可) 없어(不)
문을(門) 여니(開) 높은(高) 나무에(樹) 달이(月) 푸르고(蒼) 푸르더라(蒼)
하늘(天) 물은(河) 다만(只) 남쪽(南) 다락(樓) 위에(上) 있건만(在)
사람(人) 사이에는(間) 서늘하게(凉) 한(一) 방울도(滴) 빌려주지(借) 않는다(不)

題意(제의)－찌는 듯한 더위를 식히려고 문을 여니 은하수는 남쪽 다락 위에 있건만 물을 빌릴 수 없는 무더운 여름밤을 읊은 詩(시).

## 360. 雪梅(설매)

－巨山 方　岳(거산 방　악)

有梅無雪不精神　有雪無詩俗了人　薄暮詩成天又雪　與梅倂作十分春
유매무설부정신　유설무시속료인　박모시성천우설　여매병작십분춘

매화는 피어도 눈 내리지 않으면 신비스럽지 않고
매화와 눈이 있어도 시가 없으면 분명한 속물이라
저녁 무렵에는 시도 지었고 때마침 하늘에서 눈도 내리니

매화와 눈과 시 세 가지 어울려 멋진 봄이로다

直譯(직역) – 매화는(梅) 있지만(有) 눈이 내리지(雪) 않으면(無) 아름답거나(精) 신비스럽지(神) 못하고(不)
눈은 내리고(雪) 있지만(有) 시가(詩) 없다면(無) 속됨이(俗) 분명한(了) 사람이리라(人)
엷게(薄) 해가 질 무렵에(暮) 시도(詩) 이루어지고(成) 하늘에서는(天) 또(又) 눈도 내리니(雪)
매화와(梅) 함께(與) 아울러(併) 이루어지니(作) 완전히(十) 구별되는(分) 봄이로다(春)

題意(제의) – 반가운 매화가 피었는데 때맞추어 눈도 내리고 이에 시를 지으니 세 가지가 어우러져 더욱 아름다운 봄의 흥취를 읊은 詩(시).

## 361. 城東早春(성동조춘)

– 景山 楊巨源(경산 양거원)

詩家淸景在新春　綠柳纔黃半未勻　若待上林花似錦　出門俱是看花人
시가청경재신춘　녹류재황반미균　약대상림화사금　출문구시간화인

시인들의 맑은 경치는 새봄에 있나니
푸른 버들 조금 노릇노릇하네
궁궐 숲들이 비단 같아지기를 기다린다면
대문을 나서 모두 꽃구경 인파들을 보게나

直譯(직역) – 시를 하는(詩) 사람의(家) 맑은(淸) 경치는(景) 새(新) 봄에(春) 있으나(在)
푸른(綠) 버들은(柳) 겨우(纔) 누른 것이(黃) 반이지만(半) 고르지(勻) 않네(未)
만약(若) 기다리는 것이(待) 높은 곳의(上) 숲과(林) 꽃이(花) 비단(錦)

갈아지는 것이라면(似)
문을(門) 나서(出) 이에(是) 모두(俱) 꽃과(花) 사람을(人) 보게나(看)

題意(제의) – 시인들의 맑은 경치는 새봄에 있지만 푸른 버들은 조금 노릇노릇한데 대문을 나서면 벌써 꽃구경 인파들인 城東의 早春을 읊은 詩(시).

## 362. 少年行 – 1(소년행)

– 吳象之(오상지)

承恩借獵小平津　使氣常遊中貴人　一擲千金渾是膽　家無四壁不知貧
승은차렵소평진　사기상유중귀인　일척천금혼시담　가무사벽부지빈

천자의 은총을 받아 소평진에서 사냥을 하며
호방하게 귀인 함께 지냈고
한번에 천금을 쓰면서 호기 부리느라
집 사방 벽이 무너지는 것도 알지 못 했다

直譯(직역) – 은혜를(恩) 빌리어(承) 도움을 받아(借) 소평진에서(小平津) 사냥을 하면서(獵)
기세를(氣) 부리며(使) 귀한(貴) 사람(人) 가운데에서(中) 항상(常) 놀았다(遊)
한번에(一) 많은(千) 돈을(金) 버리니(擲) 모두(渾) 이는(是) 두려워하지 않는 담력이지만(膽)
집(家) 네 군데(四) 벽이(壁) 없어져도(無) 가난을(貧) 알지(知) 못 했다(不)

題意(제의) – 천자의 은총을 받아 호방하게 천금을 쓰며 호기도 부렸지만 집 사방 벽이 무너지는 것도 알지 못하는 소년을 읊은 詩(시).

**註解**(주해) – 行 : 歌謠(가요)의 한 형식으로 樂府(악부)의 이름. 白石詩說(백석시설)에 법도를 지키는 것을 詩라 하고 始末(시말)을 싣는 것을 引(인)이라 하며 體行書(체행서)와 같은 것을 行이라 하고 情(정)을 놓는 것을 歌라고 하니 이를 겸한 것을 歌行이라 하였음.

## 363. 少年行 – 2(소년행)

– 摩詰 王 維(마힐 왕 유)

新豊美酒斗十千　咸陽遊俠多少年　相逢意氣爲君飮　繫馬高樓垂柳邊
신풍미주두십천　함양유협다소년　상봉의기위군음　계마고루수류변

신풍의 맛 좋은 술은 한 말에 열 꾸러미
함양에는 호협한 소년들도 많아
만나면 의기 높이며 마시는 술
높은 다락 수양버들 옆에 말을 매어두고

**直譯**(직역) – 장안 신풍 고을에는(新豊) 맛 좋은(美) 술이(酒) 말에(斗) 열(十) 꾸러미고(千)
당나라 장안 함양에는(咸陽) 호협하고(遊) 호협한(俠) 젊은(少) 나이들이(年) 많아(多)
서로(相) 만나면(逢) 뜻과(意) 기운으로(氣) 그대를(君) 위하여(爲) 마시느라(飮)
높은(高) 다락(樓) 드리워진(垂) 수양버들(柳) 가에(邊) 말을(馬) 매어 놓았네(繫)

**題意**(제의) – 樂府題(악부제) 遊俠(유협) 三十一曲(31곡)에 있는 少年行으로 新豊의 美酒를 마시는 咸陽의 豪俠한 意氣 남아들을 읊은 詩(시).

**註解**(주해) – 新豊 : 漢 高祖(한 고조)는 太上皇(태상황)이 豊으로 돌아가고자 하므로 豊과 똑같은 도시를 만들고 豊의 백성들을 옮겨와 살게

하니 이를 新豊이라고 함.

斗十千 : 술값이 비싸다는 표현임. 千은 돈을 꿴 꾸러미로 一貫(일관)을 말함.

遊俠 : 史記 集解序(사기 집해서)의 索隱(색은)에 죽음을 가볍게 알고 氣를 존중하기를 荊軻·豫讓(형가·예양)의 무리와 같이 한다고 하였으며 戰時(전시)의 勇士(용사) 邊境(변경)의 猛將(맹장)은 이들 중의 출신이 많은데 이들은 강한 자를 꺾고 약한 자를 도와서 節操(절조) 意氣를 지키는 俠客(협객)으로 自處(자처)하였음.

意氣 : 적극적으로 무엇을 하려고 하는 마음. 장한 마음.

樂府 : 중국 詩體(시체)의 하나로 원래는 음악을 맡아보던 관청 이름이었으나 거기서 채집·보존한 악장과 가사 및 그 모방 작품을 말하며 樂府詩(악부시)라고도 함.

## 364. 送梁六(송양육)

－道濟 張 說(도제 장 설)

巴陵一望洞庭秋　日見孤峰水上浮　聞道神仙不可接　心隨湖水共悠悠
파릉일망동정추　일견고봉수상부　문도신선불가접　심수호수공유유

파릉에서 바라보이는 동정호에는
외로운 산봉우리가 떠 있는데
그곳은 갈 수 없는 선경
마음만 호수 따라 한가롭다

**直譯**(직역) – 파릉에서(巴陵) 한번(一) 바라보니(見) 동정호는(洞庭) 가을인데(秋)
낮에(日) 보이는(見) 외로운(孤) 봉우리가(峰) 물(水) 위에(上) 떠 있더라(浮)
들리는(聞) 말은(道) 신선도(神仙) 닿을(接) 수가(可) 없다하니(不)
마음만(心) 호수(湖) 물(水) 따라(隨) 함께(共) 한가롭고(悠) 느긋하더

라(悠)

題意(제의) – 속세를 떠나 隱居(은거)하여 살게 되면 마음은 洞庭湖 물결 따라 신선처럼 노닐게 될 것이라고 梁六을 보내면서 읊은 詩(시).

註解(주해) – 梁六 : 梁은 성씨이고 六은 여섯 번째 남자.
巴陵 : 洞庭湖 동쪽에 있는 지명.
孤峰 : 洞庭山.

## 365. 送元二使安西(송원이사안서)

–摩詰 王 維(마힐 왕 유)

渭城朝雨浥輕塵　客舍靑靑柳色新　勸君更進一杯酒　西出陽關無故人
위성조우읍경진　객사청청유색신　권군갱진일배주　서출양관무고인

위성의 아침 비가 촉촉하게 먼지 적셔
객사의 푸른 버들 빛도 더욱 새로워라
그대에게 한 잔 술을 다시 권하니
서쪽 양관에 가면 친한 벗도 없으리

直譯(직역) – 위성의(渭城) 아침(朝) 비는(雨) 가벼운(輕) 먼지를(塵) 적셔(浥)
나그네(客) 묵는 집이(舍) 푸르고(靑) 푸르러(靑) 버들(柳) 빛도(色) 새롭다(新)
그대에게(君) 다시(更) 한(一) 잔(杯) 술을(酒) 올려(進) 권하니(勸)
서쪽으로(西) 양관에(陽關) 나가면(出) 친한(故) 사람(人) 없으리라(無)

題意(제의) – 아침 이슬비에 잎이 더욱 푸르게 보이는 渭城 땅 여관에서 安西로 가는 元二에게 술을 권하며 떠나보내는 심정을 읊은 詩(시).

註解(주해) – 渭城 : 중국 陝西省 咸陽(협서성 함양)의 동쪽에 있으며 거기 渭省館(위성관)이 있음.

陽關 : 甘肅省 燉煌縣(감숙성 돈황현)에 있으며 玉門關(옥문관) 남쪽에 있으므로 陽關이라 함.

## 366. 送人還京(송인환경)

－岑 參(잠 삼)

匹馬西從天外歸　揚鞭只共鳥爭飛　送君九月交河北　雪裏題詩淚滿衣
필마서종천외귀　양편지공조쟁비　송군구월교하북　설리제시루만의

한 필 말로 서쪽에서 멀리 달려
채찍을 날리며 새처럼 날아가리
구월에 교하로 그대를 보내놓고
눈 속에서 시를 지으니 눈물이 옷을 적신다

**直譯**(직역) – 한 필(匹) 말로(馬) 서쪽으로(西)부터(從) 하늘(天) 밖까지(外) 돌아와(歸)
채찍을(鞭) 날리며(揚) 다만(只) 새와(鳥) 함께(共) 다투어(爭) 날아갈 것이다(飛)
구(九) 월에(月) 교하(交河) 북쪽으로(北) 그대를(君) 보냈는데(送)
눈(雪) 속에서(裏) 시를(詩) 지으니(題) 눈물이(淚) 옷에(衣) 가득하다(滿)

**題意**(제의) – 멀리 변방에서 交河로 보낸 친구 생각에 눈물을 적시는데 마침 장안으로 돌아가는 사람에게 소식을 전하며 읊은 詩(시).

## 367. 鎖夏詩(쇄하시)

－簡齋 袁 枚(간재 원 매)

不著衣冠近半年　水雲深處**抱花眠**　平生自思**無官樂**　第一驕人六月天
불착의관근반년　수운심처**포화면**　평생자사**무관락**　제일교인유월천

벼슬자리 내어놓은 지 반 년 가까이 되는데
이제 물도 구름도 깊은 산중에서 꽃에 싸여 잘 수 있다
평생에 벼슬 않는 즐거움을 모른 바 아니지만
무엇 보다 유월 더위에도 기운차게 살 수 있는 것이다

**直譯**(직역) – 옷과(衣) 갓을(冠) 붙이지(著) 아니한지(不) 반(半) 해에(年) 가까운데(近)
물(水) 구름(雲) 깊은(深) 곳에서(處) 꽃에(花) 싸여(抱) 자게된다(眠)
보통(平) 살이(生) 벼슬(官) 않는(無) 즐거움을(樂) 스스로(自) 생각하지만(思)
차례(第) 첫 번째는(一) 유월(六月) 하늘에도(天) 기운찬(驕) 사람인 것이다(人)

**題意**(제의) – 관리생활의 번거로움을 유월 더위에 비유하여 더위를 식힌다는 제목으로 벼슬자리 내어놓고 유유자적하는 즐거움을 읊은 詩(시).

## 368. 水仙花(수선화)

–貢夫 劉 攽(공부 유 반)

早於桃李晩於梅　冰雪肌膚姑射來　明月寒霜中夜靜　素娥青女共徘徊
조어도리만어매　빙설기부고야래　명월한상중야정　소아청여공배회

도리보다 이르고 매화보다 뒤늦게
얼음 눈같이 하얀 살결의 선인이 내려 온 듯
달 밝고 서리 내려 밤 깊어 고요한데
달 신선 서리 신선 함께 노니는 듯

**直譯**(직역) – 복숭아(桃) 자두(李) 보다는(於) 이르고(早) 매화(梅) 보다는(於) 늦게(晩)

얼음(冰) 눈 같은(雪) 살(肌) 살갗의(膚) 고야산 선인이(姑射) 온 듯(來)
밝은(明) 달(月) 차가운(寒) 서리(霜) 속에(中) 밤(夜) 고요한데(靜)
하얀(素) 미인과(娥) 파란(靑) 여인이(女) 함께(共) 어정거리고(徘) 머뭇거리는 듯(徊)

**題意(제의)** – 달 밝고 서리 내린 고요한 밤에 달 신선 서리 신선과 함께 노니는 듯 얼음같이 하얀 水仙花를 읊은 詩(시).

**註解(주해)** – 水仙花 : 雪中四友(설중사우) 즉 玉梅・臘梅・水仙・茶梅(옥매・납매・수선・다매)의 하나이고 雪中花・水仙(설중화・수선)이라고도 하며 꽃은 12~3월에 피고 하늘에 있는 것을 天仙(천선)이라 하며 땅에 있는 것을 地仙(지선)이라 하고 물에 있는 것을 水仙이라 함. 속명인 나르키수스(Narcissus)는 그리스 신화에 나오는 나르시스(나르키소스)라는 청년의 이름에서 유래한 것으로 연못 속에 비친 자기 얼굴의 아름다움에 반해서 물 속에 빠져 죽었는데 그곳에서 수선화가 피었다고 하여서 꽃말은 나르시스라는 미소년의 전설에서 自己主義・自己愛(자기주의・자기애)를 뜻하게 되었음.

姑射 : 姑射山(고야산)에 사는 仙人(선인)을 말하는데 莊子逍遙遊篇(장자소요유편)에 의하면 肌膚若冰雪 (기부약빙설)이라고 피부가 얼음 눈 같다 하였음.

素娥 : 달의 異稱(이칭).

靑女 : 서리의 異稱.(본서 부록 참조)

茶梅 : 동백나무. 山茶花(산다화)

臘梅 : 섣달에 꽃이 피는 매화.

玉梅 : 앵도과에 속하는 낙엽 활엽 관목으로 4월에 담홍색 꽃이 한둘씩 피고 둥근 핵과는 여름에 홍색으로 익음.

## 369. 酬王秀才桃花園見寄(수왕수재도화원견기)

-樊川 杜 牧(번천 두 목)

桃滿四園淑景催 幾多紅艷淺深開 此花不逐谿流出 晋客無因入洞來
도만사원숙경최 기다홍염천심개 차화불축계류출 진객무인입동래

사방 정원에 복숭아꽃 가득하여 봄 경치 절정인데
수많은 탐스러운 붉은 꽃들 짙고 연하게 피어있다
이 꽃이 시내를 따라 흘러나오지 않았다면
진나라의 나그네는 골짜기로 들어가지 않았을 것이다

**直譯**(직역) - 복숭아는(桃) 사방(四) 동산에(園) 가득하여(滿) 아름다운(淑) 경치를(景) 재촉하는데(催)
얼마나(幾) 많은(多) 붉은 꽃이(紅) 아름답게(艷) 연하고(淺) 짙게(深) 피었을까(開)
이(此) 꽃이(花) 시내를(谿) 따라(逐) 흘러(流) 나오지(出) 않았다면(不)
진나라의(晋) 나그네는(客) 골짜기에(洞) 이르러(來) 들어 갈(入) 까닭이(因) 없었을 것이다(無)

**題意**(제의) - 복숭아꽃이 흘러나오지 않았다면 진나라 나그네는 골짜기로 들어가지 않았을 것이라면서 王秀才가 보낸 桃花園 글에 답하여 읊은 詩(시).

**註解**(주해) - 晋客 : 晋나라 陶淵明(도연명)의 桃花源記(도화원기)에 나오는 漁夫(어부)를 뜻함.

## 370. 酬柳郎中春日歸楊州南郭見別之作 (수유랑중춘일귀양주남곽견별지작)

－韋應物(위응물)

廣陵三月花正開　花裏逢君醉一廻　南北相過殊不遠　暮潮歸去早潮來
광릉삼월화정개　화리봉군취일회　남북상과수불원　모조귀거조조래

광릉 땅 삼월은 꽃이 갖추 피었으니
꽃 속에서 그대 만나 한번 취해 본다
남북이 서로 멀지 않은 곳이니
저녁 썰물로 갔다가 아침 밀물로 올만하다

**直譯(직역)**－광릉 땅(廣陵) 삼월은(三月) 꽃이(花) 갖추어(正) 피었으니(開) 꽃(花) 속에서(裏) 그대를(君) 만나(逢) 한(一) 한바퀴(廻) 취하여본다(醉) 남과(南) 북이(北) 서로(相) 떠나(過) 유달리(殊) 멀지(遠) 아니하니(不) 저녁에(暮) 썰물로(潮) 돌아가(歸) 갔다가(去) 아침에(早) 밀물로(潮) 올만하다(來)

**題意(제의)**－하루에 오고가는 거리이니 자주 만나자는 뜻으로 柳郎中이 楊州에 돌아갈 때 南郭에서 이별을 보고 지은 詩(시)에 화답하여 읊은 詩.

**註解(주해)**－柳郎中 : 柳는 성씨이고 郎中은 벼슬이름.
南郭 : 지명.
廣陵 : 지금의 江蘇省 楊州府(강소성 양주부)에 속한 곳.

## 371. 宿石邑山中(숙석읍산중)

－君平 韓 翃(군평 한 굉)

浮雲不共此山齊　山靄蒼蒼望轉迷　曉月暫飛千樹裏　秋河隔在數峰西
부운불공차산제　산애창창망전미　효월잠비천수리　추하격재수봉서

구름도 이 산보다 낮게 떠가는데
아지랑이 사이로 푸른 산이 희미하다
새벽 달빛은 나무 속으로 쏟아지고
은하수는 서쪽 봉우리에 가로놓였다

**直譯**(직역) – 뜬(浮) 구름도(雲) 이(此) 산과(山) 함께(共) 가지런하지(齊) 아니한데(不)
산(山) 아지랑이는(靄) 푸르고(蒼) 푸르러(蒼) 더욱더(轉) 침침하게(迷) 보이는구나(望)
새벽(曉) 달빛은(月) 잠시(暫) 온갖(千) 나무(數) 속으로(裏) 날고(飛)
가을(秋) 은하수는(河) 서쪽으로(西) 대여섯(數) 봉우리와(峰) 사이 하여(隔) 있다(在)

**題意**(제의) – 산봉우리는 푸른 아지랑이로 덮여 있어 신비로운데 새벽 밝은 달이 숲 속을 비추는 아름다운 풍경을 石邑山中에 자면서 읊은 詩(시).

**註解**(주해) – 石邑山 : 河北省(하북성)에 있는 산.

## 372. 僧院(승원)

– 釋靈一 吳氏(석영일 오씨)

虎溪閒月引相過　帶雪松枝掛薜蘿　無限青山行欲盡　白雲深處老僧多
호계한월인상과　대설송지괘벽라　무한청산행욕진　백운심처노승다

호계에 떠가는 달을 따라가니
눈 쌓인 솔가지에 담쟁이덩굴이 걸렸다
끝없는 푸른 산 갈 길도 막혔는데
흰 구름 감도는 곳에 노승이 많이 있다

**直譯**(직역) – 호계의(虎溪) 한가한(閒) 달에(月) 이끌리어(引) 따라서(相) 지나

가니(過)
눈을(雪) 두른(帶) 소나무(松) 가지에(枝) 담쟁이덩굴(薜) 담쟁이덩굴이(蘿) 걸렸다(掛)
끝(限) 없는(無) 푸른(青) 산에(山) 가고자(行) 하여도(欲) 다 되었는데(盡)
흰(白) 구름(雲) 깊은(深) 곳에(處) 늙은(老) 스님이(僧) 많다(多)

**題意**(제의) – 신비로운 경치를 바라보면서 산길을 올라가니 흰 구름 덮인 아담한 절에 많은 老僧들이 신선처럼 살고 있는 정경을 읊은 詩(시).

**註解**(주해) – 虎溪 : 廬山(여산)에 있는 시내.

## 373. 新雷(신뢰)

– 張維屛(장유병)

造物**無言却有情**　每于寒盡覺春生　千紅萬紫安排着　只待新雷第一聲
조물**무언각유정**　매우한진각춘생　천홍만자안배착　지대신뢰제일성

조물주는 말이 없으나 뜻은 있어
매번 겨울이 되면 봄이 살아남을 느낀다네
울긋불긋 온갖 꽃 알맞게 마련해 놓고
천둥 치는 첫 소리만 기다린다네

**直譯**(직역) – 물건을(物) 만듦에(造) 말이(言) 없으나(無) 도리어(却) 뜻은(情) 있어(有)
매번(每) 추위가(寒) 다하여(盡) 가면(于) 봄이(春) 살아남을(生) 느낀다네(覺)
천가지(千) 붉음과(紅) 만가지(萬) 붉음을(紫) 편안하게(安) 늘어 세워(排) 붙게 하고(着)
다만(只) 새로이(新) 천둥 치는(雷) 차례(第) 첫 번째(一) 소리만(聲) 기다린다네(待)

**題意**(제의) – 매번 겨울이 되면 울긋불긋 온갖 꽃을 피울 봄 준비 해 놓고 봄을 알리는 천둥소리만 기다리는 조물주의 경이로움을 읊은 詩(시).

## 374. 辛夷(신이)

– 香山居士 白居易(향산거사 백거이)

紫粉筆含尖火燄　紅胭脂染小蓮花　芳情香思知多少　惱得山僧悔出家
자분필함첨화염　홍연지염소연화　방정향사지다소　뇌득산승회출가

붉은 가루 붓 모양 빨간 것이
작은 연꽃에 붉은 연지 물들인 듯
꽃다운 심정 향기로운 생각 조금은 알 듯하여
스님은 출가한 일 후회되어 괴롭다

**直譯**(직역) – 붉은(紫) 가루(粉) 붓은(筆) 뾰족한(尖) 불(火) 불꽃을(燄) 머금은 듯(含)
붉은(紅) 빰 연지(胭) 입술 연지로(脂) 작은(小) 연(蓮) 꽃을(花) 물들인 듯(染)
꽃다운(芳) 정(情) 향기로운(香) 생각(思) 많고도(多) 적게(少) 알 듯하여(知)
산(山) 스님은(僧) 집을(家) 나온 것(出) 뉘우침(悔) 얻어(得) 괴로워한다(惱)

**題意**(제의) – 뾰족한 불꽃을 머금은 듯 붉은 붓 모양을 한 辛夷 즉 木蓮의 아름다움을 읊은 詩(시).

## 375. 尋隱者不遇(심은자불우)

－魏 野(위 야)

尋眞誤入蓬萊島　香風不動松花路　**採芝何處未歸來　白雲滿地無人掃**
심진오입봉래도　향풍부동송화로　**채지하처미귀래　백운만지무인소**

신선 찾아 잘못 들어 봉래도에 왔는데
소나무 길에는 바람도 불지 않는다
약초 캐러 어디로 갔는지 돌아오지 않는데
흰 구름 땅에 가득해도 쓰는 사람 없다

**直譯**(직역)－신선을(眞) 찾아(尋) 봉래도에(蓬萊島) 잘못(誤) 들어왔는데(入)
소나무(松) 꽃(花) 길에는(路) 향긋한(香) 바람도(風) 움직이지(動) 않는다(不)
어느(何) 곳에서(處) 지초를(芝) 캐는지(採) 돌아와(歸) 오지(來) 않으니(未)
흰(白) 구름(雲) 땅에(地) 가득해도(滿) 쓰는(掃) 사람(人) 없다(無)

**題意**(제의)－隱者를 찾아 蓬萊島에 왔으나 어디에서 약초를 캐는지 만날 수 없는데 흰 구름만 땅에 가득한 풍경을 읊은 詩(시).

**註解**(주해)－芝 : 芝草(지초). 지치과에 속하는 다년생 풀로 옛날에는 福草(복초)라고 하여 상스러운 것으로 여겼음.

## 376. 十五夜望月(십오야망월)

－仲初 王 建(중초 왕 건)

中庭地白樹棲鴉　冷露無聲濕桂花　今夜月明人盡望　不知秋思在誰家
중정지백수서아　냉로무성습계화　금야월명인진망　부지추사재수가

달이 뜰에 비치고 까마귀도 나무에 깃들었고
차가운 이슬이 소리 없이 꽃나무에 내리고 있다
오늘밤 보름달을 사람들이 바라보고 있겠지만
그 누구 가을 생각이 제일 깊을 것인가

**直譯**(직역) – 가운데(中) 뜰(庭) 땅이(地) 하얗고(白) 나무에(樹) 까마귀는(鴉) 깃들었는데(棲)
차가운(冷) 이슬은(露) 소리도(聲) 없이(無) 계수나무(桂) 꽃을(花) 적신다(濕)
오늘(今) 밤(夜) 달이(月) 밝아(明) 사람들이(人) 다(盡) 바라보겠지만(望)
가을(秋) 생각은(思) 누구의(誰) 집에(家) 있는지(在) 알지(知) 못하겠다(不)

**題意**(제의) – 桂花에 이슬이 반짝이는 아름다운 보름밤에 달구경하며 친구에 대한 그리움을 읊은 詩(시).

## 377. 十竹(십죽)

– 僧淸順(승청순)

城中寸土如寸金　幽軒種竹只十箇　春風愼勿長兒孫　穿我階前綠笞破
성중촌토여촌금　유헌종죽지십개　춘풍신물장예손　천아계전녹태파

성안의 한 치 땅이 금값이어서
깊숙한 집에 대나무 겨우 열 그루만 심었지
봄바람은 조심해서 연약한 새싹을 자라게 하지 말 지니
푸른 죽순 돋아나면 계단 앞을 부술라

**直譯**(직역) – 성(城) 안의(中) 한치(寸) 땅이(土) 한치의(寸) 금덩이와(金) 같아서(如)

깊숙한(幽) 집에(軒) 대나무(竹) 심었는데(種) 다만(只) 열(十) 그루였다(箇)
봄(春) 바람은(風) 조심해서(愼) 연약한(兒) 새싹을(孫) 자라게(長) 하지 말지니(勿)
우리(我) 계단(階) 앞을(前) 푸른(綠) 죽순이(笞) 뚫어(穿) 깨지게 할라(破)

**題意**(제의) – 대나무 열 그루 심었는데 봄바람이 푸른 죽순을 돋아나게 하면 계단이 부서질까 걱정이라면서 열 개의 대나무에 관한 감흥을 읊은 詩(시).

**註解**(주해) – 兒 : ①아이 아. 兒童(아동). ②연약할 예. 兒齒(예치).

## 378. 蛾眉山月歌(아미산월가)

– 靑蓮居士 李 白(청련거사 이 백)

蛾眉山月半輪秋　影入平羌江水流　夜發淸溪向三峽　思君不見下渝州
아미산월반륜추　영입평강강수류　야발청계향삼협　사군불견하유주

아미산의 반달이
평강 강물에 흐른다
밤에 청계를 떠나 삼협으로 가려다
그대 만나지 못하고 유주로 내려간다

**直譯**(직역) – 아미산의(蛾眉山) 달이(月) 반쪽(半) 둥근(輪) 가을인데(秋)
그늘은(影) 평강강(平羌江) 물에(水) 들어(入) 흐른다(流)
밤에(夜) 청계를(淸溪) 떠나(發) 삼협으로(三峽) 향하려다(向)
그대를(君) 생각했지만(思) 만나지(見) 못하고(不) 유주로(渝州) 내려간다(下)

題意(제의) – 蛾眉山 밝은 가을달이 물에 잠겨 흐르는데 그대 생각은 했지만 만나지 못하고 淸溪를 떠나 渝州로 向하는 심정을 읊은 詩(시).

註解(주해) – 蛾眉山 : 중국 四川省(사천성) 서부에 있는 산으로 중국 四大 名山의 하나인데 岩洞靈窟(암동영굴)이 많고 저명한 史蹟(사적)이 있음.
平羌江 : 四川省 雅安縣(아안현)의 북쪽에서 흘러온 강.
淸溪 : 四川省 成者府(성자부) 동북쪽에 있음.
三峽 : 四川과 湖北의 두 성에 걸쳐 있는 세 협곡으로 巴峽 · 巫峽 · 明月峽(파협 · 무협 · 명월협)을 말함.
渝州 : 四川省 重慶府 治巴縣(중경부 치파현)에 있음.

## 379. 岳陽樓重宴別王八員外貶長沙(악양루중연별왕팔원외폄장사)

– 幼隣 賈 至(유린 가 지)

江路東連千里湖　靑雲北望紫微遙　莫道巴陵湖水闊　長沙南畔更蕭條
강로동연천리호　청운북망자미요　막도파릉호수활　장사남반갱소조

강 길이 동으로 천리나 호수에 연하여 있고
푸른 구름은 북쪽 궁궐에 아득하다
파릉 땅의 호수가 넓다고 말하지 말라
장사 남쪽 두둑은 더욱 쓸쓸하단다

直譯(직역) – 강(江) 길이(路) 동으로(東) 천리나(千里) 호수에(湖) 연하여 있고(連)
푸른(靑) 구름이(雲) 북으로(北) 궁궐에(紫微) 아득히(遙) 바라보인다(望)
파릉 땅의(巴陵) 호수가(湖水) 넓다고(闊) 말하지(道) 말라(莫)
장사(長沙) 남쪽(南) 두둑엔(畔) 더욱(更) 쓸쓸한(蕭) 가지란다(條)

題意(제의) – 湖水에 이어진 강 길 따라 巴陵을 거쳐 쓸쓸한 長沙로 귀양

가는 員外벼슬의 王八을 위해 岳陽樓에서 거듭 잔치를 베풀면서 읊은 詩(시).

## 380. 凉州詞(양주사)

－季陵 王之渙(계릉 왕지환)

黃河遠上白雲間　一片孤城萬仞山　羌笛何須怨楊柳　春風不渡玉門關
황하원상백운간　일편고성만인산　강적하수원양류　춘풍부도옥문관

황하는 아득히 흰 구름 사이로 흘러가고
만 길 높은 산 위에 외로운 성 하나
오랑캐 피리는 어찌 구슬픈 이별 곡인가
봄바람은 아직 옥문관도 넘지 못한 것을

**直譯**(직역)－황하는(黃河) 멀리(遠) 흰(白) 구름(雲) 사이로(間) 올라가고(上)
만(萬) 길(仞) 산에는(山) 한(一) 조각(片) 외로운(孤) 성이 있다(城)
오랑캐(羌) 피리는(笛) 어찌(何) 모름지기(須) 슬픈(怨) 절양류의 이별 곡인가(楊柳)
봄(春) 바람은(風) 옥문관도(玉門關) 넘지(渡) 못하는데(不)

**題意**(제의)－변방 오랑캐 피리소리도 구슬픈 凉州의 쌀쌀한 이른 봄 정경을 읊은 詩(시).

**註解**(주해)－楊柳 : 折楊柳(절양류)라는 이별 곡.
玉門關 : 돈황 서쪽에 있는 관문으로 서역으로 통하는 교통의 요충지.

## 381. 與盧員外象過崔處士興宗林亭(여노원외상과최처사흥종임정)

－摩詰 王 維(마힐 왕 유)

**綠樹重陰蓋四隣 青苔日厚自無塵** 科頭箕踞長松下 白眼看他世上人
**녹수중음개사린 청태일후자무진** 과두기거장송하 백안간타세상인

녹음이 사방을 짙게 덮고 있으니
푸른 이끼도 두텁게 돋아나 흙먼지도 없어
소나무 아래서 민머리로 발을 뻗고
빈 마음으로 속세의 사람들을 보고 있다

**直譯**(직역)－푸른(綠) 나무가(樹) 거듭(重) 그늘져(陰) 네 군데(四) 이웃을(隣) 덮으니(蓋)
푸른(靑) 이끼도(苔) 날로(日) 두터워져(厚) 저절로(自) 흙먼지도(塵) 없어(無)
민머리(科) 머리에(頭) 키처럼 다리를 뻗고 앉고(箕) 두 다리를 앞으로 뻗고 앉은(踞) 긴(長) 소나무(松) 아래에서(下)
흰(白) 눈으로(眼) 다른(他) 세상(世上) 사람을(人) 보고있다(看)

**題意**(제의)－盧員外象과 더불어 崔處事興宗의 林亭을 지날 제 소나무 아래에 멋대로 앉아서 世上 사람들을 보니 자신이 신선과 같다고 읊은 詩(시).

**註解**(주해)－盧員外象 : 盧는 성씨이며 員外는 벼슬이고 象은 이름.
崔處事興宗 : 崔는 성씨이며 處事는 벼슬을 못한 선비를 말하며 興宗은 이름.
科頭 : 頭巾(두건)을 쓰지 않은 민머리.
白眼 : 업신여기거나 냉대하여 보는 눈. 욕심 없이 자연스럽게 뜬 눈.

## 382. 宴城東莊(연성동장)

－崔敏童(최민동)

一年又過一年春　百歲會無百歲人　能向花前幾回醉　十千沽酒莫辭貧
일년우과일년춘　백세회무백세인　능향화전기회취　십천고주막사빈

한 해가 지나면 한 해가 돌아오건만
백년을 지나도 백살을 산 사람은 없더라
꽃 앞에서 몇 번이나 취하여 보았는가
가난하다 핑계말고 술이나 사오너라

**直譯**(직역)－한(一) 해가(年) 또(又) 지나면(過) 한(一) 해가(年) 봄이건만(春)
백 번(百) 해가(歲) 모여도(會) 백(百) 살의(歲) 사람은(人) 없더라(無)
꽃(花) 앞을(前) 향하여(向) 몇(幾) 번이나(回) 취할(醉) 수 있는가(能)
열(十) 천의(千) 술을(酒) 사오되(沽) 가난하다고(貧) 거절을(辭) 말라(莫)

**題意**(제의)－해 마다 봄은 오지만 백 년이 흐른다고 백 살을 살지 못하니
꽃 앞에서 마음껏 취해보자며 城東莊 잔치에 읊은 詩(시).

**註解**(주해)－城東莊 : 城東의 별장.
十千 : 一斗萬錢(일두만전)으로 한 말에 만전이나 되는 좋은 술.

## 383. 嶺雪(영설)

－誠齊 楊萬里(성제 양만리)

好山幸自綠嶄嶄　須把輕雲護深嵐　天女似憐山骨瘦　爲縫霧縠作春衫
호산행자녹참참　수파경운호심람　천녀사련산골수　위봉무곡작춘삼

좋은 산은 저절로 푸르고도 높아
구름으로 깊은 골짝 기운 잠시 메워야겠다

여신이 산등성이 앙상함을 가련히 여겨
구름 비단 꿰매 봄 적삼 만들어 입혔구나

直譯(직역) – 좋은(好) 산은(山) 다행히(幸) 저절로(自) 푸르고도(綠) 높고(嶄) 높아(嶄)
잠깐(須) 가벼운(輕) 구름을(雲) 잡아다가(把) 깊은(深) 산 기운(嵐) 지켜야 하겠다(護)
하늘의(天) 여인이(女) 산(山) 뼈가(骨) 메마른 것을(瘦) 불쌍히 여기는 것(憐) 같아(似)
안개(霧) 주름 비단(縠) 꿰매게(縫) 되니(爲) 봄(春) 적삼이(衫) 만들어졌다(作)

題意(제의) – 女神(여신)이 산을 가련히 여겨 구름 비단 꿰매 봄 적삼 만들어 입힌 듯 푸른 산 깊은 골짜기에 구름이 아름다운 모습을 읊은 詩(시).

## 384. 詠竹 - 1(영죽)

– 鹿門 唐彦謙(녹문 당언겸)

醉臥涼陰沁骨淸　石牀氷簟夢難成　明月午夜生虛籟　悞聽風聲是雨聲
취와량음심골청　석상빙점몽난성　명월오야생허뢰　오청풍성시우성

그늘에 취하여 누우면 뼛속까지 시원하여
돌 평상 얼음 대자리는 잠 이루기 어려운데
한밤중 달 밝은 때 생기는 공허한 소리는
바람소리인 듯 빗소리인 듯 알 수 없네

直譯(직역) – 서늘한(涼) 그늘에(陰) 취하여(醉) 누우면(臥) 뼈에(骨) 시원함이(淸) 스며들어(沁)
돌(石) 평상(牀) 얼음(氷) 대자리는(簟) 꿈(夢) 이루기(成) 어려운데(難)

밤(夜) 12시(午) 밝은(明) 달빛에(月) 생기는(生) 빈(虛) 소리는(籟)
바람(風) 소리로(聲) 잘못(悞) 들리기도 하고(聽) 이에(是) 비(雨) 소리이기도 하네(聲)

題意(제의)－달 밝은 한밤에 대 밭에서 일어나는 공허한 소리는 바람소리인 듯 빗소리인 듯 분간하기 어려운 대나무 소리를 읊은 詩(시).

## 385. 詠竹－2(영죽)

－醒老 林 希(성노 임 희)

遶郭芙蕖拍岸平　花深蕩槳不聞聲　萬家笑語荷花裏　知是人間**極樂城**
요곽부거박안평　화심탕장불문성　만가소어하화리　지시인간**극락성**

성을 두른 연잎이 언덕을 평평하게 치고
꽃 숲 깊어 노를 저어도 소리가 없네
모든 집이 꽃 속에서 웃고 기뻐하니
여기가 인간 세상 가장 즐거운 곳일세

直譯(직역)－성을(郭) 에워싼(遶) 연꽃(芙) 연꽃이(蕖) 평평하게(平) 언덕을(岸) 치고(拍)
꽃이(花) 깊어(深) 상앗대(槳) 움직여도(蕩) 소리가(聲) 들리지(聞) 않네(不)
모든(萬) 집이(家) 웃고(笑) 기뻐하며(語) 연(荷) 꽃(花) 속이니(裏)
여기가(是) 사람(人) 사이(間) 매우(極) 즐거운(樂) 성인 줄(城) 알겠네(知)

題意(제의)－집이 꽃 속에서 묻혀 사람들은 웃고 기뻐하니 여기 吳興이란 곳이야말로 인간 세상의 極樂城이라고 읊은 詩(시).

註解(주해)－吳興 : 절강성 太湖(태호) 서남쪽의 縣(현).

## 386. 雨過山村(우과산촌)

-仲初 王 建(중초 왕 건)

雨裏鷄鳴一兩家 竹溪村路板橋斜 **婦姑相喚欲蠶去 閑着中庭梔子花**
우리계명일량가 죽계촌로판교사 **부고상환욕잠거 한착중정치자화**

비속에 닭은 한 두 집에서 울이대고
대나무 개울 시골길에 나무다리 기울어있네
시어머니와 며느리는 다정히 누에치러 나가고
한가한 뜰 가운데 치자 꽃만 피어있네

**直譯**(직역)-비(雨) 속에(裏) 닭은(鷄) 한(一) 두(兩) 집에서(家) 울어대고(鳴)
대나무(竹) 개울(溪) 시골(村) 길에(路) 널빤지(板) 다리가(橋) 비껴있네(斜)
시어머니와(婦) 며느리(姑) 서로(相) 불러(喚) 누에치자고(蠶) 하며(欲) 나가고(去)
한가한(閑) 가운데(中) 뜰(庭) 치자나무에(梔子) 꽃만(花) 붙어있네(着)

**題意**(제의)-비 그치자 시어머니와 며느리 다정히 누에치러 나가고 한가한 뜰 가운데 치자 꽃만 피어있는 산촌의 한가로운 모습을 읊은 詩(시).

**註解**(주해)-梔子나무 : 높이는 2~3m이고 7월에 백색의 큰 꽃이 하나씩 頂生(정생)하여 핌. 과실은 가을에 黃紅色(황홍색)으로 익으며 관상용으로 정원에 심는데 열매는 梔子라하여 利尿劑(이뇨제) 또는 赤黃色(적황색)의 染料(염료)로 씀.

## 387. 偶成(우성)

－晦翁 朱 熹(회옹 주 희)

**少年易老學難成** 一寸光陰不可輕 未覺池塘春草夢 階前梧葉已秋聲
**소년이노학난성** 일촌광음불가경 미각지당춘초몽 계전오엽이추성

소년은 늙기 쉽고 학문은 이루기 어려워
짧은 시간이라도 가벼이 말 것이
연못 봄 풀은 아직 꿈도 깨이지 아니했는데
섬돌 앞 오동잎은 벌써 가을소리라

**直譯**(직역)－젊은(少) 나이는(年) 늙기(老) 쉽고(易) 배움은(學) 이루기(成) 어려우니(難)
한(一) 마디의(寸) 빛과(光) 그늘도(陰) 가벼이(輕) 하면(可) 안 되느니라(不)
못(池) 못에(塘) 봄(春) 풀은(草) 꿈도(夢) 깨이지(覺) 아니했는데(未)
섬돌(階) 앞(前) 오동나무(梧) 잎은(葉) 이미(已) 가을(秋) 소리라(聲)

**題意**(제의)－늙기는 쉽고 배우기는 어려우니 짧은 시간이라도 아껴 학문에 정진하라는 警句(경구)로 읊은 詩(시).

## 388. 雨中荷花(우중하화)

－世昌 杜 衍(세창 두 연)

翠蓋佳人臨水立 檀粉不勻香汗濕 一陣風來碧浪飜 珍珠零落難收拾
취개가인임수립 단분불균향한습 일진풍래벽랑번 진주영락난수습

미인이 비단양산을 받치고 물가에 서있는 듯
향나무 가루 안 뿌려도 향기 질펀하게 젖는다
한 줄기 바람 따라 푸른 물결 출렁거리니

진주가 떨어져도 주워 거두기 어렵다

直譯(직역) – 푸른(翠) 비단양산에(蓋) 아름다운(佳) 사람이(人) 물에(水) 임하여(臨) 서있는 듯(立)
향나무(檀) 가루(粉) 흩어지게(勻) 아니해도(不) 향기(香) 질펀하게(汗) 젖는다(濕)
한(一) 줄(陣) 바람불어(風) 와(來) 푸른(碧) 물결(浪) 뒤치니(翻)
보배로운(珍) 구슬(珠) 떨어지고(零) 떨어져도(落) 주워(拾) 거두기(收) 어렵다(難)

題意(제의) – 미인이 우산을 받치고 물가에 서있는 듯 비속에 피어 있는 연꽃을 읊은 詩(시).

註解(주해) – 蓋 : 日傘(일산). 들놀이 때에 볕을 가리기 위해 비단으로 만든 큰 양산으로 古制(고제)에 皇帝(황제)는 누른 색 王・皇太子(왕・황태자)는 붉은 색 그리고 왕세자는 검은 색을 사용하였으며 監司・留守・守令(감사・유수・수령)들이 부임 할 때에는 흰 바탕에 푸른색을 두른 긴 양산을 받았음.
檀香 : 향나무의 총칭으로 높이가 3~10m이고 목재의 가운데 부분은 향기가 있어 뿌리 부분과 수증기 증류해서 얻은 단향유(sandal oil)는 비누와 화장품의 향료로 쓰이는데 중국에서는 檀香이라 하고 일본에서는 白檀(백단)이라고 함.

## 389. 雨後雲林圖(우후운림도)

–廉 夫(염 부)

浮雲載山山欲行　橋頭雨餘春水生　便須借榻雲林館　臥聽仙家鷄犬聲
부운재산산욕행　교두우여춘수생　편수차탑운림관　와청선가계견성

뜬구름이 산을 실으니 산이 움직이려 하고

비 온 뒤 다리 머리에 봄물이 불어나네
운림관에서 의자를 빌려다가
누운 채로 절의 개 닭소리나 들으려네

**直譯**(직역) – 뜬(浮) 구름이(雲) 산을(山) 실으니(載) 산이(山) 걸어가려(行) 하고(欲)
다리(橋) 머리에(頭) 비가(雨) 넉넉하니(餘) 봄(春) 물이(水) 일어난다(生)
곧(便) 반드시(須) 운림관에서(雲林館) 걸상을(榻) 빌려다가(借)
누워서(臥) 속세를 떠난 곳의(仙) 집(家) 닭(鷄) 개(犬) 소리나(聲) 들으련다(聽)

**題意**(제의) – 비 온 뒤의 구름과 숲을 그린 그림을 보니 구름 속에 산이 흘러가는 듯 경치가 아름답고 평화로운 정경을 읊은 詩(시).

## 390. 雲(운)

– 元振 郭 震(원진 곽 진)

聚散虛空去復還　野人閑處倚笻看　不知身是無根物　蔽月遮星作萬端
취산허공거부환　야인한처의공간　부지신시무근물　폐월차성작만단

허공에 모였다 흩어지고 갔다간 되돌아오는 걸
시골 사람 한가히 지팡이에 의지하여 바라보니
자신이 뿌리 없는 물건임을 알지 못하고
달을 가리고 별을 덮으며 온갖 일을 벌린다

**直譯**(직역) – 빈(虛) 하늘에(空) 모였다(聚) 흩어지고(散) 갔다간(去) 다시(復) 되돌아오는 데(還)
시골(野) 사람(人) 한가히(閑) 머무르며(處) 지팡이에(笻) 의지하여(倚) 바라본다(看)

몸은(身) 이에(是) 뿌리(根) 없는(無) 물건임을(物) 알지(知) 못하고(不) 달을(月) 가리고(蔽) 별을(星) 덮으며(遮) 온갖(萬) 실마리를(端) 만든다(作)

**題意**(제의) – 虛空에 모였다 흩어지고 갔다간 되돌아오는 변화무쌍한 구름을 읊은 詩(시).

## 391. 雲都羅巖(운도라암)

– 濂溪 周敦頤(염계 주돈이)

聞有山巖卽去尋　也躋雲外入松陰　雖然未是洞中景　且異人間名利心
문유산암즉거심　야제운외입송음　수연미시동중경　차이인간명리심

이름난 암산을 찾아
구름을 헤치고 소나무 속으로 들어가니
아직 넓은 골에 다다르지 않았는데도
인간의 속된 마음이 사라지더라

**直譯**(직역) – 나암이라는(羅巖) 산이(山) 있다는 것을(有) 듣고(聞) 곧(卽) 찾아(尋) 가서(去)
또한(也) 구름(雲) 밖으로(外) 올라(躋) 소나무(松) 그늘로(陰) 들어갔더니(入)
이는(是) 비록(雖) 그러하게(然) 골짜기(洞) 가운데의(中) 경치는(景) 아니지만(未)
또한(且) 사람(人) 사이의(間) 이름과(名) 이로움을 얻으려는(利) 마음과는(心) 다르더라(異)

**題意**(제의) – 雲都에 있는 羅巖이 아름답다는 소문을 듣고 찾아갔더니 인간의 속된 名利의 마음이 깨끗하게 사라진 감흥을 읊은 詩(시).

## 392. 遊三遊洞(유삼유동)

－東坡 蘇　軾(동파 소　식)

凍雨霏霏半成雪　遊人屨冷蒼崖滑　不辭携被巖底眠　洞口雲深夜無月
동우비비반성설　유인구냉창애활　불사휴피암저면　동구운심야무월

진눈깨비 펄펄 반은 눈으로 날리는데
한량들 신은 차갑고 푸른 바위 벼랑은 미끄럽구나
이불 가지고 바위 아래 잠자는 것도 좋지만
동굴 어귀에 구름 깊으니 밤인데 달빛도 없구나

**直譯**(직역)－언(凍) 비가(雨) 눈으로 펄펄 내리고(霏) 펄펄 내려(霏) 반은(半) 눈을(雪) 이루었는데(成)
놀러 다니는(遊) 사람들(人) 신은(屨) 차갑고(冷) 푸른(蒼) 벼랑은(崖) 미끄럽구나(滑)
이불을(被) 끌어다(携) 바위(巖) 밑에(底) 잠자는 것도(眠) 거절할 것이(辭) 못되지만(不)
동굴(洞) 어귀에(口) 구름(雲) 깊으니(深) 밤인데(夜) 달빛도(月) 없구나(無)

**題意**(제의)－진눈깨비 펄펄 내리는 밤 이불 가지고 바위 아래서 잠을 자니 동굴 어귀에 구름 깊어 달빛도 없는 三遊洞의 풍경을 읊은 詩(시).

## 393. 遊鍾南(유종남)

－介甫 王安石(개보 왕안석)

終日看山不厭山　買山終待老山間　山花落盡山長在　山水空流山自閑
종일간산불염산　매산종대노산간　산화낙진산장재　산수공유산자한

종일토록 산을 봐도 싫지 않으니

산을 사서 산에서 늙어가리라
산에 핀 꽃 다져도 산은 그대로고
산골 물 흘러가도 산은 절로 한가로워라

直譯(직역) – 해를(日) 마치도록(終) 산을(山) 봐도(看) 산이(山) 싫지(厭) 않으니(不)
산을(山) 사서(買) 마침내(終) 산(山) 사이에서(間) 늙기를(老) 기다리리라(待)
산(山) 꽃이(花) 떨어져(落) 다하여도(盡) 산은(山) 오래도록(長) 있고(在)
산(山) 물이(水) 부질없이(空) 흘러가도(流) 산은(山) 저절로(自) 한가로워라(閑)

題意(제의) – 山골 물 흘러가도 山은 한가롭고 종일토록 山을 봐도 山이 싫지 않으니 山을 사 山에서 늙고 싶은 심정을 終南山에서 놀며 읊은 詩(시).

## 394. 柳花深巷(유화심항)

– 石湖居士 范成大(석호거사 범성대)

柳花深巷午雞聲　桑葉尖新綠未成　坐睡覺來無一事　滿窓晴日看蠶生
유화심항오계성　상엽첨신녹미성　좌수각래무일사　만창청일간잠생

버들 꽃 깊숙한 길거리에서 낮닭이 울어대고
뽕잎은 새로 끝이 뾰족하여 아직 초록빛을 이루지 못했다
앉은 채 졸다가 깨어보니 아직 정신 몽롱하고
창문 가득 비쳐 드는 햇빛에 알에서 깨어나는 누에를 본다

直譯(직역) – 버들(柳) 꽃(花) 깊숙한(深) 거리에서(巷) 낮(午) 닭이(雞) 소리하고(聲)

뽕(桑) 잎은(葉) 새로(新) 뾰족하여(尖) 초록빛을(綠) 이루지(成) 못했다(未)
앉은 채(坐) 졸다가(睡) 깨어(覺) 나오니(來) 일(事) 하나(一) 없고(無)
창문(窓) 가득(滿) 밝은(晴) 햇빛에(日) 누에가(蠶) 태어나는 것을(生) 본다(看)

**題意**(제의)－버들 꽃이 활짝 피고 뽕나무에서는 뽕잎이 파릇파릇 움트는데 알에서 누에가 태어나는 첫 여름의 전원풍경을 읊은 詩(시).

## 395. 自朗州至京戲贈看花諸君(자낭주지경희증간화제군)

－夢得 劉禹錫(몽득 유우석)

紫陌紅塵拂面來　無人不道看花回　玄都觀裏桃千樹　盡是劉郎去後栽
자맥홍진불면래　무인부도간화회　현도관리도천수　진시유랑거후재

서울거리의 흙먼지가 내 얼굴을 스치는데
꽃구경하려 왔다고 말하지 않는 이 없다
현도관 절에 있는 복사꽃 천 그루는
모두 내가 서울 떠난 뒤 심어진 것이다

**直譯**(직역)－자줏빛이 도는(紫) 거리의(陌) 붉은(紅) 먼지가(塵) 얼굴에(面) 스쳐(拂) 오는데(來)
꽃을(花) 둘러(回) 본다고(看) 말하지(道) 않는(不) 사람이(人) 없었다(無)
현도관이란 절(玄都觀) 속에는(裏) 복숭아(桃) 나무가(樹) 천인데(千)
모두(盡) 이는(是) 유씨(劉) 사내가(郎) 떠난(去) 뒤(後) 심었단다(栽)

**題意**(제의)－玄都觀 절의 복사꽃 천 그루는 모두 劉씨인 내가 서울을 떠난 뒤 심어진 것이라며 朗州에서 꽃구경하는 사람에게 희롱조로 읊은 詩(시).

## 396. 紫牧丹(자목단)

－聖俞 梅堯臣(성유 매요신)

葉底風吹紫錦囊 宮爐應近更添香 試看沈色濃如潑 不愧逢君翰墨場
엽저풍취자금낭 궁로응근갱첨향 시간침색농여발 불괴봉군한묵장

잎 사이 자주 빛 주머니에 바람이 일면
향을 피운 절 화로에 가까이 간 듯
가라앉힌 물감을 뿌린 듯 짙은 빛은
그림을 그려도 부끄럽지 않을 듯

**直譯**(직역)－잎(葉) 밑(底) 붉은(紫) 비단(錦) 주머니에(囊) 바람이(風) 불면(吹)
절(宮) 화로에(爐) 응당(應) 가까이하여(近) 다시(更) 향을(香) 더한 듯 하네(添)
시험삼아(試) 보면(看) 가라앉힌(沈) 빛깔을(色) 뿌린(潑) 것 같이(如) 짙음은(濃)
그대를(君) 붓과(翰) 먹의(墨) 마당에서(場) 만나더라도(逢) 부끄럽지(愧) 않겠네(不)

**題意**(제의)－잎 사이에 바람이 일면 향을 피운 듯 향긋하고 물감을 뿌린 듯 짙은 색깔은 그림을 그려도 훌륭할 듯이 고운 紫牧丹을 읊은 詩(시).

## 397. 自詠－1(자영)

－洞賓 呂 嵒(동빈 여 암)

獨上高樓望八都 黑雲散盡月輪孤 茫茫宇宙人無數 幾箇男兒是丈夫
독상고루망팔도 흑운산진월륜고 망망우주인무수 기개남아시장부

홀로 높은 누각에 올라 사방팔방 바라보니
검은 구름 흩어지고 둥근 달만 중천에 외로운데

이 넓고 넓은 세상에 사람들은 수없이 많겠지만
몇 사람이나 사내대장부라 일컬을 수 있을까

直譯(직역) – 홀로(獨) 높은(高) 다락에(樓) 올라(上) 여덟(八) 마을(都) 바라보니(望)
검은(黑) 구름은(雲) 모두(盡) 흩어지고(散) 달은(月) 둥글고(輪) 외로운데(孤)
아득하고(茫) 아득한(茫) 나라(宇) 나라에(宙) 사람들은(人) 셀 수(數) 없겠지만(無)
사내(男) 아이(兒) 몇(幾) 낱이나(箇) 어른스런(丈) 사나이라(夫) 하겠는가(是)

題意(제의) – 세상은 넓고 사람은 많지만 세상을 구제할 훌륭한 인물이 나타나지 않는 안타까운 심정을 스스로 읊은 詩(시).

## 398. 自詠 - 2(자영)

– 少伯 王昌齡(소백 왕창령)

金井梧桐秋葉黃　珠簾不捲夜來霜　熏籠玉枕無顏色　臥聽南宮淸漏長
금정오동추엽황　주렴불권야래상　훈롱옥침무안색　와청남궁청루장

우물 가 오동잎이 누렇게 물들고
드리운 발엔 밤 서리 차갑다
장롱과 베개도 먼지 끼어 빛을 잃었고
누워서 남궁 맑은 물시계 소리만 듣고있다

直譯(직역) – 금빛(金) 우물가(井) 오동나무에는(梧桐) 가을(秋) 잎이(葉) 누렇고(黃)
구슬로 된(珠) 발은(簾) 걷지도(捲) 안 했는데(不) 밤에(夜) 서리가(霜) 내렸다(來)

향이 스민(熏) 대그릇과(籠) 구슬로 된(玉) 베개도(枕) 나타난(顔) 빛이(色) 없고(無)
누워서(臥) 남궁(南宮) 맑은(淸) 물시계 소리(漏) 오래도록(長) 듣고있다(聽)

**題意**(제의) – 임금이 사용하는 옷걸이와 베개는 오랫동안 쓰지 않아 먼지만 끼어 빛을 잃은 長信宮에 여인 홀로 있는 심정을 읊은 詩(시).

**註解**(주해) – 長信 : 궁의 이름.
秋詞 : 가을의 怨詞(원사)를 뜻함.
淸漏 : 물방울을 떨어지게 하여 시간을 알 수 있게 한 물시계.

## 399. 滁州西澗(저주서간)

– 韋應物(위응물)

獨憐幽草澗邊生　上有黃鸝深樹鳴　春潮帶雨晚來急　野渡無人舟自橫
독련유초간변생　상유황리심수명　춘조대우만래급　야도무인주자횡

사랑스럽게 그윽한 풀은 시냇가에서 자라고
머리 위의 꾀꼬리는 깊은 나무에서 운다
비를 띤 봄 조수는 저녁 되자 더 빠른데
사람 없는 나루엔 배만 홀로 대어 있다

**直譯**(직역) – 홀로(獨) 사랑하는(憐) 그윽한(幽) 풀은(草) 산골 물(澗) 가에서(邊) 자라고(生)
위에(上) 있는(有) 누른(黃) 꾀꼬리는(鸝) 깊은(深) 나무에서(樹) 운다(鳴)
비를(雨) 띤(帶) 봄(春) 조수는(潮) 저녁에(晚) 이르러(來) 빠르고(急)
사람(人) 없는(無) 들(野) 나루엔(渡) 배만(舟) 저절로(自) 가로놓여있다(橫)

**題意**(제의) – 물가엔 풀이 아름답고 나무에서는 꾀꼬리가 울어대는데 나루에는 배만 외로이 놓여 있는 滁州 서쪽 물가의 풍경을 읊은 詩(시).

**註解**(주해) – 滁 : 安徽省 合肥縣(안휘성 합비현)에서 발원하여 江蘇省(강소성)을 흐르는 양자강의 지류.

## 400. 折花枝(절화지)

– 杜秋娘(두추낭)

勸君莫惜金縷衣　勸君惜取少年時　花開堪折直須折　莫待無花空折枝
권군막석금루의　권군석취소년시　화개감절직수절　막대무화공절지

비단옷을 아끼지 말고
그대는 젊음을 아껴라
모름지기 꺾으려면 꽃이 피었을 때 꺾고
꽃이 진 빈 가지는 꺾지 말아라

**直譯**(직역) – 그대에게(君) 권하나니(勸) 금(金) 실(縷) 옷을(衣) 아끼지(惜) 말고(莫)
그대에게(君) 권하나니(勸) 젊은(少) 나이(年) 때를(時) 아껴(惜) 가져라(取)
꽃이(花) 피어(開) 견디어(堪) 꺾으려면(折) 곧(直) 모름지기(須) 꺾을 것이요(折)
꽃이(花) 없기를(無) 기다렸다가(待) 빈(空) 가지를(枝) 꺾지는(折) 말아라(莫)

**題意**(제의) – 비단 옷보다도 젊은 시절 지나가는 것이니 애석한 것이니 여인도 젊고 예쁠 때 취해야 한다고 읊은 詩(시).

## 401. 呈邑令張侍丞(정읍령장시승)

－明道 程 顥(명도 정 호)

仲春時節百花明 何必繁絃列管聲 借問近郊行樂地 潢溪山水照人淸
중춘시절백화명 하필번현열관성 차문근교행락지 황계산수조인청

화창한 봄날 온갖 꽃이 만발한데
하필 거문고 피리 소리를 내랴
이 근처 놀만한 곳을 묻는데
황계의 산수가 사람을 맑게 비추네

直譯(직역)－가운데(仲) 봄의(春) 때(時) 때에(節) 온갖(百) 꽃이(花) 밝은데(明)
어찌(何) 반드시(必) 거문고를(絃) 번거롭게 하고(繁) 피리(管) 소리를(聲) 늘어놓으랴(列)
성 밖(郊) 가까운 곳에(近) 즐거움을(樂) 행할만한(行) 곳을(地) 시험삼아(借) 묻는데(問)
황계의(潢溪) 산과(山) 물이(水) 사람을(人) 맑게(淸) 비추더라(照)

題意(제의)－온갖 꽃이 만발한 仲春 좋은 時節인데 사람을 맑게 비춰주는 潢溪의 山水가 아름답더라고 邑令인 張侍丞에게 읊은 詩(시).

註解(주해)－張侍丞 : 張은 성씨이고 侍丞은 벼슬 이름.
行樂地 : 즐겁게 노는 곳.
潢溪 : 시내 이름. 또는 물이 고인 늪.

## 402. 庭竹(정죽)

－唐 球(당 구)

月蘢翠葉秋承露 風亞繁梢暝掃煙 知道雪霜終不變 永留寒色在庭前
월롱취엽추승로 풍압번초명소연 지도설상종불변 영유한색재정전

달을 가리운 푸른 잎에 가을 이슬이 내리고
번성한 가지 바람에 먼지 날려 말끔하기만 한데
눈서리에도 끝내 변함 없는 도리를 아는 듯
뜰 앞에 오래도록 차가운 빛으로 머문다

直譯(직역)－달이(月) 가려진(蘢) 푸른(翠) 잎이(葉) 가을(秋) 이슬을(露) 받아(承)
바람은(風) 무성한(繁) 가지를(梢) 눌러(亞) 어두운(瞑) 먼지를(煙) 쓸어버렸는데(掃)
눈(雪) 서리 내려도(霜) 끝내(終) 변함(變) 없는(不) 도리를(道) 아는 듯(知)
차가운(寒) 빛은(色) 오래도록(永) 머물러(留) 뜰(庭) 앞에(前) 있다(在)

題意(제의)－바람 불어 잎과 가지가 산뜻한데 눈서리에도 끝내 변함 없는 도리를 아는 듯 차가운 빛으로 머물고 있는 뜰 앞 대나무를 읊은 詩(시).

註解(주해)－亞 : ①버금 아. 亞聖(아성) ②회칠할 악(堊). ③누를 압(壓).

## 403. 題柯敬仲墨竹(제가경중묵죽)

－伯溫 劉 基(백온 유 기)

蒼龍倒掛不入地　回首却攀雲上天　**夜深雲散明月出　化作脩篁舞翠烟**
창룡도괘불입지　회수각반운상천　**야심운산명월출　화작수황무취연**

푸른 용이 거꾸로 걸려 땅으로 들어가지 못하고
머리를 돌려 구름 덮인 하늘로 오르려다가
밤이 깊어 구름 걷히고 밝은 달 솟아오르니
긴 대로 고쳐 되어 아득한 안개 속에 춤추네

直譯(직역)－푸른(蒼) 용이(龍) 거꾸로(倒) 걸려(掛) 땅으로(地) 들어가지(入)

못하고(不)
머리를(首) 돌려(回) 반대로(却) 구름(雲) 위(上) 하늘로(天) 붙잡고 오르려다가(攀)
밤(夜) 깊어(深) 구름(雲) 흩어지고(散) 밝은(明) 달(月) 나오니(出)
긴(脩) 대나무로(篁) 고쳐(化) 되어(作) 푸른(翠) 안개 속에(烟) 춤추네(舞)

**題意**(제의) – 柯敬仲이란 화가가 그린 대 그림을 보니 마치 푸른 용이 긴 대가 되어 아득한 안개 속에 춤추는 모습과 같다고 읊은 詩(시).

## 404. 題菊(제국)

– 士齋 鄒賽貞(사재 추새정)

不共春光鬪百芳　自甘籬落傲風霜　園林一片蕭疏景　幾朶依俙散晩香
불공춘광투백방　자감리락오풍상　원림일편소소경　기타의희산만향

온갖 꽃들과 함께 봄빛을 다투지 않고
서리 내린 울타리 곁을 달게 여기니
정원의 한 쪽 경치가 쓸쓸한 듯 하지만
몇 가지 휘늘어진 꽃송이 향기를 흩뜨린다

**直譯**(직역) – 봄(春) 빛을(光) 온갖(百) 꽃들과(芳) 함께(共) 다투지(鬪) 않고(不)
스스로(自) 울타리(籬) 울타리를(落) 달게 여기며(甘) 바람(風) 서리(霜) 업신여기니(傲)
동산(園) 숲(林) 한(一) 쪽이(片) 쓸쓸하고(蕭) 거친(疏) 경치이지만(景)
몇(幾) 가지 휘늘어진 꽃송이에(朶) 기대고(依) 기대어(俙) 때늦은(晩) 향기를(香) 흩뜨린다(散)

**題意**(제의) – 다른 꽃들과는 봄빛을 다투지 않고 몇 가지 휘늘어진 꽃송이로 때늦은 향기를 흩뜨리고 있는 국화를 읊은 詩(시).

## 405. 題淡濃竹(제담농죽)

－桂翁 劉 詵(계옹 유 선)

遠看如淡近看濃　雙立亭亭傲晚風　俗眼未應輕揀擇　此君淸致本來同
원간여담근간농　쌍립정정오만풍　속안미응경간택　차군청치본래동

멀리서는 엷은 것같다가도 가까우면 짙게 보이며
두 줄기로 당당하게 저녁 바람에 서 있는데
속된 눈으로는 가벼이 가려내기 어려움은
대의 말끔한 정취가 본디부터 같기 때문이리

**直譯**(직역)－멀리서는(遠) 엷은 것(淡) 같이(如) 보이고(看) 가까우면(近) 짙게(濃) 보이며(看)
두 줄기로(雙) 뛰어나고(亭) 뛰어나게(亭) 저녁(晚) 바람을(風) 업신여기며(傲) 서 있는데(立)
속된(俗) 눈으로는(眼) 응당(應) 가리고(揀) 가리는 것을(擇) 가벼이(輕) 못함은(未)
이(此) 군자의(君) 말끔한(淸) 멋이(致) 본디(本)부터(來) 같음이리라(同)

**題意**(제의)－대의 말끔한 정취가 본래부터 같기 때문에 속인의 눈으로는 가려내기 어려운 짙고 엷게 그린 대나무의 멋을 읊은 詩(시).

**註解**(주해)－此君 : 대나무. 대나무의 다른 이름으로는 綠卿(녹경) 瀟碧(소벽) 龍種(용종) 直節虛心(직절허심) 此君(차군) 靑士(청사) 靑玉(청옥) 寒玉(한옥) 虛中子(허중자) 등이 있음.(본서 부록 참조)

## 406. 題墨菊(제묵국)

－幼孜 金 善(유자 김 선)

自是芳姿不涴塵 曉妝如洗露華新 玉英粲粲黃金色 斜倚東籬日又曛
자시방자불완진 효장여세로화신 옥영찬찬황금색 사의동리일우훈

향기로운 자태가 티끌에 더럽혀지지 않으니
새벽 단장은 이슬에 씻은 듯 새롭다
둥근 꽃은 반들반들 황금빛으로
황혼녘 동쪽 울타리에 의지하여 피어난다

**直譯**(직역)－스스로(自) 이(是) 꽃다운(芳) 맵시는(姿) 티끌에(塵) 더럽혀지지(涴) 않으니(不)
새벽(曉) 단장은(妝) 꽃을(華) 이슬로(露) 씻은 것(洗)같이(如) 새롭다(新)
구슬(玉) 꽃은(英) 깨끗하고(粲) 깨끗하게(粲) 누른(黃) 금(金) 빛으로(色)
동쪽(東) 울타리를(籬) 의지하여(倚) 기울었는데(斜) 해(日) 또한(又) 황혼 무렵이다(曛)

**題意**(제의)－이슬에 씻은 듯 산뜻한 꽃이 반들반들 황금빛을 띠고 황혼녘 동쪽 울타리를 의지하여 피어 있는 국화 그림을 보고 읊은 詩(시).

## 407. 題北山蘭蕙同芳圖(제북산란혜동방도)

－翠屛山人 張以寧(취병산인 장이녕)

秋露春風各自姸 **幽香**倂到雨花前 道人不是騷愁客 慣讀南華第二篇
추로춘풍각자연 **유향**병도우화전 도인불시소수객 관독남화제이편

가을 이슬 봄바람에 핀 꽃 저마다 아름답지만
비 맞은 난초 혜초 둘 다 향기 그윽하다

도인은 세상일을 근심하는 나그네가 아니어서
습관처럼 읽는 것은 장자 제 이 편이라

直譯(직역) – 가을(秋) 이슬(露) 봄(春) 바람에(風) 각각(各) 스스로(自) 아름답지만(姸)
그윽한(幽) 향기는(香) 비 맞은(雨) 꽃(花) 앞에서(前) 나란히(併) 이른다(到)
도닦는(道) 사람은(人) 이에(是) 근심하고(騷) 근심하는(愁) 나그네가(客) 아니어서(不)
습관처럼(慣) 읽는 것은(讀) 남화경(南華) 제(第) 이(二) 편이라(篇)

題意(제의) – 비 맞은 蘭草 蕙草 향기 그윽한데 道人은 莊子(장자) 第 二 篇만 읽고 있다고 北山이란 사람이 그린 蘭草 蕙草를 읊은 詩(시).

註解(주해) – 南華 : 南華眞經(남화진경)으로 중국 莊周(장주)가 지은 책 莊子를 높이어 唐 玄宗(당 현종)이 내린 이름.
第 二 篇 : 南華眞經의 第 二 篇인 齊物論으로 세상의 여러 가지 眞僞是非(진위시비)를 다투는 議論(의론)을 모두 상대적인 것으로 보고 함께 하나로 돌아가야 한다는 주장인데 모든 형상은 모두 유기적으로 연관을 가진 하나의 전체이므로 그 기능의 優劣(우열)을 논할 수 없으며 만물일체의 무차별평등 상태에 도달하는 것이 修養(수양)의 極點(극점)이라고 설명 함.

## 408. 題西林壁(제서림벽)

– 東坡 蘇 軾(동파 소 식)

橫看成嶺側成峰　遠近高低無一同　不識廬山眞面目　只緣身在此山中
횡간성령측성봉　원근고저무일동　불식여산진면목　지연신재차산중

가로로 보면 산마루요 옆으로 보면 봉우리

원근고저 둘러 봐도 같은 것 하나 없네
여산의 진면목을 모르는 것은
다만 이 몸이 이 산 안에 있기 때문

**直譯**(직역) – 가로로(橫) 보면(看) 산마루의 고개를(嶺) 이루었고(成) 옆으로는(側) 봉우리를(峰) 이루었으니(成)
멀고(遠) 가깝고(近) 높고(高) 낮아(低) 같은 것이(同) 하나도(一) 없다(無)
여산의(廬山) 참된(眞) 얼굴과(面) 눈을(目) 알지(識) 못함은(不)
다만(只) 몸이(身) 이(此) 산(山) 속에(中) 있음으로(在) 말미암음이라(緣)

**題意**(제의) – 廬山의 모습은 보는 자리에 따라 다 각기 다르게 드러나니 山 속에 있으면 그 산의 眞面目을 알지 못한다고 읊은 詩(시).

## 409. 題小景(제소경)

– 翠屛山人 張以寧(취병산인 장이영)

雀啅江頭秋稻花　顚風吹柳一行斜　漁舟細雨獨歸去　白石蒼江何處家
작탁강두추도화　전풍취유일항사　어주세우독귀거　백석창강하처가

참새가 강 머리의 가을 벼를 쪼는데
버들은 뒤집히는 바람에 한 줄로 기운다
보슬비 맞으며 홀로 떠나가는 고기잡이 배
하얀 바위 푸른 강 어느 곳이 집일까

**直譯**(직역) – 참새가(雀) 강(江) 머리(頭) 가을(秋) 벼(稻) 꽃을(花) 쪼는데(啅)
뒤집히며(顚) 바람이(風) 부니(吹) 버들은(柳) 한(一) 줄로(行) 기울어진다(斜)
고기잡이(漁) 배는(舟) 가는(細) 비에(雨) 홀로(獨) 돌아(歸) 가는데(去)
하얀(白) 바위(石) 푸른(蒼) 강(江) 어느(何) 곳이(處) 집일까(家)

題意(제의)－참새가 가을 벼를 쪼고 버들이 바람에 한 줄로 기울어지는 작은 그림을 읊은 詩(시).

註解(주해)－行 : ①갈 행. 旅行(여행). ②순서 항. 行列(항렬).

## 410. 題松菴上人墨葡萄(제송암상인묵포도)

－與礪 傅若金(여여 부약금)

露顆含香近客衣　蜜蜂蝴蝶繞藤飛　夜來應值驪龍睡　探得明珠月下歸
노과함향근객의　밀봉호접요등비　야래응치이용수　탐득명주월하귀

드러난 포도 향기 나그네 옷으로 스며들고
포도 덩굴에는 벌 나비 어지럽다
밤에는 응당 흑룡도 잠들 터이니
달빛에 더듬어서 여의주를 가져오련다

直譯(직역)－드러난(露) 낟알(顆) 향기(香) 머금어(含) 나그네(客) 옷에(衣) 가깝고(近)
꿀(蜜) 벌(蜂) 나비(蝴) 나비는(蝶) 등나무 덩굴로(藤) 날아(飛) 두른다(繞)
밤이(夜) 오면(來) 응당(應) 검은(驪) 용이(龍) 잠들게(睡) 두어질 터이니(値)
더듬어(探) 밝은(明) 구슬(珠) 얻어(得) 달(月) 아래(下) 돌아오련다(歸)

題意(제의)－포도 향기 진동하고 벌 나비는 꿀 찾아 어지러운데 검게 익은 포도송이를 흑룡에 비유하고 포도 알을 여의주에 비유하여 읊은 詩(시).

## 411. 除夜吟(제야음)

-達夫 高 適(달부 고 적)

旅館寒燈獨不眠　客心何事轉凄然　故鄕今夜思千里　霜鬢明朝又一年
여관한등독불면　객심하사전처연　고향금야사천리　상염명조우일년

여관방 차가운 등불만이 홀로 잠 못 이루니
나그네 마음은 무슨 일로 뒤척이나
고향에서는 오늘 밤 나를 생각할지니
서리 흰머리가 내일이면 또 한 살

**直譯**(직역)-길손의(旅) 집에(館) 차가운(寒) 등불만(燈) 홀로(獨) 잠들지(眠) 않는데(不)
나그네(客) 마음은(心) 무슨(何) 일로(事) 구르며(轉) 구슬피(凄) 그러한가(然)
옛(故) 마을에선(鄕) 오늘(今) 밤(夜) 먼(千) 길을(里) 생각할 터인데(思)
서리(霜) 구레나루(鬢) 밝은(明) 아침엔(朝) 또(又) 한(一) 해라(年)

**題意**(제의)-선달 그믐날 밤에 차가운 여관방에서 고향 생각에 잠 못 이루고 뒤척이며 한 일없이 늙어만 가는 슬프고 적적한 마음을 읊은 詩(시).

**註解**(주해)-除夜 : 선달 그믐.

## 412. 題烏江亭(제오강정)

-樊川 杜 牧(번천 두 목)

勝敗兵家事不期　**包羞忍恥**是男兒　江東子弟多才俊　**捲土重來**未可知
승패병가사불기　**포수인치**시남아　강동자제다재준　**권토중래**미가지

승패는 전문가도 기약을 못하는 것
부끄러움을 참고 견디는 것이 사내일진대
강동의 자제에 호걸도 많으니
땅을 휘몰듯 다시 쳐들어 올 수도 있음이라

**直譯**(직역) – 이기고(勝) 지는 것은(敗) 군사에(兵) 능통한 사람도(家) 기약할 수(期) 없는(不) 일이니(事)
부끄러움을(羞) 머금고(包) 부끄러움을(恥) 참는 것(忍) 이것이(是) 사내(男) 아이라(兒)
강동 땅에(江東) 아들(子) 아우들(弟) 많이도(多) 재주가(才) 뛰어났으니(俊)
땅을(土) 감아 말아(捲) 거듭(重) 올지도(來) 알(知) 수가(可) 없음이라(未)

**題意**(제의) – 한나라 유방과 싸워 패한 초 나라 項羽(항우)가 烏江亭이라는 나루터에서 자살한 영웅의 말로를 애석하게 여겨 읊은 詩(시).

**註解**(주해) – 烏江亭 : 項羽가 자살한 안휘성 동쪽에 있는 나루터.
江東 : 項羽의 본거지인 강서성 남부 일대.
捲土重來 : 한번 일에 실패한 사람이 다시 힘을 길러 도전하는 것. 땅을 휘몰아 가는 세력으로 거듭 쳐들어오는 것.

## 413. 題愚齋梅軸(제우제매축)

– 半山 王安石(반산 왕안석)

悄然筆下有心期　寫出寒梢玉立時　**何事巧藏烟雨裏　孤標深不願人知**
초연필하유심기　사출한초옥립시　**하사교장연우리　고표심불원인지**

마음을 가다듬어 미리 생각한 대로 그려내니
싸늘한 가지에 꽃이 구슬처럼 피었구나
안개비에 교묘히 감춘 까닭은

품격이 뛰어나 사람들에게 알리지 않음이라

直譯(직역) – 고요하고(悄) 그러하게(然) 마음에(心) 정함이(期) 있는 대로(有) 붓을(筆) 내려(下)
그려(寫) 낸 것은(出) 싸늘한(寒) 가지(梢) 구슬처럼(玉) 서있는(立) 때더라(時)
무슨(何) 일로(事) 안개(烟) 비(雨) 속에(裏) 교묘히(巧) 감췄는가(藏)
홀로 뛰어나게(孤) 눈에 뜨이는 행동이(標) 깊어(深) 사람들이(人) 알게되기를(知) 바라지(願) 않음이라(不)

題意(제의) – 구슬 같은 꽃이 안개비에 교묘히 숨어 있는 까닭은 사람들에게 알리지 않으려는 품격 때문이라고 愚齋의 매화그림에 붙여 읊은 詩(시).

## 414. 題長安主人壁(제장안주인벽)

– 正言 張 渭(정언 장 위)

世人結交須黃金　黃金不多交不深　縱令然諾暫相許　終是悠悠行路心
세인결교수황금　황금부다교불심　종령연낙잠상허　종시유유행로심

사람들이 돈으로 친구를 사귀니
돈이 없으면 사귐도 깊지 않다
비록 잠깐 서로 마음을 주나
끝내는 모르는 사람 대하듯 한다

直譯(직역) – 세상(世) 사람들이(人) 오직(須) 누른(黃) 금덩이로만(金) 사귐을(交) 맺으니(結)
누른(黃) 금덩이가(金) 많지(多) 아니하면(不) 사귐도(交) 깊지(深) 않구나(不)
가령(縱) 가령(令) 잠시(暫) 서로(相) 허락하여(許) 그러하게(然) 승낙

을 하더라도(諾)
마침내(終) 아득하고(悠) 멀리(悠) 길을(路) 가는(行) 마음으로(心) 된다(是)

題意(제의)－세상 사람들이 친구를 돈으로 사귀니 돈이 없으면 냉대하는 인심에 분개하여 장안 여관 주인 집 벽에 써 놓으려고 읊은 詩(시).

註解(주해)－不 : ①아닐 불. 不敬(불경) ②아니 부. 不當(부당)

## 415. 題趙子固蘭菊(제조자고란국)

－可立 項 炯(가립 항 형)

涼雲如波散銀浦　飛虹不見行天鼓　**野花幽草一團春　暖天相倚愁殺人**
양운여파산은포　비홍불견행천고　**야화유초일단춘　난천상의수살인**

서늘한 구름 물결치듯 은빛 포구에 한가롭고
무지개도 보이지 않고 우레 소리도 들리지 않는데
들국화 난초가 무더기로 꽃을 피우니
따뜻한 날씨에 서로 의지하여 사람을 홀릴까 두렵네

直譯(직역)－서늘한(凉) 구름(雲) 물결(波) 같이(如) 은빛(銀) 개펄에(浦) 한가롭고(散)
무지개도(虹) 날아가고(飛) 하늘(天) 북(鼓) 행하는 것도(行) 보이지(見) 않는데(不)
들(野) 꽃과(花) 그윽한(幽) 풀은(草) 한(一) 덩어리로(團) 봄이 되어(春)
따뜻한(暖) 하늘에(天) 서로(相) 의지하여(倚) 사람을(人) 죽여줄까(殺) 걱정이네(愁)

題意(제의)－趙子固가 그린 난초와 국화 그림을 보니 구름도 한가로운 온화한 날씨에 무더기로 피어나 사람의 마음을 홀릴까 두렵다고 읊은

詩(시).

註解(주해)－天鼓 : 천둥.

## 416. 題趙子固水仙圖(제조자고수선도)

－師道 張伯淳(사도 장백순)

**裙長帶褭寒偏耐　玉質金相密更奇**　見畵如花花似畵　西輿渡口晚晴時
**군장대뇨한편내　옥질금상밀갱기**　견화여화화사화　서흥도구만청시

긴치마 간들거리는 띠로 오로지 추위를 이겨내는데
옥 바탕 금 바탕이 오밀조밀 기이하구나
그림은 꽃 같고 꽃은 그림 같은데
서흥 나루 입구는 맑은 저녁때로구나

直譯(직역)－긴(長) 치마(裙) 간드러진(褭) 띠로(帶) 오로지(偏) 추위(寒) 견디는데(耐)
옥(玉) 바탕(質) 금(金) 바탕이(相) 빽빽하고(密) 다시(更) 기이하구나(奇)
그림(畵) 보면(見) 꽃(花) 같고(如) 꽃은(花) 그림(畵) 같은데(似)
서흥(西輿) 나루(渡) 입구는(口) 날씨 맑은(晴) 저녁(晚) 때로구나(時)

題意(제의)－긴치마에 띠가 간들거리는 여인 같기도 하고 오밀조밀 실제 꽃과 같이 그린 趙子固의 水仙 그림에 대하여 읊은 詩(시).

註解(주해)－趙子固 : 趙孟頫(조맹부)의 종형으로 元(원)나라 서화의 대가.
西輿 : 吳輿(오흥)의 서쪽.

## 417. **題畫蘭(제화란)**

－衡山 文徵明(형산 문징명)

手培蘭蕙兩三栽　日暖風微次第開　**坐久不知香在室　推窓時有蝶飛來**
수배란혜양삼재　일난풍미차제개　**좌구부지향재실　추창시유접비래**

난초 두세 포기를 손수 심어 두었더니
따뜻한 날씨 숨은 바람에 차례차례 피어나네
앉아 오래 있어도 방안에 향기 있는 줄 몰랐더니
창을 밀치매 때때로 나비가 날아드네

**直譯**(직역)－손수(手) 난초(蘭) 혜초(蕙) 두(兩) 셋을(三) 북돋아(培) 심었더니(栽)
날씨(日) 따뜻하고(暖) 바람은(風) 숨어(微) 차례(次) 차례(第) 피어나네(開)
앉아(坐) 오래되어도(久) 향기가(香) 방에(室) 있는 줄(在) 알지(知) 못했더니(不)
창을(窓) 밀치매(推) 때때로(時) 날아(飛) 오는(來) 나비가(蝶) 있다네(有)

**題意**(제의)－난초 꽃이 피어났어도 방안에 향기 있는 줄 몰랐더니 창을 밀치매 때때로 나비가 난초 꽃을 찾아온다고 난초 그림에 대하여 읊은 詩(시).

## 418. **題畫梅(제화매)**

－李方膺(이방응)

揮毫落紙墨痕新　幾點梅花最何人　願借天風吹得遠　家家門巷盡成春
휘호락지묵흔신　기점매화최하인　원차천풍취득원　가가문항진성춘

화선지에 붓을 휘두르니 먹빛이 산뜻해
몇 송이 매화꽃 보기에도 참 좋아라

하늘의 바람을 빌려 멀리 날려보내
집집마다 거리마다 봄기운 가득했으면

**直譯**(직역) – 종이에(紙) 붓을(毫) 떨어뜨려(落) 휘두르니(揮) 먹(墨) 자국도(痕) 새로워(新)
몇(幾) 점(點) 매화(梅) 꽃은(花) 어떤(何) 사람이라도(人) 제일로 여길 만 하다(最)
바라건대(願) 하늘의(天) 바람을(風) 빌려(借) 만족할 만큼(得) 멀리(遠) 불어내어(吹)
집(家) 집마다(家) 문간마다(門) 거리마다(巷) 모두(盡) 봄을(春) 이루었으면(成)

**題意**(제의) – 화선지에 그린 梅花꽃은 혼자보기 너무 아까워 집집마다 거리마다 봄기운을 날려보내고 싶은 심정을 梅花 그림에 부쳐 읊은 詩(시).

## 419. 題畵墨花(제화묵화)

– 陶宗儀(도종의)

**明月孤山處士家　湖光寒侵玉橫斜**　似將篆猶縱橫筆　鐵線圈成個個花
**명월고산처사가　호광한침옥횡사**　사장전유종횡필　철선권성개개화

고적한 산 밝은 달은 처사의 집 비치고
호수의 물빛은 매화 가지 적시는데
전서로 쓴 글씨는 장수와 같이 종횡무진 활달하고
송이송이 매화꽃은 철선으로 그렸구나

**直譯**(직역) – 달은(月) 외로운(孤) 산(山) 벼슬을 하지 않는(處) 선비의(士) 집을(家) 밝게 비치고(明)
호수의(湖) 빛은(光) 가로(橫) 기울어진(斜) 구슬을(玉) 차갑게(寒) 침노한다(侵)

전서는(篆) 오히려(猶) 장수를(將) 닮아(似) 세로와(縱) 가로로(橫) 쓰였고(筆)
철(鐵) 선으로(線) 동그라미를(圈) 이루니(成) 낱(個) 낱의(個) 꽃이로다(花)

**題意**(제의) – 호수의 물빛은 梅花 가지 적시는데 글씨는 종횡무진 활달한 篆書로 쓰였고 송이송이 鐵線으로 그린 梅花 그림에 부쳐 읊은 詩(시).

## 420. 早梅(조매)

–正言 張 謂(정언 장 위)

**一樹寒梅白玉條　迥臨邨路傍谿橋** 不知近水花先發　疑是經春雪未消
**일수한매백옥조　형임촌로방계교** 부지근수화선발　의시경춘설미소

나무 가지에 핀 매화 백옥인 듯
멀리 시골길 시내 다리 곁이더라
물 가까워 꽃이 먼저 핀 줄 모르고
봄은 갔는데 남아있는 눈인 듯 하여라

**直譯**(직역) – 한(一) 나무(樹) 차가운(寒) 매화는(梅) 하얀(白) 구슬(玉) 가지인 듯(條)
멀리(迥) 시골(邨) 길(路) 내려다보니(臨) 시내(谿) 다리(橋) 곁이더라(傍)
물(水) 가까워(近) 꽃이(花) 먼저(先) 핀 줄(發) 알지(知) 못하고(不)
봄이(春) 지났는데도(經) 눈이(雪) 녹지(消) 않았는가(未) 이에(是) 의심하더라(疑)

**題意**(제의) – 매화나무 가지에 백옥 같이 하얗게 핀 꽃은 봄이 지났는데도 미쳐 녹지 않은 눈으로 의심하게 된다면서 일찍 핀 매화를 읊은 詩(시).

## 421. 早發白帝城(조발백제성)

－靑蓮居士 李 白(청련거사 이 백)

朝辭白帝彩雲間 千里江陵一日還 兩岸猿聲啼不住 輕舟已過萬重山
조사백제채운간 천리강릉일일환 양안원성제부주 경주이과만중산

아침에 백제성 아롱진 구름을 뒤로하고
천리 길 강릉 땅을 하루만에 왔다
양쪽 언덕에서는 원숭이가 울어대는데
배는 첩첩산중을 쏜살같이 지나왔다

直譯(직역)－아침에(朝) 백제성(白帝) 무늬 고운(彩) 구름(雲) 사이를(間) 떠나(辭)
먼(千) 길(里) 강릉을(江陵) 한(一) 날만에(日) 돌아왔다(還)
양쪽(兩) 언덕에(岸) 원숭이(猿) 소리는(聲) 울어(啼) 멈추지(住) 않는데(不)
가벼운(輕) 배는(舟) 이미(已) 만(萬) 겹(重) 산을(山) 지나왔다(過)

題意(제의)－아침 일찍 白帝城을 떠나 원숭이가 울어대는 첩첩산중 千里 길을 쏜살같이 가벼운 배로 하루만에 江陵에 돌아온 것을 읊은 詩(시).

註解(주해)－白帝 : 양자강 사천성 지역으로 흔히 장강삼협이라 불리는 곳임.
江陵 : 湖北省 荊州(호북성 형주)의 江陵縣에 있음.
兩岸 : 巫山(무산)과 峽山(협산)의 두 언덕.

## 422. 從軍行(종군행)

－少伯 王昌齡(소백 왕창령)

靑海長雲暗雪山 孤城遙望玉門關 黃沙百戰穿金甲 不破樓蘭終不還
청해장운암설산 고성요망옥문관 황사백전천금갑 불파누난종불환

푸른 바다 구름에 눈 덮인 산이 어둑한데
외로운 성에서 멀리 옥문관을 바라본다
모래밭의 수많은 싸움에서 갑옷이 뚫어져도
누란 땅을 쳐부수어야만 돌아가리라

**直譯**(직역)－푸른(靑) 바다의(海) 긴(長) 구름에(雲) 눈 덮인(雪) 산이(山) 어둑한데(暗)
외로운(孤) 성에서(城) 멀리(遙) 옥문관을(玉門關) 바라본다(望)
누른(黃) 모래밭의(沙) 수많은(百) 싸움에서(戰) 쇠붙이(金) 갑옷이(甲) 뚫어져도(穿)
누란 땅을(樓蘭) 쳐부수지(破) 못하면(不) 끝내(終) 돌아가지(還) 않으련다(不)

**題意**(제의)－黃砂의 끝없는 전투로 갑옷이 다 헤어져도 樓蘭 땅 오랑캐를 이기지 않으면 끝내 돌아가지 않겠다는 필승의 결의를 읊은 詩(시).

**註解**(주해)－玉門關 : 중국 甘肅省 安西州(감숙성 안서주)에 있는 關으로 漢(한) 나라 때 西關(서관)을 지나서 西域(서역)으로 가는 통로였음.

## 423. 鍾山卽事(종산즉사)

－介甫 王安石(개보 왕안석)

澗水無聲遶竹流　竹西花草弄春柔　茅簷相對坐終日　一鳥不啼山更幽
간수무성요죽류　죽서화초농춘유　모첨상대좌종일　일조부제산갱유

산골짜기의 물은 소리도 없이 대나무 주위를 흐르고
대나무 서쪽에 핀 꽃들은 봄다운 부드러움을 자랑한다
초가지붕 처마 끝에서 산을 바라보며 종일 앉았는데
한 마리 새도 날지 않으니 산은 더욱 그윽하기만 하다

**直譯**(직역) – 산골짜기의(澗) 물은(水) 소리도(聲) 없이(無) 대나무를(竹) 둘러(遶) 흐르고(流)
대나무(竹) 서쪽의(西) 꽃(花) 풀은(草) 봄다운(春) 부드러움을(柔) 희롱한다(弄)
띠 집(茅) 처마에서(簷) 서로(相) 마주하며(對) 해가(日) 끝나도록(終) 앉았는데(坐)
한 마리(一) 새도(鳥) 울지(啼) 않으니(不) 산은(山) 더욱(更) 그윽하기만 하다(幽)

**題意**(제의) – 두 차례의 재상 벼슬을 사임하고 은거한 鍾山에서 자연과 벗 삼아 유유자적하며 즉흥적으로 읊은 詩(시).

## 424. 竹(죽)

– 子京 宋 祁(자경 송 기)

**除地牆陰植翠筠 纖莖潤葉與時新** 賴逢醉日終無損 正似得全于酒人
**제지장음식취균 섬경윤엽여시신** 뇌봉취일종무손 정사득전우주인

담 그늘 뜰에 짙푸른 대를 심으니
때가 되면 가는 줄기 연한 잎이 새롭다
죽취일에는 마침내 상함이 없다 하였으니
그게 바로 사람은 술에 취해야 온전함을 얻는 다는 뜻인가

**直譯**(직역) – 담(牆) 그늘(陰) 뜰(除) 땅에다(地) 푸른(翠) 대를(筠) 심으니(植)
가는(纖) 줄기(莖) 윤이 나는(潤) 잎이(葉) 때와(時) 더불어(與) 새롭다(新)
믿어(賴) 맞이하는(逢) 죽취일에는(醉日) 끝내(終) 상함이(損) 없을 것이니(無)
바로(正) 술 취한(酒) 사람(人) 이어야(于) 온전함을(全) 얻는다는 것(得) 같다(似)

題意(제의) – 대를 심으면 술에 취한 듯 잘 사는 날이 竹醉日이라 하였으니 사람도 취해야만 온전함을 얻는 다는 뜻인지도 모르겠다고 읊은 詩(시).

註解(주해) – 竹醉日 : 대를 심으면 술에 취한 듯 잘 산다는 5월 13일과 8월 8일.

## 425. 重陽日(중양일)

– 香山居士 白居易(향산거사 백거이)

滿院花菊鬱金黃　中有孤叢色似霜　還似今朝歌酒席　白頭翁入少年場
만원화국울금황　중유고총색사상　환사금조가주석　백두옹입소년장

뜰에 가득 국화꽃이 금빛으로 우거졌는데
그 중 한 떨기가 서리 같이 하얗더라
돌이켜보니 오늘 아침 노래 술자리에
늙은이가 소년들과 어울린 것 같더라

直譯(직역) – 뜰에(院) 가득한(滿) 꽃(花) 국화는(菊) 금빛(金) 노랑으로(黃) 우거졌는데(鬱)
그 가운데(中) 홀로(孤) 떨기가(叢) 있어(有) 서리(霜) 같은(似) 빛이더라(色)
되돌아보니(還) 같은 것은(似) 오늘(今) 아침(朝) 노래(歌) 술(酒) 자리에(席)
흰(白) 머리(頭) 늙은이가(翁) 젊은(少) 나이(年) 마당으로(場) 들어 간 듯(入)

題意(제의) – 뜰에 우거진 금빛 국화꽃 가운데 한 떨기만 하야니 오늘 아침 술자리에 늙은이가 소년들과 어울린 것과 같은 모습이라고 읊은 詩(시).

註解(주해) – 重陽日 : 9月 9日을 말하는데 嘉節 · 菊花節 · 暮節 · 上九 · 重九 · 重陽 · 重陽節(가절 · 국화절 · 모절 · 상구 · 중구 · 중양 · 중양절)이라고도 함.(본서 부록 참조)

## 426. 贈蘇綰書記(증소관서기)

– 必簡 杜審言(필간 두심언)

知君書記本翩翩 爲許從戎赴朔邊 紅粉樓中應計日 燕支山下莫經年
지군서기본편편 위허종융부삭변 홍분루중응계일 연지산하막경년

그대는 문장이 뛰어나
종군 기자로 떠나가지만
아내는 단장하고 돌아올 날만 기다릴 것이니
연지산 아래서 해를 넘기지 말게나

直譯(직역) – 그대는(君) 글을(書) 기록하는데(記) 본디(本) 가볍고도(翩) 빠르다고(翩) 알려져(知)
오랑캐를(戎) 좇아(從) 북녘(朔) 가장자리로(邊) 나아가는 것을(赴) 허락하게(許) 되었지만(爲)
연지로(紅) 단장을 하고(粉) 다락(樓) 가운데에서(中) 응당(應) 날짜를(日) 헤아릴 것이니(計)
연지산(燕支山) 아래에서(下) 해를(年) 지내지는(經) 말게나(莫)

題意(제의) – 북방의 오랑캐를 막기 위하여 변방으로 떠나가는 書記 蘇綰에게 부인이 날마다 기다리고 있을 터이니 빨리 돌아오라고 읊은 詩(시).

註解(주해) – 蘇綰書記 : 蘇는 성씨이고 綰은 이름이며 書記는 벼슬임.
燕支山 : 지금의 甘肅省 甘州府(감소성 감주부)에 있는 산.

## 427. 贈花卿(증화경)

－小陵 杜 甫(소릉 두 보)

錦城絲管日紛紛　半入江風半入雲　此曲祇應天上有　人間能得幾回聞
금성사관일분분　반입강풍반입운　차곡지응천상유　인간능득기회문

금성에서 거문고 피리 소리 울리어
강바람 타고 구름 따라 퍼져간다
이 곡은 임금님 앞에서나 탈 수 있는데
우리 인간들은 몇 번이나 듣겠는가

直譯(직역)－금성에서(錦城) 거문고(絲) 퉁소가(管) 날로(日) 어지럽고(紛) 어지러운데(紛)
반은(半) 강(江) 바람에(風) 들고(入) 반은(半) 구름에(雲) 든다(入)
이(此) 곡은(曲) 다만(祇) 임금(天) 앞에서나(上) 응당(應) 있는 것인데(有)
사람(人) 사이에선(間) 몇(幾) 번이나(回) 얻어(得) 들을(聞) 수 있겠는가(能)

題意(제의)－西川(서천)의 장군 花敬定(화경정)이 자신의 용맹만 믿고 天子의 예악을 함부로 연주한 것을 풍자하여 읊은 詩(시).

註解(주해)－花卿 : 花敬定으로 劍南 節度使(검남 절도사)가 되어 蜀(촉)을 다스렸음.
錦城 : 蜀의 成都府城(성도부성)으로 일명 錦管城.

## 428. 采蓮曲(채연곡)

－少伯 王昌齡(소백 왕창령)

荷葉羅裙一色裁　芙蓉向臉兩邊開　亂入池中看不見　聞歌始覺有人來
하엽라군일색재　부용향검양변개　난입지중간불견　문가시각유인래

연잎같이 파란 비단 치마 처녀는
연꽃 사이로 얼굴을 내밀다가
연꽃에 가려 보이지 않더니
흥겨운 노래 소리만 들려온다

**直譯**(직역) – 연(荷) 잎과(葉) 비단(羅) 치마는(裙) 한가지(一) 색으로(色) 마름질되었는데(裁)
연꽃(芙) 연꽃은(蓉) 뺨을(臉) 향해(向) 양쪽(兩) 가에(邊) 피었구나(開)
못(池) 속에(中) 어지러이(亂) 들어있어(入) 보아도(看) 보이지(見) 않는데(不)
노래를(歌) 듣고야(聞) 비로소(始) 사람이(人) 와서(來) 있는 줄(有) 깨달았다(覺)

**題意**(제의) – 연잎 치마 입은 처녀의 얼굴은 연꽃에 가려 보이지 않고 노래 소리만 들려오는 평화로운 풍경을 연꽃의 노래란 제목으로 읊은 詩(시).

## 429. 清明(청명)

– 樊川 杜 牧(번천 두 목)

清明時節雨紛紛　路上行人欲斷魂　借問酒家何處在　牧童遙指杏花村
청명시절우분분　노상행인욕단혼　차문주가하처재　목동요지행화촌

청명절에 비가 부슬대니
길가는 사람의 마음이 들뜬다
술집이 어느 곳에 있는가
목동은 살구꽃 핀 마을만 가리킨다

**直譯**(직역) – 청명의(清明) 때(時) 때에(節) 비가(雨) 어지럽고(紛) 어지러우니(紛)

길(路) 위로(上) 다니는(行) 사람의(人) 마음을(魂) 쪼개려고(斷) 한다(欲)
시험삼아(借) 술(酒) 집이(家) 어느(何) 곳에(處) 있는지(在) 물으니(問)
소치는(牧) 아이는(童) 멀리(遙) 살구(杏) 꽃이 핀(花) 마을만(村) 가리킨다(指)

註解(주해) – 淸明節에 비가 紛紛하여 싱숭생숭한 마음을 달래보려고 牧童이 가리키는 살구꽃 핀 마을로 술집을 찾아가는 정경을 읊은 詩(시).

## 430. 淸平調詞 – 1(청평조사)

– 靑蓮居士 李 白(청련거사 이 백)

雲想衣裳花想容　春風拂檻露華濃　若非群玉山頭見　會向瑤臺月下逢
운상의상화상용　춘풍불함로화농　약비군옥산두견　회향요대월하봉

구름 같은 의상 꽃 같은 얼굴인데
봄바람 부는 난간 이슬도 영롱하다
만약 군옥산에서 만나지 못하면
요대에 가서 밝은 달 아래 만나리

直譯(직역) – 구름은(雲) 저고리(衣) 치마인 듯(裳) 생각되고(想) 꽃은(花) 얼굴인 듯(容) 생각되는데(想)
봄(春) 바람이(風) 스치는(拂) 난간엔(檻) 이슬(露) 꽃이(華) 짙다(濃)
만약(若) 군옥산(群玉山) 머리에서(頭) 보이지(見) 아니하면(非)
반드시(會) 요대로(瑤臺) 나아가(向) 달(月) 아래에서(下) 만나리라(逢)

題意(제의) – 구름을 보면 양귀비의 치마 저고리인 듯하고 꽃을 보면 양귀비의 얼굴인 듯 楊貴妃(양귀비)만을 생각하는 唐玄宗의 심정을 읊은 詩(시).

註解(주해) – 淸平調詞 : 唐玄宗이 牧丹(목단)이 만발한 沈香亭(심향정)에서

楊貴妃와 함께 잔치를 베풀고 李龜年(이구년)을 시켜 노래를 부르게 할 때 李白에게 命하여 漢詩(한시)를 짓게 하니 즉석에서 清平調詞 三章(청평조사 삼장)을 지어 올렸음.
群玉山 : 神仙인 西王母가 살던 산으로 崑崙山(곤륜산)을 말함. 여기서는 楊貴妃를 西王母에 견주어 말한 것임.
瑤臺 : 楚辭(초사)에서 나온 佚女(일여)란 말이 있는데 楊貴妃를 이에 견주었음.

## 431. 淸平調詞－2(청평조사)

－靑蓮居士 李 白(청련거사 이 백)

一枝濃艶露凝香　雲雨巫山枉斷腸　借問漢宮誰得似　可憐飛燕倚新粧
일지농염로응향　운우무산왕단장　차문한궁수득사　가련비연의신장

한가지 꽃에 이슬이 아롱져 향기가 어리었는데
무산에서 비구름으로 만난 꿈이 창자를 가르는 듯
궁궐에서 그 누가 양귀비같이 아름다운가
그 옛날 곱게 단장한 비연이 뿐이겠지

**直譯**(직역)－한(一) 가지가(枝) 짙게(濃) 아름다운데(艶) 이슬엔(露) 향기가(香) 엉겨있는데(凝)
무산에서(巫山) 구름과(雲) 비는(雨) 헛되이(枉) 창자를(腸) 가르는 듯(斷)
시험삼아(借) 묻겠는데(問) 한나라(漢) 궁궐에서(宮) 그 누가(誰) 같음을(似) 얻으랴(得)
어여삐 여길(憐) 만한 것은(可) 비연이란 황후가(飛燕) 새로 한(新) 화장에(粧) 의지할 밖에(倚)

**題意**(제의)－아름다운 楊貴妃는 그 옛날 한나라 成帝(성제)의 부인이었던 趙飛燕(조비연)이란 皇后(황후)같이 아름답다고 읊은 詩(시).

註解(주해) – 雲雨巫山 : 楚襄王(초양왕)이 巫山의 神女(신여)를 꿈에서 만나 보고 구름이 되고 비가 되어 아침저녁으로 만나려고 했으나 소원을 이루지 못하였다는 故事(고사)로 公子(공자)와 遊女(유여)와의 긴밀한 정을 형용한 것임.

飛燕 : 漢나라 成帝의 皇后 趙飛燕.

## 432. 清平調詞 – 3(청평조사)

– 靑蓮居士 李 白(청련거사 이 백)

名花傾國兩相歡　常得君王帶笑看　解釋春風無限恨　沈香亭北倚欄干
명화경국양상환　상득군왕대소간　해석춘풍무한한　심향정북의난간

꽃과 미인은 서로 좋아하는 것
임금님은 항상 웃으며 바라보고
봄바람에 무한한 한을 풀고자
심향정 북쪽 난간에 기대어보고

直譯(직역) – 이름난(名) 꽃과(花) 나라를(國) 기울일 사람은(傾) 둘이(兩) 서로(相) 기뻐하는 것(歡)

항상(常) 만족하게(得) 임금(君) 임금은(王) 웃음을(笑) 띠고(帶) 바라본다(看)

봄(春) 바람에(風) 끝(限) 없는(無) 한을(恨) 풀어(解) 버리려고(釋)

심향정(沈香亭) 북쪽(北) 난간(欄) 난간에(干) 기대어 본다(倚)

題意(제의) – 楊貴妃가 임금의 마음을 사로잡아 봄바람에 일어나는 정한을 풀어보려고 沈香亭 북쪽 欄干에 기대어 교태를 부리는 정경을 읊은 詩(시).

註解(주해) – 名花 : 모란(牡丹).

傾國 : 傾國之色(경국지색). 나라안에 으뜸가는 미인으로 임금이 현혹

되어 나라가 뒤집히어도 모를 만하게 뛰어난 예쁜 미인이라는 뜻.

## 433. 初冬作贈劉景文(초동작증유경문)

－東坡 蘇 軾(동파 소 식)

荷盡已無擎雨蓋　菊殘猶有傲霜枝　一年好景君須記　正是橙黃橘綠時
하진이무경우개　국잔유유오상지　일년호경군수기　정시등황귤록시

연꽃이 말라서 비를 막을 잎조차 없고
국화는 시들었으나 서리에도 뽐내며 가지는 남아 있다
일 년 중 가장 멋진 풍경을 그대의 마음에 새겨 둘지니
그것은 바로 등자 누렇고 귤 초록으로 물 드는 때이니라

**直譯**(직역)－연꽃이(荷) 다 되어(盡) 이미(已) 비를(雨) 떠받칠(擎) 우산도(蓋) 없고(無)
국화는(菊) 시들었으나(殘) 오히려(猶) 서리에도(霜) 뽐내며(傲) 가지는(枝) 남아 있다(有)
한(一) 해에(年) 아름다운(好) 풍경을(景) 그대는(君) 꼭(須) 새겨 둘지니(記)
바로(正) 이는(是) 등자(橙) 누렇고(黃) 귤(橘) 초록인(綠) 때이니라 (時)

**題意**(제의)－초겨울은 연꽃도 국화도 시들지만 橙子는 누렇고 橘은 초록으로 일년 중 가장 아름다운 계절이라며 劉景文에게 주기 위해 읊은 詩(시).

**註解**(주해)－橙子 : 橙子나무의 열매 오랜지(orange). 첫여름에 흰색 꽃이 피고 직경 8cm 가량의 동그란 열매는 등황색으로 익으며 이듬해까지 달려 있는데 柚子(유자)와 비슷한 과실은 酸味(산미)가 많고 발한제 건위제 조미료 등으로 쓰임.

## 434. 蕉葉(초엽)

－昭夢 徐 夤(소몽 서 인)

綠綺新裁織女機 擺風搖日影離披 只應青帝行春罷 閑倚東牆卓翠旗
녹기신재직여기 파풍요일영리피 지응청제행춘파 한의동장탁취기

푸른 비단을 직녀의 베틀에서 금방 잘라낸 듯
바람에 털고 햇볕에 흔드니 그림자는 헤쳐져 없어진다
봄을 다스리는 임금이 봄 수행하는 일 끝낼 때쯤에
동쪽 울타리 밖으로 한가로이 푸른 깃발 높이 세우리라

**直譯**(직역)－푸른(綠) 비단은(綺) 베 짜는(織) 아낙의(女) 베틀에서(機) 새로(新) 잘라낸 듯 한데(裁)
바람에(風) 털고(擺) 햇볕에(日) 흔들린 듯(搖) 그림자는(影) 헤쳐져(披) 떠난다(離)
다만(只) 봄의(青) 임금이(帝) 봄을(春) 순시하는 일(行) 그침에(罷) 당하여(應)
한가히(閑) 동쪽(東) 담에(牆) 기울어(倚) 푸른(翠) 깃발(旗) 높이 솟으리라(卓)

**題意**(제의)－織女의 베틀에서 금방 잘래 낸 비단처럼 고운 芭蕉(파초)는 봄이 끝낼 때쯤에 동쪽 울타리 밖으로 높이 자라게 될 것이라고 읊은 詩(시).

## 435. 初夏(초하)

－君實 司馬 光(군실 사마 광)

四月淸和雨乍晴 南山當戶轉分明 更無柳絮因風起 惟有葵花向日傾
사월청화우사청 남산당호전분명 갱무유서인풍기 유유규화향일경

사월은 맑고 화창하여 비와도 곧 날씨 개고
남쪽 산들은 문에서 더욱 분명하게 보여진다
버들 솜털 바람에 불려 흩어지는 일 없고
해바라기가 태양을 향해 기울어 피고 있을 뿐이다

**直譯**(직역) – 사월은(四月) 맑고(淸) 화창하여(和) 비 오다가(雨) 언뜻(乍) 개이고(晴)
남쪽(南) 산들은(山) 문에(戶) 마주 보여(當) 자못(轉) 밝게(明) 구별된다(分)
다시(更) 버들(柳) 솜털은(絮) 바람으로(風) 말미암아(因) 일어나지(起) 않고(無)
오직(惟) 해바라기(葵) 꽃이(花) 태양을(日) 향해(向) 기울어(傾) 있을 뿐이다(有)

**題意**(제의) – 資治通鑑(자치통감)이란 저서로 유명한 司馬光이 비 멎은 뒤의 맑고 한적한 첫여름 풍경을 읊은 詩(시).

## 436. 初夏卽事(초하즉사)

– 介甫 王安石(개보 왕안석)

石梁茅屋有彎碕　流水濺濺度兩陂　**晴日暖風生麥氣　綠陰幽草勝花時**
석량모옥유만기　유수천천도양피　**청일난풍생맥기　녹음유초승화시**

돌다리 초가집은 굽은 물가에 자리잡고
시냇물은 빠르게도 양쪽 물가로 흘러간다
맑은 해 따뜻한 바람은 풋보리 냄새를 피우고
우거진 숲 그윽한 풀은 꽃피는 봄보다 더 좋다

**直譯**(직역) – 돌(石) 다리(梁) 띠(茅) 집은(屋) 활처럼 굽고(彎) 굽은 물가에

(碕) 있고(有)
흐르는(流) 물은(水) 빨리 흐르고(濺) 빨리 흘러(濺) 양쪽(兩) 물가로(陂) 떠나간다(度)
맑은(晴) 해에(日) 따뜻한(暖) 바람은(風) 보리(麥) 냄새를(氣) 일어나게 하고(生)
푸른(綠) 그늘(陰) 그윽한(幽) 풀은(草) 꽃피는(花) 때보다(時) 더 낫다(勝)

**題意**(제의) – 날씨도 따뜻하고 바람도 싱그러운 초여름의 정경을 즉흥적으로 읊은 詩(시).

## 437. 蜀中九日(촉중구일)

–子安 王 勃(자안 왕 발)

九月九日望鄕臺　他席他鄕送客杯　人情已厭南中苦　鴻雁那從北地來
구월구일망향대　타석타향송객배　인정이염남중고　홍안나종북지래

구월구일 망향대에 오르니
타향에 보내는 술자리더라
나는 남중에 사는 것이 괴로운데
기러기는 어찌 북에서 날아오는가

**直譯**(직역) – 구월(九月) 구일(九日) 고향을(鄕) 바라보는(望) 돈대에서(臺)
다른(他) 자리에서(席) 다른(他) 마을로(鄕) 손을(客) 보내는(送) 술잔이더라(杯)
사람의(人) 정이(情) 이미(已) 싫어져(厭) 남쪽(南) 가운데가(中) 괴로운데(苦)
큰(鴻) 기러기는(雁) 어찌(那) 북쪽(北) 땅으로(地)부터(從) 오는가(來)

**題意**(제의) – 王 勃이 高宗(고종)의 노여움을 사서 蜀나라에 와 있는 구월구일 망향대에 올라 고향을 그리며 읊은 詩(시).

## 438. 秋思(추사)

－夢得 劉禹錫(몽득 유우석)

自古逢秋悲寂寥 我言秋日勝春朝 **晴空一鶴排雲上 便引詩情到碧**霄
자고봉추비적요 아언추일승춘조 **청공일학배운상 변인시정도벽소**

예부터 가을이 오면 쓸쓸하여 슬프다지만
나는 가을이 봄보다 좋다네
맑은 하늘에 한 마리 학이 구름을 헤치고 오르면
내 시정도 그에 끌려 푸른 하늘로 날아 오르네

**直譯**(직역)－옛(古)부터(自) 가을을(秋) 맞이하면(逢) 쓸쓸하고(寂) 쓸쓸하여(寥) 슬프다지만(悲)
나는(我) 가을(秋) 날이(日) 봄(春) 아침보다(朝) 좋다고(勝) 말하네(言)
맑은(晴) 하늘에(空) 한 마리(一) 학이(鶴) 구름을(雲) 헤치고(排) 오르면(上)
곧(便) 시의(詩) 정도(情) 이끌리어(引) 푸른(碧) 하늘에(霄) 이른다네(到)

**題意**(제의)－가을은 쓸쓸해도 한 마리 학이 구름을 헤치고 맑은 하늘에 오르면 시정도 하늘에 닿게되어 봄보다 가을이 좋다는 생각을 읊은 詩(시).

## 439. 秋夕(추석)

－樊川 杜 牧(번천 두 목)

銀燭秋光冷畵屛 輕羅小扇撲流螢 天階夜色涼如水 坐看牽牛織女星
은촉추광냉화병 경라소선박류형 천계야색량여수 좌간견우직녀성

은 촛불 가을빛이 그림 병풍에 차가운데
가볍고 작은 부채로 흐르는 반딧불만 두드린다

서울거리 밤 달빛은 물처럼 차가운데
우두커니 앉아 견우직녀성만 바라본다

**直譯**(직역) – 은(銀) 촛불(燭) 가을(秋) 빛이(光) 그림(畵) 병풍에(屛) 차가운데(冷)
가벼운(輕) 비단의(羅) 작은(小) 부채로(扇) 흐르는(流) 반딧불만(螢) 친다(撲)
임금의(天) 섬돌은(階) 밤(夜) 빛에(色) 물과(水) 같이(如) 차가운데(涼)
앉아서(坐) 소를(牛) 끌고(牽) 베 짜는(織) 여자의(女) 별만(星) 바라본다(看)

**題意**(제의) – 은 촛불 가을빛이 병풍에 차가운 밤 작은 부채로 반딧불을 두드리며 우두커니 앉아 牽牛織女星만 바라보는 쓸쓸한 심정을 읊은 詩(시).

## 440. 春夢(춘몽)

– 岑 參(잠 삼)

洞房昨夜春風起　遙憶美人湘江水　枕上片時春夢中　行盡江南數千里
동방작야춘풍기　요억미인상강수　침상편시춘몽중　행진강남수천리

어젯밤 빈방에 봄바람 일어
임 그리워 상강 물가를 거닐었지
베갯머리 잠깐 봄꿈 속에
강남 수 천리를 다 돌아 다녔지

**直譯**(직역) – 빈(洞) 방에(房) 어제(昨) 밤(夜) 봄(春) 바람(風) 일더니(起)
아름다운(美) 사람이(人) 생각나(憶) 상강(湘江) 물가를(水) 거닐었다(遙)
베개(枕) 위(上) 짧은(片) 시간(時) 봄(春) 꿈(夢) 속에(中)
강(江) 남쪽(南) 몇(數) 천리를(千里) 다(盡) 돌아다녔다(行)

**題意**(제의) – 어젯밤 빈방에 봄바람 부니 임 그리워 상강 물가를 거닐다가 잠깐 꿈속에 강남 수 천리를 다 돌아다닌 봄꿈 이야기를 읊은 詩(시).

**註解**(주해) – 湘江 : 중국 廣西省 興安縣(광서성 흥안현)에서 발원하여 洞庭湖(동정호)로 흘러 들어가는 江.

## 441. 春思(춘사)

–幼隣 賈 至(유린 가 지)

**草色青青柳色黃　桃花歷亂李花香**　東風不爲吹愁去　春日偏能惹恨長
**초색청청유색황　도화력란이화향**　동풍불위취수거　춘일편능야한장

풀은 푸르며 버들잎은 누렇고
복사꽃은 흐드러지며 오얏꽃은 향기롭다
봄바람조차 시름을 달래주지 못하고
이 봄날 도리어 한만 더 커 간다

**直譯**(직역) – 풀(草) 빛은(色) 푸르고(青) 푸르며(青) 버들(柳) 빛은(色) 노랗고(黃) 복숭아(桃) 꽃은(花) 어지럽고(曆) 어지러우며(亂) 오얏나무(李) 꽃은(花) 향기롭다(香)
봄(東) 바람은(風) 근심을(愁) 불어(吹) 떠나게(去) 하지(爲) 못하고(不) 봄(春) 날은(日) 한쪽으로만(偏) 한을(恨) 끌어당기어(惹) 잘(能) 자라게 한다(長)

**題意**(제의) – 버들가지 늘어지고 복사꽃은 흐드러졌건만 봄바람은 도리어 시름만 더해 주는 봄날 생각을 읊은 詩(시).

**註解**(주해) – 春思 : 樂府(악부)의 제목으로 봄에 일어나는 감상을 쓴 것임.

## 442. 春夜(춘야)

－東坡 蘇 軾(동파 소 식)

**春宵一刻直千金 花有淸香月有陰** 歌管樓臺聲寂寂 鞦韆院落夜沈沈
**춘소일각치천금 화유청향월유음** 가관루대성적적 추천원락야침침

봄밤 한 시각이 천금과 같은데
꽃향기 맑고 달 그림자 아름답다
정각엔 노래와 피리 소리 끝나고
그네 뛰던 뒤안길에 밤만 깊어간다

**直譯**(직역)－봄(春) 밤(宵) 한(一) 때가(刻) 많은(千) 금덩이에(金) 당한데(直)
꽃에는(花) 맑은(淸) 향기가(香) 있고(有) 달에는(月) 그림자가(陰) 있다(有)
노래와(歌) 피리소리 들리던(管) 다락(樓) 돈대는(臺) 소리도(聲) 고요하고(寂) 고요한데(寂)
그네 뛰고(鞦) 그네 뛰던(韆) 울타리 두른(落) 집의(院) 밤은(夜) 깊어가고(沈) 깊어간다(沈)

**題意**(제의)－꽃에는 맑은 향기가 있어 좋고 달에는 그림자가 있어 좋은 이 밤 千金같은 봄밤을 읊은 詩(시).

**註解**(주해)－直 : 値(치). 당하다. 만나다.

## 443. 春夜洛城聞笛(춘야락성문적)

－靑蓮居士 李 白(청련거사 이 백)

誰家玉笛暗飛聲 散入春風滿洛城 此夜曲中聞折柳 何人不起故園情
수가옥적암비성 산입춘풍만락성 차야곡중문절유 하인불기고원정

뉘 집에서 들려오는 피리 소린가
봄바람 타고 낙양성에 가득하네
이 밤 이별곡을 듣고
어느 사람인들 고향 생각 않겠는가

直譯(직역) – 어느(誰) 집에서(家) 몰래(暗) 날아오는(飛) 구슬(玉) 피리(笛) 소린가(聲)
봄(春) 바람에(風) 흩어져(散) 들어와(入) 낙양성에(洛城) 가득하다(滿)
이(此) 밤(夜) 곡(曲) 가운데에(中) 절유라는 이별곡을(折柳) 듣고(聞)
어느(何) 사람인들(人) 옛(故) 동산의(園) 정이(情) 일어나지(起) 않겠는가(不)

題意(제의) – 봄 밤 어느 집에선가 부는 피리소리가 낙양성에 가득한데 그 피리소리 가운데 이별곡을 들으니 고향생각이 난다고 읊은 詩(시).

註解(주해) – 折柳 : 折楊柳(절양유)의 이별곡.

## 444. 春日晏起(춘일안기)

–端己 韋 莊(단기 위 장)

近來中酒起常遲 臥見南山改舊詩 開戶日高春寂寂 數聲啼鳥上花枝
근래중주기상지 와견남산개구시 개호일고춘적적 수성제조상화지

요사이 술 때문에 항상 늦게 일어나니
누운 채 남산 보며 지난번 지은 시를 다듬다가
해가 높이 뜨고서 일어나 문 여니 봄은 고요한데
꽃핀 가지에서 새 우짖는 소리만 이따금 들릴 뿐이다

直譯(직역) – 요사이(近) 와서(來) 술에(酒) 떨어져(中) 항상(常) 늦게(遲) 일어나니(起)

누운 채(臥) 남쪽(南) 산을(山) 보며(見) 옛(舊) 시를(詩) 고치다가(改)
높이 뜬(高) 해에(日) 문(戶) 여니(開) 봄은(春) 고요하고(寂) 고요한데(寂)
서너(數) 소리로(聲) 우짖는(啼) 새만(鳥) 꽃(花) 가지(枝) 위에 있더라(上)

**題意**(제의)－아침 잠자리에서 시구를 다듬다가 해가 중천에 오른 뒤에야 일어나는 한가롭고 느긋한 봄날의 생활을 읊은 詩(시).

**註解**(주해)－晏起 : 늦게 일어남. 中酒 : 술에 滿醉(만취) 함. 宿醉(숙취).

## 445. 春日偶成(춘일우성)

－明道先生 程 顥(명도선생 정 호)

**雲淡風輕近午天 訪花隨柳過前川** 傍人不識**余心樂** 將謂偸閑學少年
**운담풍경근오천 방화수류과전천** 방인불식**여심락** 장위투한학소년

구름은 맑고 바람도 가벼운 한낮에
꽃을 찾고 버들을 따라 앞 시냇물을 건너간다
사람들은 즐거운 내 마음을 알지 못하고
다만 한가하게 소년처럼 논다고 한다

**直譯**(직역)－구름은(雲) 맑고(淡) 바람도(風) 가벼운(輕) 하늘이(天) 한 낮에(午) 가까운데(近)
꽃을(花) 찾고(訪) 버들을(柳) 따라(隨) 앞(前) 시내를(溪) 건너간다(過)
곁에 있는(傍) 사람은(人) 내(余) 마음이(心) 즐거운 줄(樂) 알지(識) 못하고서(不)
다만(將) 한가함을(閑) 훔쳐(偸) 젊은(少) 나이를(年) 배운다고(學) 말한다(謂)

**題意**(제의)－화사한 봄날 소년처럼 젊어지고 싶어 놀러 다닌다고 하겠지만 이는 자연의 이치를 즐거워하는 내 마음을 알지 못함이라고 읊은

詩(시).

註解(주해) – 偶成 : 우연히 시가 이루어 짐.

## 446. 醉醒(취성)

– 黃景仁(황경인)

夢裏微聞薝蔔春 覺時一枕綠雲凉 夜來忘却掩扉臥 落月二峯陰上床
몽리미문담복춘 각시일침녹운량 야래망각엄비와 낙월이봉음상상

꿈결에 치자 꽃 봄 향기 아련히 풍기고
깨어보니 베개머리에 구름이 차갑네
간밤에 사립문 닫는 것도 잊었던가
봉우리 사이 달빛이 침상으로 오르네

直譯(직역) – 꿈(夢) 속에(裏) 치자 꽃(薝) 치자 꽃의(蔔) 봄이(春) 어렴풋이(微) 들리고(聞)
깨어난(覺) 때는(時) 한(一) 베개머리(枕) 푸른(綠) 구름이(雲) 차갑네(凉)
밤이(夜) 왔어도(來) 사립문(扉) 닫는 것을(掩) 잊어(忘) 버리고(却) 누웠었던가(臥)
두(二) 봉우리에(峯) 지는(落) 달빛이(月) 몰래(陰) 침상으로(床) 오르네(上)

題意(제의) – 치자 꽃 향기로운 봄날 술에 취해 잠을 자다가 깨어보니 달빛이 사립문으로 들어와 침상을 비치는 고요한 풍경을 읊은 詩(시).

註解(주해) – 薝蔔 : 치자나무의 꽃. 향내가 매우 좋은 백색의 큰 꽃이며 열매는 梔子라하여 利尿劑(이뇨제) 또는 赤黃色(적황색)의 染料(염료)로 씀.

## 447. 醉睡者(취수자)

－東坡 蘇 軾(동파 소 식)

**有道難行不如醉** **有口難言不如睡** 先生獨臥此石間 **萬古無心**知此意
**유도난행불여취** **유구난언불여수** 선생독와차석간 **만고무심**지차의

도가 있어도 행하기 어려울 땐 취하는 것이 상책
입이 있어도 말하기 어려울 땐 잠드는 것이 상책
돌 사이에 홀로 누운 먼저 깨달은 저 사람
오랜 세월 무심한 듯하나 그 뜻은 알 만하이

**直譯**(직역)－도가(道) 있어도(有) 행하기(行) 어려울 땐(難) 취하는 것만(醉) 같지(如) 못하고(不)
입이(口) 있어도(有) 말하기(言) 어려울 땐(難) 잠드는 것만(睡) 같지(如) 못하다(不)
먼저(先) 이룬 사람은(生) 이(此) 돌(石) 사이에(間) 홀로(獨) 누웠는데(臥)
많이(萬) 오래(古) 마음이(心) 없는 듯하나(無) 이에(此) 뜻은(意) 알 만하다(知)

**題意**(제의)－도를 행하기 어려울 땐 취해 버리는 것만 같지 못하고 말하기 어려울 땐 잠드는 것만 같지 못하다고 취하여 잠든 사람을 읊은 詩(시).

## 448. 醉下祝融峰(취하축융봉)

－元晦 朱 熹(원회 주 희)

我來萬里駕長風 絶壑層雲許盪胸 濁酒三杯豪氣發 朗吟飛下祝融峰
아래만리가장풍 절학층운허탕흉 탁주삼배호기발 낭음비하축융봉

내가 만리 길을 걸어 바람결에 서 있으니

깎아 세운 듯한 골짜기에 피어나는 구름 가슴이 시원하다
막걸리 석 잔에 취한 몸 호기가 솟아
시를 읊으며 축융봉에서 나는 듯 내려왔다

**直譯**(직역) – 내가(我) 만리를(萬里) 와서(來) 긴(長) 바람을(風) 타고 올랐으니(駕)
끊어진 듯한(絶) 산골짜기에(壑) 층으로 겹친(層) 구름은(雲) 얼마쯤(許) 가슴을(胸) 씻은 듯(盪)
흐린(濁) 술(酒) 석(三) 잔에(杯) 호협한(豪) 기상이(氣) 일어나(發)
소리 높여(朗) 읊으며(吟) 축융봉에서(祝融峰) 나는 듯이(飛) 내려왔다(下)

**題意**(제의) – 산 위에 올라 막걸리 석 잔을 마시니 浩蕩(호탕)한 기상이 솟아 시를 흥얼거리며 祝融峰에서 나는 듯이 내려온 심정을 읊은 詩(시).

**註解**(주해) – 祝融峰 : 衡山(형산) 72峰 중 가장 높은 峰으로 湖南省(호남성)에 있음.
豪 : 豪俠(호협).
豪俠 : 호탕하고 의협심이 많음.
浩蕩 : 豪放(호방).
豪放 : 의기가 장하여 작은 일에 구애되지 않음.

## 449. 梔子(치자)

– 幽棲居士 朱淑眞(유서거사 주숙진)

一根曾奇小峰巒　薝蔔香淸水影寒　**玉質自然無暑意　更宜移就月中看**
일근증기소봉만　담복향청수영한　**옥질자연무서의　갱의이취월중간**

한 그루 뿌리가 작은 봉우리에 뛰어나더니
치자 꽃 맑은 향기 물에 비쳐 싸늘하다
옥 같은 기질이라 다른 뜻 없으리니

다시 한 번 옮겨다 달빛 속에 보련다

直譯(직역) – 하나(一) 뿌리가(根) 일찍이(曾) 작은(小) 산봉우리(峰) 산봉우리에(巒) 뛰어나더니(奇)
치자나무(薝) 치자 꽃(蔔) 향기(香) 맑아(淸) 물에(水) 비쳐(影) 싸늘하다(寒)
구슬(玉) 바탕이(質) 저절로(自) 그러하여(然) 더운(暑) 뜻(意) 없으리니(無)
다시(更) 마땅히(宜) 옮겨다(移) 달빛(月) 속에(中) 나아가(就) 보련다(看)

題意(제의) – 치자 꽃향기 맑아 달빛 속에서 다시 보고 싶은 심정을 읊은 詩(시).

## 450. 梔子花題畫(치자화제화)

– 豊 坊(풍 방)

金鴨香消夏日長 拋書高臥北窓涼 **晩來驟雨山頭過 梔子花開滿院香**
금압향소하일장 포서고와북창량 **만래취우산두과 치자화개만원향**

오리 향로에 향이 다 사그라지는 긴긴 여름날
책을 내던지고 서늘한 북녘 창에 누웠더니
저물 녘 소낙비가 산머리를 지나자
치자 꽃 활짝 피어 뜰에 향기 가득하다

直譯(직역) – 쇠붙이(金) 오리모양에서(鴨) 향이(香) 쇠해지는(消) 긴(長) 여름(夏) 날(日)
책을(書) 내던지고(拋) 서늘한(涼) 북녘(北) 창에(窓) 높이(高) 누웠더니(臥)
해질 무렵에(晩) 이르러(來) 갑자기(驟) 내린 비가(雨) 산(山) 머리를(頭) 지나자(過)

치자(梔子) 꽃(花) 피어(開) 뜰에(院) 향기(香) 가득하다(滿)

**題意**(제의) – 저물 녘 소낙비가 산머리를 지나자 뜰에 가득 피어난 치자 꽃을 읊은 詩(시).

**註解**(주해) – 金鴨 : 쇠붙이로 만든 오리모양의 향로.
驟雨 : 소낙비.(본서 부록 참조)

## 451. 探春(탐춘)

– 戴 益(대 익)

終日尋春不見春 杖藜踏破幾重雲 **歸來試把梅梢看 春在枝頭已十分**
종일심춘불견춘 장려답파기중운 **귀래시파매초간 춘재지두이십분**

온종일 봄을 찾아도 보이지 않더니
여장 짚고 몇 겹 구름 속을 거닐다가
돌아오며 시험삼아 매화가지 당겨보니
봄이 모두 여기에 모여 있더라

**直譯**(직역) – 하루를(日) 마치도록(終) 봄을(春) 찾아도(尋) 봄은(春) 보이지(見) 않더니(不)
명아주(藜) 지팡이 짚고(杖) 밟아(踏) 부순 것은(破) 몇(幾) 겹의(重) 구름이던가(雲)
돌아오며(歸) 오며(來) 시험삼아(試) 매화(梅) 가지(梢) 잡아(把) 보니(看)
봄은(春) 이미(已) 나누어진(分) 전부가(十) 가지(枝) 머리에(頭) 있더라(在)

**題意**(제의) – 온종일 봄을 찾아다니다가 찾지 못하고 돌아올 때 시험삼아 당겨 본 매화가지에 모든 봄이 모여 있는 것이 반가워 읊은 詩(시).

## 452. 葡萄－1(포도)

－空同 李夢陽(공동 이몽양)

萬里西風過雁時　綠雲玄玉影參差　酒酣試取氷丸嚼　不說天南有荔枝
만리서풍과안시　녹운현옥영참차　주감시취빙환작　불설천남유려지

가을 바람 불어 기러기 높이 날 때
구름 같은 초록 넌출에 까만 포도 들쭉날쭉
술 취하고 따먹으면 얼음 알을 씹는 듯
남쪽 여지라는 과일보다 더 좋구나

**直譯(직역)**－일만이나 되는(萬) 길이에서(里) 가을(西) 바람 불면(風) 기러기(雁) 지나가는(過) 때이고(時)
초록(綠) 덩이에(雲) 검은(玄) 구슬은(玉) 그림자로(影) 뒤섞이어(參) 어긋나 있는데(差)
술(酒) 즐기다가(酣) 시험삼아(試) 가지면(取) 얼음(氷) 알을(丸) 씹는 듯하니(嚼)
하늘(天) 남쪽에는(南) 여지가(荔枝) 있다고(有) 말하지(說) 말게(不)

**題意(제의)**－가을이 되면 까만 포도가 탐스러운데 취한 입에 따 넣으니 얼음같이 시원하여 남쪽지방 여지라는 과일보다 더 맛있다고 읊은 詩(시).

**註解(주해)**－西風 : 西는 가을(秋 추)을 가리키니 西風은 가을 바람이고 東(동)은 봄(春 춘)을 가리키니 東風은 봄바람.
荔枝 : 여주. 줄기는 가늘고 길어 덩굴손으로 감겨 오르며 여름과 가을에 황색 꽃이 피며 과실은 긴 타원형에 적황색으로 익는데 쓴맛이 있고 어린 과실은 식용함. 苦瓜・癩葡萄・蔓荔枝・荔枝・錦荔枝(고과・나포도・만려지・여지・금려지)라고도 함.

## 453. 葡萄 - 2(포도)

- 退之 韓 愈(퇴지 한 유)

新莖未徧半猶枯 高架支離倦復抹 若欲滿盤堆馬乳 莫辭添竹引龍鬚
신경미편반유고 고가지리권부말 약욕만반퇴마유 막사첨죽인용수

새로 난 줄기 다 뻗기 전에 절반은 시들면서
높은 시렁을 느릿느릿 고달프게 붙들고 자란다
만약 쟁반 위에 포도를 가득 쌓아놓고 싶거든
시렁을 더 매어서 포도 덩굴손이 잘 붙게 하라

**直譯**(직역) – 새(新) 줄기가(莖) 두루 미치지(徧) 않았는데도(未) 반은(半) 오히려(猶) 시들면서(枯)
높은(高) 횃대에서(架) 갈리고(支) 떨어지며(離) 게으르게(倦) 다시(復) 지나간다(抹)
만약(若) 쟁반에(盤) 가득(滿) 말(馬) 젖꼭지 만한 것을(乳) 쌓고자(堆) 한다면(欲)
대를(竹) 더하는 것을(添) 거절하지(辭) 말고(莫) 용(龍) 수염처럼 늘어진 것이(鬚) 매달리게 하라(引)

**題意**(제의) – 만약 葡萄를 많이 수확하려거든 시렁을 더 매어 용 수염 덩굴손이 붙잡고 자라게 해야한다면서 시렁에 매달린 포도를 보고 읊은 詩(시).

**註解**(주해) – 馬乳 : 葡萄의 異稱(이칭)으로 本草圖經(본초도경)에 있음.
龍鬚 : 용 수염 같은 포도 덩굴손. 덩굴손은 卷鬚(권수)라고도 하는데 나팔꽃 · 포도 · 완두에서 볼 수 있듯이 가지나 잎이 실 같이 變形(변형)하여 다른 물건에 감기어서 줄기를 지탱하게 하는 가느다란 덩굴을 말함.

## 454. 楓橋夜泊(풍교야박)

－懿孫 張 繼(의손 장 계)

月落烏啼霜滿天　江楓漁火對愁眠　姑蘇城外寒山寺　夜半鐘聲到客船
월락오제상만천　강풍어화대수면　고소성외한산사　야반종성도객선

달 지자 까마귀 울고 서리는 내리는데
단풍 사이 고기잡이 불은 내 시름인양 가물거린다
고소성 밖 아득한 한산사에서
한밤 종소리가 나그네 배에 이른다

**直譯**(직역)－달(月) 떨어지자(落) 까마귀(烏) 울고(啼) 서리는(霜) 하늘에(天) 가득한데(滿)
강(江) 단풍에(楓) 고기잡이(漁) 불은(火) 시름(愁) 같이(對) 졸고있다(眠)
고소성(姑蘇城) 밖(外) 한산사에서(寒山寺)
밤(夜) 가운데(半) 종(鐘) 소리가(聲) 나그네(客) 배에(船) 이른다(到)

**題意**(제의)－楓橋에 배를 대고 잠을 청하니 까마귀는 울어대고 고기잡이 불만 가물거리는데 먼 산사에서 종소리 들려오는 쓸쓸한 정경을 읊은 詩(시).

**註解**(주해)－楓橋 : 江蘇省 蘇州府(소주부)의 서쪽 칠 백 리쯤에 산을 등지고 물을 임하여 있음.
姑蘇城 : 吳越時代(오월시대) 吳나라 都邑地(도읍지)로 지금의 蘇州府에 있음.
寒山寺 : 蘇州에 있으며 楓橋寺라고도 함.

## 455. 豐樂亭遊春(풍락정유춘)

－醉翁 歐陽脩(취옹 구양수)

**紅樹春山日欲斜　長郊草色綠無涯**　遊人不管春將老　來往亭前踏落花
**홍수춘산일욕사　장교초색녹무애**　유인불관춘장노　내왕정전답락화

울긋불긋 봄 산에 해는 지려하고
넓은 들에 풀빛은 끝없이 푸르다
사람들은 이 봄이 저물어도 마음쓰지 않고
정자 앞을 오가며 떨어진 꽃잎만 밟는다

**直譯**(직역)－붉은(紅) 나무와(樹) 봄(春) 산에(山) 해는(日) 기울고자(斜) 하고(欲)
긴(長) 들에(郊) 풀(草) 빛은(色) 끝(涯) 없이(無) 푸르다(綠)
노니는(遊) 사람은(人) 봄이(春) 장차(將) 늙어지려해도(老) 맏지(管) 않고(不)
정자(亭) 앞을(前) 오며(來) 가며(往) 떨어진(落) 꽃잎만(花) 밟는다(踏)

**題意**(제의)－豐樂亭에서 봄을 즐기며 이 봄이 가는 줄도 모르고 놀이에만 열중하고 있는 사람들이 안타까워 읊은 詩(시).

## 456. 夏夜逐涼(하야축량)

－誠齊 楊萬里(성제 양만리)

夜熱依然午熱同　開門小立月明中　竹深樹密蟲鳴處　時有微涼不是風
야열의연오열동　개문소립월명중　죽심수밀충명처　시유미량불시풍

밤이 되어도 무더위는 여전히 낮과 다름없어
문을 열고 잠시 달빛 속에 서 있었노라
대나무 우거지고 벌레 우는 근처에서
때로 서늘함을 느낄 수 있는 것은 바람 때문만이 아니리라

**直譯**(직역) – 밤(夜) 무더위는(熱) 전과 같이(依) 그러하게(然) 낮(午) 더위와(熱) 같아서(同)
문을(門) 열고(開) 조금(小) 달(月) 빛(明) 속에(中) 서 있었다(立)
대나무(竹) 깊고(深) 나무들(樹) 빽빽하여(密) 벌레(蟲) 우는(鳴) 곳에서(處)
때로(時) 적은(微) 서늘함이(涼) 있으나(有) 이는(是) 바람만이(風) 아니리라(不)

**題意**(제의) – 밤이 되어도 식지 않는 더위를 쫓기 위해 달빛 속에 서 있었더니 대나무 소리와 벌레 소리가 바람보다도 시원한 여름밤을 읊은 詩(시).

## 457. 夏意(하의)

–子美 蘇舜欽(자미 소순흠)

別院沈沈夏簟淸　石榴開遍透簾明　**樹陰滿地日當午　夢覺流鶯時一聲**
별원심심하점청　석류개편투렴명　**수음만지일당오　몽각유앵시일성**

깊숙한 별당이라 대자리도 시원한데
석류꽃 두루 피어 주렴 밖이 환하다
해는 한낮이라 마당엔 짙은 그늘 가득한데
꿈에서 깨어나니 때마침 꾀꼬리 한 소리 흐른다

**直譯**(직역) – 따로 된(別) 집은(院) 깊고(沈) 깊어(沈) 여름(夏) 대자리도(簟) 서늘한데(淸)
석류꽃(石榴) 두루(遍) 피어(開) 주렴을(簾) 통해서 보아도(透) 밝다(明)
나무(樹) 그늘은(陰) 해가(日) 한낮에(午) 당하니(當) 땅에(地) 가득한데(滿)
끔에서(夢) 깨어나니(覺) 때마침(時) 꾀꼬리(鶯) 한(一) 소리(聲) 흐른

다(流)

題意(제의) – 별당 마당엔 그늘이 짙어 대자리도 시원하고 석류꽃 두루 피어 주렴 밖이 환한데 문득 꾀꼬리 한 소리 청아한 여름 한 낮을 읊은 詩(시).

## 458. 寒食(한식)

– 君平 韓 翃(군평 한 굉)

春城無處不飛花　寒食東風御柳斜　日暮漢宮傳蠟燭　靑烟散入五侯家
춘성무처불비화　한식동풍어유사　일모한궁전랍촉　청연산입오후가

봄 언덕에는 곳마다 꽃이 흩어지고
한식날 궁중 버들가지가 동풍에 하늘거린다
밤이 되자 궁중에서 촛불을 하사하니
푸른 연기가 오후의 집에서 피어난다

直譯(직역) – 봄(春) 성에는(城) 꽃이(花) 날리지(飛) 아니한(不) 곳이(處) 없는데(無)
한식날(寒食) 동쪽(東) 바람에(風) 궁중의(御) 버들이(柳) 기운다(斜)
해가(日) 저물어(暮) 한궁에서(漢宮) 꿀벌 밀로 만든(蠟) 촛불을(燭) 전하니(傳)
푸른(靑) 연기가(烟) 다섯(五) 벼슬의(侯) 집에(家) 들어(入) 흩어진다(散)

題意(제의) – 寒食날 궁궐에서 밝힌 촛불을 다음 날 下賜(하사)하는데 공신들보다 아첨하는 내시의 집에서 먼저 피어나는 것을 풍자하여 읊은 詩(시).

註解(주해) – 蠟 : 꿀벌의 집을 끓여서 짜낸 기름.
傳蠟燭 : 寒食날 궁중에서 초에 불을 서로 붙이고 그 다음날 淸明日

(청명일)에 百官(백관)들에게 그 불을 下賜함.

五侯 : 漢나라 桓帝(환제) 때 內侍(내시) 다섯 사람을 侯에 봉하니 이들의 세력이 굉장하였는데 唐代(당대)에 와서도 內侍들에게 권력을 부여한 때가 있어 漢代의 五侯에 비겨 풍자함.

## 459. 海棠溪(해당계)

－洪度 薛 濤(홍도 설 도)

**春敎風景駐仙霞** **水面魚身總帶花** 人世不思靈卉異 競將紅纈染輕沙
**춘교풍경주선하** **수면어신총대화** 인세불사영훼이 경장홍힐염경사

봄은 여기 해당화 꽃 노을을 드리워 놓았으니
맑은 물에 헤엄치는 물고기에도 꽃 빛으로 물들었다
인간세상 사람들은 꽃의 영묘한 아름다움을 알지 못해
모래 위에 붉은 무늬 비단 펼쳐 꽃과 다투려 한다

**直譯**(직역)－봄은(春) 경치(風) 경치에(景) 신선의(仙) 노을이(霞) 머물도록(駐) 하였으니(敎)
물(水) 겉(面) 물고기(魚) 몸에도(身) 모두(總) 꽃을(花) 띠고 있다(帶)
사람(人) 세상에(世) 신령스러운(靈) 풀의(卉) 뛰어남을(異) 생각하지(思) 아니하고(不)
장차(將) 붉은(紅) 무늬 비단으로(纈) 가벼운(輕) 모래를(沙) 물들여(染) 다투려 한다(競)

**題意**(제의)－계곡에 만발한 해당화와 비늘에 꽃무늬가 아롱진 물고기와 모래 위에 펼쳐 놓은 붉은 비단이 아름답게 어우러진 모습을 읊은 詩(시).

## 460. 解悶(해민)

－小陵 杜 甫(소릉 두 보)

一辭故國十經秋　每見秋瓜憶故丘　今日南湖采薇蕨　何人爲覓鄭瓜州
일사고국십경추　매견추과억고구　금일남호채미궐　하인위멱정과주

고향을 떠나온 지 십 년이 지났는데
언제나 오이를 보면 고향이 생각난다
지금 남쪽 호숫가에서 고사리를 캐고 있으니
누군가 정과주 벗에게 소식을 전해 주었으면

直譯(직역)－한번(一) 옛(故) 나라를(國) 떠나와(辭) 열 번(十) 가을이(秋) 지났는데(經)
때마다(每) 잘 익은(秋) 오이를(瓜) 보면(見) 옛(故) 마을(丘) 생각난다(憶)
오늘(今) 날(日) 남쪽(南) 호수에서(湖) 고사리(薇) 고사리를(蕨) 캐고 있는데(采)
어떤(何) 사람이(人) 정씨의(鄭) 오이(瓜) 마을을(州) 찾게(覓) 해줄까(爲)

題意(제의)－江陵(강릉)에서 귀양살이하고 있는 호수 정자의 주인이자 친구인 鄭 審(정 심)을 보고픈 마음을 풀어 보고자 읊은 詩(시).

註解(주해)－故國 : 장안.
秋瓜 : 가을철의 오이를 말하는데 임기가 만료되어 교대하는 것을 瓜期(과기)라고 하는 故事(고사)가 있음.
故丘 : 고향.
鄭瓜州 : 江陵에서 귀양살이를 하고 있는 작자의 친구 鄭 審.

## 461. 懸崖蘭畫(현애난화)

－庸庵 宋玄僖(용암 송현희)

山頭仙子倚烟蘿　下土遙澹奈爾何　翠帶春風吹不起　月明倒影在湘波
산두선자의연라　하토요담내이하　취대춘풍취불기　월명도영재상파

산 속의 신선이 연라를 의지하였으니
아래 땅이 말끔한들 어찌하랴
푸른 잎은 봄바람이 불어도 일어나지 못하고
밝은 달은 강물에 그림자를 드리웠네

**直譯**(직역)－산(山) 머리(頭) 신선(仙) 사람이(子) 안개 낀(烟) 담쟁이를(蘿) 의지하였으니(倚)
아래(下) 흙이(土) 아득히(遙) 깨끗한들(澹) 그를(爾) 어찌하고(奈) 어찌하겠는가(何)
푸름은(翠) 봄(春) 바람을(風) 두르고(帶) 불어도(吹) 일어나지(起) 아니하며(不)
달은(月) 거꾸로 된(倒) 그림자를(影) 밝히며(明) 상수(湘) 물결에(波) 있다(在)

**題意**(제의)－산 속의 신선이 벼랑의 烟蘿에 의지한 듯 한데 난초의 푸른 잎이 봄바람에 휘어져 있는 난초 그림을 읊은 詩(시).

## 462. 惠崇春江曉景(혜숭춘강효경)

－東坡 蘇　軾(동파 소　식)

竹外桃花三兩枝　春江水暖鴨先知　蔞蒿滿地蘆芽短　正是河豚欲上時
죽외도화삼양지　춘강수난압선지　누호만지려아단　정시하돈욕상시

대나무 숲 저쪽에 복숭아 꽃 서너 가지

봄철 강물 따스함은 오리가 먼저 알고
쑥은 땅에 가득하고 갈대 싹이 짧으니
바로 복어가 강을 올라올 시기이고

直譯(직역) – 대나무(竹) 밖에는(外) 복숭아(桃) 꽃이(花) 세(三) 두(兩) 가지(枝)
봄(春) 강(江) 물이(水) 따뜻한 줄(暖) 오리가(鴨) 먼저(先) 아네(知)
복어의 독을 제거한다는 쑥과(蔞) 쑥은(蒿) 땅에(地) 가득하고(滿) 갈대(蘆) 싹은(芽) 짧으니(短)
바로(正) 이에(是) 물(河) 복이(豚) 올라오려고(上) 하는(欲) 때로세(時)

題意(제의) – 승려화가 惠崇의 봄 강 새벽 경치 그림을 보니 대나무와 복숭아꽃 쑥과 갈대 싹이 어우러져 복어가 올라올 것 같은 느낌을 읊은 詩(시).

## 463. 胡渭州(호위주)

– 承吉 張 祜(승길 장 우)

亭亭孤月照行舟 寂寂長江萬里流 鄕國不知何處是 雲山漫漫使人愁
정정고월조행주 적적장강만리류 향국부지하처시 운산만만사인수

밝은 달이 떠가는 배를 비추고
긴 강은 고요히 흘러만 간다
내 고향은 어느 곳에 있는가
끝없는 구름 산이 근심을 일으킨다

直譯(직역) – 높이 솟고(亭) 높이 솟은(亭) 외로운(孤) 달은(月) 가는(行) 배를(舟) 비추고(照)
고요하고(寂) 고요한(寂) 긴(長) 강은(江) 만리로(萬里) 흐른다(流)
고향(鄕) 나라는(國) 이에(是) 어느(何) 곳인지(處) 알지(知) 못하고(不)

구름(雲) 산만(山) 이어지고(漫) 잇닿아(漫) 사람으로(人) 하여금(使) 근심스럽게 한다(愁)

題意(제의) – 흐르는 강은 넓고 멀어 방향조차 알 수가 없는데 한없이 뻗어 있는 구름 덮인 산을 바라보니 더욱 고향 생각이 간절하여 읊은 詩(시).

註解(주해) – 胡渭州 : 樂府(악부)의 曲(곡).

## 464. 湖中(호중)

– 逋翁 顧 況(포옹 고 황)

青草湖邊日色低　黃茅瘴裏鷓鴣啼　丈夫飄蕩今如此　一曲長歌楚水西
청초호변일색저　황모장리자고제　장부표탕금여차　일곡장가초수서

청초호의 언저리에 해가 기울고
누런 풀 우거진 속에 자고 새가 운다
장부의 큰 포부 이제 시들어 가니
한 곡조 길게 초수의 서쪽에서 불러본다

直譯(직역) – 청초호의(青草湖) 근처에는(邊) 해(日) 빛이(色) 낮고(低)
축축하고 더운(瘴) 누런(黃) 띠(茅) 속에서(裏) 자고 새가(鷓鴣) 운다(啼)
어른(丈) 사내(夫) 넓게(蕩) 떠돌아다님이(飄) 이제(今) 이와(此) 같으니(如)
한(一) 곡조(曲) 길게(長) 초수의(楚水) 서쪽에서(西) 노래한다(歌)

題意(제의) – 넓은 세상을 떠돌던 사내 大丈夫 포부가 지는 해처럼 시들어 남방에서 초라하게 지내고 있는 답답한 심정을 호수에서 읊은 詩(시).

註解(주해) – 青草湖 : 洞庭(동정) 남쪽에 있는 호수.
鷓鴣 : 꿩과에 속하는 새로 메추라기와 비슷한데 목에서 눈에 걸쳐

까만 고리가 둘렸고 부리와 다리는 홍색으로 산과 들에 서식하며 풀 씨와 곤충을 포식하는 맛 좋은 獵鳥(엽조) 임.

## 465. 湖天卽景(호천즉경)

－白雲 唐桂芳(백운 당계방)

數株楊柳湖邊寺 且繫扁舟客莫催 **萬頃波光浮如練 一雙老鶴忽飛來**
수주양류호변사 차계편주객막최 **만경파광부여연 일쌍노학홀비래**

몇 그루 버드나무 호숫가의 절
조각배 매어있어도 느긋한 나그네
만이랑 물빛은 하얗게 일렁이는데
어디선가 날아드는 한 쌍의 하얀 학

**直譯**(직역)－서너(數) 그루(株) 갯버들(楊) 수양버들(柳) 호수(湖) 가에는(邊) 절이 있고(寺)
또한(且) 납작한(扁) 배(舟) 매어있어도(繫) 나그네는(客) 재촉하지(催) 아니하네(莫)
만(萬) 이랑(頃) 물결(波) 빛은(光) 익힌 실(練) 같이(如) 떠있고(浮)
한(一) 쌍(雙) 늙은(老) 학이(鶴) 갑자기(忽) 날아(飛) 오네(來)

**題意**(제의)－조각배 매어있는 湖水에 홀연히 한 쌍의 하얀 鶴이 내려앉는 호숫가 풍경을 읊은 詩(시).

## 466. 紅梅(홍매)

－永庚 丁鶴年(영경 정학년)

姑射仙人鍊玉砂 丹光晴貫洞中霞 無端半夜東風起 吹作江南第一花
고야선인련옥사 단광청관동중하 무단반야동풍기 취작강남제일화

하얀 신선이 옥 같은 알약을 구워내어
단약의 광채로 골짜기를 환하게 비치는 듯
뜻밖에 한밤중 동풍이 불어 와
매화꽃 한 가지를 피웠구나

**直譯**(직역) – 고야산의(姑射) 신선인(仙) 사람이(人) 옥 같은(玉) 알약을(砂) 불리어(鍊)
단약의(丹) 빛으로(光) 골짜기(洞) 속의(中) 노을을(霞) 맑게(晴) 꿰뚫는 듯(貫)
실마리도(端) 없이(無) 한창(半) 밤에(夜) 동쪽(東) 바람이(風) 일어나서(起)
바람 불어(吹) 강(江) 남쪽에서(南) 차례(第) 처음(一) 꽃으로(花) 이루었구나(作)

**題意**(제의) – 뜻밖에도 한밤중 훈훈한 동풍에 姑射山 신선이 구워낸 알약의 玉 같은 광채로 하얗게 피어난 梅花를 읊은 詩(시).

**註解**(주해) – 姑射仙人 : 姑射神人(고야신인). 姑射山에 산다는 仙人. 莊子逍遙遊篇(장자소요유편)에 姑射仙人은 肌膚若氷雪(기부약빙설)이라고 살갗이 얼음 눈과 같다는 표현이 있음.
射 : ①쏠 사. 射擊(사격). ②벼슬이름 야. 僕射(복야).
丹 : 丹藥(단약). 道家(도가)의 不老不死(불로불사)의 靈藥(영약).

## 467. 畫蘭(화란)

– 素卿 薛素素(소경 설소소)

**空谷佳人絶世姿　翠羅爲帶玉爲肌**　獨憐錯雜蕭蕭草　一段**幽香**祗自奇
**공곡가인절세자　취라위대옥위기**　독련착잡소소초　일단**유향**지자기

빈 골에 아름다운 사람인양 빼어난 자태는

푸른 비단 허리띠를 옥 살결에 두른 듯
애처로이 홀로 풀과 섞였어도
한 덩이 그윽한 향기는 절로 기이하기만

直譯(직역) – 빈(空) 골에(谷) 아름다운(佳) 사람인 양(人) 세상에(世) 뛰어난(絶) 모습은(姿)
푸른(翠) 비단은(羅) 띠가(帶) 되고(爲) 옥으로(玉) 살갗을(肌) 삼았다(爲)
홀로(獨) 불쌍하게(憐) 쑥(蕭) 쑥(蕭) 풀에(草) 어지러이(錯) 섞였어도(雜)
한(一) 덩이(段) 그윽한(幽) 향기는(香) 다만(祇) 저절로(自) 기이하다(奇)

題意(제의) – 푸른 비단 허리띠를 옥 살결에 두른 듯 뛰어난 자태로 골짜기에 피어나 그윽한 향기를 피울 것 같은 난초를 그리며 읊은 詩(시).

註解(주해) – 祇 : ①토지의 신 기. 地祇(지기). ②어조사 지. 亦祇以異(역지이리).

## 468. 花下醉(화하취)

– 義山 李商隱(의산 이상은)

尋芳不覺醉流霞　依樹沉眠日已斜　客散酒醒深夜後　更持紅燭賞殘花
심방부각취유하　의수침면일이사　객산주성심야후　갱지홍촉상잔화

향기 흐르는 노을에 나도 몰래 취하여
나무에 기댄 채 날이 저물도록 잠들었다
술 깨니 손님은 다 가고 이미 깊은 밤이라
다시 촛불 밝혀 남은 꽃을 구경한다

直譯(직역) – 찾는(尋) 꽃이(芳) 나타나지(覺) 아니해도(不) 흐르는(流) 놀에(霞) 취했는데(醉)
나무에(樹) 기대어(依) 잠에(眠) 빠지니(沉) 날은(日) 이미(已) 기울었

다(斜)
손님은(客) 흩어지고(散) 술(酒) 깨어나니(醒) 깊은(深) 밤(夜) 끝자락 인데(後)
다시(更) 붉은(紅) 촛불(燭) 가져와(持) 남은(殘) 꽃을(花) 구경한다(賞)

**題意**(제의) – 꽃향기에 취해 나무에 기대어 날이 저물도록 자다가 다시 촛불 밝혀 꽃구경하는 모습을 읊은 詩(시).

## 469. 黃鶴樓送孟浩然之廣陵(황학루송맹호연지광릉)

– 靑蓮居士 李 白(청련거사 이 백)

故人西辭黃鶴樓　煙花三月下揚州　孤帆遠影碧空盡　唯見長江天際流
고인서사황학루　연화삼월하양주　고범원영벽공진　유견장강천제류

벗이 황학루를 떠나
꽃피는 삼월에 양주로 가는데
돛단배 하늘 끝에 사라지면
끝없이 흐르는 강물만 바라보리

**直譯**(직역) – 친한(故) 사람이(人) 서쪽(西) 황학루를(黃鶴樓) 떠나(辭)
아지랑이 일고(煙) 꽃 피는(花) 삼월에(三月) 양주로(揚州) 내려간다(下)
외로운(孤) 배(帆) 먼(遠) 그림자로(影) 푸른(碧) 하늘에(空) 다하면(盡)
오직(唯) 하늘(天) 가에(際) 흐르는(流) 긴(長) 강만(江) 바라보련다(見)

**題意**(제의) – 삼월 黃鶴樓에서 孟浩然을 廣陵으로 보내는데 친구가 보이지 아니하면 楊子江(양자강)의 강물만이라도 바라보겠다는 깊은 우정을 읊은 詩(시).

**註解**(주해) – 黃鶴樓 : 중국 浩北省 武昌城(호북성 무창성) 안 黃鵠山(황곡산)에 있는데 양자강을 굽어보는 경치가 아름답기로 유명함.

廣陵 : 江蘇省 揚州府 江都縣(강소성 양주부 강도현)에 있음.
楊州 : 江蘇省에 있음.
長江 : 楊子江을 말함.

## 470. 回鄕偶書 - 1(회향우서)

－季眞 賀知章(계진 하지장)

離別家鄕歲月多 近來人事半消磨 唯有門前鏡湖水 春風不改舊時波
이별가향세월다 근래인사반소마 유유문전경호수 춘풍불개구시파

고향을 떠나온 많은 세월에
인사가 반은 변했건만
문 앞 거울같이 맑은 호수는
세월이 흘렀어도 옛 모습 그대롤세

**直譯**(직역) – 집(家) 고향을(鄕) 떠나오고(別) 떠나와서(離) 해와(歲) 달이(月) 많았으니(多)
요사이(近) 와서(來) 사람(人) 일(事) 반절은(半) 사라지고(消) 없어졌건만(磨)
오직(唯) 문(門) 앞에(前) 있는(有) 거울 같은(鏡) 호수(湖) 물만은(水)
봄(春) 바람에도(風) 옛(舊) 때의(時) 물결이(波) 바뀌어지지(改) 아니했네(不)

**題意**(제의) – 오랜만에 고향에 와 보니 문 앞 거울 같은 호수는 옛 모습 그대로이건만 많은 사람은 늙었거나 사라져 버린 인생무상을 읊은 詩(시).

## 471. 回鄕偶書 - 2(회향우서)

-季眞 賀知章(계진 하지장)

少小離家老大回　鄕音無改鬢毛衰　兒童相見不相識　笑問客從何處來
소소리가노대회　향음무개빈모쇠　아동상견불상식　소문객종하처래

어려서 집을 떠나 늙어서 돌아오니
고향은 변한 게 없건만 수염만 희어졌네
애들은 보고도 알지 못하고
어디서 왔냐고 웃으며 묻네

**直譯**(직역) - 젊고(少) 젊어서(小) 집을(家) 떠났다가(離) 늙고(老) 늙어(大) 돌아오니(回)
고향(鄕) 소리는(音) 고쳐지지(改) 아니했건만(無) 수염(鬢) 털만(毛) 쇠하였네(衰)
아이(兒) 아이는(童) 서로(相) 보고도(見) 서로(相) 알지(知) 못하고(不)
웃으며(笑) 나그네는(客) 어느(何) 곳으로(處)부터(從) 왔느냐고(來) 묻네(問)

**題意**(제의) - 어려서 떠났다가 늙어서 돌아오니 고향은 변한 것이 없건만 자신이 늙어 동네 아이조차 알아 볼 수 없는 서글픈 심정을 읊은 詩(시).

## 472. 戱題木蘭花(희제목란화)

-香山居士 白居易(향산거사 백거이)

**紫房日照臙脂坼　素艶風吹膩粉開**　怪得獨饒脂粉態　木蘭曾作女郎來
**자방일조연지탁　소염풍취니분개**　괴득독요지분태　목란증작여랑래

자주색 꽃방에 해가 비치면 연지 바른 꽃술이 터져 나오고

흰 꽃송이 바람에 흔들리면 매끄러운 가루가 날린다
괴이하게도 연지와 분을 홀로 넉넉히 가진 맵시라
일찍이 여자로서 남자의 재주를 갖춘꽃이로다

直譯(직역) – 붉은(紫) 방에(房) 해가(日) 비치면(照) 빰 연지(臙) 입술 연지가(脂) 터지는 듯(坼)
하얀(素) 미인에(艶) 바람이(風) 불면(吹) 매끄러운(膩) 가루가(粉) 일어나는 듯(開)
괴이하게도(怪) 연지와(脂) 분을(粉) 홀로(獨) 넉넉히(饒) 얻은(得) 맵시이니(態)
목란은(木蘭) 일찍이(曾) 여자(女) 사내라(郎) 부르게(來) 되었다(作)

題意(제의) – 연지 색 꽃술에 흰 가루가 날리니 臙脂와 粉을 홀로 가져 여자의 맵시와 남자의 재주를 갖춘꽃이라고 木蓮을 희롱하여 읊은 詩(시).

註解(주해) – 木蘭 : 木蓮(목련). 木蓮의 다른 이름으로는 木筆(목필) 辛夷(신이) 玉蘭(옥란) 등이 있음.(본서 부록 참조)

## 473. 戲贈趙使君美人(희증조사군미인)

– 必簡 杜審言(필간 두심언)

紅粉青蛾映楚雲　桃花馬上石榴裙　羅敷獨向東方去　謾學他家作使君
홍분청아영초운　도화마상석류군　나부독향동방거　만학타가작사군

예쁜 눈썹이 구름에 비치는데
도화마 위에서 붉은 치마가 펄럭인다
그 부인께서 홀로 동쪽으로 가는데
나도 장난삼아 사랑을 걸어 볼까

直譯(직역) – 연지로(紅) 단장한(粉) 푸른(青) 눈썹이(蛾) 초 나라(楚) 구름에

(雲) 비치는데(映)
복숭아(桃) 꽃 같은(花) 말(馬) 위에는(上) 석류 꽃 같은(石榴) 치마더라(裙)
나부는(羅敷) 홀로(獨) 동쪽(東) 땅을(方) 향하여(向) 가는데(去)
버릇없지만(謾) 다른(他) 집에서(家) 배워다가(學) 사군에게(使君) 이루어볼까(作)

**題意(제의)** – 趙王이 羅敷에게 그랬듯이 桃花馬 위에 아름다운 부인을 내 아내로 삼고 싶다고 장난삼아 趙使君의 미인에게 주려고 읊은 詩(시).

**註解(주해)** – 趙使君美人 : 趙는 성씨이고 使君은 태수이며 美人은 趙의 愛妾(애첩)을 말함.
青蛾 : 곱게 그린 눈썹.
映楚雲 : 巫山神女(무산신녀)의 故事(고사)를 비유한 것으로 楚襄王(초양왕)이 宋玉(송옥)과 雲夢臺(운몽대)에서 놀 때 雲氣(운기)가 서려 있는 것을 보고 물으니 宋玉이 그것을 楚雲(초운)이라고 하였다는데 여기서는 巫山의 神女를 美人으로 비유한 것 임.
桃花馬 : 黃白雜毛(황백잡모)가 섞인 말.
石榴裙 : 석류꽃처럼 붉은 치마.
羅敷 : 趙王이 邑人(읍인)인 王仁(왕인)의 妾 羅敷를 빼앗으려고 하였기 때문에 羅敷가 陌山桑(맥산상)의 詩를 지어 이를 거절한 故事가 있음.
謾 : 장난삼아. 戲와 같은 뜻임.
他家 : 趙王을 가리킴.

# 제5장 칠언율시(七言律詩)

命 題(명 제) : 得意(득의)

書 體(서 체) : 印篆(인전) · 한글

規 格(규 격) : 59×59cm

內 容(내 용) : 本書(본서) 547.將進酒(장진주) 參照(참조)

斷 想(단 상) : 2005. 제2회 개인전 작품이다. 得意란 뜻을 이룸, 바라던 대로 되어 의기가 오름으로 풀이 된다. 누구나 이루고자 하는 꿈이 있다. 하늘은 스스로 돕는 자를 돕는다고 했듯이 목표를 위해 노력하면 꿈이 이루어지리라고 생각한다.

8세기 전반에 沈佺期 · 宋之問(심전기 · 송지문)에 의하여 七言律詩가 성립되었는데, 처음에는 修辭性(수사성)에 치중되어 應酬(응수)와 題詠(제영) 등에 주로 사용되었으나, 예술적으로 고도의 내용을 가지게 된 것은 杜 甫(두 보)의 출현부터라고 한다.

형식은 일곱 자씩 2句 1聯(연)이 4聯 있으며 중간의 2聯에는 반드시 對句(대구)를 쓰도록 되어 있는 것이 특색으로 다른 2聯에도 對句를 쓸 수 있다.

4聯이 모두 對句로 구성되는 것을 全對格이라 하며 絶句(절구) 경우의 재치나 기지에 비해서 律詩의 경우에는 對句를 중심으로 한 均整美나 修辭의 세련미가 관심의 초점이 된다.(五言律詩 참조) 그러나 律詩의 頷聯(함련) 곧 제3구와 제4구가 對句로 되어 있지 않은 것도 있는데, 이러한 것을 蜂腰體(봉요체)라고 한다.

## 474. 江村(강촌)

－小陵 杜 甫(소릉 두 보)

青江一曲抱村流 長夏江村事事幽 **自去自來梁上燕 相親相近水中鷗**
**老妻畵紙爲棋局 稚子敲針作釣鉤** 多病所須唯藥物 微軀此外更何求
청강일곡포촌류 장하강촌사사유 **자거자래양상연 상친상근수중구**
**노처화지위기국 치자고침작조구** 다병소수유약물 미구차외갱하구

맑은 강은 한 굽이로 마을을 안고 흐르고
긴 여름 강 마을은 일마다 조용하다.
마음대로 드나드는 들보 위의 제비
짝지어 헤엄치는 강 속의 갈매기.
늙은 아내는 종이에 바둑판 그리고

어린 자식은 바늘로 낚시 바늘 만들고.
이 몸은 병도 많아 약만 바랄 뿐
쇠약한 내게 또 무엇이 필요하리.

**直譯**(직역) – 맑은(淸) 강(江) 한(一) 굽이로(曲) 마을을(村) 안고(抱) 흐르는데(流) 긴(長) 여름(夏) 강(江) 마을은(村) 일마다(事) 일마다(事) 조용하다(幽). 스스로(自) 가고(去) 스스로(自) 오는(來) 들보(梁) 위의(上) 제비(燕) 서로(相) 친하고(親) 서로(相) 가까운(近) 물(水) 속의(中) 갈매기(鷗). 늙은(老) 아내는(妻) 종이에(紙) 그려(畵) 바둑(棋) 판(局) 만들고(爲) 어린(稚) 아들은(子) 바늘을(針) 두드려(敲) 낚시(釣) 바늘(鉤) 만들고(作) 많은(多) 병에(病) 바라는(須) 것은(所) 오직(唯) 약이란(藥) 물건이니(物) 쇠한(微) 몸이(軀) 이(此) 밖에(外) 다시(更) 무엇을(何) 구하리(求).

**題意**(제의) – 병에 시달리고 있지만 늙은 아내는 바둑판이나 그리고 아들은 바늘로 낚시나 만드는 평화롭고 한가한 江村 생활을 읊은 詩(시).

## 475. 客至(객지)

–小陵 杜 甫(소릉 두 보)

| | | | |
|---|---|---|---|
| 舍南舍北皆春水 | 但見群鷗日日來 | **花徑不曾緣客掃** | **蓬門今始爲君開** |
| 盤飧市遠無兼味 | 樽酒家貧只舊醅 | 肯與隣翁相對飮 | 隔籬呼取盡餘杯 |
| 사남사북개춘수 | 단견군구일일래 | **화경부증연객소** | **봉문금시위군개** |
| 반손시원무겸미 | 준주가빈지구배 | 긍여인옹상대음 | 격리호취진여배 |

우리 집 남쪽 북쪽으로 봄물이 흐르는데
오직 떼 지은 갈매기가 날마다 오는 것을 본다.
꽃핀 오솔길은 손님이 온다 해서 쓸었던 일없지만
쑥대 사립문은 오늘 처음으로 그대 위해 열었다.
소반에 담긴 익힌 음식도 시장이 멀어 소찬이요

항아리의 술도 집이 가난하여 오래되고 거르지 않은 술뿐이라.
이웃 노인과 함께 앉아 마셔도 괜찮다면
울타리 너머로 불러 잔을 깨끗이 비우리다.

**直譯**(직역) – 집(舍) 남쪽(南) 집(舍) 북쪽(北) 모두(皆) 봄(春) 물인데(水)
다만(但) 떼 지은(群) 갈매기가(鷗) 날마다(日) 날마다(日) 오는 것을(來) 본다(見).
꽃핀(花) 오솔길은(徑) 일찍이(曾) 손님으로(客) 말미암아(緣) 비로 쓸지(掃) 않았지만(不)
쑥대(蓬) 문은(門) 오늘(今) 비로소(始) 그대(君) 위해(爲) 열었다(開).
소반의(盤) 익힌 음식도(飧) 시장이(市) 멀어(遠) 겹치는(兼) 맛이(味) 없고(無)
술 단지(樽) 술도(酒) 집이(家) 가난하여(貧) 다만(只) 오래되고(舊) 거르지 않은 술뿐이다(醅).
이웃(隣) 노인과(翁) 함께(與) 서로(相) 마주하여(對) 즐겨(肯) 마신다면(飮)
울타리(籬) 사이하여(隔) 불러(呼) 가지고(取) 나머지(餘) 잔을(杯) 다하리다(盡).

**題意**(제의) – 오랜만에 찾아온 손님에게 변변치 못한 소찬과 오래된 술이지만 기쁘게 대접하는 마음을 읊은 詩(시).

## 476. 古意 - 1(고의)

– 雲卿 沈佺期(운경 심전기)

盧家少婦鬱金香　海燕雙棲玳瑁梁　九月寒砧催木葉　十年征戍憶遼陽
白狼河北音書斷　丹鳳城南秋夜長　誰爲含愁獨不見　更敎明月照流黃
여가소부울금향　해연쌍서대모량　구월한침최목엽　십년정수억요양
백랑하북음서단　단봉성남추야장　수위함수독불현　갱교명월조유황

오두막집의 젊은 아낙네는 울금향 단장인데
바다제비는 거북껍질 대들보에 쌍쌍이 깃드는구나.
구월 차가운 다듬잇돌은 나뭇잎 재촉하니
십 년 수자리 멀리 양 땅을 생각 한다.
백량 하천 북쪽에서는 소식 끊어지고
단봉성 남쪽에선 가을밤이 길기도 하구나.
수심을 품고서도 나타내지 못하는 사람 누구인가
다시 밝은 달이 누른 명주 창만 비추는구나.

**直譯**(직역) – 오두막(廬) 집의(家) 젊은(少) 아낙네는(婦) 울금향 단장이요(鬱金香)

바다(海) 제비는(燕) 거북 등 껍데기(玳瑁) 대들보에(梁) 쌍쌍이(雙) 깃드는구나(棲).

구월의(九月) 차가운(寒) 다듬잇돌은(砧) 나무(木) 잎(葉) 재촉하니(催)

열(十) 해 동안(年) 무도한 자를 치는(征) 수자리(戍) 멀리(遼) 양 땅만(陽) 생각한다(憶).

백량(白狼) 하천(河) 북쪽에서는(北) 소식도(音) 편지도(書) 끊어지고(斷)

단봉성(丹鳳城) 남쪽에선(南) 가을(秋) 밤이(夜) 길기도 하구나(長).

누가(誰) 근심을(愁) 품고서도(含) 홀로(獨) 나타내지(見) 못하고(不) 있을까(爲)

다시(更) 밝은(明) 달이(月) 노란 비단을(流黃) 비추게(照) 하는구나(敎)

**題意**(제의) – 남편을 멀리 陽땅 수자리에 보내고 오두막집에 남아 시름 속에 살고 있는 꽃다운 여인의 심정을 옛 정취라는 제목으로 읊은 詩(시).

**註解**(주해) – 鬱金香 : 백합과에 속하는 다년초로 높이는 20~60cm이며, 잎은 분가루가 덮였고 향기가 많으며, 꽃으로는 鬱鬯酒(울창주)를 빚는다고 함.

玳瑁 : 거북과에 속하는 바다거북의 하나로, 반투명의 황색 바탕에

암갈색 구름무늬가 지붕의 기와처럼 포개어 있는 등 껍데기를 玳瑁 또는 玳瑁甲(대모갑)이라 하며 ,공예품 또는 장식품에 귀중히 쓰임.
陽 : 지금의 山東省 沂水縣(산동성 기수현) 서남쪽 陽都城(양도성)으로 周(주) 나라 때 나라 이름.
見 : ①볼 견. 見聞(견문). ②뵈올 현. 謁見(알현).

## 477. 古意 - 2(고의)

-退之 韓 愈(퇴지 한 유)

太華峰頭玉井蓮 開花十丈藕如船 冷比雪霜甘比蜜 一片入口沈痾痊
我欲求之不憚遠 青壁無路難夤緣 安得長梯上摘實 下種七澤根株連
태화봉두옥정연 개화십장우여선 냉비설상감비밀 일편입구침아전
아욕구지불탄원 청벽무로난인연 안득장제상적실 하종칠택근주연

태화산 봉우리 옥 우물에 나는 연꽃은
꽃을 피우면 열 길이요 뿌리는 배와 같단다.
차기는 눈서리요 달기는 꿀 같은데
한 조각만 입에 넣어도 깊은 고질병이 낫는단다.
나는 이것을 구하려고 먼 길도 꺼리지 않았으나
푸른 절벽엔 길도 없어 기어오르기도 어려웠다.
어찌하면 긴 사다리에 올라 열매를 따서
일곱 우물에 심어 뿌리와 포기가 무성하게 할까.

**直譯(직역)** - 태화산(太華) 봉우리(峰) 꼭대기에(頭) 구슬(玉) 우물(井) 연꽃은(蓮)
꽃을(花) 피우면(開) 열(十) 길이요(丈) 연뿌리는(藕) 배와(船) 같단다(如)
차기로는(冷) 눈(雪) 서리에(霜) 견줄 만하고(比) 달기는(甘) 꿀(蜜) 같은데(比)
한(一) 조각만(片) 입에(口) 넣어도(入) 깊은(沈) 고질병을(痾) 고친단

다(痊)
나는(我) 이것을(之) 구하려는(求) 욕심에(欲) 먼 길도(遠) 꺼리지(憚) 않았으나(不)
푸른(靑) 벼랑엔(壁) 길도(路) 없어(無) 연장하여(夤) 따르기도(緣) 어려웠다(難).
어찌하면(安) 긴(長) 사다리로(梯) 올라(上) 열매를(實) 따(摘) 얻어서(得)
일곱(七) 못에(澤) 옮겨(下) 심어(種) 뿌리와(根) 포기가(株) 계속되게 할까(連).

**題意**(제의) – 泰華山에 자라고 있는 만병통치 蓮 열매를 따다가 일곱 연못에 심어 여러 사람의 병을 고치게 하고 싶었던 옛 사람의 심정을 읊은 詩(시).

## 478. 觀易吟(관역음)

– 堯夫 邵 雍(요부 소 옹)

一物由來有一身 一身還有一乾坤 **能知萬物備於我 肯把三才別立根**
**天向一中分造化 人於心上起經綸** 天人焉有兩般義 **道不虛行**只在人
일물유래유일신 일신환유일건곤 **능지만물비어아 긍파삼재별입근**
**천향일중분조화 인어심상기경륜** 천인언유양반의 **도불허행**지재인

한 물건 속에 하나의 몸이 있고
한 몸에는 하나의 천지가 있다.
만물이 내 몸에 갖추어 있는 것을 알고
하늘 · 땅 · 사람 세 가지로 근본을 세운다.
하늘은 하나 가운데서 천지자연의 이치를 이루고
사람은 마음 위에서 천하 다스리는 방책을 일으킨다.
하늘과 사람에 어찌 두 이치가 있을까

도라는 것은 헛되이 행하는 것이 아니고 사람에게 달려 있다.

直譯(직역) – 한(一) 물건에(物) 말미암아(由) 내려옴에(來) 한(一) 몸이(身) 있게 되고(有)
한(一) 몸에는(身) 또한(還) 하나의(一) 하늘과(乾) 땅이(坤) 있는 것이다(有)
능히(能) 온갖(萬) 물건이(物) 나(我)에게(於) 갖추어졌음을(備) 알고(知)
기꺼이(肯) 천·지·인 세 가지(三) 기본을(才) 가지고(把) 따로(別) 뿌리를(根) 세웠다(立).
하늘은(天) 하나(一) 가운데를(中) 향하여(向) 짓고(造) 되어지도록(化) 나누고(分)
사람은(人) 마음(心) 위(上)에(於) 다스리고(經) 다스림을(綸) 일으킨다(起)
하늘과(天) 사람에(人) 어찌(焉) 두 가지(兩) 일반적인(般) 법도가(義) 있을까(有)
길은(道) 헛되이(虛) 행하는 것이(行) 아니라(不) 다만(只) 사람에게(人) 있는 것이다(在).

題意(제의) – 물건이 생기는 이치로 사람의 한 몸도 이루어지니 한 몸뚱이 속에 하나의 天地의 이치가 깃들여 있다고 周易(주역)을 보며 읊은 詩(시)

註解(주해) – 一物由來 : 한 물건이 생긴 까닭.
周易 : 수천 년에 걸쳐 여러 聖人(성인)에 의하여 완성된 책으로 문자의 시조이며 학문사상의 근원이라 할 수 있는데, 그 내용은 천하의 보편적 진리를 밝히고 인간 자체의 착한 덕성을 이룩하는 길로, 위로는 太極(태극)이 있어 하나의 원리로 萬象(만상)의 대우주를 통일하고 아래로는 陰陽(음양)이 있어 신묘한 조화로 만물을 生成變化(생성변화)하여 무궁한 발전을 기약하는 그림과 글이라 할 것임.
造化 : 온 세상 만물을 낳고 자라게 하며 죽게 하는 천지자연의 이치

## 479. 郊行卽事(교행즉사)

－明道 程 顥(명도 정 호)

芳原綠野姿行時　春入遙山碧四圍　**興逐亂紅穿柳巷　困臨流水坐苔磯**
莫辭盞酒十分醉　只恐風花一片飛　況是淸明**好天氣**　不妨遊衍莫忘歸
방원녹야자행시　춘입요산벽사위　**흥축란홍천유항　곤임유수좌태기**
막사잔주십분취　지공풍화일편비　황시청명**호천기**　불방유연막망귀

꽃이 핀 푸른 언덕을 걷는데
봄이 돌아와 온 산이 푸르다.
꽃과 버드나무 거리를 걷다가
물을 굽어보고 돌에 앉아 있다.
잔술에 취하는 것을 사양하지 말자
꽃이 바람에 질까 두렵다.
이 청명하고 좋은 날씨에
노느라 돌아가지 않으면 어떠리.

**直譯**(직역)－향기가 좋은 꽃이 핀(芳) 언덕과(原) 푸른(綠) 들을(野) 맵시 있게(姿) 거닐(行) 때(時)
봄이(春) 먼(遙) 산에도(山) 들어와(入) 푸름이(碧) 사방을(四) 둘러싼다(圍)
흥에 겨워(興) 어지러운(亂) 붉은 꽃을(紅) 쫓기도 하고(逐) 버드나무(柳) 거리를(巷) 뚫고 다니다가(穿)
피곤하여(困) 흐르는(流) 물을(水) 굽어보며(臨) 이끼 낀(苔) 물가에(磯) 앉았다(坐).
잔(盞) 술을(酒) 사양하지(辭) 말고(莫) 충분히(十分) 취해보자(醉)
다만(只) 두려운 것은(恐) 바람에(風) 꽃이(花) 한(一) 조각(片) 날리는 것이다(飛).

하물며(況) 이(是) 맑고(淸) 밝아(明) 좋은(好) 자연의(天) 기운이라(氣)
노는데(遊) 끌리어도(衍) 거리낄 것이(妨) 없지만(不) 돌아갈 것을(歸)
잊지는(忘) 말자(莫)

**題意**(제의) – 오늘은 청명절이라 아주 기후도 따뜻하고 경치도 좋으니 서로 질탕하게 마시며 이 봄날을 놀아보자면서 들을 가다가 바로 읊은 詩(시).

## 480. 九日登仙臺呈劉明府(구일등선대정유명부)

– 崔 署(최 서)

漢文皇帝有高臺 此日登臨曙色開 三晉雲山皆北向 二陵風雨自東來
關門令尹誰能識 河上仙翁去不回 且欲近尋彭澤宰 陶然共醉菊花杯
한문황제유고대 차일등임서색개 삼진운산개북향 이능풍우자동래
관문영윤수능식 하상선옹거불회 차욕근심팽택재 도연공취국화배

한나라 효문황제가 세운 망선대가 있는데
올라 굽어보니 새벽빛이 맑게 트인다.
세 나라의 높은 산이 북쪽으로 향하고
이릉의 비바람은 동쪽으로부터 불어온다.
관문에 살던 영윤을 누가 알 것인가
하상의 신선은 떠나고 돌아오지 않는다.
다만 팽택에 있는 그대를 찾아서
국화 술에 함께 거나하게 취하고 싶다.

**直譯**(직역) – 한나라(漢) 효문(文) 황제에게는(皇帝) 높은(高) 돈대가(臺) 있었는데(有)
이(此) 날(日) 올라서(登) 굽어보니(臨) 새벽(曙) 빛이(色) 열리더라(開).
한 · 위 · 조 세(三) 진나라의(晉) 구름(雲) 산은(山) 모두(皆) 북쪽으로

(北) 향하였고(向)

문왕이 풍우를 피하였다는 이릉의(二陵) 바람(風) 비는(雨) 동쪽으로(東)부터(自) 오더라(來).

검문소의(關) 문을(門) 명령했던(令) 윤희라는 사람은(尹) 누가(誰) 능히(能) 알아줄까(識)

하상의(河上) 신선(仙) 늙은이는(翁) 가고(去) 돌아오지(回) 아니한다(不)

또한(且) 하고자 하는 것은(欲) 가까운(近) 팽택이란 곳의(彭澤) 우두머리를(宰) 찾아(尋)

기뻐(陶) 그러하게(然) 함께(共) 국화(菊花) 술잔에(杯) 취하는 것이다(醉)

題意(제의)－윤희란 사람도 河上翁이란 선인도 떠난 뒤에는 다시 돌아오지 않으니 술이나 陶然히 취하고 싶은 심정을 劉明府에게 읊은 詩(시).

註解(주해)－劉明府 : 劉는 성씨이고 明府는 刺史・縣令・太守(자사・현령・태수) 등에 해당되는 벼슬.

三晉 : 전국시대에 晉이 韓・魏・趙(한・위・조)로 갈리어 있었음.

二陵 : 지금의 河南省 河南府(하남성 하남부)에 肴山(효산)이 있고 이 산에 二陵이 있는데 文王이 風雨를 이곳에서 피하였다고 함.

關門令尹 : 函谷關(함곡관)을 지키는 令인 尹喜(윤희)로 老子가 세상을 등지고 은거할 때에 老子의 학설이 없어질 것을 애석하게 여겨 老子의 말을 적었다고 하는데 이것이 老子道德經 상・하 二篇(이편) 五千餘言(오천여언) 임.

彭澤宰 : 彭澤의 令이 된 晉나라 陶淵明을 말함.

陶然 : 술이 거나하게 올라 기분이 좋은 모양.

## 481. 菊枕(국침)

－伯庸 馬祖常(백용 마조상)

東籬采采數枝霜　包裏西風入夢凉　**半夜歸心**三逕**遠**　**一囊秋色四屛香**
牀頭未覺黃金盡　鏡底難敎白髮長　幾度醉來消不得　臥收**清氣**入詩腸
동리채채수지상　포리서풍입몽량　**반야귀심삼경원**　**일낭추색사병향**
상두미각황금진　경저난교백발장　기도취래소부득　와수**청기**입시장

동쪽 울타리 서리 맞은 가지의 꽃들을 따다가
가을바람에 꾸러미에 넣어 서늘하게 잠들면,
한 밤중에도 마음은 국화 밭으로 돌아가고
주머니 속 가을꽃은 네 병풍에 향기롭다.
상머리에서는 황금이 다함을 깨닫지 못하고
거울 속에서는 흰머리 자라남을 보기 어려운데,
몇 번이나 취하여 옮을 어쩔 수 없어
누워서 맑은 기운 거두어 시 뱃속으로 들어가게 한다.

直譯(직역)－동쪽(東) 울타리에서(籬) 서리 맞은(霜) 서너(數) 가지(枝) 따고(采) 따다가(采)
가을(西) 바람에(風) 꾸러미(包) 안에 넣어(裏) 서늘하게(凉) 꿈에(夢) 들면(入),
한창(半) 밤에도(夜) 마음은(心) 세 갈래(三) 길(逕) 멀리(遠) 돌아가고(歸)
한(一) 주머니(囊) 가을(秋) 빛은(色) 네(四) 병풍에(屛) 향기롭다(香).
상(牀) 머리에서는(頭) 누른(黃) 금이(金) 다함을(盡) 깨닫지(覺) 못하고(未)
거울(鏡) 속에서는(底) 흰(白) 머리(髮) 자라난다는 것을(長) 일깨우기(敎) 어려운데(難),
몇(幾) 번이나(度) 취하여(醉) 옮을(來) 사라지게 하는 것(消) 이룰 수

(得) 없어(不)
누워서(臥) 맑은(淸) 기운(氣) 거두어(收) 시(詩) 창자로(腸) 들어오게 하였다(入).

**題意(제의)** – 서리 맞은 꽃들을 꾸러미에 싸서 베개 삼아 서늘하게 누워서 시가 담겨 있는 뱃속에 맑은 기운을 받아들이는 즐거움을 읊은 詩(시).

**註解(주해)** – 三經 : 漢(한) 나라의 은사 蔣詡(장후)의 정원에 좁은 길이 셋 있었던 고사에서 인용된 말로 은사의 집 앞길을 뜻함.

## 482. 闕下贈裴舍人(궐하증배사인)

– 仲文 錢 起(중문 전 기)

二月黃鸝飛上林　春城紫禁曉陰陰　長樂鐘聲花外盡　龍池柳色雨中深
陽和不散窮途恨　霄漢長懸捧日心　獻賦十年猶未遇　羞將白髮對華簪
이월황리비상림　춘성자금효음음　장락종성화외진　용지유색우중심
양화불산궁도한　소한장현봉일심　헌부십년유미우　수장백발대화잠

이월 꾀꼬리는 동산에 날아다니고
봄기운에 궁전은 안개가 자욱하다.
궁궐의 종소리는 화원 밖으로 사라지고
연못의 버들은 가랑비 속에 더욱 파랗다.
화창한 날에 곤궁한 처지가 한스럽고
하늘에는 임금님 받들 충정이 걸려 있다.
글을 올린 지 십 년에 아직 벼슬이 없으니
백발로 귀인을 대하기 부끄럽다.

**直譯(직역)** – 이월에(二月) 누른(黃) 꾀꼬리가(鸝) 상림원에서(上林) 날아다니는데(飛)

봄의(春) 성이(城) 붉은(紫) 대궐(禁) 새벽에(曉) 흐리고(陰) 흐리다(陰).
장락궁(長樂) 종(鐘) 소리는(聲) 꽃(花) 밖으로(外) 다하고(盡)
용지의 못에(龍池) 버들(柳) 빛은(色) 비(雨) 가운데에(中) 깊어진다(深)
따뜻하고(陽) 온화한 기운이(和) 흩어지지(散) 아니하여(不) 막힌(窮) 길이(途) 한스럽고(恨)
하늘(霄) 은하수에(漢) 길이(長) 매단 것은(懸) 해를(日) 받드는(捧) 마음이라(心).
글을(賦) 바친 지(獻) 열(十) 해이건만(年) 오히려(猶) 대접받지(遇) 못하니(未)
또한(將) 흰(白) 머리털로(髮) 고운(華) 비녀를(簪) 마주하기(對) 부끄럽다(羞).

**題意**(제의) – 進士試驗(진사시험)에 떨어진 심정을 闕下에 있는 中書省舍人(중서성사인) 裴氏에게 하소연하고 벼슬길에 추천을 바라며 읊은 詩(시).

**註解**(주해) – 闕下 : 궁궐이나 조정.
裴舍人 : 裴씨라고 하는 中書省舍人.
紫禁 : 천자가 있는 궁궐.
窮途 : 곤궁한 처지. 벼슬길이 막힘.
捧日心 : 임금을 받드는 마음. 충성심.
華簪 : 귀인들의 화려한 옷차림. 貴人縣官(귀인현관).

## 483. 金陵城西樓月下吟(금릉성서루월하음)

– 青蓮居士 李 白(청련거사 이 백)

金陵夜寂涼風發　獨上高樓望吳越　白雲映水搖空城　白露垂珠滴秋月
月下沉吟久不歸　古來相接眼中稀　解道澄江淨如練　令人長憶謝玄暉
김릉야적량풍발　독상고루망오월　백운영수요공성　백로수주적추월
월하침음구불귀　고래상접안중희　해도징강정여련　영인장억사현휘

금릉성의 밤은 고요하고 서늘한 바람이 불어오는데
홀로 높은 누대에 올라 오 나라 월나라를 바라본다.
흰 구름은 물에 비쳐 빈 성을 흔드는데
흰 이슬은 구슬을 드리운 듯 가을 달빛에 방울진다.
달 아래 웅얼거리며 오래도록 돌아가지 않는데
지난 일들 생각하나 눈에 들지 않는다.
맑은 강물 비단처럼 깨끗한 줄 깨닫게 되니
제나라 시인 현휘 사조가 생각난다.

直譯(직역) – 금릉성의(金陵) 밤은(夜) 고요하고(寂) 서늘한(涼) 바람이(風) 부는데(發)
홀로(獨) 높은(高) 다락에(樓) 올라(上) 오 나라(吳) 월나라를(越) 바라본다(望).
흰(白) 구름(雲) 물에(水) 비쳐(映) 빈(空) 성을(城) 흔드는데(搖)
흰(白) 이슬은(露) 구슬을(珠) 드리운 듯(垂) 가을(秋) 달에(月) 방울진다(滴).
달(月) 아래(下) 속 깊이(沉) 노래하며(吟) 오래도록(久) 돌아가지(歸) 않는데(不)
옛적(古)부터(來) 서로(相) 가까이 했던 것들도(接) 눈(眼) 가운데(中) 드물다(稀).
맑은(澄) 강은(江) 하얀 명주(練) 같이(如) 깨끗하다는 것을(淨) 열리어(道) 깨닫게 되니(解)
사람으로(人) 하여금(令) 길이(長) 현휘(玄暉) 사조를(謝) 생각나게 한다(憶).

題意(제의) – 경치가 아름다운 金陵城 누대에 오르니 제나라 시인 玄暉 謝朓(사조)가 생각난다면서 金陵城 서편 누대 달빛 아래에서 읊은 詩(시).

註解(주해) – 玄暉 : 중국 六朝時代(육조시대)의 齊(제) 나라 시인 謝朓로 字

(자)가 玄暉인데 그의 시는 永明體(영명체)라고 불리는 오언체에 능하고 청신한 기풍이 풍부 함.

## 484. 登金陵鳳凰臺(등금릉봉황대)

－靑蓮居士 李 白(청련거사 이 백)

鳳凰臺上鳳凰遊　鳳去臺空江自流　吳宮花草埋幽徑　晉代衣冠成古丘
三山半落靑天外　二水中分白鷺洲　總爲浮雲能蔽日　長安不見使人愁
봉황대상봉황유　봉거대공강자류　오궁화초매유경　진대의관성고구
삼산반락청천외　이수중분백로주　총위부운능폐일　장안불견사인수

봉황대 위에 봉황이 노닐었다 하거니
봉황은 가고 대는 비어 강물만 절로 흐른다.
오나라 궁전 화초도 오솔길에 묻히고
진나라 시대 의관들도 옛 무덤을 이루었다.
삼산은 푸른 하늘 밖으로 반쯤 걸려 있고
이수의 중간 갈림에 있는 것은 백로주로다.
갑자기 뜬구름이 해를 가리니
장안은 보이지 않고 시름만 깊어진다.

**直譯**(직역)－봉황대(鳳凰臺) 위에서(上) 수컷 봉황(鳳) 암컷 봉황이(凰) 놀았다는데(遊)
봉황은(鳳) 가고(去) 대는(臺) 비어(空) 강물만(江) 저절로(自) 흐르는구나(流).
오 나라(吳) 궁전의(宮) 꽃과(花) 풀은(草) 그윽한(幽) 지름길을(徑) 묻고(埋)
진나라(晉) 시대의(代) 옷과(衣) 갓은(冠) 옛(古) 무덤을(丘) 이루었구나(成).

세(三) 산이(山) 반쯤(半) 떨어지니(落) 푸른(靑) 하늘(天) 밖이고(外) 두(二) 물(水) 가운데가(中) 나누어지니(分) 백로주라는 섬이로다(白鷺洲). 갑자기(總) 뜬(浮) 구름이(雲) 이와 같이(能) 해를(日) 가리게(蔽) 되니(爲) 장안은(長安) 보이지(見) 아니하고(不) 사람으로(人) 하여금(使) 시름겹게 하누나(愁).

**題意(제의)** – 鳳凰臺에 올라 양자강을 바라보며 懷古·旅情(회고·여정)을 술회하고 임금 곁에 간사한 신하가 있음을 慨歎(개탄)하여 읊은 詩(시).

**註解(주해)** – 鳳凰臺 : 六朝 宋(육조 송)의 王顗(왕의)라는 사람이 江蘇省 南京(강소성 남경)에 있는 金陵(금릉)에 봉황이 떼 지어 모인 것을 보고 이 자리에 鳳凰臺를 지었다고 하는데, 李太白은 玄宗(현종)의 물리침을 입어 客遊(객유) 도중 武昌(무창)에 가서 黃鶴樓(황학루)에 올라 崔顥(최호)의 시 登黃鶴樓(등황학루)에 감탄하여 붓을 내 던지고 다시 鳳凰臺에 올라 이 시를 짓고 黃鶴樓 시에 比擬(비의) 했다고 함.

三山 : 江蘇省 江寧縣 西南(강소성 강녕현 서남)에 있는 산으로 세 봉우리가 연해 있으므로 三山이라 하였다 함.

半落 : 반쯤 떨어졌다는 것은 구름에 산이 반쯤 가리어 靑天 저 쪽으로 떨어져서 공중에 걸려 있는 듯이 보이는 웅장한 모습을 나태낸 것임.

二水 : 秦·淮(진·회)의 二水로 도중에 合流(합류)하다가 下流(하류)는 또 二分(이분)하여 하나는 성중으로 들고 또 하나는 성외를 돌아 흐르는데 二水의 갈림에 있는 섬을 白露洲(백로주)라고 함.

浮雲 : 경치를 묘사함에 비유를 담아 해는 천자에 비유하고 浮雲은 간사한 신하를 암시함.

## 485. 滕王閣(등왕각)

－子安 王 勃(자안 왕 발)

滕王高閣臨江渚 佩玉鳴鑾罷歌舞 **畫棟朝飛南浦雲 朱簾暮捲西山雨**
閒雲潭影日悠悠 物換星移幾度秋 **閣中帝子今何在 檻外長江空自流**
등왕고각임강저 패옥명란파가무 **화동조비남포운 주렴모권서산우**
한운담영일유유 물환성이기도추 **각중제자금하재 함외장강공자류**

높은 등왕각이 강가를 내려보는데
빛나던 구슬 말방울 소리와 춤 노래도 끝이 났다.
채색한 기둥에는 남포의 아침 구름 날아오고
꽃발은 해질 무렵 서산 비에 걷어 올린다.
못의 한가로운 구름 그림자는 아득하기만 한데
사물이 바뀌고 별이 옮아가 몇 년이나 지났는가.
이 정각에 놀던 등왕은 지금 어디에 있을까
난간 밖 강물만 쓸쓸히 흐르고 있다.

**直譯(직역)**－등왕의(滕王) 높은(高) 다락이(閣) 강(江) 가를(渚) 내려다보는데(臨)
구슬을(玉) 허리에 차고(佩) 말방울을(鑾) 울리든(鳴) 노래와(歌) 춤도(舞) 끝났다(罷).
색을 칠한(畫) 기둥에는(棟) 아침에(朝) 남쪽(南) 개펄의(浦) 구름이(雲) 날아오고(飛)
붉은(朱) 발은(簾) 해질 무렵(暮) 서쪽(西) 산에(山) 비가 내려(雨) 걷어 올린다(捲).
한가로운(閒) 구름은(雲) 못에(潭) 그림자를 드리우고(影) 해는(日) 멀리(悠) 아득한데(悠)
물건이(物) 바뀌고(換) 별이(星) 옮아가(移) 몇(幾) 가을이나(秋) 지났는가(度).

다락(閣) 안에(中) 임금이란(帝) 사람은(子) 지금(今) 어디에(何) 있을까(在)
난간(檻) 밖(外) 긴(長) 강물만(江) 쓸쓸히(空) 저절로(自) 흐른다(流).

題意(제의) – 그 옛 날 滕王이 세운 滕王閣이 漳江(장강)의 기슭에 높이 솟아 강을 굽어보고 있는 滕王閣의 정경과 인생의 무상을 읊은 詩(시).

註解(주해) – 滕王閣 : 洪州豫州郡城(홍주예주군성) 서쪽 漳江門外(장강문외)에 있는 정각으로 唐 高祖의 아들 李元嬰(이원영)이 洪州都督(홍주도독)으로 있을 때 세웠고, 그가 滕王에 봉해 졌으므로 滕王閣이라 부르는데, 이 시는 滕王閣序文(등왕각서문)의 끝에 첨부한 것으로, 唐 高祖(당 고조) 때 閻伯嶼(염백서)가 洪州刺史(홍주자사)에 부임하여 重陽節(중양절)에 이 정각을 重修(중수)하고 자기 사위의 글재주를 자랑할 양으로 자기 사위인 吳子章(오자장)에게 미리 글을 짓게 해놓고 만좌중에 청하여 滕王閣(등왕각)의 序文을 짓게 했는데, 나이가 제일 젊은 王勃의 이 序文이 사위의 序文을 제치고 뽑히어 주위를 깜짝 놀라게 했으며, 王勃은 잔치가 끝나고 배를 타고 돌아가다가 풍파를 만나 익사했다는 말도 있음.
南浦 : 南昌郡驛亭(남창군역정) 근처에 있는 지명.
西山 : 南昌郡 西方(서방) 삼 십리에 있는 산.

## 486. 登柳州城樓寄漳汀封連四州刺史 (등유주성루기장정봉연사주자사)

– 子厚 柳宗元(자후 유종원)

城上高樓接大荒　海天愁思正茫茫　驚風亂颭芙蓉水　密雨斜侵薜荔牆
嶺樹重遮千里目　江流曲似九廻腸　共來百粵文身地　猶自音書滯一鄉
성상고루접대황　해천수사정망망　경풍란점부용수　밀우사침벽려장
영수중차천리목　강류곡사구회장　공래백월문신지　유자음서체일향

다락에 오르니 하늘 끝까지 보이는데
바다 위로 내 근심이 아득히 떠간다.
거센 바람은 연못에 출렁거리고
소나기가 담의 덩굴을 흔든다.
높은 봉우리는 눈길을 가리고
강물은 창자처럼 굽이쳐 흐른다.
함께 오랑캐 땅에 와서
한 골씩 나누어 머물면서 편지도 없다.

直譯(직역) – 성에(城) 오르니(上) 높은(高) 다락이(樓) 멀고(大) 멀리도(荒) 받아들이는데(接)
바다(海) 하늘에(天) 근심스러운(愁) 생각이(思) 참으로(正) 아득하고(茫) 아득하다(茫).
놀라(驚) 부는 바람은(風) 연꽃(芙) 연꽃의(蓉) 물에(水) 어지러이(亂) 물결이 일게 하고(颭)
빽빽하게(密) 내리는 비는(雨) 담쟁이(薜) 담쟁이(荔) 담을(牆) 비스듬히(斜) 침범한다(侵).
산봉우리의(嶺) 나무는(樹) 먼(千) 길을(里) 바라보는 눈을(目) 거듭하여(重) 가리고(遮)
강에(江) 흐르는 물은(流) 여러 번(九) 빙빙 도는(廻) 창자(腸) 같이(似) 굽었다(曲).
함께(共) 몸에(身) 무늬를 새기는(文) 땅인(地) 여러(百) 오랑캐 나라에(粵) 왔는데(來)
오히려(猶) 소식(音) 편지는(書) 스스로(自) 한(一) 고을에만(鄉) 머물러있다(滯).

題意(제의) – 같은 오랑캐 땅에 한 고을씩 머물면서도 편지조차 못하는 심정을 柳州城樓에 올라 漳·汀·封·連의 四州刺史에게 부치려고 읊은 詩(시).

註解(주해) – 柳州 : 廣西省 柳州府(광서성 유주부).

漳 : 福建省 漳州府(복건성 장주부).

汀 : 福建省 汀州府.

封 : 廣東省 肇慶府(광동성 조경부).

連 : 廣東省 連州府.

## 487. 登黃鶴樓(등황학루)

–崔 顥(최 호)

昔人已乘黃鶴去 此地空餘黃鶴樓 黃鶴一去不復返 白雲千載空悠悠
晴天歷歷漢陽樹 芳草萋萋鸚鵡洲 日暮鄕關何處是 煙波江上使人愁
석인이승황학거 차지공여황학루 황학일거불부반 백운천재공유유
청천력력한양수 방초처처앵무주 일모향관하처시 연파강상사인수

옛 사람이 이미 황학을 타고 가버렸으니
쓸쓸히 화학루만 남았구나.
황학은 한 번 가서 돌아올 줄 모르고
흰 구름만 천년을 부질없이 흘렀다.
활짝 갠 날씨에 내 건너 한양 가로수는 분명하고
꽃다운 풀은 앵무주에 무성하다.
해 저무는 하늘 아래 고향은 그 어디쯤일까
안개 낀 강 위에 시름만 지누나.

直譯(직역) – 옛(昔) 사람이(人) 이미(已) 누른(黃) 학을(鶴) 타고(乘) 가버렸으니(去)

이(此) 땅에는(地) 쓸쓸히(空) 황학루만(黃鶴樓) 남았구나(餘).

누른(黃) 학은(鶴) 한번(一) 가서(去) 다시(復) 돌아오지(返) 아니하고(不)

흰(白) 구름만(雲) 천(千) 년을(載) 부질없이(空) 한가롭고(悠) 한가롭구나(悠).
비 그친(晴) 시내에는(川) 한양의(漢陽) 나무들이(樹) 분명하고(歷) 밝은데(歷)
꽃다운(芳) 풀은(草) 앵무주에(鸚鵡洲) 무성하고(萋) 무성하구나(萋).
해는(日) 저무는데(暮) 고향(鄕) 관문은(關) 어느(何) 곳이(處) 옳을까(是)
강(江) 위에(上) 연기 어린(煙) 물결은(波) 사람을(人) 근심스럽게(愁) 하누나(使).

**題意**(제의) – 黃鶴樓에 얽힌 전설을 중심으로 인간의 덧없음과 대자연의 유구한 모습을 읊은 詩(시).

**註解**(주해) – 黃鶴樓 : 湖北省(호북성) 武昌府城(무창부성)의 西南隅(서남우) 黃鶴磯上(황학기상)에 있으며 양자강에 임하였음. 寰宇記(환우기)에는 蜀(촉)나라 費褘(비위)가 仙人(선인)이 되어서 黃鶴을 타고 여기서 쉬었기 때문에 이런 이름이 由來(유래)되었다고 하며, <武昌誌(무창지)>에는 酒店(주점) 辛氏(신씨)에게 온 한 선생이 술값 대신 壁(벽)에다 鶴을 그렸는데, 뒤에 그 壁에 그려진 黃鶴이 날아가 버렸으므로 辛氏는 樓를 세우고 黃鶴樓라 하였다고 하는가 하면, <齊諧誌(제해지)>에는 仙人 子安(자안)이 黃鶴을 타고 여기를 지났다고도 하는데, 李白(이백)은 이 시를 보고 크게 感歎(감탄)하여 여기에 匹敵(필적)할만한 七律(칠율)을 지을 작정으로 '登金陵鳳凰臺(등금릉봉황대)'를 지었다고 함. 黃鶴樓 일 · 이 句(구)는 전설의 선인에 대한 憧憬(동경)을 浮彫(부조)하였고, 삼 · 사 句에는 그것이 다만 인간의 헛된 憧憬에 지나지 않다는 것을 한 조각 흰 구름에 物托(물탁)하여 표현하였으며, 오 · 육 句에서는 一轉(일전)하여 맑게 갠 내와 勝景(승경)을 묘사하여 鸚鵡洲(앵무주)에 얽힌 禰衡(예형)의 죽음을 애도하였고, 끝으로 칠 · 팔 句에서는 저물어 가는 蒼茫(창망)한 강 위의 풍경을 들어서 길손의 시름을 述懷(술회)하였음.

乘黃鶴 : <唐詩選(당시선)>에는‘乘白雲(승백운)’으로 되어 있음.

漢陽 : 湖北省 漢陽府(호북성 한양부)를 말하며 武昌(무창)과 강을 사이해서 서쪽 기슭에 있는데 지금의 晴川閣(청천각)은 이 시에서 이름이 유래했다고 함.

鸚鵡洲 : 武昌 남쪽 강 사이에 있으며 後漢(후한)의 黃祖(황조)가 禰衡을 죽인 곳인데, 禰衡은 鸚鵡賦(앵무부)를 지은 名士(명사)이므로 이 洲의 이름을 삼았다고 함. 大陸統一誌(대륙통일지)에는 江夏(강하)의 태수가 된 黃祖의 장자 射(사)가 크게 賓客(빈객)을 모았을 때, 客들 중에 이 洲에서 鸚鵡를 바친 사람이 있으므로 洲의 이름을 삼았다고 함.

## 488. 晩秋同何秀才溪上(만추동하수재계상)

－伍 喬(오 교)

閑步秋光思杳然　荷藜因共過松煙　期收野藥尋幽路　欲採溪菱上小船
**雲吐晩陰藏霽岫　柳含餘靄咽殘蟬**　倒樽盡日忘歸處　山磬數聲敲暄天
한보추광사묘연　하려인공과송연　기수야약심유로　욕채계능상소선
**운토만음장제수　유함여애열잔선**　도준진일망귀처　산경수성고훤천

한가히 가을빛을 거닐어보니 생각이 하도 많아
함께 지팡이 메고 안개 낀 숲을 지나간다.
약을 캐려 깊숙한 들길을 헤매기도 하고
마름을 따려 조각배에 오르기도 한다.
저녁 그늘을 토한 구름은 맑던 봉우리 감추고
남은 놀을 머금은 버들에선 매미소리 목 메인다.
한 종일 술 잔 기울이느라 돌아갈 줄 잊었는데
산 속 경쇠 두어 소리 저녁 하늘을 울린다.

直譯(직역) – 가을(秋) 빛에(光) 한가로이(閑) 거니니(步) 생각이(思) 깊숙하게(杳) 그러하여(然)
인하여(因) 함께(共) 명아주 지팡이(藜) 둘러메고(荷) 소나무(松) 연기를(煙) 지나가네(過).
들의(野) 약(藥) 거두어들일 것을(收) 기대하며(期) 그윽한(幽) 길을(路) 찾기도 하고(尋)
시내의(溪) 마름을(菱) 캐고자(採) 하여(欲) 작은(小) 배에(船) 오르기도 하네(上).
저녁(晩) 그늘을(陰) 토한(吐) 구름은(雲) 쾌청한(霽) 산봉우리를(岫) 감추고(藏)
남은(餘) 놀을(靄) 머금은(含) 버들에선(柳) 나머지(殘) 매미가(蟬) 목이 멘다(咽).
술잔을(樽) 기울이며(倒) 해를(日) 다하도록(盡) 돌아갈(歸) 곳을(處) 잊고(忘)
산(山) 경쇠(磬) 두세(數) 소리만(聲) 따뜻해진(暄) 하늘을(天) 두드리네(敲).

題意(제의) – 晩秋에 何秀才와 함께 노니는 평온한 숲 속 풍경을 읊은 詩(시).

## 489. 望薊門(망계문)

– 祖　詠(조　영)

燕臺一去客心驚　笙鼓喧喧漢將營　萬里寒光生積雪　三邊曙色動危旌
沙場烽火侵胡月　海畔雲山擁薊城　少小雖非投筆吏　論功還欲請長纓
연대일거객심경　생고훤훤한장영　만리한광생적설　삼변서색동위정
사장봉화침호월　해반운산옹계성　소소수비투필리　논공환욕청장영

연대에 와서 내심 놀란 것은
장군의 진영에서 북소리가 요란하게 울린 것이었다.

만 리에 쌓인 눈보라가 차가운데
삼면의 새벽바람에 깃발이 펄럭인다.
모래밭 봉화는 하늘을 찌르고
해변에 솟은 산은 계성을 끌어안았다.
젊어서 비록 붓을 던진 무사는 못 되었지만
공을 쌓고자 긴 갓끈으로 적장을 얽고 싶다.

**直譯(직역)** – 연나라 소왕이 쌓은 연대에(燕臺) 한번(一) 가서(去) 나그네(客) 마음(心) 놀랐는데(驚)

피리(笙) 북소리(鼓) 시끄럽고(喧) 시끄러운 곳은(喧) 한나라(漢) 장수(將) 진영이었다(營).

만 리의(萬里) 차가운(寒) 빛은(光) 쌓인(積) 눈에서(雪) 생기고(生)

세 군데(三) 변경의(邊) 새벽(曙) 빛은(色) 위태로운(危) 깃발에서(旌) 움직였다(動).

모래(沙) 마당(場) 봉화(烽) 불은(火) 오랑캐의(胡) 달을(月) 침노하고(侵)

바다(海) 물가(畔) 구름(雲) 산은(山) 계성을(薊城) 끌어안았다(擁).

젊고(少) 어려서(小) 비록(雖) 붓을(筆) 던진(投) 벼슬아치는(吏) 아니었지만(非)

공노를(功) 논하는데(論) 도리어(還) 긴(長) 갓끈을(纓) 청하려(請) 한다(欲).

**題意(제의)** – 燕昭王(연소왕)이 쌓은 黃金臺(황금대)에 올라 오랑캐들이 웅거하고 있는 적진 薊門을 바라본 소감을 읊은 詩(시).

**註解(주해)** – 薊門 : 옛날 燕나라에 있었던 薊門關(계문관).

燕臺 : 燕昭王이 쌓은 黃金臺.

笙 : 笙簧(생황). 雅樂(아악)에 쓰는 관악기의 일종으로 19개 또는 13개의 대나무 대롱으로 만들어 세워서 가로로 붊.

漢將 : 漢은 借字(차자)로 唐代(당대)에서도 漢代 것을 빌어서 썼으니

곧 唐將을 말함.

危旌 : 위태롭게 높은 깃발.

投筆吏 : 後漢 때 班超가 가난한 살림에 과거 공부를 하다가 하루는 붓을 내던지고 탄식하여 말하기를, 대장부가 異域(이역)에서 큰 공을 세워 封侯(봉후)를 얻을 것이라 하고 武士가 되었다는 故事.

請長纓 : 終軍(종군)이 漢高祖(한고조)에게 긴 갓끈을 주면 그 갓끈으로 꼭 南越王을 얽어서 끌어오겠다고 한 故事.

## 490. 梅花 - 1(매화)

-靑丘子 高 啓(청구자 고 계)

瓊姿只合在瑤臺 誰向江南處處栽 **雪滿山中高士臥 月明林下美人來**
寒依疏影蕭蕭竹 春掩殘香漠漠苔 自去何郞無好詠 東風愁寂幾回開
경자지합재요대 수향강남처처재 **설만산중고사와 월명림하미인래**
한의소영소소죽 춘엄잔향막막태 자거하랑무호영 동풍수적기회개

옥 같은 자태로 신선처럼 요대에만 모였으니
누가 강남 땅 곳곳에 심었는가.
눈 가득 내린 산 속에 고상한 선비가 누운 듯
달 밝은 숲 속에 미인이 찾아온 듯.
쓸쓸한 대나무 성긴 그림자에 기대니
봄은 남은 향기를 이끼에 숨긴다.
하랑이 떠나버리니 즐겨 읊을 시 없는데
꽃은 봄바람에 쓸쓸히 몇 번이나 피었던가.

**直譯**(직역) - 아름다운 옥의(瓊) 맵시로(姿) 다만(只) 요대에만(瑤臺) 모여(合) 있으니(在)
누가(誰) 강(江) 남쪽을(南) 향하여(向) 곳(處) 곳에(處) 심었는가(栽).

눈이(雪) 가득한(滿) 산(山) 속에(中) 고상한(高) 선비가(士) 누워있는 듯(臥)
달(月) 밝은(明) 숲(林) 아래로(下) 아름다운(美) 사람이(人) 찾아온 듯(來).
쓸쓸하고(蕭) 쓸쓸한(蕭) 대나무(竹) 성긴(疏) 그림자에(影) 차갑게(寒) 기대니(依)
넓고(漠) 널리 퍼진(漠) 이끼에(苔) 봄은(春) 남은(殘) 향기를(香) 숨긴다(掩).
하랑이(何郎) 떠나고(去)부터는(自) 즐겨(好) 읊을 시(詠) 없는데(無)
동쪽(東) 바람에(風) 근심스럽고(愁) 쓸쓸히(寂) 몇(幾) 번이나(回) 피었던가(開).

**題意**(제의) – 눈 가득 내린 산 속에 고상한 선비가 누운 듯 달 밝은 숲 속에 미인이 찾아온 듯 아름다운 맵시로 피어난 매화를 읊은 詩(시).

**註解**(주해) – 何郎 : 매화를 사랑한 시인 梁何孫(양하손).

## 491. 梅花 – 2(매화)

– 鼎耒 宋匡業(정뢰 송광업)

不染紛華別有神　亂山深處吐淸新　曠如魏晉之間士　高比羲皇以上人
**獨立風前惟索笑　能超世外自歸眞**　孤芳合與留蘭配　補入離騷一種春
불염분화별유신　난산심처토청신　광여위진지간사　고비희황이상인
**독립풍전유색소　능초세외자귀진**　고방합여유란배　보입이소일종춘

번잡함에 물들지 않는 유별난 정신이여
많은 산 깊은 골에 산뜻하게 피어나네.
세상을 멀리함은 위진의 선비 같고
고상함은 복희 시절 백성들에 비길 만.
바람결에 홀로 서서 쓸쓸히 웃고

세상 밖에 벗어나도 진실로 돌아가네.
빼어난 향기는 난초와 짝할만하며
이소경의 봄 종자만큼 훌륭하다네.

**直譯**(직역) – 어지러운(紛) 빛에(華) 물들지(染) 않는(不) 유별난(別) 정신이(神) 있어(有)
어지러운(亂) 산(山) 깊은(深) 곳에서(處) 맑고(淸) 산뜻하게(新) 토해내네(吐).
멀리하기로는(曠) 위나라(魏) 진나라(晉) 이것(之) 사이의(間) 선비(士) 같고(如)
고상하기로는(高) 복희(羲) 황제(皇)부터(以) 위의(上) 사람과(人) 비길만 하네(比).
홀로(獨) 바람(風) 앞에(前) 서서(立) 단지(惟) 쓸쓸히(索) 웃고(笑)
능히(能) 세상(世) 밖에(外) 벗어나서도(超) 스스로(自) 참됨으로(眞) 돌아가네(歸).
외로운(孤) 향기는(芳) 모두(合) 더불어(與) 난초와(蘭) 짝하여(配) 머물만하니(留)
이소경의(離騷) 한(一) 봄(春) 종자로(種) 고쳐(補) 넣을 만 하네(入).

**題意**(제의) – 번잡함에 물들지 않고 빼어난 향기는 난초와 짝할만하여 이소경의 봄 종자에 고쳐 넣을 만 하다고 梅花의 아름다움을 읊은 詩(시).

**註解**(주해) – 魏晉之間士 : 北魏・東晉(북위・동진) 시대에 淸談(청담)을 논하던 竹林七賢(죽림칠현)으로, 竹林七賢은 중국 魏・晉의 정권교체기에 정치권력에는 등을 돌리고 竹林에 모여 거문고와 술을 즐기며 淸談으로 세월을 보낸, 阮籍・乂康・山濤・向秀・劉伶・阮咸・王戎(완적・혜강・산도・향수・유영・완함・왕융) 등 일곱 명의 선비.
羲皇 : 伏遠・伏犧・宓羲(복희・복희・복희)・押犧・怏犧(포희・포희) 등으로 쓰기도 하는데 몸은 뱀과 같고 머리는 사람의 머리를 하고

있어서 해·달과 같은 큰 성덕을 베풀었다 하여, 끝이 없이 넓고 큰 하늘과 같다는 뜻으로 大昊(대호) 또는 大空(대공)이라고도 하며, <易經(역경)> 계사전(繫辭傳)에 八卦(팔괘)를 처음 만들고 그물을 발명하여 狩獵·漁獲(수렵·어획)의 방법을 가르쳤다고 전하는 기록이 있음.

離騷 : 楚(초) 나라 屈原(굴원)이 지은 문장의 이름으로 離는 遭(조) 騷는 憂(우)의 뜻이며, 屈原이 자기가 당한 근심을 표현한 글로 情感(정감)이 깊으며 香氣(향기) 높은 詩篇(시편)으로 알려짐.

## 492. 奉和庫部盧四兄曹長元日朝廻 (봉화고부로사형조장원일조회)

—退之 韓 愈(퇴지 한 유)

天仗宵嚴建羽旄　春雲送色曉鷄號　金爐香動螭頭暗　玉佩聲來雉尾高
戎服上趨承北極　儒冠列侍映東曹　**太平**時節身難遇　郎署何須笑二毛
천장소엄건우모　춘운송색효계호　금로향동리두암　옥패성래치미고
융복상추승북극　유관열시영동조　**태평**시절신난우　낭서하수소이모

의병은 엄숙하여 온갖 기를 세우는데
봄기운이 감돌아 새벽닭이 운다.
황금로에서 향이 타니 섬돌의 용머리는 희미하고
옥패 소리 들리자 꿩의 꼬리를 들어 올린다.
무관은 당에 올라 북쪽에 서 있고
문신은 열을 지어 동쪽에 서 있다.
태평시절은 만나기 어려운데
낮은 벼슬이라고 어찌 늙은이를 비웃겠는가.

**直譯(직역)** — 천자의(天) 의장은(仗) 밤부터(宵) 엄숙하여(嚴) 깃털로 장식한

(羽) 기를(旄) 세우는데(建)
봄(春) 구름이(雲) 빛을(色) 보내오니(送) 새벽(曉) 닭은(鷄) 힘차게 운다(號).
금빛(金) 화로에서(爐) 향기가(香) 움직이니(動) 뿔 없는 용의(螭) 머리는(頭) 침침하고(暗)
구슬로 된(玉) 노리개(佩) 소리가(聲) 들려오자(來) 꿩(雉) 꼬리를(尾) 높인다(高).
싸움에(戎) 입는 옷으로는(服) 빠르게(趨) 올라와(上) 북쪽(北) 끝에서(極) 받들고(承)
선비의(儒) 갓을 쓰고는(冠) 열을 지어(列) 모시는데(侍) 동쪽에(東) 무리로(曹) 비친다(映).
크게(太) 편안한(平) 때와(時) 절기는(節) 몸소(身) 만나기가(遇) 어려운데(難)
낮은 벼슬의(郞) 관청이라고(署) 어찌(何) 모름지기(須) 두 가지(二) 털을(毛) 비웃겠는가(笑).

**題意**(제의) – 늙는 것을 슬퍼하지 말자며 庫部의 우두머리 盧四兄이 정월 초하루에 朝會에서 돌아온 것을 받들어 화답하기 위해 읊은 詩(시).

**註解**(주해) – 庫部 : 무기를 감독하는 벼슬.
盧四兄 : 盧는 성씨이고 四는 넷째 아들이며 兄은 존칭임.
曹長 : 우두머리.
送色 : 날이 새는 것.
螭頭 : 궁전 계단 난간에 장식한 용머리.
郞 : 벼슬이름으로 漢(한)나라 때에는 侍從(시종)을 맡았던 벼슬이며 魏(위) 이후는 各部(각부)의 장관을 말하고 明·淸(명·청) 때에는 하급 文官(문관)을 말함.
二毛 : 머리가 반은 검고 반은 흰 것을 말함.

## 493. 奉和聖製從蓬萊向興慶閣道中留春雨中春望之作應制 (봉화성제종봉래향흥경각도중유춘우중춘망지작응제)

－摩詰 王 維(마힐 왕 유)

渭水自縈秦塞曲　黃山舊繞漢宮斜　鑾輿迥出千門柳　閣道廻看上苑花
雲裏帝城雙鳳闕　雨中春樹萬人家　爲乘陽氣行時令　不是宸遊玩物華
위수자영진새곡　황산구요한궁사　난여형출천문류　각도회간상원화
운리제성쌍봉궐　우중춘수만인가　위승양기행시령　불시신유완물화

위수는 그대로 장안을 돌아 굽어 흐르고
황산은 예와 같이 한궁을 둘러 있다.
임금님 수레는 멀리 천문 밖 버들 길을 빠져나와
가설한 다리에서 상원에 핀 꽃을 바라본다.
구름 속에 솟은 성은 두 개의 높은 누각이요
비 오는 꽃나무 사이에 많은 인가가 있다.
이 봄철 입춘 날 의식은
임금님이 놀면서 자연을 구경하는 것만은 아니다.

直譯(직역)－위수는(渭水) 스스로(自) 장안을(秦塞) 돌아서(縈) 굽고(曲)
황산은(黃山) 예처럼(舊) 한나라(漢) 궁궐을(宮) 둘러(繞) 비껴있다(斜).
방울 달린(鑾) 수레로(輿) 멀리(迥) 천문(千門) 버들에서(柳) 나와(出)
임시의 다리(閣) 길(道) 돌아(廻) 상원의(上苑) 꽃을(花) 바라본다(看).
구름(雲) 속(裏) 제성에는(帝城) 두 개의(雙) 봉새로 된(鳳) 문이고(闕)
비(雨) 속(中) 봄(春) 나무에는(樹) 만은(萬) 사람의(人) 집이다(家).
따뜻한(陽) 기운을(氣) 타서(乘) 때의(時) 좋음을(令) 행하려(行) 함은(爲)
이는(是) 임금이(宸) 놀며(遊) 만물의(物) 고움을(華) 즐기려는 것만이(玩) 아니다(不).

**題意**(제의) – 현종 황제의 御製(어제)인 蓬萊宮을 좇아 興慶宮으로 향하다가 閣道中 留春閣에서 雨中에 지은 글을 받들어 和答(화답)하여 읊은 詩(시).

**註解**(주해) – 奉和 : 천자가 지은 御製에 和答함.
聖製 : 玄宗 皇帝(현종 황제)의 御製.
蓬萊 : 大明宮(대명궁).
興慶 : 皇城(황성)의 동남에 있는 궁궐.
閣道 : 산골에 임시로 세운 다리.
留春 : 留春閣.
秦塞 : 長安(장안).
鑾輿 : 천자가 타는 수레.
鳳闕 : 宮城의 문. 宮城.
時令 : 천자가 사 계절에 따라 덕을 펴고 은혜를 베풀기 위한 의식으로, 봄에는 입춘 날 천자가 친히 三公 九卿(삼공 구경)과 諸侯 大夫(제후 대부)를 거느리고 들에 나가 봄을 맞는 의식.

## 494. 不出門(불출문)

– 香山居士 白居易(향산거사 백거이)

不出門來又數旬　將何鎖日與誰親　**鶴籠開處見君子**　**書卷展時逢古人**
**自靜其心延壽命**　**無求於物長精神**　能行便是**眞修道**　何必降魔**調伏**身
불출문래우수순　장하쇄일여수친　**학롱개처견군자**　**서권전시봉고인**
**자정기심연수명**　**무구어물장정신**　능행편시**진수도**　하필강마**조복**신

문 밖으로 안 나간 지 벌써 수십 일
누구와 함께 벗하리.
새장 열고 학을 보면 마치 군자를 대하는 듯
책을 펴고 글을 읽으면 마치 고인을 만나는 듯.

스스로 마음을 고요하게 하면 수명도 길어질 것이고
물건에서 구하려하지 않으면 정신도 맑아질 것이고.
이렇게 하는 것이 바로 참된 수도이니
마귀를 쫓고 악행을 물리치려고 야단법석일게 없느니.

**直譯**(직역)－문(門)에서(來) 나오지(出) 아니한지(不) 또(又) 서너너덧(數) 열흘인데(旬)
장차(將) 어찌(何) 날로(日) 닫아걸고서(鎖) 누구와(誰) 함께(與) 친할 것인가(親).
학의(鶴) 새장이(籠) 열린(開) 곳에서는(處) 어진(君) 사람을(子) 보는 듯(見)
글과(書) 책을(卷) 펼치는(展) 때엔(時) 옛(古) 사람을(人) 만나는 듯(逢).
스스로(自) 그(其) 마음을(心) 고요하게 해야(靜) 오래 사는(壽) 목숨도(命) 늘어나고(延)
물건(物)에서(於) 구함이(求) 없어야(無) 참된(精) 마음이(神) 자라게 된다(長).
이것을(是) 익숙하게(便) 잘하여(能) 행하면(行) 참된(眞) 도를(道) 닦는 것이니(修)
어찌(何) 반드시(必) 마귀를(魔) 굴복시켜야만(降) 몸에(身) 따르고(伏) 어울리겠는가(調).

**題意**(제의)－마음을 편히 하여 욕심이 없으면 壽命도 길고 精神도 맑아지리니 책이나 鶴을 보면서 마음을 비우는 것이 참된 修道라고 읊은 詩(시).

**註解**(주해)－調伏 : 불교에서 마음과 몸을 고르게 하여 모든 惡行(악행)을 制御(제어)하는 것을 말하는데, 부처에게 기도하여 佛力(불력)에 의하여 怨敵(원적)과 惡魔(악마)를 항복 받는 일.

## 495. 山園小梅(산원소매)

－和靖先生 林 逋(화정선생 임 포)

衆芳搖落獨暄姸 占盡風情向小園 **疎影橫斜水淸淺 暗香浮動月黃昏**
霜禽欲下先偸眼 粉蝶如知合斷魂 幸有微吟可相狎 不須檀板共金尊
중방요락독훤연 점진풍정향소원 **소영횡사수청천 암향부동월황혼**
상금욕하선투안 분접여지합단혼 행유미음가상압 불수단판공금존

많은 꽃 떨어졌는데 홀로 매화만 아름답게 피어
산 속 작은 동산 멋을 혼자 차지하고 있다.
성긴 그림자 시내 맑은 물에 비스듬히 잠겼는데
그윽한 향기는 누렇고 어둑한 달빛에 떠돈다.
서리 새는 땅 위로 내리려 몰래 사방을 둘러보고
흰나비 아름다운 그 꽃에 넋이 끊어질 것만 같다.
다행히 나는 이 꽃을 상대로 시를 읊을 수 있으니
악기나 술항아리가 꼭 필요 한 것은 아니다.

**直譯**(직역)－많은(衆) 꽃(芳) 흔들리어(搖) 떨어지고(落) 홀로(獨) 따뜻하고(暄) 아름다워(姸)
모든(盡) 경치와(風) 멋을(情) 차지하고서(占) 작은(小) 동산을(園) 향하였네(向).
성긴(疎) 그림자는(影) 맑고(淸) 얕은(淺) 물에(水) 가로놓여(橫) 기울었고(斜)
그윽한(暗) 향기는(香) 누렇게(黃) 어둑한(昏) 달빛에(月) 떠서(浮) 흔들리네(動).
서리(霜) 새는(禽) 먼저(先) 훔쳐(偸) 보며(眼) 내려오려(下) 하고(欲)
흰(粉) 나비는(蝶) 응당(合) 넋이(魂) 끊어진다는 것을(斷) 알 것도(知) 같다네(如).

다행히(幸) 가히(可) 서로(相) 허물없이 가까이하며(狎) 나직이(微) 읊을 수(吟) 있나니(有)
모름지기(須) 박달나무(檀) 판자나(板) 금빛(金) 술항아리와(尊) 함께 할 것만은(共) 아니라네(不).

**題意(제의)** – 梅花 300그루를 심고 20년 동안 은거하며 梅妻鶴子(매처학자) 즉 梅花를 아내로 鶴을 자식으로 삼은 시인이 작은 梅花를 읊은 詩(시).

## 496. 上李邕(상이옹)

–靑蓮居士 李 白(청련거사 이 백)

大鵬一日同風起　扶搖直上九萬里　假令風歇時下來　猶能簸卻滄溟水
世人見我恆殊調　聞余大言皆冷笑　宣父猶能**畏後生**　丈夫未可輕年少
대붕일일동풍기　부요직상구만리　가령풍헐시하래　유능파각창명수
세인견아항수조　문여대언개랭소　선부유능**외후생**　장부미가경년소

대붕이 어느 날 바람과 함께 일어나면
회오리바람으로 곧장 구만 리를 날아오르고,
바람이 멎어 때때로 내려온다면
태연히 푸른 바닷물을 날개로 까불리어 흩어버릴 수 있다네.
사람들은 나를 늘 특별하다고 생각하나
내 큰 소리를 듣고는 모두 냉소 짓는다네.
공자께서도 후생을 두려워할 줄 알았으니
대장부는 젊은이를 가볍게 여겨서는 안 된다네.

**直譯(직역)** – 대붕이(大鵬) 어느(一) 날(日) 바람과(風) 함께(同) 일어나면(起)
회오리바람으로(扶搖) 곧장(直) 구만(九萬) 리를(里) 오르고(上),
만일(假) 바람이(風) 멎어(歇) 때로(時) 내려(下) 온다고(來) 한다면(令)
태연히(猶) 푸른(滄) 바다(溟) 물을(水) 키로 까불리듯(簸) 물리쳐 버

릴(卻) 수 있다네(能).
세상(世) 사람들은(人) 나를(我) 보고(見) 늘(恆) 다른 것으로(殊) 헤아리지만(調)
내(余) 큰(大) 말을(言) 듣고는(聞) 모두(皆) 차갑게(冷) 웃는다네(笑).
공자께서는(宣父) 오히려(猶) 뒤의(後) 사람을(生) 두려워(畏) 할 수 있었으니(能)
씩씩한(丈) 사내가(夫) 나이(年) 젊은이를(少) 가벼이 하는 것은(輕) 옳지(可) 않다네(未).

**題意**(제의) – 後生을 두려워하며 少年을 가벼이 말되 大鵬과 같은 이상을 펴 보자고 李 邕에게 읊은 詩(시).

**註解**(주해) – 大鵬 : 하루에 구만리나 날아간다는 상상의 큰 새로 鯤(곤)이라는 물고기가 변해서 되었다고 함.
畏後生 : <論語> 子罕篇(논어 자한편)에 '後生可畏 焉知來者之不如今也 四十五而無聞焉 斯亦不足畏也已(후생가외 언지래자지불여금야 사십오이무문언 사역부족외야이)'라 하여 후생이 두렵되 사 오십이 되어도 들리는 바가 없으면 두려워 할 바가 없다고 하였음.(본서 부록 참조)

## 497. 送魏萬之京(송위만지경)

–李 頎(이 기)

朝聞遊子唱離歌 昨夜微霜初度河 鴻雁不堪愁裏聽 雲山況是客中過
關城曙色催寒近 御苑砧聲向晚多 莫是長安行樂處 空令歲月易蹉跎
조문유자창리가 작야미상초도하 홍안불감수리청 운산황시객중과
관성서색최한근 어원침성향만다 막시장안행락처 공령세월이차타

아침에 그대가 부르는 이별가를 듣는데

어제 저녁 서리를 맞고 저 강을 건너 왔다네.
기러기 소리를 차마 근심 속에서 들을 수가 없는데
하물며 산길을 걷는 나그네의 마음은 어떠할까.
관성에 날이 샐 무렵에는 차가운 바람이 불 것이고
서울에 가면 다듬이 소리가 저녁때면 요란할 것이라.
장안이 놀기 좋다지만 경계해야 할 것은
공연히 세월을 보내며 때를 놓치는 일이라.

直譯(직역) – 아침에(朝) 노니는(遊) 사람이(子) 부르는(唱) 이별의(離) 노래를(歌) 듣는데(聞)
어제(昨) 밤(夜) 가는(微) 서리에(霜) 처음(初) 물을(河) 건넜다네(度).
큰기러기(鴻) 기러기 소리(雁) 견디지(堪) 못하는 것은(不) 근심(愁) 속에(裏) 들리는 것인데(聽)
하물며(況) 이(是) 나그네가(客) 구름(雲) 산(山) 가운데로(中) 가는 것이라(過).
관문과(關) 성에(城) 새벽(曙) 빛이면(色) 재촉하듯(催) 추위에(寒) 가까운데(近)
임금의(御) 동산에(苑) 다듬이(砧) 소리는(聲) 저녁으로(晩) 향할수록(向) 많아질 것이고(多).
이에(是) 하지 말아야 할 것은(莫) 장안이(長安) 즐거움을(樂) 행할만한(行) 곳이라 하여(處)
부질없이(空) 해와(歲) 달이(月) 쉽게(易) 때를 놓치고(蹉) 때를 놓치게(跎) 하는 일이다(令).

題意(제의) – 서울로 가는 魏萬에게 장안은 놀기에 좋은 곳이니 노느라 시기를 놓치지 말고 학문에 정진하라는 우정어린 충고로 읊은 詩(시).

註解(주해) – 魏萬 : 王屋山 隱士(왕옥산 은사).
遊子 : 나그네.

## 498. 水仙花 - 1(수선화)

- 劉完柱(유완주)

**水仙種得小盆池** **雅態亭亭破俗癡** 自愛根鬚常抱石 還羞葉舌乍侔芝
芙蕖披暑寧容羨 梅菊凌寒不足奇 分外**幽香**通几硯 端宜燒燭細評詩
**수선종득소분지** **아태정정파속치** 자애근수상포석 환수엽설사모지
부거피서영용선 매국능한부족기 분외**유향**통궤연 단의소촉세평시

작은 화분에 심은 수선화
속기를 떨쳐버린 우아한 자태.
뿌리는 항상 돌에 붙어 사랑스럽고
잎은 지초 같음을 도리어 부끄럽다.
여름날 피어나는 연꽃은 차라리 아름다우나
추위 속의 매화 국화는 특이할 게 없다.
짙은 향기가 책상 위까지 흘러오니
불 밝히고 시를 지어 평하련다.

直譯(직역) – 수선화를(水仙) 작은(小) 화분(盆) 연못에(池) 얻어(得) 심었더니(種)
우아한(雅) 맵시가(態) 뛰어나고(亭) 뛰어나(亭) 속된(俗) 어리석음을(癡) 흩뜨리더라(破).
스스로(自) 뿌리와(根) 수염을(鬚) 사랑하여(愛) 항상(常) 돌을(石) 품고(抱)
도리어(還) 잎(葉) 혀가(舌) 잠시(乍) 지초를(芝) 따른 것이(侔) 부끄럽더라(羞).
연꽃(芙) 연꽃은(蕖) 더위를(暑) 쓰러지게 하니(披) 차라리(寧) 부러움을(羨) 받을만하고(容)
매화(梅) 국화는(菊) 추위를(寒) 업신여기긴 해도(凌) 기이하기에는(奇) 충분하지(足) 못하더라(不).

나누어져(分) 밖으로(外) 그윽한(幽) 향기가(香) 책상(几) 벼루에(硯) 통하니(通)

바르고(端) 마땅히(宜) 촛불(燭) 사르며(燒) 자세한(細) 시를 지어(詩) 꿇으련다(評).

**題意**(제의) – 화분의 水仙花가 속기를 떨쳐버린 우아한 모습으로 피어나고 짙은 향기가 책상에 흘러오니 梅花나 菊花보다도 더 사랑스럽다고 읊은 詩(시).

## 499. 水仙花 – 3(수선화)

– 山谷道人 黃庭堅(산곡도인 황정견)

凌波仙子生塵襪　水上盈盈步微月　是誰招此斷腸魂　種作寒花寄愁絶
含香體素欲傾城　山礬是弟梅是兄　坐待眞成被花惱　出門一笑大江橫
능파선자생진말　수상영영보미월　시수초차단장혼　종작한화기수절
함향체소욕경성　산반시제매시형　좌대진성피화뇌　출문일소대강횡

물결로 걷는 신선이 버선에 먼지를 일으키듯
희미한 달빛 아래 물위를 찰랑찰랑 걷는다.
누가 이 애끊는 넋을 불러
겨울 꽃 심어 애절한 슬픔 보이나.
향기 머금어 깨끗한 몸은 성을 기울게 할 만한데
산반은 아우요 매화꽃은 형이란다.
앉아서 보노라니 꽃이 너무 좋아 괴로워하다가
문을 나와 크게 웃어보니 큰 강물이 비껴 흐른다.

**直譯**(직역) – 물결을(波) 뛰어넘는(凌) 신선이(仙子) 버선에(襪) 먼지를(塵) 일으키듯(生)

희미한(微) 달빛에(月) 물(水) 위를(上) 찰랑(盈) 찰랑(盈) 걷는다(步).

이에(是) 누가(誰) 이(此) 창자를(腸) 끊는(斷) 넋을(魂) 불러(招)
겨울(寒) 꽃을(花) 심고(種) 농사지어(作) 더 없는(絶) 시름을(愁) 보내 주나(寄).
향기(香) 머금어(含) 하얀(素) 몸은(體) 성을(城) 기울어지게(傾) 할 만 하고(欲)
산의(山) 백반은(礬) 아우가(弟) 되고(是) 매화꽃은(梅) 형이(兄) 된단 다(是).
앉아서(坐) 기다리니(待) 정말(眞) 꽃으로(花) 괴로움을(惱) 당하게(被) 되어(成)
문을(門) 나와(出) 한번(一) 웃으니(笑) 큰(大) 강이(江) 비껴있다(橫).

**題意**(제의) – 물위를 찰랑 찰랑 걷는 신선처럼 아름답게 피어있는 水仙花를 읊은 詩(시).

## 500. 宿山寺(숙산사)

– 項 斯(항 사)

栗葉重重覆翠微　黃昏溪上語人稀　月明古寺客初到　風動閒門僧未歸
**山果經霜多自落　水螢穿竹不停飛**　中宵能得幾時睡　又聽鐘聲催着衣
율엽중중복취미　황혼계상어인희　월명고사객초도　풍동한문승미귀
**산과경상다자락　수형천죽부정비**　중소능득기시수　우청종성최착의

밤나무 숲 무성히 푸른 산 기운을 덮고
황혼의 개울가에 사람 소리 드물더라.
달 밝은 옛 절에 처음 와보니
한적한 절에 바람만 일고 스님은 돌아오지 않았구나.
서리 맞은 산 속 과일나무 열매 떨어지고
물가의 반딧불은 대숲을 쉬지 않고 나른다.

지난 밤 얼마나 잠을 잤을까
벌써 종소리 울려 옷 입으라고 재촉 하는구나.

直譯(직역)－밤나무(栗) 잎이(葉) 무겁고(重) 무겁게(重) 푸른(翠) 산 기운을(微) 덮고(覆)
누른(黃) 저녁의(昏) 개울(溪)가에(上) 말하는(語) 사람(人) 드물더라(稀).
달(月) 밝은(明) 옛(古) 절에(寺) 나그네로(客) 처음(初) 이르니(到)
바람(風) 움직이는(動) 한가한(閒) 문에(門) 스님도(僧) 돌아오지(歸) 않았구나(未).
산(山) 열매는(果) 지난(經) 서리 맞아(霜) 많이(多) 저절로(自) 떨어졌고(落)
대숲을(竹) 뚫는(穿) 물가의(水) 반딧불은(螢) 쉬지(停) 않고(不) 날아다닌다(飛).
밤(宵) 중에(中) 얼마나(幾) 잠자는(睡) 때를(時) 얻을(得) 수 있었는가(能)
종(鐘) 소리는(聲) 옷을(衣) 입으라고(着) 재촉하는 듯(催) 거듭하여(又) 들리는구나(聽).

題意(제의)－하루 밤 山寺 잠자리에서 뒤척이다가 듣는 이른 종소리가 옷 입으라고 재촉하는 듯한 감흥을 읊은 詩(시).

## 501. 龍池篇(용지편)

－雲卿 沈佺期(운경 심전기)

龍池躍龍龍已飛　龍德先天天不違　**池開天漢分黃道　龍向天門入紫微**
邸第樓臺多氣色　君王鳧雁有光輝　爲報寰中百川水　來朝此地莫東歸
용지약용용이비　용덕선천천불위　**지개천한분황도　용향천문입자미**
저제루대다기색　군왕부안유광휘　위보환중백천수　내조차지막동귀

용지에 사는 용이 하늘에 날아가더니

용덕이 있어 천자가 되었다.
못은 은하수가 황도에서 떨어진 것일까
천문을 향하여 궁에 들어갔다.
으리으리한 저택과 누대에 서기가 어리고
못에 놀고 있는 오리 떼도 빛이 감돈다.
누리 가운데 냇물에게 알리느니
용지에 와서는 동쪽으로 흘러가지 말거라.

**直譯(직역)** – 용(龍) 못에(池) 용이(龍) 뛰었는데(躍) 그 용이(龍) 이미(已) 날아가더니(飛)
용의(龍) 덕은(德) 먼저(先) 임금의 자리인데(天) 하늘은(天) 어김이(違) 없었다(不).
못은(池) 은하수가(天漢) 태양이 운행하는 궤도에서(黃道) 나누어져(分) 열렸고(開)
용은(龍) 하늘(天) 문을(門) 향하여(向) 천제의 자미궁으로(紫微) 들어갔다(入).
집과(邸) 집(第) 다락과(樓) 돈대에는(臺) 기운(氣) 빛이(色) 많고(多)
임금(君) 임금의(王) 오리(鳧) 기러기도(雁) 빛(光) 빛이(輝) 있다(有).
인간세상(寰) 가운데(中) 온갖(百) 시내(川) 물에게(水) 알리려(報) 하니(爲)
이(此) 곳에(地) 와서(來) 뵙고(朝) 동쪽으로(東) 돌아가지는(歸) 말아라(莫).

**題意(제의)** – 시냇물이 龍池에 來朝하여 동쪽으로 흐르지 말라는 것은 모든 백성들이 龍王인 玄宗을 받들어 충성을 다 하기를 바란다고 읊은 詩(시).

**註解(주해)** – 龍池 : 長安隆 慶坊(장안륭 경방)의 남쪽에 있는 못으로 일찍이 황룡이 이 못에 있었다고 함. 中宗朝(중종조)에 이 못을 龍池라

하였는데 玄宗이 즉위하기 전의 저택이 이 근처에 있었고, 즉위 후에 집을 離宮(이궁) 또는 慶宮이라 이름 하였으며, 文臣(문신)에게 명하여 龍池樂章十篇(용지악장십편)을 짓게 했는데 이 시는 그 중의 하나임.

先天 : 玄宗이 아직 天子가 되기 전 龍이라 하여 그 재덕을 나타냈음.

## 502. 幽州新歲作(유주신세작)

－道濟 張 說(도제 장 설)

去歲荊南梅似雪　今年薊北雪如梅　**共知人事何嘗定　且喜年華去復來**
邊鎮戍歌連日動　京城燎火徹明開　遙遙西向長安日　願上南山壽一杯
거세형남매사설　금년계북설여매　**공지인사하상정　차희년화거부래**
변진수가연일동　경성료화철명개　요요서향장안일　원상남산수일배

작년에는 형남 땅 매화가 눈 같더니
금년에는 계북 땅에 눈이 매화 같다.
사람의 일이란 정해진 것 아니니
세월이 가고 또 오는 것이 기쁘다.
변방에서는 병사들의 노랫소리 매일 들려오고
서울에서는 화톳불 밝혀 새해를 맞는다.
멀리 서쪽으로 장안의 해를 보며
남산에 올라 한 잔의 술로 만수무강을 빌고 싶다.

**直譯**(직역) – 지나간(去) 해에는(歲) 형남 땅(荊南) 매화가(梅) 눈(雪) 같더니(似)
올(今) 해에는(年) 계북 땅에(薊北) 눈이(雪) 매화(梅) 같다(如).
사람의(人) 일을(事) 모두(共) 알아서(知) 어찌(何) 일찍이(嘗) 정할 수 있을까(定)

또한(且) 새해의(年) 빛이(華) 가고(去) 다시(復) 오는 것을(來) 기뻐한다(喜).
변방의(邊) 진영과(鎭) 수자리에서(戍) 노래가(歌) 날마다(日) 이어져(連) 흔들리고(動)
서울(京) 성에서는(城) 화톳불을(燎) 태워(火) 밝은(徹) 새벽을(明) 연다(開).
멀고(遙) 멀리(遙) 서쪽으로(西) 장안의(長安) 해를(日) 향해(向)
원컨대(願) 남산에(南山) 올라(上) 한(一) 잔의 술로(杯) 오래 사시라 빌고 싶다(壽).

**題意**(제의) – 남산에 올라 고향을 바라보며 부모님의 만수무강을 비는 술을 올리고 싶다고 幽州에서 맞이하는 새해를 읊은 詩(시).

**註解**(주해) – 燎火 : 화톳불. 한 곳에 모아 놓은 장작 등에 질러 놓는 불.

## 503. 二月見梅(이월견매)

– 唐 庚(당 경)

**桃花能紅李能白** **春深何處無顏色** 不應尙有一枝梅 可是東君苦留客
向來開處當嚴冬 白者未白紅未紅 只今已是丈人行 肯與年少爭春風
**도화능홍리능백** **춘심하처무안색** 불응상유일지매 가시동군고류객
향래개처당엄동 백자미백홍미홍 지금이시장인행 긍여년소쟁춘풍

복숭아꽃은 붉어지고 배꽃은 희어지고
봄이 무르익으면 어디 간들 아름답지 않으리.
매화꽃 한 가지도 남아있지 않으니
봄의 신이 손님을 시기하는 것이리.
지난 번 꽃 피었던 곳은 매서운 겨울을 만나
흰 꽃은 희지 않고 붉은 꽃도 붉지 않았지.

지금은 이미 어른이 되었느니
젊은이와 봄바람이나 다투어 볼까나.

**直譯**(직역) – 복숭아(桃) 꽃은(花) 능히(能) 붉어지고(紅) 자두는(李) 능히(能) 희어지는데(白)
봄이(春) 깊어지면(深) 어느(何) 곳인들(處) 얼굴(顔) 빛이(色) 없겠는가(無).
오히려(尙) 한(一) 가지(枝) 매화도(梅) 마땅히(應) 있지(有) 않으니(不)
이는(是) 봄의 신께서(東君) 손님이(客) 머무르는 것을(留) 꺼려하는(苦) 것이리라(可).
접때(向)부터(來) 피었던(開) 곳은(處) 혹독한(嚴) 겨울을(冬) 만나(當)
흰(白) 것은(者) 희지도(白) 않았고(未) 붉은 꽃도(紅) 붉어지지(紅) 않았지(未).
다만(只) 이제는(今) 이미(已) 어른(丈) 사람으로(人) 행하게(行) 되었느니(是)
나이(年) 적은 이와(少) 더불어(與) 봄(春) 바람(風) 다투는 것을(爭) 즐겨볼까(肯).

**題意**(제의) – 봄이 무르익어 꽃이 아름다우니 젊은이와 봄바람이나 다투어 보고 싶다면서 2월에 핀 반가운 梅花를 읊은 詩(시).

## 504. 仁者吟(인자음)

–堯夫 邵 雍(요부 소 옹)

仁者難逢思有常 平生愼勿恃無傷 **爭先路徑機關惡 近後語言滋味長**
**爽口物多終作疾 快心事過必爲殃** 與其病後能求藥 孰若病前能自防
인자난봉사유상 평생신물시무상 **쟁선로경기관악 근후어언자미장**
**상구물다종작질 쾌심사과필위앙** 여기병후능구약 숙약병전능자방

어진 사람이라도 일정한 생각을 가지기란 어려우니
평생을 삼가고 삼가서 해로움이 없을 것이라고 믿지 말게나.
앞을 다투는 길은 수레가 상하기 쉽고
가까운 사람끼리 말을 하면 재미가 있다.
입에 맛이 있다고 많이 먹으면 병이 생기고
마음에 기쁜 일이 지나치면 재앙이 따른다.
병든 뒤에 약을 쓰는 것보다는
병들기 전에 방지해야 하지 않겠는가.

**直譯**(직역) – 어진(仁) 사람일지라도(者) 만나기(逢) 어려운 것은(難) 변하지 않는 도가(常) 있는(有) 생각이니(思)
보통 때(平) 삶을(生) 삼가서(愼) 괴로움이(傷) 없을 것이라고(無) 믿지(恃) 말아라(勿).
앞을(先) 다투는(爭) 길은(路) 지름길이라(徑) 틀과(機) 빗장이(關) 잘못될 것이고(惡)
가까워진(近) 뒤에(後) 말을 하고(語) 말을 하면(言) 맛과(滋) 맛이(味) 더해진다(長).
입에(口) 시원한(爽) 물건을(物) 많이 하면(多) 마침내(終) 병을(疾) 만들고(作)
마음에(心) 기쁜(快) 일이(事) 지나치면(過) 반드시(必) 재앙이(殃) 된다(爲).
그(其) 병든(病) 뒤에(後) 능히(能) 약을(藥) 구하는 것(求)과(與)
병들기(病) 전에(前) 스스로(自) 능히(能) 막는 것에서(防) 어느 쪽을(孰) 따르겠는가(若).

**題意**(제의) – 마음에 기쁘다고 그 일에 지나치면 반드시 재앙이 따르니 모든 일에 삼가고 예방하는 것이 낫다면서 仁者에 대하여 읊은 詩(시).

**註解**(주해) – 殃 : 災殃. 天變地異(천변지이)로 말미암은 불행한 사고.

孰若 : 어느 쪽인가. 양쪽을 가리키며 물어보는 말.

## 505. 自鞏洛舟行入黃河卽事寄府縣寮友 (자공락주행입황하즉사기부현료우)

— 韋應物(위응물)

夾水蒼山路向東　東南山豁大河通　寒樹依微遠天外　夕陽明滅亂流中
孤村幾歲臨伊岸　一雁初晴下朔風　爲報洛橋遊宦侶　扁舟不繫與心同
협수창산로향동　동남산활대하통　한수의미원천외　석양명멸란류중
고촌기세임이안　일안초청하삭풍　위보락교유환려　편주불계여심동

물을 따라 길이 동으로 뻗쳐 있는데
동남쪽에 열린 들이 황하로 트인다.
나무는 하늘 끝으로 희미하고
석양은 강물 위에 아롱져 아름답다.
마을이 몇 년이나 강기슭에 자리 하였는가
기러기는 갠 날씨에 바람 타고 내려온다.
낙양의 벗들에게 말하려는 것은
내 마음은 매놓지 않은 배 같다고나 할까.

**直譯(직역)** — 물을(水) 끼고(夾) 푸른(蒼) 산(山) 길이(路) 동쪽으로(東) 향하고(向)
동남쪽에(東南) 산의(山) 넓게 탁 트인 골짜기가(豁) 큰(大) 물로(河) 통한다(通).
차가운(寒) 나무는(樹) 무성하고(依) 어렴풋이(微) 하늘(天) 밖으로(外) 멀어지고(遠)
저녁(夕) 볕은(陽) 밝다가(明) 잠기며(滅) 흐르는(流) 가운데(中) 어지럽다(亂).
외로운(孤) 마을은(村) 몇(幾) 년이나(歲) 이수의(伊) 언덕에(岸) 임하

였을까(臨)
한 마리(一) 기러기는(雁) 비로소(初) 맑게 갠 날씨에(晴) 북쪽(朔) 바람 타고(風) 내려온다(下).
낙양(洛) 다리에서(橋) 노니는(遊) 벼슬아치(宦) 벗들에게(侶) 알리려(報) 하는 것은(爲)
납작한(扁) 배가(舟) 매이지(繫) 아니한 것은(不) 마음과(心) 더불어(與) 같다는 것이다(同).

**題意**(제의) – 鞏洛에서 배를 타고 黃河로 들어가며 매놓지 않아 파도에 흔들리는 배와 같은 심정을 府縣의 벗들에게 부치기 위해 읊은 詩(시).

**註解**(주해) – 鞏洛 : 鞏縣의 洛水. 洛水는 동북으로 흘러 洛陽(낙양)의 남쪽을 돌아 黃河로 들어감.
卽事 : 바로 시를 읊음.
府縣 : 河南府 鞏縣을 말함.
伊岸 : 伊水의 언덕.

## 506. 紫宸殿退朝口號(자신전퇴조구호)

–小陵 杜 甫(소릉 두 보)

戶外昭容紫袖垂　雙瞻御座引朝儀　香飄合殿春風轉　花覆千官淑景移
晝漏稀聞高閣報　天顔有喜近臣知　宮中每出歸東省　會送夔龍集鳳池
호외소용자수수　쌍첨어좌인조의　향표합전춘풍전　화부천관숙경이
주루희문고각보　천안유희근신지　궁중매출귀동성　회송기용집봉지

문 밖에서 궁녀들이 붉은 옷소매를 드리우고
양쪽에서 천자를 바라보며 조회에 참여한다.
향은 어전에 나부끼어 봄바람에 날리고
꽃은 백관들을 가리어 맑은 기운 감돈다.

시간을 듣기 어려워 고각에서 알리어 오지만
용안에 기쁨이 있으면 가까운 신하가 먼저 안다.
궁중에서 나와 동성으로 돌아갈 때면
함께 재상들을 보내고 동성에 모인다.

**直譯**(직역) - 문(戶) 밖에(外) 밝은(昭) 얼굴은(容) 붉은(紫) 옷소매를(袖) 드리우고(垂)
양쪽에서(雙) 임금의(御) 자리를(座) 바라보며(瞻) 조회의(朝) 의식에(儀) 이끌린다(引).
향은(香) 모든(合) 궁궐에(殿) 나부끼어(飄) 봄(春) 바람에(風) 구르고(轉)
꽃이(花) 모든(千) 벼슬아치를(官) 덮어(覆) 맑은(淑) 홍취가(景) 옮겨간다(移).
낮(晝) 물시계는(漏) 드물게(稀) 들리어(聞) 높은(高) 집에서(閣) 알려오고(報)
임금의(天) 얼굴에(顔) 기쁨이(喜) 있으면(有) 가까운(近) 신하가(臣) 안다(知).
궁궐(宮) 안에서(中) 매양(每) 나와(出) 동성에(東省) 돌아갈 때에는(歸)
모여(會) 순임금 때의 신하 기(夔)와 용을(龍) 보내고서(送) 중서성에(鳳池)에 모인다(集).

**題意**(제의) - 左拾遺(좌습유)에 있는 杜甫가 天子의 덕과 朝會의 엄숙한 모습과 자기의 충성을 紫宸殿에서 退朝하면서 입으로 읊은 詩(시).

**註解**(주해) - 紫宸殿 : 天子가 매월 1일과 15일에 행차하는 궁전으로 大明宮(대명궁)의 뒤에 있음.
口號 : 입으로 읊음.
昭容 : 궁녀들의 밝은 얼굴.
雙瞻御座 : 궁녀들이 天子를 모시고 戶外(호외)에 두 줄로 서서 天子가 앉기를 기다리고 있다가 백관들을 불러 차례로 들여보냄.

淑景 : 한가한 봄의 풍경.
高閣 : 外庭에 있는 사무소.
夔龍 : 舜(순) 임금 때 두 신하로 여기서는 宰相(재상)을 뜻 함.
鳳池 : 中書省을 말 함.

## 507. 酌酒裴迪(작주배적)

－摩詰 王　維(마힐 왕　유)

酌酒與君君自寬　人情翻覆似波瀾　白首相知猶按劍　朱門先達笑彈冠
**草色全經細雨濕　花枝欲動春風寒**　世事浮雲何足問　不如高臥且加餐
작주여군군자관　인정번복사파란　백수상지유안검　주문선달소탄관
**초색전경세우습　화지욕동춘풍한**　세사부운하족문　불여고와차가찬

술을 권하나니 그대는 마음을 너그럽게 하시라
인정은 뒤집고 뒤집힘이 저 물결과 같지 아니한가.
오랫동안 친한 벗도 잘못이 있으면 칼을 빼는 것
출세한 선비들이 시골 선비를 비웃는다.
풀이 가랑비를 맞으면 생기가 돋아나고
가지에 꽃이 피려고 할 때 봄바람이 차갑다.
세상일은 뜬구름이니 무엇을 물을 것인가
한가히 살면서 술이나 마시자.

**直譯(직역)** – 술을(酒) 따라서(酌) 그대에게(君) 주나니(與) 그대는(君) 스스로(自) 너그러우시라(寬)
사람의(人) 정은(情) 뒤집고(翻) 뒤집히는 것이(覆) 물결(波) 물결과(瀾) 같다(似).
하얀(白) 머리로(首) 서로(相) 알아도(知) 오히려(猶) 칼을(劍) 어루만지고(按)

붉은 칠의(朱) 대문에(門) 먼저(先) 출세하고서(達) 갓이나(冠) 터는 이를(彈) 비웃는다(笑).
풀(草) 빛은(色) 가랑(細) 비가(雨) 온전히(全) 지나가야(經) 축축하고(濕)
꽃(花) 가지가(枝) 움직이려(動) 하면(欲) 봄(春) 바람도(風) 차갑다(寒).
세상(世) 일은(事) 뜬(浮) 구름이니(雲) 무엇을(何) 만족하게(足) 물을까(問)
높이(高) 누워(臥) 또(且) 마시는 것을(餐) 더함만(加) 같지(如) 못하다(不).

**題意**(제의)－裵迪이 젊었을 때 벼슬길에 오르지 못한 것을 한탄하고 지낼 무렵 벼슬 못한 것을 한탄하지 말라고 위로하며 읊은 詩(시).

**註解**(주해)－按劍 : 용서하지 않고 칼을 빼는 것.
朱門 : 富豪(부호) 또는 벼슬아치의 호화스러운 집.
彈冠 : 갓의 먼지를 턴다는 뜻인데 전하여 벼슬을 하려고 하는 선비.
高臥 : 세상을 피하여 한가하게 사는 사람.

## 508. 積雨輞川庄作(적우망천장작)

－摩詰 王　維(마힐 왕　유)

積雨空林煙火遲　蒸藜炊黍餉東菑　**漠漠水田飛白鷺　陰陰夏木囀黃鸝**
**山中習靜觀朝槿　松下淸齋折露葵**　野老與人爭席罷　海鷗何事更相疑
적우공림연화지　증려취서향동치　**막막수전비백노　음음하목전황리**
**산중습정관조근　송하청재절노규**　야노여인쟁석파　해구하사갱상의

장마 속 텅 빈 숲에서 밥 짓기 어려운데
명아주 반찬 기장밥을 동쪽 밭으로 보낸다.
넓은 논에는 하얀 해오라기 날아다니고
그늘진 나무에는 노란 꾀꼬리 지저귄다.
산중에서 고요함 익혀 아침 무궁화를 보고

소나무 아래서 깨끗이 가다듬고 이슬 맞은 아욱을 꺾는다.
시골 늙은인 나는 남들과 자리다툼 그쳤는데
갈매기는 어쩌자고 다시 나를 의심하나.

直譯(직역) – 빈(空) 숲에(林) 모여서(積) 내리는 비로(雨) 연기 피우고(煙) 불 피우기(火) 더딘데(遲)
명아주를(藜) 찌고(蒸) 기장으로(黍) 밥을 지어(炊) 동쪽(東) 밭으로(菑) 보낸다(餉).
넓고(漠) 넓은(漠) 물(水) 밭에는(田) 하얀(白) 해오라기(鷺) 날아다니고(飛)
그늘지고(陰) 그늘진(陰) 여름(夏) 나무에는(木) 노란(黃) 꾀꼬리(鸝) 지저귄다(囀).
산(山) 속에서(中) 고요함(靜) 익혀(習) 아침(朝) 무궁화를(槿) 바라보고(觀)
소나무(松) 아래서(下) 맑고(淸) 깨끗하게 하여(齋) 이슬 맞은(露) 아욱을(葵) 꺾는다(折).
시골(野) 늙은이는(老) 사람들과(人) 함께 했던(與) 자리(席) 다툼(爭) 그쳤는데(罷)
바다(海) 갈매기는(鷗) 무슨(何) 일로(事) 다시(更) 보며(相) 의심하나(疑).

題意(제의) – 積雨에 넓은 논에는 백로 날아다니고 그늘진 나무에서 꾀꼬리 지저귀는 輞川庄 시골 풍경을 읊은 詩(시).

註解(주해) – 積雨 : 장마 비. 소나기는 隔轍雨(격철우)·白雨(백우)·分龍雨(분룡우)라고도 하며 장마 비는 宿雨(숙우)·積雨(적우)라고도 함.(본서 부록 참조)
煙火 : 人家(인가)에서 밥 짓는 연기. 人煙(인연).
藜 : 명아주. 한해살이풀로 '는장이'라고도 하는데 높이는 1m정도에 지름은 3cm에 달하며, 녹색 줄이 있고 어린순은 국을 끓이거나 나

물로 하며, 생즙은 일사병과 독충에 물렸을 때 쓰이나 많이 먹으면 피부병을 일으킴.

黍 : 기장이라고 하는 곡식인데 열매는 익으면 떨어지기 쉽고, 도정하면 조와 비슷하나 조보다는 굵고 밥이나 떡을 만들며 사료로도 쓰임. 이삭은 빗자루를 만드는데 쓰이며, 수확량이 적고 주식으로 이용하기도 부적합하여 재배가 많지 않음. 기름지지 못하고 메마른 땅에서도 잘 견디며 조보다 성숙이 빠른 이점이 있어 경상북도 및 강원도와 각 지방의 산간지에서 재배되고 있음.

齋 : 재계함. 공손하고 삼감. 집. 공부하는 곳.

葵 : 아욱. 해바라기(葵藿 규곽). 접시꽃(蜀葵 촉규). 아욱은 습기 있는 밭에서 자라는 재래채소로서 연한 식물체를 국거리로 이용하며, 한방에서 종자를 冬葵子(동규자) 또는 葵子라 하여 분비나 배설을 원활하게 하는 약재로 사용하는데, 농촌과 사찰 등에서 흔히 심는 재배품종으로는 치마아욱 · 사철아욱 · 좀아욱 등이 있음.

## 509. 錢塘青山題李隱居書齋(전당청산제이은거서재)

－李 郢(이 영)

小隱西亭爲客開　翠蘿深處遍青苔　**林間掃石安棋局　巖下分泉遞酒杯**
蘭葉露光秋月上　蘆花風起夜潮來　湖山遶屋猶嫌淺　欲櫂漁舟近釣臺
소은서정위객개　취라심처편청태　**임간소석안기국　암하분천체주배**
난엽노광추월상　노화풍기야조래　호산요옥유혐천　욕도어주근조대

작은 숨을 곳 서당을 나그네 위해 열었는데
담쟁이 넝쿨 깊은 곳에 푸른 이끼가 덮여있다.
숲에서 돌을 쓸고 바둑판 만들어 즐기며
바위 아래 샘을 갈라 술잔으로 바꿔든다.
난초 잎엔 이슬이 빛나고 가을 달 오르는데

갈대꽃에 바람 일고 밤 바닷물 밀려온다.
호수와 산이 집을 감싸도 물이 깊지 못함이 걱정이라
고깃배 노 저어 낚시터로 가려 한다.

**直譯**(직역) – 조금(小) 숨을만한(隱) 서쪽(西) 정자를(亭) 나그네(客) 위해(爲) 열었는데(開)
푸른(翠) 담쟁이 넝쿨(蘿) 깊은(深) 곳에(處) 푸른(靑) 이끼가(苔) 두루 펴있다(遍).
숲(林) 사이에서(間) 돌을(石) 쓸고(掃) 바둑(棋) 판으로(局) 즐기며(安)
바위(巖) 아래(下) 샘을(泉) 갈라(分) 술(酒) 잔으로(杯) 바꿔든다(遞).
난초(蘭) 잎엔(葉) 이슬이(露) 빛나고(光) 가을(秋) 달은(月) 오르는데(上)
갈대(蘆) 꽃에(花) 바람(風) 일며(起) 밤(夜) 바닷물(潮) 밀려온다(來).
호수와(湖) 산이(山) 집을(屋) 둘러쌌어도(遶) 오히려(猶) 물이 얕아(淺) 싫지만(嫌)
고기잡이(漁) 배(舟) 노 저어(櫂) 낚시(釣) 터에(臺) 가까이(近) 하려한다(欲).

**題意**(제의) – 난초엔 이슬이 빛나고 가을 달 오르며 갈대꽃에 바람 일고 바닷물 밀려오는 錢塘의 靑山에서, 李거사의 書齋에 題하기 위해 읊은 詩(시).

## 510. 題東溪公幽居(제동계공유거)

– 靑蓮居士 李　白(청련거사 이　백)

杜陵賢人淸且廉　東溪卜築歲時淹　宅近靑山同謝朓　門垂碧柳似陶潛
**好鳥迎春歌後院　飛花送酒舞前**簷　客到但知留一醉　盤中祇有水精鹽
두릉현인청차염　동계복축세시엄　댁근청산동사조　문수벽유사도잠
**호조영춘가후원　비화송주무전첨**　객도단지유일취　반중지유수정염

두보는 깨끗하고 욕심 없어
동계에 초막 짓고 평생을 살려 했다.
집은 산에 가까우니 사조를 본 받았고
문 앞은 수양버들이니 도잠을 본 받았고.
좋은 새는 봄을 맞이하느라 뒤뜰에서 노래하는데
고운 꽃은 술을 권하느라 처마 끝에서 나부낀다.
아는 것은 손이 오면 한 번 취하게 하는 것인데
술상에는 다만 수정 소금뿐이다.

直譯(직역) – 두릉의(杜陵) 어진(賢) 사람(人) 맑고(淸) 또(且) 청렴하여(廉)
동쪽(東) 시내 가에(溪) 점쳐서(卜) 집을 짓고(築) 해마다(歲) 때맞추어(時) 머물려했네(淹).
집은(宅) 푸른(靑) 산에(山) 가까우니(近) 사조와(謝朓) 한가지고(同)
문은(門) 푸른(碧) 버들이(柳) 드리우니(垂) 도잠과(陶潛) 같네(似).
좋은(好) 새는(鳥) 봄을(春) 맞이하느라(迎) 뒤(後) 뜰에서(院) 노래하고(歌)
나르는(飛) 꽃은(花) 술을(酒) 바치느라(送) 처마(簷) 앞에서(前) 춤추네(舞).
손이(客) 이르면(到) 다만(但) 아는 것은(知) 한 번에(一) 취하여(醉) 머물게 하는 것인데(留)
소반(盤) 가운데에(中) 다만(祇) 있는 것은(有) 물의(水) 혼(精) 소금뿐이라네(鹽).

題意(제의) – 東溪에 집을 짓고 幽居하는 杜甫(두보)가 謝朓와 陶潛을 본받아 자연과 벗하였다고 읊은 詩(시).

註解(주해) – 杜陵 : 杜甫(두보). 당나라 시인으로 字(자)는 子美(자미)인데, 장안 부근의 少陵(소릉)에 거주했고 工部員外郞(공부원외랑) 벼슬로 杜少陵(두소릉) · 杜工部(두공부)라 불리며 詩聖(시성)이라 일컬음.

謝眺 : 謝玄暉(사현휘). 纖細(섬세)한 감각 묘사에 능하고 매우 淸新(청신)한 시를 지어 당의 李白은 가장 그를 私淑(사숙) 하였다고 함.
陶潛 : 호는 淵明(연명)으로 가난하게 성장하였기 때문에 어머니를 봉양하기 위하여 관리생활을 하였으나 41세 때 유명한 歸去來辭(귀거래사)를 읊고 농사를 지으면서 술을 벗 삼아 시를 지었음. 집 앞에 버드나무 다섯 그루를 심고 스스로 五柳先生(오류선생)이라 하였음.

## 511. 題璿公山池(제선공산지)

－李 頎(이 기)

遠公遁跡廬山岑 開士幽居祇樹林 **片石孤雲窺色相 淸池皓月照禪心**
指揮如意天花落 坐臥閒房春草深 此外俗塵都不染 唯餘玄度得相尋
원공둔적여산잠 개사유거지수림 **편석고운규색상 청지호월조선심**
지휘여의천화락 좌와한방춘초심 차외속진도불염 유여현도득상심

원공이 여산의 산 속에 숨어살았는데
석가모니가 살던 지수림과 흡사 하더라.
한 조각돌이나 구름은 고승의 얼굴을 엿보는 듯
맑은 물과 달은 고승의 마음을 비춰주는 듯.
여의를 휘두르니 하늘에서 꽃이 떨어지는 것 같고
한가한 방에 사니 봄풀이 스스로 무성 하더라.
이 곳에 속된 티끌은 물들 수가 없는데
오직 나 혼자 때로 찾아가 놀고 있다.

直譯(직역)－진나라 고승 혜원이(遠公) 여산(廬山) 봉우리에(岑) 자취를(跡) 숨기었는데(遁)
깨우친(開) 선비가(士) 숨어(幽) 사는(居) 지수림이더라(祇樹林).
조각(片) 돌과(石) 외로운(孤) 구름은(雲) 빛과(色) 모습을(相) 엿보는

듯하고(窺)

맑은(淸) 연못과(池) 밝은(皓) 달은(月) 깨닫는(禪) 마음을(心) 비추는 듯하더라(照).

중의 가르침대인 여의를(如意) 휘둘러(揮) 가리키니(指) 하늘에서(天) 꽃이(花) 떨어지는 듯하고(落)

한가한(閒) 방에(房) 앉거나(坐) 누웠으니(臥) 봄(春) 풀은(草) 깊어가더라(深).

이(此) 시골에는(外) 속된(俗) 먼지가(塵) 모두(都) 물들지(染) 아니하였는데(不)

오직(唯) 남아있는(餘) 현도라는 사람만이(玄度) 서로(相) 찾아(尋) 만나더라(得).

**題意(제의)** – 玄度와 같은 淸高(청고)한 선비가 남아, 때때로 璿公이 사는 山池를 찾아가 속세를 떠난 고승과 정담을 하면서 지낸 생활을 읊은 詩(시).

**註解(주해)** – 璿公 : 스님 이름.

遠公 : 晉(진)나라 惠遠法師.

廬山 : 江西省 南康府(강서성 남강부)에 있는 산으로 惠遠法師가 살았던 곳.

開士 : 開祖.

祇樹林 : 인도의 祇陀太子(저타태자)의 정원으로 寺院(사원)을 세운 곳.

如意 : 중이 가지고 있는 法具(법구).

玄度 : 이름은 許詢(허순)으로 진나라 高士(고사)이며 작자가 자신을 玄度에 비하여 쓴 것임.

## 512. 早春寄王漢陽(조춘기왕한양)

－靑蓮居士 李 白(청련거사 이 백)

**聞道**春還未相識 走傍寒梅訪消息 昨夜東風入武陽 陌頭楊柳黃金色
碧水浩浩雲茫茫 美人不來空斷腸 預拂靑山一片石 與君連日醉壺觴
**문도**춘환미상식 주방한매방소식 작야동풍입무양 맥두양류황금색
벽수호호운망망 미인불래공단장 예불청산일편석 여군련일취호상

봄이 돌아왔다고 하지만 아직 몰라서
차가운 매화나무로 달려가 소식을 찾아본다.
어젯밤 봄바람이 무창에 불어들어
길거리 버드나무는 황금빛 물결이로다.
푸른 물결은 넓고 넓어 구름도 아득한데
임이 오지 않으니 공연히 마음만 싱숭생숭.
미리 푸른 산의 바위 하나 털어놓았다가
그대와 몇 일간 술에 취해보련다.

**直譯(직역)**－봄이(春) 돌아왔다는(還) 말은(道) 들었으나(聞) 서로(相) 알지(識) 못해서(未)
차가운(寒) 매화나무(梅) 곁으로(傍) 달려가(走) 남몰래 행하는(消) 숨소리를(息) 찾아본다(訪).
어제(昨) 밤(夜) 봄(東) 바람이(風) 무창에(武陽) 불어들어(入)
길(陌) 머리의(頭) 갯버들(楊) 수양버들은(柳) 누런(黃) 금(金) 빛이다(色).
푸른(碧) 물은(水) 넓고(浩) 넓어(浩) 구름도(雲) 아득하고(茫) 아득한데(茫)
아름다운(美) 사람(人) 오지(來) 않으니(不) 부질없이(空) 창자가(腸) 쪼개지는 듯 하다(斷).
미리(預) 푸른(靑) 산의(山) 조각(片) 바위(石) 하나(一) 털어놓았다가(拂)

그대와(君) 함께(與) 몇 날(日) 연이어(連) 술병과(壺) 술잔으로(觴) 취해보련다(醉).

題意(제의) – 버드나무엔 황금빛 물결로 새싹이 돋아났으니 푸른 산의 바위에 앉아 몇 날이고 술에 취해보자며 이른 봄날 王漢陽에게 읊은 詩(시).

註解(주해) – 東 : 동녘 동. 五行(오행)으로는 木(목)이고 四時(사시)로는 봄. 武陽 : 武昌(무창). 중국 武漢市(무한시)의 일부이며, 東湖(동호)의 명승과 蛇山(사산) 위의 黃鶴樓(황학루) 고적은 유명함.

## 513. 贈唐衢(증당구)

– 退之 韓 愈(퇴지 한 유)

虎有爪兮牛有角　虎可搏兮牛可觸　奈何君獨抱奇才　手把犂鋤餓空谷
當今天子急賢良　匭函朝出開明光　胡不上書自薦達　坐令四海如虞唐
호유조혜우유각　호가박혜우가촉　내하군독포기재　수파려서아공곡
당금천자급현량　궤함조출개명광　호불상서자천달　좌령사해여우당

호랑이에게 발톱이 있다면 소에게는 뿔이 있고
호랑이가 발로 칠 수 있다면 소는 뿔로 떠받을 수 있다네.
어찌 그대 홀로 기이한 재주를 품고서도
쟁기와 호미질하며 빈 골짜기에서 굶주리는가.
지금 천자께서는 어진 선비 급히 구하시는데
상자를 아침에 내어놓아 백성의 옳은 말을 열고 있다네.
스스로 천거하는 글을 천자께 올려
세상을 요순시대와 같은 태평성대로 어찌 만들지 않는가.

直譯(직역) – 호랑이에게(虎) 발톱이(爪) 있고(有) 그렇다면(兮) 소에게는(牛) 뿔이(角) 있고(有)

호랑이는(虎) 칠(搏) 수 있고(可) 그렇다면(兮) 소는(牛) 떠받을(觸) 수 있다네(可).

어찌하고(奈) 어찌하여(何) 그대(君) 홀로(獨) 기이한(奇) 재주를(才) 품고서도(抱)

손으로(手) 쟁기와(犂) 호미를(鋤) 잡고(把) 빈(空) 골짜기에서(谷) 굶주리는가(餓).

지금에(今) 당하여(當) 천자께서는(天子) 어질고(賢) 어진 이가(良) 급하며(急)

상자(櫃) 상자를(函) 아침에(朝) 내어놓아(出) 밝고(明) 밝음을(光) 열고 있다네(開).

어찌하여(胡) 글을(書) 올려(上) 스스로(自) 뽑아 올리고(薦) 뽑아 올리지(達) 아니하고(不)

네 군데(四) 땅의 끝까지(海) 순임금(虞) 요임금과(唐) 같이 할(如) 명령을(令) 앉아 있게만 하는가(坐).

題意(제의) – 唐衢 스스로 천자께 천거하여 기이한 재주로 온 세상을 요순 시대와 같은 태평성대로 만들어 보라는 뜻으로 읊은 詩(시).

註解(주해) – 兮 : 어조사 혜. ①주어의 뒤나 句(구)의 뒤에 놓여 강조나 감탄을 나타내는 데 쓰임. <老子(노자)>에 '福兮禍之所伏(복혜화지소복)'이라는 句가 있음. ②운문의 句末(구말)이나 중간에 놓여 음조를 고르는 데 쓰임. <史記(사기)>에 '力拔山兮氣蓋世(역발산혜기개세)'라는 句가 있음.

犂 : ①쟁기 려. 耕者忘其犂(경자망기려). ②얼룩소 리. 犂牛(이우). ③떨 류. 犂然(유연).

虞唐 : 有虞氏(유우씨)인 舜(순) 임금과 陶唐氏(도당씨)인 堯(요) 임금.

## 514. 贈別嚴士元(증별엄사원)

－文房 劉長卿(문방 유장경)

春風依棹闔閭城 水國春寒陰復晴 **細雨濕衣看不見 閑花落地聽無聲**
**日斜江上孤帆影 草綠湖南萬里情** 東道若逢相識問 青袍今已誤儒生
춘풍의도합려성 수국춘한음부청 **세우습의간불견 한화락지청무성**
**일사강상고범영 초록호남만리정** 동도약봉상식문 청포금이오유생

봄바람에 배를 타고 합려성에 이르니
날이 개었다 흐렸다 하는 차가운 수국의 봄.
옷은 젖지만 보이지 않는 보슬비
땅에 떨어지나 소리 없는 한가한 꽃.
해 비낀 강물엔 외로운 돛 그림자요
풀 푸른 호수 남쪽엔 만 리 길의 정이라.
그대 가는 길에 내 안부 묻걸랑
나는 이미 유생을 그르쳤다 하게나.

直譯(직역)－봄(春) 바람에(風) 노를(棹) 의지하여(依) 오자서가 쌓은 합려성에 이르니(闔閭城)
물(水) 나라(國) 봄은(春) 차갑고(寒) 흐렸다가(陰) 다시(復) 갠다(晴).
가는(細) 비는(雨) 옷을(衣) 적시는데(濕) 보려 해도(看) 보이지(見) 아니하고(不)
한가한(閑) 꽃은(花) 땅에(地) 떨어지는데(落) 들으려 해도(聽) 소리가(聲) 없다(無).
해(日) 비낀(斜) 강(江) 위엔(上) 외로운(孤) 돛배(帆) 그림자요(影)
풀(草) 푸른(綠) 호수(湖) 남쪽엔(南) 많은(萬) 거리의(里) 정이라(情).
동쪽으로(東) 가는 길에(道) 만약(若) 만나게 되어(逢) 서로(相) 알아(識) 묻걸랑(問)

푸른(靑) 웃옷이(袍) 이제(今) 이미(已) 선비(儒) 사람을(生) 그르쳤다고 하게나(誤).

**題意**(제의) – 날이 개었다 흐렸다하는 차가운 봄날 저녁 무렵에 돛 단 배로 嚴士元을 떠나보내며 읊은 詩(시).

**註解**(주해) – 闔閭城 : 周(주)나라 景王(경왕) 때에 吳子胥(오자서)가 쌓은 것으로 지금의 吳門(오문).

水國 : 당시 오 나라 서울 姑蘇(고소)가 물이 많았기 때문에 오 나라를 水國이라 함.

## 515. **次鵝湖韻(차아호운)**

–晦庵 朱 熹(회암 주 희)

**德氣風流**夙所欽　別離三載更關心　偶扶藜杖出寒谷　又枉藍輿度遠岑
**舊學商量加邃密　新知培養轉深**沉　却須說到**無言處**　不信人間有古今
**덕기풍류**숙소흠　별리삼재갱관심　우부려장출한곡　우왕람여도원잠
**구학상량가수밀　신지배양전심침**　각수설도**무언처**　불신인간유고금

덕이 있는 그 멋스러움을 일찍이 사모했는데
이별한 지 삼 년이 되니 다시 보고 싶어,
지팡이를 짚고 쓸쓸한 골짜기를 나와
수레를 타고 먼 길을 지나 찾아갔다.
옛글을 연구하여 자세함을 더하고
새로운 지식을 길러 깊이가 있으니,
문득 말이 없는 경지에 이른다면
고금의 말을 믿을 필요는 없을 것이다.

**直譯**(직역) – 너그러운 품성과(德) 타고난 기운의(氣) 기세와(風) 흐름을(流)

일찍이(夙) 공경하는(欽) 바였는데(所)
떠나(別) 헤어진 지(離) 세(三) 해만에(載) 다시(更) 마음에(心) 걸려(關),
뜻하지 않게(偶) 명아주(藜) 지팡이를(杖) 붙들고(扶) 쓸쓸한(寒) 골짜기를(谷) 나와(出)
또 다시(又) 누더기 같은(藍) 수레에(輿) 굽히어(枉) 먼(遠) 봉우리를(岑) 건너왔다(度).
옛날(舊) 가르침을(學) 헤아리고(商) 헤아려(量) 깊숙하고(邃) 자세함을(密) 더하고(加)
새로운(信) 앎을(知) 북돋아(培) 길러(養) 깊고(深) 깊은 데로(沉) 옮겨가니(轉),
문득(却) 모름지기(須) 말이(言) 없는(無) 곳에(處) 이르렀다고(到) 말하게 되면(說)
예나(古) 지금에(今) 있었던(有) 사람(人) 사이를(間) 믿지(信) 아니해도 된다(不).

題意(제의) – 모름지기 깊은 경지에 이르게 되면 인간들이 古今에 한 말들을 믿을 필요가 없다고 본다면서 鵝湖의 韻을 따서 읊은 詩(시).

註解(주해) – 鵝湖韻 : 鵝湖라는 사람이 지은 韻.

## 516. 採蓮曲(채연곡)

– 青蓮居士 李 白(청련거사 이 백)

若耶溪傍採蓮女　笑隔荷花共人語　**日照新粧水底明　風飄香袖空中擧**
岸上誰家遊冶郎　三三五五映垂楊　紫騮嘶入落花去　見此躊躇空斷腸
약야계방채련여　소격하화공인어　**일조신장수저명　풍표향수공중거**
안상수가유야랑　삼삼오오영수양　자류시입락화거　견차주저공단장

시내 가에서 연을 따는 처녀

연꽃 사이에서 웃으며 속삭이네.
새로 단장한 고운 얼굴은 물에 비쳐 환하고
향기로운 소매 공중으로 드날리네.
기슭 위엔 누구 집 총각인가
삼삼오오 수양버들 사이로 어른거리네.
월다말은 소리치며 낙화 속을 달리니
처녀의 마음만 싱숭생숭.

**直譯(직역)** – 약야계라는 시내(若耶溪) 곁에서(傍) 연을(蓮) 따는(採) 처녀(女) 웃으며(笑) 연(荷) 꽃(花) 사이에서(隔) 다른 사람과(人) 함께(共) 이야기한다(語).
해는(日) 새로 한(新) 화장을(粧) 비추어(照) 물(水) 밑을(底) 밝히고(明)
바람은(風) 향기로운(香) 소매를(袖) 나부껴(飄) 하늘(空) 가운데로(中) 날아 올린다(擧).
언덕(岸) 위에는(上) 누구(誰) 집(家) 놀러 다니는(遊) 요염한(冶) 사내인가(郎)
셋(三) 셋(三) 다섯(五) 다섯(五) 늘어진(垂) 버드나무에(楊) 비친다(映).
자줏빛(紫) 몸이 붉고 갈기가 검은 월다말은(騮) 울며(嘶) 떨어지는(落) 꽃으로(花) 들어(入) 가니(去)
머뭇거리고(躊) 머뭇거리다(躇) 이를(此) 보니(見) 헛되이(空) 마음만(腸) 끊어진다(斷).

**題意(제의)** <樂錄(악록)> 초목 24곡 내에 採蓮曲이 있는데 연꽃이 피었을 무렵 미녀를 배에 태우고 꽃을 따면서 놀 적에 읊은 詩(시).

**註解(주해)** – 若耶溪 : 浙江省(절강성)의 會稽縣(회계현)에 있으며 북쪽으로 흘러 鏡湖(경호)로 들어가는데, 西施(서시)라는 미인이 여기서 연밥을 땄다고도 하며, 歐冶(구야)가 劍(검)을 鑄造(주조)하였다고도 함.
紫騮 : 붉은 월다말. 털빛이 붉고 갈기가 검은 말.

## 517. 淸江曲(청강곡)

－蘇　庠(소　상)

屬玉雙飛水滿塘　菰蒲深處浴鴛鴦　白蘋滿棹歸來晩　秋著蘆花兩岸霜
扁舟繫岸依林樾　蕭蕭兩鬢吹華髮　萬事不理醉復醒　長占煙波**弄明月**
촉옥쌍비수만당　고포심처욕원앙　백빈만도귀래만　추저노화양안상
편주계안의림월　소소양빈취화발　만사불리취부성　장점연파**농명월**

촉옥새 쌍쌍이 날고 물은 못에 가득한데
창포 깊이 우거진 곳에 원앙새 멱을 감는다.
흰 마름이 노를 가득 감아 배 돌아오기 더디고
갈대꽃 핀 가을이라 두 언덕엔 서리가 하얗다.
조각배 언덕에 매어놓고 숲 그늘에 기대서니
쓸쓸히 양 귀밑머리 흰 머리카락만 흩날린다.
만사를 제쳐놓고 취했다 깨었다하며
오랫동안 안개 속에서 밝은 달만 희롱해본다.

直譯(직역)－촉옥새(屬玉) 쌍으로(雙) 날고(飛) 물은(水) 못에(塘) 가득한데(滿) 줄 풀(菰) 부들이(蒲) 깊은(深) 곳에서(處) 암컷 원앙(鴛) 수컷 원앙이(鴦) 멱을 감는다(浴).
흰(白) 마름이(蘋) 노에(棹) 가득하여(滿) 돌아(歸) 오기(來) 늦고(晩) 갈대(蘆) 꽃이(花) 뚜렷한(著) 가을이라(秋) 두(兩) 언덕에(岸) 서리가 내렸다(霜).
조각(扁) 배(舟) 언덕에(岸) 매어놓고(繫) 숲(林) 그늘에(樾) 의지하니(依) 쓸쓸하고(蕭) 쓸쓸히(蕭) 두(兩) 귀밑머리에(鬢) 분칠한 듯한(華) 머리카락만(髮) 바람에 흩날린다(吹).
모든(萬) 일(事) 다스리지(理) 아니하고(不) 취했다(醉) 다시(復) 깨었다하며(醒)

오래도록(長) 연기(煙) 물결을(波) 차지하고서(占) 밝은(明) 달만(月) 희롱한다(弄).

**題意**(제의) – 서리 내린 언덕에 조각배 매어놓고 오랫동안 안개 속에 앉아 취했다 깨었다하며 밝은 달을 희롱해보는 淸江의 정경을 읊은 詩(시).

## 518. 草堂初成偶題東壁(초당초성우제동벽)

– 香山居士 白居易(향산거사 백거이)

日高睡足猶慵起　小閣重衾不怕寒　遺愛寺鐘欹枕聽　香爐峰雪撥簾看
匡廬便是逃名地　司馬仍爲送老官　**心泰身寧**是歸處　故鄉何獨在長安
일고수족유용기　소각중금불파한　유애사종의침청　향로봉설발렴간
광려편시도명지　사마잉위송노관　**심태신녕**시귀처　고향하독재장안

해가 솟아 늦잠을 자다가 일어나니
초당의 두꺼운 이불이라 추위를 몰랐다.
유애사 종소리를 베갯머리에서 듣다가
향로봉에 쌓인 눈은 발을 걷고 바라본다.
여산은 이름을 피하기에 알맞은 곳
사마의 벼슬로 늙음을 보내는 심정이여.
마음이 넉넉하고 몸이 편안하면 그것뿐
어찌 고향이 장안이어야만 되겠는가.

**直譯**(직역) – 해가(日) 높도록(高) 충분히(足) 잠을 자다가(睡) 오히려(猶) 게으르게(慵) 일어나니(起)

조그만(小) 집에(閣) 겹친(重) 이불이라(衾) 추위도(寒) 두렵지(怕) 아니하다(不).

유애사의(遺愛寺) 종소리(鐘) 베개를(枕) 기울여(欹) 듣다가(聽)

향로봉의(香爐峰) 눈은(雪) 발을(簾) 치켜들어(撥) 바라본다(見).
여산이라는 산은(匡廬) 이에(是) 이름을(名) 숨기기에(逃) 손쉬운(便) 곳이요(地)
사마라는 벼슬은(司馬) 곧(仍) 늙음을(老) 보내기(送) 위한(爲) 벼슬이다(官).
마음이(心) 넉넉하고(泰) 몸이(身) 편안하면(寧) 이것이(是) 돌아갈 만한(歸) 곳이니(處)
옛(故) 마을이(鄉) 어찌(何) 홀로(獨) 장안에만(長安) 있겠는가(在).

**題意**(제의)－草堂이 처음 이루어져 우연히 동쪽 벽에 써 붙이려고, 고향처럼 마음이 편안한 草堂의 생활을 읊은 詩(시).

**註解**(주해)－香爐峰 : 廬山 북쪽 봉우리.
匡廬 : 廬山의 다른 이름.
司馬 : 周(주) 나라 때 주로 군사를 맡아보던 벼슬. 漢(한) 나라 때 三公(삼공)의 하나.

## 519. 蜀相(촉상)

－小陵 杜 甫(소릉 두 보)

丞相祠堂何處尋 錦官城外栢森森 **映階碧草自春色** **隔葉黃鸝空好音**
三顧頻煩天下計 兩朝**開濟**老臣心 出師未捷身先死 長使英雄淚滿襟
승상사당하처심 금관성외백삼삼 **영계벽초자춘색** **격엽황리공호음**
삼고빈번천하계 양조**개제**노신심 출사미첩신선사 장사영웅루만금

제갈량의 사당을 어느 곳에서 찾을까
금관성 밖에 잣나무만 빽빽하다.
뜰에 비치는 풀엔 봄기운이 감돌고
잎 속에 꾀꼬리는 소리도 곱다.

세 번씩이나 찾은 것은 천하를 위함이요
두 왕을 섬김은 늙은 신하의 충성된 마음이라.
군사를 출동시켜 이기지 못하고 먼저 죽으니
영웅으로 하여금 눈물이 옷깃을 적시게 한다.

直譯(직역) – 승상의(丞相) 사당을(祠堂) 어느(何) 곳에서(處) 찾을까(尋)
금관성(錦官城) 밖에(外) 잣나무만(栢) 빽빽하고(森) 빽빽하다(森).
뜰에(階) 비치는(映) 푸른(碧) 풀은(草) 저절로(自) 봄(春) 빛이고(色)
잎을(葉) 사이하여(隔) 누른(黃) 꾀꼬리는(鸝) 부질없이(空) 좋은(好) 소리를 낸다(音).
세 번(三) 찾아가(顧) 자주(頻) 번거롭게 한 것은(煩) 하늘(天) 아래를(下) 도모하고자 함이요(計)
두(兩) 조정을(朝) 깨우쳐 열고(開) 구제함은(濟) 늙은(老) 신하의(臣) 마음이라(心).
군사를(師) 내어(出) 이기지(捷) 못하고(未) 몸이(身) 먼저(先) 죽으니(死)
길이(長) 영웅으로(英雄) 하여금(使) 눈물이(淚) 옷깃에(襟) 가득하게 한다(滿).

題意(제의) – 어느 봄날 諸葛 亮(제갈 량)의 사당에 들러, 劉 備(유 비)를 도와 천하를 통일하려던 蜀나라 宰相 諸葛 亮의 충성심을 읊은 詩(시).

註解(주해) – 蜀相 : 촉나라 재상인 諸葛 亮. 본명이 亮이지만 字(자)인 孔明(공명)으로 더욱 유명하며, 명성이 높아 臥龍先生(와룡선생)이라 일컬어졌음. 221년 蜀漢(촉한)이 성립되어 유비가 제위에 오르자 諸葛 亮은 승상이 되어 보좌하였으며, 위나라 장군 司馬懿(사마의)와 대치하던 중에 병으로 죽었음.
錦官城 : 成都(성도)를 가리킴.
兩朝 : 두 조정인 劉 備와 劉 禪(유 선).

開濟 : 임금을 보필하여 백성을 구제함. 創業(창업)과 守成(수성).

## 520. 秋日(추일)

－明道先生 程 顥(명도선생 정 호)

閑來無事不從容 睡覺東窓日已紅 **萬物靜觀皆自得 四時佳興與人同**
**道通天地有形外 思入風雲變態中** 富貴不淫貧賤樂 男兒到此是豪雄
한래무사부종용 수각동창일이홍 **만물정관개자득 사시가흥여인동**
**도통천지유형외 사입풍운변태중** 부귀불음빈천락 남아도차시호웅

한가로운 마음 일마다 조용한데
잠을 깨니 동창에 해가 이미 붉다.
만물을 바라보면 모두 제 분수에 편안하고
사철의 흥취는 사람살이와 같다.
진리는 자연의 무형한 가운데로 통하고
생각은 자연의 섭리 안에서 얻어 진다.
부귀를 탐하지 않고 빈천을 즐겨하니
이런 사나이를 호탕한 영웅이라 할 것이다.

**直譯**(직역) – 한가함에(閑) 이르니(來) 일마다(事) 느긋하고(從) 조용하지(容) 아니함이(不) 없고(無)
잠에서(睡) 깨어보니(覺) 동쪽(東) 창에(窓) 해는(日) 이미(已) 붉다(紅).
온갖(萬) 물건을(物) 조용히(靜) 바라보면(觀) 모두가(皆) 저절로(自) 얻어지고(得)
네(四) 철의(時) 아름다운(佳) 흥취는(興) 사람과(人) 더불어(與) 한가지다(同).
도라는 것은(道) 하늘과(天) 땅의(地) 모양이(形) 있는(有) 그 밖으로(外) 통하고(通)

생각이라는 것은(思) 바람과(風) 구름의(雲) 모양이(態) 바뀌는(變) 가운데에서(中) 들어온다(入).
부자가 되고(富) 귀인이 되는 것을(貴) 탐내지(淫) 않으며(不) 가난하고(貧) 천한 것을(賤) 즐기니(樂)
사내(男) 아이가(兒) 여기에(此) 이르면(到) 이를(是) 빼어나게(豪) 용기 있는 사람이라고 하리라(雄).

**題意**(제의) – 富와 貴를 탐하지 않고 貧과 賤을 즐겨하는 것이 사람의 道理라면서 萬物의 理致를 깨달은 즐거움을 가을날에 읊은 詩(시).

**註解**(주해) – 靜觀 : 이치를 고요히 생각하여 봄.
自得 : 각각 스스로 다 이치가 따라가는 것.
與人同 : 사람의 무상한 生涯(생애)와 같음.
有形外 : 무형의 것. 만물의 형체가 생기기 전의 이치라 풀이하여 無形外라 주장하기도 함.
變態中 : 변화무궁한 가운데.

## 521. 秋日題竇員外崇德里新居(추일제두원외숭덕리신거)

– 夢得 劉禹錫(몽득 유우석)

長愛街西風景閑 到君居處便開顔 **清光門外一渠水 秋景牆頭數點山**
**疎種碧松過月明 多栽紅藥待春還** 莫言堆案無餘地 認得詩人在此間
장애가서풍경한 도군거처편개안 **청광문외일거수 추경장두수점산**
**소종벽송과월명 다재홍약대춘환** 막언퇴안무여지 인득시인재차간

거리 서쪽 한가한 풍경이 하도 좋아
그대 집을 찾으면 웃음이 절로 난다.
맑은 빛은 문 밖의 개울 물빛
가을 경치는 담장 머리에 솟은 몇 점의 산.

솔은 드물게 심어 밝은 달이 지나가게 하고
약은 많이 심어 봄이 오길 기다리게 하고.
책상에 장부 많이 쌓여 비좁다 말 것이
여기 시인이 있는 줄을 나는 잘 알고 있거니.

直譯(직역) – 길이(長) 사랑스런(愛) 거리(街) 서쪽(西) 경치와(風) 경치가(景) 한가롭고(閑)
그대(君) 사는(居) 곳에(處) 이르면(到) 곧(便) 얼굴이(顔) 피어난다(開).
맑은(淸) 빛은(光) 문(門) 밖의(外) 한(一) 도랑의(渠) 물이고(水)
가을(秋) 경치는(景) 담장(牆) 머리에(頭) 몇(數) 점의(點) 산이라(山).
드물게(疎) 심은(種) 푸른(碧) 소나무엔(松) 달이(月) 밝게(明) 지나가고(過)
많이(多) 심은(栽) 붉은(紅) 약은(藥) 봄이(春) 돌아오길(還) 기다린다(待).
쌓인(堆) 책상에(案) 남은(餘) 땅(地) 없다고(無) 말하지(言) 말 것이(莫)
글 하는(詩) 사람(人) 이(此) 사이에(間) 있는 줄(在) 분명(得) 알겠다(認).

題意(제의) – 가을 날 員外 벼슬의 竇氏 친구가 새로 이사한 崇德里는 맑은 물이 반짝이고 소나무와 밝은 달이 아름다운 곳이라고 읊은 詩(시).

## 522. 秋興 - 1(추흥)

– 小陵 杜 甫(소릉 두 보)

玉露凋傷楓樹林　巫山巫峽氣蕭森　**江間波浪兼天湧　塞上風雲接地陰**
叢菊兩開他日淚　孤舟一繫故園心　寒衣處處催刀尺　白帝城高急暮砧
옥로조상풍수림　무산무협기소삼　**강간파랑겸천용　새상풍운접지음**
총국양개타일루　고주일계고원심　한의처처최도척　백제성고급모침

이슬이 내려 단풍잎이 떨어지니
무산의 가을빛이 쓸쓸하다.

강에 파도는 하늘을 찌를 듯이 솟구치고
변방에 이는 구름은 하늘 끝까지 덮여 있다.
국화를 바라보니 다시 지난해처럼 눈물이 나고
배를 저어가니 고향 생각이 이어진다.
겨울옷을 곳곳에서 마름질하고 있는지
백제성의 언저리에 다듬이 소리가 난다.

**直譯(직역)** – 구슬(玉) 이슬이(露) 단풍(楓) 나무(樹) 숲을(林) 시들어(凋) 상하게 하니(傷)
무산과(巫山) 무산의(巫) 골짜기엔(峽) 기운이(氣) 쓸쓸하고(蕭) 오싹하다(森).
강(江) 사이에는(間) 물결과(波) 물결이(浪) 하늘로(天) 겹치어(兼) 치솟고(湧)
오랑캐의 진지인 새상에는(塞上) 바람과(風) 구름이(雲) 땅에(地) 잇닿아(接) 어둡다(陰).
떨기(叢) 국화가(菊) 두 번(兩) 피어나니(開) 그(他) 날의(日) 눈물이 흐르고(淚)
외로운(孤) 배에(舟) 한결같이(一) 매달리는 것은(繫) 옛(故) 동산의(園) 마음이라(心).
추위에(寒) 입을 옷은(衣) 곳(處) 곳에서(處) 칼과(刀) 자를(尺) 재촉하니(催)
백제성(白帝城) 높은 데에서(高) 해 질 무렵(暮) 다듬이가(砧) 급하다(急).

**題意(제의)** – 이 차가운 계절에 겨울옷들을 준비하고 있는지 白帝城 언저리에 다듬이 소리만 요란하게 들리는 쓸쓸한 가을의 감흥을 읊은 詩(시).

**註解(주해)** – 巫山巫峽 : 巫山은 四川省 巫山縣(사천성 무산현)에 있는 산이고 巫峽은 그 아래 강물이 흐르는 계곡 임.
刀尺 : 가위와 자 곧 바느질.

## 523. 秋興 - 2(추흥)

-小陵 杜 甫(소릉 두 보)

千家山郭靜朝暉 日日江樓坐翠微 信宿漁人還汎汎 淸秋燕子故飛飛
匡衡抗訴功名薄 劉向傳經心事違 同學少年多不賤 五陵衣馬自輕肥
천가산곽정조휘 일일강루좌취미 신숙어인환범범 청추연자고비비
광형항소공명박 유향전경심사위 동학소년다불천 오릉의마자경비

많은 집들은 산성의 아침 햇살에 고요한데
날마다 강가 다락에서 푸른 산 기운 속에 앉아본다.
이틀 밤을 지낸 어부는 다시 배를 띄우고
제비는 무슨 까닭인지 맑은 가을 하늘에 날아다닌다.
광형처럼 간언을 올렸지만 그보다 공훈도 명예도 낮았고
유향처럼 경전을 전하려 하나 마음과 일이 어긋났다.
어린 시절 함께 공부한 벗들 부자도 많아
오릉 땅에 살면서 좋은 옷 입고 좋은 말을 부린다.

直譯(직역) - 산(山) 성곽의(郭) 많은(千) 집들은(家) 아침(朝) 햇살에(暉) 고요한데(靜)
날마다(日) 날마다(日) 강가(江) 다락에서(樓) 푸른(翠) 산 기운에(微) 앉아본다(坐).
이틀을(信) 자고서(宿) 고기 잡는(漁) 사람은(人) 다시(還) 띄우고(汎) 띄우는데(汎)
맑은(淸) 가을에(秋) 제비란(燕) 놈은(子) 일부러(故) 날아다니고(飛) 날아다닌다(飛).
한 나라 광형처럼(匡衡) 겨루어(抗) 하소연하였으나(訴) 공훈과(功) 명예는(名) 얇았고(薄)
유향처럼(劉向) 글을(經) 전하려 하나(傳) 마음과(心) 일이(事) 어긋났

다(違).

젊은(少) 나이에(年) 함께(同) 공부한 이들(學) 가난하지(賤) 아니한 이(不) 많아(多)

오릉 땅에서(五陵) 옷과(衣) 말은(馬) 스스로(自) 빠르고(輕) 살찐 것들이었다(肥).

題意(제의) – 어린 시절 같이 공부한 이들은 부자도 많아 오릉 땅에 살면서 좋은 옷 입고 좋은 말을 부린다면서 가을의 흥취를 읊은 詩(시).

註解(주해) – 匡衡 : 한나라 선비로 燈(등)조차 없어 벽을 뚫어놓고 남의 집 등불 빛으로 책을 읽었다고 함. 匡衡은 한나라 元帝(원제)에게 여러 차례 상소를 올려 정치 문제에 대하여 간언을 하고, 그로 인해 광록훈 어사대부 등의 높은 관직을 받았으나, 杜甫는 좌습유의 벼슬을 할 때 숙종에게 간언을 하였다가 도리어 미움을 사서 벼슬이 깎여 이런 탄식을 한 것임.

劉向 : 한 성제 때의 학자로 성제가 즉위하자 그에게 내부의 경전을 정리케 하였음.

同學 : 소년시절 같이 공부하였던 이들 중에는 富貴(부귀)를 누리는 이들이 많은데, 그들은 지금 五陵 일대에 살면서 가벼운 옷을 입고 살진 말을 타고서 호화로운 생활을 하고 있다는 뜻임. 五陵(오릉)은 장안 부근의 漢代 皇帝(한대 황제)의 분묘로 長陵·安陵·陽陵·茂陵·平陵(장릉·안릉·양릉·무릉·평릉)임.

## 524. 春題湖上 – 西湖(춘제호상 – 서호)

– 香山居士 白居易(향산거사 백거이)

湖上春來似畫圖　亂峰圍繞水平鋪　**松排山向千重翠　月點波心一顆珠**
**碧毯線頭抽早稻　青羅裙帶展新蒲**　未能抛得杭州去　一半句留是此湖
호상춘래사화도　난봉위요수평포　**송배산향천중취　월점파심일과주**

**벽담선두추조도 청라군대전신포** 미능포득항주거 일반구류시차호

봄이 오니 호수는 그림 같고
산봉우리 둘러싼 물은 평평하다.
소나무는 산으로 늘어서 천 겹으로 푸르고
달은 물 속에 점을 찍어 한 알의 구슬이다.
이른 벼는 푸른 담요의 실 끝을 뽑은 듯
새 부들은 푸른 비단의 치마 띠를 펼친 듯.
이 항주를 버리고 그냥 떠날 수 없어
이 호수에 시 한 수를 남긴다.

**直譯**(직역) – 호수(湖) 위에(上) 봄이(春) 오니(來) 그린 듯(畵) 그림(圖) 같고(似)
어지러운(亂) 봉우리는(峰) 평평하게(平) 펴있는(鋪) 물(水) 둘레를(圍) 둘렀다(繞).
소나무는(松) 산으로(山) 향해(向) 늘어서(排) 천(千) 겹으로(重) 푸르고(翠)
달은(月) 물결(波) 가슴에(心) 점을 찍어(點) 한(一) 낟알의(顆) 구슬이다(珠).
푸른(碧) 담요(毯) 실(線) 머리로(頭) 이른(早) 벼를(稻) 뽑은 듯(抽)
푸른(靑) 비단(羅) 치마(裙) 띠로(帶) 새(新) 부들을(蒲) 펼친 듯(展).
항주를(杭州) 버리고(抛) 떠나는 것은(去) 만족할 만큼(得) 잘한 일이(能) 아니니(未)
이(此) 호수에(湖) 하나의(一) 반쯤 되는(半) 글(句) 이 것을(是) 남긴다(留).

**題意**(제의) – 봄날 호수에 푸르게 돋아난 이른 벼와 푸른 비단 같은 부들과 호수에 구슬처럼 잠긴 달의 아름다운 풍경을 읊은 詩(시).

## 525. 驟雨(취우)

－華 岳(화 악)

牛尾烏雲潑濃墨　牛頭風雨飜車軸　怒濤頃刻卷沙灘　十萬軍聲吼鳴瀑
牧童家住溪西曲　侵早騎牛牧溪北　慌忙冒雨急渡溪　雨勢驟晴山又綠
우미오운발농묵　우두풍우번거축　노도경각권사탄　십만군성후명폭
목동가주계서곡　침조기우목계북　황망모우급도계　우세취청산우록

소꼬리에 먹물 번지듯 구름 일더니
소머리에 수레를 뒤엎을 듯 비바람 몰아치고,
성난 물결은 잠깐 동안에 모래 벌을 휘감을 듯
폭포는 십만 군사의 함성처럼 울어 외친다.
목동의 집은 개울 서쪽 모퉁이인데
이른 새벽 개울 북쪽으로 소 먹이러 갔다가,
황망하게 비를 무릅쓰고 개울을 건너는데
비가 갑자기 개니 산은 또다시 푸르더라.

直譯(직역)－소(牛) 꼬리에(尾) 검은(烏) 구름이 일어(雲) 짙은(濃) 먹물(墨) 번지듯 하더니(潑)
소(牛) 머리에서(頭) 비(雨) 바람이(風) 수레의(車) 굴대를(軸) 뒤엎을 듯하고(飜),
성난(怒) 물결은(濤) 잠깐(頃) 때에(刻) 모래(沙) 물가를(灘) 돌돌 감을 듯 하며(卷)
십만(十萬) 군사의(軍) 소리로(聲) 폭포가(瀑) 울어(鳴) 외친다(吼).
마소를 치는(牧) 아이가(童) 사는(家) 집은(住) 시내(溪) 서쪽(西) 굽이인데(曲)
새벽을(早) 훔쳐(侵) 소를(牛) 타고(騎) 개울(溪) 북쪽으로(北) 풀 뜯기러 갔다가(牧),

다급하고(慌) 조급하게(忙) 비를(雨) 무릅쓰고(冒) 급히(急) 개울을(溪) 건너는데(渡)
비의(雨) 기세가(勢) 빠르게도(驟) 개이니(晴) 산은(山) 또다시(又) 푸르더라(綠).

**題意**(제의)—소꼬리에 먹물 번지듯 생겨난 구름이 갑자기 모래 물가를 말아 삼킬 듯이 비가 쏟아지더니 금방 파란 하늘이 열리는 풍경을 읊은 詩(시).

**註解**(주해)—驟雨 : 소나기

## 526. 歎庭前甘菊花(탄정전감국화)

—子美 杜 甫(자미 두 보)

簷前甘菊移時晩　靑蘂重陽不堪摘　明日蕭條盡醉醒　殘花爛漫開何益
籬邊野外多衆芳　采擷細瑣升中堂　念玆空長大枝葉　結根失所纏風霜
첨전감국이시만　청예중양불감적　명일소조진취성　잔화난만개하익
이변야외다중방　채힐세쇄승중당　염자공장대지엽　결근실소전풍상

처마 앞의 감국은 옮길 철이 늦어져
푸른 꽃이라 중양절에도 따지 못 하겠네.
내일 쓸쓸히 취기가 사라져 술이 깨면
나머지 꽃이 탐스럽게 흐드러진들 무슨 소용 있으랴.
울타리 들녘 밖에 여러 꽃들도 많지만
가늘고 잔 꽃을 꺾어 대청으로 오르네.
이것들은 헛되이 잎과 가지가 장대하니
뿌리내릴 곳을 잃어 풍상에 휘감기겠네.

**直譯**(직역)—처마(簷) 앞의(前) 감국은(甘菊) 옮길(移) 때가(時) 늦어져(晩)

푸른(靑) 꽃술이라(蘂) 9월 9일에도(重陽) 즐겨(堪) 따지(摘) 못 하겠네(不).
밝아오는(明) 날(日) 쓸쓸함에(蕭) 미치고(條) 취기가(醉) 다하여(盡) 술이 깨면(醒)
나머지(殘) 꽃이(花) 문드러지게 빛나고(爛) 질펀한들(漫) 무슨(何) 이득을(益) 열어주랴(開).
울타리(籬) 가장자리(邊) 들녘(野) 밖에는(外) 여러(衆) 꽃들도(芳) 많지만(多)
가늘고(細) 잔 것을(瑣) 따고(采) 따서(擷) 가운데(中) 대청으로(堂) 오르네(升).
생각하건대(念) 이것들은(玆) 헛되이(空) 잎과(葉) 가지가(枝) 길고(長) 커서(大)
뿌리를(根) 단단히 다질(結) 곳을(所) 잃어(失) 바람(風) 서리에(霜) 얽히겠네(纏).

題意(제의)－가늘고 잔 甘菊을 꺾어 대청으로 오르지만 이것들은 잎과 가지가 너무 커서 風霜에 휘감길 것만 같은 뜰 앞의 甘菊을 읊은 詩(시).

註解(주해)－甘菊 : 다년초로 줄기의 높이는 30～60cm이고 10월・11월에 황색 頭花(두화)가 疎房狀(소방상) 화서로 피며, 주변의 1열은 舌狀花(설상화)이고 중심은 管狀花(관상화) 임.
重陽 : 9월 9일. 菊花節(국화절)・暮節(모절)・上九(상구)・重九(중구)・重陽節(중양절).(본서 부록 참조)

## 527. 八月十五日夜禁中獨直對月憶元九 (팔월십오일야금중독직대월억원구)

－香山居士 白居易(향산거사 백거이)

銀臺金闕夕沈沈　獨宿相思在翰林　三五夜中新月色　二千里外故人心
渚宮東面煙波冷　浴殿西頭鐘漏深　猶恐淸光不同見　江陵卑濕足秋陰
은대금궐석침침　독숙상사재한림　삼오야중신월색　이천리외고인심
저궁동면연파랭　욕전서두종루심　유공청광부동견　강릉비습족추음

궁중은 저녁이라 어둑어둑한데
홀로 한림원에 자면서 서로를 생각한다.
보름이라 달빛도 밝은데
이 천리 밖에서 벗이 그립다.
궁전 동쪽에 연기도 차갑게 피어나는데
욕전 서쪽에 시간을 알리는 종소리가 아득하다.
이 밝은 빛을 함께 볼 수 없어 안타까운데
강릉 땅은 습지라 이 가을도 흐린 날이 많을 것이다.

直譯(직역)－은빛(銀) 돈대와(臺) 금빛(金) 궁궐은(闕) 저녁이라(夕) 어둑하고(沈) 흐릿한데(沈)
홀로(獨) 자면서(宿) 서로(相) 생각하며(思) 한림원에(翰林) 있었다(在).
셋씩(三) 다섯 번인(五) 밤(夜) 가운데에(中) 새롭게(新) 달은(月) 빛나는데(色)
이(二) 천리(千里) 밖에(外) 옛(故) 사람을(人) 마음에 둔다(心).
물가(渚) 궁궐(宮) 동(東) 쪽으로(面) 연기(煙) 물결은(波) 차가운데(冷)
목욕하는(浴) 대궐(殿) 서쪽(西) 머리에(頭) 종 시계소리와(鐘) 물 시계소리가(漏) 깊다(深).
오히려(猶) 맑은(淸) 빛을(光) 함께(同) 볼 수(見) 없는 것이(不) 두려

운데(恐)
강릉은(江陵) 낮고(卑) 축축하여(濕) 족히(足) 가을도(秋) 흐려질 것이다(陰).

**題意**(제의) – 翰林院(한림원)에 숙직하는 오늘은 달 밝은 팔월 십오일이라 잠 못 이루는데, 강릉에 좌천된 元稹(원진)이 생각 나 읊은 詩(시).

**註解**(주해) – 禁中 : 宮中.
元九 : 친구 元稹.
鐘漏深 : 종소리시계 물소리시계로 시각을 알리는 소리가 아득히 들려옴.
江陵 : 湖北省(호북성)에 있는 땅인데 이때 元稹이 江陵府 士曹參軍으로 있었음.

## 528. 行經華陰(행경화음)

– 崔 顥(최 호)

岧嶢太華俯咸京　天外三峰削不成　武帝祠前雲欲散　仙人掌上雨初晴
河山北枕秦關險　驛樹西連漢畤平　借問路傍名利客　無如此處學長生
초요태화부함경　천외삼봉삭불성　무제사전운욕산　선인장상우초청
하산북침진관험　역수서연한치평　차문노방명리객　무여차처학장생

함양성을 굽어보는 높고도 위태로운 태화산이
하늘 밖으로 세 봉우리를 우뚝하게 빼어냈고,
무제의 사당 앞에는 구름이 흩어지려하는데
태화산 동쪽 봉우리 선인장 위에는 이제 막 비가 갠다.
하산은 북쪽으로 험한 함곡관을 베고 있고
역수는 서쪽으로 평탄한 한치와 이어졌는데,
길 가 명예를 탐하는 이에게 묻나니

이곳에서 장생술이나 배우는 것이 어떻겠는가.

**直譯**(직역) – 높고(岧) 위태로운(嶢) 태화산이(太華) 함양(咸) 서울로(京) 구부리니(俯)
하늘(天) 밖으로(外) 세(三) 봉우리는(峰) 깎아서(削) 이룬 것이(成) 아니라네(不).
무제의(武帝) 사당(祠) 앞에는(前) 구름이(雲) 흩어지려(散) 하고(欲)
선인장(仙人掌) 위에는(上) 비가(雨) 비로소(初) 개이네(晴).
하산이(河山) 북쪽으로(北) 베고 있는(枕) 진나라(秦) 함곡관은(關) 험하고(險)
역수가(驛樹) 서쪽으로(西) 이어진(連) 한치는(漢畤) 평탄하네(平).
길(路) 가의(傍) 명예를(名) 탐하는(利) 사람에게(客) 시험 삼아(借) 묻나니(問)
이(此) 곳에서(處) 오래(長) 사는 것을(生) 배움만(學) 같지(如) 아니하겠는가(無).

**題意**(제의) – 名譽(명예)를 탐하는 것보다는 이곳에서 長生術(장생술)을 배우는 것이 어떻겠느냐며 華陰 땅을 지나가다 읊은 詩(시).

**註解**(주해) – 咸陽 : 중국 陝西省 西岸(섬서성 서안)의 서북부 渭水 北岸(위수 북안)에 있는 도시로, 秦 孝公(진 효공)이 이곳에 도읍을 정하였고 秦始皇(진시황)은 궁궐 咸陽宮(함양궁)을 이룩하였음.
武帝 : 중국 前漢(전한)의 7대 왕으로 匈奴(흉노)를 몰아내고 華南(화남)의 여러 종족을 평정하였으며, 衛滿(위만)을 멸망시키고 漢四郡(한사군)을 설치하였음.
函谷關 : 중국 河南省(하남성) 서북에 있으며 渭水盆地(위수분지)로부터 동의 中原平野(중원평야)로 통하는 要地(요지)인데, 古關(고관)은 靈寶縣(영보현)에 있고 新關(신관)은 기원전 114년에 설치한 것으로 新安縣(신안현) 동쪽에 해당하며, 이곳은 동서 8km에 걸친 黃土層(황토층)의 깊은 골짜기로 되어 있어 兩岸(양안)이 깎아지른 듯 솟아 있

고 벼랑 위의 수목이 햇빛을 차단하기 때문에 낮에도 어두우며, 그 모양이 函(함)처럼 깊이 깎아 세워져 있어 이러한 이름이 생겼음.

## 529. 和賈至舍人早朝大明宮之作(화가지사인조조대명궁지작)

－岑 參(잠 삼)

鷄鳴紫陌曙光寒 鶯囀皇州春色闌 金闕曉鐘開萬戶 玉階仙仗擁千官
花迎劍佩星初落 柳拂旌旗露未乾 獨有鳳凰池上客 陽春一曲和皆難
계명자맥서광한 앵전황주춘색란 금궐효종개만호 옥계선장옹천관
화영검패성초락 유불정기로미건 독유봉황지상객 양춘일곡화개난

닭이 우는 큰길에 새벽빛이 차갑고
꾀꼬리 우는 장안은 봄빛이 저문다.
금빛 대궐의 종소리에 만 호가 열리고
구슬 섬돌의 의장병은 천관을 거느린다.
꽃이 관원을 맞이할 때에 별은 사라지고
버들이 기폭을 스칠 때 이슬이 영롱하다.
봉황지에 글 잘하는 선비가 있으니
그 양춘시는 화답하기 어렵다.

**直譯(직역)**－닭(鷄) 우는(鳴) 제왕의 빛이 있는(紫) 거리에(陌) 새벽(曙) 빛이(光) 차갑고(寒)

꾀꼬리(鶯) 지저귀는(囀) 임금의(皇) 고을에는(州) 봄(春) 빛이(色) 저문다(闌).

금빛(金) 대궐의(闕) 새벽(曙) 종소리에(鐘) 온갖(萬) 집이(戶) 열리고(開)

구슬(玉) 섬돌의(階) 신선 같은(仙) 호위병은(仗) 온갖(千) 벼슬을(官) 거느린다(擁).

꽃이(花) 칼(劍) 찬 이를(佩) 맞이하면(迎) 별은(星) 비로소(初) 떨어지

고(落)
버들이(柳) 얼룩소의 꼬리를 단 기와(旌) 곰과 범을 그린 붉은 기를(旗) 스쳐도(拂) 이슬은(露) 마르지(乾) 아니하였다(未).
홀로(獨) 봉황지에(鳳凰池) 어른(上) 손이(客) 있는데(有)
따뜻한(陽) 봄이라는(春) 한(一) 가락은(曲) 화답하기가(和) 모두(皆) 어렵다(難).

**題意**(제의) – 賈至舍人의 陽春 曲은 격조가 뛰어나 和答하기 어렵다며 賈至舍人이 일찍이 大明宮에 參朝하여 지은 작품에 和答하여 읊은 詩(시).

**註解**(주해) – 仙仗 : 儀仗兵.
鳳凰池 : 中書省(중서성)을 말 함.
陽春一曲 : 賈至의 詩를 칭찬하여 한 말 임.

## 530. 和子由澠池懷舊(화자유민지회구)

– 東坡 蘇 軾(동파 소 식)

**人生到處知何似　應似飛鴻踏雪泥**　泥上偶然留指爪　鴻飛那復計東西
老僧已死成新塔　壞壁無由見舊題　往日崎嶇還記否　路長人困蹇驢嘶
**인생도처지하사　응사비홍답설니**　이상우연유지조　홍비나부계동서
노승이사성신탑　괴벽무유견구제　왕일기구환기부　노장인곤건려시

인생이란 무엇과 같은가
기러기 날다가 눈 내린 벌판에 잠깐 내리는 것 같으니.
진흙 위에 우연히 발자국 남기고
날아가 버린 기러기 어찌 동쪽인지 서쪽인지 헤아릴 수 있으랴.
높으신 스님도 이미 세상을 떠나 새로 탑이 하나 섰지만
허물어진 벽에는 글씨조차 찾을 길 없다.
지난날 기구했던 일 지금도 기억 하는가

길은 멀고 사람은 지쳤는데 당나귀도 절름거리며 그리도 울어댔었지.

直譯(직역)－사람(人) 살이(生) 이르는(到) 곳마다(處) 무엇과(何) 같은지(似) 알까(知)
응당(應) 큰기러기(鴻) 날다가(飛) 눈 내린(雪) 진흙을(泥) 밟고 있는 것과(踏) 같으리라(似).
진흙(泥) 위에(上) 때때로(偶) 그러하게(然) 발가락(指) 발톱을(爪) 남겼지만(留)
큰기러기(鴻) 날아가 버리면(飛) 어찌(那) 다시(復) 동쪽인지(東) 서쪽인지(西) 헤아리라(計).
덕이 높은(老) 스님도(僧) 이미(已) 세상을 떠나(死) 새로운(新) 탑이(塔) 이루어졌지만(成)
무너진(壞) 벽으로(壁) 말미암아(由) 옛(舊) 글씨를(題) 볼 수가(見) 없음이라(無).
험하고(崎) 괴로웠던(嶇) 지나간(往) 날(日) 또 다시(還) 기억나지(記) 않을까(否)길은(路) 멀고(長) 사람은(人) 곤했는데(困) 절뚝거리던(蹇) 당나귀도(驢) 울어댔었지(嘶).

題意(제의)－秦(진) 나라와 趙(조) 나라가 會盟(회맹)했던 澠池에서 옛 날을 생각하며 동생 子由에게 답한 것으로 인생무상을 읊은 詩(시).

註解(주해)－子由 : 蘇軾의 동생 蘇轍(소철)의 字(자).
懷舊 : 옛날을 생각함. 5년 전 아버지 老泉 蘇 洵(노천 소 순)과 동생 子由 蘇 轍과 셋이서 여기를 지나간 일에 대한 회고.
老僧 : 5년 전 여기를 지나가며 신세진 奉閑(봉한)이라는 늙은 스님.
舊題 : 5년 전 여기의 절벽에 썼던 필적.

## 531. 興慶池侍宴應制(흥경지시연응제)

－韋元旦(위원단)

滄池漭沆帝城邊　殊勝昆明鑿漢年　夾岸旌旗疏輦道　中流簫鼓振樓船
雲峰四起迎宸幄　水樹千重入御筵　宴樂已深魚藻咏　承恩更欲奏甘泉
창지망항제성변　수승곤명착한년　협안정기소연도　중류소고진루선
운봉사기영신악　수수천중입어연　연락이심어조영　승은갱욕주감천

용지가 넓고 넓게 제성의 아래 펼쳐 있어
한나라 곤명지 보다 풍경이 뛰어난다.
양 언덕에 펄럭이는 깃발은 천자의 행차 길
놀이 배에 북소리 피리소리가 울린다.
사방에 솟아 있는 봉우리는 궁궐을 에워싸고
못 가에 울창한 숲이 임금님 자리로 들어온다.
놀이가 무르익어 고기도 물풀도 흥겨우니
은총을 입은 나도 감천부를 짓는다.

**直譯**(직역)－푸른(滄) 연못은(池) 넓고(漭) 넓게(沆) 임금님(帝) 성의(城) 가장자리인데(邊)
한나라(漢) 해에(年) 판(鑿) 곤명이라는 연못보다(昆明) 유달리(殊) 뛰어났다(勝).
언덕을(岸) 끼고(夾) 깃발과(旌) 깃발은(旗) 임금님 수레(輦) 통하는(疏) 길이고(道)
가운데(中) 흐름에서(流) 퉁소와(簫) 북이(鼓) 망루의(樓) 배를(船) 흔든다(振).
구름(雲) 봉우리는(峰) 네 군데서(四) 일어나(起) 대궐의(宸) 휘장을(幄) 맞이하고(迎)
물가(水) 나무는(樹) 천(千) 겹으로(重) 임금님(御) 자리로(筵) 들어간

다(入).

즐거운(樂) 잔치는(宴) 이미(已) 깊어(深) 고기도(魚) 물 속 풀도(藻) 노래하니(咏)

은혜를(恩) 받은지라(承) 다시(更) 감천이라는 글을(甘泉) 아뢰고자(奏) 한다(欲).

題意(제의) – 興慶池에서 天子를 모시고 잔치하는데, 옛날 楊雄이 天子에게 올린 甘泉賦(감천부)에 응하여 읊은 詩(시).

註解(주해) – 興慶池 : 龍池.

昆明 : 陝西省 西安府 上林苑中(합서성 서안부 상림원중)에 있는 연못.

樓船 : 호화로운 배.

宸幄 : 궁중에 드리운 휘장.

甘泉 : 漢王이 甘泉이라는 산에다가 離宮(이궁)을 만들어 놓고 호화스런 생활을 누린 것을 楊雄이 풍자하여 <甘泉賦>를 지었는데, 여기에서도 그 故事(고사)를 인용하여 歡樂(환락)에 탐한 것을 풍자한 것임.

# 제6장 칠언고시(七言古詩)

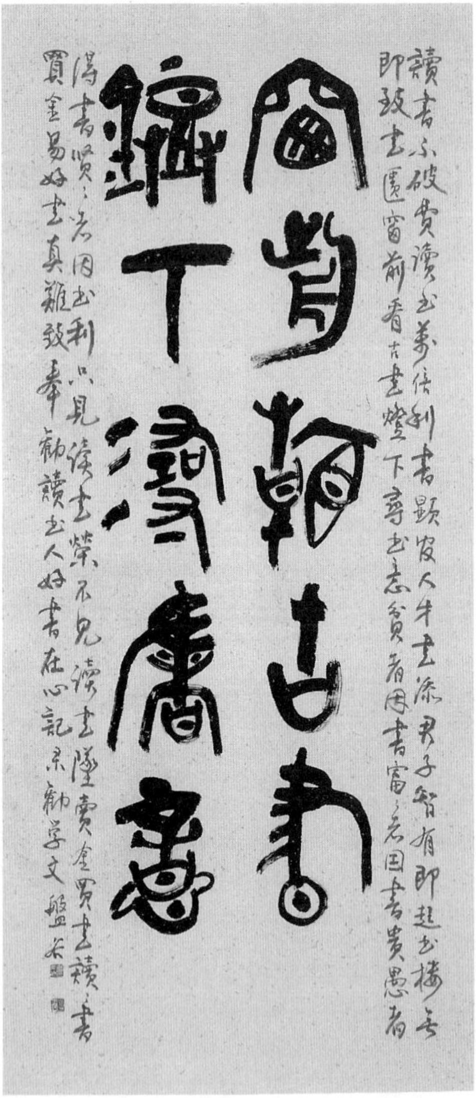

命 題(명 제) : 讀書(독서)

書 體(서 체) : 金文(금문) ·
行書(행서)

規 格(규 격) : 70×137cm

內 容(내 용) : 本書(본서)
212.勸學文－1(권학문) 參照(참조)

斷 想(단 상) : 2003. 한 중 서예교류전(한국서예협회 중국서법가협회) 출품작이나, 중국사정으로 전시가 개최되지 못한 아쉬운 작품이다. 글을 읽으면 貧富貴賤(빈부귀천)을 막론하고 모두 영화롭게 될 것이니 열심히 독서하라는 내용이다.

唐代(당대)의 近體詩(근체시) 성립이전의 시를 古詩라 하였으나 근체시 성립 이전의 시라도 樂府體(악부체)의 것은 古詩에 포함시키지 않으며 近體詩 성립 이후의 것이라도 近體詩의 법식에 따르지 않고 그 이전 詩의 體式(체식)에 따라서 지은 것을 古詩라고 하는 것으로 古詩가 近體詩와 다른 점은 다음과 같다.

1. 한 편의 句數(구수)에 제한이 없다.
2. 각 구의 平仄(평측)의 구성에 일정한 규칙이 없다.
3. 押韻(압운)은 每句(매구)의 끝에 하는 경우가 있고 隔句(격구)의 끝에 하는 경우도 있어 일정하지 않다.
4. 한 편을 통하여 같은 종류의 韻을 사용하는 경우도 있고 도중에서 韻을 바꾸기도 하며 이렇게 韻을 바꾸는 것을 換韻(환운)이라 한다.
5. 仄韻(측운)이 사용되기도 한다.

古體詩는 近體詩에 비해 대체로 자유로운 표현을 하기 쉽기 때문에 詩題(시제)에 따라서는 이 體를 사용하는 것이 좋을 때도 있으며 이와 같은 이유 때문에 近體詩가 발달한 이후에도 古體詩가 쇠퇴하지 않고 있다.

## 532. 江上吟(강상음)

－青蓮居士 李 白(청련거사 이 백)

木蘭之枻沙棠舟　玉簫金管坐兩頭　美酒尊中置千斛　載妓隨波任去留
**仙人有待乘黃鶴　海客無心隨白鷗**　屈平詞賦懸日月　楚王臺榭空山邱
**興酣落筆搖五嶽　詩成笑傲凌滄洲**　功名富貴若長在　漢水亦應西北流
목란지예사당주　옥소금관좌양두　미주준중치천곡　재기수파임거류

**선인유대승황학 해객무심수백구** 굴평사부현일월 초왕대사공산구
**흥감락필요오악 시성소오능창주** 공명당귀약장재 한수역응서북류

목련나무로 만든 노와 사당나무로 만든 배
옥퉁소 금피리 양쪽에 벌려 놓고
술항아리에 맛있는 술이 천 섬
배에 기생 싣고 물결에 맡겨두고
선인은 기다림 있어 황학을 탔지마는
바다 사람은 무심하여 백구와 친한데
굴평의 문장은 일월처럼 빛나고
초왕의 정자는 빈 산의 언덕일 뿐
흥에 겨워 붓을 들면 명산을 뒤흔들고
시를 짓는 오만함은 숨은 선비 비웃고
공명 부귀가 영원한 것이라면
한수도 응당 거꾸로 흐르리

直譯(직역) – 목란(木蘭)의(之) 노와(枻) 모래(沙) 아가위나무(棠) 배(舟)
옥(玉) 퉁소(簫) 금(金) 피리로(管) 양쪽(兩) 머리에(頭) 앉았다(坐)
맛있는(美) 술(酒) 술통(尊=樽) 속에(中) 열 말로(斛) 천이나(千) 두어 있고(置)
기생(妓) 싣고(載) 물결(波) 따라(隨) 머물거나(留) 가는 것을(去) 맡겼다(任)
신선(仙) 사람은(人) 기다림이(待) 있어(有) 누른(黃) 학을(鶴) 탔지만(乘)
바다(海) 손은(客) 마음이(心) 없어(無) 흰(白) 갈매기만(鷗) 따른다(隨)
굴원이란 사람의(屈平) 사와(詞) 부는(賦) 달려있는(懸) 해와(日) 달이고(月)
초왕이(楚王) 흙을 높이 쌓아 만든 돈대나(臺) 돈대 위에 세운 정자는(榭) 빈(空) 산의(山) 언덕일 뿐이다(邱)

흥이(興) 한창 무르익어(酣) 붓을(筆) 떨구면(落) 다섯(五) 명산을(嶽) 흔들고(搖)
시가(詩) 이루어져(成) 뽐내는(傲) 웃음은(笑) 푸른(滄) 물가를(洲) 업신여긴다(凌)
공훈과(功) 명예의(名) 그(當) 귀함이(貴) 만약(若) 오래도록(長) 있게 된다면(在)
한수는(漢水) 또한(亦) 응당(應) 서(西) 북쪽으로(北) 흐를 것이다(流)

**題意(제의)** – 李白이 세상의 富貴功名이나 신선이 사는 樂土(낙토)도 자기 문장의 힘에는 미치지 못한다는 호방한 기백을 江上에서 읊은 詩(시).

**註解(주해)** – 木蘭 : 木蓮(목련). 목련과에 속하는 낙엽 활엽 교목으로 높이는 7~9M이며 나무 결이 치밀하여 가구 · 건축재 등에 쓰이고 꽃망울은 약에 씀.

屈平 : 離騷經(이소경)을 쓴 초나라 屈原(굴원).

詞 : 中唐(중당) 때 시작하여 송나라 때에 성행된 운문의 한 體(체).

賦 : 漢代(한대) 이후 시작된 운문의 한 體로서 특징은 서술적인 성질에 있는 것으로 사물을 잘 형용한 글.

五嶽 : 중국에서 나라의 鎭山(진산)으로 받들어 天子(천자)가 제사를 지내던 다섯 명산으로 五鎭(오진)이라고도 하는데 泰山(태산 – 東岳) · 華山(화산 – 西岳) · 衡山(형산 – 南岳) · 恒山(항산 – 北岳) · 嵩山(숭산 – 中岳)을 말함.

滄洲 : 물이 맑고 푸른 물가라는 뜻으로 隱人(은인)이 사는 곳을 말함.

漢水 : 중국 揚子江(양자강)의 支流(지류). 중국 陝西省(섬서성) 서 남쪽 秦嶺山脈(진령산맥)의 嶓冢山(파총산)에서 발원하여 漢中(한중)을 거쳐 湖北省(호북성)에 들어가 漢口(한구)에서 양자강으로 들어감.

## 533. 勸學文 - 1(권학문)

-君實 司馬 光(군실 사마 광)

**養子不教父之過　訓導不嚴師之惰**　父教師嚴兩無外　學問無成子之罪
暖衣飽食居人倫　視我笑談如土塊　攀高不及下品流　稍遇賢才無與對
勉後生力求誨　投明師莫自昧　一朝雲路果然登　姓名亞等呼先輩
室中若未結親姻　自有佳人求配匹　勉旃汝等各早脩　莫待老來徒自悔

**양자불교부지과　훈도불엄사지타**　부교사엄양무외　학문무성자지죄
난의포식거인륜　시아소담여토괴　반고불급하품류　초우현재무여대
면후생력구회　투명사막자매　일조운로과연등　성명아등호선배
실중약미결친인　자유가인구배필　면전여등각조수　막대노래도자회

자식을 기르면서 가르치지 아니함은 부모의 잘못이요
가르쳐 깨우치기를 엄하게 하지 않음은 스승의 게으름이다
아비는 가르치고 스승이 엄하여 모두 소홀함이 없는데도
학문을 이루지 못함은 자식의 허물이니라
의식이 풍족하고 인륜의 질서 속에 살면서도
나를 보고 비웃는 다면 흙덩이와 같은 인간이다
높이 오르다 오르지 못함은 낮은 품성의 사람들이라
어진 인재를 만나게되면 상대할 수가 없다
후생들이여 가르침을 구하는데 힘써
훌륭한 스승들에게 배움을 맡겨 스스로 우매해지지 마라
하루아침에 출세의 길에 오르기만 하면
성명은 후배인데도 선배로 불려지리니
집안에서 만약 혼인을 하지 못했다면
저절로 미인이 배필로 구할 것이다
그대들은 각자 일찍 수양에 힘써

늙어서 공연히 후회하게 되는 것을 기다리지 말라

**直譯**(직역) – 자식을(子) 기르면서(養) 가르치지(敎) 않음은(不) 아비(父)의(之) 허물이요(過)

가르쳐(訓) 깨우치는데(導) 엄하게(嚴) 아니함은(不) 스승(師)의(之) 게으름이다(惰)

아비는(父) 가르치고(敎) 스승이(師) 엄하여(嚴) 두분 다(兩) 소홀함이(外) 없는데(無)

배우고(學) 물어서(問) 이루지(成) 못함은(無) 자식(子)의(之) 허물이다(罪)

따뜻하게(暖) 옷을 입고(衣) 배불리(飽) 먹으며(食) 사람(人) 도리에(倫) 살면서도(居)

나를(我) 보고(視) 비웃어(笑) 말한다면(談) 흙(土) 덩이(塊) 같으리라(如)

높이(高) 오르려다(攀) 미치지(及) 못함은(不) 낮은(下) 품격의(品) 갈래이니(流)

점점(稍) 어질고(賢) 재능이 있는 사람을(才) 만나게 되면(遇) 더불어(與) 마주할 수가(對) 없으리라(無)

뒤의(後) 백성들이여(生) 부지런히(力) 가르침을(誨) 얻는데(求) 힘써서(勉)

밝은(明) 스승에게만(師) 의지하여(投) 스스로를(自) 어리석게 하지(昧) 마라(莫)

하루(一) 아침에(朝) 높은(雲) 길에(路) 마침내(果) 그렇게(然) 오른다면(登)

성씨와(姓) 이름은(名) 버금가는(亞) 무리인데도(等) 앞선(先) 무리로(輩) 불리어지리니(呼)

집(室) 안에서(中) 만약(若) 혼인(親) 혼인을(姻) 맺지(結) 아니했다면(未)

스스로(自) 아름다운(佳) 사람이(人) 있어(有) 부부가 되는(配) 짝으로(匹) 구할 것이다(求)

그대(汝)들은(等) 이에(斾) 각각(各) 일찍(早) 닦기에(脩) 힘써(勉)

늙은(老) 장래에(來) 헛되이(徒) 스스로(自) 뉘우침을(悔) 기다리지(待)

말라(莫)

題意(제의) – 부귀 공명이 학문 속에 있으니 늙어서 공연히 후회하지 말고 각자 일찍 학문에 힘쓰라고 읊은 詩(시).

註解(주해) – 雲路 : 벼슬하여 높은 지위에 오름.
果然 : 헛말이 아니라 정말로.

## 534. 勸學文 – 2(권학문)

– 眞宗皇帝(진종황제)

富家不用買良田　書中自有千鍾粟　**安居不用架高堂　書中自有黃金屋**
出門莫恨無人隨　書中車馬多如簇　取妻莫恨無良媒　書中有女眼如玉
**男兒欲遂平生志　六經勤向窗前讀**
부가불용매양전　서중자유천종속　**안거불용가고당　서중자유황금옥**
출문막한무인수　서중거마다여주　취처막한무량매　서중유여안여옥
**남아욕수평생지　육경근향창전독**

부자로 살고자 함에 좋은 밭 살 것 없는 것이
글 가운데 많은 곡식 있는 것을
편히 살고자 함에 좋은 집 지을 것 없는 것이
글 가운데 황금의 집 있는 것을
문을 나섬에 따르는 사람 없다고 한하지 말 것이
글 가운데 많은 수레와 말이 있는 것을
장가듦에 좋은 중매 없다고 한하지 말 것이
글 가운데 옥 같은 처녀가 있는 것을
사나이 평생의 뜻을 이루고자 하거든
육경을 창 앞에서 부지런히 읽으시라

**直譯(직역)** – 집을(家) 부하게 함에(富) 좋은(良) 밭(田) 사는 것은(買) 쓸데(用) 없느니(不)
글(書) 가운데에(中) 스스로(自) 팔십여 말이(鍾) 천이나 되는(千) 벼가(粟) 있다네(有)
사는 곳을(居) 편안히 함에(安) 높은(高) 집을(堂) 얽어 만드는 것은(架) 쓸데(用) 없느니(不)
글(書) 가운데에(中) 저절로(自) 누른(黃) 금으로 된(金) 집이(屋) 있다네(有)
문을(門) 나섬에(出) 따르는(隨) 사람이(人) 없음을(無) 원통해 하지(恨) 말 것이(莫)
글(書) 가운데에(中) 수레와(車) 말은(馬) 떨기와(簇) 같이(如) 많다네(多)
아내에게(妻) 장가듦에(娶) 어진(良) 중매쟁이가(媒) 없다고(無) 원통해 하지(恨) 말 것이(莫)
글(書) 가운데(中) 처녀가(女) 있으니(有) 얼굴은(顔) 구슬과(玉) 같다네(如)
사내(男) 아이(兒) 평상의(平) 삶에(生) 뜻을(志) 이루고자(遂) 한다면(欲)
여섯(六) 경전을(經) 부지런히(勤) 창(窗) 앞을(前) 향하고(向) 읽으시게나(讀)

**題意(제의)** – 儒家(유가)의 학문은 修身(수신)에 그 목적이 있으나 학문을 부지런히 힘쓰면 榮達(영달) 할 수 있다고 읊은 詩(시).

**註解(주해)** – 千鍾粟 : 다량의 곡물을 말하며 鍾은 六斛四斗(육곡사두) 八斛(팔곡) 十斛(십곡) 등의 說(설)이 있는데 斛은 十 斗(십두)의 용량이고 十 斗는 한 섬 임.
簇 : ①조릿대 족. 簇子(족자). ②모일 주. 簇簇(주주). ③화살촉 착. 鐵簇(철착).
六經 : 漢儒(한유)는 詩・書・禮・樂・易・春秋(시・서・예・악・역・춘추)를 말하나 樂을 빼고 五經이라 하기도 함.

## 535. 金陵酒肆留別(금릉주사류별)

－青蓮居士 李 白(청련거사 이 백)

風吹柳花滿店香　吳姬壓酒喚客嘗　金陵子弟來相送　欲行不行各盡觴
請君試問東流水　別意與之誰短長
풍취류화만점향　오희압주환객상　금릉자제래상송　욕행불행각진상
청군시문동류수　별의여지수단장

바람이 버들 꽃에 불어 주점에 향기가 가득한데
오 나라 미인들은 술 걸러 손님보고 맛 보라 권하고
금릉의 젊은이들 나를 전송하려 와서는
가려다 가지 못하고 서로 술잔을 비운다
그대 동쪽으로 흐르는 물에 한번 물어 보아라
이별 심정과 흐르는 물은 어느 것이 더 길까

**直譯**(직역)－바람이(風) 버들(柳) 꽃에(花) 불어(吹) 향기가(香) 주점에(店) 가득한데(滿)
오 나라(吳) 아가씨들(姬) 술을(酒) 눌러(壓) 손님(客) 맛보라며(嘗) 부르고(喚)
금릉의(金陵) 아들(子) 아우들(弟) 서로(相) 보내려고(送) 와서는(來)
가려(行) 하다가(欲) 가지(行) 못하고(不) 서로(各) 술잔을(觴) 다 한다(盡)
그대에게(君) 동쪽으로(東) 흐르는(流) 물에(水) 물어보기를(問) 시험삼아(試) 청하나니(請)
이별의(別) 마음이(意) 이것과(之) 더불어(與) 어느 것이(誰) 더 길고(長) 짧을까(短)

**題意**(제의)－버들 꽃 날고 향기 가득한 주점에서 강남의 미인들이 걸러준 술을 金陵의 젊은이들과 마시며 아쉬운 이별을 읊은 詩(시).

**註解**(주해)－酒肆 : 술집. 주막.

## 536. 南陵敍別(남릉서별)

－靑蓮居士 李 白(청련거사 이 백)

白酒新熟山中歸 黃雞啄黍秋正肥 呼童烹雞酌白酒 兒女嬉笑牽人衣
**高歌取醉欲自慰 起舞落日爭光輝** 游說萬乘苦不早 著鞭跨馬涉遠道
會稽愚婦輕買臣 余亦辭家西入秦 仰天大笑出門去 我輩豈是蓬蒿人
백주신숙산중귀 황계탁서추정비 호동팽계작백주 아녀희소견인의
**고가취취욕자위 기무락일쟁광휘** 유세만승고부조 착편과마섭원도
회계우부경매신 여역사가서입진 앙천대소출문거 아배기시봉호인

막걸리 처음 익는 산으로 돌아오니
기장을 쪼는 닭은 가을이라 마침 살이 쪄
아이 불러 닭 삶아 막걸리를 마시니
아이들은 기뻐 웃으며 내 옷자락을 당긴다
취하여 소리 높여 노래 부르며 스스로 위안하려고
일어나 춤을 추니 지는 해는 그 붉은 빛을 다툰다
천자에게 내 뜻을 설득함이 때늦은 것을 괴로워하며
채찍 치며 말에 올라 먼 길을 떠난다
회계땅의 어리석은 여자는 남편 주매신을 버렸듯이
나도 집을 버리고 서쪽 장안으로 가련다
하늘을 우러러 크게 웃으며 문을 나서 떠나가니
우리들이 어찌 초야에 묻혀 살 사람이겠는가

直譯(직역)－하얀(白) 술이(酒) 처음(新) 익는(熟) 산(山) 속으로(中) 돌아오니(歸)
누런(黃) 닭이(雞) 기장을(黍) 쪼아먹는데(啄) 가을이라(秋) 마침(正) 살이 쪘다(肥)
아이(童) 불러(呼) 닭(雞) 삶아(烹) 하얀(白) 술을(酒) 따르니(酌)
아이와(兒) 여자들은(女) 기뻐(嬉) 웃으며(笑) 이 사람의(人) 옷자락을

(衣) 끌어당긴다(牽)

높여(高) 노래 부르며(歌) 취하여(醉) 가지고(取) 스스로(自) 위안을(慰) 하려(欲)

일어나(起) 춤을 추니(舞) 떨어지는(落) 해는(日) 다투어(爭) 빛나고(光) 빛난다(輝)

나돌아다니며(游) 일만의(萬) 수레를(乘) 달램이(說) 빠르지(早) 못했음을(不) 괴로워하며(苦)

채찍(鞭) 치며(著) 말에(馬) 걸터앉아(跨) 먼(遠) 길을(道) 건넌다(涉)

회계 땅의(會稽) 어리석은(愚) 부인이(婦) 남편 주매신을(買臣) 가벼이 하였듯이(輕)

나도(余) 또한(亦) 집을(家) 떠나(辭) 서쪽(西) 진나라로(秦) 들어가련다(入)

하늘(天) 우러러(仰) 크게(大) 웃으며(笑) 문을(門) 나서(出) 떠나가니(去)

우리(我) 무리가(輩) 어찌(豈) 쑥과(蓬) 쑥의(蒿) 사람이(人) 되겠는가(是)

**題意(제의)** – 술을 마시다가 초야에나 묻혀 살 사람들이 아니라고 하늘을 우러러 크게 웃으며 南陵을 떠나 서쪽 장안으로 가는 심정을 읊은 詩(시).

**註解(주해)** – 萬乘 : 일만 채의 兵車(병거). 천자 또는 천자의 자리.

著鞭 : 말을 채찍질 함.

買臣 : 漢(한) 나라 朱買臣(주매신)으로 字(자)는 翁子(옹자)이며 집안 살림은 돌보지 않고 책 읽기를 좋아하여 부인의 버림을 받았으나 후에 會稽太守(회계태수)가 되어 부귀를 누렸음.

## 537. 丹青引(단청인)

– 子美 杜 甫(자미 두 보)

將軍魏武之子孫 於今爲庶爲淸門 英雄割據雖已矣 文彩風流今尙存
學書初學衛夫人 但恨無過王右軍 **丹青不知老將至 富貴於我如浮雲**
開元之中常引見 承恩數上南薰殿 凌煙功臣少顏色 將軍下筆開生面
良相頭上進賢冠 猛將腰間大羽箭 褒公鄂公毛髮動 英姿颯爽來酣戰
先帝天馬玉花驄 畫工如山貌不同 是日牽來赤墀下 迥立閶闔生長風
詔謂將軍拂絹素 意匠慘澹經營中 斯須九重眞龍出 一洗萬古凡馬空
玉花卻在御榻上 榻上庭前屹相向 至尊含笑催賜金 圉人太僕皆惆悵
弟子韓幹早入室 亦能畫馬窮殊相 幹惟畫肉不畫骨 忍使驊騮氣凋喪
將軍善畫蓋有神 必逢佳士亦寫眞 卽今漂泊干戈際 屢貌尋常行路人
途窮返遭俗眼白 世上未有如公貧 但看古來盛名下 終日坎壈纏其身
장군위무지자손 어금위서위청문 영웅할거수이의 문채풍류금상존
학서초학위부인 단한무과왕우군 **단청부지노장지 부귀어아여부운**
개원지중상인견 승은삭상남훈전 능연공신소안색 장군하필개생면
양상두상진현관 맹장요간대우전 포공악공모발동 영자삽상래감전
선제천마옥화총 화공여산모부동 시일견래적지하 형립창합생장풍
조위장군불견소 의장참담경영중 사수구중진룡출 일세만고범마공
옥화극재어탑상 탑상정전흘상향 지존함소최사금 어인태복개추창
제자한간조입실 역능화마궁수상 간유화육불화골 인사화류기조상
장군선화합유신 필봉가사역사진 즉금표박간과제 누모심상행로인
도궁반조속안백 세상미유여공빈 단간고래성명하 종일감람전기신

장군은 위나라 조조의 자손
지금은 서인으로 가난한 집
영웅할거는 비록 끝났다 하여도

지금도 남아있는 문채와 풍류
글씨는 예서에 뛰어난 위부인에게 배웠지만
왕희지를 미치지 못한 한스러움
그림에 빠져 늙어 가는 줄도 모르고
부귀는 뜬구름 같은 것
자주 현종의 부름을 받았고
은혜를 입어 남훈전에 올랐어라
빛 바랜 능연각 공신들 안색
장군이 붓을 드니 넘치는 생기
어진 신하 머리엔 진현관
맹장들 허리엔 큰 깃털 화살
벼슬 높은 포공 악공 모발이 움직이니
싸움터에서 돌아온 듯 당당한 풍채
현종의 천마 구슬 무늬 총이말은
화공이 산더미 같아도 모양은 같지 않더니
어느 날 섬돌 아래 끌어온 말은
멀리 천문 앞에 서서 장풍을 일으키더라
임금께서 장군을 불러 흰 비단에 붓을 떨치게 하니
구도 잡기에 무척이나 고심을 하다가
얼마 후 구중에 참 용마를 그려내니
만고 범마를 한번에 씻어버리고
구슬 무늬 말이 임금 걸상 옆에 있으니
임금 걸상과 뜰 앞에 서로 우뚝 마주 한 말들
임금께서 웃음을 머금고 사금 재촉하니
말먹이는 벼슬아치들 모두 실망한 빛
제자 한간은 일찍 그림의 이치를 터득하여

또한 말을 훌륭하게도 그렸지만
살을 그릴 뿐 뼈는 그리지 못하여
함부로 명마의 기운을 시들게 하더라
장군의 그림솜씨는 신묘함이 있어
훌륭한 사람을 만나면 그 참 모습을 그대로 그렸는데
지금은 전쟁이 일어나 떠도는 몸
번번이 길가는 범상한 사람이나 그릴 뿐
길이 막혀서 되려 속인들의 멸시를 받으니
세상에 둘도 없는 가난한 그대
다만 보라 예부터 이름 떨치면
종일 불우한 운명이 몸을 얽는 것을

直譯(직역) – 장군 조패는(將軍) 위 무제 조조(魏武)의(之) 자손으로(子孫)
지금(今)에는(於) 벼슬 없는 사람이(庶) 되어(爲) 고요한(淸) 집안이(門) 되었지만(爲)
뛰어나고(英) 씩씩한 사람이(雄) 나누어서(割) 굳게 지키는 것은(據) 비록(雖) 끝났다(已) 하더라도(矣)
글의(文) 빛과(彩) 풍채 있고(風) 멋스럽게 흐름은(流) 지금도(今) 오히려(尙) 있더라(存)
글씨를(書) 배움에(學) 처음에는(初) 예서에 뛰어났던 위부인에게(魏夫人) 배웠더니(學)
다만(但) 진나라 왕희지를(王右軍) 지나칠 수(過) 없음이(無) 한스럽더라(恨)
붉게 칠하고(丹) 푸르게 칠하느라(靑) 늙음이(老) 장차(將) 이르는 것도(至) 알지(知) 못하고(不)
부자가 되고(富) 귀하게 되는 것은(貴) 나(我)에겐(於) 뜬(浮) 구름과(雲) 같은 것(如)
현종 연호인 개원(開元)의(之) 가운데에(中) 늘(常) 부름을(引) 보았고(見)

은혜를(恩) 받아(承) 자주(數) 흥경궁 북쪽의 남훈전에(南薰殿) 올랐더라(上)
능연각의(凌煙) 공을 세운(功) 신하(臣) 얼굴(顏) 빛이(色) 미미하였더니(少)
장군이(將軍) 붓을(筆) 내려(下) 살아있는 듯한(生) 얼굴을(面) 피워내더라(開)
어진(良) 재상의(相) 머리(頭) 위엔(上) 문관이. 쓰는 진현관이요(進賢冠)
날랜(猛) 장수의(將) 허리(腰) 옆엔(間) 큰(大) 깃털 달린(羽) 화살이라(箭)
포국공 단지현(褒公) 악국공 위지경덕의(鄂公) 머리(毛) 카락이(髮) 움직이니(動)
뛰어난(英) 맵시는(姿) 바람소리도(颯) 시원스레(爽) 한창 성했던(酣) 싸움에서(戰) 돌아온 듯(來)
먼저(先) 임금님의(帝) 하늘이 낸(天) 말은(馬) 구슬(玉) 무늬(花) 총이 말인데(驄)
그림(畫) 쟁이는(工) 산(山) 같아도(如) 모양은(貌) 같지(同) 아니하더라(不)
붉은(赤) 섬돌 위 뜰(墀) 아래로(下) 끌어(牽) 온(來) 이(是) 날에는(日)
멀리(迥) 대궐문(閶) 문짝에(闔) 서서(立) 멀리(長) 바람을(風) 일으켰더라(生)
장군을(將軍) 불러(詔) 흰(素) 비단을(絹) 떨치라고(拂) 말하니(謂)
마음에(意) 궁리하느라(匠) 참혹하리만큼(慘) 조용하게(澹) 헤아리고(經) 헤아린(營) 가운데(中)
잠시(斯) 잠깐에(須) 아홉(九) 겹에서(重) 참(眞) 용의(龍) 말을(馬) 나타내니(出)
일만이나(萬) 오래된(古) 보통의(凡) 말을(馬) 한 번에(一) 씻어(洗) 비워버린 듯(空)
구슬 같은(玉) 꽃무늬가(花) 임금님(御) 걸상(榻) 위를(上) 사이 하여(卻) 있으니(在)

걸상(榻) 위와(上) 뜰(庭) 앞에서(前) 우뚝 솟아(屹) 서로(相) 향하더라(向)
지극히(至) 높으신 분이(尊) 웃음을(笑) 머금으며(含) 금을(金) 주라고(賜) 재촉하니(催)
말을 기르는(圉) 사람과(人) 큰(太) 마부(僕) 모두(皆) 실망하고(惆) 실망하더라(悵)
가르침을 받은 사람(弟子) 한간은(韓幹) 일찍이(早) 가족으로(室) 들어와(入)
또한(亦) 능히(能) 말을(馬) 그리는데(畫) 다른(殊) 모습을(相) 다하였지만(窮)
한간은(幹) 오직(惟) 살만(肉) 그리고(畫) 뼈는(骨) 그리지(畫) 못하여(不)
참아(忍) 화류라는 꽃같이 붉은 명마를(驊騮) 시들어(凋) 잃게(喪) 하더라(使)
장군은(將軍) 그림을(畫) 잘도 하니(善) 신묘함이(神) 있다고(有) 어찌 아니 하겠는가(蓋)
아름다운(佳) 선비를(士) 만나면(逢) 반드시(必) 과연(亦) 생긴 그대로를(眞) 그려내더라(寫)
이제(今) 곧(卽) 방패와(干) 창(戈) 사이를(際) 떠돌며(漂) 머물러(泊)
자주(屢) 길을(路) 가는(行) 보통(尋) 보통인(常) 사람(人) 얼굴이나 그렸더라(貌)
길이(途) 막혀(窮) 세속 사람의(俗) 흰(白) 눈으로(眼) 돌아와(返) 만나니(遭)
세상에는(世上) 그대와(公) 같이(如) 가난함이(貧) 있지(有) 아니하더라(未)
다만(但) 보기를(看) 예로(古) 오며(來) 성한(盛) 이름(名) 아래에선(下)
날을(日) 마치도록(終) 그(其) 몸을(身) 묶은(纏) 불우함을(壈) 괴로워함이라(坎)

**題意**(제의) – 曹 將軍이 玄宗(현종) 말년에 죄를 얻어 서인이 되었으므로 위로 삼아 그림에 뛰어난 才華(재화)를 賞讚(상찬)하여 읊은 詩(시).

註解(주해) – 引 : 文體明辯(문체명변)에는 당 이후 비로소 이러한 詩體(시체)가 있으니 대략 序(서)와 같으면서 약간 간단한 것으로 대개 序의 시초인 것이라 하였음. 韻文(운문)의 引과 行도 별로 다름이 없는 듯하며 琵琶行(비파행) 같은 것을 白氏文集(백씨문집)에는 琵琶引이라 제목하고 그 序文에는 琵琶行이라 한 것들을 보아도 알 수 있음.

丹靑引 : 杜甫의 本集(본집)에 丹靑引贈曹將軍霸(단청인증조장군패)라고 하였음.

魏夫人 : 書斷(서단)에 魏夫人의 이름은 鑠(삭)인데 廷尉 展文(정위 전문)의 여동생이며 汝陰 太守 李矩之 妻(여음 태수 이구지 처)로 隷書(예서)에 뛰어나고 王羲之(왕희지)에게 서법을 傳授(전수)하였다고 되어있음.

王右軍 : 王羲之로 중국 제일의 서예가이며 右軍將軍이었음.

丹靑 : 그림. 주로 건물에 채색을 올리는 것을 丹靑이라 하나 여기서는 畵像(화상)을 말함.

開元 : 玄宗의 年號(연호)로 玄宗은 자주 曹霸를 引見하였다 함.

陵煙功臣 : 당나라 貞觀(정관) 17년에 閻立本(염립본)에게 불리어 陵煙閣(능연각)에 24인의 공신을 그리게 되니 帝가 스스로 贊(찬)을 지었고 鄂國公 尉遲敬德(악국공 위지경덕)은 第 7圖(제 7도)이며 褒國忠壯公 段之玄(포국충장공 단지현)은 第 十圖임.

少顔色 : 색채가 벗겨져서 像(상)의 顔面(안면)이 분명치가 않음.

開生面 : 생기가 있는 얼굴을 나타냄.

進賢冠 : 儒者 文官(유자 문관)이 쓰는 冠.

來酣戰 : 한창 싸움이 무르익은 전장에서 돌아온 것 같은 풍채를 말함.

來 : 猶(유)로 된데도 있음.

玉花驄 : 현종이 타던 말인데 驄은 푸른색과 흰색이 섞인 말.

閶闔 : 天門(천문).

長風 : 멀리 까지 불어 가는 바람으로 말의 위세가 하도 강하여 바

람을 일으킬 만한 것을 뜻함.

意匠 : 마음속에 계획을 잡음. 그림을 그리는 데 구도를 잡음.

慘憺 : 무척 고심하는 것.

經營 : 계획을 세워서 실행해 나가는 것.

九重 : 九天에 비하여 宮門(궁문)은 九重이 있다고 함.

圉人 : 말을 기르고 芻牧(추목)을 관장하는 사람.

太僕 : 수레와 말을 관리하는 벼슬.

韓幹 : 大梁(대양) 사람인데 인물을 잘 그리고 특히 말에 능하였으며 처음에는 曹覇를 스승으로 하고 뒤에는 독자의 기법을 떨쳤다 함.

入室 : 그림의 깊은 이치를 터득함.

畫肉 : 그림의 말이 살이 쪄서 골격이 나타나지 않았음을 풍자한 것임.

蓋 : ①덮을 개. 蓋世(개세). ②어찌 아니할 합. 子蓋言子之志於公乎(자합언자지지어공호)

## 538. 思邊(사변)

－青蓮居士 李　白(청련거사 이　백)

去年何時君別妾　南園綠草飛蝴蝶　今歲何時妾憶君　西山白雪暗秦雲
玉關去此三千里　欲寄音書那可聞
거년하시군별첩　남원록초비호접　금세하시첩억군　서산백설암진운
옥관거차삼천리　욕기음서나가문

지난 해 어느 날 당신과 헤어졌지요
지금은 남쪽 동산 푸른 풀밭에 나비들이 날아다녀요
올해에는 어느 날 당신을 기억할까요
서산엔 흰 눈이 쌓이고 진나라 땅에는 구름이 어두워요
그곳 옥관은 여기서 삼천리나 먼 곳
소식 전하려 하지만 전할 수가 없네요

直譯(직역) – 지나간(去) 해(年) 어느(何) 때(時) 님은(君) 첩과(妾) 헤어졌었지요(別)
남쪽(南) 동산(園) 푸른(綠) 풀에(草) 나비(蝴) 나비가(蝶) 날아다녀요(飛)
올(今) 해에는(歲) 어느(何) 때에(時) 첩이(妾) 님을(君) 생각할까요(憶)
서쪽(西) 산엔(山) 흰(白) 눈이 오고(雪) 진나라에는(秦) 구름이(雲) 어두워요(暗)
옥관이란 곳은(玉關) 여기서(此) 삼천리나(三千里) 가야하니(去)
소리와(音) 글을(書) 부치려(寄) 하여도(欲) 어찌(那) 들릴(聞) 수 있을까요(可)

題意(제의) – 헤어져 떠나간 玉關은 여기서 三千里나 먼 거리라 소식 전하고 싶지만 전할 수가 없는 안타까운 심정을 읊은 詩(시).

註解(주해) – 玉關 : 漢(한) 나라와 匈奴(흉노)와의 국경에 있는 關門(관문).

## 539. 漁翁(어옹)

– 子厚 柳宗元(자후 유종원)

漁翁夜傍西巖宿　曉汲淸湘燃楚竹　煙消日出不見人　欸乃一聲山水綠
回看天際下中流　巖上無心雲相逐
어옹야방서암숙　효급청상연초죽　연소일출불견인　애애일성산수록
회간천제하중류　암상무심운상축

늙은 어부는 밤이 되자 서쪽 바위 곁에 잠자고
새벽에는 맑은 상수의 물을 길어 초 땅의 대나무로 밥을 짓는다
안개 사라져 해 떠올라도 사람은 보이지 않고
뱃노래 한 가락에 산과 물이 다 푸르다
머리 돌려 하늘구름 바라보니 물 속으로 흘러내리고
바위 위에는 무심하게 구름만 서로 쫓는다

直譯(직역) – 어부(漁) 늙은이는(翁) 밤에(夜) 서쪽(西) 바위(巖) 곁에서(傍) 자고(宿)
새벽에는(曉) 맑은(淸) 상수의 물(湘) 길어다가(汲) 초 나라(楚) 대나무로(竹) 불을 지핀다(燃)
연기 기운이(煙) 사라져(消) 해가(日) 나와도(出) 사람은(人) 보이지(見) 않고(不)
뱃노래(乃) 소리(欸) 한(一) 가락에(聲) 산과(山) 물이(水) 푸르다(綠)
하늘에(天) 낮게 낀 구름을(際) 돌리어(回) 바라보니(看) 가운데로(中) 흘러(流) 내리고(下)
바위(巖) 위에는(上) 마음도(心) 없이(無) 구름만(雲) 서로(相) 쫓는다(逐)

題意(제의) – 뱃노래 한 가락에 산과 물이 다 푸르며 머리 돌려 하늘을 바라보니 무심하게 구름만 서로 쫓는 평화로운 정경을 읊은 詩(시).

註解(주해) – 湘 : 廣西省 興安縣(광서성 흥안현)에서 발원하여 洞庭湖(동정호)로 흘러 들어가는 江(강).
乃 : ①이에 내. 乃心(내심). ②뱃소리 애. 欸乃(애애).

## 540. 燕思亭(연사정)

– 馬 存(마 존)

李白騎鯨飛上天 江南風月閑多年 縱有高亭與美酒 何人一斗詩百篇
主人定是金龜老 未到亭中名已好 **紫蟹肥時晩稻香 黃鷄啄處秋風早**
我憶金鑾殿上人 巨靈劈山洪河竭 長鯨吸海萬壑貧 如傾元氣入胸腹
須臾百媚生陽春 **讀書不必破萬卷 筆下自有鬼與神** 我曹本是狂吟客
寄語溪山莫相憶 他年須使襄陽兒 再唱銅醍滿街陌
이백기경비상천 강남풍월한다년 종유고정여미주 하인일두시백편
주인정시금귀노 미도정중명이호 **자해비시만도향 황계탁처추풍조**
아억금란전상인 거영벽산홍하갈 장경흡해만학빈 여경원기입흉복

수유백미생양춘 **독서불필파만권 필하자유귀여신** 아조본시광음객
기어계산막상억 타년수사양양아 재창동제만가맥

이백이 고래 타고 하늘로 날아가니
강남의 풍월은 몇 년 동안 한산하다
높은 정자와 좋은 술이 있다하여도
누가 한 말 술에 시 백 편을 지을까
주인은 금 거북을 술로 바꾼 하지장 같은 노인일 것이니
정자에 이르기도 전에 명성은 이미 좋았다
자주 빛 게가 살찌는 때에 늦은 벼는 향기롭고
누런 닭이 모이를 쪼는 곳에 이미 가을바람 불어온다
나의 기억으로는 옛날 금란전 위에서 이백은
위대한 신령이 산을 쪼개어 큰 강물이 마르듯
고래가 바닷물을 마셔버려 온 골짝이 마르듯
원기를 기울여 가슴과 배에 불어넣으면
온갖 아름다운 글이 따뜻한 봄처럼 피어났다
책을 읽음에 반드시 만 권일 필요는 없겠지만
붓을 들면 저절로 귀신들린 듯 했다
나 같은 무리는 본래 미친 듯 시나 읊는 사람이지만
계곡과 산에 서로 생각하지 말라 말하고싶고
다른 해에 반드시 양양의 아이들이
동제곡을 다시 불러 거리나 들판에 가득하게 하련다

**直譯(직역)**－이태백이(李白) 고래(鯨) 타고(騎) 하늘로(天) 날아(飛) 올랐으니(上) 강(江) 남쪽의(南) 바람과(風) 달은(月) 많은(多) 해 동안(年) 한가하다(閑) 가령(縱) 높은(高) 정자와(亭) 더불어(與) 맛좋은(美) 술이(酒) 있다하여도(有)

어떤(何) 사람이(人) 한(一) 말에(斗) 시가(詩) 백(百) 편이겠는가(篇)
주인 된(主) 사람은(人) 반드시(定) 금(金) 거북의(龜) 늙은이(老) 일 것이니(是)
정자(亭) 가운데에(中) 이르지도(到) 아니했는데(未) 이름은(名) 이미(已) 좋았다(好)
자주 빛(紫) 게가(蟹) 살찌는(肥) 때에(時) 늦은(晩) 벼는(稻) 향기롭고(香)
누런(黃) 닭이(鷄) 모이를 쪼는(啄) 곳에(處) 가을(秋) 바람이(風) 이르다(早)
나는(我) 금란전(金鑾殿) 위의(上) 사람을(人) 기억하는데(憶)
큰(巨) 신령이(靈) 산을(山) 쪼개니(劈) 큰(洪) 물이(河) 마르고(竭)
큰(長) 고래가(鯨) 바다를(海) 빨아들여(吸) 온(萬) 골짝이(壑) 모자란다(貧)
만일(如) 으뜸 된(元) 기운을(氣) 기울여(傾) 가슴과(胸) 배에(腹) 들인다면(入)
잠시(須) 잠깐에(臾) 온갖(百) 아름다움이(媚) 따뜻한(陽) 봄처럼(春) 생겨날 것이다(生)
책을(書) 읽음에(讀) 반드시(必) 만(萬) 권을(卷) 다하는 것은(破) 아니지만(不)
붓에(筆) 손을 대면(下) 저절로(自) 귀신과(鬼) 더불어(與) 귀신이(神) 있는 듯 했다(有)
나라는(我) 무리는(曹) 본래(本) 이에(是) 미친 듯(狂) 시나 읊는(吟) 사람이나(客)
시내와(溪) 산에(山) 부치어(寄) 말하는 것은(語) 서로(相) 생각하지(憶) 말라는 것이다(莫)
다른(他) 해에(年) 반드시(須) 양양의(襄陽) 아이들로(兒) 하여금(使)
동제곡을(銅醍) 다시(再) 불러(唱) 거리(街) 거리에(陌) 가득하게 하련다(滿)

**題意**(제의) – 燕思亭 주인도 李 白이나 賀知章과 같이 풍류를 아는 분일 것이니 함께 술을 마시며 즐기겠다고 읊은 詩(시).

註解(주해) – 李白 : 唐(당) 나라 시인으로 字(자)는 太白(태백) 號(호)는 靑蓮居士(청련거사)이며 술을 즐겼고 杜甫(두보)와 함께 唐나라 대표적인 시인으로 주관적이며 자유분방한 것이 특징이며 詩仙(시선)이라 일컬음.

賀知章 : 字는 季眞(계진)이고 술을 좋아하고 담론을 즐겼으며 肅宗(숙종)이 태자로 있을 때 賓客(빈객)으로 뽑혀 秘書監(비서감)이 되었음. 스스로 四明狂客(사명광객)이라 號하였는데 四明이란 日月星辰(일월성신)의 빛이 통한다는 뜻이고 狂客이란 거리낌없이 하고싶은 대로한다는 뜻임.

## 541. 邀月亭(요월정)

– 馬子才(마자재)

亭上十分綠醑酒　盤中一筋黃金雞　滄溟東角邀姮娥　氷輪碾上靑琉璃　天風洒掃浮雲沒　千巖萬壑瓊瑤窟　**桂花飛影入盞來　傾下胸中照淸骨**　玉兎擣藥與誰餐　且與豪客留朱顏　朱顏如可留　**恩重如丘山**　爲君殺卻蝦蟆精　腰間老劍光芒寒　擧酒勸明月　聽我歌聲發　照見古人多少愁　更與今人照離別　我曹自是高陽徒　肯學群兒嘆圓缺

정상십분록서주　반중일근황금계　창명동각요항아　빙륜년상청류리　천풍쇄소부운몰　천암만학경요굴　**계화비영입잔래　경하흉중조청골**　옥토도약여수찬　차여호객유주안　주안여가류　**은중여구산**　위군살각하마정　요간노검광망한　거주권명월　청아가성발　조견고인다소수　갱여금인조이별　아조자시고양도　긍학군아탄원결

정자 위엔 녹색 미주
쟁반 위엔 금빛 닭고기

동해에서 떠오르는 달을 맞는데
청 유리 빛 하늘에 차가운 둥근 달이 뜨고
바람이 비질하니 사라진 구름
바위랑 골짜기는 온통 아름다운 구슬
달빛이 날아 앉은 잔을
가슴에 기울이면 뼈도 달빛에 젖어 서늘하고
달 속 옥토끼는 약을 찧어 뉘게 주나
홍안을 지니게 우리에게도 나누어다오
홍안을 길이 지닐 수 있다면
그 은혜 산같이 무거우리
달을 위해 두꺼비를 없애 주리라
서릿발 같이 날카로운 우리들 허리의 고검
밝은 달에 술잔 권하니
내 노래 들어다오
전에도 옛 사람들의 많은 근심 비춰주었고
이제는 다시 살아 있는 사람들의 이별을 비추는구나
우리는 호방한 고양 한량들
뭇 사내들처럼 차고 기우는 것에 걱정하는 짓을 배우랴

直譯(직역) – 정자(亭) 위의(上) 몫은(分) 전부(十) 푸르고(綠) 맛좋은 술(醑) 술(酒)
쟁반(盤) 가운데(中) 힘살은(筋) 모두(一) 누른(黃) 금빛(金) 닭(雞)
큰 바다(滄) 바다(溟) 동쪽(東) 모서리에(角) 달 속 선녀 항아를(姮娥) 맞이하는데(邀)
얼음처럼 맑고 투명한(氷) 둥근(輪) 맷돌이(碾) 푸른(靑) 유리(琉璃) 위로 올라온다(上)
하늘엔(天) 바람이(風) 물 뿌리고(洒) 비질하여(掃) 뜬(浮) 구름도(雲)

없어지고(沒)
많은(千) 바위와(巖) 많은(萬) 골짜기는(壑) 옥과(瓊) 옥돌(瑤) 굴이라(窟)
계수나무(桂) 꽃은(花) 빛으로(影) 날아와(飛) 잔으로(盞) 들어(入) 오고(來)
가슴(胸) 속(中) 아래로(下) 기울이면(傾) 뼈까지(骨) 맑게(淸) 비춘다(照)
옥(玉) 토끼는(兎) 약을(藥) 찧어(擣) 누구에게(誰) 먹여(餐) 주나(與)
또한(且) 호걸스런(豪) 손에게도(客) 베풀어주어서(與) 붉은(朱) 얼굴을(顔) 머무르게 해 다오(留)
붉은(朱) 얼굴을(顔) 만일(如) 머무르게(留) 해 준다면(可)
은혜(恩) 무겁기(重) 언덕이나(丘) 산(山) 같으리(如)
그대(君) 위해(爲) 두꺼비(蝦) 두꺼비(蟆) 근본을(精) 물리쳐(卻) 없애리니(殺)
허리(腰) 옆(間) 늙은(老) 칼은(劒) 끝이(芒) 차갑게(寒) 빛난다(光)
술을(酒) 들어(擧) 밝은(明) 달에(月) 권하나니(勸)
내가(我) 내는(發) 노래(歌) 소리(聲) 들어주오(聽)
옛(古) 사람의(人) 많고(多) 적은(少) 근심을(愁) 비치어(照) 보였고(見)
다시(更) 이제(今) 사람의(人) 떠나(離) 헤어짐을(別) 비추어(照) 주네(與)
우리(我) 무리는(曹) 스스로(自) 이에(是) 하남성 고양의(高陽) 무리인데(徒)
여러(群) 아이들이(兒) 차고(圓) 기우는 것에(缺) 한숨짓는 것을(嘆) 즐겨(肯) 배우랴(學)

**題意**(제의) – 용어가 華麗 · 淸新(화려 · 청신)하고 감정이 풍부하며 豪俠(호협)한 무리들의 격조 높게 넘쳐흐르는 慷慨(강개)를 읊은 詩(시).

**註解**(주해) – 一筋 : 한 덩어리의 고기.

姮娥 : 달의 異名(이명). 태고에 羿(예)의 처 姮娥가 달 속으로 도망하여 두꺼비의 일종인 蜍蟾(서섬)이 되었다는 전설이 있음.

氷輪 : 달을 형용한 것.

青琉璃 : 하늘을 형용한 것.

## 542. 虞美人草(우미인초)

- 子固 曾 鞏(자고 증 공)

鴻門玉斗紛如雪 十萬降兵夜流血 咸陽宮殿三月紅 霸業已隨煙燼滅
剛强必死仁義王 陰陵失道非天亡 英雄本學萬人敵 何用屑屑悲紅粧
三軍散盡旌旗倒 玉帳佳人坐中老 香魂夜逐劍光飛 青血化爲原上草
芳心寂寞寄寒枝 舊曲聞來似斂眉 哀怨徘徊愁不語 恰如初聽楚歌時
滔滔逝水流今古 漢楚興亡兩丘土 當年遺事久成空 慷慨樽前爲誰舞
홍문옥두분여설 십만항병야유혈 함양궁전삼월홍 패업이수연신멸
강강필사인의왕 음릉실도비천망 영웅본학만인적 하용설설비홍장
삼군산진정기도 옥장가인좌중로 향혼야축검광비 청혈화위원상초
방심적막기한지 구곡문래사렴미 애원배회수불어 흡여초청초가시
도도서수류금고 한초흥망양구토 당년유사구성공 강개준전위수무

범증이 술그릇 옥두를 부수어 눈 날리듯 날려버리고
십만 항복한 진나라 군사의 피를 밤에 흘러내렸다
함양의 궁전을 불살라 석 달이나 붉게 타올라
우두머리가 되려던 꿈은 이미 연기 따라 깜부기불로 사라졌다
잔인한 강자는 반드시 죽고 어진 자가 왕이 되거니
항우가 음릉에서 길을 잃은 건 하늘의 뜻이 아니랴
영웅은 본시 만인 겨루는 것을 배우나니
어찌 구질구질하게 미인 따위로 슬퍼하겠는가
삼군은 다 흩어지고 군기는 무너지니
구슬 장막 속의 미인은 앉은 채로 다 늙어간다
우미인의 영혼이 칼 빛 따라 하늘로 날아가니

푸른 피가 변하여 들판의 풀이되었단다
향기로운 마음 쓸쓸히 차가운 가지에 머물러 있으니
옛 가락 들려오면 눈썹을 찌푸리는 듯하다
슬픔과 원망 속에 배회하며 근심스러워 말도 하지 못하고
마치 그 옛날 초나라 노래를 듣는 듯하구나
도도한 강물은 예나 지금이나 흐르고
그때 흥한 한나라도 망한 초나라도 흙 둔덕일 뿐
그 당시의 지난 일 모두 공허하게 된지 오래이니
술통을 앞에 두고 강개하여 누굴 위해 춤을 출 것인가

直譯(직역)－홍문이란 곳에서(鴻門) 옥으로 된(玉) 술그릇을(斗) 눈(雪) 같이(如) 어지럽게 했고(紛)
십만(十萬) 항복한(降) 진나라 군사가(兵) 밤에(夜) 피를(血) 흘리게 했다(流)
함양의(咸陽) 궁궐과(宮) 궁궐이(殿) 석(三) 달이나(月) 붉은 빛이었고(紅)
우두머리가 되려던(覇) 일은(業) 이미(已) 연기(煙) 따라(隨) 깜부기불로(燼) 없어졌다(滅)
굳세고(剛) 굳세면(强) 반드시(必) 죽고(死) 덕이 있고(仁) 옳으면(義) 왕이 되나니(王)
음릉에서(陰陵) 길을(道) 잃은 건(失) 하늘이(天) 망하게 한 것이(亡) 아니라(非)
뛰어나고(英) 씩씩한 사람은(雄) 본디(本) 만(萬) 사람과(人) 겨루는 것을(敵) 배우나니(學)
어찌(何) 하여(用) 구질구질하고(屑) 구질구질하게(屑) 붉게(紅) 화장한 사람을(粧) 슬퍼하라(悲)
세(三) 군사는(軍) 흩어져(散) 다하고(盡) 새털로 장식한 기와(旌) 붉은 기를(旗) 거꾸로 하니(倒)
구슬(玉) 장막의(帳) 아름다운(佳) 사람은(人) 앉은(坐) 가운데서(中)

늙어간다(老)
향긋한(香) 넋이(魂) 밤에(夜) 칼(劍) 빛(光) 쫓아(逐) 날아가니(飛)
푸른(靑) 피가(血) 모양이 바뀌어(化) 들판(原) 위의(上) 풀이(草) 되었단다(爲)
향기로운(芳) 마음은(心) 고요하고(寂) 쓸쓸히(寞) 차가운(寒) 가지에(枝) 맡기고(寄)
옛(舊) 가락(曲) 들려(聞) 오면(來) 눈썹을(眉) 거두어들이는 것(斂) 같다(似)
슬픔과(哀) 원망에(怨) 어정거리고(徘) 머뭇거리며(徊) 근심스러워(愁) 말도 하지(語) 못하지만(不)
마치(恰) 그 옛날(初) 초 나라(楚) 노래를(歌) 듣는(聽) 때와(時) 같구나(如)
넓고(滔) 길게(滔) 떠나가는(逝) 물은(水) 예나(古) 지금이나(今) 흐르고(流)
한나라(漢) 초 나라가(楚) 흥하고(興) 망하였어도(亡) 둘 다(兩) 언덕의(丘) 흙일 뿐(土)
그(當) 해에(年) 남긴(遺) 일은(事) 헛되게(空) 이루어진지(成) 오래이니(久)
술통(樽) 앞에(前) 한탄하고(慷) 슬퍼하며(慨) 누굴(誰) 위해(爲) 춤을 출 것인가(舞)

題意(제의) – 유방과 項羽의 싸움에 이긴 한나라도 패한 초 나라도 역사 속으로 사라지는 영고성쇠의 무상함을 읊은 詩(시).

註解(주해) – 虞美人草 : 개양귀비로 虞美人의 무덤에 났다는 전설에서 생긴 이름.
虞美人 : 옛 날 중국 楚王 項羽(초왕 항우)의 寵姬(총희)로 늘 項羽를 따라 다녔다는 絶世美人(절세미인).
項羽 : 중국 秦末(진말)의 무장으로 이름은 籍(적)이고 羽는 字(자)인

데 기원전 209년에 군사를 일으켜 秦나라를 쳐서 滅한 다음 스스로 西楚(서초)의 霸王이라 하였는데 뒤에 劉邦(유방)과 불화로 垓下(해하)에서 패하여 烏江(오강)에서 자결하였음.

劉邦 : 중국 漢 高祖(한 고조)로 楚나라 懷王(회왕)의 명을 받고 秦나라를 치는데 공을 세웠으며 뒤에 項羽를 垓下에서 격파한 후 제위에 올라 국호를 漢이라 하고 長安(장안)에 도읍 하였음.

鴻門 : 漢 高祖 劉邦과 項羽가 회견한 곳으로 지금의 陝西省 臨潼縣(섬서성 임동현) 임.

鴻門玉斗(홍문옥두) : 鴻門에서 漢 高祖 劉邦과 楚 項羽가 회견할 때 高祖가 부하인 張良(장량)을 시켜 項羽의 신하인 范增(범증)에게 옥으로 만든 구기 한 쌍을 선물로 보냈더니 范增이 칼을 빼어 이를 부수고 高祖를 잡지 못하고 놓진 것을 한탄하였다는 고사가 있음.

구기 : 자루가 달린 술 따위를 푸는 기구.

咸陽 : 중국 陝西省 西安(서안)의 서북부 渭水(위수) 북안에 있는 도시로 秦 孝公(진 효공)이 이 곳에 도읍을 정하였고 秦始皇(진시황)은 궁궐 咸陽宮(함양궁)을 이룩하였음.

仁 : 孔子(공자)의 가르침에 일관되어 있는 政治上・倫理上(정치상・윤리상)의 理想(이상)으로 克己復禮(극기복례)를 그 내용으로 하며 윤리적 모든 德(덕)의 기초가 되는 心的常態(심적상태)로서 天道(천도)가 발현하여 仁이 되고 이를 실천하면 만사 모두 調和・發展(조화・발전)된다는 사상 임.

義 : 자기의 이익을 생각하지 않고 人道(인도)를 위하여 盡力(진력)하는 것.

## 543. 月夜與客飮酒杏花下(월야여객음주행화하)

－東坡 蘇 軾(동파 소 식)

杏花飛簾散餘春 明月入戶尋幽人 褰衣步月踏花影 炯如流水涵靑蘋
**花間置酒淸香發 山城薄酒不堪飮** 勸君且吸杯中月 洞簫聲斷月明中
惟憂月落酒杯空 明朝卷地春風惡 但見綠葉棲殘紅
행화비렴산여춘 명월입호심유인 건의보월답화영 형여유수함청빈
**화간치주청향발 산성박주불감음** 권군차흡배중월 형소성단월명중
유우월락주배공 명조권지춘풍악 단견녹엽서잔홍

살구꽃은 문발에 날아들어 남은 봄마저 흩어버리고
밝은 달은 방에 들어 숨어사는 이를 찾는다
옷을 추어올리고 달빛 아래를 거닐며 꽃 그림자를 밟으니
흐르는 물이 푸른 개구리밥을 적실 듯 밝다
꽃 사이의 술에서 맑은 향이 피어나니
이 산성의 막걸리는 마실만한 것이 못 된다
술잔 속의 달을 마시라고 그대에게 권하지만
멀리 퉁소소리도 사라지고 달빛만 밝은데
오직 달이 져서 술잔이 비어질까 걱정이다
내일 아침 땅을 말 듯 봄바람이 모질게 불면
푸른 나무 잎 속에 지다 남은 꽃잎들만 보리라

**直譯(직역)**－살구(杏) 꽃은(花) 문발에(簾) 날아들어(飛) 남은(餘) 봄을(春) 흩어버리고(散)
밝은(明) 달은(月) 방에(戶) 들어(入) 숨어사는(幽) 사람을(人) 찾는다(尋)
옷을(衣) 추어올리고(褰) 달빛에(月) 거닐며(步) 꽃(花) 그림자를(影) 밟으니(踏)

흐르는(流) 물은(水) 푸른(靑) 개구리밥을(蘋) 적시는 것과(涵) 같이(如) 밝다(炯)
꽃(花) 사이에(間) 술을(酒) 두니(置) 맑은(淸) 향이(香) 피어나는데(發)
산(山) 성의(城) 거친(薄) 술은(酒) 마셔(飮) 견딜만하지(堪) 못하다(不)
또한(且) 술잔(杯) 속의(中) 달을(月) 마시라고(吸) 그대에게(君) 권하지만(勸)
멀리서(迥) 쓸쓸하던(蕭) 소리도(聲) 없어지고(斷) 달빛이(月) 밝게(明) 가득 차 있는데(中)
오직(惟) 달은(月) 떨어지고(落) 술(酒) 잔이(杯) 비어질까(空) 걱정이다(憂)
날이 밝아지는(明) 아침에(朝) 땅을(地) 말 듯(劵) 봄(春) 바람이(風) 모질면(惡)
다만(但) 푸른(綠) 잎에(葉) 깃들어(棲) 남아있는(殘) 붉은 꽃만(紅) 보리라(見)

**題意**(제의)－내일 아침이면 꽃잎들이 많이 지겠지만 밝은 달빛 아래 손과 살구꽃 아래서 술을 마시는 감흥을 읊은 詩(시).

## 544. 有所思(유소사)

－延淸 宋之問(연청 송지문)

洛陽城東桃李花　飛來飛去落誰家　幽閨兒女惜顔色　坐見落花長歎息
今年花落眼色改　明年花開復誰在　**已見松柏摧爲薪　更聞桑田變成海**
古人無復洛城東　今人還對落花風　**年年歲歲花相似　歲歲年年人不同**
寄言全盛紅顔子　須憐半死白頭翁　此翁白頭眞可憐　伊昔紅顔美少年
公子王孫芳樹下　淸歌妙舞落花前　光祿池臺開錦繡　將軍樓閣畫神仙
一朝臥病無相識　**三春行樂**在誰邊　宛轉蛾眉能幾時　須臾鶴髮亂如絲
但看古來歌舞地　惟有黃昏鳥雀飛

낙양성동도리화 비래비거낙수가 유규아여석안색 좌견낙화장탄식
금년화락안색개 명년화개부수재 **이견송백최위신** **갱문상전변성해**
고인무부낙성동 금인환대낙화풍 **연년세세화상사** **세세년년인부동**
기언전성홍안자 수련반사백두옹 차옹백두진가련 이석홍안미소년
공자왕손방수하 청가묘무낙화전 광록지대개금수 장군누각화신선
일조와병무상식 **삼춘행락**재수변 완전아미능기시 수유학발난여사
단간고래가무지 유유황혼조작비

낙양성 동쪽 복사꽃 오얏꽃은
날아오고 날아가서 뉘 집에 떨어지나
얼굴빛을 아끼는 규방 아가씨
우두커니 앉아 낙화를 보며 긴 한숨
올해도 꽃이 지면 얼굴도 달라지리니
명년 꽃이 필 때 누가 그 얼굴 그대로 있겠는가
송백도 꺾이면 땔나무되고
상전이 변해서 벽해 된다지
사람은 한 번 가면 다시 오는 이 없건만
옛 사람이 보았던 바람에 지는 꽃을 보네
해마다 꽃은 같건만
해마다 다른 사람 얼굴
그대 젊은이에게 하고픈 말은
모름지기 반생을 넘은 이 백발노인 어여삐 여겨라
이 늙은이의 백발은 참으로 가련 하지만
이래도 옛날엔 홍안미소년
꽃다운 나무 아래선 귀한 사람들과
낙화 앞에선 청아한 노래와 멋진 춤을

광록의 지대 같은 호화로운 자리에 비단 방석도 깔렸고
장군의 누각 같은 화려한 저택에 신선도도 그려있었지
이제 하루아침에 병들어 누웠으니 아는 이 없고
세 봄의 행락은 누구 곁으로 가버렸나
어여쁜 아가씨야 몇 때나 젊으시려나
학 털 흰머리가 얼마 아니 실처럼 흐트러지리
예부터 노래와 춤이 끊이지 않던 이 곳
다만 쓸쓸한 황혼에 새들만 날아들 뿐

直譯(직역) – 당나라 낙양성(洛陽城) 동쪽(東) 복숭아(桃) 오얏(李) 꽃은(花) 날아(飛) 오고(來) 날아(飛) 가서(去) 누구(誰) 집에(家) 떨어지나(落)
깊숙한(幽) 도장 방에(閨) 아이(兒) 아가씨는(女) 얼굴(顔) 빛을(色) 소중히 아끼고(惜)
앉아서(坐) 떨어지는(落) 꽃을(花) 바라보고(見) 길이(長) 탄식하며(歎) 숨쉬네(息)
올(今) 해(年) 꽃이(花) 떨어지니(落) 얼굴(顔) 빛도(色) 바뀌어지는데(改)
밝아올(明) 해에(年) 꽃이(花) 피면(開) 다시(復) 누구인들(誰) 일정하게 있겠는가(在)
소나무(松) 잣나무도(柏) 꺾이면(摧) 땔나무(薪) 되는 것을(爲) 이미(已) 보았고(見)
또(更) 뽕나무(桑) 밭도(田) 변하여(變) 바다를(海) 이룬다고(成) 들었다네(聞)
옛(古) 사람은(人) 다시는(復) 낙양(洛) 성(城) 동쪽으로 감이(東) 없는데(無)
지금(今) 사람은(人) 도리어(還) 바람에(風) 지는(落) 꽃을(花) 대하고(對)
해마다(年) 해마다(年) 해마다(歲) 해마다(歲) 꽃은(花) 서로(相) 같은데(似)
해마다(歲) 해마다(歲) 해마다(年) 해마다(年) 사람은(人) 같지(同) 아

니하고(不)
온전히(全) 성하고(盛) 붉은(紅) 얼굴의(顔) 자네에게(子) 말을(言) 부치니(寄)
모름지기(須) 반쯤(半) 생기가 없어진(死) 흰(白) 머리(頭) 늙은이를(翁) 어여삐 여기시게(憐)
이(此) 늙은이(翁) 흰(白) 머리는(頭) 참으로(眞) 불쌍히 여기는 것이(憐) 옳긴 하지만(可)
이래도(伊) 옛적엔(昔) 붉은(紅) 얼굴의(顔) 아름답고(美) 젊은(少) 나이였었지(年)
귀인의(公) 아들(子) 왕의(王) 손자와(孫) 꽃다운(芳) 나무(樹) 아래에 있기도 했고(下)
지는(落) 꽃(花) 앞에서(前) 맑게(淸) 노래도하고(歌) 묘한(妙) 춤도 추었었지(舞)
한나라 광록대부의(光祿) 연못(池) 돈대에서는(臺) 비단과(錦) 수를(繡) 펼치었고(開)
사치스런 양기 장군의(將軍) 다락(樓) 집에서는(閣) 신령스런(神) 선인(仙) 그림도 있었지(畵)
하루(一) 아침에(朝) 병으로(病) 누워(臥) 서로(相) 아는 이(識) 없으니(無)
세(三) 봄에(春) 즐거움을(樂) 행함은(行) 누구의(誰) 근처에(邊) 있는가(在)
굽은 듯(宛) 구르는 듯(轉) 나방의 더듬이 같은(蛾) 눈썹은(眉) 몇(幾) 때나(時) 능할까(能)
잠시(須) 잠깐에(臾) 학 같은(鶴) 터럭으로(髮) 실(絲) 같이(如) 어지럽게 되는 것(亂)
다만(但) 옛날(古)부터(來) 노래하고(歌) 춤추던(舞) 곳을(地) 바라보니(看)
오직(惟) 누른빛(黃) 저녁때에(昏) 새(鳥) 참새만(雀) 날고(飛) 있네(有)

**題意**(제의) – 화사한 봄날 흰머리 노인이 꿈결같이 지내온 자신의 청춘을 더듬으며 人生無常(인생무상)을 읊은 詩(시).

註解(주해) – 有所思 : 代悲白頭翁 · 白頭吟 · 白頭翁詠(대비백두옹 · 백두음 · 백두옹영) 등의 題名(제명)으로 된 곳도 있고 唐詩遺響 · 唐詩選(당시유향 · 당시선)에 劉希夷 一名 劉廷芝(유희이 일명 유정지)의 작이라고 되어 있으며 唐才子傳(당재자전)에 이 시의 年年歲歲花相似 歲歲年年人不同의 一聯(일련)은 舅戚(구척)이 되는 宋之問이 매우 감탄하여 이를 자기에게 넘겨달라고 요구하였는데 이를 듣지 않자 하인에게 명하여 劉希夷를 土壤(토양)으로 壓殺(압살)하였다고 전함.

惜顔色 : 全唐詩(전당시)에는 好顔色(호안색)으로 되어 있음.

全盛紅顔子 : 한창 意氣(의기) 왕성한 젊은이.

公子王孫 : 귀한 신분의 子弟(자제)를 通稱(통칭).

光綠池臺開錦繡 : 漢(한)의 光祿大夫(광록대부) 王根(왕근)의 邸宅(저택)에 세워진 화려한 高殿(고전)에 비해도 결코 뒤지지 않을 곳에서 수놓은 비단방석을 깔고 宴會(연회)를 열었다는 것임.

將軍樓閣畵神仙 : 後漢(후한)의 梁翼(양익) 將軍은 大邸宅(대저택)을 짓고 樓閣에 神仙圖(신선도)로 裝飾(장식)하였다고 함.

三春 : 정월 孟春(맹춘)과 이월 仲春(중춘) 그리고 삼월 季春(계춘)을 말함.

宛轉 : 아름답고 고움. 눈썹이 꼬부라진 형용으로 해석하는 것은 잘못된 것이라고 함.

蛾眉 : 미인.

## 545. 飮中八僊歌(음중팔선가)

–小陵 杜 甫(소릉 두 보)

知章騎馬似乘船 眼花落井水底眠 汝陽三斗始朝天 道逢麴車口流涎
恨不移封向酒泉 左相日興費萬錢 飮如長鯨吸百川 銜盃樂聖稱避賢
宗之瀟洒美少年 擧觴白眼望靑天 皎如玉樹臨風前 蘇晉長齋繡佛前
醉中往往愛逃禪 李白一斗詩百篇 長安市上酒家眠 天子呼來不上船

自稱臣是**酒中仙** 張旭三**盃草聖**傳 脫帽露頂王公前 揮毫落紙如雲煙
焦遂五斗**方卓然** 高談雄辯驚四筵
지장기마사승선 안화낙정수저면 여양삼두시조천 도봉국차구류연
한불이봉향주천 좌상일흥비만전 음여장경흡백천 함배낙성칭피현
종지소쇄미소년 거상백안망청천 교여옥수임풍전 소진장재수불전
취중왕왕애도선 이백**일두시백편** 장안시상주가면 천자호래불상선
자칭신시**주중선** 장욱**삼배초성**전 탈모노정왕공전 휘호낙지여운연
초수오두**방탁연** 고담웅변경사연

하지장의 말 탄 모양은 배에 탄 듯 흔들흔들
눈이 흐릿하여 샘에 떨어지면 물 속에서 잔다네
여양 왕은 서말 술을 마셔야만 조정에 나가고
길에서 누룩 수레 만나면 침이 흘러
영지를 주천으로 옮기지 못함이 한이 되었다네
좌상 이적지는 나날이 흥겨움에 만금을 뿌리니
술 마시기를 고래가 온 시내를 빨아들이듯
잔을 입에 물되 성인을 즐기고 현인을 피한다고
종지는 훤칠한 미소년
잔을 들고 하얀 눈으로 청천을 바라보는데
청백한 인품은 옥수가 풍전에 임한 듯
소진은 수놓은 불상 앞에 길이 머리 숙이지만
취중에는 왕왕 좌선에서 벗어나기를 즐겼네
이백은 한 말 술에 시 백 편
마시다 취하면 장안 거리 술집에서 잠들어
천자가 부르셔도 배에 오르지 않으며
스스로 주중선이라 일컫고

장욱은 석잔 술에 초성이라 전하는데
왕공 앞에도 의관 없이 나서고
종이 위에 붓을 휘두르면 구름 같은 초서
초수는 술 닷 말을 마시면
고담 웅변으로 사방을 놀라게 하였다네

**直譯**(직역) – 지장이란 사람이(知章) 말을(馬) 타면(騎) 배에(船) 오른 것(乘) 같았고(似)
눈이(眼) 흐려져(花) 샘에(井) 떨어져도(落) 물(水) 속에서(底) 잤더라(眠)
하남성 여양의 왕은(汝陽) 서(三) 말이어야(斗) 비로소(始) 천자를(天) 뵙고(朝)
길에서(道) 누룩(麴) 수레만(車) 만나도(逢) 입에서(口) 침이(涎) 흘렀으니(流)
술 샘이라는 뜻의 주천을(酒泉) 향하여(向) 제후의 봉지를(封) 옮기지(移) 못함을(不) 한스러워하더라(恨)
이적지라는 좌상은(左相) 날마다(日) 흥겨움에(興) 일만이나 되는(萬) 돈을(錢) 쓰게되어(費)
어른(長) 고래가(鯨) 모든(百) 냇물을(川) 빨아들이는 것(吸)처럼(如) 마셨고(飮)
잔을(盃) 입에 물고(銜) 성인을(聖) 즐기되(樂) 현인은(賢) 피한다고(避) 일컫더라(稱)
제나라 최종지는(宗之) 물처럼 맑고(瀟) 씻은 듯 깨끗하며(洒) 아름다운(美) 젊은(少) 나이였는데(年)
잔을(觴) 들어(擧) 흰(白) 눈으로(眼) 파란(靑) 하늘을(天) 바라보노라면(望)
깨끗하기로는(皎) 구슬(玉) 나무가(樹) 바람(風) 앞에(前) 임한 것(臨) 같더라(如)
소진이라는 사람은(蘇晉) 수를 놓아 만든(繡) 부처(佛) 앞에서(前) 오

래도록(長) 열심히 불도를 닦다가(齋)
술에 취한(醉) 가운데에(中) 이따금(往) 이따금(往) 좌선에서(禪) 벗어나는 것을(逃) 즐겼더라(愛)
이태백은(李白) 한(一) 말에(斗) 시가(詩) 백(百) 편이었는데(篇)
장안(長安) 저자(市) 위(上) 술(酒) 집에서(家) 잠들어(眠)
천자께서(天子) 불러(呼) 오라고 해도(來) 배에(船) 오르지(上) 않고(不)
이에(是) 신은(臣) 술(酒) 가운데에(中) 신선이라고(仙) 스스로(自) 일컬었더라(稱)
취하면 머리카락으로 글씨를 썼던 장욱은(張旭) 석(三) 잔에(盃) 초서의(草) 성인이라(聖) 전하는데(傳)
모자를(帽) 벗어(脫) 왕과(王) 높은 벼슬아치(公) 앞에서도(前) 정수리를(頂) 드러냈고(露)
붓을(毫) 휘둘러(揮) 종이에(紙) 떨어지게 하면(落) 구름인 듯(雲) 연기(煙) 같았더라(如)
평소에 말을 더듬었던 초수는(焦遂) 다섯(五) 말이면(斗) 바야흐로(方) 뛰어난 듯(卓) 그러하여(然)
높은(高) 이야기로(談) 씩씩하게(雄) 말을 잘하여(辯) 네 군데(四) 좌석을(筵) 놀라게 하였더라(驚)

**題意**(제의)－모두 명리를 초월해서 개성적인 행위로 자기의 절조를 지키고 있는 팔 인의 성격을 각각 史實(사실)에 기초해서 짧게 읊은 詩(시).

**註解**(주해)－飮中八僊 : 酒豪 賀知章(주호 하지장)·汝陽 璡(진)·左相 李適之(이적지)·崔宗之·蘇晉·李白·張旭·焦遂로서 開元·天寶(개원·천보) 때 사람인데 반드시 같은 시대에 같이 사귀었던 사람들은 아님.
知章 : 賀知章으로 字(자)는 季眞(계진)이며 號(호)는 狂客(광객).
酒泉 : 地理志(지리지)에 酒泉郡(주천군)의 성 아래에 金泉(금천)이 있으니 물이 달기가 술과 같다는 기록이 있음.
瀟洒 : 속기가 없고 풍류다운 것을 말함.

望靑天 : 지조가 고상한 것을 나타낸 것임.
玉樹 : 깨끗한 인품을 형용한 것임.

## 546. 人日寄杜二拾遺(인일기두이습유)

－達夫 高 適(달부 고 적)

人日題詩寄草堂 遙憐故人思故鄕 **柳條弄色不忍見 梅花滿枝空斷腸**
身在南藩無所預 心懷百憂復千慮 今年人日空相憶 明年人日知何處
一臥東山三十春 豈知書劍老風塵 龍鍾還忝二千石 愧爾東西南北人
인일제시기초당 요련고인사고향 **유조농색불인견 매화만지공단장**
신재남번무소예 심회백우부천려 금년인일공상억 명년인일지하처
일와동산삼십춘 기지서검노풍진 용종환첨이천석 괴이동서남북인

정월 초이레에 시를 써서 초당에 부치고
멀리서 고향 생각할 그대를 그리워한다
버들가지 푸른빛에 고향 생각 차마 견디기 어렵고
가지마다 가득한 매화는 창자를 에이는 듯
몸은 남번 땅에 있어 관여함이 없으나
마음 속에 품은 백 천 가지 근심을
올해 정월 초이레에는 다같이 고향 생각에 잠기지만
명년 정월 초이레에는 어느 곳에 있을지
한 번 동산에 누워 삼 십 년의 춘광
어찌 알았으리 책과 칼이 풍진 속에서 늙어질 줄
기력 없는 이 몸이 고맙게도 이 천 석 녹봉을 받고 있으나
동서남북 정처 없는 그대에겐 부끄러울 뿐

**直譯(직역)**－사람(人) 날에(日) 시를(詩) 써서(題) 풀(草) 집에(堂) 부치고(寄) 멀리서(遙) 옛(故) 마을(鄕) 생각할(思) 옛 벗(故) 사람을(人) 그리워하

네(憐)
버들(柳) 가지는(條) 빛을(色) 희롱하니(弄) 차마(忍) 볼 수(見) 없고(不)
매화(梅) 꽃은(花) 가지에(枝) 가득하니(滿) 부질없이(空) 창자를(腸) 끊네(斷)
몸은(身) 촉 나라 남번 땅에(南蕃) 있으니(在) 관여할(預) 바가(所) 없고(無)
마음엔(心) 백가지(百) 근심과(憂) 거듭하여(復) 천가지(千) 걱정을(慮) 품었네(懷)
지금(今) 해의(年) 사람(人) 날에는(日) 쓸쓸히(空) 서로(相) 생각하지만(憶)
밝아오는(明) 해(年) 사람(人) 날에는(日) 어디에서(何) 머무를지(處) 알겠는가(知)
한번(一) 동쪽(東) 산에(山) 누우니(臥) 열이(十) 세 번이나(三) 봄이었고(春)
책과(書) 칼이(劍) 바람(風) 티끌에(塵) 늙어 질줄(老) 어찌(豈) 알았으리(知)
주름이 용 같은(龍) 늙은이에게(鐘) 황송하게도(忝) 이천(二千) 섬이나(石) 보내주지만(還)
동서남북의(東西南北) 사람인(人) 그대에게(爾) 부끄럽기만 하다네(愧)

**題意(제의)** – 高適이 벼슬길에 있으나 뜻을 펴지 못한 심정을 人日에 排行(배행)이 두 번째이고 拾遺벼슬에 있었던 杜甫에게 보내려고 읊은 詩(시).

**註解(주해)** – 人日 : 東方朔占書(동방삭점서)에 歲後(세후) 8일간을 제 일일부터 鷄·犬·豕·羊·牛·馬·人·穀(계·견·시·양·우·마·인·곡) 즉 닭·개·돼지·양·소·말·사람·곡식 날이라 이름하였는데 그 날이 맑으면 그 해에는 그 생물이 잘 자라며 흐리면 재앙이 있다고 믿었음.

無所預 : 천하의 政道(정도)에 관여하는 바가 없음.
東山 : 浙江省(절강성)의 산 이름.
書劍 : 학문을 하는 일과 무술을 배우는 일. 수련을 쌓아서 출세하는 일.
龍鐘 : 志氣(지기)를 상실한 늙고 병든 몸.

## 547. 將進酒(장진주)

－靑蓮居士 李 白(청련거사 이 백)

君不見黃河之水天上來　奔流到海不復廻　又不見高堂明鏡悲白髮　朝如靑絲暮如雪　**人生得意須盡懽**　**莫使金樽空對月**　**天生我材必有用　千金散盡還復來**　烹羔宰牛且爲樂　會須一飮三百杯　岑夫子丹丘生　將進酒君莫停　與君歌一曲　請君爲我側耳聽　**鍾鼎玉帛不足貴　但願長醉不願醒**　古來賢達皆寂寞　惟有飮者留其名　陳王昔日宴平樂　斗酒十千恣歡謔　主人何爲言少錢　且須沽酒對君酌　五花馬千金裘　呼兒將出換美酒　與爾**同銷萬古愁**

군불견황하지수천상래　분류도해불부회　우불견고당명경비백발　조여청사모여설　**인생득의수진환**　**막사금준공대월**　**천생아재필유용　천금산진환부래**　팽고재우차위락　회수일음삼백배　잠부자단구생　장진주군막정　여군가일곡　청군위아측이청　**종정옥백부족귀　단원장취불원성**　고래현달개적막　유유음자유기명　진왕석일연평락　두주십천자환학　주인하위언소전　차수고주대군작　오화마천금구　호아장출환미주　여이**동소만고수**

그대 보았으리 황하의 물은 하늘에서 와
달리듯 바다로 흐르면 다시 돌아오지 못하는 것을
또 보았으리 맑은 거울에 나타나는 백발의 슬픔
아침엔 푸른 실같더니 저녁에는 눈같이 되는 것을

사람이 뜻을 얻었을 적에는 모름지기 환락을 다하고
공연히 황금 술 단지를 달빛에 버려 두지 말게나
하늘이 나를 낼 적에는 반드시 그 재주 쓸데 있었을 것이니
많은 돈을 흩으면 다시 돌아올 날 있으리
염소를 삶고 소를 잡아 주연을 즐겨 보세
술은 한 번에 삼 백 잔은 마셔야지
잠부자 단구생아
지금 권하는 술잔 멈추지 마시게
그대 위해 내 한 곡 부르리
모쪼록 그대는 귀 기울여다오
인심을 베풀고 부자가 되는 것은 귀할 것이 못되니
다만 오래 취하여 깨지 말기를
예부터 어질고 총명한 사람 모두 적막하였고
다만 술 마시는 자 이름을 남겼느니
진왕 조식은 옛날 평락전에서 주연을 베풀고
비싼 술로 환락과 해학을 마음껏 누렸었지
어찌 이 집 주인 된 내가 돈이 적다 말하리
모름지기 술을 사서 그대에게 권하리
훌륭한 말과 천금 모피 옷이 아까울 것 있겠는가
아이 불러 끌어내어 술하고 바꾸어서
그대와 만고의 근심을 녹이려네

**直譯(직역)** – 그대(君) 보이지(見) 아니했던가(不) 황하(黃河)의(之) 물(水) 하늘(天) 위에서(上) 와서(來)
달리듯(奔) 흘러(流) 바다에(海) 이르면(到) 다시는(復) 돌아오지(廻) 아니하는 것을(不)
또(又) 높은(高) 집(堂) 밝은(明) 거울에(鏡) 흰(白) 머리카락의(髮) 슬

픔이(悲) 보이지(見) 아니했던가(不)
아침에는(朝) 푸른(青) 실(絲) 같았건만(如) 저녁에는(暮) 눈(雪) 같은 것을(如)
사람(人) 살이(生) 뜻을(意) 얻으면(得) 모름지기(須) 기쁨을(歡) 다하고(盡)
황금(金) 술 단지를(樽) 헛되이(空) 달만(月) 대하도록(對) 하지(使) 말아야지(莫)
하늘이(天) 나를(我) 낼 적에(生) 재주를(材) 반드시(必) 쓰고자 함이(用) 있었으리니(有)
많은(千) 황금이(金) 흩어져(散) 다하면(盡) 다시(復) 돌아(還) 오리라(來)
새끼 양을(羔) 삶고(烹) 소를(牛) 잡아(宰) 또한(且) 즐겁게(樂) 하세(爲)
모이면(會) 모름지기(須) 한번에(一) 삼백(三百) 술잔은(杯) 마셔야지(飮)
잠삼이라는(岑) 사나이(夫) 사람과(子) 원단구라는(丹丘) 사람아(生)
장차(將) 술을(酒) 올리려니(進) 그대는(君) 멈추지(停) 말게나(莫)
그대에게(君) 한(一) 곡조(曲) 노래해(歌) 주리니(與)
바라건대(請) 그대는(君) 날(我) 위해(爲) 귀(耳) 기울여(側) 들어다오(聽)
종을 울려 사람 모아(鍾) 솥 걸어 먹이는 것과(鼎) 구슬과(玉) 비단은(帛) 귀하게 됨에(貴) 만족하지(足) 아니하고(不)
다만(但) 바라는 것은(願) 길이(長) 취함이오(醉) 깨이는 것은(醒) 바라지(願) 안는다네(不)
예로(古) 와서(來) 어질고(賢) 총명한 이(達) 모두(皆) 쓸쓸하고(寂) 고요했고(寞)
오직(惟) 마시는(飮) 사람만이(者) 그(其) 이름을(名) 남김이(留) 있었다네(有)
위나라 진왕 조식은(陳王) 옛(昔) 날(日) 평락전에서(平樂) 잔치를 했는데(宴)
천이(千) 열 번이나 되는 비싼(十) 말(斗) 술로(酒) 제멋대로(恣) 기뻐하며(歡) 농담도 했었지(謔)

주인 된(主) 사람이(人) 어찌(何) 하여(爲) 돈이(錢) 적다고(少) 말하겠는가(言)
장차(且) 모름지기(須) 술을(酒) 사서(沽) 그대와(君) 마주하고(對) 술을 따르리라(酌)
다섯(五) 털빛 무늬의(花) 말과(馬) 황금(金) 천에 당하는(千) 짐승 가죽옷을(裘)
아이(兒) 불러(呼) 함께(將) 내어(出) 맛이 좋은(美) 술과(酒) 바꾸어서(換)
그대와(爾) 더불어(與) 함께(同) 온갖(萬) 옛(古) 근심을(愁) 녹이려네(銷)

題意(제의) – 勸酒(권주)를 의미하는 제목으로 인생의 덧없음을 슬퍼하고 萬古愁를 忘却銷盡(망각소진)하기 위해 술을 마신다고 읊은 詩(시).

註解(주해) – 如雪 : 本集(본집)에는 成雪(성설)로 되어있음.
烹羔 : 本集(본집)에는 烹羊(팽양)으로 되어있음.
鍾鼎玉帛 : 종을 울려 사람을 모으고 솥을 죽 걸어서 많은 사람을 먹이는 大家(대가)의 식사와 옥·비단을 많이 가진 富豪(부호). 本集(본집)에는 鍾鼓饌玉(종고찬옥)으로 되어있음.
賢達 : 현인과 달인. 本集(본집)에는 聖賢(성현)으로 되어있음.
沽酒 : 本集(본집)에는 沽取(고취)로 되어있음.
五花馬 : 말의 털빛이 淸白 雜色(청백 잡색)인 것.
萬古愁 : 영원히 다함이 없는 人生無常(인생무상)의 근심.

## 548. 題太乙眞人蓮葉圖(제태을진인연엽도)

– 韓 駒(한 구)

太乙眞人蓮葉舟　脫巾露髮寒颼颼　輕風爲帆浪爲檝　臥看玉字浮中流
中流蕩漾翠綃舞　穩如龍驤萬斛擧　不是峰頭十丈花　世間那得葉如許
龍眠畵手老入神　尺素幻出眞天人　恍然坐我水仙府　蒼煙萬頃波粼粼
玉堂學士今劉向　禁直岧嶢九天上　不須對此融心神　會植靑藜夜相訪

태을진인연엽주 탈건노발한수수 경풍위범랑위즙 와간옥자부중류
중류탕양취초무 온여룡양만곡거 불시봉두십장화 세간나득엽여허
용면화수노입신 척소환출진천인 황연좌아수선부 창연만경파린린
옥당학사금유향 금직초요구천상 불수대차융심신 회식청려야상방

태을진인이 연 잎 배에서
건을 벗고 머리 드러내니 바람이 차다
가벼운 바람으로 돛 삼고 물결을 노 삼아
누워서 구슬 같은 글 읽으며 물결 위에 떠있다
물결에 푸른색 실 춤추듯 출렁이지만
진나라 양장군의 큰배에 탄 듯 편안하다
연화봉 열 장 높이의 꽃이 아니라면
세상에서 이러한 잎을 어찌 얻었을까
늙은 용면거사의 그림 솜씨는 입신의 경지에 들어
한 자 폭의 비단 위에 진짜 천인을 상상으로 그렸다
황홀하게도 나를 물 속 선인의 집에 앉게 하니
푸른 안개 낀 넓은 바다에 물결이 출렁거린다
옥당의 학사들은 지금의 유향이란 선비 같아
하늘 위에 높이 솟은 궁전을 지켜 앉아
이것을 보고 반드시 정신을 융화시킬 건 없으나
꼭 푸른 명아주 지팡이 짚고 밤에 찾아가 보리라

**直譯(직역)** – 우주의 본체를(太乙) 터득한 도인은(眞人) 연(蓮) 잎(葉) 배에서(舟) 두건을(巾) 벗고(脫) 머리를(髮) 드러내니(露) 바람소리(颼) 바람소리에(颼) 차갑다(寒)
가벼운(輕) 바람은(風) 돛이(帆) 되고(爲) 물결은(浪) 노가(檝) 되어(爲)
누워서(臥) 구슬 같은(玉) 글자를(字) 보며(看) 흐르는 물(流) 가운데

(中) 떠있다(浮)

가운데(中) 흐름이(流) 흔들리고(蕩) 출렁이니(漾) 푸른(翠) 생 명주실로(綃) 춤추지만(舞)

평온하기가(穩) 진나라 양장군의 큰배 용양으로(龍驤) 열 말들이 그릇(斛) 만 번이나 되는 것을(萬) 움직이는 것(擧) 같았다(如)

이는(是) 머리가(峰) 봉우리 모양인 것의(頭) 열자 길이로(丈) 열 번째의(十) 꽃이(花) 아니면(不)

세상(世) 사이에(間) 이와 같고(如) 이와 같은(許) 잎을(葉) 어찌(那) 얻었을까(得)

용면거사의(龍眠) 그림(畵) 솜씨는(手) 늙어서(老) 신비스러움에(神) 들어(入)

한 자의(尺) 생 명주에(素) 생긴 그대로의(眞) 큰(天) 사람을(人) 생각해서(幻) 나타냈다(出)

황홀하고(恍) 그러하게(然) 나를(我) 물 속(水) 신선의(仙) 집에(府) 앉게 하니(坐)

푸른(蒼) 연기에(煙) 일만의(萬) 백 이랑(頃) 물결이(波) 맑게(粼) 반짝인다(粼)

옥돌 같은(玉) 집의(堂) 학문을 하는(學) 선비들은(士) 지금의(今) 유향 같고(劉向)

숙직하는(直) 대궐은(禁) 하늘(天) 끝(九) 위로(上) 높고(岧) 높은데(嶢)

이것을(此) 마주하고는(對) 반드시(須) 마음과(心) 마음을(神) 녹일 건(融) 없으나(不)

꼭(會) 푸른(靑) 명아주를(藜) 세우며(植) 밤에(夜) 찾아가(訪) 보리라(相)

題意(제의) – 큰배에 탄 듯 편안하게 蓮 잎 배에 누워 巾을 벗고 구슬 같은 글 읽고 있는 太乙眞人 蓮葉圖에 대하여 읊은 詩(시).

註解(주해) – 철학에서 천지 만물의 출현 또는 성립의 근원이며 우주의 본체로 太一(태일)이라고도 함.

眞人 : 참된 도를 체득한 사람.
頭峰 : 머리가 봉우리 모양을 하고 있는 지팡이.
丈 : 길이의 단위로 열 척(十尺)이니 一丈은 약 3m이고 十丈은 약 30m임.
如許 : 이와 같은.
玉堂 : 漢(한) 나라 때 학사들이 있던 관청. 宋(송) 나라 이후의 翰林院(한림원).
劉向 : 중국 前漢(전한) 시대의 학자로 字(자)는 子政(자정)이며 宣·元·成(선·원·성) 三 帝(삼 제)를 섬겼고 기원전 26년 光祿大夫(광록대부) 때에 칙명을 받아 궁중의 장서를 바탕으로 하여 여러 가지 책의 교정을 하였음.

## 549. 嘲少年(조소년)

－李長吉(이장길)

青驄馬肥金鞍光　龍腦入縷羅衫香　美人狹坐飛瓊觴　貧人喚云天上郞
別起高樓連碧篠　絲曳紅鱗出深沼　有時半醉百花前　背把金丸落飛鳥
自說生來未爲客　一身美妾過三百　豈知斸地種田家　官稅頻催沒人織
長金積玉誇豪毅　每揖閑人多意氣　生來不讀半行書　只把黃金買身貴
少年安得長少年　**海波尙變爲桑田　枯榮遞傳急如矢**　天公豈肯爲君偏
莫道韶華鎭長在　髮白面皺專相待
청총마비금안광　용뇌입루라삼향　미인협좌비경상　빈인환운천상랑
별기고루연벽소　사예홍린출심소　유시반취백화전　배파김환락비조
자설생래미위객　일신미첩과삼백　기지촉지종전가　관세빈최몰인직
장김적옥과호의　매읍한인다의기　생래부독반행서　지파황금매신귀
소년안득장소년　**해파상변위상전　고영체전급여시**　천공기긍위군편
막도소화진장재　발백면추전상대

살찐 청총말에 빛나는 금 안장
향료를 실에 넣은 향기로운 비단 옷
미인을 곁에 앉히고 주고받는 옥 술잔
가난한 사람들은 이들이 천상 군자라네
푸른 조릿대 잇닿은 높은 다락
늪 속에서 낚시 줄로 끌어내는 붉은 고기
때론 백화 흐드러진 앞에서 반쯤 취하기도 하고
등에 메었던 황금 탄알로 나는 새를 떨구기도 하고
소년은 세상 나서 아직 객지 고생 없다며
거느린 예쁜 첩은 삼백도 넘는다네
밭 갈고 씨뿌리는 농사를 어찌 알리
길쌈한 베는 세금으로 빼앗기네
금이다 옥이다 호기를 부리며
할 일없는 사람들과 의기만 높아
글이란 반줄도 읽지 않고
다만 황금으로 지위를 사려하네
소년이 어찌 길이길이 소년이랴
바다도 뽕 밭이 되는 것
시들고 피어남은 빠른 화살 같이 바뀌는데
하늘이 어찌 그대만을 위하랴
아름답고 고움이 오래오래 있겠는가
흰머리 주름진 얼굴이 한꺼번에 오리니

直譯(직역) – 푸른(靑) 총이말은(驄) 말이(馬) 살쪘는데(肥) 금(金) 안장도(鞍) 빛나고(光)
향기 재료 용뇌를(龍腦) 실에(縷) 넣은(入) 비단(羅) 옷은(衫) 향기로

운데(香)
아름다운(美) 사람과(人) 좁혀(狹) 앉아(坐) 구슬(瓊) 술잔을(觴) 날리니(飛)
가난한(貧) 사람은(人) 하늘(天) 위의(上) 사내라고(郎) 외쳐(喚) 말하네(云)
달리(別) 높은(高) 다락을(樓) 푸른(碧) 조릿대에(篠) 잇닿아(連) 일으키고(起)
명주실로(絲) 깊은(深) 소에서(沼) 붉은(紅) 물고기를(鱗) 끌어(曳) 내네(出)
때론(時) 많은(百) 꽃(花) 앞에서(前) 반쯤(半) 취해(醉) 있기도 하고(有)
등의(背) 금빛(金) 탄알로(丸) 나르는(飛) 새를(鳥) 떨어뜨리기도 하네(落)
태어나(生) 와서(來) 나그네가(客) 되지(爲) 아니하였다고(未) 스스로(自) 말하고(說)
한(一) 몸에(身) 아름다운(美) 첩이(妾) 백씩(百) 세 번이나(三) 넘는다네(過)
땅을(地) 괭이로 파고(斸) 밭에(田) 씨뿌리는(種) 집을(家) 어찌(豈) 알리(知)
벼슬아치들은(官) 구실을(稅) 자주(頻) 재촉하여(催) 사람이(人) 짠 베를(織) 강제로 빼앗아 가네(沒)
금을(金) 쌓고(長) 옥을(玉) 쌓아(積) 호탕하고(豪) 굳셈을(毅) 자랑하고(誇)
매양(每) 한가한(閑) 사람에게(人) 절하며(揖) 뜻과(意) 기상을(氣) 중히 여기네(多)
태어나(生) 와서(來) 반(半) 줄의(行) 글도(書) 읽지(讀) 아니하고(不)
다만(只) 누른(黃) 금을(金) 가지고(把) 몸의(身) 귀함을(貴) 사려하네(買)
젊은(少) 나이가(年) 어찌(安) 만족하게(得) 길이(長) 젊은(少) 나이라(年)
바다(海) 물결도(波) 오히려(尙) 변하여(變) 뽕나무(桑) 밭이(田) 되나니(爲)

마르고(枯) 성함이(榮) 번갈아(遞) 옮아감이(傳) 화살(矢) 같이(如) 빠른데(急)
하늘(天) 님께서(公) 어찌(豈) 즐겨(肯) 그대만(君) 위해(爲) 치우치랴(偏)
아름답고(韶) 고움이(華) 눌러(鎭) 오래도록(長) 있으리라(在) 말하지(道) 말 것이(莫)
머리카락(髮) 희고(白) 얼굴(面) 주름이(皺) 오로지(專) 서로(相) 기다린다네(待)

**題意**(제의) – 詩題(시제)를 刺年少(자년소)라고도 하는데 호기로 날을 보내는 중에 세월은 흘러서 만년을 슬퍼하게 되는 소년의 행동을 풍자하여 읊은 詩(시).

**註解**(주해) – 龍腦 : 용뇌향. 용뇌수.
龍腦香 : 龍腦樹(용뇌수)라는 나무에서 채취한 芳香(방향)이 있는 무색투명의 板狀結晶(판상결정)으로 향료의 調合原料 · 薰香 · 口腔劑 · 防蟲劑(조합원료 · 훈향 · 구강제 · 방충제) 등으로 쓰임. 氷腦(빙뇌). 片腦(편뇌).
龍腦樹 : 龍腦香科(용뇌향과)에 속하는 상록 교목으로 높이 30M에 달하며 잎은 互生(호생)하고 난상 타원형이며 두껍고 짙은 광택이 남.
龍腦香科 : 離瓣花區(이판화구)에 속하는 한 과로 이 科에는 17屬(속) 31種(종)이 있는데 우리나라에는 없다고 함.

## 550. 朱子十悔(주자십회)

–雲谷山人(운곡산인) 朱 熹(주 희)

不孝父母死後悔 不親家族疎後悔 **少不勤學老後悔** 安不思難敗後悔
**富不儉用貧後悔** **春不耕種秋後悔** 不治垣墻盜後悔 色不謹愼病後悔
醉中妄言醒後悔 不接賓客去後悔
불효부모사후회 불친가족소후회 **소불근학노후회** 안불사난패후회

**부불검용빈후회 춘불경종추후회** 불치원장도후회 색불근신병후회 취중망언성후회 부접빈객거후회

부모에 효도 아니하면 돌아가신 뒤 뉘우치고
친척과 친하지 아니하면 외로울 때 뉘우치며
젊어 부지런히 배우지 아니하면 나이 먹어 뉘우치고
편안할 때 어려움을 생각하지 아니하면 망하고 뉘우치며
넉넉할 때 아껴 쓰지 아니하면 가난할 때 뉘우친다
봄에 밭 갈아 씨뿌리지 아니하면 가을되어 뉘우치고
담장을 고치지 아니하면 도둑 들고 뉘우치며
여색을 삼가지 아니하면 병들어 뉘우치고
술김에 함부로 한 말은 술 깨어 뉘우치며
대접이 소홀하면 손님 간 뒤 뉘우친다

直譯(직역)－아버지(父) 어머니를(母) 잘 섬기지(孝) 아니하면(不) 돌아가신(死) 뒤에(後) 뉘우치고(悔)

집안과(家) 일가에(族) 가까이 하지(親) 아니하면(不) 멀어진(疎) 뒤에(後) 뉘우치며(悔)

젊어(少) 배우기를(學) 부지런히(勤) 아니하면(不) 늙은(老) 뒤에(後) 뉘우치고(悔)

편안하면서(安) 어려움을(難) 생각하지(思) 아니하면(不) 살림 거덜난(敗) 뒤에(後) 뉘우치며(悔)

재물이 넉넉하면서(富) 씀씀이를(用) 검소하게(儉) 아니하면(不) 가난한(貧) 뒤에(後) 뉘우친다(悔)

봄에(春) 밭 갈아(耕) 씨뿌리지(種) 아니하면(不) 가을(秋) 뒤에(後) 뉘우치고(悔)

담과(垣) 담을(墻) 다스리지(治) 아니하면(不) 도둑 든(盜) 뒤에(後) 뉘우치며(悔)

여색을(色) 삼가고(謹) 삼가지(愼) 아니하면(不) 병든(病) 뒤에(後) 뉘우치고(悔)
취한(醉) 가운데(中) 망령된(妄) 말은(言) 술 깬(醒) 뒤에(後) 뉘우치며(悔)
손님(賓) 손님을(客) 대접하지(接) 아니하면(不) 간(去) 뒤에(後) 뉘우친다(悔)

題意(제의) – 朱子가 사람으로써 마땅히 해야 할 일을 소홀히 하여 후회하게 될 열 가지를 골라 사람들을 깨우치기 위해 警句(경구)로 읊은 詩(시).

註解(주해) – 妄 : 妄靈(망령). 늙거나 정신이 흐려서 언행이 보통 상태를 벗어나는 일.
朱子 : 중국 송대(宋代)의 유학자로 字(자)는 元晦 · 仲晦(원회 · 중회)이고 號(호)는 晦庵 · 晦翁 · 雲谷山人 · 滄洲病叟 · 遯翁(회암 · 회옹 · 운곡산인 · 창주병수 · 둔옹)이라 하며 이름은 熹(희)라 함. 14세 때 아버지가 죽자 그 遺命(유명)에 따라 불교와 노자의 학문에도 흥미를 가졌으나 24세 때 李延平(이연평)에게 私塾(사숙)하면서 유학에 복귀하여 그의 정통을 계승하게 되었음. 張南軒 · 呂東萊 · 陸象山(장남헌 · 여동래 · 육상산)과 切磋琢磨(절차탁마)하면서 주자의 학문이 비약적으로 발전 심화하여 중국사상 사상 空前(공전)의 思辨哲學(사변철학)과 實踐倫理(실천윤리)의 체계를 확립하기에 이르렀는데 그는 19세에 진사시에 급제하여 71세에 생애를 마칠 때까지 여러 관직을 거쳤으나 약 9년 정도만 현직에 근무하였을 뿐 그 밖의 관직은 학자에 대한 일종의 예우로서 명목상의 관직이었기 때문에 학문에 전념하여 四書(사서)의 新註(신주) 등 많은 업적을 남겼음.

## 551. 贈鄭兵曹(증정병조)

－退之 韓 愈(퇴지 한 유)

樽酒相逢十載前 君爲壯夫我少年 樽酒相逢十載後 我爲壯夫君白首
我才與世不相當 戢鱗委翅無復望 當今賢俊皆周行 君何爲乎亦遑遑
盃行到君莫停手 破除萬事無過酒
준주상봉십재전 군위장부아소년 준주상봉십재후 아위장부군백수
아재여세불상당 집린위시무부망 당금현준개주항 군하위호역황황
배행도군막정수 파제만사무과주

동이 술을 마시던 십 년 전에는
그대는 장년이요 나는 소년이었는데
십 년이 흘러 서로 만나니
나는 장년 그대는 백발이 되었오
내 재능은 세상과 맞지 않아
비늘은 움츠러들고 날개는 늘어져 다시 희망이란 없지만
어질고 뛰어난 사람들 모두 조정에 있는데
그대는 어찌하여 어정대고만 있는지요
잔이 돌아 그대에게 가면 거절하지 마소
만사를 잊기는 술 보다 나은 것이 없으니

直譯(직역)－동이(樽) 술로(酒) 서로(相) 만난(逢) 십(十) 년(載) 전에는(前)
그대는(君) 씩씩한(壯) 사내였고(夫) 나는(我) 젊은(少) 나이로(年) 있었다오(爲)
동이(樽) 술로(酒) 서로(相) 만난(逢) 십(十) 년(載) 뒤에는(後)
나는(我) 씩씩한(壯) 사내요(夫) 그대는(君) 흰(白) 머리가(首) 되었다오(爲)
내(我) 재주는(才) 세상과(世) 더불어(與) 서로(相) 마땅하지(當) 않아

서(不)

비늘은(鱗) 움츠러들고(戢) 날개는(翅) 시들어(委) 다시(復) 바랄 것이(望) 없소(無)

마땅히(當) 지금은(今) 어질고(賢) 뛰어난 사람들(俊) 모두(皆) 주나라 조정에(周) 늘어서 있거늘(行)

그대는(君) 무엇(何) 때문에(爲) 또한(亦) 허둥거리고(遑) 허둥거리고만(遑) 있는가(乎)

잔이(盃) 가다가(行) 그대에게(君) 이르면(到) 손에서(手) 머무르게 하지는(停) 마소(莫)

온갖(萬) 일을(事) 부수어(破) 덜어버리기에는(除) 술 보다(酒) 나은 것이(過) 없으니(無)

**題意**(제의) – 십 년이 흐른 오늘 높은 벼슬에 오르지 못하여 한스럽겠지만 다 잊어버리고 술이나 마시자며 兵曹 벼슬의 鄭씨를 위해 읊은 詩(시).

**註解**(주해) – 行 : ①갈 행. 行先地(행선지). ②늘어설 항. 行列(항렬).

## 552. 春江花月夜(춘강화월야)

– 張若虛(장약허)

春江潮水連海平　海上明月共潮生　灔灔隨波千萬里　何處春江無月明

江流宛轉遶芳甸　月照花林皆似霰　空裏流霜不覺飛　汀上白沙看不見

江天一色無纖塵　皎皎空中孤月輪　江畔何人初見月　江月何年初照人

**人生代代無窮已　江月年年望相似**　不知江月照何人　但見長江送流水

白雲一片去悠悠　青楓浦上不勝愁　誰家今夜扁舟子　何處相思明月樓

可憐樓上月徘徊　應照離人粧鏡臺　玉戶簾中卷不去　擣衣砧上拂還來

此時相望不相聞　願逐月華流照君　**鴻雁長飛光不度　魚龍潛躍水成文**

昨夜閑潭夢落花　可憐春半不還家　江水流春去欲盡　江潭落月復西斜

斜月沈沈藏海霧　碣石瀟湘無限路　不知乘月幾人歸　落月搖情滿江樹

춘강조수연해평 해상명월공조생 염염수파천만리 하처춘강무월명
강류완전요방전 월조화림개사산 공리유상불각비 정상백사간불견
강천일색무섬진 교교공중고월륜 강반하인초견월 강월하년초조인
**인생대대무궁이 강월년년망상사** 부지강월조하인 단견장강송유수
백운일편거유유 청풍포상불승수 수가금야편주자 하처상사명월루
가련루상월배회 응조이인장경대 옥호렴중권불거 도의침상불환래
차시상망불상문 원축월화류조군 **홍안장비광부도 어룡잠약수성문**
작야한담몽락화 가련춘반불환가 강수류춘거욕진 강담락월부서사
사월침침장해무 갈석소상무한로 부지승월기인귀 낙월요정만강수

봄날 조수가 바다 끝까지 보이는데
바다 위에 달이 조수와 함께 반짝인다
저 달이 파도 따라 천만리를 비치는데
어느 곳인들 강 위에 비치지 않는 곳이 있겠는가
강물이 빙빙 언덕을 돌아나가고
달은 꽃과 나무를 비쳐 눈처럼 부시다
하늘에서 서리가 내려오는 것인지
물가의 흰모래도 분간할 수 없다
하나의 빛으로 트인 강 하늘은 티끌 한 점 없고
환한 공중에 둥근 달이 떠 있다
강둑에서 누가 처음 달을 보았을까
강 달이 언제 처음으로 사람을 비쳤을까
인생은 대대로 끝이 없고
강 달은 해마다 보아도 서로 같다
강 달이 어느 사람을 비쳐 왔는가
강물은 예대로 흘러가기만 한다

한 조각 흰 구름은 유유히 떠가는데
청풍강 위를 바라보고 시름겨웠다
누가 오늘밤 조각배를 저어 가는가
또 어느 곳 달 밝은 다락에서 님을 그리고 있을까
아 다락 위 떠가는 저 달이
이별에 우는 여인의 화장대를 비치고 있으리
창문의 발을 걷어 올려도 달빛은 사라지지 않고
옷을 다듬이하다가 펼쳐 보아도 달빛은 다시 비친다
이 때 바라보나 그대 목소리는 들을 수 없으니
다만 달빛을 쫓아 그대를 비쳐주고 싶다
기러기는 날아가지만 달빛은 건너 주지 못하고
고기는 뛰어 물에 달무늬만 일으키고 있다
나도 어젯밤 못에 꽃잎이 지는 꿈을 꾸었는데
봄이 깊어 가지만 고향에 가지 못하고 있다
강물이 봄을 싣고 떠나려 하고
강물에 달도 기울어지고 있다
기운 달이 침침한 안개 속에 빠지는데
갈석이란 산과 소상이란 시내는 내 고향과 멀리 떨어져 있다
이 봄에 몇 사람이나 고향에 돌아가는지
지는 달이 설레는 마음을 나뭇가지에 비치고 있다

**直譯(직역)** – 봄(春) 강의(江) 밀물(潮) 물이(水) 바다에(海) 이어져(連) 평평하고(平)
바다(海) 위에(上) 생긴(生) 밀물은(潮) 달과(月) 함께(共) 밝다(明)
물결(波) 따라(隨) 천만리나(千萬里) 달빛이 물결에 비치고(灩) 물결이 출렁거리는데(灩)
어느(何) 곳인들(處) 봄(春) 강에(江) 달이(月) 밝게 비치지(明) 않겠는

가(無)
강물이(江) 완연히(宛) 빙빙 돌아(轉) 흘러(流) 꽃다운(芳) 교외를(甸) 둘러 에워싸고(遶)
달이(月) 꽃과(花) 숲을(林) 비추니(照) 모두(皆) 싸라기눈과(霰) 같다(似)
하늘(空) 속에서(裏) 서리가(霜) 흘러도(流) 날리는 줄(飛) 깨닫지(覺) 못하겠고(不)
물가(汀) 위의(上) 흰(白) 모래는(沙) 보아도(看) 보이지(見) 않는다(不)
강(江) 하늘은(天) 한(一) 빛으로(色) 작은(纖) 먼지도(塵) 없고(無)
밝고(皎) 밝은(皎) 하늘(空) 가운데에(中) 외로운(孤) 달은(月) 바퀴 같다(輪)
강(江) 둑에서(畔) 어느(何) 사람이(人) 처음(初) 달을(月) 보았을까(見)
강(江) 달이(月) 어느(何) 해에(年) 처음으로(初) 사람을(人) 비쳤을까(照)
사람(人) 살이는(生) 시대(代) 시대로(代) 다하여(窮) 그침이(已) 없으나(無)
강(江) 달은(月) 해마다(年) 해마다(年) 보아도(望) 서로(相) 같다(似)
강(江) 달이(月) 어느(何) 사람을(人) 비쳤는지(照) 알지(知) 못하지만(不)
긴(長) 강은(江) 흐르는(流) 물을(水) 보내는 것을(送) 다만(但) 보았다(見)
흰(白) 구름(雲) 한(一) 조각이(片) 느긋하고(悠) 한가하게(悠) 떠가는데(去)
청풍강의(青楓) 개펄(浦) 위에서(上) 시름을(愁) 이겨낼 수(勝) 없다(不)
누구(誰) 사람이(家) 오늘(今) 밤(夜) 조각(扁) 배의(舟) 사람인가(子)
어느(何) 곳(處) 달(月) 밝은(明) 다락에서(樓) 서로(相) 생각할까(思)
가히(可) 어여삐 여겨(憐) 다락(樓) 위(上) 달도(月) 머뭇거리고(徘) 머뭇거리며(徊)
응당(應) 이별하는(離) 사람의(人) 단장하는(粧) 거울(鏡) 대를(臺) 비추리(照)
구슬로 된(玉) 출입구의(戶) 발(簾) 가운데를(中) 걷어도(捲) 떠나지(去) 않고(不)

옷을(衣) 다듬잇돌(砧) 위에서(上) 다듬이질하다가(擣) 떨어버려도(拂) 도로(還) 온다(來)
이(此) 때(時) 서로(相) 바라보나(望) 서로(相) 들을 수(聞) 없으니(不)
바라건대(願) 달(月) 빛을(華) 좇아(逐) 그대에게(君) 흘러(流) 비치련다(照)
큰(鴻) 기러기는(雁) 멀리(長) 날아가지만(飛) 빛은(光) 건너 주지(度) 못하고(不)
고기와(魚) 용은(龍) 잠겼다가(潛) 뛰어(躍) 물에(水) 무늬만(文) 일으킨다(成)
어제(昨) 밤에는(夜) 한가한(閑) 못에(潭) 꽃이(花) 지는(落) 꿈을 꾸었는데(夢)
봄은(春) 반이나 되었는데도(半) 집으로(家) 돌아가지(還) 못하고 있는 것이(不) 불쌍하다고(憐) 할 것이다(可)
강(江) 물이(水) 봄을(春) 띄워(流) 떠나(去) 끝까지 다하려고(盡) 하는데(欲)
강(江) 물가로(潭) 지는(落) 달은(月) 다시(復) 서쪽으로(西) 기울어지고 있다(斜)
기운(斜) 달이(月) 흐리고(沈) 어두컴컴하게(沈) 바다(海) 안개에(霧) 감춰지는데(藏)
갈석이란 산과(碣石) 소상이란 시내는(瀟湘) 끝이(限) 없는(無) 길이다(路)
오르는(乘) 달에(月) 몇(幾) 사람이나(人) 돌아가는지(歸) 알지(知) 못하고(不)
지는(落) 달에(月) 흔들리는(搖) 마음은(情) 강가(江) 나무에(樹) 가득하다(滿)

**題意**(제의) – 봄날 바다 위에 달이 조수와 함께 반짝이고 파도 따라 천만리를 비치는데 남녀가 이별하는 심정을 읊은 詩(시).

## 553. 醉歌行(취가행)

-子美 杜 甫(자미 두 보)

陸機二十作文賦 汝更小年能綴文 總角艸書又神速 世上兒子徒紛紛
驊騮**作駒已汗血** **鷙鳥擧翮連青雲** **飼源倒流三峽水** **筆陣獨掃千人軍**
只今年纔十六七 射策君門期第一 舊穿楊葉眞自知 暫蹶霜蹄未爲失
偶然擢秀非難取 會是排風有毛質 汝身已見**唾成珠** 汝伯何由髮如漆
春光淡沲秦東亭 渚蒲牙白水荇靑 風吹客衣日杲杲 樹攪離思花冥冥
酒盡沙頭雙玉瓶 衆賓皆醉**我獨醒** 乃知貧賤別更苦 呑聲躑躅涕淚零
육기이십작문부 여갱소년능철문 총각초서우신속 세상아자도분분
**화류작구이한혈 지조거핵연청운 사원도류삼협수 필진독소천인군**
지금년재십육칠 사책군문기제일 구천양엽진자지 잠궐상제미위실
우연탁수비난취 회시배풍유모질 여신이견**타성주** 여백하유발여칠
춘광담타진동정 저포아백수행청 풍취객의일고고 수교리사화명명
주진사두쌍옥병 중빈개취**아독성** 내지빈천별갱고 탄성척촉체루영

육기라는 사람은 스물에 문부를 지었지만
너 또한 어린 나이에 글을 잘도 지었구나
총각으로 초서 글씨가 빠르기도 하니
세상 아이들은 헛되이 수만 많을 뿐
화류라는 명마는 망아지 때 벌써 피땀을 알고
칩조라는 맹조는 날개를 들면 청운에 닿는단다
글재주 근원은 삼협 물을 거꾸로 쏟아 놓은 듯
필진은 홀로 많은 군사를 쓸어버릴 듯
지금 나이 겨우 열에 예닐곱
과거 시험에서 일등을 기약하니
본디 버들잎을 뚫을 만한 자신이 있었거늘

잠시 실패는 아직 실패가 아니로다
언젠가는 단번에 급제하는 일 어렵지 않으리니
네겐 반드시 바람을 밀어 제치고 하늘에 오를 소질이 있고
너의 유창한 언변은 주옥같은 문장을 이루거니
너의 백부인 나는 무엇으로 너의 젊음을 당할 수 있으리
봄빛이 물결을 따라 흔들리는 장안성 동쪽 역정에서 너를 보내는데
저포의 새싹은 어금니 모양으로 희고 물 마름은 푸르구나
바람은 길손의 옷자락을 날리고 날은 밝기도한데
나무는 이별의 마음을 휘저어 꽃 그늘도 어둡구나
술이 다하니 모래바닥엔 쌍옥병만 뒹굴고
모두 취했건만 나 홀로 깨었으니
이에 가난한 이별이 더욱 괴로운 것임을 알고
발만 구르며 소리 없이 눈물만 흘리누나

**直譯**(직역) – 글재주가 뛰어났던 육기는(陸機) 이십에(二十) 문부라는 글을(文賦) 지었지만(作)

너(汝) 또한(更) 어린(小) 나이로(年) 글을(文) 짓는 데에(綴) 재주가 뛰어났고(能)

뿔처럼(角) 머리카락을 묶고도(總) 초서는(艸書) 또한(又) 영묘하게(神) 빠르니(速)

세상(世) 위의(上) 아이(兒) 사람은(子) 헛되이(徒) 많고도(紛) 많구나(紛)

털빛이 꽃처럼 붉은 말 화류는(驊騮) 망아지 때(駒) 이미(已) 피(血) 땀을 흘리고(汗)

사나운(鷙) 새는(鳥) 깃촉을(翮) 들면(擧) 푸른(靑) 구름에(雲) 닿는단다(連)

글의(詞) 근원은(源) 급히 흐르는 삼협의(三峽) 물이(水) 거꾸로(倒) 흐르는 듯하고(流)

붓의(筆) 진영은(陣) 홀로(獨) 천(千) 사람의(人) 군사를(軍) 쓸어버림직 하구나(掃)
다만(只) 이제(今) 나이(年) 겨우(纔) 열(十) 여섯(六) 일곱(七)
문제를 쓴 나무 조각에(策) 답을 맞추어(射) 그대(君) 집안에(門) 첫번째(一) 등급을(第) 기대하니(期)
버들(楊) 잎을(葉) 뚫는다는 것을(穿) 정말(眞) 스스로(自) 알게 된 지가(知) 오래되었는데(舊)
잠시(暫) 서리(霜) 발굽이(蹄) 기울어지는 것은(蹶) 잘못이라고(失) 할 수(爲) 없으니(未)
우연히(偶) 그러하게도(然) 뽑히고(擢) 빼어나는 것은(秀) 어렵지(難) 아니하게(非) 가지게되리라(取)
반드시(會) 이에(是) 바람을(風) 밀칠(排) 털의(毛) 바탕이(質) 있고(有)
너의(汝) 몸은(身) 이미(已) 침으로(唾) 구슬을(珠) 이루는 것을(成) 보였으니(見)
너의(汝) 큰아버지는(伯) 어찌(何) 검은 칠(漆) 같은(如) 터럭을(髮) 따르랴(由)
봄(春) 빛은(光) 진나라(秦) 동쪽(東) 나그네 숙소로(亭) 맑은(淡) 물이 흐르는 듯(沲)
물가(渚) 부들은(蒲) 어금니처럼(牙) 하얗고(白) 물(水) 마름은(荇) 푸르구나(靑)
바람은(風) 나그네(客) 옷자락을(衣) 불어 흩날리고(吹) 날은(日) 밝고도(杲) 밝은데(杲)
나무는(樹) 이별의(離) 마음을(思) 흔드니(攪) 꽃은(花) 어둡고도(冥) 어둡구나(冥)
술이(酒) 다하니(盡) 모래(沙) 머리엔(頭) 둘을 하나의 쌍으로 한(雙) 구슬(玉) 병이요(甁)
뭇(衆) 손이(賓) 모두(皆) 취했건만(醉) 나(我) 홀로(獨) 깨었으니(醒)
이에(乃) 가난하고(貧) 천한(賤) 이별의(別) 괴로움을(苦) 다시(更) 알

겠고(知)
소리를(聲) 머금어(呑) 머뭇거리고(躑) 머뭇거리니(躅) 눈물(涕) 눈물만(淚) 떨어지누나(零)

**題意**(제의) – 杜甫가 從弟(종제)의 아들 杜勤(두근)이 과거에 낙제함을 보고 捲土重來(권토중래)를 기대하면서 조카의 마음을 위로하여 읊은 詩(시).

**註解**(주해) – 行 : 行은 歌謠(가요)의 한 형식으로 樂府(악부)의 이름인데 白石詩說(백석시설)에 법도를 지키는 것을 詩라 하고 始末(시말)을 싣는 것을 引(인)이라 하며 體行書(체행서)와 같은 것을 行이라 하고 情(정)을 놓는 것을 歌(가)라 하며 이를 겸한 것을 歌行이라 일컫는다고 하였으나 일반적으로 行도 引이나 歌曲(가곡)에 비해 歌詞上(가사상)으로는 다름이 없음.
陸機 : 字는 士衡(사형)으로 吳郡사람이며 키는 칠 척이고 말소리는 鍾과 같았는데 張華(장화)라는 사람이 말하기를 사람들은 글을 함에 항상 재주 적음을 한탄하는데 陸機는 재주가 많음을 걱정한다고 하였다 함.
鷙鳥 : 猛鳥(맹조). 鷹(응 – 해동청 매)・隼(준 – 송골매)와 같은 종류.
翮 : 끝이 날카로운 날개.
筆陣 : 글씨를 쓰는데 붓과 벼루와 硯滴(연적) 등을 갖추는 것을 軍陣에 비유한 것임.

## 554. 把酒問月(파주문월)

– 靑蓮居士 李 白(청련거사 이 백)

青天有月來幾時　我今停盃一問之　人攀明月不加得　月行卻與人相隨
**皎如飛鏡臨丹闕　綠煙滅盡清輝發**　但見宵從海上來　寧知曉向雲間沒
白兎擣藥秋復春　姮娥孤栖與誰隣　今人不見古時月　今月曾經照古人
古人今人若流水　共看明月皆如此　惟願當歌對酒時　月光長照金樽裏

청천유월내기시 아금정배일문지 인반명월불가득 월행각여인상수
**교여비경임단궐 녹연멸진청휘발** 단견소종해상내 영지효향운간몰
백토도약추부춘 항아고서여수린 금인불견고시월 금월증경조고인
고인금인약류수 공간명월개여차 유원당가대주시 월광장조금준리

푸른 하늘에 달은 언제부터 있었는지
이제 술잔을 멈추고 물어보누나
사람은 명월에게로 오를 수 없다마는
달은 도리어 사람을 따르는구나
밝기로는 거울이 문에 나타난 듯
녹색 구름 걷히고 맑은 빛을 뿜는다
그 달이 저녁에 바다 위로 솟는 것만 보았으니
새벽에 구름사이로 잠길 줄 어찌 알았으랴
가을 봄 흰토끼는 약 방아를 찧고
홀로 사는 항아 아가씨 누구와 이웃 하나
지금 사람이야 옛날 달을 볼 수 없지만
지금 저 달은 일찍이 옛 사람을 비치었으리
옛 사람 지금 사람 물과 같이 흘러 가버리나
명월을 보고 느낀 생각은 다 같았으리
오직 바라느니 노래하고 술잔을 대할 때는 마땅히
달빛이여 길이 비치어다오 금 술잔 바닥까지

直譯(직역) – 푸른(靑) 하늘에(天) 달이(月) 있음은(有) 어느(幾) 때에(時) 와서 인가(來)
나(我) 이제(今) 술잔을(盃) 멈추고(停) 한번(一) 이것을(之) 묻노라(問)
사람은(人) 밝은(明) 달을(月) 붙잡고 오르려해도(攀) 가히(可) 이룰 수(得) 없는데(不)

달은(月) 도리어(卻) 사람과(人) 더불어(與) 서로(相) 따라(隨) 다니누나(行)
밝기로는(皎) 날아다니는(飛) 거울이(鏡) 붉은 색의(丹) 문에(闕) 임한 것(臨) 같은데(如)
푸른(綠) 연기는(煙) 다(盡) 사라지고(滅) 맑은(淸) 빛을(輝) 쏘아댄다(發)
다만(但) 밤에는(宵) 바다로(海)부터(從) 올라(上) 오는 것을(來) 보았으니(見)
어찌(寧) 새벽에는(曉) 구름을(雲) 향해서(向) 사이로(間) 숨을 줄(沒) 알았으리(知)
흰(白) 토끼는(兎) 가을에서(秋) 봄으로(春) 돌며(復) 약을(藥) 찧는데(擣)
항아 아가씨는(姮娥) 홀로(孤) 살며(栖) 누구와(誰) 더불어(與) 이웃할까(隣)
지금(今) 사람은(人) 옛(古) 때의(時) 달을(月) 볼 수(見) 없지만(不)
지금의(今) 달은(月) 일찍이(曾) 옛(古) 사람을(人) 비추어(照) 지나왔겠지(經)
옛(古) 사람이나(人) 지금(今) 사람이나(人) 흐르는(流) 물과(水) 같아(若)
모두(皆) 이와(此) 같이(如) 밝은(明) 달을(月) 함께(共) 본다네(看)
오직(惟) 바라나니(願) 마땅히(當) 노래하고(歌) 술을(酒) 마주할(對) 때에는(時)
달(月) 빛이여(光) 길이(長) 금(金) 술잔(樽) 속까지(裏) 비추어다오(照)

題意(제의) – 李白이 달에게 물으면서 술을 마시는 豪放闊達(호방활달)한 詩로 영원한 달과 짧은 인생을 대조하여 읊은 詩(시).

註解(주해) – 飛鏡 : 滿月(만월).
丹闕 : 붉은 색을 칠한 문.
闕 : 대궐. 궁문의 양옆에 베푼 두 개의 臺(대). 문.
姮娥 : 달 속에 있다는 전설의 선녀.

## 555. 邯鄲少年行(한단소년행)

－達夫 高 適(달부 고 적)

邯鄲城南遊俠子　自矜生長邯鄲裏　千場縱博家仍富　幾度報讎身不死
宅中**歌笑**日紛紛　門外車馬如雲屯　未知肝膽向誰是　令人却憶平原君
君不見令人交態薄　黃金用盡還疎索 以玆感歎辭舊遊 更於時事無所求
且與少年飮美酒　往來射獵西山頭
한단성남유협자　자긍생장한단리　천장종박가잉부　기도보수신불사
택중**가소**일분분　문외거마여운둔　미지간담향수시　영인각억평원군
군불견영인교태박　황금용진환소삭 이자감탄사구유 갱어시사무소구
차여소년음미주　왕래사렵서산두

한단성 남쪽에 의리의 사나이가
한단에서 자란 것을 자랑스러워했다
수많은 도박장을 누벼도 여전히 풍성하고
몇 번이나 원수를 갚아도 죽지 않았다
집안에는 노래와 웃음소리로 떠들썩하고
문밖엔 수레와 말이 구름처럼 진을 쳤다
속마음 누구에게 향할지 아직 몰라도
사람들은 평원군을 생각했다
사람들의 경박한 사귐을 보아왔듯이
돈 다 쓰면 다시 멀어지는 것을
이래서 느끼고 탄식하여 옛 벗을 버리고
다시는 세상일에 소망도 버리겠으니
앞으로는 소년들과 맛좋은 술이나 마시며
서산을 왕래하면서 사냥을 즐기련다

直譯(직역) – 한단성(邯鄲城) 남쪽에(南) 남자답고(遊) 사내다운(俠) 사람이(子)
한단(邯鄲) 안에서(裏) 살고(生) 자란 것을(長) 스스로(自) 자랑스러워 했다(矜)
수많은(千) 곳에서(場) 멋대로(縱) 도박을 하여도(博) 집은(家) 여전히(仍) 넉넉하고(富)
몇(幾) 번이나(度) 원수를(讎) 갚아도(報) 몸은(身) 죽지(死) 않았다(不)
집(宅) 안에는(中) 노래와(歌) 웃음으로(笑) 날마다(日) 기뻐(紛) 떠들썩하고(紛)
문(門) 밖엔(外) 수레와(車) 말이(馬) 구름(雲)처럼(如) 진을 쳤다(屯)
정성과(肝) 마음은(膽) 누구에게(誰) 향하는 것이(向) 옳은지(是) 알지(知) 못해도(未)
사람들이(人) 문득(却) 평원군을(平原君) 생각하게(憶) 했다(令)
그대는(君) 사람들이(人) 사귀는(交) 맵시를(態) 가볍게(薄) 했던 것을(令) 보아오지(見) 아니했던가(不)
누런(黃) 금덩이를(金) 다(盡) 쓰고 나면(用) 다시(還) 멀어지고(疎) 흩어진다(索)
이(玆)로써(以) 느끼고(感) 탄식하여(歎) 옛(舊) 벗을(遊) 버리고(辭)
다시는(更) 때때로의(時) 일(事)에(於) 구하는(求) 바가(所) 없을 것이다(無)
장차(且) 젊은(少) 나이들과(年) 함께(與) 맛 좋은(美) 술이나(酒) 마시면서(飮)
서쪽(西) 산(山) 머리를(頭) 가고(往) 오며(來) 활을 쏘아(射) 사냥을 하련다(獵)

題意(제의) – 遊俠한 邯鄲 少年들의 호화생활과 황금 만능의 세상 풍조에 환멸을 느껴 사냥이나 하면서 유유자적하고 싶은 심정을 읊은 詩(시).

註解(주해) – 邯鄲 : 지금의 河北省 邯鄲縣(하북성 한단현)으로 전국시대의 趙나라가 이곳에 도읍 하였음. 趙나라의 서울. 번화한 도시.

遊俠 : 義(의)를 위하여 목숨을 가벼이 여기는 마음.

平原君 : 중국 전국시대 趙나라 武靈王(무령왕)의 아들로 지금의 山東省 平原縣(산동성 평원현)인 平原君에 봉함을 받았는데 세 번 재상을 지냈고 客(객)을 즐겨 수 천명이 모였다고 함.

索 : ①흩어질 삭. 索居(삭거). ②찾을 색. 索引(색인). ③구할 소. 八朔(팔소).

## 556. 戲和答禽語(희화답금어)

－山谷道人 黃庭堅(산곡도인 황정견)

**南村北村雨一犂 新婦餉姑翁哺兒** 田中啼鳥自四時 催人脫袴着新衣
着新替舊亦不惡 去年租重無袴着

**남촌북촌우일리 신부향고옹포아** 전중제조자사시 최인탈고착신의
착신체구역불오 거년조중무고착

남촌 북촌 비 내려 다 같이 밭 갈고
신부는 시어미 식사 차리고 시아비는 아이에게 밥을 먹인다
밭에선 사철 따라 새가 울며
바지 벗고 새 옷 입어라 재촉한다
새 옷 입어 헌 옷 바꾸는 것 싫지 않으나
지난 해 세금 많아 입을 바지 하나 없단다

直譯(직역)－남쪽(南) 마을(村) 북쪽(北) 마을에(村) 비 내려(雨) 한결 같이(一) 쟁기질하고(犂)

새(新) 며느리는(婦) 시어미에게(姑) 식사 대접하고(餉) 시아비는(翁) 아이에게(兒) 밥을 먹인다(哺)

밭(田) 가운데에선(中) 사(四) 철(時) 따라(自) 새가(鳥) 울며(啼)

사람에게(人) 바지(袴) 벗고(脫) 새(新) 옷(衣) 입어라(着) 재촉한다(催)

새 것(新) 입고(着) 헌 것(舊) 바꾸는 것은(替) 또한(亦) 싫지(惡) 않으나(不)
지나간(去) 해(年) 세금이(租) 무거워(重) 입을(着) 바지조차(袴) 없단다(無)

題意(제의)－새들이 헌 옷 벗고 새 옷 입어라 재촉하듯 울어대는데 지난 해 세금 많아 새 옷 하나 없다고 장난삼아 새소리에 和答하여 읊은 詩(시).

註解(주해)－惡 : ①악할 악. 惡談(악담). ②미워할 오. 憎惡(증오).

# 색 인

命 題(명 제) : 養子(양자)

書 體(서 체) : 金文(금문) · 한글 · 行書(행서)

規 格(규 격) : 70×207cm

內 容(내 용) : 本書(본서) 533.勸學文-1(권학문) 參照(참조)

斷 想(단 상) : 전라북도교육연수원(전라북도교육청) 소장 작품(2003)이다. 자녀를 낳아 공부하도록 하는 것은 부모 책임이요, 가르쳐 인도하는 것은 스승 책임이며, 열심히 노력하는 것은 자녀의 책임이니, 서로 책임을 다하여 훌륭한 인재가 되도록 하자는 것이다.

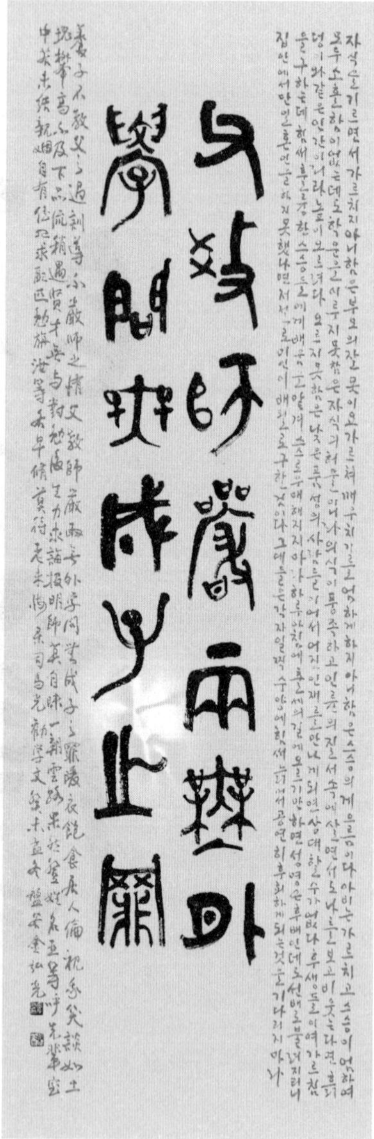

# 索引 1. 名句單句(명구단구)

# 索引 2. 名句聯句(명구연구)

## (1) 五言聯句

【ㅅ】



【ㅇ】

(2) 七言聯句

【ㅂ】



【ㅅ】



【ㅇ】



【ㅈ】

【ㅊ】



【ㅍ】



【ㅎ】

# 索引 3. 四君子 · 文人畵(사군자 · 문인화) 관련 詩

## (1) 梅(매)



## (2) 蘭(난)



## (3) 菊(국)

### (4) 竹(죽)



### (5) 蓮(연)



### (6) 木蓮(목련)



### (7) 牡丹 · 牧丹(모란 · 목단)



### (8) 水仙花(수선화)



### (9) 葡萄(포도)

(10) 其他(기타)

# 索引 4. 雅號(字)·姓名(아호(자)·성명)

【ㅂ】



【ㅅ】

【ㅇ】



【ㅈ】

【ㅊ】

【ㅌ】



【ㅍ】



【ㅎ】

# 索引 5. 姓名・雅號(字)(성명・아호(자))

【ㅁ】



【ㅂ】



【ㅅ】

【ㅇ】

【ㅈ】

# 부 록

命 題(명 제) : 心閒(심한)

書 體(서 체) : 金文(금문) · 印篆(인전)

規 格(규 격) : 42×40cm 한지

內 容(내 용) : 本書(본서) 305.寄韓鵬(기한붕) 參照(참조)

斷 想(단 상) : 2005. 전주단오부채전 초대작품이다. 閑(한)과 閒은 통용된다. 閒을 破字(파자)하면 門月이다. 한가로이 방에 앉아 문을 열고 밝은 달을 쳐다보면 달은 마음속에 떠 있고 나는 달 속에서 노니는 모습이 연상된다. 마음이 한가로우면 일마다 한가롭다고 했다.

# 附錄 1. 알아야 할 字·號(자·호) 이야기

이름은 사람이 삶을 누리기 시작하면서부터 불리기 시작했을 것이다. 우리나라의 경우 처음에는 토박이말로 지었던 이름이 漢字(한자)의 유입과 함께 漢字 이름으로 지어지면서 오늘에 이르게 되었으며 이름에도 兒名·冠名·字·號·諡號(아명·관명·자·호·시호) 등 여러 가지 형태가 있다.

兒名은 어린아이 때의 이름으로 栗谷 李 珥(율곡 이 이)의 경우 珥(이)는 冠名이지만 兒名은 그의 어머니 申師任堂(신사임당)이 꿈에 용을 보았다 하여 見龍(현룡)이라 하였으며 字는 叔獻(숙헌)이고 號는 栗谷이나 그 外에도 石潭(석담)·愚齋(우재) 등이 있다. 冠名은 장성해서 그 집안의 行列(항렬)에 따라 짓는 이름이며 字는 대체로 혼인한 후에 본이름 대신 부르는 이름으로 일상생활에서는 어른 아닌 사람들이 이 字를 불렀고 號는 字 이외에 쓰는 雅名(아명)으로 학자·문인·서화가들이 가지는 또 하나의 이름이었으며 諡號(시호)는 卿相(경상)이나 儒賢(유현) 등이 죽은 뒤 임금이 그 행적을 칭송하면서 追贈(추증)하는 이름이었다.

오늘날에는 그 중에서 兒名 등은 거의 없어지고 冠名 ·號 정도가 남아 있을 뿐인데 兒名은 대체로 無病長壽(무병장수)를 염원하면서 賤(천)하게 짓는 경향으로 개똥이·쇠똥이·말똥이 등의 이름이 흔했다. 冠名이 熙(희)였던 고종 황제의 兒名을 개똥이라 하였고 黃喜(황희) 정승의 兒名은 都耶只(도야지)였으며 兒名이 그대로 介東·啓東·召東·蘇同·馬銅·馬東(개동·계동·소동·소동·마동·마동)이라는 冠名으로 되기도 하였다.

서민들은 兒名으로 평생을 살다 가기도 하였으며 여성의 경우 특별한 사례 외에는 출가와 함께 兒名은 없어지고 대신 宅號(택호)가 따랐다.

이름을 漢字로 지을 경우 외자이름도 있지만 姓(성)과 行列은 정해져 있기 때문에 姓名 3자 가운데에서 선택권은 1字밖에 없었고 남은 1字도 같은 行列의 同名異人(동명이인)을 피해야 하고 가까운 조상의 이름에 나오는 글자도 피했다.

漢字가 들어오기 이전의 이름은 토박이말이었으나 漢字의 유입과 姓의 보급에 따라 사람의 이름이 漢字로 바뀌는 것은 땅이름이 漢字化(한자화) 했던 신라 景德王(경덕왕) 이후부터 심화된 것이다. 三國史記 · 三國遺事(삼국사기 · 삼국유사)에 漢字로 표기되어 있는 이름에서도 그것이 토박이 이름이라는 사실은 금방 알 수 있는데 가령 신라의 시조왕 赫居世(혁거세)는 불거뉘의 漢字 표기이고 3대왕 儒理(유리)와 14대왕 儒禮(유례)는 똑같은 누리의 音寫(음사)인 것으로 해석되며 백제의 3대왕 己婁(기루)나 20대왕 蓋鹵(개로)도 같은 토박이말의 다른 표기인 것으로 보이고 있다.

토박이 이름의 기준은 ①출산 장소에 따른 것(부엌손 · 마당쇠) ②간지(干支)나 달 이름에 따른 것(갑돌이 · 정월이) ③성격에 따른 것(억척이 · 납작이) ④기원을 곁들인 것(딸고만이 · 붙드리) ⑤순서에 따른 것(삼돌이 · 막내) ⑥복을 비는 천한 것(개똥이 · 돼지) ⑦동식물 · 어류 이름에 따른 것(강아지 · 도미) 등으로 크게 나눌 수 있는데 그 중에서도 가장 많은 것이 동물 이름이었다.

字나 號는 중국에서 비롯된 풍습으로 本名(본명)이 태어났을 때 부모에 의해 붙여지는 데 비해 字는 윗사람이 본인의 嗜好(기호)나 德(덕)을 고려하여 붙여준 이름이며 字가 생기면 本名은 별로 사용하지 않았기 때문에 本名을 諱名(휘명)이라고도 하는데 흔히 윗사람에 대해서는 자신을 本名으로 말하지만 동년배 이하의 사람에게는

字나 號를 사용하고 손아래 사람인 경우 특히 부모나 스승이 그 아들이나 제자를 부를 때는 本名을 사용한다.

字·號·堂號는 본 이름을 부르는 것을 피하는 풍속에 그 근원을 두고 있으며 한국이나 중국 등 주로 동양에서 사용되고 있고 한국에서는 삼국시대 이래로 號가 사용되었으며 조선시대에 이르러서는 일반·사대부·학자들에 이르기까지 보편화되었다.

중국의 경우 號는 당나라 때부터 사용되었으며 宋代(송대)에 이르러 보편화되었는데 唐(당)나라의 대표적인 詩人(시인)인 李太白(이태백)이나 宋나라의 문장가 蘇東坡(소동파)는 그의 본 이름인 李 白(이 백)이나 蘇 軾(소식)보다도 號가 널리 알려진 경우이고 李 白(이 백)이 죽은 지 10년 후에 태어난 中唐期(중당기)의 詩人 白居易(백거이)나 韓 愈(한 유) 그리고 靑(청)나라 書家(서가) 鄧 琰(등염)은 그의 본 이름대신 白樂天(백낙천)과 韓退之(한퇴지) 그리고 鄧石如·鄧頑伯(등석여·등완백)과 같이 姓氏(성씨)에 字를 붙여서 널리 알려진 경우이다.

號는 대부분이 거처하는 곳이나 자신이 指向(지향)하는 뜻이나 좋아하는 물건을 대상으로 한 경우가 많았던 관계로 거처하는 곳이 바뀜에 따라 號가 달리 사용되기도 했으며 좋아하는 물건이 여럿인 경우 號는 늘어나게 마련이었고 號는 집안에서 사용한다는 의미의 堂號(당호)와 詩·書·畵·話(시·서·화·화) 등에 쓰는 雅號(아호)로 나누어지기도 했으나 양자간에는 뚜렷한 구별이 없이 混用(혼용)되었다. 고려 후기의 대표적인 문신 李奎輔(이규보)의 경우 초기에는 詩·酒·琴(시·술·거문고) 세 가지를 좋아하여 三酷好先生(삼혹호선생)이라 號하였다가 나중에는 구름에 묻혀 있는 자신의 처지를 좋아하여 白雲居士(백운거사)로 號를 바꾸기도 했으며 중국 晉(진)나라 자연시인 陶淵明(도연명)은 그의 집에 다섯 그루의 버드나무를 심어

놓고 스스로 五柳先生이라 號하였고 술을 좋아 한 李 白의 별호는 醉聖(취성)이며 역시 술꾼인 白居易(백거이)는 醉戶(취호)라 自稱(자칭)하였다. 조선 중기 이후로 號의 사용은 더욱 확대되었으며 주로 자신이 학문을 배우고 가르친 곳을 號로 하는 경우가 많았는데 李 滉(이 황)의 退溪(퇴계)와 李 珥(이 이)의 栗谷(율곡) 그리고 徐敬德(서경덕)의 花潭(화담) 등이 대표적이며 이들 門人(문인)들을 지칭할 때도 退溪門人 · 花潭門人 · 栗谷門人 등으로 號를 사용하였고 성리학자 曺 植(조 식)의 號 南冥(남명)은 莊子(장자)에 나오는 용어로서 老莊思想(노장사상)에 관심을 가진 자신의 사상적 입장을 표현한 것이다. 본인의 號인 盤谷(반곡)은 당나라 元和(원화) 초에 절도사였던 李愿(이원)이 河南 濟源縣(하남 제원현)에 있는 盤谷에 隱居(은거)하고자 떠나감을 송별하는 韓退之(한퇴지)의 送李愿歸盤谷序(송이원귀반곡서)라는 문장의 내용과 盤谷의 자연환경을 동경하여 號로 삼은 것인데 우리나라 산골에 조금 평평하고 양지바른 들도 다 이 盤谷에 해당되는 셈이고 堂號인 老松齋는 본인의 거소가 老松洞에 있고 또한 老松의 우아한 멋과 늠름한 기상을 흠모하여 취한 것이다.

號가 가장 많았던 사람은 조선 후기의 金正喜(김정희) 선생으로 알려진 것만 해도 약 500여 개가 되었는데 이렇듯 金正喜가 많은 號를 사용한 것은 詩 · 書 · 畵(시 · 서 · 화)에 두루 능하였던 예술인이었기 때문인 것으로 생각되며 그의 대표적인 號는 秋史(추사) · 阮堂(완당) · 禮堂(예당) · 詩庵(시암) · 仙客(선객) · 佛奴(불노) · 方外道人(방외도인) 등으로서 儒 · 佛 · 道(유 · 불 · 도) 삼교사상을 망라하는 號를 사용한 것이 주목된다.

조선의 李德懋(이덕무)도 號에대한 욕심이 많았다고 하는데 嬰處(영처)란 호는 어린아이와도 같은 거짓 없는 마음을 썼으되 처녀의 수줍음을 지녀 남에게 보이기 부끄러움을 나타낸다는 뜻이고 蟬橘堂(선귤당)은 매미와 귤의 맑고 깨끗함을 사랑한다는 뜻이며 青莊館(청장관)이란 堂號는 강호에 살면서 아무 영위함 없이 그저 제 앞을 지나가는 고기만 먹고사는 신촌옹이라고도 불리는 青莊(청장)의 삶을 살고 싶다는 뜻이다.

조선 후기 이래로 號 辭典(사전)의 성격을 띤 많은 號譜(호보) 들의 편찬은 號의 사용이 일반화되었던 당시 상황을 반영해주고 있으며 1945년에 편찬된 大東名家號譜(대동명가호보)에는 號를 유형별로 분석하고 있는데 당(堂)·암(巖)·실(室) 등으로 끝나는 號가 많았으며 내용별로는 자신이 거주했던 곳이나 인연이 있었던 곳을 따서 지은 경우와 인생관이나 修養目標(수양목표)를 한 경우 또는 玩好物(완호물)을 대상으로 한 경우가 많았다. 日帝强占期(일제강점기)에서는 민족주의를 지향하는 周時經(주시경)의 한힌샘 崔鉉培(최현배)의 외솔 등의 號가 나타났으며 순수문학을 지향하던 金廷湜(김정식)의 素月(소월)과 朴泳鍾(박영종)의 木月(목월) 등은 우리에게 이름보다는 號가 친숙하게 다가온다. 이 외에 李相佰(이상백)의 號인 想白(상백)과 시조시인 李鎬雨(이호우)의 號인 爾豪愚(이호우)는 이름과 號의 음을 같게 한 경우이다. 오늘날에는 號보다는 자신의 實名(실명)을 사용하는 경우가 대부분이며 문학·예술 등 일부 분야에서 號의 전통을 이어나가고 있는데 號를 통하여 당시 인물들의 세계관과 인생관의 일면을 엿볼 수 있다.

# 附錄 2. 재미있는 破字(파자) 이야기

한국 방랑시인 金炳淵(김병연)의 破字詩(파자시)에 대하여 李丙疇(이병주)는 韓國漢詩의 理解라는 책에서 破字詩는 해학과 풍자가 마치 시문학의 극치인 것처럼 크게 다루는 계층이 있으나 그것은 詩도 아니고 작품도 아니라 다만 재주로 엮은 글자모둠 일 따름이라고 하였지만 破字는 글자 놀이로서 해학과 풍자가 있고 또 글자를 오래 기억하는 하나의 방법일 수 있다. 어려운 漢字(한자)를 破字해 보고 나름대로 의미를 붙여 보는 것은 漢字학습을 재미있고 효과적으로 하는 하나의 방법이 될 것이다.

1. 이야기 하나

金炳淵 金笠(김립)이 개성 부자 尹東春(윤동춘)이란 사람의 집에 들러 저녁밥을 얻어먹을 양으로 이런 저런 이야기를 하며 시간을 벌고 있는데 아들 같은 청년 하나가 방문을 조금 벙긋 열더니 人良且八(인량차팔)이라고 하자 주인 尹東春은 月月山山이라고 대답한다. 人良은 食(밥 식)을 破字한 것이요 且八은 具(갖출 구)를 破字한 것이니 식사가 다 갖추어 졌는데 저 손님의 밥도 함께 가져와야 하느냐고 묻는 내용이다. 月月은 朋(벗 붕)을 破字한 것이요 山山은 出(나갈 출)을 破字한 것이니 이 친구가 나가거든 가져오라는 뜻이다. 그때 炳淵은 밥 얻어먹기는 틀린 것 같으니 주인에게 마지막 욕이나 하려고 犬者禾重(견자화중)이라고 하였다. 犬者는 猪(돼지 저)를 破字한 것이요 禾重은 種(씨 종)을 破字한 것이니 돼지 종자라는 무서운 욕이 되는 것이다. 이 말을 듣고 기겁을 한 주인은 선생을 몰라 뵈어 죄송하다면서 깎듯이 머리를 숙이고 직접 안으로 들어가

부인을 독려하여 깨끗하고 기름진 저녁상을 아들에게 들려 내왔고 저녁상을 물리고 나서 酒案床(주안상)까지 받았다는 이야기가 있다.

## 2. 이야기 둘

옛날에는 마을마다 書堂(서당)이라는 글방이 있었다. 書堂은 四字小學(사자소학)이나 千字文(천자문)같은 基礎漢字(기초한자)에서부터 四書三經(사서삼경)과 같은 高級漢文(고급한문)에 이르기까지 완전개별지도에 의하여 학습하는 곳이었다. 書堂에서 공부하는 어느 學童(학동)이 이웃집 예쁜 처녀를 사모하게 되어 고민하고 고민하든 끝에 사랑고백을 하기로 하고 그 방법을 궁리하고 궁리하다가 二糸間言下心이라는 글자를 써 보냈다. 이 편지를 받은 그 閨秀(규수)는 學童의 뜻을 알아차리고 戀이라는 글자로 풀이를 하였다. 二糸란 糸(실 사)가 둘(二)이 있다는 뜻이고 間(사이 간) 言(말씀 언)」은 그 두 糸자 사이(間)에 言이 들어간다는 뜻이며 下(아래 하) 心(마음 심)」은 言 아래에(下) 心이 있다는 뜻이니 바로 戀(사모할 련)을 破字한 것으로 사랑한다는 편지였다. 閨秀는 이에 대한 답장으로 籍이라는 글자를 써 보냈다. 이 편지를 받은 學童은 모든 지혜를 동원하여 궁리를 해 보아도 무슨 뜻인지 알 수가 없었다. 玉篇(옥편)에 ①서적 적 ②장부 적 ③호적 적 ④등록할 적 ⑤빌릴 적 ⑥구실 적 ⑦온화할 자 등 풀이가 되어있긴 하지만 도무지 실마리조차 풀리지 아니하였다. 며칠을 궁리하다가 용기를 내어 글방 스승인 訓長(훈장)님에게 自初至終(자초지종) 처음부터 끝까지 다 말씀을 드리고 해답을 부탁했다. 訓長님께서 한참을 생각하시다가 느닷없이 담뱃대로 정수리를 탁 치면서 하루가 늦었다고 말씀하시는 것이었다. 籍을 破字해 보면 竹(대 죽) 耒(쟁기 뢰) 昔(옛 석)이 되고 昔을 다시 破字하면 十十一日이 되니 21일이 되며 昔은 夕(저녁 석)과 音(소리 음)이 같아 21일 밤이란 뜻이 된다. 耒는 來(올 래)의 흘림체와 비슷하니 오시오라는 뜻이다. 이를 종합해 보면 21일 밤 대나무 밭으로 오라는 말이 된다는데 訓長님에게 도움을 청한 날이 22일이라 하루 늦어서 아쉽다는 뜻으로 담뱃대로 탁 친 것이었다. 이 이야기를 알고 있다면 戀이나 籍이 더 이상 어려운 漢字는 아니라고 생각이 된다. 또한 戀과 같은 구조로 이루어진 글자로는 다음과 같은 글자들이 있는데 戀과 연관지어 생각한다면 기억하는데 있어서 별 어려움이 없을 것이다. 鸞(난새 난) 欒(모감주나무 란) 鑾(방울 란) 孌(아름다울 련) 孿(쌍둥이 산 · 련) 攣(걸릴 련) 臠(저민고기 련) 巒(뫼 만) 彎(굽을 만) 蠻(오랑캐 만) 矕(볼 만) 變(변할 변) 燮(불꽃 섭)

3. 이야기 셋

나이와 관련된 破字도 있다. 玉篇(옥편)에 의하면 여자나이 16세와 남자나이 64세를 瓜年(과년)이라고 하는데 瓜(오이 과)자를 破字하면 바르게 쓴 八과 거꾸로 쓴 八이 되므로 여자나이는 8+8=16 이니 16세를 말하고 남자나이는 8×8=64이니 64세를 말한다. 16과 64는 오이와 관련되어 그렇게 전해 오게 되었을 것이다. 二八青春(이팔청춘)이란 말도 있다. 二八青春이란 16세 전후의 젊은 나이로 꽃다운 나이를 뜻한다. 옛날 16세 처녀라면 결혼 적령기이며 한창 異姓(이성)을 그리워 할 나이라고 생각된다. 옛날 남자 64세는 늙은이 중에서도 늙은이로 쪼글쪼글하게 시들어버린 오이와 흡사한 모습을 연상할 수가 있다. 오이는 남자 性器(성기)를 상징하기도 하는데 瓜年을 16세나 64세라고 일컫게 된 장난기를 엿볼 수가 있다. 桑年(상년)은 48세를 말하는데 桑의 속자는 十자 셋( +++ ) 밑에 木을 쓰니 이를 破字하면 木은 十八이 되어 위 十자 셋과 합하여 48이 된다. 77세를 喜壽(희수)라고 하는데 喜자를 草書(초서)로 쓰면 七十七과 비슷한 데서 연유된 것이라 생각한다. 傘壽(산수)는 80세를 말하는데 傘의 略字(약자)는 八 아래에 十을 쓰니 이를 破字하면 80이 되고 半壽(반수)는 81세를 말하는데 半을 破字하면 八十一이 된다. 88세는 米壽(미수)라 하는데 米(쌀 미)를 破字 해 보면 八十八이 된다. 쌀(米) 농사에는 볍씨를 골라 싹을 틔우는 데서부터 벼를 찧어 쌀이 될 때까지 88번이나 농부의 손길이 가야한다는 말도 있으니 한 톨의 곡식이 얼마나 소중한가를 우리에게 일깨워 주는 이야기이기도 하다. 卒壽(졸수)는 90세를 말하는데 卒의 略字는 九 아래에 十을 쓰니 이를 破字하면 90이 된다. 99세를 白壽(백수)라고 하는데 100(百)에서 一이 빠져나갔으니 99가 되는 것이다.

4. 이야기 넷

어느 중국 영화에서 황제가 민가에 잠행을 하다가 낯선 청년과 맞나 통성명을 하는 자리에서 자기의 성명은 白十二(백십이)라고 말하는 장면이 나왔었는데 임금 皇(황)을 破字하면 白王이 되고 王을 다시 破字하면 一十一 즉 十二가 되니 白十二는 임금 皇을 뜻하는 것이다. 옛날 중국의 王莽(왕망)이란 임금이 재위 중에 발행한 貨幣(화폐) 중에 貨泉(화천)이란 돈이 있는데 이 貨泉을 破字하면 白水眞人(백수진인)이 되니 돈 즉 貨幣를 白水眞人이라고도 한다. 粥(죽)을 破字하면 弓이 둘에 米가 하나 있어 죽을 雙弓米(쌍궁미)라 한다. 鳳(봉)을 破字하면 凡(범상할 범)과 鳥(새 조)로 평범한 새라는 뜻이 되니 鳳者라고 하면 언뜻 봉황새와 같이 뛰어났다고 칭찬을 해 주는 것 같지만 사실은 平凡(평범)한 사람 즉 凡人(범인) 凡夫(범부) 凡愚(범우)라고 비웃는 말이 되는데 玉篇에 나와 있는 이야기이다.

5. 이야기 다섯.

道(도)는 辵(착)과 首(수)의 會意文字(회의문자)다. 辵은 머리카락 날리며 사람이 걸어가는 모양이고, 首는 사람의 머리 즉 생각이니, 道란 걸어가며 생각하는 것이라고 한다.

道敎(도교)의 풀이에 따르면, 道라는 글자는 두 점과 一(한 일)과 自(스스로 자)와 走(달릴 주)로 되어 있다는데, 머리의 두 점에서 왼쪽 점은 太陽(태양)을 뜻하고 오른쪽 점은 太陰(태음)을 뜻하니 太極(태극) 음양이 서로 안고 있는 모습으로, 이 두 점이 하늘에서는 太陽과 달이 되고, 땅에서는 물과 불이 되며 사람에게는 두 눈에 해당된다고 한다. 두 점 아래 쓴 한 일(一)은 모든 것을 뜻하고 그 다음의 自(자)는 자신을 가리키는 것으로, 天地日月(천지일월)과 만물의 精氣(정기)가 자기 몸에 모여 있고, 道가 자기 몸에서 떠나지 않음을 뜻 하며, 위의 두 점과 한 일(一) 그리고 스스로자(自)가 합쳐지면 머리 수(首)가 되니, 이는 도를 닦는 것이 천하에서 가장 중요하고 좋은 일임을 뜻한다고 한다. 마지막으로 쓰는 자는 달릴 주(走)자 인데, 전신의 法輪(법륜)이 스스로 돌면서 道를 자기 몸과 천하에서 행한다는 뜻이니 이것이 바로 道라고 설명한다.

길은 도로와 다르다. 오로지 목표에 도달하는 수단으로서만 의미를 가지는 것이 도로의 개념이고 길은 길 그 자체로서 의미가 있는 것이다. 길은 가로수를 만나는 곳이기도 하고 친구와 나란히 걷는 동반의 공간이기도 하다. 일터이기도 하고 자기 발견의 계기이기도 하며 자기를 남기는 역사의 현장이기도 하다는 것이다.

6. 이야기 여섯.

삼국지에 天子(천자)도 두려워하는 장수 董卓(동탁)이, 天子의 詔書(조서)를 받고 대궐로 들어가다가 밤이 되어 부장 이숙과 함께 客館

(객관)에 들어 얘기를 나누는데, 밖에서 아이들의 童謠(동요) 부르는 소리가 들렸다.

千里草 何青青 十日上 不得生 千里草 何青青 十日上 不得生
천리초 하청청 십일상 부득생 천리초 하청청 십일상 부득생
천리초 청청도 하네그려. 열흘이 되면 살지 못한다. 천리초 천리초 청청도 하다만, 열흘이 되면 살지 못한다.

이숙은 아이들이 부르는 동요소리가 董卓인 것을 짐작해 알았다. 千里草는 '董'字(자)의 破字(파자)요, 十日上은 '卓'字의 破字이니, 동탁이 죽는다는 뜻이다. 이숙은 시치미를 뚝 떼고 이것은 지금 천자인 劉氏(유씨)가 멸하고 董氏가 흥한다는 童謠라고 거짓말했다.

이튿날 董卓이 儀從(의종)을 거느리고 대궐로 향하는데, 거리에 한 道人(도인)이 青袍(청포)에 白巾(백건)을 쓰고 손에 긴 장대를 들었는데, 장대 끝에는 한 길이나 되는 布(베 포)를 달아매고 양편에 口(입구)字를 한 자씩 써서 높이 들고 가는 것이었다. 이숙이 가만히 생각 해 보니 입구가 둘이면 '呂'(려)字가 분명하고 베로 기를 만들었으니 布의 뜻이 분명했다. 董卓이 그의 양아들이며 천하명장인 呂布(여포)한테 죽는다는 뜻이다. 이숙은 슬며시 딴전을 부려 아마 心疾(심질)이 있는 미친놈인가 보다고 말했다. 董卓의 수레가 대궐문 안으로 들어가자, 미리 기다리고 있던 呂布의 方天畫戟(방천화극) 날카로운 창끝이 董卓의 咽喉(인후)를 꿰뚫었고, 이숙의 寶劍(보검)이 董卓의 머리를 베니 無所不爲(무소불위)의 권력을 가졌던 董卓의 시대는 막을 내리게 되었다. 董卓은 자기 心腹(심복) 중에서도 心腹인 양아들 呂布에게 당했던 것이다.

7. 이야기 일곱

春秋說(춘추설)에는 '德'(덕)을 破字(파자)하면 人十四心이라하였고, 詩說(시설)에는 二자가 天(천)자 아래에 있는 것이 '酉'(유)자라 하였으며, 國志(국지)에는 天자 위에 口(구)를 얹어 '吳'(오)자라 하였고, 晋書(진서)에는 黃頭小人을 묶어 '恭'(공)字라 하였고, 參同契(참동계)에는 사람이 등에 告(고)자를 짊어지고 있는 것이 '造'(조)라 하였다는데, 이는 모두 數術(수술)의 謬語(유어)이며 假借(가차)하여 府會(부회)한 것으로 잡스럽게 웃음을 자아내고자 한 것일 뿐 다른 의미가 없다고 하였다.

8. 이야기 여덟

三國志(삼국지)에 있는 이야기다. 유비는 漢中(한중)을 도모하기 위해 進軍(진군)하니 조조는 유비와의 일전을 위해 親征(친정)에 나섰다. 藍田(남전)에 이르러 오랑캐 땅에서 구해준 蔡琰(채염)을 찾았다. 蔡琰은 천하 문장가 채옹의 딸이다. 蔡琰의 莊門(장문)에 당도하여 우연히 한쪽 벽을 바라보니 黃絹幼婦(황견유부) 外孫虀臼(외손제구)라고 쓴 한 폭의 碑文(비문) 簇子(족자)가 걸려 있다.

蔡琰은 그것이 曹娥碑(조아비)의 圖軸(도축)이라고 한다. 옛날 和帝(화제) 때 박수무당 曹盱(조우)가 어느 단오 날 술에 취해 배를 타고 춤을 추다가 강에 빠져 죽으니 열 네 살 된 외동딸이 칠 주야를 痛哭(통곡)하다가 강물에 뛰어들었는데 닷새 만에 시체로 변하여 아버지 시체를 업고 강물위로 떠오르자 동네 사람들이 그 孝誠(효성)에 感服(감복)하여 강변에 葬事(장사)를 지내 주었다고 한다. 朝廷(조정)에 아뢰어 邯鄲淳(한단순) 어린 소년에게 글을 짓게 하여 무덤 앞에 비를 세우니 글 한 귀 고칠 것 없는 文不加點(문불가점)이요 획 하나 改筆(개필)없는 一筆揮之(일필휘지)로 당시 사람들이 놀랍게 생각했다는 것이다. 대 문장가였던 채옹이 이 소문을 듣고 찾아가니 날이 저물어 碑文(비문)을 읽을 수 없는지라 손으로 어루만져 글자의 뜻을 알아내고 붓을 들어 비석 뒷면에 여덟 글자를 썼는데 뒷사람들이 그 여덟 글자마저 비석에 새겼다는 것이다.

黃絹幼婦 外孫齏臼

조조가 아무리 뜯어봐도 글의 뜻을 풀이할 수가 없었다. 蔡琰도 비록 선인의 遺筆(유필)이긴 하나 그 뜻을 모른다고 했다. 좌우에 글 잘하는 謀士(모사)들도 서로 얼굴만 바라볼 뿐 말이 없는데 主簿(주부) 楊修(양수)가 풀이를 했다고 한다. 남에게 지기 싫어하는 조조는 잠깐 기다려 보라고 하고 곰곰이 생각해 본다. 조조는 蔡琰을 작별하고 莊上에서 나와 말을 타고 삼 마장가량 나왔을 때 홀연 馬上(마상)에서 그 뜻을 깨닫게 된다. 자기의 풀이와 같은지 楊修에게 말해보라고 하니 그 글은 隱語(은어)라고 한다. 黃絹에서 黃은 色(빛색)이니 絹의 糸(실 사)에 色을 붙이면 絶(절)로 풀이 된다고 한다. 幼婦에서 幼婦는 어린 지어미니 少女(소녀)가 되고 少女를 합하면 妙(묘)가 된다는 것이다. 外孫에서 외손자는 女(딸 여)의 子(아들 자)이니 好(호)로 풀이된다고 한다. 齏臼는 五辛(오신) 곧 맵고 짜고 시고 쓰고 아리고 한 것을 받아들이는 그릇이니 受(받을 수)에 辛(매울 신)을 쓰면 受辛 즉 辭(말씀 사)가 된다는 것이다. 그러하니 黃絹幼婦는 絶妙요 外孫齏臼는 好辭가 되어 絶妙好辭 곧 절묘한 글이라고 풀이를 한다. 조조는 깜짝 놀랐다. 자기의 해석과 꼭 같았다. 탄복하기를 마지아니한다. 재주가 뛰어나면 輕率(경솔)하다고나 할까. 결국 鷄肋(계륵)으로 인하여 조조에게 斬首(참수)를 당하게 된다.

9. 이야기 아홉

三國志(삼국지)에 있는 이야기다. 하루는 북편 변방에서 양의 젖으로 만든 酥(수) 한 합을 조조에게 보내왔다. 조조는 珍奇(진기)하게 생각해서 친히 붓을 들어 一盒酥(일합수)라고 쓴 후에 문갑위에 올려 놔두었다. 마침 主簿 楊修(주부 양수)가 들어왔다가 이를 보고 술을 들 때 방에 있는 사람에게 한 숟갈씩 먹게 했다. 조조가 아끼는 물건이었다. 왜 나누어 먹었느냐고 하니 楊修는 싱글싱글 웃으며 거침없이 대답한다. 승상께서 盒위에 친필로 한 사람이 한 입씩 먹는 그릇의 타락죽 즉 一人一口皿酥라고 쓰셨기에 승상의 말씀을 어길 수 없어 나눠 먹었다는 것이다. 조조가 가만히 생각해 보니 一盒酥를 破字하면 一人一口皿酥가 된다. 조조는 마음속으로 楊修의 반짝하는 산뜻한 재주에 歎服(탄복)을 한다. 하지만 楊修의 재주를 시기하고 꺼려했다. 조조는 유현덕을 공격하고 싶었으나 猛將(맹장) 馬超(마초)가 범같이 지키고 있으니 돌격할 수도 없고 대군을 會同(회동)하여 許都(허도)로 돌아가고 싶었으나 유비의 군사에게 嗤笑(치소)를 당할까 보아 결단을 내리지 못하고 있는데 때 마침 닭 湯(탕)이 나왔다. 닭국을 맛있게 먹다가 탕 속에 닭갈비 鷄肋(계륵)이 들어 있는 것을 보았다. 먹자하니 맛이 없고 남에게 주자니 아까운 것이 鷄肋이다. 이번 전쟁이 鷄肋과 비슷하다고 생각하고 있는데 명장 夏侯惇(하후돈)이 들어와 軍號(군호)를 묻는다. 조조의 머리에는 鷄肋 생각으로 가득 차 있었다. 무심코 계륵 계륵 두 마디를 웅얼거렸다. 夏侯惇은 곧 陣中(진중)으로 내려가 군호를 鷄肋이라고 전달했다. 行軍主簿 楊修는 夏侯惇의 말을 듣고 자기 처소로 내려가 亞將(아장)과 군사들에게 짐을 싸라고 했다. 夏侯惇이 깜짝 놀라 楊修에게 까닭을 물으니 내일이면 회군 명령이 내릴 것이라고 한다. 夏侯惇도 이 말을 듣고 모든 장수들을 불러 행장을 준비하라고 했다. 조조가 夏侯

惇의 영문에 갔다가 깜짝 놀란다. 自初至終(자초지종) 이야기를 듣고 조조는 크게 怒(노)한다. 함부로 말을 해서 群心(군심)을 어지럽게 했다는 죄로 斬刑(참형)에 처하고 首級(수급)을 진문 밖에 매달아 流言蜚語(유언비어)를 퍼뜨리는 자를 경계하게 했다. 楊修는 그 뛰어난 재주로 인하여 화를 당한 것이다.

# 附錄 3. 기발한 別稱 異稱(별칭 이칭)

## 1. 文房四友(문방사우)

가. 『紙(지－종이)』 : 『종이』－方潔(방결)

나. 『筆(필－붓)』 : 『붓』－管城子(관성자) 管翰(관한) 刀筆(도필) 禿友(독우) 毛潁(모영) 毛錐子(모추자) 不律(불률) 象管(상관) 弱翰(약한) 柔翰(유한) 中書君(중서군) 筆翰(필한) 黑頭公(흑두공) 『몽당붓』－掘筆(굴필) 禿筆(독필) 禿毫(독호) 『붓 끝』－筆端(필단) 筆鋒(필봉) 筆毫(필호) 『붓 뚜껑』－筆帽(필모) 『붓 놀림새』－筆路(필로) 筆意(필의) 筆趣(필취)

다. 『墨(묵－먹)』 : 『먹』－金不換(금불환) 冷劑(냉제) 麋丸(미환) 烏金(오금) 陳玄(진현) 『먹통』－墨斗(묵두)

라. 『硯(연－벼루)』 : 『벼루』－金池(금지) 陶泓(도홍) 羅文(나문) 羅紋(나문) 墨海(묵해) 石虛中(석허중) 蟾眼(섬안) 硯臺(연대) 紫石(자석) 卽墨侯(즉묵후) 鐵面尙書(철면상서) 青花(청화) 『벼루 앞쪽에 오목하게 물 담는 자리』－硯池(연지) 硯海(연해). 『벼루 물을 담아두는 그릇』－蟾蜍(섬여) 水丞(수승) 硯滴(연적). 『벼루집』－硯室(연실) 硏室(연실).

## 2. 가족

가. 〖우리 가족〗: 〖자기〗－無似(무사) 麋鹿之恣(미록지자) 不肖(불초) 鄙軀(비구) 鄙夫(비부) 鄙人(비인) 迂生(우생) 迂人(우인) 陳人(진인) 賤軀(천구) 賤躬(천궁) 賤子(천자) 醜末(추말) 鯫生(추생) 下愚(하우) 下走(하주) 寒生(한생) 〖어버이〗－所怙(소호) 怙恃(호시) 〖자기 아버지〗－家公(가공) 家君(가군) 家父(가부) 家尊(가존) 家親(가친) 阿翁(아옹) 嚴親(엄친) 太公(태공) 〖자기어머니〗－家慈(가자) 聖善(성선) 慈壼(자곤) 慈親(자친) 〖남편의 아버지〗－阿公(아공) 阿翁(아옹) 〖남편의 어머니〗－慈姑(자고) 〖아내의 아버지〗－氷翁(빙옹) 聘丈(빙장) 嶽公(악공) 岳父(악부) 岳翁(악옹) 嶽丈(악장) 岳丈(악장) 丈人(장인) 〖아내의 어머니〗－嶽母(악모) 岳母(악모) 丈母(장모) 〖자기남편〗－佳人(가인) 狂夫(광부) 夫君(부군) 簫郎(소랑) 拙夫(졸부) 好人(호인) 〖자기아내〗－眷屬(권속) 箕帚妾(기추첩) 內子(내자) 萊妻(내처) 配位(배위) 山妻(산처) 室人(실인) 愚妻(우처) 拙妻(졸처) 寒荊(한형) 荊室(형실) 荊妻(형처) 荊布(형포) 荊釵布裙(형차포군) 縞衣綦巾(호의기건) 〖자기아들〗－家豚(가돈) 家兒(가아) 豚兒(돈아) 息男(식남) 弱息(약식) 愚息(우식) 子息(자식) 賤息(천식) 〖자기 딸〗－息女(식여) 阿女(아녀) 女息(여식) 〖며느리〗－息婦(식부) 子婦(자부) 〖兄弟(형제)〗－常棣(상체) 〖시누이〗－小姑(소고) 〖큰아버지〗－伯父(백부) 世父(세부) 〖큰어머니〗－伯母(백모) 世母(세모) 〖큰형〗－伯兄(백형) 〖외손자〗－彌甥(미생) 〖조카〗－甥姪(생질) 猶子(유자) 〖돌아가신 아버지〗－亡父(망부) 先考(선고) 先人(선인) 先親(선친) 皇考(황고) 皇姑(황고) 〖돌아가신 어머니〗－先妣(선비)

나. 〖남의 가족〗: 〖남의 가족〗－寶眷(보권) 閤內(합내) 〖남의

아버지 』－家尊(가존) 大人(대인) 令嚴(영엄) 令尊(영존) 春堂(춘당) 椿堂(춘당) 春府(춘부) 春府丈(춘부장) 椿府丈(춘부장) 『남의 어머니』－大夫人(대부인) 母堂(모당) 北堂(북당) 令堂(영당) 慈堂(자당) 尊堂(존당) 萱堂(훤당) 『남의 아내』－德配(덕배) 夫人(부인) 細君(세군) 令閨(영규) 令夫人(영부인) 令正(영정) 閤夫人(합부인) 賢閤(현합) 『남의 아들』－郎君(낭군) 郎子(낭자) 阿戎(아융) 令郞(영랑) 令嗣(영사) 令息(영식) 令胤(영윤) 令子(영자) 允君(윤군) 允玉(윤옥) 子弟(자제) 賢郞(현랑) 賢胤(현윤) 『남의 딸』－小姐(소저) 愛玉(애옥) 令愛(영애) 玉女(옥녀) 『남의 형』－令兄(영형) 『남의 아우』－季氏(계씨) 貴介弟(귀개제) 淑弟(숙제) 『남의 형제』－雁行(안행) 『남의 사위』－嬌客(교객) 玉潤(옥윤) 『남의 조카』－咸氏(함씨) 『돌아가신 남의 아버지』－先君(선군)

## 3. 나이

『15세』－志學(지학) 『여성15세』－笄年(계년) 『여성 16세』－破瓜(파과) 『남성 20세』－弱冠(약관) 丁年(정년) 『30세』－而立(이립) 『40세』－不惑(불혹) 强仕(강사) 『48세』－桑年(상년) 『50세』－艾年(애년) 艾服(애복) 艾人(애인) 杖家(장가) 知天命(지천명) 『51세』－望六(망륙) 『60세』－耳順(이순) 杖鄕(장향) 『61세』－華年(화년) 華甲(화갑) 『남성 64세』－破瓜(파과) 『70세』－古稀(고희) 杖國(장국) 從心(종심) 七耋(칠질) 下年(하년) 稀年(희년) 『77세』－喜壽(희수) 『80세』－傘壽(산수) 杖朝(장조) 『81세』－望九(망구) 半壽(반수) 『88세』－米壽(미수) 『 90세』－凍梨(동리) 齯齒(예치) 卒壽(졸수) 『91세』－望百(망백) 『99세』－白壽(백수) 『100세』－期頤(기이)

①破瓜－瓜(오이 과)를 둘로 破字(파자)하면 바르게 쓴 八과 거꾸로 쓴 八이 되므로 여성은 8+8=16 남성은 8×8=64이며 또한 오이는 남성의 상징물로 여성이 16세가 되면 오이를 깰 만큼 여성으로서의 힘이 있게 되고 남성은 64세면 남성의 힘을 상실하게 된다는 의미도 담겨 있다고 할 것이다.

②桑年－桑의 속자는 十자 셋(卉) 밑에 木을 쓰는데 이를 破字하면 木은 十八이니 위 十자 셋과 합하여 48세라 한다.

③喜壽－喜(기쁠 희)를 초서로 쓰면 七十七이 되니 77세라 한다.

④傘壽－傘의 略字(약자)는 八 아래에 十을 쓰니 이를 破字하여 80세라 한다.

⑤半壽－半을 破字하면 八十一이 되니 81세라 한다.

⑥米壽－米(쌀 미)를 破字하면 八十八이 되니 88세라 한다.

⑦卒壽－卒의 略字는 九 아래에 十을 쓰니 이를 破字하여 90세라 한다.

⑧白壽－白은 百(100)에서 一이 모자라니 99세라 한다.

⑨고대에는 四杖制(사장제)라 하여 나이에 따라 지팡이를 사용하는 장소가 한정되어 있었는데 50살에는 집안에서만 허용되니 杖家라 하고 60살에는 마을에서만 허용되어 杖鄕이라 하며 70세는 나라안까지 허용되니 杖國이 되고 80살이면 임금이 있는 조정에서까지 허용되니 杖朝라 하였다.

### 4. 열 두 달

가. 『1월』: 『陰曆正月』－大蔟(대주) 孟陽(맹양) 孟春(맹춘) 首歲(수세) 陽春(양춘) 王月(왕월) 寅月(인월) 正陽(정양) 『正月초하루아침』－鷄旦(계단) 鷄日(계일) 四始(사시) 三始(삼시) 三元(삼원) 歲旦

(세단) 歲首(세수) 元旦(원단) 元朔(원삭) 元辰(원신) 元日(원일) 正朔(정삭) 陬月(추월) 獻歲(헌세) 〚正月 초이튿날〛－犬日(견일) 〚正月 초사흗날〛－豕日(시일) 〚正月 초나흗날〛－羊日(양일) 〚正月 초닷샛날〛－牛日(우일) 〚正月 초엿샛날〛－馬日(마일) 〚正月 초이렛날〛－靈辰(영신) 人日(인일) 〚正月 초여드렛날〛－穀日(곡일) 〚正月 보름〛－上元(상원)

나. 〚2월〛: 〚陰曆2월〛－如如(여여) 如月(여월) 麗月(여월) 令月(영월) 仲陽(중양) 仲春(중춘) 夾鐘(협종) 華景(화경) 杏月(행월) 〚陰曆 2月1日〛－中和節(중화절) 〚陰曆2月15日〛－花朝(화조)

다. 〚3월〛: 〚陰曆3月〛－嘉月(가월) 季春(계춘) 姑洗(고선) 暮春(모춘) 竹秋(죽추) 惠風(혜풍) 〚陰曆3月3日〛－踏青節(답청절) 上巳(상사) 元巳(원사) 重三(중삼)

라. 〚4월〛: 〚陰曆4月〛－孟夏(맹하) 圉余(어여) 余月(여월) 陰月(음월) 除月(제월) 中呂(중려) 仲呂(중려) 淸和(청화) 乏月(핍월) 〚陰歷 4月초하루〛－淸和(청화) 〚4月初파일〛－灌佛會(관불회) 燈節(등절) 浴佛日(욕불일)

마. 〚5월〛: 〚陰曆5월〛－皐月(고월) 麥秋(맥추) 微陰(미음) 惡月(악월) 午月(오월) 蕤賓(유빈) 榴月(유월) 仲夏(중하) 〚陰曆5月5日〛－端陽(단양) 端午(단오) 惡日(악일) 午日(오일) 重午(중오) 重五(중오) 天中節(천중절) 蒲節(포절) 〚陰5月13日〛－竹醉日(죽취일) 竹迷日(죽미일)

바. 【6월】: 【陰曆6월】- 季夏(계하) 暮夏(모하) 未月(미월) 流月(유월) 林鐘(임종) 精陽(정양) 徂暑(조서) 且月(차월) 【陰曆6월보름】- 流頭(유두)

사. 【7월】: 【陰曆7月】- 蘭秋(난추) 桐月(동월) 孟秋(맹추) 相月(상월) 涼月(양월) 梧月(오월) 梧秋(오추) 流火(유화) 夷則(이칙) 【陰曆7月7日】- 綺節(기절) 星期(성기) 良日(양일)

아. 【8월】: 【陰曆8月】- 桂月(계월) 桂秋(계추) 南呂(남려) 壯月(장월) 仲秋(중추) 淸秋(청추) 【陰8月8日】- 竹醉日(죽취일) 竹迷日(죽미일) 【陰曆8월 보름날 밤】- 月夕(월석)

자. 【9월】: 【陰曆9月】- 季商(계상) 季秋(계추) 菊月(국월) 忌月(기월) 暮商(모상) 暮秋(모추) 無射(무역) 授衣(수의) 涼秋(양추) 杪商(초상) 玄月(현월) 【陰曆9月9日】- 嘉節(가절) 菊花節(국화절) 暮節(모절) 上九(상구) 重九(중구) 重陽(중양) 重陽節(중양절)

차. 【10월】: 【陰曆10月】- 孟冬(맹동) 方冬(방동) 歲陽(세양) 小春(소춘) 良月(양월) 陽月(양월) 應鐘(응종) 烝冬(증동)

카. 【11월】: 【陰曆11月】- 雲半(운반) 子月(자월) 仲冬(중동) 至月(지월) 暢月(창월) 黃鐘(황종) 【冬至前日(동지전일)】- 小至(소지) 【冬至(동지)】- 南至(남지) 亞歲(아세) 養夜(양야)

타. 【12월】: 【陰曆12月】- 嘉平(가평) 季冬(계동) 季月(계월) 極月(극월) 臘月(납월) 大呂(대려) 涂月(도월) 暮冬(모동) 暮節(모절) 蜡月

(사월) 節季(절계) 除月(제월) 丑月(축월) 〖陰曆12月24日〗 – 小年(소년) 小年夜(소년야) 〖선달그믐날 밤〗 – 除夕(제석) 除夜(제야) 提月(제월) 〖선달그믐날〗 – 歲除(세제) 除日(제일) 盡日(진일)

파. 東方朔占書(동방삭점서)에 의하면 정월 초하루에서 초여드레까지 차례로 鷄(계) 犬(견) 羊(양) 豕(시) 牛(우) 馬(마) 人(인) 穀(곡) 즉 닭 개 염소 돼지 소 말 사람 곡식의 날로 정하여 그 날이 청명하고 온화하면 그 날에 해당되는 생물이 번성하고 편안하다고 점을 쳤다는데 이에 연유하여 정월 초하루에서 여드레까지 차례로 鷄日 犬日 羊日 豕日 牛日 馬日 人日 穀日이라 한다.

하. 漢書 律歷志(한서 율역지)의 十二律에 의한 달의 異稱으로는 정월을 大蔟(대주) 이월을 夾鐘(협종) 삼월을 姑洗(고선) 사월을 仲呂(중려) 오월을 蕤賓(유빈) 유월을 林鐘(임종) 칠월을 夷則(이칙) 팔월을 南呂(남려) 구월을 無射(무역) 시월을 應鐘(응종) 십일월을 黃鐘(황종) 십이월을 大呂(대려)라 한다.

## 5. 사계절

가. 〖봄〗 – 蘭時(난시) 陽中(양중) 陽春(양춘) 靑陽(청양) 〖초봄〗 – 孟春(맹춘) 肇春(조춘) 獻春(헌춘) 〖한창 봄〗 – 仲春(중춘) 〖늦봄〗 – 季春(계춘) 晩春(만춘) 暮春(모춘) 殘春(잔춘) 杪春(초춘)

나. 〖여름〗 – 陽夏(양하) 炎序(염서) 朱明(주명) 朱夏(주하) 暑月(서월) 〖초여름〗 – 孟夏(맹하) 肇夏(조하) 〖한창 여름〗 – 仲夏(중하) 〖늦여름〗 – 季夏(계하) 晩夏(만하) 暮夏(모하) 殘夏(잔하) 〖夏至(하지)〗

－北至(북지)

다. 〖가을〗－桂秋(계추) 高商(고상) 金德(금덕) 金素(금소) 金旺之節(금왕지절) 白商(백상) 白藏(백장) 素節(소절) 素秋(소추) 陰中(음중) 〖초가을〗－孟秋(맹추) 肇秋(조추) 〖한창 가을〗－仲秋(중추) 〖늦가을〗－季秋(계추) 晩秋(만추) 暮秋(모추) 殘秋(잔추)

라. 〖겨울〗－安寧(안녕) 六行(육행) 玄英(현영) 〖초겨울〗－孟冬(맹동) 肇冬(조동) 〖한창 겨울〗－仲冬(중동) 〖늦겨울〗－季冬(계동) 晩冬(만동) 暮冬(모동) 殘冬(잔동) 〖冬至(동지)〗－南至(남지) 〖年末(연말)〗－歲暮(세모) 杪歲(초세)

6. 날짜

〖초하루〗－旣死魄(기사백) 吉日(길일) 死魄(사백) 朔日(삭일) 上甲(상갑) 上日(상일) 新月(신월) 月吉(월길) 月旦(월단) 月朔(월삭) 初吉(초길) 〖초이튿날〗－方死魄(방사백) 〖陰曆초사흘〗－哉生明(재생명) 〖초닷샛날〗－端午(단오) 〖초열흘〗－旬日(순일) 〖陰曆14日밤〗－幾望(기망) 〖陰曆15日〗－旣生魄(기생백) 旣生霸(기생벽) 滿月(만월) 〖陰曆16日〗－旣望(기망) 哉生魄(재생백) 〖陰曆20日〗－念日(염일) 〖陰曆29日〗－上九(상구) 〖陰曆 그믐날〗－月晦(월회) 提月(제월)

7. 꽃 · 나무

가. 〖ㄱ〗: 〖개구리밥〗－浮草(부초) 水花(수화) 〖개나리〗－迎春(영춘) 〖개오동나무〗－木王(목왕) 〖과꽃〗－秋錦(추금) 〖국화〗

－佳友(가우) 東籬君子(동리군자) 晩豔(만염) 壽客(수객) 傲霜(오상) 隱逸花(은일화) 隱君子(은군자) 重陽花(중양화) 秋芳(추방) 秋華(추화) 寒英(한영) 黃華(황화)

나. 〖ㄴ〗: 〖나팔 꽃〗－牽牛(견우) 〖난초〗－國香(국향) 芳友(방우) 王者香(왕자향) 第一香(제일향) 花魁(화괴)

다. 〖ㄷ〗: 〖담쟁이덩굴〗－地錦(지금) 〖대나무〗－綠卿(녹경) 瀟碧(소벽) 龍種(용종) 直節虛心(직절허심) 此君(차군) 靑士(청사) 靑玉(청옥) 寒玉(한옥) 虛中子(허중자) 〖대추〗－木密(목밀) 〖두릅나무〗－木頭菜(목두채)

라. 〖ㅁ〗: 〖마름꽃〗－水客(수객) 〖梅花(매화)〗－瓊英(경영) 國香(국향) 木母(목모) 氷姿玉骨(빙자옥골) 氷魂(빙혼) 雪裏淸香(설리청향) 雪中高士(설중고사) 玉骨(옥골) 淸客(청객) 淸友(청우) 寒英(한영) 好文木(호문목) 花魁(화괴) 花兄(화형) 〖맨드라미〗－鷄冠(계관) 〖牡丹(모란)·牧丹(목단)〗－國色(국색) 名花(명화) 百花王(백화왕) 醒酒華(성주화) 第一嬌(제일교) 第一香(제일향) 天下眞花(천하진화) 天香國色(천향국색) 花王(화왕) 花中王(화중왕) 〖목화〗－瓊枝(경지) 涼花(양화) 〖무궁화〗－舜華(순화) 時客(시객) 麗木(여목) 朝槿(조근) 花奴(화노) 〖물푸레나무〗－木犀(목서)

마. 〖ㅂ〗: 〖백일홍〗－紫薇(자미) 〖백목련〗－木筆(목필) 辛夷(신이) 玉蘭(옥란) 〖白菖蒲(백창포)〗－水宿(수숙) 〖楊柳(버드나무)〗－傷心樹(상심수) 〖벚꽃〗－櫻花(앵화) 〖鳳仙花(봉선화)〗－金鳳花(금봉화) 指甲花(지갑화) 〖복숭아〗－仙果(선과) 仙桃(선도)

바. 〖ㅅ〗: 〖石榴(석류)〗－丹若(단약) 〖소나무〗－木公(목공) 貞木(정목) 蒼髥叟(창염수) 〖水仙(수선)〗－雅客(아객)

사. 〖ㅇ〗: 〖앵두〗－牛桃(우도) 含桃(함도) 〖양귀비〗－米囊花(미낭화) 罌粟(앵속) 〖연꽃〗－渠荷(거하) 溪客(계객) 芙蓉(부용) 水且(수저) 水芝(수지) 水花(수화) 水華(수화) 花中君子(화중군자) 〖오랑캐꽃〗－菫菜科(근채과) 〖오얏나무의 꽃〗－李花(이화) 〖원추리〗－忘憂草(망우초) 宜男草(의남초) 〖왕대〗－苦竹(고죽) 〖은행나무〗－鴨脚樹(압각수)

아. 〖ㅈ〗: 〖자귀나무〗－青裳(청상) 合歡木(합환목) 〖芍藥(작약)〗－婪尾春(남미춘) 〖장미〗－媚客(미객) 〖제비꽃 · 오랑캐꽃〗－紫花地丁(자화지정) 〖竹筍(죽순)〗－龍孫(용손) 龍雛(용추) 竹菌(죽균) 竹牙(죽아) 竹胎(죽태) 稚筍(치순) 稚子(치자) 〖질경이〗－牛溲(우수)

자. 〖ㅊ〗: 〖창포〗－溪蓀(계손) 隱客(은객) 昌陽(창양) 〖철쭉〗－躑躅花(척촉화) 山客(산객)

카. 〖ㅍ〗: 〖파초〗－綠天(녹천) 巴苴(파저) 〖패랭이꽃〗－瞿麥(구맥) 石竹(석죽) 天菊(천국)

타. 〖ㅎ〗: 〖해당화 · 월계화〗－斷腸花(단장화) 名花(명화) 月季(월계) 花中神仙(화중신선) 花仙(화선) 〖해바라기〗－傾陽葵(경양규) 傾葵(경규) 丈菊(장국) 向日葵(향일규)

8. 새

가. 〖ㄱ〗: 〖고지새〗－青雀(청작) 〖孔雀(공작)〗－文禽(문금) 鳳友(봉우) 〖기러기〗－信禽(신금) 陽鳥(양조) 朔禽(삭금) 〖까마귀〗－反哺鳥(반포조) 慈烏(자조) 慈烏(자오) 鳥中之曾參(조중지증삼) 寒鴉(한아) 孝鳥(효조) 黑鳥(흑조) 〖까치〗－喜鵲(희작) 鸛鵲(관작) 〖꾀꼬리〗－金衣公子(금의공자) 摶黍(단서) 王母(왕모) 麗黃(이황) 鸝黃(이황) 倉庚(창경) 蒼庚(창경) 鶬鶊(창경) 黃鸝(황리) 黃鶯(황앵) 黃雀(황작) 黃鳥(황조) 〖꿩〗－山鷄(산계) 山梁(산량) 野鷄(야계) 華蟲(화충)

나. 〖ㄴ〗: 〖노고지리 · 종달새〗－告天子(고천자) 叫天子(규천자) 從地鳥(종지조) 雲雀(운작)

다. 〖ㄷ〗: 〖두견〗－歸蜀道(귀촉도) 杜魄(두백) 杜宇(두우) 望帝魂(망제혼) 望帝(망제) 不如歸(불여귀) 仙客(선객) 蝭蛙(시와) 子規(자규) 鶗鴂(제결) 周燕(주연) 蜀魄(촉백) 蜀鳥(촉조) 蜀魂(촉혼) 〖두루미〗－白鶴(백학) 仙鶴(선학) 仙禽(선금) 野鶴(야학) 仙客(선객) 陽鳥(양조) 陰羽(음우) 赤頰(적협) 胎禽(태금) 殆仙(태선) 〖따오기〗－朱鷺(주로) 〖딱다구리〗－斲木(착목) 啄木鳥(탁목조)

라. 〖ㅁ〗: 〖鷹(매)〗－決雲兒(결운아) 迅羽(신우)

마. 〖ㅂ〗: 〖박새〗－白頰鳥(백협조) 四十雀(사십작) 荏雀(임작) 〖박쥐〗－天鼠(천서) 〖뱁새〗－工雀(공작) 巧婦(교부) 桃雀(도작) 桃蟲(도충) 〖鳳凰(봉황)〗－仁鳥(인조) 丹鳥(단조) 〖부엉이〗－木兎(목토) 〖비둘기〗－勃姑(발고) 飛奴(비노) 拙鳩(졸구) 〖집비둘기〗－白

鵧(백합) 〖뻐꾸기〗－郭公(곽공) 鳱鵠(알국) 鳲鳩(시구) 布穀(포곡) 布穀鳥(포곡조) 獲穀(획곡)

사. 〖ㅅ〗 : 〖소쩍새〗－두견이 참조

아. 〖ㅇ〗 : 〖鸚鵡(앵무)〗－隴客(농객) 隴禽(농금) 隴鳥(농조) 西客(서객) 馴禽(순금) 〖왜가리〗－鶬鷄(창계) 鶬鴰(창괄) 〖鴛鴦(원앙)〗－隣提(인제) 婆羅迦(파라가) 匹鳥(필조)

자. 〖ㅈ〗 : 〖제비〗－社燕(사연) 鷰鳦(연을) 燕子(연자) 烏衣(오의) 越燕(월연) 鷾鴯(의이) 天女(천녀) 玄鳥(현조) 〖종다리〗－告天子(고천자) 叫天子(규천자) 雲雀(운작) 從地鳥(종지조) 〖집새〗－曇鳥(담조)

차. 〖ㅊ〗 : 〖참새〗－賓雀(빈작) 瓦雀(와작) 依人雀(의인작) 黃雀(황작) 〖七面鳥(칠면조)〗－錦囊(금낭)

카. 〖ㅌ〗 : 〖駝鳥(타조)〗－鮀鷄(타계)

타. 〖ㅍ〗 : 〖파랑새〗－靑鳥(청조)

파. 〖ㅎ〗 : 〖학〗－두루미 참조〖할미새〗－雝鶋(옹거) 鶺鴒(척령) 〖황새〗－皁君(조군) 黑尻(흑고) 背竈(배조)

## 9. 태양

金烏(금오) 大明(대명) 銅鉦(동정) 飛輪(비륜) 翔陽(상양) 曜靈(요령) 陽烏(양오) 陽日(양일) 陽宗(양종) 炎精(염정) 炎帝(염제) 靈曜(영요) 烏輪(오륜) 赤鴉(적아) 衆陽之長(중양지장) 太日(태일) 火輪(화륜)

## 10. 달

『달』－桂輪(계륜) 桂魄(계백) 桂月(계월) 顧兎(고토) 金鏡(금경) 金魄(금백) 金盆(금분) 金蟾(금섬) 金娥(금아) 金兎(금토) 金壺(금호) 金丸(금환) 爛銀(난은) 大明(대명) 白玉盤(백옥반) 常娥(상아) 仙娥(선아) 蟾桂(섬계) 蟾輪(섬륜) 蟾盤(섬반) 蟾魄(섬백) 蟾蜍(섬여) 蟾兔(섬토) 素魄(소백) 素蟾(소섬) 素娥(소아) 水精(수정) 夜光(야광) 玉鏡(옥경) 玉輪(옥륜) 玉蟾(옥섬) 玉兔(옥토) 月球(월구) 月魄(월백) 月靈(월영) 月子(월자) 月姊(월자) 月兎(월토) 月魂(월혼) 銀盤(은반) 銀蟾(은섬) 銀兎(은토) 詹諸(첨저) 淸蟾(청섬) 太陰(태음) 姮宮(항궁) 姮娥(항아) 『초승달』－却月(각월) 眉月(미월) 半照(반조) 朏朒(비뉵) 朏魄(비백) 纖魄(섬백) 纖月(섬월) 新月(신월) 蛾眉(아미) 蛾眉月(아미월) 初月(초월) 弦月(현월) 『초저녁달』－宵月(소월) 『으스름달』－朧月(농월) 淡月(담월)

## 11. 비

『가랑비』－絲雨(사우) 『반가운 비』－御史雨(어사우) 喜雨(희우) 『단비』－甘雨(감우) 上雨(상우) 時雨(시우) 『봄비』－催花雨(최화우) 『부슬비 · 이슬비』－溟沐(명목) 濛雨(몽우) 微雨(미우) 零雨(영우) 『소나기』－隔轍雨(격철우) 白雨(백우) 分龍雨(분룡우) 驟雨(취우) 『

장마비 』 - 苦雨(고우) 滂澤(방택) 宿雨(숙우) 霖雨(임우) 積雨(적우) 『暴雨(폭우) 』 - 淩雨(능우) 『陰曆5月소나기 』 - 分龍雨(분용우) 『陰曆8月비 』 - 豆花雨(두화우) 『무지개 』 - 氣母(기모) 玉虹(옥홍) 帝弓(제궁) 天弓(천궁)

12. 눈

『눈 』 - 頃刻花(경각화) 瑞花(서화) 細花(세화) 素液(소액) 鵝毛(아모) 玉屑(옥설) 玉塵(옥진) 銀花(은화) 凝雨(응우) 天花(천화) 『싸락눈 』 - 稷雪(직설) 粒雪(입설)

13. 술

『술 』 - 狂藥(광약) 麴君(국군) 麴生(국생) 麴蘖(국얼) 杜康(두강) 魔漿(마장) 忘憂物(망우물) 美祿(미록) 米泉(미천) 迷魂湯(미혼탕) 般若湯(반야탕) 盃中物(배중물) 百藥之長(백약지장) 掃愁帚(소수추) 澆愁(요수) 酉聖(유성) 釣詩句(조시구) 天之美祿(천지미록) 醉侯(취후) 壺中物(호중물) 紅友(홍우) 禍泉(화천) 歡伯(환백) 『단술 』 - 鷄鳴酒(계명주) 醴酒(예주) 『막걸리 』 - 農酒(농주) 茅柴(모시) 白酒(백주) 白醝(백차) 滓酒(재주) 濁酒(탁주) 賢人(현인) 黃醅(황배) 灰酒(회주) 『싱거운 술 』 - 魯酒(노주) 『맑은 술 』 - 聖人(성인) 醍醐(제호) 清醪(청료) 『燒酒(소주) 』 - 汗酒(한주) 『아침술 』 - 卯酒(묘주) 『음력 정월 보름날 아침에 마시는 술 · 귀밝이술 』 - 耳明酒(이명주) 『자기가 내는 술 』 - 薄酒(박주) 『좋은 술 』 - 綠醅(녹배) 綠蟻(녹의) 綠酒(녹주) 上尊 · 上樽(상준) 流霞酒(유하주) 青州從事(청주종사) 『한번 마시면 천일 동안 취하는 술 』 - 中山酒(중산주) 『두 통의 술 』 - 朋酒(붕주) 『마지막 잔 』 - 婪

尾酒(남미주) 〖술안주〗－下物(하물) 下酒(하주)

## 14. 茶(차)

〖茶(차)〗－酪奴(낙노) 露芽(노아) 雲脚(운각) 雲腴(운유) 雀舌(작설) 滌煩子(척번자) 花乳(화유)

## 15. 기타

가. 〖ㄱ〗: 〖가마우지〗－烏鬼(오귀) 〖개구리〗－蛤魚(합어) 〖개똥벌레〗－據火(거화) 丹良(단양) 丹鳥(단조) 宵熠(소습) 宵燭(소촉) 宵行(소행) 〖개미〗－槐安王(괴안왕) 〖거문고〗－鳴絲(명사) 絲桐(사동) 龍吟(용음) 〖거북〗－藏六(장육) 〖거울〗－碧琳侯(벽림후) 〖蟹(게)〗－桀步(걸보) 郭索(곽삭) 無腸公子(무장공자) 橫行公子(횡행공자) 〖고슴도치〗－毛刺(모자) 〖高僧(고승)〗－猊下(예하) 闡士(천사) 〖고양이〗－似虎(사호) 貍奴(이노) 〖귀뚜라미〗－趣織(촉직) 促織(촉직) 〖그림〗－後素(후소) 〖글씨〗－心畫(심화) 〖麒麟(기린)〗－聖獸(성수) 仁獸(인수) 踆踆(준준) 〖깨〗－脂麻(지마)

나. 〖ㄴ〗: 〖나나니벌〗－蒲盧(포로) 〖나방〗－火花(화화) 〖나비〗－野蛾(야아) 〖나이〗－年紀(연기) 年齡(연령) 年歲(연세) 年齒(연치) 〖낙타〗－橐駝(탁타) 〖남에게 보이는 성의〗－芹獻(근헌) 微誠(미성) 微素(미소) 微意(미의) 微志(미지) 微衷(미충) 微忱(미침) 薄謝(박사) 菲禮(비례) 菲儀(비의) 寸誠(촌성) 寸志(촌지) 片志(편지) 獻芹(헌근) 〖남의 鄕里(향리)〗－珂里(가리) 〖낮잠〗－假寐(가매) 〖녹두묵〗－淸泡(청포) 〖뇌물〗－苞苴(포저) 〖눈(目－목)〗－銀海(은해)

다. 〖ㄷ〗 : 〖다리미〗 – 火斗(화두) 〖丹楓(단풍)〗 – 紅於(홍어) 〖달팽이〗 – 黃犢(황독) 〖닭〗 – 司晨(사신) 伺晨鳥(사신조) 時夜(시야) 燭夜(촉야) 翰音(한음) 〖당달봉사〗 – 靑盲(청맹) 〖도둑〗 – 白波(백파) 梁上君子(양상군자) 〖도룡뇽〗 – 山椒魚(산초어) 〖도마뱀〗 – 石龍(석룡) 〖독서실〗 – 鷄窓(계창) 〖돈(貨泉 화천)〗 – 白水眞人(백수진인) 使鬼兄(사귀형) 阿堵(아도) 〖돌고래〗 – 江豚(강돈) 〖두꺼비〗 – 螗蠩(당저) 蛤魚(합어) 〖두더지〗 – 土龍(토룡) 〖두부〗 – 白虎(백호)

라. 〖ㅁ〗 : 〖메밀국수〗 – 河漏(하루) 〖모기〗 – 黍民(서민) 〖물〗 – 玄酒(현주) 〖물이끼〗 – 石髮(석발) 〖미꾸라지〗 – 委蛇(위이) 〖미인〗 – 驚鴻(경홍) 傾國之色(경국지색) 傾國(경국) 羅浮少女(나부소녀) 蘭芝(난지) 丹脣皓齒(단순호치) 曼理皓齒(만리호치) 明眸皓齒(명모호치) 纖眉(섬미) 舜華(순화) 雙蛾(쌍아) 阿嬌(아교) 蛾眉(아미) 阿婉(아완) 櫻脣(앵순) 溫柔鄕(온유향) 幽芳(유방) 柳態(유태) 再顧(재고) 再顧傾人國(재고경인국) 朱脣皓齒(주순호치) 千金一笑(천금일소) 天仙(천선) 靑蛾(청아) 靑娥(청아) 解語花(해어화) 杏臉桃腮(행검도시) 香薰(향훈) 紅裙(홍군) 華姸(화연) 〖미혼남자〗 – 秀才(수재)

마. 〖ㅂ〗 : 〖바다〗 – 巨壑(거학) 〖바람〗 – 箕風(기풍) 〖바둑〗 – 手談(수담) 〖바둑판〗 – 木野狐(목야호) 〖바위〗 – 雲根(운근) 〖반딧불〗 – 夜光(야광) 照火(조화) 螢光(형광) 熒光(형광) 螢火(형화) 〖배〗 – 泛宅(범택) 〖범〗 – 於菟(오도) 〖벼〗 – 嘉疏(가소) 蘷牙(장아) 〖별천지〗 – 洞天(동천) 洞天福地(동천복지) 武陵桃源(무릉도원) 〖부부 화합〗 – 琴瑟(금슬) 鴛鴦(원앙) 雙飛(쌍비)

바. 〖ㅅ〗 : 〖산돼지〗 – 烏鬼(오귀) 〖상수리〗 – 杼斗(서두) 〖상어〗 – 鰒魚(복어) 〖상추〗 – 千金菜(천금채) 〖새우〗 – 沙虹(사홍) 〖서리〗 – 靑女(청녀) 〖書齋(서재)〗 – 芸閣(운각) 芸窓(운창) 〖선생〗 – 猶父(유부) 〖聖人(성인)〗 – 生知安行(생지안행) 〖소〗 – 桃林處士(도림처사) 〖소년〗 – 烏鬢(오빈) 〖小說(소설)〗 – 銀子兒(은자아) 〖送別(송별)〗 – 拜別(배별) 折柳(절류) 〖수박〗 – 水瓜(수과) 寒瓜(한과) 〖水晶(수정)〗 – 水玉(수옥) 〖숭늉〗 – 炊湯(취탕) 〖숯〗 – 烏銀(오은) 〖스승〗 – 西賓(서빈) 西席(서석) 〖시골늙은이〗 – 村叟(촌수) 〖시골뜨기〗 – 村漢(촌한) 〖시골선비〗 – 村儒(촌유) 〖시골학자〗 – 村夫子(촌부자) 〖詩囊(시낭)〗 – 錦囊(금낭) 〖신선〗 – 煙客(연객) 〖쌀〗 – 白粲(백찬) 〖쏘가리〗 – 鱖豚(궐돈) 水豚(수돈) 〖쑥〗 – 氷臺(빙대)

사. 〖ㅇ〗 : 〖약 주머니 · 의술〗 – 靑囊(청낭) 〖양미간〗 – 天門(천문) 〖어린아이〗 – 黃口(황구) 黃童(황동) 〖어깨〗 – 玉樓(옥루) 〖여드름〗 – 面皰(면포) 〖隸書(예서)〗 – 左書(좌서) 〖오소리〗 – 土猪(토저) 〖오징어〗 – 烏賊(오적) 烏賊魚(오적어) 〖올빼미〗 – 土梟(토효) 〖올챙이〗 – 蝌蚪(과두) 科斗(과두) 玄針(현침) 〖욕심〗 – 身火(신화) 〖우뢰(電 전)〗 – 阿香(아향) 〖원숭이〗 – 胡孫(호손) 〖은둔자〗 – 松菊主人(송국주인) 〖醫員(의원)〗 – 橘井(귤정) 〖이끼〗 – 土花(토화) 〖이리〗 – 毛狗(모구) 〖이슬〗 – 靈液(영액) 〖입〗 – 面門(면문)

아. 〖ㅈ〗 : 〖자기가 사는 곳〗 – 陋館(누관) 陋室(누실) 陋屋(누옥) 陋地(누지) 陋巷(누항) 〖작은 성의〗 – 남에게 보이는 성의 〖잔재주〗 – 雕蟲(조충) 〖잠자리〗 – 靑娘子(청낭자) 〖저울〗 – 權稱(권칭) 權衡(권형) 〖절〗 – 龕像(감상) 蓮境(연경) 香界(향계) 〖젓가락〗 – 快

子(쾌자) 〚庭園師(정원사)〛－橐駝(탁타) 〚젓〛－仙人酒(선인주) 〚족제비〛－黃鼠(황서) 〚좀〛－蠹魚(두어) 白魚(백어) 書蠹(서두) 衣魚(의어) 紙魚(지어) 〚粥(죽)〛－雙弓米(쌍궁미) 〚竹夫人(죽부인)〛－竹几(죽궤) 竹奴(죽노) 〚중〛－貧道(빈도) 野僧(야승) 苾芻(필추) 淸信士(청신사) 衲子(납자) 〚중매인〛－月老(월노) 月下老人(월하노인) 月下氷人(월하빙인) 〚지렁이〛－曲蟺(곡선) 土龍(토룡)

자. 〚ㅊ〛: 〚청딱따구리〛－山啄木鳥(산탁목조) 〚초〛－炬蠟(거랍) 〚醜女(추녀)〛－嫫母(모모)

차. 〚ㅋ〛: 〚코끼리〛－伽倻(가야) 〚콧구멍〛－天門(천문) 〚큰복〛－景福(경복) 胡福(호복) 洪福(홍복)

카. 〚ㅌ〛: 〚토란〛－踆鴟(준치)

타. 〚ㅍ〛: 〚편지〛－雁帛(안백) 鯉素(이소) 鱗鴻(인홍) 〚葡萄(포도)〛－馬乳(마유) 〚豊年(풍년)〛－登年(등년) 登歲(등세) 登衍(등연) 登稔(등임) 富歲(부세) 上年(상년) 上孰(상숙) 穰歲(양세) 寧歲(영세) 有年(유년) 〚피리〛－象管(상관) 龍吟(용음)

파. 〚ㅎ〛: 〚해장국〛－醒酒湯(성주탕) 〚兄弟(형제)〛－桃李(도리) 〚호두〛－羌桃(강도) 胡桃(호도) 〚호랑이〛－炳彪(병표) 〚화톳불〛－燎火(요화) 〚黃金(황금)〛－太眞(태진) 〚繪畵(회화)〛－無聲詩(무성시)

# 附錄 4. 四字成語 眞寶(사자성어 진보)

1. 可與樂成(가여락성)
2. 刻舟求劍(각주구검)
3. 開卷有得(개권유득)
4. 開心見誠(개심현성)
5. 居仁由義(거인유의)
6. 格物致知(격물치지)
7. 結草報恩(결초보은)
8. 敬以直內(경이직내)
9. 恭儉有德(공검유덕)
10. 觀心證道(관심증도)
11. 寬仁大度(관인대도)
12. 教學相長(교학상장)
13. 舊學商量(구학상량)
14. 君子三戒(군자삼계)
15. 君子三道(군자삼도)
16. 君子三樂(군자삼락)
17. 君子三畏(군자삼외)
18. 窮而後工(궁이후공)
19. 捲土重來(권토중래)
20. 貴人賤己(귀인천기)
21. 克敬惟親(극경유친)
22. 克己復禮(극기복례)
23. 起居萬福(기거만복)
24. 箕山之節(기산지절)

ㄴ(ㄹ)

25. 樂道忘貧(낙도망빈)
26. 樂善不倦(낙선불권)
27. 樂天知命(낙천지명)
28. 南山之壽(남산지수)
29. 囊中之錐(낭중지추)
30. 內直外曲(내직외곡)
31. 老馬之智(노마지지)
32. 訥言敏行(눌언민행)

ㄷ

33. 多多益善(다다익선)
34. 淡而不厭(담이불염)
35. 大巧若拙(대교약졸)
36. 大德敦化(대덕돈화)
37. 大象無形(대상무형)
38. 大上立德(대상입덕)
39. 大智如愚(대지여우)
40. 德無常師(덕무상사)
41. 德業相勸(덕업상권)
42. 德以治民(덕이치민)
43. 德必有隣(덕필유린)
44. 讀書尙友(독서상우)
45. 獨坐觀心(독좌관심)
46. 敦尙行實(돈상행실)
47. 敦化正俗(돈화정속)
48. 同聲相應(동성상응)

ㄷ
49. 登高自卑(등고자비)
50. 燈火可親(등화가친)

ㅁ
51. 萬壽無疆(만수무강)
52. 明善爲本(명선위본)
53. 無愧於心(무괴어심)
54. 無量無邊(무량무변)
55. 無私無偏(무사무편)
56. 無用之用(무용지용)
57. 無爲而治(무위이치)
58. 問一得三(문일득삼)
59. 文行忠信(문행충신)

ㅂ
60. 博學篤志(박학독지)
61. 博厚高明(박후고명)
62. 百福自集(백복자집)
63. 福至神靈(복지신령)
64. 父慈子孝(부자자효)
65. 夫唱婦隨(부창부수)
66. 不恥下問(불치하문)

ㅅ
67. 山高水長(산고수장)
68. 三省吾身(삼성오신)
69. 上德不德(상덕부덕)
70. 塞翁之馬(새옹지마)
71. 生而知之(생이지지)
72. 生知安行(생지안행)
73. 誠心和氣(성심화기)
74. 水到渠成(수도거성)

ㅅ
75. 修身爲本(수신위본)
76. 修身以道(수신이도)
77. 修身齊家(수신제가)
78. 水滴石穿(수적석천)
79. 水積成川(수적성천)
80. 守株待兎(수주대토)
81. 脣亡齒寒(순망치한)
82. 崇德廣業(숭덕광업)
83. 崇德象賢(숭덕상현)
84. 時雨之化(시우지화)
85. 施仁布德(시인포덕)
86. 身言書判(신언서판)
87. 新知培養(신지배양)
88. 實出於虛(실출어허)
89. 心廣體胖(심광체반)
90. 深根固柢(심근고저)
91. 深造自得(심조자득)
92. 心泰身寧(심태신녕)
93. 心和氣平(심화기평)

ㅇ
94. 我心如秤(아심여칭)
95. 安猶泰山(안유태산)
96. 愛人以德(애인이덕)
97. 養之以福(양지이복)
98. 與德爲隣(여덕위린)
99. 如保赤子(여보적자)
100. 鳶飛魚躍(연비어약)

ㅇ
101. 燕頷虎頭(연함호두)
102. 郢書燕說(영서연설)
103. 溫故知新(온고지신)
104. 溫恭自虛(온공자허)
105 堯鼓舜木(요고순목)
106. 愚公移山(우공이산)
107. 雲心月性(운심월성)
108. 元亨利貞(원형리정)
109. 柔能制剛(유능제강)
110. 惟德成隣(유덕성린)
111. 惟德是輔(유덕시보)
112. 唯道集虛(유도집허)
113. 惟善爲寶(유선위보)
114. 惟新厥德(유신궐덕)
115. 孺子可敎(유자가교)
116. 有恥且格(유치차격)
117. 六言六蔽(육언육폐)
118. 以德爲本(이덕위본)
119. 以文會友(이문회우)
120. 利民爲本(이민위본)
121. 仁義禮智(인의예지)
122. 仁者樂山(인자요산)
123. 日新其德(일신기덕)
124. 一擲乾坤(일척건곤)
125. 任重道遠(임중도원)
126. 立身行道(입신행도)

ㅈ
127. 作德日休(작덕일휴)
128. 積簣成山(적궤성산)
129. 積善成德(적선성덕)
130. 積小就大(적소취대)
131. 積羽沈舟(적우침주)
132. 積土成山(적토성산)
133. 切問近思(절문근사)
134. 切磋琢磨(절차탁마)
135. 全性保眞(전성보진)
136. 精明玄達(정명현달)
137. 政如蒲盧(정여포로)
138. 貞而不諒(정이불량)
139. 朝益暮習(조익모습)
140. 存心養性(존심양성)
141. 種德施惠(종덕시혜)
142. 周而不比(주이불비)
143. 啐啄同時(줄탁동시)
144. 卽心是佛(즉심시불)
145. 指鹿爲馬(지록위마)
146. 至誠無息(지성무식)
147. 志在千里(지재천리)

ㅊ
148. 處獨如衆(처독여중)
149. 天道無親(천도무친)
150. 千里同風(천리동풍)
151. 鐵心石腸(철심석장)
152. 淸則無欲(청즉무욕)

ㅊ

153. 靑出於藍(청출어람)
154. 忠信篤敬(충신독경)
155. 致平以淸(치평이청)

ㅌ

156. 土美養禾(토미양화)
157. 吐哺握發(토포악발)

ㅍ

158. 布德施惠(포덕시혜)

ㅎ

159. 鶴立群鷄(학립군계)
160. 鶴壽千歲(학수천세)
161. 學如不及(학여불급)
162. 學而不厭(학이불염)
163. 學而時習(학이시습)
164. 行不由徑(행불유경)
165. 香遠益淸(향원익청)
166. 虛氣平心(허기평심)
167. 虛心平志(허심평지)
168. 浩然之氣(호연지기)
169. 壺中之天(호중지천)
170. 弘益人間(홍익인간)
171. 和光同塵(화광동진)
172. 和氣致祥(화기치상)
173. 畵龍點睛(화룡점정)
174. 換骨奪胎(환골탈태)
175. 誨人不倦(회인불권)
176. 後生可畏(후생가외)

【ㄱ】

## 1. 可與樂成(가여락성) – 함께 일의 성공을 즐길 수 있다.

原文(원문) – 衛鞅曰 疑行無名 疑事無功 且夫有高人之行者 固見非於世 有獨知之慮者 必見敖於民 遇者 闇於成事 知者 見於未萌 民不可與慮始 而可與樂成 論至德者 不和於俗 成大功者 不謀於衆 是以聖人苟可以彊國 不法其故 苟可以利民 不循其禮

위앙왈 의행무명 의사무공 차부유고인지행자 고견비어세 유독지지려자 필견오어민 우자 암어성사 지자 견어미맹 민불가여려시 이가여락성 논지덕자 불화어속 성대공자 불모어중 시이성인구가이강국 불법기고 구가이리민 불순기례

直譯(직역) – 위앙이(衛鞅) 말하기를(曰) 의심되게(疑) 행하면(行) 명예가(名) 없고(無) 의심되게(疑) 일하면(事) 공이(功) 없다(無) 또한(且) 무릇(夫) 고상한(高) 사람(人)의(之) 행실이(行) 있는(有) 사람은(者) 진실로(固) 세상(世)에는(於) 그릇되게(非) 보이며(見) 홀로(獨) 아는(知) 그것을(之) 염려함이(慮) 있는(有) 사람은(者) 반드시(必) 백성(民)에게는(於) 거만하게(敖) 보이며(見) 어리석은(遇) 사람은(者) 일을(事) 이룸(成)에는(於) 어둡고(闇) 지혜로운(知) 사람은(者) 조짐이(萌) 아직 아닌(未) 데에서도(於) 보이니(見) 백성은(民) 더불어(與) 처음을(始) 염려(慮) 할 수는(可) 없지만(不) 그러나(而) 더불어(與) 이루어짐을(成) 즐길(樂) 수 있다(可) 지극한(至) 덕을(德) 논하는(論) 사람은(者) 속됨(俗)과(於) 화합하지(和) 못하고(不) 크게(大) 공을(功) 이룬(成) 사람은(者) 무리(衆)에서(於) 꾀하지(謀) 아니하니(不) 이런(是) 까닭으로(以) 성스러운(聖) 사람은(人) 실로(苟) 나라를(國) 굳세게(彊) 하려고(可) 하면(以) 그(其) 옛것을(故) 본받지(法) 아니하며(不) 실로

(苟) 백성을(民) 이롭게(利) 하려(可) 하면(以) 그(其) 예절을(禮) 따르지(循) 아니한다(不)

出典(출전) – 史記 商君傳(사기 상군전)

**2. 刻舟求劍(각주구검) – 배를 타고 가며 물 속에 칼을 떨어뜨린 사람이 뱃전에 표를 해 두었다가 배가 머무른 뒤에 그 표한 뱃전 아래 강물에서 칼을 찾으려 했다는 초 나라 사람에 대한 故事(고사)로 어리석은 사람이 완고하기만 하여 시세의 변천을 모름에 대한 비유이다.**

原文(원문) – 楚人有涉江者 其劍自舟中墜於水 遂契其舟曰 是吾劍之所從墜 舟止 從其所契者入水求之 舟已行矣 而劍不行 求劍若此 不亦惑乎
초인유섭강자 기검자주중추어수 수계기주왈 시오검지소종추 주지 종기소계자입수구지 주이행의 이검불행 구검약차 불역혹호

直譯(직역) – 초나라(楚) 사람에(人) 강을(江) 건너는(涉) 사람이(者) 있었는데(有)그의(其) 칼이(劍) 배(舟) 가운데로(中)부터(自) 물(水)에(於) 떨어지니(墜) 마침내(遂) 그(其) 배에(舟) 새겨놓고(契) 말하기를(曰) 여기는(是) 내(吾) 칼이(劍) 이에(之) 좇아(從) 떨어진(墜) 곳이라 하고(所) 배가(舟) 그치자(止) 그(其) 새긴(契) 곳의(所) 것을(者) 좇아(從) 물에(水) 들어가(入) 그것을(之) 찾으려 하더라(求) 배는(舟) 이미(已) 갔을(行) 따름이지만(矣) 그러나(而) 칼은(劍) 가지(行) 아니한 것인데(不) 칼을(劍) 찾음이(求) 이와(此) 같다면(若) 또한(亦) 의심되지(惑) 아니(不) 하겠는가(乎)

出典(출전) – 呂氏春秋 察今篇(여씨춘추 찰금편)

### 3. 開卷有得(개권유득) – 책을 펴고 글을 읽으면 새로운 지식을 얻게 된다.

原文(원문) – 少年來好書 偶愛閑靜 開卷有得 欣然忘食
소년래호서 우애한정 개권유득 흔연망식

直譯(직역) – 젊은(少) 나이에(年) 이르러(來) 책을(書) 좋아하고(好) 때론(偶) 한가하고(閑) 고요함을(靜) 좋아하는데(愛) 책을(卷) 펴면(開) 얻음이(得) 있으니(有) 기뻐(欣) 그러하여(然) 먹는 것도(食) 잊더라(忘)

出典(출전) – 宋書 陶潛傳(송서 도잠전)

### 4. 開心見誠(개심현성) – 마음을 열고 모든 정성을 나타내다.

原文(원문) – 開心見誠 無所隱伏
개심현성 무소은복

直譯(직역) – 마음을(心) 열고(開) 정성을(誠) 나타내면(見) 숨기거나(隱) 굽힐(伏) 바가(所) 없게된다(無)

註解(주해) – 見 : ①볼 견. 見學(견학). ②나타낼 현. 謁見(알현).

出典(출전) – 後漢書 馬援傳(후한서 마원전)

### 5. 居仁由義(거인유의) – 어짊에 살고 옳음을 행하다.

原文(원문) – 孟子曰 自暴者 不可與有言也 自棄者 不可與有爲也 言非禮義 爲之自暴也 吾身不能居仁由義 爲之自棄也 仁人之安宅也 義人之正路也 曠安宅而弗居 舍正路而不由 哀哉
맹자왈 자포자 불가여유언야 자기자 불가여유위야 언비예의

위지자포야 오신불능거인유의 위지자기야 인인지안택야 의인지정로야 광안택이불거 사정로이불유 애재

直譯(직역) – 맹자께서(孟子) 말하되(曰) 스스로(自) 해치는(暴) 사람과는(者) 함께(與) 친하게 지내며(有) 말을 하는 것이(言) 옳지(可) 않을(不) 것이요(也) 스스로(自) 그만두는(棄) 사람과는(者) 함께(與) 친하게 지내며(有) 일 하는 것이(爲) 옳지(可) 않을(不) 것이니(也) 예의나(禮) 옳음에(義) 맞지 않게(非) 말하면(言) 이것을(之) 스스로(自) 해친다고(暴) 말하는(謂) 것이요(也) 내(吾) 몸이(身) 어짊에(仁) 살고(居) 옳음을(義) 행함에(由) 미치지(能) 않는다면(不) 이것을(之) 스스로(自) 버리는 것이라고(棄) 말하는(謂) 것이다(也) 어질다는 것은(仁) 사람(人)의(之) 편안한(安) 집이라고(宅) 할 것이요(也) 의롭다는 것은(義) 사람(人)의(之) 바른(正) 길이라고(路) 할 것인데(也) 편안한(安) 집을(宅) 비워두고(曠) 그리고서(而) 살지(居) 아니하며(弗) 바른(正) 길을(路) 버리고(舍) 그리고서(而) 행하지(由) 아니한다면(不) 슬프지(哀) 아니하랴(哉)

出典(출전) – 孟子 離婁章句上(맹자 이루장구상)

### 6. 格物致知(격물치지) – 사물의 도리를 깊이 연구하면 앎에 이른다.

參照(참조)→修身齊家(수신제가)

**7. 結草報恩(결초보은) – 晉(진) 나라 魏武子(위무자)의 아들 顆(과)가 아버지의 유언을 어기고 庶母(서모)를 改嫁(개가) 시켜 殉死(순사) 즉 남편을 따라 죽게되는 것을 면하게 해주었는데 후에 魏顆가 秦(진) 나라의 杜回(두회)와 싸우다가 위험한 지경에 이르렀을 때 庶母의 아버지의 亡魂(망혼)이 적군의 앞길에 풀을 잡아매어 발이 걸려 넘어지도록 해 杜回를 사로잡게 하였다는 故事(고사)로 죽은 뒤라도 은혜를 잊지 않고 갚는다는 뜻이다.**

原文(원문) – 魏武有妾 武子病謂其子顆曰 我死嫁此妾 病亟 又曰 殺爲殉 及死 顆曰 寧從治時命而嫁之 及秦晉之戰魏顆見老人結草以抗杜回回躓而顚 遂獲之 後顆夢老人云我而所嫁婦人之父也 爾從先人治命 余是以報
위무유첩 무자병위기자과왈 아사가차첩 병극 우왈 살위순 급사 과왈 영종치시명이가지 급진진지전위과현노인결초이항두회회지이전 수획지 후과몽노인운아이소가부인지부야 이종선인치명 여시이보

直譯(직역) – 위무라는 사람에(魏武) 첩이(妾) 있었는데(有) 무라는(武) 이가(子) 병들자(病) 그(其) 아들(子) 과에게(顆) 말하여(謂) 이르되(曰) 내가(我) 죽걸랑(死) 이(此) 첩을(妾) 시집보내주어라 하더니(嫁) 병이(病) 심해지자(亟) 또(又) 이르되(曰) 죽게 하여(殺) 따라 죽게(殉) 하여라 하더라(爲) 죽음에(死) 미치자(及) 과가(顆) 말하기를(曰) 차라리(寧) 병을 다스리던(治) 때의(時) 명을(命) 좇아야겠다 하고(從) 곧(而) 그를(之) 시집보내주었다(嫁) 진나라와(秦) 진나라(晉)의(之) 싸움에(戰) 미치어(及) 위과에게(魏顆) 늙은(老) 사람이(人) 나타나(見) 풀을(草) 묶어(結) 그리하여(以) 두회와(杜回) 겨루게 되었는데(抗) 두회 장군이(回) 넘어져(躓) 그리하여(而) 허둥대니(顚) 드디어(遂) 그를(之) 잡게 되었다(獲) 뒤에(後) 과의(顆) 꿈에(夢) 늙은(老) 사람이(人) 이르기를(云) 나는(我) 또한(而) 시집보내준(嫁) 부인(婦人)의(之) 아비

인(父) 바(所) 인데(也) 그대가(爾) 돌아가신(先) 분이(人) 병을 다스리던 때의(治) 명을(命) 좇았기에(從) 나는(余) 이(是)로써(以) 갚게 되었다 하더라(報)

出典(출전) – 左傳 宣公十五年(좌전 선공십오년)

## 8. 敬以直內(경이직내) – 공경하는 마음으로 속마음을 바로 잡다.

原文(원문) – 敬以直內 義以方外
경이직내 의이방외

直譯(직역) – 공경(敬)으로써(以) 안을(內) 곧게 하고(直) 의로움(義)으로써(以) 밖을(外) 바르게 하라(方)

出典(출전) – 易經 文言(역경 문언)

## 9. 恭儉有德(공검유덕) – 공손하고 겸손하며 오직 덕만을 생각하다.

原文(원문) – 位不期驕 祿不期侈 恭儉有德 無載爾僞 作德心逸日休 作僞心勞日拙
위불기교 녹불기치 공검유덕 무재이위 작덕심일일휴 작위심노일졸

直譯(직역) – 벼슬자리에서(位) 교만함을(驕) 구해서는(期) 아니 되고(不) 벼슬아치에게 주는 녹봉으로(祿) 사치함을(侈) 구해서는(期) 아니 되니(不) 공손하고(恭) 검소하며(儉) 덕만을(德) 생각하고(惟) 거짓됨을(僞) 너에게(爾) 쌓지(載) 말아라(無) 덕을(德) 하면(作) 마음이(心) 기뻐져(逸) 날로(日) 행복하고(休) 거짓을(僞) 하게되면(作) 마음이(心) 괴로워(勞) 날로(日) 운이 나쁘게 되니라(拙)

出典(출전) – 書經 周書 周官篇(서경 주서 주관편)

## 10. 觀心證道(관심증도) – 마음을 살피고 도를 깨닫다.

原文(원문) – 靜中念慮澄徹 見心之眞體 閑中氣象從容 識心之眞機 淡中意趣冲夷 得心之脈味 觀心證道 無如此三者
정중념려징철 견심지진체 한중기상종용 식심지진기 담중의취충이 득심지맥미 관심증도 무여차삼자

直譯(직역) – 고요한(靜) 가운데에(中) 생각(念) 생각이(慮) 맑고(澄) 환하면(徹) 마음(心)의(之) 참(眞) 근본을(體) 보게되고(見) 한가로운(閑) 가운데에(中) 타고난 성질과(氣) 조짐을(象) 느긋하고도(從) 조용하게 하면(容) 마음(心)의(之) 참(眞) 기틀을(機) 알게되며(識) 맑은(淡) 가운데에(中) 마음과(意) 멋을(趣) 온화하고(沖) 부드럽게 하면(夷) 마음(心)의(之) 줄기(脈) 맛을(味) 얻게되리니(得) 마음을(心) 살펴보고(觀) 도를(道) 깨닫는 데에는(證) 이(此) 세 가지와(三) 같은(如) 것이(者) 없다(無)

出典(출전) – 菜根譚 前篇(채근담 전편)

## 11. 寬仁大度(관인대도) – 너그럽고 어질며 도량이 넓다.

原文(원문) – 寬仁而愛人喜施 意豁如也 常有大度 不事家人生産作業
관인이애인희시 의활여야 상유대도 불사가인생산작업

直譯(직역) – 너그럽고(寬) 어질며(仁) 그러면서도(而) 사람을(人) 사랑하여(愛) 기쁘게(喜) 베풀면(施) 뜻이(意) 큰 것과(豁) 같다(如) 할 것이요(也) 늘(常) 큰(大) 기량이(度) 있다면(有) 집(家) 사람들이(人) 만들어 내는(産) 일과(生) 일을(業) 하는 것에만(作) 일삼지

(事) 아니하리라(不)

出典(출전) – 史記 高祖紀(사기 고조기)

## 12. 教學相長(교학상장) – 가르치고 배워 서로 이끌다.

原文(원문) – 雖有嘉肴 弗食不知其旨也 雖有至道 弗學不知其善也 是故學然後知不足 教然後知困 知不足然後能自反也 知困然後能自強也 故曰 教學相長也 兌命曰 教學半 其此之謂乎
수유가효 불식부지기지야 수유지도 불학부지기선야 시고학연후지부족 교연후지곤 지부족연후능자반야 지곤연후능자강야 고왈 교학상장야 열명왈 교학반 기차지위호

直譯(직역) – 비록(雖) 좋은(嘉) 안주가(肴) 있더라도(有) 먹지(食) 아니하면(弗) 그(其) 맛을(旨) 알지(知) 못하는(不) 것이고(也) 비록(雖) 지극한(至) 도가(道) 있더라도(有) 배우지(學) 아니하면(弗) 그(其) 훌륭함을(善) 알지(知) 못하는(不) 것이다(也) 이런(是) 까닭으로(故) 배우고(學) 그러한(然) 뒤에야(後) 족하지(足) 아니함을(不) 알게되고(知) 가르치고(教) 그러한(然) 뒤에야(後) 부족함을(困) 알게되니(知) 족하지(足) 아니하다는 것을(不) 알게 된(知) 그러한(然) 뒤에야(後) 스스로(自) 되돌아 볼(反) 수 있는(能) 것이며(也) 부족함을(困) 알게 된(知) 그러한(然) 뒤에야(後) 스스로(自) 힘쓸(強) 수 있는(能) 것이다(也) 그런 까닭으로(故) 가르치고(教) 배우는 것은(學) 서로(相) 이끄는 것이라고(長) 말하는(曰) 것인데(也) 서경 열명편에(兌命) 이르기를(曰) 가르치는 것은(教) 반이(半) 배움이라 했으니(學) 그것은(其) 이것을(此) 일러(之) 말하는(謂) 것이 아니겠는가(乎)

出典(출전) – 禮記 學記篇(예기 학기편)

### 13. 舊學商量(구학상량) – 옛 학문을 헤아려 생각하다.

參照(참조)→본서 朱熹 詩 次鵝湖韻(주희 시 차아호운)

### 14. 君子三戒(군자삼계) – 군자는 경계해야 할 것이 세 가지니 여색과 싸움과 욕심이니라.

原文(원문) – 孔子曰 君子有三戒 少之時血氣未定 戒之在色 及其壯也血氣方强 戒之在鬪 及其老也血氣旣衰 戒之在得
자왈 군자유삼계 소지시혈기미정 계지재색 급기장야혈기방강 계지재투 급기노야혈기기쇠 계지재득

直譯(직역) – 공자께서(孔子) 말씀하시기를(曰) 어진(君) 사람에게는(子) 세 가지(三) 경계가(戒) 있으니(有) 젊음(少)의(之) 때에는(時) 피(血) 기운이(氣) 정해지지(定) 아니했으니(未) 이를(之) 경계함은(戒) 여색에(色) 있고(在) 그(其) 한창나이가(壯) 됨에(也) 미치어서는(及) 피(血) 기운이(氣) 바야흐로(方) 굳세니(强) 이를(之) 경계함은(戒) 싸움에(鬪) 있고(在) 그(其) 늙게(老) 됨에(也) 미치어서는(及) 피(血) 기운이(氣) 이미(旣) 약해진지라(衰) 이를(之) 경계함은(戒) 탐내는데(得) 있다 하시더라(在)

出典(출전) – 論語 季氏篇(논어 계씨편)

### 15. 君子三道(군자삼도) – 군자에게는 세 가지 도가 있으니 근심하지 아니하고 현혹되지 아니하고 두렵지 아니함이라.

原文(원문) – 子曰 君子道者三 我無能焉 仁者不憂 知者不惑 勇者不懼 子貢曰 夫子子道也
자왈 군자도자삼 아무능언 인자불우 지자불혹 용자불구 자공

왈 부자자도야

直譯(직역) – 공자께서(子) 말씀하시되(曰) 어진(君) 사람에게는(子) 도란(道) 것이(者) 셋이니(三) 나에게는(我) 이에(焉) 잘 하는 것이(能) 없구나(無) 어진(仁) 사람은(者) 근심하지(憂) 아니하고(不) 지혜로운(知) 사람은(者) 헷갈리지(惑) 아니하며(不) 날랜(勇) 사람은(者) 두렵지(懼) 아니하다 하시니(不) 공자 제자 자공이(子貢) 이르되(曰) 공자께서(夫子) 스스로(自) 말씀하신(道) 것이다 하더라(也)

出典(출전) – 論語 憲問篇(논어 헌문편)

**16. 君子三樂(군자삼락) – 군자의 세 가지 즐거움이 있으니 부모 살아 계시고 형제 무고함이요 하늘과 사람에 부끄러워 할 것 없음이요 천하 영재 얻어 교육하는 일이라 .**

原文(원문) – 君子有三樂 而王天下不與存焉 父母俱存兄弟無故 一樂也 仰不愧於天俯不怍於人 二樂也 得天下英才而敎育之 三樂也 君子有三樂而王天下不與存焉
군자유삼락 이왕천하불여존언 부모구존형제무고 일락야 앙불괴어천부부작어인 이락야 득천하영재이교육지 삼락야 군자유삼락이왕천하불여존언

直譯(직역) – 어진(君) 사람에게(子) 세 가지(三) 즐거움이(樂) 있으나(有) 그러나(而) 하늘(天) 아래에(下) 왕 노릇 하는 것은(王) 이에(焉) 함께(與) 있지(存) 아니하니라(不) 아버지(父) 어머니(母) 함께(俱) 살아 계시고(存) 형(兄) 아우에(弟) 아무 일(故) 없음이(無) 첫째(一) 즐거움이(樂) 되고(也) 우러러(仰) 하늘(天)에(於) 부끄럽지(愧) 않고(不) 머리 숙여(俯) 사람(人)에(於) 부끄럽지(怍) 아

니함이(不) 둘째(二) 즐거움이(樂) 되고(也) 하늘(天) 아래(下) 뛰어난(英) 재주꾼(才) 얻어(得) 그리하여(而) 그를(之) 가르쳐(敎) 기르는 것이(育) 셋째(三) 즐거움이(樂) 되니(也) 어진(君) 사람에게(子) 세 가지(三) 즐거움이(樂) 있지만(有) 그러나(而) 하늘(天) 아래(下) 왕이 되는 것은(王) 여기에(焉) 함께(與) 있지(存) 아니하니라(不)

出典(출전) – 孟子 盡心上篇(맹자 진심상편)

**17. 君子三畏(군자삼외) – 군자에게는 세 가지 두려워 할 것이 있으니 하늘의 명과 위대한 사람과 성인의 말씀이니라.**

原文(원문) – 孔子曰 君子有三畏 畏天命 畏大人 畏聖人之言 小人不知天命而不畏也 狎大人 侮聖人之言
공자왈 군자유삼외 외천명 외대인 외성인지언 소인부지천명이 불외야 압대인 모성인지언

直譯(직역) – 공자(孔子) 말씀에(曰) 어진(君) 사람에게는(子) 세 가지(三) 두려움이(畏) 있으니(有) 하늘의(天) 명을(命) 두려워하고(畏) 귀한(大) 사람을(人) 두려워하며(畏) 더할 수 없이 뛰어난(聖) 사람(人)의(之) 말을(言) 두려워하나니(畏) 좁은(小) 사람은(人) 하늘의(天) 명을(命) 알지(知) 못해서(不) 그리하여(而) 두려워하지(畏) 아니하게(不) 되고(也) 귀한(大) 사람을(人) 업신여겨 희롱하고(狎) 뛰어난(聖) 사람(人)의(之) 말을(言) 업신여겨 깔본다 하시더라(侮)

出典(출전) – 論語 季氏篇(논어 계씨편)

18. 窮而後工(궁이후공) – 시인이 궁하면 궁할수록 그 짓는 시가 교묘하게 되다.

原文(원문) – 予聞世謂詩人少達而多窮 夫豈然哉 蓋世所傳詩者 多出於古窮人之辭也 蓋愈窮則愈工 然則非詩之能窮人 殆窮者而後工也
여문세위시인소달이다궁 부기연재 개세소전시자 다출어고궁인지사야 개유궁즉유공 연즉비시지능궁인 태궁자이후공야

直譯(직역) – 내가(予) 세상에서(世) 들으니(聞) 시를 하는(詩) 사람이(人) 조금(少) 통하려면(達) 그러하려면(而) 고생을(窮) 많이 해야 한다고(多) 말하니(謂) 대저(夫) 어찌하여(豈) 그러하다고(然) 할 것인가(哉) 대개(蓋) 세상에(世) 시라는(詩) 것이라고(者) 전해지는(傳) 바는(所) 예부터(古) 고생을 한(窮) 사람(人)의(之) 말(辭)에서(於) 나온 것이(出) 많다고(多) 할 것이다(也) 대개(蓋) 더욱(愈) 고생을 하면(窮) 곧(則) 더욱(愈) 교묘해 지니(工) 그러한(然) 즉(則) 시(詩) 이것이(之) 사람을(人) 고생되게(窮) 하는 것은(能) 아니고(非) 거의(殆) 고생이라는(窮) 것이(者) 곧(而) 뒤에는(後) 교묘하게(工) 되는 것이리라(也)

出典(출전) – 歐陽修 梅聖兪詩集序(구양수 매성유시집서)

19. 捲土重來(권토중래) – 한 번 실패한 사람이 그 실패에 굴하지 않고 다시 시작하다.

參照(참조)→본서 杜牧 詩 題烏江亭(두목 시 제오강정)

## 20. 貴人賤己(귀인천기) – 다른 사람을 귀히 여기고 자기는 낮추다.

原文(원문) – 君子貴人賤己 先人而後己
군자귀인천기 선인이후기

直譯(직역) – 어진(君) 사람은(子) 다른 사람을(人) 귀히 여기고(貴) 자기는(己) 낮게 여기며(賤) 다른 사람을(人) 앞서게 하고(先) 그리고(而) 자기는(己) 뒤에 하니라(後)

出典(출전) – 禮記 坊記篇(예기 방기편)

## 21. 克敬惟親(극경유친) – 공경을 잘해야 오직 친할 수 있다.

原文(원문) – 伊尹申誥于王曰 嗚呼 惟天無親 克敬惟親 民罔常懷 懷于有仁 鬼神無常享 享于克誠 天位艱哉 德惟治 否德亂 與治同道 罔不興 與亂同事 罔不亡 終始愼厥與 惟明明后
이윤신고우왕왈 오호 유천무친 극경유친 민망상회 회우유인 귀신무상향 향우극성 천위간재 덕유치 부덕란 여치동도 망불흥 여란동사 망불망 종시신궐여 유명명후

直譯(직역) – 은 나라의 재상 이윤이(伊尹) 거듭(申) 임금님(王) 에게(于) 고하여(誥) 말하되(曰) 슬프고(嗚) 슬픕니다(呼) 오직(惟) 하늘은(天) 친함이(親) 없지만(無) 공경을(敬) 잘하면(克) 오직(惟) 친하게되며(親) 백성들은(民) 늘(常) 따름이 있는 것이(懷) 아니지만(罔) 어짊이(仁) 있는데(有)에만(于) 따르게 되며(懷) 귀신(鬼) 귀신은(神) 언제나(常) 바치는 것을 누리는 것이(享) 아니지만(無) 순수한 마음으로(誠) 잘하면(克) 그기에(于) 바치는 것을 누리게 되는 것이니(享) 임금의(天) 자리란(位) 어려운 것(艱) 입니다(哉) 덕으로 하면(德) 오직(惟) 다스려지고(治) 덕으로 하지

(德) 아니하면(否) 어지러워지리니(亂) 다스려졌던 것을(治) 좇아(與) 길을(道) 같이하면(同) 흥하지(興) 아니함이(不) 없을 것이고(罔) 어지러웠던 것을(亂) 좇아(與) 일을(事) 같이하면(同) 망하지(亡) 아니함이(不) 없을 것이니(罔) 끝이나(終) 처음이나(始) 그것을(厥) 삼가 하여(愼) 따르면(與) 오직(惟) 밝은(明) 임금으로(后) 높게 볼 것입니다 하더라(明)

註解(주해) – 伊尹 : 殷(은) 나라의 어진 재상으로 이름은 摯(지)라 하는데 湯王(탕왕)을 도와 夏(하) 나라의 桀王(걸왕)을 쳐 殷 나라를 세우게 했음.

出典(출전) – 書經 商書 太甲篇下(서경 상서 태갑편하)

## 22. 克己復禮(극기복례) – 자기의 사욕을 이기고 예의를 실천하다.

原文(원문) – 顔淵問仁 子曰 克己復禮爲仁 一日克己復禮 天下歸仁焉 爲仁由己 而由人乎哉
안연문인 자왈 극기복례위인 일일극기복례 천하귀인언 위인유기 이유인호재

直譯(직역) – 공자 제자 안연이(顔淵) 인을(仁) 물으니(問) 공자께서(子) 말씀하시되(曰) 자기를(己) 이겨(克) 예를(禮) 실천하는 것이(復) 어짊이(仁) 되니라(爲) 하루(一) 날이라도(日) 자기를(己) 이겨(克) 예를(禮) 실천하면(復) 하늘(天) 아래가(下) 이에(焉) 인으로(仁) 돌아오리니(歸) 인을(仁) 행함이(爲) 자기로(己) 말미암는 것이거늘(由) 이에(而) 다른 사람으로(人) 말미암는다고(由) 할 수(乎) 있겠는가 하시더라(哉)

出典(출전) – 論語 顔淵篇(논어 안연편)

## 23. 起居萬福(기거만복) – 한결같이 많은 복을 받으시라.

原文(원문) – 疎狀式云 伏惟某位尊體 起居萬福
소장식운 복유모위존체 기거만복

直譯(직역) – 편지(疎) 편지(狀) 본보기에(式) 엎드려(伏) 생각하건대(惟) 아무개(某) 분의(位) 높으신(尊) 몸이(體) 일어나거나(起) 앉아도(居) 온갖(萬) 복을 받으소서(福) 라고 일렀더라(云)

出典(출전) – 司馬光 書儀(사마광 서의)

## 24. 箕山之節(기산지절) – 唐堯(당요) 때의 高士(고사)인 巢父(소보)와 許由(허유)가 임금자리를 물려주겠다는 堯임금의 말을 듣지 않고 箕山에 은거하여 節操(절조)를 지킨 고사로 굳은 절개나 자신의 신념에 충실한 것을 비유하다.

原文(원문) – 薛方嘗爲郡掾 祭酒嘗徵不至 及莽以安車迎方 方因使者辭謝曰 堯舜在上 下有巢由 今明主方隆唐虞之德 小臣欲守箕山之節也 使者以聞 莽說其言不强致
설방상위군연 제주상징부지 급망이안거영방 방인사자사사왈 요순재상 하유소유 금명주방륭당우지덕 소신욕수기산지절야 사자이문 망설기언불강치

直譯(직역) – 설방이란 사람이(薛方) 일찍이(嘗) 고을의(郡) 하급관리인 아전이(掾) 되었는데(爲) 제사(祭) 술에(酒) 시험삼아(嘗) 불러도(徵) 오지(至) 아니하매(不) 임금인 망에(莽) 미치어(及) 편안히(安) 수레로(車)써(以) 설방을(方) 맞이하라 하니(迎) 설방이(方) 심부름 온(使) 사람에게(者) 의거하여(因) 사양하는(謝) 말로(辭) 이르되(曰) 요 임금(堯) 순 임금은(舜) 위에(上) 있고(在) 아래로는

(下) 소보와(巢) 허유가(由) 있었는데(有) 이제(今) 밝은(明) 임금이(主) 요 임금인 도당씨와(唐) 순 임금인 유우씨(虞)의(之) 덕을(德) 바야흐로(方) 성하게 하시니(隆) 천한(小) 신하는(臣) 기산(箕山)의(之) 절개를(節) 지키려(守) 하고자 할(欲) 뿐이라 하더라(也) 심부름(使) 사람으로(者)부터(以) 듣고서(聞) 임금 망은(莽) 그(其) 말이(言) 굳이(强) 이루어지지(致) 아니해도 된다고(不) 말하더라(說)

註解(주해) – 巢父 許由 : 許由는 堯임금이 자신에게 임금의 자리를 양위하겠다는 말을 듣고는 귀가 더럽혀졌다면서 潁川(영천)으로 뛰어가 귀를 씻었는데 때마침 巢父라는 자가 소에게 물을 먹이기 위해 이곳으로 왔다가 許由로 더럽혀진 물은 소에게도 먹일 수 없다면서 上流(상류)로 가서 소에게 물을 먹이고 許由를 따라 箕山으로 들어가 나무 위에 집을 짓고 살았다는 故事(고사)가 있음.

王莽 : 漢(한)나라 元帝(원제)의 왕후 王(왕)씨 서모의 동생인 王曼(왕만)의 둘째 아들인데 갖가지 권모술수를 써서 최초로 禪讓革命(선양혁명)에 의하여 前漢(전한)의 황제권력을 빼앗아 한나라를 멸망시키고 국호를 新이라 하여 스스로 황제가 되었으나 長安(장안)의 未央宮(미앙궁)에서 부하에게 찔려 죽음으로써 건국한지 15년 만에 멸망하고 後漢(후한)이 그 뒤를 이었음.

出典(출전) – 漢書 鮑宣傳(한서 포선전)

『 ㄴ 』

### 25. 樂道忘貧(낙도망빈) – 도리를 즐겨 가난을 잊다.

原文(원문) – 古之存己者 樂道而忘賤 故名不動志 樂道而忘貧 故利不動心
고지존기자 낙도이망천 고명부동지 낙도이망빈 고리부동심

直譯(직역) – 옛날(古)에(之) 자기를(己) 보존하는(存) 사람은(者) 도를(道) 즐겨(樂) 그리하여(而) 신분이 낮은 것을(賤) 잊은(忘) 까닭으로(故) 이름내는 것으로도(名) 뜻을(志) 움직이지(動) 못했고(不) 도를(道) 즐겨(樂) 그리하여(而) 가난을(貧) 잊은(忘) 까닭으로(故) 이로움으로도(利) 마음을(心) 움직이지(動) 못했다(不)

出典(출전) – 淮南子 詮言訓篇(회남자 전언훈편)

### 26. 樂善不倦(낙선불권) – 착함을 즐겨 싫어하지 아니하다.

原文(원문) – 孟子曰 有天爵者 有人爵者 仁義忠信 樂善不倦 此天爵也 公卿大夫 此人爵也
맹자왈 유천작자 유인작자 인의충신 낙선불권 차천작야 공경대부 차인작야

直譯(직역) – 맹자께서(孟子) 이르기를(曰) 하늘이 내린(天) 벼슬이라는(爵) 것이(者) 있고(有) 사람이 내린(人) 벼슬이라는(爵) 것이(者) 있는데(有) 어짊(仁)·의로움(義)·충성(忠)·믿음으로(信) 착함을(善) 즐겨(樂) 싫어하지(倦) 아니하면(不) 이것을(此) 하늘이 내린(天) 벼슬이라(爵) 하고(也) 삼정승(公)·장관 벼슬(卿)·장관 아래 벼슬(大夫) 이런 것은(此) 사람이 내린(人) 벼슬이라(爵) 하니라(也)

出典(출전) – 孟子 告子章句上(맹자 고자장구상)

## 27. 樂天知命(낙천지명) – 천명을 알아서 즐기다.

原文(원문) – 知周乎萬物 而道濟天下 故不過 旁行而不流 樂天知命 故不憂
지주호만물 이도제천하 고불과 방행이불류 낙천지명 고불우

直譯(직역) – 슬기는(知) 온갖(萬) 물건(物)에(乎) 두루 미쳐있으며(周) 그리고(而) 도리로(道) 하늘(天) 아래를(下) 건지는(濟) 까닭으로(故) 허물 됨이(過) 없고(不) 널리(旁) 가더라도(行) 또한(而) 제멋대로 행동하지(流) 아니하며(不) 운명을(天) 즐기고(樂) 하늘의 뜻을(命) 아는(知) 까닭으로(故) 근심거리가(憂) 없다(不)

出典(출전) – 周易 繫辭上傳(주역 계사상전)

## 28. 南山之壽(남산지수) – 남산처럼 오래 오래 살다.

原文(원문) – 如月之恒 如日之斥 如南山之壽 不騫不崩
여월지긍 여일지척 여남산지수 불건불붕

直譯(직역) – 달(月)의(之) 초승달(恒)같이(如) 해(日)의(之) 늪 가(斥)같이(如) 남쪽(南) 산(山)의(之) 목숨(壽)같이(如) 이지러지지도(騫) 말고(不) 무너지지도(崩) 마소서(不)

註解(주해) – 恒 : ①항상 항. 恒心(항심). ②초승달 긍. 如月之恒(여월지긍).

出典(출전) – 詩經 小雅天保篇(시경 소아천보편)

**29. 囊中之錐(낭중지추) – 주머니 속의 송곳이 주머니를 뚫고 나오듯 포부와 역량이 있는 사람은 어디서나 그 재능을 발휘하게 되다.**

原文(원문) – 平原君曰 夫賢士之處世也 譬若錐之處囊中 其末立見 今先生處勝之門下 三年於此矣 勝未有所聞 是先生無所有也
평원군왈 부현사지처세야 비약추지처낭중 기말입현 금선생처승지문하 삼년어차의 승미유소문 시선생무소유야

直譯(직역) – 조나라 재상인 평원군이(平原君) 말하기를(曰) 무릇(夫) 어진(賢) 선비(士)가(之) 세상(世) 살아감에(處) 있어서는(也) 비유하건대(譬) 송곳(錐)이(之) 주머니(囊) 속에(中) 두어진 것(處) 같아(若) 그(其) 끝이(末) 서서(立) 나타나게 되니(見) 이제(今) 선생은(先生) 나 조승(勝)의(之) 문하에(門下) 두어진지(處) 이(此)에(於) 세(三) 해가(年) 되었는데도(矣) 나 조승은(勝) 들은(聞) 바가(所) 있지(有) 아니하니(未) 이는(是) 선생이(先生) 가지고 있는(有) 것이(所) 없음(無)이라고 하더라(也)

註解(주해) – 平原君 : 성명은 趙 勝(조 승)으로 조나라 惠文王(혜문왕)의 동생이며 현명하고 붙임성이 있어 食客(식객) 3,000명을 먹였으며 BC 257년 秦(진)나라 군대가 조나라의 서울 邯鄲(한단)을 포위 공격하자 이때의 식객 毛遂(모수)의 지혜로 진나라 군대를 물리쳤는데 毛遂自薦(모수자천)이나 囊中之錐란 말이 여기에서 나왔음.

出典(출전) – 史記 平原君傳(사기 평원군전)

### 30. 內直外曲(내직외곡) - 마음은 곧게 하고 언행은 굽히다.

原文(원문) – 我內直而外曲 成而上比 內直者 與天爲徒 與天爲徒者 知天子之與己
아내직이외곡 성이상비 내직자 여천위도 여천위도자 지천자지여기

直譯(직역) – 나는(我) 마음을(內) 곧게 하고(直) 그리고(而언) 행은(外) 굽히어서(曲) 이룸에는(成) 또한(而) 옛적을(上) 본뜬다(比) 마음을(內) 곧게 한다는(直) 것은(者) 하늘과(天) 더불어(與) 무리가(徒) 되는 것이고(爲) 하늘과(天) 더불어(與) 무리가(徒) 된다는(爲) 것은(者) 하늘(天) 님(子)이(之) 내(己) 동아리임을(與) 아는 것이다(知)

出典(출전) – 莊子 人間世篇(장자 인간세편)

### 31. 老馬之智(노마지지) - 제나라 桓公(환공)이 작은 나라 孤竹(고죽)을 치고 회군하다가 산중에서 길을 잃었을 때 管仲(관중)이 늙은 말을 풀어주어 그 뒤를 따라가 마침내 길을 찾았다는 故事(고사)로 아무리 하찮은 사람도 각기 장점이 있음을 이르다.

原文(원문) – 管仲隰朋從於桓公而伐孤竹 春往冬反 迷惑失道 管仲曰 老馬之智可用也 乃放老馬而隨之
관중습붕종어환공이벌고죽 춘왕동반 미혹실도 관중왈 노마지지가용야 내방노마이수지

直譯(직역) – 관중이(管仲) 습붕과(隰朋) 군주 환공(桓公)을(於) 좇아(從) 그리하여(而) 고죽이란 나라를(孤竹) 치러(伐) 봄에(春) 갔다가(往) 겨울에(冬) 돌아오는데(反) 헷갈려(惑) 헤매다가(迷) 길을(道) 잃

으니(失) 관중이(管仲) 이르기를(曰) 늙은(老) 말(馬)의(之) 슬기도(智) 쓸(用) 수 있는(可) 것이다 하고서(也) 이에(乃) 늙은(老) 말을(馬) 풀어놓아(放) 곧(而) 그 것을(之) 따라갔다(隨)

出典(출전) – 韓非子 說林篇(한비자 설림편)

## 32. 訥言敏行(눌언민행) – 말은 둔하게 하여도 실천은 민첩하게 하다.

原文(원문) – 子曰 君子欲訥於言而敏於行
자왈 군자욕눌어언이민어행

直譯(직역) – 공자께서(子) 군자는(君子) 말에(言) 있어서는(於) 더듬는 듯 하여도(訥) 그렇지만(而) 행동에(行) 있어서는(於) 빠르게(敏) 하고자 한다고(欲) 말씀하셨다(曰)

出典(출전) – 論語 里仁篇(논어 이인편)

〚 ㄷ 〛

## 33. 多多益善(다다익선) – 많으면 많을수록 좋다.

原文(원문) – 高帝嘗與韓信言諸將能否 各有差 上問曰 如我能將幾何 信曰 陛下不過能將十萬 上曰 於君如何曰 臣多多而益善耳
고제상여한신언제장능부 각유차 상문왈 여아능장기하 신왈 폐하불과능장십만 상왈 어군여하왈 신다다이익선이

直譯(직역) – 한나라 고조(高) 임금께서(帝) 일찍이(嘗) 한신과(韓信) 함께(與) 여러(諸) 장수의(將) 능하고(能) 아니함을(否) 말할 제(言) 각기(各) 차이가(差) 있었다(有) 임금께서(上) 물어(問) 말하되(曰) 나는(我) 얼마나(幾) 얼마나(何) 잘(能) 거느릴 것(將) 같은가 하니

(如) 한신이(信) 말하기를(曰) 폐하께서는(陛下) 십만을(十萬) 잘(能) 거느리는데(將) 지나지(過) 않을 것이라 하였다(不) 임금께서(上) 말하되(曰) 그대(君)에게는(於) 어떠하고(如) 어떠한가 라고(何) 말하니(曰) 신은(臣) 많으면(多) 많을수록(多) 곧(而) 더욱(益) 좋을(善) 따름입니다 하더라(耳)

註解(주해) – 韓信 : 秦(진)나라 말 난세에 처음에는 楚(초)나라의 項梁(항량)·項羽(항우)를 섬겼으나 중용되지 않자 漢王 劉邦(한왕 유방)의 군에 참가하여 승상 蕭何(소하)에게 인정을 받아 垓下(해하)의 싸움에 이르기까지 漢軍(한군)을 지휘하여 크게 공을 세움으로써 齊王(제왕)에 이어 楚王(초왕)이 되었으나 BC 196년 陳豨(진희)의 난에 通謀(통모)하였다 하여 呂后(여후)의 부하에게 참살 당하였는데 불우하던 젊은 시절에는 시비를 걸어오는 市井(시정) 무뢰배의 가랑이 밑을 태연히 기어나갔다는 일화는 유명함.

出典(출전) – 史記 淮陰侯傳(사기 회음후전)

## 34. 淡而不厭(담이불염) – 담백하면서도 싫증나지 아니하다.

原文(원문) – 衣錦尙絅 惡其文之著也 故君子之道 闇然而日章 小人之道 的然而日亡 君子之道 淡而不厭 簡而文 溫而理 知遠之近 知風之自 知微之顯 可與入德矣

의금상경오기문지저야 고군자지도 암연이일장 소인지도 적연이일망 군자지도 담이불염 간이문 온이리 지원지근 지풍지자 지미지현 가여입덕의

直譯(직역) – 비단(錦) 옷을 입고(衣) 삼베 홑옷을(絅) 더함은(尙) 그(其) 빛깔(文)이(之) 나타나는 것을(著) 싫어함(惡)이라(也) 그런 까닭으로

(故) 어진(君) 사람(子)의(之) 도는(道) 어두운 듯(闇) 그러하게(然) 그러면서(而) 날로(日) 밝아지고(章) 도량이 좁은(小) 사람(子)의(之) 도는(道) 밝은 듯(的) 그러하게(然) 그러면서(而) 날로(日) 없어지며(亡) 어진(君) 사람(子)의(之) 도는(道) 담백하고(淡) 그러면서(而) 싫증나지(厭) 아니하고(不) 검소하고(簡) 그러면서(而) 아름다우며(文) 따뜻하고(溫) 그러면서(而) 도리에 맞고(理) 먼 것(遠)이(之) 가까워짐을(近) 알고(知) 바람(風)이(之) 저절로 일어남을(自) 알며(知) 어렴풋한 것(微)이(之) 뚜렷해지는 것을(顯) 알게되니(知) 더불어(與) 덕에(德) 들어갈(入) 수 있다고(可) 할 것이다(矣)

註解(주해) – 惡 : ①악할 악. 惡談(악담). ②미워할 오. 憎惡(증오). ③어찌 오. 惡用子矣(오용자의).

出典(출전) – 中庸(중용)

## 35. 大巧若拙(대교약졸) – 훌륭한 기교는 도리어 서투른 듯 하다.

原文(원문) – 大直若屈 大巧若拙 大辯若訥
대직약굴 대교약졸 대변약눌

直譯(직역) – 크게(大) 곧은 것은(直) 굽은 것(屈) 같고(若) 훌륭한(大) 솜씨는(巧) 서투른 것(拙) 같으며(若) 훌륭히(大) 말 잘하는 것은(辯) 더듬는 것(訥) 같다(若)

出典(출전) – 老子 第45章(노자 제45장)

## 36. 大德敦化(대덕돈화) – 큰 덕은 깊고도 넓게 가르치다.

原文(원문) – 萬物竝育而不相害 道竝行而不相悖 小德川流 大德敦化 此天地之所以爲大也
만물병육이불상해 도병행이불상패 소덕천류 대덕돈화 차천지지소이위대야

直譯(직역) – 온갖(萬) 물건은(物) 함께(竝) 자라도(育) 그래도(而) 서로(相) 해치지(害) 아니하고(不) 도는(道) 함께(竝) 행하여도(行) 그래도(而) 서로(相) 어그러지지(悖) 아니하며(不) 작은(小) 덕은(德) 시내로(川) 흐르는 듯 하지만(流) 큰(大) 덕은(德) 깊고도 넓게(敦) 가르치게 된다(化) 이는(此) 하늘과(天) 땅(地)의(之) 위대함이(大) 되는(爲) 까닭인(以) 바라고(所) 할 것이다(也)

出典(출전) – 中庸(중용)

## 37. 大象無形(대상무형) – 큰 모양은 드러남이 없다.

原文(원문) – 明道若昧 進道若退 夷道若流 上德若谷 大白若辱 廣德若不足 建德若偸 質眞若渝 大方無隅 大器晩成 大音希聲 大象無形 道隱無名 夫唯道善貸且成
명도약매 진도약퇴 이도약류 상덕약곡 태백약욕 광덕약부족 건덕약투 질진약투 대방무우 대기만성 대음희성 대상무형 도은무명 부유도선대차성

直譯(직역) – 밝은(明) 도는(道) 어두운 것(昧) 같고(若) 나아가는(進) 도는(道) 물러나는 것(退) 같으며(若) 떳떳한(夷) 도는(道) 절제를 잃은 것(流) 같고(若) 높은(上) 덕은(德) 골짜기(谷) 같으며(若) 심하게(大) 하얀 것은(白) 더럽혀 진 것(辱) 같고(若) 넓은(廣) 덕은(德)

가득 차지(足) 아니한 것(不) 같으며(若) 세워진(建) 덕은(德) 가벼운 것(偸) 같고(若) 바탕이(質) 변하지 않은 것은(眞) 변하는 것(渝) 같다(若) 크게(大) 모나면(方) 모서리가(隅) 없고(無) 큰(大) 그릇은(器) 늦게(晩) 이루어지며(成) 큰(大) 소리는(音) 소리가(聲) 드물고(希) 큰(大) 모양은(象) 드러남이(形) 없다(無) 도는(道) 숨겨져(隱) 이름 할 수(名) 없으니(無) 무릇(夫) 오직(唯) 도라는 것은(道) 잘(善) 베풀고(貸) 또한(且) 이루어지게 하는 것이다(成)

出典(출전) – 老子 第41章(노자 제41장)

**38. 大上立德(대상입덕) – 사람의 가장 훌륭한 행실은 德을 닦아 세상을 다스리어 사람을 救濟(구제)하는 데에 있다.**

原文(원문) – 豹問之 大上有立德 其次有立功 其次有立言 雖久不廢 此之謂不朽
표문지 대상유입덕 기차유입공 기차유입언 수구불폐 차지위불후

直譯(직역) – 숙손표가(豹) 이에(之) 물으니(問) 크고(大) 으뜸인 것은(上) 덕을(德) 세우는 데에(立) 있고(有) 그(其) 다음은(次) 공을(功) 세우는 데에(立) 있으며(有) 그(其) 다음으로는(次) 말을(言) 세우는 데에(立) 있어(有) 비록(雖) 오래되어도(久) 버리거나 없앨 수(廢) 없으니(不) 이것(此)은(之) 쇠하지(朽) 않는다는(不) 말이라고 하더라(謂)

出典(출전) – 左傳 襄公二十四年(좌전 양공이십사년)

**39. 大智如愚(대지여우) – 큰 지혜는 어리석은 듯 하다.**

原文(원문) – 大勇若怯 大智如愚 至貴無軒冕而榮 至仁不導引而壽

대용약겁 대지여우 지귀무헌면이영 지인부도인이수

直譯(직역) – 훌륭한(大) 용기는(勇) 겁내는 것(怯) 같고(若) 훌륭한(大) 지혜는(智) 어리석은 것(愚) 같으니(如) 지극히(至) 귀함은(貴) 수레나(軒) 면류관이(冕) 없더라도(無) 그래도(而) 영화롭고(榮) 지극히(至) 어짊은(仁) 이끌고(導) 이끌지(引) 않더라도(不) 그래도(而) 오래 사니라(壽)

註解(주해) – 軒冕 : 수레와 면류관으로 높은 관직을 이름.
冕 : 큰 의식의 제사 때 쓰는 모자로 천자는 12줄 제후는 9줄 上大夫(상대부)는 7줄 下大夫는 5줄의 구슬 끈이 달려있음.

## 40. 德無常師(덕무상사) – 덕에는 불변의 스승이 없다.

原文(원문) – 德無常師 主善爲師 善無常主 協于克一
덕무상사 주선위사 선무상주 협우극일

直譯(직역) – 덕에는(德) 오래도록 변하지 않는 불변의(常) 스승이(師) 없지만(無) 선을(善) 주로 하면(主) 스승이(師) 되고(爲) 선에는(善) 오래도록 변하지 않는 불변의(常) 주인이(主) 없지만(無) 기꺼이 따라(協) 행하면(于) 한결같이(一) 잘할 수 있다(克)

出典(출전) – 書經 商書 咸有一德篇(서경 상서 함유일덕편)

## 41. 德業相勸(덕업상권) – 덕성스러운 일은 서로 권하다.

原文(원문) – 藍田呂氏鄕約曰 凡同約者 德業相勸 過失相規 禮俗相交 患亂相恤
남전여씨향약왈 범동약자 덕업상권 과실상규 예속상교 환란상휼

直譯(직역) – 남전여씨의(藍田呂氏) 마을(鄕) 약속에(約) 무릇(凡) 함께(同) 약

속한(約) 사람은(者) 덕성스러운(德) 일은(業) 서로(相) 권하고(勸) 허물과(過) 잘못은(失) 서로(相) 바로잡아주고(規) 예의바른(禮) 풍속은(俗) 서로(相) 주고받고(交) 근심스럽고(患) 어려운 사정은(難) 서로(相) 보살펴주어야 한다(恤)고 했다(曰)

出典(출전) – 小學 善行篇(소학 선행편)

## 42. 德以治民(덕이치민) – 덕으로써 백성을 다스리다.

原文(원문) – 臼季使過冀 見郤缺耨 其妻饁之敬 相待如賓 與之歸 言諸文公曰 敬 德之聚也 能敬必有德 德以治民 君請用之 臣聞 出門如賓 承事如祭 仁之則也 文公 以爲下軍大夫
구계사과기 견극결누 기처엽지경 상대여빈 여지귀 언제문공왈 경 덕지취야 능경필유덕 덕이치민 군청용지 신문 출문여빈 승사여제 인지칙야 문공 이위하군대부

直譯(직역) – 구계라는 사람이(臼季) 사신이 되어(使) 기라는 곳을(冀) 지나니(過) 극결이라는 사람이(郤缺) 김을 매는데(耨) 그(其) 아내가(妻) 들 밥을 내와서(饁)하는(之) 공경함이(敬) 서로(相) 손님과(賓) 같이(如) 대접하는 것을(待) 보고는(見) 그와(之) 함께(與) 돌아가서(歸) 문공(文公)에게(諸) 말하여(言) 이르기를(曰) 공경함은(敬) 덕(德)이(之) 모인 것(聚)으로(也) 공경을(敬) 잘하면(能) 반드시(必) 덕이(德) 있고(有) 덕(德)으로써(以) 백성을(民) 다스려야 하니(治) 임금께서는(君) 그를(之) 써주시기를(用) 바랍니다(請) 신이(臣) 들으니(聞) 문을(門) 나서면(出) 손님으로 대우하는 것(賓) 같이하고(如) 일을(事) 받아들임에는(承) 제사지내는 것(祭) 같이하는 것이(如) 인(仁)의(之) 법칙이라(則) 합니다 하니(也) 문공은(文公) 그리하여(以) 하군대부라는 벼슬로(下軍大夫) 삼았다(爲)

出典(출전) – 小學 稽古篇(소학 계고편)

## 43. 德必有隣(덕필유린) – 덕성스러우면 반드시 이웃이 있느니라.

原文(원문) – 子曰 德不孤 必有隣
자왈 덕불고 필유린

直譯(직역) – 공자(子) 말씀하시되(曰) 덕성스러우면(德) 외롭지(孤) 아니하나니(不) 반드시(必) 이웃이(隣) 있게 된다 하시더라(有)

出典(출전) – 論語 里仁篇(논어 이인편)

## 44. 讀書尙友(독서상우) – 책을 읽어 옛 현인을 벗삼는다.

原文(원문) – 天下之善士 斯友天下之善士 以友天下之善士未足 又尙論古之人 頌其詩讀其書 不知其人 可乎 是以論其世也 是尙友也
천하지선사 사우천하지선사 이우천하지선사미족 우상논고지인 송기시독기서 부지기인 가호 시이론기세야 시상우야

直譯(직역) – 하늘(天) 아래(下)의(之) 훌륭한(善) 선비는(士) 이는(斯) 하늘(天) 아래(下)의(之) 훌륭한(善) 선비를(士) 벗하나(友) 하늘(天) 아래(下)의(之) 훌륭한(善) 선비를(士) 벗한 것(友)으로써는(以) 족하지(足) 아니하니(未) 또(又) 위로(尙) 옛날(古)의(之) 사람을(人) 헤아려(論) 그(其) 시를(詩) 외우고(頌) 그(其) 글을(書) 읽으며(讀) 그(其) 사람을(人) 알지(知) 못한다고(不) 할 수(可) 있겠는가(乎) 이러한(是) 까닭으로(以) 그(其) 세대를(世) 헤아려야 하는(論) 것이니(也) 이것이(是) 위로(尙) 벗함이라고(友) 할 것이다(也)

出典(출전) – 孟子 萬章下篇(맹자 만장하편)

## 45. 獨坐觀心(독좌관심) – 홀로 앉아 마음을 살펴보다.

原文(원문) – 夜深人靜 獨坐觀心 如覺忘窮而眞獨露 每於此中 得大機趣 既覺眞現而忘難逃 又於此中 得大慚忸
야심인정 독좌관심 여각망궁이진독로 매어차중 득대기취 기각진현이망난도 우어차중 득대참뉵

直譯(직역) – 밤은(夜) 깊어(深) 사람은(人) 고요한데(靜) 홀로(獨) 앉아(坐) 마음을(心) 살펴보며(觀) 궁함을(窮) 잊고(忘) 그리고(而) 참된 것만(眞) 홀로(獨) 들어낼 것을(露) 깨닫게(覺) 될 것 같으면(如) 언제나(每) 이(此) 가운데(中)에서(於) 크게(大) 조화로운(機) 뜻을(趣) 얻게 될 것이요(得) 이미(既) 참된 것이(眞) 나타남을(現) 깨닫고도(覺) 그러하고도(而) 벗어나기(逃) 어렵다는 것을(難) 잊게 된다면(忘) 또한(又) 이(此) 가운데(中)에서(於) 크게(大) 부끄럽고도(慚) 부끄러움을(忸) 얻게 될 것이다(得)

出典(출전) – 菜根譚 前篇(채근담 전편)

## 46. 敦尚行實(돈상행실) – 행한 자취를 도탑고 높게 하다.

原文(원문) – 安定先生胡瑗 字翼之 患隨唐以來 仕進 尙文辭而遺經業 苟趨祿利 及爲蘇湖二州敎授 嚴條約 以身先之 雖大暑 必公服終日 以見諸生 嚴師弟子之禮 解經 至有要義 懇懇爲諸生 言其所以治己而後治乎人者 學徒千數 日月刮劘 爲文章 皆傳經義 必以理勝信其師說 敦尙行實 後爲太學 四方歸之 庠舍不能容
안정선생호원 자익지 환수당이래 사진 상문사이유경업 구추록리 급위소호이주교수 엄조약 이신선지 수대서 필공복종일 이견제생 엄사제자지례 해경 지유요의 간간위제생 언기소이치기이후치호인자 학도천수 일월괄마 위문장 개전경의 필이리승

신기사설 돈상행실 후위태학 사방귀지 상사불능용

直譯(직역) – 안정선생(安定先生) 호원은(胡瑗) 자가(字) 익지인데(翼之) 수나라(隨) 당나라(唐)에서(以) 내려오며(來) 벼슬에(仕) 나아가(進) 글월과(文) 말만(辭) 높이고(尙) 그리고서(而) 경서의(經) 일은(業) 내버려두고(遺) 군색스럽고 구구하게(苟) 녹봉의(祿) 이로움만(利) 쫓게 된 것을(趨) 걱정하였다(患) 소주 고을과(蘇) 호주 고을(湖) 두(二) 고을에서(州) 유생을 가르치는 교수가(敎授) 됨에(爲) 미치어서는(及) 약속한(約) 조항을(條) 엄히 하고(嚴) 그리하여서(以) 그것을(之) 몸소(身) 앞서 행했다(先) 비록(雖) 큰(大) 더위에도(暑) 반드시(必) 날을(日) 마치도록(終) 공적인(公) 옷을 입고(服) 그리하여서(以) 모든(諸) 학생에게(生) 엄한(嚴) 스승과(師) 가르침을 받는 사람(弟) 사람(子)의(之) 예절을(禮) 보였다(見) 경서를(經) 풀이하다가(解) 통괄하는(要) 뜻이(義) 있는 데에(有) 이르면(至) 여러(諸) 학생들을(生) 위하여(爲) 내 몸을(己) 다스리고(治) 그런(而) 뒤에(後) 다른 사람(人)을(乎) 다스려야(治) 하는(以) 그(其) 까닭인(所) 것을(者) 간절하고(懇) 정성스럽게(懇) 말하였다(言) 배우는(學) 무리가(徒) 천을(千) 헤아려(數) 날로(日) 달로(月) 닦고(括) 닦으니(劘) 글과(文) 글을(章) 지음에(爲) 모두(皆) 경서의(經) 뜻을(義) 전하고(傳) 반드시(必) 조리가(理) 뛰어나게(勝) 하였으며(以) 그(其) 스승의(師) 말을(說) 믿고(信) 행한(行) 자취를(實) 도탑고도(敦) 높게 하였다(尙) 뒤에(後) 최고학부인 태학이(太學) 되었는데(爲) 네(四) 곳에서(方) 여기로(之) 돌아오니(歸) 학교(庠) 집에(舍) 받아들일(容) 수가(能) 없었다(不)

出典(출전) – 小學 善行篇(소학 선행편)

## 47. 敦化正俗(돈화정속) – 도탑게 교화하고 풍속을 바르게 하다.

原文(원문) – 夫賢者 其德足以敦化正俗 其才足以頓綱振紀 其明足以燭微慮遠 其强足以結仁固義 大則利天下 小則利一國 是以君子 豊祿以富之 隆爵以尊之 養一人而及萬人者 養賢之道也
부현자 기덕족이돈화정속 기재족이돈강진기 기명족이촉미려원 기강족이결인고의 대즉리천하 소즉리일국 시이군자 풍록이부지 융작이존지 양일인이급만인자 양현지도야

直譯(직역) – 무릇(夫) 어진(賢) 사람이라면(者) 그(其) 덕은(德) 도탑게(敦) 교화하고(化) 풍속을(俗) 바르게(正) 하기에(以) 족하며(足) 그(其) 재주는(才) 큰 벼리 곧 법강을(綱) 가지런히 하고(頓) 작은 벼리 곧 기강을(紀) 바르게(振) 하기에(以) 족하며(足) 그(其) 밝음은(明) 어두운 것을(微) 비추고(燭) 멀리를(遠) 생각(慮) 하기에(以) 족하며(足) 그(其) 굳셈은(强) 어짊을(仁) 묶고(結) 의로움을(義) 굳게(固) 하기에(以) 족하여(足) 크게는(大) 곧(則) 하늘(天) 아래를(下) 이롭게 하고(利) 작게는(小) 곧(則) 하나의(一) 나라를(國) 이롭게 한다(利) 이런(是) 까닭으로(以) 어진(君) 사람은(子) 녹봉을(祿) 넉넉하게 하여(豊) 그래서(以) 그들을(之) 부자되게 하고(富) 벼슬을(爵) 높게 하여(隆) 그래서(以) 그들을(之) 높이게 되니(尊) 한(一) 사람을(人) 길러(養) 그리하여(而) 많은(萬) 사람에게(人) 미치도록 하는(及) 것이(者) 어진 이를(賢) 기르는(養) 것의(之) 도라고(道) 할 것이다(也)

出典(출전) – 通鑑 周紀篇(통감 주기편)

## 48. 同聲相應(동성상응) – 같은 소리는 서로 응대한다.

原文(원문) – 子曰 同聲相應 同氣相求 水流濕 火就燥 雲從龍 風從虎 聖人作 而萬物覩 本乎天者親上 本乎地者親下 則各從其類也
자왈 동성상응 동기상구 수류습 화취조 운종룡 풍종호 성인작 이만물도 본호천자친상 본호지자친하 즉각종기류야

直譯(직역) – 공자께서(子) 같은(同) 소리는(聲) 서로(相) 대답하고(應) 같은(同) 기운은(氣) 서로(相) 얻으며(求) 물은(水) 축축한 데로(濕) 흐르고(流) 불은(火) 마른 데로(燥) 나아가며(就) 구름은(雲) 용을(龍) 따르고(從) 바람은(風) 호랑이를(虎) 따르며(從) 뛰어난(聖) 사람이(人) 곧(而) 온갖(萬) 물건을(物) 보고(覩) 짓기를(作) 하늘이란(天) 것은(者) 위로(上) 친한(親) 것을(乎) 근본으로 하고(本) 땅이란(地) 것은(者) 아래로(下) 친한(親) 것을(乎) 근본으로 하니(本) 곧(則) 서로(各) 그(其) 무리를(類) 따르는(從) 것이니라(也) 말씀 하셨다(曰)

出典(출전) – 易經 文言(역경 문언)

## 49. 登高自卑(등고자비) – 높이 오르는 데는 낮은 데로부터 하다.

原文(원문) – 君子之道 辟如行遠必自邇 辟如登高必自卑 詩曰 妻子好合如鼓瑟琴 兄弟旣翕和樂且耽 宜爾室家樂爾妻帑
군자지도 비여행원필자이 비여등고필자비 시왈 처자호합여고슬금 형제기흡화락차탐 의이실가낙이처노

直譯(직역) – 어진(君) 사람(子)의(之) 도는(道) 비유하건대(辟) 멀리(遠) 가려면(行) 반드시(必) 가까운 데로(邇)부터 하는 것과(自) 같고(如) 비유하건대(辟) 높이(高) 오르려면(登) 반드시(必) 낮은 데로(卑)

부터 하는 것과(自) 같으니라(如) 시경에(詩) 이르기를(曰) 아내와(妻) 자식이(子) 잘(好) 맞음이(合) 큰 거문고와(瑟) 거문고를(琴) 타는 것(鼓) 같고(如) 형(兄) 아우가(弟) 이미(旣) 화합하고(翕) 화합하니(和) 즐겁고(樂) 또한(且) 기쁘다(耽) 너의(爾) 방과(室) 집을(家) 화목하게 하고(宜) 너의(爾) 아내와(妻) 자손을(帑) 즐겁게 하라 했더라(樂)

註解(주해) – 辟 : ①임금 벽. 辟王(벽왕). ②견줄 비. 辟如行遠(비여행원). ③피할 피. 辟暑(피서).
帑 : ①금고 탕. 帑庫(탕고). ②처자 노. 妻帑(처노).

出典(출전) – 中庸 第15章(중용 제15장)

## 50. 燈火可親(등화가친) – 등잔불을 가까이 할 만 하다.

參照(참조)→본서 韓退之 詩 符讀書城南(한퇴지 시 부독서성남)

『 ㅁ 』

## 51. 萬壽無疆(만수무강) – 끝없이 오래오래 사소서.

原文(원문) – 二之日鑿冰沖沖 三之日納于凌陰 四之日其蚤 獻羔祭韭 九月肅霜 十月滌場 朋酒斯饗 曰殺羔羊 躋彼公堂 稱彼兕觥 萬壽無疆
이지일착빙충충 삼지일납우능음 사지일기조 헌고제구 구월숙상 십월척장 붕주사향 왈살고양 제피공당 칭피시굉 만수무강

直譯(직역) – 두 번째(二) 십이 지지의(之) 날 즉 12월 날에는(日) 얼음을(冰) 충(沖) 충 소리내어(沖) 잘라(鑿) 세 번째(三) 십이 지지의(之) 날 즉 정월 날에는(日) 얼음창고(凌) 얼음창고(陰)에(于) 넣어두

고(納) 네 번째(四) 십이 지지의(之) 날 즉 2월 날에는(日) 그(其) 아침 일찍(蚤) 염소를(羔) 바치며(獻) 부추로(韭) 제사를 지내고(祭) 9(九) 월에(月) 되게 차가운(肅) 서리 내리니(霜) 10(十) 월에는(月) 타작 마당을(場) 씻은 듯 청소하고(滌) 두(朋) 통의 술로(酒) 모두(斯) 잔치를 하며(饗) 어린양과(羔) 큰 양을(羊) 잡아라(殺) 이르고(曰) 저(彼) 임금(公) 계신 집에(堂) 올라(躋) 저(彼) 외 뿔 들소(兕) 뿔로 만든 술잔을(觥) 들어 올려 말하되(稱) 끝(疆) 없이(無) 오래 오래(萬) 오래 사소서 하더라(壽)

出典(출전) – 詩經 豳風篇(시경 빈풍편)

## 52. 明善爲本(명선위본) – 선을 밝히는 것을 근본으로 삼다.

原文(원문) – 明善爲本 固執之乃立 擴充之則大 易視之則小 在人能弘之而已
명선위본 고집지내립 확충지즉대 이시지즉소 재인능홍지이이

直譯(직역) – 선을(善) 밝히는 것을(明) 근본으로(本) 삼아(爲) 이를(之) 굳게(固) 지키면(執) 이에(乃) 서게되고(立) 이를(之) 넓혀서(擴) 채우면(充) 곧(則) 크게되며(大) 이를(之) 소홀히(易) 보면(視) 곧(則) 작아지니(小) 이를(之) 크게(弘) 할 수 있는 것은(能) 사람에게(人) 있을(在) 따름(而) 이니라(已)

註解(주해) – 易 : ①바꿀 역. 貿易(무역). ②쉬울 이. 安易(안이).

出典(출전) – 朱子 近思錄(주자 근사록)

## 53. 無愧於心(무괴어심) – 마음에 부끄러움이 없다.

原文(원문) – 無愧於口 不若無愧於身 無愧於身 不若無愧於心
무괴어구 불약무괴어신 무괴어신 불약무괴어심

直譯(직역) – 입(口)에(於) 부끄러움이(愧) 없는 것은(無) 몸(身)에(於) 부끄러움이(愧) 없는 것만(無) 같지(若) 못하고(不) 몸(身)에(於) 부끄러움이(愧) 없는 것은(無) 마음(心)에(於) 부끄러움이(愧) 없는 것만(無) 같지(若) 못하니라(不)

出典(출전) – 皇極經世(황극경세)

## 54. 無量無邊(무량무변) – 헤아릴 수도 없고 끝도 없이 넓고 크다.

原文(원문) – 供養衆僧其德最勝 無量無邊
공양중승기덕최승 무량무변

直譯(직역) – 받들고(供) 받들어 모시는(養) 여러(衆) 스님들은(僧) 그(其) 덕이(德) 가장(最) 뛰어나(勝) 헤아릴 수도(量) 없고(無) 끝도(邊) 없더라(無)

出典(출전) – 法華經(법화경)

## 55. 無私無偏(무사무편) – 사사로움도 없고 치우침도 없이 공평하다.

原文(원문) – 房玄齡 問事君之道 子曰無私 問使人之道 曰無偏
방현령 문사군지도 자왈무사 문사인지도 왈무편

直譯(직역) – 방현령이(房玄齡) 임금(君) 섬기는(事) 것의(之) 도리를(道) 물으니(問) 공자께서는(子) 사사로움이(私) 없어야 한다고(無) 말씀하시고(曰) 사람(人) 부리는(使) 것의(之) 도리를(道) 물으니(問) 치우침이(偏) 없어야 한다고(無) 말씀하셨다(曰)

註解(註解) – 房玄齡 : 18세에 隋(수)나라의 進士(진사)가 되었고 당나라 태종이 즉위하자 中書令(중서령)이 되었으며 이어 尙書左僕射(상서좌복야)가 되었는데 정치에 밝고 공평한 태도로 일관하였기 때문에 杜如晦(두여회)와 더불어 賢相(현상)이라는 칭송을 받았으며 태종의 신임이 지극하였음.

出典(출전) – 文中子(문중자)

## 56. 無用之用(무용지용) – 세상에 쓰여지지 않는 것이 도리어 크게 쓰여지다.

原文(원문) – 人皆知有用之用 而莫知無用之用
인개지유용지용 이막지무용지용

直譯(직역) – 사람은(人) 모두(皆) 쓰임이(用) 있는(有) 것의(之) 쓰임은(用) 알아도(知) 그러나(而) 쓰임이(用) 없는(無) 것의(之) 쓰임은(用) 알지(知) 못하더라(莫)

出典(출전) – 莊子 人間世篇(장자 인간세편)

## 57. 無爲而治(무위이치) – 성인의 덕이 커서 백성이 감화를 입어 나라가 저절로 다스려지다.

原文(원문) – 子曰 無爲而治者 其舜也與 夫何爲哉 恭己正南面而已矣
자왈 무위이치자 기순야여 부하위재 공기정남면이이의

直譯(직역) – 공자께서(子) 말씀하시기를(曰) 꾀함이(爲) 없어도(無) 그리하여도(而) 다스리는(治) 사람은(者) 그(其) 순임금(舜) 뿐(也)이로세(與) 대저(夫) 어찌(何) 하여(爲) 그러한가(哉) 몸을(己) 공손히 하여(恭) 바른(正) 남쪽으로(南) 얼굴을 할(面) 따름이고(而) 따름일(已) 뿐이로다(矣)

出典(출전) – 論語 衛靈公篇(논어 위영공편)

58. 問一得三(문일득삼) - 庭訓(정훈) 過庭之訓(과정지훈) 또는 趨庭(추정)이라고도 하는데 한 가지를 물어 세 가지를 터득하다.

原文(원문) – 陳亢問於伯魚曰 子亦有異聞乎 對曰未也 嘗獨立 鯉趨而過庭曰 學詩乎 對曰未也 不學詩無以言 鯉退而學詩 他日又獨立 鯉趨而過庭曰 學禮乎 對曰未也 不學禮無以立 鯉退而學禮 聞斯二者 陳亢退而喜曰 問一得三 聞詩聞禮 又聞君子之遠其子
진항문어백어왈 자역유이문호 대왈미야 상독립 이추이과정왈 학시호 대왈미야 불학시무이언 이퇴이학시 타일우독립 이추이과정왈 학례호 대왈미야 불학예무이립 이퇴이학례 문사이자 진항퇴이희왈 문일득삼 문시문예 우문군자지원기자

直譯(직역) – 진항이(陳亢) 공자의 아들 백어(伯魚)에게(於) 물어(問) 말하기를(曰) 그대는(子) 또한(亦) 달리(異) 들은바가(聞) 있지(有) 아니한가 하니(乎) 대답하여(對) 말하기를(曰) 없을(未) 따름이나(也) 일찍이(嘗) 홀로(獨) 서있음에(立) 나의 이름 이가(鯉) 종종걸음으로(趨) 그렇게(而) 뜰을(庭) 지날 제(過) 말씀하시기를(曰) 시를(詩) 배웠느냐(學) 물으시기에(乎) 대답하여(對) 말하기를(曰) 아직 아니했을(未) 따름이라고 하니(也) 시를(詩) 배우지(學) 아니하면(不) 말을(言) 할 수가(以) 없다 하시기에(無) 나의 이름 이는(鯉) 물러나(退) 곧(而) 시를(詩) 배웠고(學) 다른(他) 날에(日) 또(又) 홀로(獨) 서있음에(立) 나의 이름 이는(鯉) 종종걸음으로(趨) 그렇게(而) 뜰을(庭) 지날 제(過) 말씀하시기를(曰) 예도를(禮) 배웠느냐(學) 물으시기에(乎) 대답하여(對) 말하기를(曰) 아직 아니했을(未) 따름이라고 하니(也) 예도를(禮) 배우지(學) 아니하면(不) 설(立) 수가(以) 없다 하시기에(無) 나의 이름 이는(鯉) 물러나(退) 곧(而) 예도를(禮) 배웠다 하더라(學) 이(斯) 두(二) 가지를(者) 듣고서(聞) 진항이(陳亢) 물러나(退) 곧(而) 기

빼(喜) 말하기를(曰) 하나를(一) 묻고(問) 셋을(三) 얻었으니(得) 시를(詩) 듣고(聞) 예도를(禮) 듣고(聞) 또(又) 군자(君子)는(之) 그(其) 아들을(子) 멀리한다는 것도(遠) 들었다 하더라(聞)

出典(출전) – 論語 季氏篇(논어 계씨편)

### 59. 文行忠信(문행충신) – 공자 교육의 네 가지 요소인 문장 · 행실 · 충성 · 믿음을 말하다.

原文(원문) – 子以四敎 文行忠信
자이사교 문행충신

直譯(직역) – 공자께서(子) 네 가지를(四) 가지고(以) 가르쳤으니(敎) 글과(文) 행실과(行) 충성과(忠) 믿음이니라(信)

出典(출전) – 論語 述而篇(논어 술이편)

## 『ㅂ』

### 60. 博學篤志(박학독지) – 널리 배워 뜻을 도탑게 하다.

原文(원문) – 子夏曰 博學而篤志 切問而近思 仁在其中矣
자하왈 박학이독지 절문이근사 인재기중의

直譯(직역) – 공자의 제자인 자하가(子夏) 이르기를(曰) 널리(博) 배워서(學) 그리하여(而) 뜻을(志) 도탑게 하고(篤) 친절하게(切) 물어서(問) 곧(而) 생각을(思) 가까이 하면(近) 어짊이(仁) 그(其) 가운데에(中) 있다고(在) 하더라(矣)

出典(출전) – 論語 子張篇(논어 자장편)

**61. 博厚高明(박후고명) - 德(덕)으로 가는 不息(불식) → 久(구) → 徵(징) → 悠遠(유원) → 博厚(박후) → 高明(고명)의 단계로 넓고 두터우며 높고도 밝다는 뜻이다.**

原文(원문) – 不息則久 久則徵 徵則悠遠 悠遠則博厚 博厚則高明 博厚所以載物也 高明所以覆物也 悠久所以成物也
불식즉구 구즉징 징즉유원 유원즉박후 박후즉고명 박후소이재물야 고명소이복물야 유구소이성물야

直譯(직역) – 쉬지(息) 아니하면(不) 곧(則) 오래가고(久) 오래가면(久) 곧(則) 효험이 있고(徵) 효험이 있으면(徵) 곧(則) 멀고도(悠) 멀고(遠) 멀고도(悠) 멀게되면(遠) 곧(則) 넓고(博) 두터우며(厚) 넓고(博) 두터우면(厚) 곧(則) 높고(高) 밝아지니(明) 넓고(博) 두터운(厚) 까닭인(以) 바로(所) 물건을(物) 실을 수 있다는(載) 것이고(也) 높고(高) 밝은(明) 까닭인(以) 바로(所) 물건을(物) 덮게 된다는(覆) 것이요(也) 멀고도(悠) 오래된다는(久) 까닭인(以) 바로(所) 물건을(物) 이루게 된다는(成) 것이다(也).

註解(주해) – 久 : 본체가 변함이 없음.
徵 : 밖으로 그 효험이 나타남.

出典(출전) – 中庸 第26章(중용 제26장)

**62. 百福自集(백복자집) - 온갖 복이 저절로 모여들다.**

參照(참조) → 心和氣平(심화기평)

## 63. 福至神靈(복지신령) - 행복하게 되면 정신도 신령스럽다.

原文(원문) – 吳參政以學究登科 後爲學士 常草制以示歐公 公曰 君福至神靈
오참정이학구등과 후위학사 상초제이시구공 공왈 군복지신령

直譯(직역) – 오참정이(吳參政) 학문을(學) 탐구하여(究) 그리하여(以) 시험에(科) 올랐는데(登) 후에(後) 학사가(學士) 되어(爲) 항상(常) 제도를(制) 초고 하여(草) 그리하여(以) 구공에게(歐公) 보이니(示) 공이(公) 그대는(君) 복도(福) 이르고(至) 정신도(神) 신령스럽게 되었다(靈) 하더라(曰)

出典(출전) – 幕府燕閒錄(막부연한록)

## 64. 父慈子孝(부자자효) - 아비가 慈愛(자애)로우면 자식은 孝行(효행)을 한다.

原文(원문) – 父不慈則子不孝 兄不友則弟不恭 夫不義則婦不順
부부자즉자불효 형불우즉제불공 부불의즉부불순

直譯(직역) – 아비가(父) 자식사랑(慈) 아니하면(不) 곧(則) 아들은(子) 효도하지(孝) 아니하며(不) 형이(兄) 아우사랑(友) 아니하면(不) 곧(則) 아우는(弟) 공경하지(恭) 아니하며(不) 지아비가(夫) 의롭지(義) 아니하면(不) 곧(則) 지어미는(婦) 순하게 따르지(順) 아니하니라(不)

出典(출전) – 顔氏家訓 治家篇(안씨가훈 치가편)

**65. 夫唱婦隨(부창부수)－지아비가 부르면 지어미가 따른다는 것으로 집안이 화목함을 말하다.**

原文(원문)－天下之理 夫者倡婦者隨 牡者馳牝者逐 雄者鳴雌者應 是以聖人制言行 而賢人拘之
천하지리 부자창부자수 모자치빈자축 웅자명자자응 시이성인제언행 이현인구지

直譯(직역)－하늘(天) 아래(下)의(之) 이치는(理) 지아비 된(夫) 사람이(者) 외치면(倡) 지어미 된(婦) 사람은(者) 따르고(隨) 수컷인(牡) 것이(者) 달리면(馳) 암컷인(牝) 것은(者) 뒤쫓고(逐) 수컷 새인(雄) 것이(者) 울면(鳴) 암컷 새인(雌) 것은(者) 대답하니(應) 이런(是) 까닭으로(以) 성인 된(聖) 사람이(人) 말과(言) 행동을(行) 정하고(制) 그리고(而) 어진(賢) 사람은(人) 이를(之) 한정 하니라(拘)

出典(출전)－關尹子 三極篇(관윤자 삼극편)

**66. 不恥下問(불치하문)－자기보다 아래 사람에게 배우는 것을 부끄러이 여기지 아니하다.**

原文(원문)－子貢問曰 孔文子何以謂之文也 子曰 敏而好學 不恥下問 是以謂之文也
자공문왈 공문자하이위지문야 자왈 민이호학 불치하문 시이위지문야

直譯(직역)－공자 제자 자공이(子貢) 물어(問) 말하기를(曰) 공자께서는(孔文子) 어떻게(何) 하여야(以) 그것을(之) 학문이라고(文) 말하게(謂) 됩니까(也) 공자께서(子) 말씀하시기를(曰) 재빠르게(敏) 곧(而) 배우는 것을(學) 좋아하되(好) 아래에게(下) 묻는 것을(問) 부끄

러이 여기지(恥) 아니하면(不) 이러한(是) 까닭으로(以) 그것을(之) 학문이라고(文) 말하게(謂) 된다 하시더라(也)

出典(출전) – 論語 公冶長篇(논어 공야장편)

〖ㅅ〗

### 67. 山高水長(산고수장) – 산이 우뚝 솟고 큰 냇물이 흐르듯 군자의 덕이 높고 끝없다.

原文(원문) – 雲山蒼蒼 江水泱泱 先生之風 山高水長
운산창창 강수앙앙 선생지풍 산고수장

直譯(직역) – 구름(雲) 산은(山) 푸르고(蒼) 푸르며(蒼) 강(江) 물은(水) 넓고(泱) 넓은데(泱) 선생(先生)의(之) 풍채는(風) 산이(山) 높고(高) 물이(水) 긴 듯 하더라(長)

出典(출전) – 范希文 嚴先生祠堂記(범희문 엄선생사당기)

### 68. 三省吾身(삼성오신) – 忠·信·習(충·신·습)의 세 가지로 내 몸을 살피다.

原文(원문) – 曾子曰 吾日三省吾身 爲人謀而不忠乎 與朋友交而不信乎 傳不習乎
증자왈 오일삼성오신 위인모이불충호 여붕우교이불신호 전불습호

直譯(직역) – 증자께서(曾子) 말하기를(曰) 나는(吾) 날마다(日) 세 가지로(三) 내(吾) 몸을(身) 살피나니(省) 다른 사람을(人) 위하여(爲) 헤아

림에(謀) 그러함에(而) 참마음이(忠) 아닌 것은(不) 아니었던가(乎) 벗과(朋) 벗과(友) 함께(與) 사귐에(交) 그러함에(而) 진실하지(信) 아니한 것은(不) 아니었던가(乎) 전해 받은 것을(傳) 익히지(習) 아니한 것은(不) 아니었던가 하더라(乎)

註解(주해) – 傳 : 스승에게서 가르침을 받음.

出典(출전) – 論語 學而篇(논어 학이편)

**69. 上德不德(상덕부덕) – 높은 덕을 가진 사람은 덕을 베풀더라도 이것이 덕이라고 자랑하지 아니하다.**

原文(원문) – 上德不德 是以有德 下德不失德 是以無德
상덕부덕 시이유덕 하덕불실덕 시이무덕

直譯(직역) – 높은(上) 덕은(德) 덕 자랑을(德) 하지 아니하니(不) 이러한(是) 까닭으로(以) 덕이(德) 있다 할 것이고(有) 낮은(下) 덕은(德) 덕 자랑을(德) 잃지(失) 아니 하니(不) 이러한(是) 까닭으로(以) 덕이(德) 없다 하니라(無)

出典(출전) – 老子 第38章(노자 제38장)

**70. 塞翁之馬(새옹지마) – 이로움이 손해가 되고 복이 화가 된다는 것으로 인간의 吉凶禍福(길흉화복)은 예측할 수 없다는 말이다.**

原文(원문) – 夫禍福之轉相生 其變難見也 近塞上之人有善術者 馬無故亡而入胡 人皆弔之 其父曰 此何知乃不爲福乎 居數月其馬將胡駿馬而歸 人皆賀之 其父曰 此何知乃不爲禍乎 家富良馬 其子好騎 墮而折其髀 人皆弔之 其父曰 此何知乃不爲福乎 居一年胡人大入塞 丁壯者引弦而戰 近塞之人死者十九 此獨以跛之故 父子相保

故福之爲禍 禍之爲福 化不可極 深不可測也

부화복지전상생 기변난견야 근새상지인유선술자 마무고망이입호 인개조지 기부왈 차하지내불위복호 거수월기마장호준마이귀 인개하지 기부왈 차하지내불위화호 가부양마 기자호기 타이절기비 인개조지 기부왈 차하지내불위복호 거일년호인대입새 정장자인현이전 근새지인사자십구 차독이파지고 부자상보 고복지위화 화지위복 화불가극 심불가측야

直譯(직역) – 무릇(夫) 재앙과(禍) 복이란(福) 것은(之) 굴러(轉) 서로(相) 생겨나니(生) 그(其) 변하는 것은(變) 생각해 보기가(見) 어려운(難) 것이다(也) 변방(塞) 곁(上) 가까이(近)의(之) 사람에(人) 재주가(術) 훌륭한(善) 사람이(者) 있었는데(有) 말이(馬) 까닭(故) 없이(無) 달아나(亡) 그리하여(而) 호 나라로(胡) 들어가니(入) 사람들이(人) 모두(皆) 이를(之) 위문하매(弔) 그(其) 아비가(父) 말하기를(曰) 이것이(此) 곧(乃) 복이(福) 되지(爲) 않는다고(不) 어찌(何) 알 수(知) 있겠는가 하였다(乎) 몇(數) 달(月) 살다보니(居) 그(其) 말이(馬) 호 나라(胡) 좋은(駿) 말을(馬) 거느리고(將) 그리하여(而) 돌아오매(歸) 사람들이(人) 모두(皆) 이를(之) 축하하니(賀) 그(其) 아비가(父) 말하기를(曰) 이것이(此) 곧(乃) 재앙이(禍) 되지(爲) 않는다고(不) 어찌(何) 알 수(知) 있겠는가 하였다(乎) 집은(家) 부자이고(富) 좋은(良) 말이라(馬) 그(其) 아들이(子) 말타기를(騎) 좋아하다가(好) 떨어져(墮) 그리하여(而) 그(其) 넓적다리가(髀) 부러지니(折) 사람들이(人) 모두(皆) 이를(之) 위문하매(弔) 그(其) 아비가(父) 말하기를(曰) 이것이(此) 곧(乃) 복이(福) 되지(爲) 않는다고(不) 어찌(何) 알 수(知) 있겠는가 하였다(乎) 한(一) 해를(年) 살다보니(居) 호 나라(胡) 사람들이(人) 크게(大) 변방으로(塞) 들어오매(入) 강하고(丁) 젊은(壯) 사람은(者) 활시위를(弦) 당겨(引) 그리하여(而) 싸우게 되니(戰) 변방(塞) 가까이(近)의(之) 사람들은(人) 열에(十) 아홉이(九) 죽

은(死) 사람이었지만(者) 이(此) 홀로(獨) 절뚝발이(跛)의(之) 까닭으로(故) 하여(以) 아비와(父) 아들이(子) 서로(相) 지키게 되었다(保) 참으로(故) 복이란(福) 이것이(之) 재앙이(禍) 되고(爲) 재앙이란(禍) 이것이(之) 복으로(福) 되어(爲) 돌고 도는 것이니(化) 그만두게(極) 할 수도(可) 없고(不) 깊어서(深) 헤아릴(測) 수도(可) 없는(不) 것이다(也)

出典(출전) – 淮南子 人間訓(회남자 인간훈)

## 71. 生而知之(생이지지) – 나면서부터 모든 것을 알다.

原文(원문) – 孔子曰 生而知之者上也 學而知之者次也 困而學之又其次也 困而不學 民斯爲下矣
공자왈 생이지지자상야 학이지지자차야 곤이학지우기차야 곤이불학 민사위하의

直譯(직역) – 공자께서는(孔子) 나면서(生) 곧(而) 아는(知) 이(之) 사람을(者) 으뜸이라(上) 하고(也) 배워서(學) 곧(而) 아는(知) 이(之) 사람을(者) 버금이라(次) 하고(也) 고생하여(困) 곧(而) 배우면(學) 이를(之) 또한(又) 그(其) 다음이라고(次) 하니(也) 고생하고도(困) 그리고도(而) 배우지(學) 못한(不) 사람은(民) 이에(斯) 아래가(下) 되는(爲) 것이라고(矣) 말씀하셨다(曰)

出典(출전) – 論語 季子篇(논어 계자편)

### 72. 生知安行(생지안행) – 나면서부터 알고 편안히 행하다.

原文(원문) – 或生而知之 或學而知之 或困而知之 及其知之一也 或安而行之 或利而行之 或勉强而行之 及其成功一也
혹생이지지 혹학이지지 혹곤이지지 급기지지일야 혹안이행지 혹리이행지 혹면강이행지 급기성공일야

直譯(직역) – 혹은(或) 나면서(生) 곧(而) 그것을(之) 알고(知) 혹은(或) 배워서(學) 곧(而) 그것을(之) 알며(知) 혹은(或) 고생하여서(困) 곧(而) 그것을(之) 알게 되지만(知) 그(其) 그것을(之) 아는데(知) 미치어서는(及) 한가지일(一) 따름이며(也) 혹은(或) 편안하게(安) 곧(而) 그것을(之) 행하고(行) 혹은(或) 이로움을 따져(利) 곧(而) 그것을(之) 행하며(行) 혹은(或) 힘써(勉) 억지로(强) 곧(而) 그것을(之) 행하기도 하지만(行) 그(其) 이룬(成) 공에(功) 미치어서는(及) 한가지일(一) 따름이니라(也)

出典(출전) – 中庸 第20章(중용 제20장)

### 73. 誠心和氣(성심화기) – 마음을 성실하게 하고 기운을 온화하게 하다.

原文(원문) – 家庭 有個眞佛 日用 有種眞道 人能誠心和氣 愉色婉言 使父母兄弟間 形骸兩釋 意氣交流 勝於調息觀心萬倍矣
가정 유개진불 일용 유종진도 인능성심화기 유색완언 사부모형제간 형해양석 의기교류 승어조식관심만배의

直譯(직역) – 집안(家) 집안에는(庭) 낱낱의(個) 참(眞) 부처가(佛) 있고(有) 날로(日) 쓰임에는(用) 퍼진(種) 참(眞) 도가(道) 있으니(有) 사람이(人) 마음을(心) 성실하게 하고(誠) 기운은(氣) 온화하게 하며(和) 얼굴빛을(色) 즐겁게 하고(愉) 말을(言) 순하게 하며(婉) 아

버지(父) 어머니(母) 형(兄) 동생(弟) 사이로(間) 하여금(使) 몸과(形) 몸이(骸) 짝이 되어(兩) 따르고(釋) 뜻과(意) 기운이(氣) 번갈아(交) 흐르게(流) 할 수 있다면(能) 양생법의 한가지인 숨을(息) 고르게 하고(調) 마음을(心) 살펴보는 것(觀) 보다도(於) 만(萬) 배나(倍) 좋을 것(勝)이니라(矣)

出典(출전) – 菜根譚 前篇(채근담 전편)

**74. 水到渠成(수도거성) – 물이 흘러와서 자연히 개천이 이루어진다는 말이니 학문을 열심히 하면 스스로 도가 닦아진다는 것이다.**

原文(원문) – 繩鋸木斷 水滴石穿 學道者 須加力索 水到渠成 瓜熟蒂落 得道者 一任天機

승거목단 수적석천 학도자 수가역색 수도거성 과숙체락 득도자 일임천기

直譯(직역) – 새끼줄로(繩) 톱질해도(鋸) 나무는(木) 잘라지고(斷) 물(水) 방울도(滴) 돌을(石) 뚫나니(穿) 도를(道) 배우는(學) 사람은(者) 모름지기(須) 힘을(力) 더하여(加) 찾아야 하며(索) 물이(水) 이르면(到) 도랑을(渠) 이루고(成) 오이도(瓜) 익으면(熟) 꼭지가(蒂) 떨어지니(落) 도를(道) 얻으려는(得) 사람은(者) 한결같이(一) 하늘(天) 작용에(機) 맡겨야 한다(任)

註解(주해) – 菜根譚(채근담) : 중국 明末(명말)의 還初道人(환초도인) 洪自誠(홍자성)의 語錄(어록)으로 前集(전집) 222조는 주로 벼슬하여 사람들과 사귀고 직무를 처리하며 임기응변하는 仕官保身(사관보신)의 길을 말하였고 後集(후집) 134조는 주로 은퇴 후 산림에 閑居(한거)하는 즐거움을 말하였는데 對句(대구)를 많이 쓴 간결하고 아름다운 글로 이 책은 동양적 인간학이며 제목

인 菜根은 宋(송)나라 汪信民(왕신민)의 小學(소학) 人常能咬菜根卽百事可成(인상능교채근즉백사가성)에서 따온 것이라 함.

出典(출전) – 菜根譚(채근담)

## 75. 修身爲本(수신위본) - 몸 닦는 것을 근본으로 삼다.

原文(원문) – 自天子 以至於庶人 壹是皆以修身爲本 其本亂而末治者否矣 其所厚者薄 而其所薄者厚 未之有也
자천자 이지어서인 일시개이수신위본 기본난이말치자부의 기소후자박 이기소박자후 미지유야

出典(출전) – 임금 된(天) 사람으로(子)부터(自) 그리하여(以) 벼슬이 없는 사람(庶) 사람(人)에(於) 이르기까지(至) 한결같이(壹) 이는(是) 다(皆) 몸을(身) 닦는 것(修)으로써(以) 근본을(本) 삼아야하는데(爲) 그(其) 근본이(本) 어지러우면(亂) 곧(而) 끝이(末) 다스려지는(治) 것이(者) 없을(否) 것이니(矣) 그(其) 두터이 해야 할(厚) 곳(所) 그것에(者) 엷게 하고(薄) 그리고서(而) 그(其) 엷게 해야 할(薄) 곳(所) 그것에(者) 두터이 하는 것(厚) 이것은(之) 있지(有) 아니해야(未) 되니라(也)

出典(출전) – 大學(대학)

## 76. 修身以道(수신이도) - 몸 닦는 것은 도로써 하다.

原文(원문) – 人道敏政 地道敏樹 夫政也者 蒲盧也 故爲政在人 取人以身 修身以道 修道以仁
인도민정 지도민수 부정야자 포노야 고위정재인 취인이신 수신이도 수도이인

直譯(직역) – 사람의(人) 도는(道) 정치에(政) 힘쓰고(敏) 땅의(地) 도는(道) 나무에(樹) 힘쓰니(敏) 무릇(夫) 정치라고(政) 하는(也) 것은(者) 빨리 자라는 부들이나(蒲) 갈대같이(盧) 쉬운 것이다(也) 그런 까닭으로(故) 정치를(政) 하는 것은(爲) 사람에(人) 있고(在) 사람을(人) 취하는 것은(取) 몸(身)으로써 하며(以) 몸을(身) 닦는 것은(修) 도(道)로써 하고(以) 도를(道) 닦는 것은(修) 어짊(仁)으로써 하니라(以)

出典(출전) – 中庸(중용)

## 77. 修身齊家(수신제가) – 몸을 닦고 집안을 바로 잡다.

原文(원문) – 古之欲明明德於天下者 先治其國 欲治其國者 先齊其家 欲齊其家者 先修其身 欲修其身者 先正其心 欲正其心者 先誠其意 欲誠其意者 先致其知 致知在格物
고지욕명명덕어천하자 선치기국 욕치기국자 선제기가 욕제기가자 선수기신 욕수기신자 선정기심 욕정기심자 선성기의 욕성기의자 선치기지 치지재격물

直譯(직역) – 옛적(古)에(之) 밝은(明) 덕을(德) 하늘(天) 아래(下)에(於) 밝히려(明) 한(欲) 사람은(者) 먼저(先) 그(其) 나라를(國) 다스리고(治) 그(其) 나라를(國) 다스리려(治) 한(欲) 사람은(者) 먼저(先) 그(其) 집안을(家) 바로 잡고(齊) 그(其) 집안을(家) 바로 잡으려(齊) 한(欲) 사람은(者) 먼저(先) 그(其) 몸을(身) 바로 잡고(修) 그(其) 몸을(身) 바로 잡으려(修) 한(欲) 사람은(者) 먼저(先) 그(其) 마음을(心) 바르게 하고(正) 그(其) 마음을(心) 바르게(正) 하고자 한(欲) 사람은(者) 먼저(先) 그(其) 뜻을(意) 참되게 하고(誠) 그(其) 뜻을(意) 참되게(誠) 하고자 한(欲) 사람은(者) 먼저(先) 그(其) 앎에(知) 이르러야하니(致) 앎에(知) 이른다는 것은

(致) 만물을(物) 깊이 연구함에(格) 있느니라(在)

出典(출전) – 大學(대학)

### 78. 水滴石穿(수적석천) – 물방울이 바위를 뚫는다.

參照(참조) → 水到渠成(수도거성)

### 79. 水積成川(수적성천) – 물이 모이면 내를 이룬다.

原文(원문) – 水積成川 則蛟龍生焉 土積成山 則豫章生焉 學積成聖 尊顯至焉
수적성천 즉교룡생언 토적성산 즉예장생언 학적성성 존현지언

直譯(직역) – 물이(水) 모이면(積) 내를(川) 이루니(成) 곧(則) 교룡이(蛟龍) 이에(焉) 생기며(生) 흙이(土) 쌓이면(積) 산을(山) 이루니(成) 곧(則) 큰(豫) 노루가(獐) 이에(焉) 생기고(生) 배움이(學) 쌓이면(積) 성인을(聖) 이루니(成) 지위가 높고(尊) 나타남이(顯) 이에(焉) 이르게 되니라(至)

註解(주해) – 蛟龍 : 상상의 동물인 용의 일종으로 모양이 뱀과 같고 길이가 한 발이 넘으며 네 개의 넓적한 발이 있다고 함.
章 : 노루(獐)

出典(출전) – 說苑(세원)

**80. 守株待兎(수주대토) - 토끼가 달아나다가 나무 그루터기에 부딪쳐 죽은 것을 얻은 후 또 그 그루터기를 지키며 토끼가 부딪히기를 기다리고 있었다는 송나라의 한 농부에 대한 故事(고사)로 舊習(구습)에만 묶여 융통성 없음을 비유한 말이다.**

原文(원문) – 宋人有耕田者 田中有株 兎走 觸株折頸而死 因釋其耒而守株 冀復得兎 兎不可得 而身爲宋國笑 今欲以先王之政 治當世之民 皆守株之類也
송인유경전자 전중유주 토주 촉주절경이사 인석기뢰이수주 기부득토 토불가득 이신위송국소 금욕이선왕지정 치당세지민 개수주지류야

直譯(직역) – 송나라(宋) 사람에(人) 밭을(田) 가는(耕) 사람이(者) 있었는데(有) 밭(田) 가운데(中) 그루터기가(株) 있어(有) 토끼가(兎) 달아나다가(走) 그루터기에(株) 부딪쳐(觸) 목이(頸) 부러져(折) 그리하여(而) 죽으니(死) 그로 말미암아(因) 그(其) 쟁기를(耒) 풀어놓고(釋) 그리고(而) 그루터기만(株) 지키며(守) 다시(復) 토끼(兎) 얻기를(得) 바랐건만(冀) 토끼는(兎) 얻을(得) 수가(可) 없었고(不) 그리고(而) 몸만(身) 송(宋) 나라의(國) 웃음거리가(笑) 되었으니(爲) 이제(今) 옛날(先) 왕(王)의(之) 정치(政)로써(以) 지금(當) 세상(世)의(之) 백성을(民) 다스리고자(治) 한다면(欲) 모두(皆) 그루터기만(株) 지키는(守) 그런(之) 무리라고(類) 할 것이다(也)

出典(출전) – 韓非子 五蠹篇(한비자 오두편)

**81. 脣亡齒寒(순망치한) – 입술이 없으면 이가 시리다는 뜻으로 가까운 두 사람 중에 한 사람이 망하면 다른 사람도 그 영향을 받는 다는 말이다.**

原文(원문) – 趙之於齊楚也 隱蔽也 猶齒之有脣也 脣亡則齒寒 今日亡趙 則明日及齊楚
조지어제초야 은폐야 유치지유순야 순망즉치한 금일망조 즉명일급제초

直譯(직역) – 조 나라(趙)는(之) 제 나라와(齊) 초 나라(楚)에서(於) 보면(也) 숨겨주고(隱) 덮어주는(蔽) 셈이니(也) 이(齒)에는(之) 입술이(脣) 있는(有) 것과(也) 같아서(猶) 입술이(脣) 없어지면(亡) 곧(則) 이가(齒) 차갑게 되듯이(寒) 오늘(今) 날(日) 조 나라가(趙) 망하면(亡) 곧(則) 밝아오는(明) 날엔(日) 제 나라와(齊) 초 나라에(楚) 미치게 되리라(及)

出典(출전) – 戰國策(전국책)

**82. 崇德廣業(숭덕광업) – 덕을 높이고 일을 넓히다.**

原文(원문) – 子曰 易其至矣乎 夫易 聖人所以崇德而廣業也 知崇禮卑 崇效天卑法地 天地設位 而易行乎其中矣 成性存存 道義之門
자왈 역기지의호 부역 성인소이숭덕이광업야 지숭예비 숭효천비법지 천지설위 이역행호기중의 성성존존 도의지문

直譯(직역) – 공자(子) 말씀에(曰) 역이란(易) 그(其) 지극할(至) 따름(矣)이로다(乎) 무릇(夫) 역이란(易) 성스러운(聖) 사람이(人) 덕을(德) 높이고(崇) 그리고(而) 일을(業) 넓히려(廣) 하는(以) 바(所) 이니라(也) 지혜는(知) 높고(崇) 예의는(禮) 낮으니(卑) 높은 것은(崇) 하늘을(天) 본받고(效) 낮은 것은(卑) 땅을(地) 본받는다(法) 하

늘과(天) 땅이(地) 자리를(位) 베풀고(設) 그리고(而) 역은(易) 그(其) 가운데(中)에서(乎) 행하는(行) 것이니(矣) 성품을(性) 이루어(成) 있을 것은(存) 있도록 하는 것이(存) 도와(道) 의(義)의(之) 문이라고 하셨다(門)

出典(출전) – 周易 繫辭上篇(주역 계사상편)

### 83. 崇德象賢(숭덕상현) – 덕을 높이고 어짊은 본받다.

原文(원문) – 惟稽古 崇德象賢 統承先王 修其禮物
유계고 숭덕상현 통승선왕 수기예물

直譯(직역) – 오직(惟) 옛것을(古) 생각하며(稽) 덕을(德) 높이고(崇) 어짊을(賢) 본떠서(象) 옛날(先) 임금의(王) 근본을(統) 이어받아(承) 그(其) 예의와(禮) 문물을(物) 닦아야 한다(修)

出典(출전) – 書經 周書 微子之命篇(서경 주서 미자지명편)

### 84. 時雨之化(시우지화) – 군자가 교육하는 방법에는 다섯 가지가 있는데 으뜸은 때맞추어 내리는 비처럼 알맞은 때에 은혜가 고루 미치게 하여 가르치는 것이다.

原文(원문) – 君子之所以教者五 有如時雨之化者 有成德者 有達財者 有答問者 有私淑艾者 此五者 君子之所以教也
군자지소이교자오 유여시우지화자 유성덕자 유달재자 유답문자 유사숙예자 차오자 군자지소이교야

直譯(직역) – 어진(君) 사람(子)이(之) 가르침으로(教) 삼는(以) 방법이라(所) 할 것은(者) 다섯 가지이니(五) 때맞추어(時) 내리는 비(雨)의(之) 은혜와(化) 같이 하는(如) 것도(者) 있고(有) 덕을(德) 이루

게 하는(成) 것도(者) 있으며(有) 재주를(財) 통하게 하는(達) 것도(者) 있고(有) 물음에(問) 답해 주는(答) 것도(者) 있으며(有) 마음 속으로 홀로(私) 사모하여서 잘(淑) 다스리는(艾) 것도(者) 있으니(有) 이(此) 다섯 가지의(五) 것은(者) 어진(君) 사람(子)이(之) 가르침을(敎) 삼는(以)방법(所)이니라(也)

註解(주해) – 所以敎者五 : 人品(인품)의 高下(고하)에 따라 가르치는 방법 5가지.

私淑 : 직접 가르침을 받지는 않았으나 스스로 그 사람의 덕을 사모하고 본받아서 도나 학문을 닦음.

淑 : 잘(善 선).

艾 : 다스리다(治 치).

財 : 재능, 재주(材)

出典(출전) – 孟子 盡心上篇(맹자 진심상편)

## 85. 施仁布德(시인포덕) – 인을 베풀고 덕을 펴다.

原文(원문) – 眞宗皇帝御製曰 知危識險 終無羅網之門 擧善薦賢 自有安身之路 施仁布德 乃世代之榮昌 懷妬報寃 與子孫之爲患 損人利己 終無顯達雲仍 害衆成家 豈有長久富貴 改名異體 皆因巧語而生 禍起傷身 皆是不仁之召

진종황제어제왈 지위식험 종무라망지문 거선천현 자유안신지로 시인포덕 내세대지영창 회투보원 여자손지위환 손인리기 종무현달운잉 해중성가 기유장구부귀 개명이체 개인교어이생 화기상신 개시불인지소

直譯(直譯) – 진종황제라는(眞宗皇帝) 임금이(御) 지음에(製) 이르기를(曰) 위태로움을(危) 알고(知) 험함을(險) 깨닫게 되면(識) 마침내(終) 그물이란(羅) 그물(網)의(之) 문이(門) 없을 것이요(無) 착한 이

를(善) 들어 쓰고(擧) 어진 이를(賢) 뽑아 올리면(薦) 스스로(自) 몸을(身) 편안하게(安) 하는(之) 길이(路) 있을 것이요(有) 어짊을(仁) 베풀고(施) 덕을(德) 펴면(布) 진정(乃) 세세(世) 대대로(代) 이것으로(之) 영화롭게(榮) 잘되어 갈 것이요(昌) 강샘함을(妬) 마음에 품고(懷) 원통함을(冤) 갚는다면(報) 아들이나(子) 손자(孫) 모두(與) 이것으로(之) 걱정이(患) 될 것이며(爲) 다른 사람을(人) 해치고(損) 자기를(己) 이롭게 하면(利) 마침내(終) 이름이 나타나(顯) 출세하여 뜻을 이루는(達) 8대손인 운손이나(雲) 7대손인 잉손은(仍) 없을 것이요(無) 무리를(衆) 해치고(害) 집을(家) 이루면(成) 어찌(豈) 길이(長) 오래도록(久) 부하고(富) 귀함이(貴) 있겠는가(有) 이름을(名) 고치고(改) 몸을(體) 달리함은(異) 모두(皆) 말을(言) 꾸미는 솜씨로(巧) 인하여(因) 그리하여(而) 생기고(生) 재앙이(禍) 일어나(起) 몸을(身) 상하게 하는 것은(傷) 대저(是) 모두(皆) 어질지(仁) 아니한 것(不) 그것이(之) 불러오는 것이다(召)

出典(출전) – 明心寶鑑 省心篇下(명심보감 성심편하)

**86. 身言書判(신언서판) – 당나라 때 사람을 취했던 몸 · 말씨 · 글씨 · 판단력의 네 가지 기준을 말하다.**

原文(원문) – 凡擇人之法有四 一曰身 言體貌豊偉 二曰言 言言辭辯正 三曰書 言楷法遵美 四曰判 言文理優長 四事皆可取

범택인지법유사 일왈신 언체모풍위 이왈언 언언사변정 삼왈서 언해법준미 사왈판 언문리우장 사사개가취

直譯(직역) – 무릇(凡) 사람을(人) 가리는(擇) 것의(之) 법에는(法) 네 가지가(四) 있는데(有) 첫째(一) 몸을(身) 이르니(曰) 몸과(體) 얼굴이(貌) 넉넉하고(豊) 아름다운 것을(偉) 말하며(言) 둘째(二) 말을

(言) 이르니(曰) 말과(言) 말은(辭) 슬기롭고(辯) 바른 것을(正) 말하고(言) 셋째(三) 글씨를(書) 이르니(曰) 법식대로 쓰는(楷) 법을(法) 그대로 좇아(遵) 아름다운 것을(美) 말하며(言) 넷째 (四) 판단을(判) 이르니(曰) 글(文) 이치가(理) 넉넉하고(優) 깊은 것을(長) 말하는데(言) 네 가지(四) 일은(事) 모두(皆) 취할(取) 만한 것이다(可)

出典(출전) – 唐書 選擧志(당서 선거지)

## 87. 新知培養(신지배양) – 새로운 지식을 북돋아 기르다.

參照(참조)→舊學商量(구학상량)

## 88. 實出於虛(실출어허) – 가득 차는 것은 비어있는 데에서 나오다.

原文(원문) – 夫無形者 物之大祖也 無音者 聲之大宗也 其子爲光 其孫爲水 皆生於無形乎 所謂無形者 一之謂也 所謂一者 無匹合於天下者 也 是故 有生於無 實出於虛
부무형자 물지대조야 무음자 성지대종야 기자위광 기손위수 개생어무형호 소위무형자 일지위야 소위일자 무필합어천하자 야 시고 유생어무 실출어허

直譯(직역) – 대저(夫) 모양이(形) 없는(無) 것은(者) 물건(物)의(之) 큰(大) 근본이(祖) 되고(也) 소리가(音) 없는(無) 것은(者) 소리(聲)의(之) 큰(大) 근원이(宗) 된다(也) 그(其) 새끼는(子) 빛이(光) 되고(爲) 그(其) 새끼의 새끼는(孫) 물이(水) 되리니(爲) 모두(皆) 모양이 (形) 없는 데(無) 에서(於) 생기는 것이(生) 아니겠는가(乎) 이른 (謂) 바(所) 모양이(形) 없다는(無) 것은(者) 하나(一)를(之) 말하는(謂) 것이요(也) 이른(謂) 바(所) 하나라는(一) 것은(者) 하늘

(天) 아래(下)에서(於) 맞는(合) 짝이(匹) 없다는(無) 것(者)이다(也) 이런(是) 까닭으로(故) 있다는 것은(有) 없는 데(無) 에서(於) 생기는 것이요(生) 가득 차는 것은(實) 비어있는 데(虛) 에서(於) 나오는 것이다(出)

出典(출전) – 淮南子 原道訓篇(회남자 원도훈편)

## 89. 心廣體胖(심광체반) – 마음이 넓어지면 몸도 편안하다.

原文(원문) – 富潤屋 德潤身 心廣體胖 故君子 必誠其意
부윤옥 덕윤신 심광체반 고군자 필성기의

直譯(직역) – 재물이 넉넉하면(富) 집을(屋) 윤이 나게 하고(潤) 덕은(德) 몸을(身) 윤이 나게 하며(潤) 마음이(心) 넓으면(廣) 몸도(體) 편안해 진다(胖) 그런 까닭으로(故) 어진(君) 사람은(子) 반드시(必) 그(其) 뜻을(意) 참되게 한다(誠)

出典(출전) – 大學(대학)

## 90. 深根高柢(심근고저) – 뿌리를 깊게 하고 뿌리를 굳게 하다.

原文(원문) – 治人事天莫若嗇 夫唯嗇 是謂早服 早服謂之重積德 重積德則無不克 無不克則莫知其極 莫知其極 可以有國 有國之母 可以長久 是謂深根固柢 長生久視之道
치인사천막약색 부유색 시위조복 조복위지중적덕 중적덕즉무불극 무불극즉막지기극 막지기극 가이유국 유국지모 가이장구 시위심근고저 장생구시지도

直譯(직역) – 사람을(人) 다스리고(治) 하늘을(天) 섬기는 데에는(事) 아끼는 것만(嗇) 같은 것이(若) 없으니(莫) 무릇(夫) 오직(唯) 아낀다는

것은(嗇) 이것을(是) 실천에 옮기는 것을(服) 빨리 함을(早) 말한다(謂) 실천에 옮기는 것을(服) 빨리 하는 것(早) 이것은(之) 거듭(重) 덕을(德) 쌓는 것을(積) 말하는데(謂) 거듭(重) 덕을(德) 쌓으면(積) 곧(則) 잘하지(克) 못할 것이(不) 없고(無) 잘하지(克) 못할 것이(不) 없게 되면(無) 곧(則) 그(其) 한계를(極) 알 수가(知) 없게 된다(莫) 그(其) 한계를(極) 알 수가(知) 없게 되면(莫) 가히(可) 나라를(國) 가질(有) 수 있고(以) 나라(國)의(之) 근본이(母) 있으면(有) 가히(可) 길이(長) 오래 할(久) 수 있으니(以) 이에(是) 뿌리를(根) 깊게 하고(深) 뿌리를(柢) 굳게 하는 것은(固) 길이(長) 살아남고(生) 오래(久) 본받을(視) 그러한(之) 도라고(道) 말할 수 있다(謂)

出典(출전) – 老子 第59章(노자 제59장)

## 91. 深造自得(심조자득) – 깊이 이루려고 스스로 얻고자 하다.

原文(원문) – 孟子曰 君子深造之以道 欲其自得之也 自得之則居之安 居之安則資之深 資之深則取之左右逢其原 故君子欲其自得之也
맹자왈 군자심조지이도 욕기자득지야 자득지즉거지안 거지안즉자지심 자지심즉취지좌우봉기원 고군자욕기자득지야

直譯(직역) – 맹자가(孟子) 말하기를(曰) 어진(君) 사람이(子) 깊이(深) 나아가려고 함에(造) 이를(之) 도로(道)써 하는 까닭은(以) 그(其) 스스로(自) 이것을(之) 얻으려(得) 하고자(欲) 하는 것이다(也) 이것을(之) 스스로(自) 얻게 되면(得) 곧(則) 있는(居) 것이(之) 편안하고(安) 있는(居) 것이(之) 편안하면(安) 곧(則) 쌓이는(資) 것이(之) 깊고(深) 쌓이는(資) 것이(之) 깊으면(深) 곧(則) 이를(之) 얻게 되는(取) 왼쪽(左) 오른쪽이(右) 그(其) 근원을(原) 만나게 된다(逢) 그런 까닭으로(故) 어진(君) 사람은(子) 그(其) 스스로(自)

이것을(之) 얻으려(得) 하고자(欲) 하는 것이다(也)

註解(주해) – 深造之 : 그치지 아니하고 나아감.
左右 : 몸의 양쪽.

出典(출전) – 孟子 離婁章句下(맹자 이루장구하)

## 92. 心泰身寧(심태신녕) – 마음도 편안하고 몸도 편안하다.

參照(참조) → 본서 白居易 詩 草堂初成偶題東壁(백거이 시 초당초성우제동벽)

## 93. 心和氣平(심화기평) – 마음이 온화하고 기운도 편안하다.

原文(원문) – 性燥心粗者 一事無成 心和氣平者 百福自集
성조심조자 일사무성 심화기평자 백복자집

直譯(직역) – 성품이(性) 마르고(燥) 마음이(心) 거친(粗) 사람은(者) 한 가지(一) 일도(事) 이루지(成) 못하고(無) 마음이(心) 온화하고(和) 기운이(氣) 편안한(平) 사람에게는(者) 온갖(百) 복이(福) 저절로(自) 모여든다(集)

出典(출전) – 菜根譚 前篇(채근담 전편)

〖 ㅇ 〗

## 94. 我心如秤(아심여칭) – 내 마음은 저울과 같이 公平無私(공평무사)하다.

原文(원문) – 諸葛孔明語云 我心如秤 不能爲人作低昂
제갈공명어운 아심여칭 불능위인작저앙

直譯(직역) – 제갈공명(諸葛孔明) 말씀에(語) 이르기를(云) 내(我) 마음은(心) 저울과(秤) 같아(如) 다른 사람을(人) 위해(爲) 머리를 숙이거나(低) 머리를 들어(昂) 변할(作) 수(能) 없는 것이라 하더라(不)

出典(출전) – 楊升菴集(양승암집)

### 95. 安猶泰山(안유태산) – 편안함이 태산과 같다.

原文(원문) – 天下之安 猶泰山而四維之也
천하지안 유태산이사유지야

直譯(직역) – 하늘(天) 아래(下)의(之) 편안함이(安) 큰(泰) 산(山) 곧(而) 네 군데로(四) 묶은(維) 이 산과(之) 같은(猶) 것이로다(也)

出典(출전) – 漢書 嚴助傳(한서 엄조전)

### 96. 愛人以德(애인이덕) – 사람을 사랑하되 덕으로써 하다.

原文(원문) – 君子之愛人也以德
군자지애인야이덕

直譯(직역) – 군자(君子)가(之) 사람을(人) 사랑하는(愛) 것은(也) 덕으로(德) 하니라(以)

出典(출전) – 禮記 檀弓上篇(예기 단궁상편)

### 97. 養之以福(양지이복) – 재주를 길러 복에 미치다.

原文(원문) – 能者 養之以福 不能者 敗以取禍 是故 君子勤禮 小人盡力 勤禮莫如致敬 盡力莫如敦篤

능자 양지이복 불능자 패이취화 시고 군자근례 소인진력 근례 막여치경 진력막여돈독

直譯(직역) – 재주가 뛰어난(能) 사람은(者) 이것을(之) 길러서(養) 복에(福) 미치고(以) 재주가 뛰어나지(能) 아니한(不) 사람은(者) 패하여서(敗) 재앙을(禍) 얻게 되는 데에(取) 미친다(以) 이런(是) 까닭으로(故) 어진(君) 사람은(子) 예에(禮) 힘쓰지만(勤) 보잘것없는(小) 사람은(人) 힘만(力) 다한다(盡) 예에(禮) 힘씀은(勤) 공경에(敬) 이르는 것만(致) 같은 것이(如) 없고(莫) 힘을(力) 다함은(盡) 친절하고(敦) 인정이 많은 것만(篤) 같은 것이(如) 없다(莫)

出典(출전) – 春秋左傳 成公13年條(춘추좌전 성공13년조)

## 98. 與德爲隣(여덕위린) – 덕과 더불어 이웃을 삼다.

原文(원문) – 聖人以無應有 必究其理 以虛受實 必窮其節 恬愉虛靜 以終其命 是故 無所甚疎 而無所甚親 抱德煬和 以順于天 與道爲際 與德爲隣 不爲福始 不爲禍先 魂魄處其宅 而精神守其根 死生無變於己 故曰至神

성인이무응유 필구기리 이허수실 필궁기절 염유허정 이종기명 시고 무소심소 이무소심친 포덕양화 이순우천 여도위제 여덕위린 불위복시 불위화선 혼백처기댁 이정신수기근 사생무변어기 고왈지신

直譯(직역) – 성스러운(聖) 사람은(人) 없는 것(無)으로써(以) 있음에(有) 응하되(應) 반드시(必) 그(其) 도리를(理) 속속들이 연구하고(究) 빈 것(虛)으로써(以) 속을(實) 받되(受) 반드시(必) 그(其) 규칙을(節) 궁리하며(窮) 평온하고(恬) 즐겁고(愉) 비워둔 듯(虛) 고요한 듯(靜) 그리하여(以) 그(其) 하늘의 뜻을(命) 마친다(終) 이런(是) 까닭으로(故) 너무(甚) 멀리하는(疎) 바도(所) 없고(無) 그리고

(而) 너무(甚) 가까이하는(親) 바도(所) 없으며(無) 덕을(德) 품고(抱) 온화함을(和) 쬐고(煬) 그리하여(以) 운명(天)에(于) 기꺼이 따라서(順) 도와(道) 함께(與) 만나게(際) 되고(爲) 덕과(德) 더불어(與) 이웃을(隣) 삼는다(爲) 복으로(福) 처음을(始) 삼지(爲) 아니하며(不) 재앙으로(禍) 앞장서게(先) 하지(爲) 아니하며(不) 넋과(魂) 넋은(魄) 그(其) 편안한 집에(宅) 두고(處) 그리고(而) 참된(精) 마음은(神) 그(其) 뿌리를(根) 지키고(守) 삶이나(生) 죽음은(死) 사사로이 몸(己)에서(於) 변함이(變) 없어야하니(無) 그런 까닭으로(故) 진실 된(至) 마음이라(神) 한다(曰)

出典(출전) – 淮南子 精神訓篇(회남자 정신훈편)

## 99. 如保赤子(여보적자) - 어머니가 갓난아이를 돌보듯 하라.

原文(원문) – 康誥曰 如保赤子 心誠求之 雖不中 不遠矣 未有學養子而后 嫁者也

강고왈 여보적자 심성구지 수부중 불원의 미유학양자이후 가자야

直譯(직역) – 강고에(康誥) 말하기를(曰) 갓 난(赤) 아이를(子) 보살피는 것과(保) 같이 하라 하니(如) 마음을(心) 참되게 하여(誠) 그것을(之) 찾는다면(求) 비록(雖) 꼭 들어맞지(中) 아니하더라도(不) 멀지는(遠) 아니할(不) 것이니(矣) 아이(子) 기르기를(養) 배우고(學) 그러한(而) 뒤에야(后) 시집을 갔다는(嫁) 사람은(者) 있지(有) 아니할(未) 뿐이라 하더라(也)

註解(주해) – 康誥 : 書經(서경)의 康誥篇으로 周(주) 나라 무왕이 동생 康叔(강숙)을 紂王(주왕)의 포악한 정치 밑에 있었던 衛(위) 나라에 봉할 때 훈계한 말.

出典(출전) – 大學(대학)

**100. 鳶飛魚躍(연비어약) – 하늘에 솔개가 날고 물 속에 고기가 뛰노는 것과 같은 오묘한 천지조화를 말하다.**

原文(원문) – 詩云 鳶飛戾天 魚躍于淵 言其上下察也 君子之道 造端乎夫婦 及其至也 察乎天地
시운 연비려천 어약우연 언기상하찰야 군자지도 조단호부부 급기지야 찰호천지

直譯(직역) – 시경에(詩) 이르기를(云) 솔개는(鳶) 날아(飛) 하늘에(天) 이르고(戾) 고기는(魚) 연못(淵)에서(于) 뛰어오른다 하니(躍) 그것은(其) 위와(上) 아래로(下) 드러남을(察) 말한(言) 것이니라(也) 어진(君) 사람(子)의(之) 도는(道) 지아비와(夫) 지어미(婦)에서(乎) 실마리가(端) 시작되지만(造) 그(其) 지극함에(至) 미치게(及) 되어서는(也) 하늘과(天) 땅(地)에(乎) 드러나는 것이라 하더라(察)

出典(출전) – 中庸 第12章(중용 제12장)

**101. 燕頷虎頭(연함호두) – 턱이 제비 같고 머리가 호랑이와 같은 인상으로 변방의 제후가 될 귀인의 상을 말하다.**

原文(원문) – 超起自書生 投筆有封侯萬里外之志 有相者 謂曰 生燕頷虎頭 飛而食肉 萬里侯相也
초기자서생 투필유봉후만리외지지 유상자 위왈 생연함호두 비이식육 만리후상야

直譯(직역) – 후한의 반초라는 사람이(超) 글 하는(書) 사람(生)에서(自) 일어나(起) 붓을(筆) 내던지고(投) 제후에(侯) 오를(封) 만리(萬里) 밖

(外)의(之) 뜻을(志) 갖게 되었는데(有) 상을 보는(相) 사람이(者) 있어(有) 일러(謂) 가로되(曰) 선생은(生) 제비(燕) 턱과(頷) 호랑이(虎) 머리로(頭) 날아가(飛) 곧(而) 고기를(肉) 먹게되리니(食) 만리의(萬里) 제후가 될(侯) 상이(相) 틀림없다 하더라(也)

註解(주해) – 班超(반초) : 字(자)는 仲升(중승)이며 섬서성 함양 출생인데 학자 班彪(반표)의 아들로 학문에 뜻을 두고 洛陽(낙양)으로 갔으나 寫書(사서)를 하면서 어머니를 모셔야 하는 빈곤한 생활을 단념하고 武人(무인)으로서 입신양명할 것을 결심하여 竇固(두고)를 따라 匈奴(흉노)토벌의 別將(별장)으로 재능을 발휘해 큰공을 세웠음. 이후 31년 간 西域(서역)에 머물며 오아시스제 국가를 정복하는 등 많은 공적을 세웠고 벼슬은 軍司馬(군사마)에서 西域都護(서역도호)가 되고 定遠侯(정원후)에 封(봉)하여졌으며 71세로 생을 마쳤음.

投筆(투필) : 붓 즉 文筆(문필)을 내던지고 武藝(무예)에 종사함.

里 : 행정 구획의 명칭으로도 쓰이는데 周禮(주례)에서는 25家를 말하였고 禮記(예기)에서는 100家를 1里라 하였음.

出典(출전) – 後漢書 班超傳(후한서 반초전)

**102. 郢書燕說(영서연설) – 郢 땅의 사람이 쓴 글을 燕 나라 사람이 그릇 해석하여 燕 나라를 다스렸다는 故事(고사)로 도리에 맞지 않는 것을 억지로 끌어대어 도리에 닿도록 한다는 것인데 牽强附會(견강부회)와 같은 뜻이다.**

原文(원문) – 郢人有遣燕相國書者 夜書 火不明 因謂持燭者曰 擧燭云 而過書擧燭 擧燭非書意也 燕相受書而說之曰 擧燭者 尙明也 尙明也者 擧賢而任之 燕相白王 王大說 國以治 治則治矣 非書意也 今世學者多似此類

영인유견연상국서자 야서 화불명 인위지촉자왈 거촉운 이과서 거촉 거촉비서의야 연상수서이설지왈 거촉자 상명야 상명야자 거현이임지 연상백왕 왕대열 국이치 치즉치의 비서의야 금세 학자다사차류

直譯(직역)－영 땅의(郢) 사람에(人) 연 나라(燕) 재상에게(相國) 글을(書) 보낸(遺) 사람이(者) 있었는데(有) 밤에(夜) 글을 쓰다가(書) 불이(火) 밝지(明) 아니하여(不) 그리하여(因) 촛불을(燭) 가진(持) 사람에게(者) 일러(謂) 가로되(曰) 촛불을(燭) 들라(擧) 말하고(云) 이에(而) 실수로(過) 촛불을 든다는 거촉을(擧燭) 써버렸다(書) 촛불을 든다는 거촉은(擧燭) 편지의(書) 뜻이(意) 아니건만(非) 그렇건만(也) 연 나라(燕) 재상이(相) 편지를(書) 받고(受) 그리고(而) 이에(之) 말하여(說) 가로되(曰) 거촉이라는(擧燭) 것은(者) 밝음을(明) 숭상하는(尙) 것이며(也) 밝음을(明) 숭상(尙) 한다는(也) 것은(者) 어진 이를(賢) 등용하여(擧) 그리하여(而) 이에(之) 맡긴다는 것이라 하고(任) 연 나라(燕) 재상이(相) 왕에게(王) 아뢰니(白) 왕이(王) 크게(大) 기뻐하여(說) 나라를(國) 다스리게(治) 되었는데(以) 다스리니(治) 곧(則) 다스려졌을(治) 따름이요(矣) 글의(書) 뜻이(意) 아닌(非) 것이건만(也) 이제(今) 세상에(世) 배우는(學) 사람이(者) 많이도(多) 이러한(此) 무리와(類) 같더라(似)

字解(자해)－說：①말씀 설. 說明(설명). ②기쁠 열. 不亦說乎(불역열호). ③달랠 세. 遊說(유세). ④벗을 탈. 車說其輹(차탈기복).

出典(출전)－韓非子 外儲說篇(한비자 외저설편)

## 103. 溫故知新(온고지신) – 옛 것을 익혀 새로운 것을 알다.

原文(원문) – 君子 尊德性而道問學 致廣大而盡精微 極高明而道中庸 溫故而知新 敦厚以崇禮
군자 존덕성이도문학 치광대이진정미 극고명이도중용 온고이지신 돈후이숭례

直譯(직역) – 어진(君) 사람은(子) 덕의(德) 성질을(性) 중히 여겨(尊) 그리하여(而) 물음과(問) 배움을(學) 행하고(道) 넓고(廣) 큰 것에(大) 이르되(致) 또한(而) 자세하고(精) 작은 것도(微) 다해야 하며(盡) 높고(高) 밝은 것에(明) 이르되(極) 치우침이 없이 알맞고(中) 떳떳하고 범상하게(庸) 행하여야 한다(道) 옛 것을(故) 익히고(溫) 그리하여(而) 새것을(新) 알며(知) 도탑고(敦) 두텁게 하여(厚) 그리하여(以) 예의를(禮) 높여야 한다(崇)

出典(출전) – 中庸 第27章(중용 제27장)

## 104. 溫恭自虛(온공자허) – 스스로 비어 온화하고 공손하다.

原文(원문) – 弟子職曰 先生施敎 弟子是則 溫恭自虛 所受是極 見善從之 聞義則服 溫柔孝弟 毋驕恃力 志毋虛邪 行必正直 遊居有常 必就有德 顔色整齊 中心必式 夙興夜寐 衣帶必飾 朝益暮習 小心翼翼 一此不懈是謂學則
제자직왈 선생시교 제자시칙 온공자허 소수시극 견선종지 문의즉복 온유효제 무교시력 지무허사 행필정직 유거유상 필취유덕 안색정제 중심필식 숙흥야매 의대필식 조익모습 소심익익 일차불해시위학칙

直譯(직역) – 가르침을 받는 사람이(弟子) 해야 할 일에(職) 이르기를(曰)

선생께서(先生) 가르침을(敎) 베푸시거든(施) 제자는(弟子) 이를(是) 본받아(則) 스스로(自) 비워서(虛) 온화하고(溫) 공손하게(恭) 얻은(受) 것(所) 그것에(是) 힘을 다하여서(極) 착함을(善) 보면(見) 그것을(之) 좇고(從) 의로움을(義) 들으면(聞) 곧(則) 행하여야 한다(服) 따뜻하고(溫) 부드럽고(柔) 효도하고(孝) 공손하여야 하며(弟) 힘을(力) 믿고(恃) 잘난 체하지(驕) 말고(毋) 뜻은(志) 속이 비거나(虛) 간사하지(邪) 말고(毋) 행동은(行) 반드시(必) 바르고(正) 곧게 하며(直) 놀거나(遊) 살아감에(居) 변하지 아니함이(常) 있어야하되(有) 반드시(必) 덕이(德) 있는 데로(有) 나아가야 하며(就) 얼굴(顔) 빛을(色) 가지런하고(整) 엄숙하게 하면(齊) 마음(心) 가운데가(中) 반드시(必) 법에 맞게 된다(式) 아침 일찍(夙) 일어나서(興) 밤 늦게(夜) 자고(寐) 옷과(衣) 띠는(帶) 반드시(必) 모양을 내고(飾) 아침에는(朝) 더하고(益) 저녁에는(暮) 익혀서(習) 마음을(心) 낮게 하고(小) 삼가고(翼) 삼가야 하니(翼) 한결같이(一) 이렇게 하여(此) 게으르지(懈) 않는 것(不) 이것을(是) 배우는(學) 법이라고(則) 말한다 하더라(謂)

出典(출전) – 小學 立敎篇(소학 입교편)

**105. 堯鼓舜木(요고순목) – 堯임금은 궁궐 문에 북을 걸어 두고 직언을 할 사람이 있으면 누구나 북을 쳐서 알리도록 하였고 舜임금은 箴木(잠목)을 세워 경계하는 말을 쓰게 하였다는 고사로 곧 善言(선언)을 잘 받아들임을 말하다.**

原文(원문) – 堯鼓納諫 舜木求箴
요고납간 순목구잠

直譯(직역) – 요임금은(堯) 북을 쳐(鼓) 간함을(諫) 들이게 하고(納) 순임금은

(舜) 나무를 세워(木) 경계하는 말을(箴) 얻었다(求)

出典(출전) – 舊唐書 褚亮傳(구당서 저량전)

**106. 愚公移山(우공이산) – 寓公이 산을 옮겼다는 말로 쉬지 않고 꾸준하게 한 가지 일만 열심히 하면 마침내 큰일을 이룰 수 있음을 이르다.**

原文(원문) – 太形王屋二山 方七百里 高萬仞 本在冀州南 河陽北 北山愚公者 年且九十 面山而居 懲山北之塞 出入之迂也 聚室而謨曰 吾與汝畢力平險 指通豫南達于漢陰可乎 雜然相許 其妻獻疑曰 以君之力 曾不能損魁父之丘 如太行王屋何 且焉置土石 雜曰 投諸渤海之尾 隱土之北 遂率子孫 荷擔者三夫 叩石墾壤 箕畚運於渤海之尾 鄰之京城氏之孀妻有遺男 始齔 跳往助之 寒暑易節 始一反焉 河曲智叟 笑而止之曰 甚矣汝之不慧 以殘年餘力 曾不能毁山一毛 其如土石何 北山愚公長息曰 汝心之固 固不可徹 曾不若孀婦弱子 雖我之死 有子存焉 子又生孫 孫又生子 子又有子 子又有孫 子子孫孫無窮匱也 而山不加增 何苦而不平 河曲智叟 亡以應 操蛇之神 懼其不已也 告之於帝 帝感其誠 命夸娥氏二子 負二山 一厝朔東一厝雍南 自此冀之南 漢之陰無隴斷焉

태형왕옥이산 방칠백리 고만인 본재기주남 하양북 북산우공자 연차구십 면산이거 징산북지색 출입지우야 취실이모왈 오여여 필력평험 지통예남달우한음가호 잡연상허 기처헌의왈 이군지력 증불능손괴보지구 여태행왕옥하 차언치토석 잡왈 투제발해지미 은토지북 수솔자손 하담자삼부 고석간양 기분운어발해지미 인지경성씨지상처유유남 시츤 도왕조지 한서역절 시일반언 하곡지수 소이지지왈 심의여지불혜 이잔년여력 증불능훼산일모 기여토석하 북산우공장식왈 여심지고 고불가철 증불약상부약자 수아지사 유자존언 자우생손 손우생자 자우유자 자우유손 자자손손무궁궤야 이산불가증 하고이불평 하곡지수 망이응

조사지신 구기불이야 고지어제 제감기성 명과아씨이자 부이산
일조삭동일조옹남 자차기지남 한지음무롱단언

直譯(직역) – 태형(太形) 왕옥(王屋) 두(二) 산은(山) 사방(方) 칠(七) 백(百) 리요(里) 높이가(高) 만(萬) 길인데(仞) 본디(本) 기주(冀州) 남쪽과(南) 하양(河陽) 북쪽에(北) 있었다(在) 북산의(北山) 우공이란(愚公) 사람은(者) 나이가(年) 또한(且) 아흔으로(九十) 산을(山) 향하여(面) 그리하여(而) 사는지라(居) 산(山) 북(北)의(之) 막힘을(塞) 괴로워하면서(懲) 이에(之) 빙 돌아 먼 길을(迂) 나가고(出) 들어오게(入) 되었다(也) 가족을(室) 모아(聚) 곧(而) 의논하여(謨) 말하되(曰) 내가(吾) 너희들과(汝) 함께(與) 험한 것을(險) 평평하게 하는데(平) 힘을(力) 마치면(畢) 하남성(豫) 남쪽을(南) 곧추서(指) 통하여(通) 한수(漢) 남쪽(陰)에(于) 다다를(達) 수 있지(可) 않겠는가 하니(乎) 뒤섞이어(雜) 그러하다가(然) 따르자고(相) 약속하였다(許) 그(其) 아내가(妻) 의심을(疑) 바치어(獻) 이르되(曰) 당신(君)의(之) 힘으로(力)써(以) 일찍이(曾) 괴보(魁父)의(之) 언덕을(丘) 덜어 낼(損) 수도(能) 없었는데(不) 태행과(太行) 왕옥(王屋) 같음을(如) 어찌할 것이며(何) 또(且) 흙과(土) 돌을(石) 어디에(焉) 두려하오 하니(置) 뒤섞이어(雜) 말하기를(曰) 발해(渤海)의(之) 꼬리(尾)에(諸) 던져(投) 땅(土)의(之) 북쪽에(北) 숨기리라 하고(隱) 드디어(遂) 아들(子) 손자를(孫) 거느리니(率) 어깨에 메고(荷) 등에 진(擔) 사람이(者) 세(三) 사내더라(夫) 돌을(石) 두드리고(叩) 흙덩이가(壤) 망가지게 하여(墾) 곡식을 까부는 키와(箕) 삼태기로(畚) 발해(渤海)의(之) 꼬리(尾)에(於) 옮기자(運) 이웃(鄰)의(之) 경성씨(京城氏)의(之) 과부(孀) 아내에(妻) 남아 있는(遺) 사내가(男) 있었는데(有) 비로소(始) 젖니를 갈 나이였지만(齔) 뛰어(跳) 가서(往) 이를(之) 도왔다(助) 추위와(寒) 더위가(暑) 때를(節) 바꾸고서야(易) 비로소(始) 한번(一) 이에(焉) 돌아오니(反) 하곡 지방의(河曲) 지수라는 노

인이(智叟) 웃으며(笑) 그러하면서(而) 그것을(之) 그치라고(止) 이르되(曰) 심하지(甚) 아니한가(矣) 그대(汝)의(之) 슬기롭지(慧) 못함이여(不) 남아있는(殘) 나이에(年) 남은(餘) 힘으로(力)써(以) 일찍이(曾) 산의(山) 한(一) 털도(毛) 덜어낼(毁) 수(能) 없을 터인데(不) 그(其) 흙과(土) 돌은(石) 어찌(如) 어찌 하려오 하니(何) 북산의(北山) 우공이(愚公) 길게(長) 숨쉬며(息) 이르되(曰) 그대(汝) 마음(心)의(之) 고루함이여(固) 굳어(固) 통할(徹) 수(可) 없구나(不) 이에(曾) 과부(孀) 여자의(婦) 어린(弱) 아들과(子) 같지(若) 아니한가(不) 비록(雖) 내(我)가(之) 죽더라도(死) 아들이(子) 이에(焉) 살아(存) 있고(有) 아들이(子) 또(又) 손자를(孫) 낳고(生) 손자가(孫) 또(又) 아들을(子) 낳고(生) 아들이(子) 또(又) 아들을(子) 두고(有) 아들이(子) 또(又) 손자를(孫) 두어(有) 아들(子) 아들(子) 손자(孫) 손자는(孫) 다하고(窮) 다함이(匱) 없을(無) 것이지만(也) 그러나(而) 산은(山) 더(加) 불어나지(增) 아니하리니(不) 어찌(何) 애쓰기만 하고(苦) 그리고(而) 평평해지지(平) 않겠는가 하니(不) 하곡의(河曲) 지수라는 늙은이는(智叟) 대답을(應) 잊게(亡) 되더라(以) 조사(操蛇)의(之) 신이(神) 그들이(其) 그만두지(已) 아니할 것을(不) 두렵게(懼) 여겨(也) 이를(之) 하느님(帝)에게(於) 알리니(告) 하느님이(帝) 그(其) 정성에(誠) 감동하여(感) 힘의 신 과아씨의(夸娥氏) 두(二) 아들에게(子) 명하여(命) 두(二) 산을(山) 메어다가(負) 하나는(一) 삭동에(朔東) 두고(厝) 하나는(一) 옹남에(雍南) 두니(厝) 이(此) 기주(冀)의(之) 남쪽으로(南)부터(自) 한(漢)의(之) 음에는(陰) 이에(焉) 언덕(隴) 조각이(斷) 없게 되었더라(無)

註解(주해) – 父 : ①아비 부. 父母(부모). ②남자의 미칭 보. 田父(전보). 尙父(상보).

隴斷 : 우뚝 솟은 언덕.

出典(출전) – 列子 湯問篇(열자 탕문편)

**107. 雲心月性(운심월성) – 구름같이 달같이 욕심이 없다.**

原文(원문) – 野客雲作心 高僧月爲性
야객운작심 고승월위성

直譯(직역) – 들(野) 나그네는(客) 구름으로(雲) 마음을(心) 삼고(作) 높은(高) 스님은(僧) 달로(月) 성품을(性) 삼는다(爲)

出典(출전) – 唐詩 句(당시 구)

**108. 元亨利貞(원형리정) – 하늘이 갖추고 있는 네 가지 덕으로 元은 봄과 仁(인)을 뜻하며 亨은 여름과 禮(예)를 뜻하고 利는 가을과 義(의)를 뜻하며 貞은 겨울과 智(지)를 뜻하다.**

原文(원문) – 文言曰 元者善之長也 亨者嘉之會也 利者義之和也 貞者事之幹也 君子體仁足以長人 嘉會足以合禮 利物足以和義 貞固足以幹事 君子行此四德者 故曰 乾元亨利貞
문언왈 원자선지장야 형자가지회야 이자의지화야 정자사지간야 군자체인족이장인 가회족이합례 이물족이화의 정고족이간사 군자행차사덕자 고왈 건원형리정

直譯(직역) – 주역이란 책의 문언전에(文言) 이르기를(曰) 원이라는(元) 것은(者) 착함(善)의(之) 우두머리가(長) 되고(也) 형이라는(亨) 것은(者) 아름다움(嘉)의(之) 모임이(會) 되며(也) 이라는(利) 것은(者) 옳고 바름(義)의(之) 화합이(和) 되고(也) 정이라는(貞) 것은(者) 일(事)의(之) 근본이(幹) 된다(也) 어진(君) 사람은(子) 어짊을(仁) 받아들이니(體) 사람을(人) 성장하게(長) 하기에(以) 넉넉하고

(足) 모임을(會) 아름답게 하니(嘉) 예절에(禮) 들어맞게(合) 하기에(以) 넉넉하며(足) 만물을(物) 이롭게 하니(利) 옳고 바름에(義) 화합하게(和) 하기에(以) 넉넉하고(足) 굳은 것을(固) 바르게 하니(貞) 일을(事) 떠맡게(幹) 되기에(以) 넉넉하다(足) 어진(君) 사람은(子) 이(此) 네 가지(四) 덕을(德) 행하는(行) 사람이니(者) 그런 까닭으로(故) 건이라는 괘는(乾) 원 · 형 · 리 · 정으로 풀이된다 하더라(元亨利貞)

出典(출전) – 周易 文言傳 乾卦(주역 문언전 건괘)

## 109. 柔能制剛(유능제강) – 약한 것이 도리어 강한 것을 억누르다.

原文(원문) – 柔能制剛 弱能制强 柔者德也 剛者賊也 弱者人之所助 强者人之所攻

유능제강 약능제강 유자덕야 강자적야 약자인지소조 강자인지소공

直譯(직역) – 부드러움은(柔) 굳셈을(剛) 억누를(制) 수 있고(能) 약함은(弱) 힘셈을(强) 억누를(制) 수 있으니(能) 부드러운(柔) 것은(者) 덕이라(德) 할 것이요(也) 굳센(剛) 것은(者) 해침이라(賊) 할 것으로(也) 약한(弱) 것은(者) 사람이(人) 이를(之) 도와주는(助) 바이지만(所) 힘센(强) 것은(者) 사람이(人) 이를(之) 치는(攻) 바이니라(所)

出典(출전) – 六韜三略(육도삼략)

## 110. 惟德成隣(유덕성린) - 오직 덕으로 이웃을 삼는다.

參照(참조) → 본서 祖詠 詩 淸明宴司勳劉郞中別業(조영 시 청명연사훈유랑중별업)

## 111. 惟德是輔(유덕시보) - 덕에 맞도록 하면 이를 도와주다.

**原文(원문)** – 皇天無親 惟德是輔 民心無常 惟惠之懷 爲善不同 同歸于治 爲惡不同 同歸于亂 爾其戒哉 愼厥初 惟厥終 終以不困 不惟厥終 終以困窮
황천무친 유덕시보 민심무상 유혜지회 위선부동 동귀우치 위악부동 동귀우란 이기계재 신궐초 유궐종 종이불곤 불유궐종 종이곤궁

**直譯(직역)** – 하느님(皇) 하느님은(天) 친함이(親) 없으니(無) 오직(惟) 덕성스러움(德) 이것만을(是) 돕고(輔) 백성(民) 마음은(心) 변하지 아니함이(常) 없으니(無) 오직(惟) 은혜로움(惠) 이것만을(之) 생각한다(懷) 착함을(善) 행함이(爲) 같지(同) 아니하더라도(不) 한가지로(同) 다스림(治)으로(于) 돌아가고(歸) 악함을(惡) 행함이(爲) 같지(同) 아니하더라도(不) 한가지로(同) 어지러움(亂)으로(于) 돌아가니(歸) 너는(爾) 그것을(其) 경계하야야(戒) 하리라(哉) 그(厥) 처음을(初) 삼가며(愼) 그(厥) 끝을(終) 생각하면(惟) 마침내(終) 곤란하지(困) 아니함에(不) 미치며(以) 그(厥) 끝을(終) 생각하지(惟) 아니하면(不) 마침내(終) 곤란하고(困) 궁함에(窮) 미치리라(以)

**出典(출전)** – 書經 周書 蔡仲之命篇(서경 주서 채중지명편)

## 112. 唯道集虛(유도집허) - 오직 도라는 것은 비어있는 데로 모이다.

原文(원문) – 回曰 敢問心齋 仲尼曰 若一志 無聽之以耳 而聽之以心 無聽之以心 而聽之以氣 聽止於耳 心止於符 氣也者 虛而待物者也 唯道集虛 虛者 心齋也

회왈 감문심재 중니왈 약일지 무청지이이 이청지이심 무청지이심 이청지이기 청지어이 심지어부 기야자 허이대물자야 유도집허 허자 심재야

直譯(직역) – 안회가(回) 이르기를(曰) 감히(敢) 마음(心) 마음을 깨끗이 하는 것에 대하여(齋) 묻고자 합니다 하니(問) 공자께서(仲尼) 말씀하시기를(曰) 너는(若) 뜻을(志) 한결같이 하라(一) 이것을(之) 귀로(耳) 하여(以) 듣지(聽) 말고(無) 그리고(而) 이것을(之) 마음으로(心) 하여(以) 들어라(聽) 이것을(之) 마음으로만(心) 하여(以) 듣지(聽) 말고(無) 그리고서(而) 이것을(之) 기운으로(氣) 하여(以) 들어라(聽) 듣는 것은(聽) 귀(耳) 에서(於) 그치고(止) 마음은(心) 서로 맞추는 데(符) 에서(於) 그치나(止) 기라고(氣) 하는(也) 것은(者) 비어있어서(虛) 그래서(而) 만물을(物) 기다리는(待) 것이(者) 된다(也) 오직(唯) 도라는 것은(道) 비어있는 데로(虛) 모이니(集) 비어있게(虛) 하는 것이(者) 마음(心) 재계가(齋) 되느니라 하시더라(也)

出典(출전) – 莊子 人間世篇(장자 인간세편)

### 113. 惟善爲寶(유선위보) – 오직 착함을 보배로 삼다.

原文(원문) – 楚書曰 楚國無以爲寶 惟善以爲寶
초서왈 초국무이위보 유선이위보

直譯(직역) – 초나라(楚) 글에(書) 이르되(曰) 초(楚) 나라에는(國) 보배로(寶) 삼을 것이(爲) 없다고(無) 생각되며(以) 오직(惟) 착함을(善) 보배로(寶) 삼을 만하다고(爲) 생각한다 하더라(以)

出典(출전) – 大學 第10章(대학 제10장)

### 114. 惟新厥德(유신궐덕) – 오직 그 덕을 새롭게 하다.

原文(원문) – 惟新厥德 終始惟一 時乃日新
유신궐덕 종시유일 시내일신

直譯(직역) – 오직(惟) 그(厥) 덕을(德) 새롭게 하고(新) 끝도(終) 처음도(始) 오직(惟) 한결같으면(一) 때맞추어(時) 진정(乃) 날로(日) 새로워지리라(新)

出典(출전) – 書經 商書 咸有一德篇(서경 상서 함유일덕편)

### 115. 孺子可教(유자가교) – 이 아이는 교육을 시킬 만 하구나.

原文(원문) – 良嘗閒從容 步游下邳圯上 有一老父衣褐 至良所 直墮其履圯下 顧謂良曰 孺子下取履 良愕然欲毆之 爲其老彊忍下取履 父曰 履我 良業爲取履 因長跪履之 父以足受 笑而去 良殊大驚隨目之 父去里所 復還曰 孺子可教矣
양상한종용 보유하비이상 유일노부의갈 지양소 직타기리비하 고위양왈 유자하취리 양악연욕구지 위기노강인하취리 부왈 이

아 양업위취리 인장궤리지 부이족수 소이거 양수대경수목지 부거리소 부환왈 유자가교의

直譯(직역) – 장량은(良) 일찍이(嘗) 한가로이(閒) 느릿하고(從) 느긋하게(容) 하비의(下邳) 흙다리(圯) 위를(上) 거닐어(步) 노니는데(游) 굵은 베옷을(褐) 입은(衣) 한(一) 늙은(老) 어른이(父) 있어(有) 장량이(良) 있는 곳으로(所) 이르더니(至) 곧(直) 그의(其) 신을(履) 흙다리(圯) 아래로(下) 떨어뜨리고는(墮) 장량을(良) 돌아보며(顧) 말하기를(謂) 젖먹이(孺) 아이야(子) 내려가(下) 신을(履) 가져오라(取) 이르더라(曰) 장량이(良) 놀라(愕) 그리하여(然) 그 말을(之) 몰아대려(毆) 하다가(欲) 그(其) 늙음(老) 때문에(爲) 억지로(彊) 참고(忍) 내려가서(下) 신을(履) 가져오니(取) 어른이(父) 말하기를(曰) 나에게(我) 신을 신겨라 하더라(履) 장량이(良) 일삼아(業) 신을(履) 가져왔기(取) 때문에(爲) 그 까닭으로(因) 길게(長) 꿇어앉아(跪) 그에게(之) 신을 신기니(履) 어른은(父) 발로(足)써(以) 받고(受) 웃으며(笑) 그러면서(而) 가더라(去) 장량이(良) 유달리(殊) 크게(大) 놀라(驚) 눈으로(目) 그를(之) 따라가니(隨) 어른은(父) 300보쯤의(里) 곳으로(所) 갔다가는(去) 다시(復) 돌아와(還) 젖먹이(孺) 아이야(子) 가르칠(敎) 수 있겠구나(可矣) 하더라(曰)

註解(주해) – 良 : 張良(장량)으로 字(자)는 子房(자방)이요 謚號(시호)는 文成公(문성공). 博浪沙(박랑사)에서 始皇帝(시황제)를 암살하려다 실패하고 下邳로 피신한 張良은 어느 날 下邳의 흙다리 위를 산보하다가 맞은편에서 걸어오던 노인을 만나게 되는데 그 노인은 일부러 신발 한 짝을 다리 밑으로 떨어뜨리고는 張良에게 주워 달라고 하매 張良이 주워 오자 발에다 신기라고 하여 張良은 말없이 무릎을 꿇고 신을 신겨 주었더니 이 모습을 바라보던 노인은 빙그레 웃으며 가다가는 우두커니 서 있는 張

良에게 다시 돌아와 孺子可敎라고 하면서 닷새 후 아침에 다리 위에서 자신을 기다리라고 하였음. 닷새 후 날이 밝자마자 다리 위로 나갔더니 먼저 나와 있던 노인이 화를 내면서 내일 다시 나오라고 하고는 가버렸기에 다음날 張良이 새벽에 다리로 나갔더니 또 노인이 먼저 나와 있었고 사흘째도 마찬가지이자 노인은 張良에게 약속 시간을 지키지 않는다고 욕을 하면서 닷새 후에 다시 나오라고 하였음. 張良은 노인과 약속한 날 캄캄한 새벽에 다리 위로 나가 한참을 기다렸더니 노인이 어둠 속에서 나타나 기뻐하며 張良에게 책 한 권을 주면서 10년 후에 濟北(제북)의 穀城山(곡성산) 아래로 와 자기를 찾으라고 하였음. 그가 준 한 권의 책은 유명한 太空兵法書(태공병법서)였으며 노인은 黃石公(황석공)이라는 기인이었는데 그 책을 연구한 보람으로 張良은 劉邦(유방)의 策士(책사)가 되어 漢나라의 開國功臣(개국공신)이 되었음.

更 : ①바꿀 경. 更迭(경질). ②다시 갱. 更生(갱생).

復 : ①돌아 올 복. 往復(왕복). ②다시 부. 復活(부활)

出典(출전) – 史記 留侯世家(사기 유후세가)

## 116. 有恥且格(유치차격) – 착하지 못함이 부끄러운 줄 알고 착한데 이르리라.

原文(원문) – 子曰 道之以政 齊之以刑 民免而無恥 道之以德 齊之以禮 有恥且格

자왈 도지이정 제지이형 민면이무치 도지이덕 제지이례 유치차격

直譯(직역) – 공자(子) 말씀에(曰) 다스리는(道) 것을(之) 법으로(政) 하고(以) 가지런히 하는(齊) 것을(之) 형벌로(刑) 하면(以) 백성이(民) 죄

를 면하게 되어(免) 곧(而) 부끄러움은(恥) 없게 될 것이지만 (無) 다스리는(道) 것을(之) 덕으로(德) 하고(以) 가지런히 하는(齊) 것을(之) 예의로(禮) 하면(以) 부끄러워함이(恥) 있게 되어(有) 또한(且) 착함에 이르게 된다 하시더라(格)

出典(출전) – 論語 爲政篇(논어 위정편)

**117. 六言六蔽(육언육폐) – 仁 · 知 · 信 · 直 · 勇 · 剛(인 · 지 · 신 · 직 · 용 · 강)의 여섯 가지 아름다운 덕이 있지만 배우기를 좋아하지 아니하면 愚 · 蕩 · 賊 · 絞 · 亂 · 狂(우 · 탕 · 적 · 교 · 난 · 광) 그 여섯 덮어 가림에 이르리라.**

原文(원문) – 子曰 由也 女聞六言六蔽矣乎 對曰未也 居 吾語女 好仁不好學 其蔽也愚 好知不好學 其蔽也蕩 好信不好學 其蔽也賊 好直不好學 其蔽也絞 好勇不好學 其蔽也亂 好剛不好學 其蔽也狂
자왈 유야 여문육언육폐의호 대왈미야 거 오어여 호인불호학 기폐야우 호지불호학 기폐야탕 호신불호학 기폐야적 호직불호학 기폐야교 호용불호학 기폐야난 호강불호학 기폐야광

直譯(직역) – 공자께서(子) 말씀하시되(曰) 유(由)야(也) 너는(女) 여섯(六) 말과(言) 여섯(六) 가림을(蔽) 들었겠지(聞) 그러한가(矣) 그렇지 아니한가 하시니(乎) 대답하여(對) 이르되(曰) 아닐(未) 따름입니다 하니(也) 앉거라(居) 내가(吾) 너에게(女) 말하리니(語) 어짊을(仁) 좋아하되(好) 배우기를(學) 좋아하지(好) 아니하면(不) 그(其) 덮어 가리게(蔽) 되는 것은(也) 어리석음이요(愚) 지혜를(知) 좋아하되(好) 배우기를(學) 좋아하지(好) 아니하면(不) 그(其) 덮어 가리게(蔽) 되는 것은(也) 제멋대로 함이요(蕩) 믿음을(信) 좋아하되(好) 배우기를(學) 좋아하지(好) 아니하면(不) 그(其) 덮어 가리게(蔽) 되는 것은(也) 해침이요(賊) 곧음을(直) 좋아하되(好) 배우기를(學) 좋아하지(好) 아니하면(不) 그(其) 덮어

가리게(蔽) 되는 것은(也) 헐뜯음이요(絞) 날램을(勇) 좋아하되(好) 배우기를(學) 좋아하지(好) 아니하면(不) 그(其) 덮어 가림이(蔽) 되는 것은(也) 어지러움이요(亂) 굳셈을(剛) 좋아하되(好) 배우기를(學) 좋아하지(好) 아니하면(不) 그(其) 덮어 가림이(蔽) 되는 것은(也) 미친 듯 성급함이라고 하시더라(狂)

出典(출전) – 論語 陽貨篇(논어 양화편)

### 118. 以德爲本(이덕위본) – 덕으로써 근본을 삼다.

原文(원문) – 不離於宗 謂之天人 不離於精 謂之神人 不離於眞 謂之至人 以天爲宗 以德爲本 以道爲門 兆於變化 謂之聖人 以仁爲恩 以義爲理 以禮爲行 以樂爲和 薰然慈仁 謂之君子
불리어종 위지천인 불리어정 위지신인 불리어진 위지지인 이천위종 이덕위본 이도위문 조어변화 위지성인 이인위은 이의위리 이례위행 이악위화 훈연자인 위지군자

直譯(직역) – 근원(宗)에서(於) 떠나지(離) 아니하면(不) 이를(之) 하늘의(天) 사람이라(人) 말하고(謂) 깊은데(精)에서(於) 떠나지(離) 아니하면(不) 이를(之) 신령스러운(神) 사람이라(人) 말하며(謂) 참됨(眞)에서(於) 떠나지(離) 아니하면(不) 이를(之) 지극함에 이른(至) 사람이라(人) 말한다(謂) 하늘(天)로써(以) 근원을(宗) 삼고(爲) 덕(德)으로써(以) 근본을(本) 삼고(爲) 도(道)로써(以) 문을(門) 삼아(爲) 달라지게(變) 되는(化) 것을(於) 피하게 되면(兆) 이런 사람을(之) 성스러운(聖) 사람이라(人) 말한다(謂) 어짊(仁)으로써(以) 은혜를(恩) 삼고(爲) 의로움(義)으로써(以) 이치를(理) 삼고(爲) 예의(禮)로써(以) 행함을(行) 삼고(爲) 음악(樂)으로써(以) 화합을(和) 삼고(爲) 온화하고(薰) 그러하게(然) 사랑스럽고(慈) 어질면(仁) 이를(之) 어진(君) 사람이라(子) 말한다(謂)

出典(출전) – 莊子 天下篇(장자 천하편)

### 119. 以文會友(이문회우) – 학문으로 친구를 사귀다.

原文(원문) – 君子以文會友 以友輔仁
군자이문회우 이우보인

直譯(직역) – 군자는(君子) 글(文)로써(以) 벗을(友) 모으고(會) 벗(友)으로써(以) 어짊을(仁) 도와 바르게 하니라(輔)

出典(출전) – 論語 顔淵篇(논어 안연편)

### 120. 利民爲本(이민위본) – 백성을 이롭게 하는 것으로 근본을 삼다.

原文(원문) – 治國有常 而利民爲本 政敎有經 而令行爲上
치국유상 이리민위본 정교유경 이령행위상

直譯(직역) – 나라를(國) 다스림에는(治) 불변의 도가(常) 있으니(有) 바로(而) 백성을(民) 이롭게 하는 것으로(利) 근본을(本) 삼으며(爲) 정치와(政) 가르침에는(敎) 법이(經) 있으니(有) 바로(而) 법령이(令) 행해지는 것을(行) 으뜸으로(上) 삼느니라(爲)

出典(출전) – 淮南子 氾論訓篇(회남자 범론훈편)

### 121. 仁義禮智(인의예지) – 어질고 의롭고 예의바르고 슬기롭다.

原文(원문) – 惻隱之心 仁之端也 羞惡之心 義之端也 辭讓之心 禮之端也 是非之心 智之端也
측은지심 인지단야 수오지심 의지단야 사양지심 예지단야 시비지심 지지단야

直譯(직역) – 가엽게 여기고(惻) 불쌍히 여기는(隱) 그러한(之) 마음은(心) 인(仁)의(之) 실마리가(端) 되고(也) 부끄러워하고(羞) 미워하는(惡) 그러한(之) 마음은(心) 의(義)의(之) 실마리가(端) 되며(也) 거절하거나(辭) 남에게 양보하는(讓) 그러한(之) 마음은(心) 예(禮)의(之) 실마리가(端) 되고(也) 옳다 하거니(是) 그러다 하거니(非) 그러한(之) 마음은(心) 지(智)의(之) 실마리가(端) 되니라(也)

出典(출전) – 孟子 公孫丑章句上(맹자 공손추장구상)

**122. 仁者樂山(인자요산) – 어진 사람은 모든 일을 의리에 따라 태산같이 신중하게 함으로 산을 좋아하다.**

原文(원문) – 知者樂水 仁者樂山 知者動 仁者靜 知者樂 仁者壽
지자요수 인자요산 지자동 인자정 지자락 인자수

直譯(직역) – 슬기로운(知) 사람은(者) 물을(水) 좋아하고(樂) 어진(仁) 사람은(者) 산을(山) 좋아하는데(樂) 슬기라는(知) 것은(者) 움직이고(動) 어짊이라는(仁) 것은(者) 고요하니(靜) 슬기로운(知) 사람은(者) 즐기고(樂) 어진(仁) 사람은(者) 오래 사니라(壽)

註解(주해) – 樂 : ①풍류 악. 音樂(음악). ②즐길 락. 安樂(안락). ③좋아할 요. 樂山樂水(요산요수).

出典(출전) – 論語 雍也篇(논어 옹야편)

### 123. 日新其德(일신기덕) - 날고 그 덕을 새롭게 하다.

原文(원문) - 彖曰 大畜 剛健篤實輝光 日新其德
단왈 대축 강건독실휘광 일신기덕

直譯(직역) - 역경의 총론인 단사에(彖) 이르기를(曰) 64괘의 하나인 대축괘의 뜻은(大畜) 굳세고(剛) 튼튼하며(健) 성실하고(篤) 참됨이(實) 빛나고(輝) 빛나(光) 날로(日) 그(其) 덕을(德) 새롭게 한다 하더라(新)

出典(출전) - 周易 彖傳 大畜掛(주역 단전 대축괘)

### 124. 一擲乾坤(일척건곤) - 하늘과 땅을 걸고 한 번 주사위를 던진다는 뜻으로 곧 운명과 흥망을 걸고 단판걸이로 승부나 성패를 겨루거나 흥하든 망하든 운명을 하늘에 맡기고 결행함을 비유하다.

參照(참조) - 본서 韓退之 詩 過鴻溝(한퇴지 시 과홍구)

### 125. 任重道遠(임중도원) - 선비의 책임은 무겁고 이루어야할 길은 멀다.

原文(원문) - 曾子曰 士不可以不弘毅 任重而道遠 仁以爲己任 不亦重乎 死而後已 不亦遠乎
증자왈 사불가이불홍의 임중이도원 인이위기임 불역중호 사이후이 불역원호

直譯(직역) - 증자께서(曾子) 이르되(曰) 선비는(士) 넓고(弘) 굳세지(毅) 아니(不) 할 수(可) 없게(不) 되어(以) 맡음이(任) 무겁고(重) 그리고(而) 길은(道) 멀다(遠) 어짊으로(仁)써(以) 자기의(己) 책임을(任) 삼으니(爲) 또한(亦) 무겁다(重) 아니(不) 하겠으며(乎) 죽고(死)

그러한(而) 뒤에야(後) 그치게 되니(已) 또한(亦) 멀다(遠) 아니(不) 하겠는가(乎)

出典(출전) – 論語 泰伯篇(논어 태백편)

### 126. 立身行道(입신행도) – 세상에 나아가 옛 도를 행하다.

原文(원문) – 立身行道 揚名於後世 以顯父母 孝之終也
입신행도 양명어후세 이현부모 효지종야

直譯(직역) – 몸을(身) 세워(立) 도를(道) 행하여(行) 이름을(名) 뒤(後) 세상(世)에(於) 떨치고(揚) 그리하여(以) 아버지(父) 어머니를(母) 나타내면(顯) 효도(孝)의(之) 끝이라(終) 할지니라(也)

出典(출전) – 孝經 開宗明誼章(효경 개종명의장)

## 【ㅈ】

### 127. 作德日休(작덕일휴) – 덕을 베풀면 날마다 행복하다.

參照(참조) → 恭儉有德(공검유덕)

### 128. 積簣成山(적궤성산) – 삼태기로 쌓아도 산은 이루어지리라.

原文(원문) – 夫事君以治一國 未若弘道以濟萬邦 安親以成一家 未若弘道以濟三界 髮膚不毁 俗中之近言耳 但吾德不及遠 未能兼被以此爲愧 然積簣成山 亦冀從微之著也
부사군이치일국 미약홍도이제만방 안친이성일가 미약홍도이제삼계 발부불훼 속중지근언이 단오덕불급원 미능겸피이차위괴

연적궤성산 역기종미지저야

直譯(직역) – 무릇(夫) 임금을(君) 섬겨(事) 그리하여(以) 한(一) 나라를(國) 다스리는 것은(治) 도를(道) 넓혀(弘) 그리하여(以) 많은(萬) 나라를(邦) 건지는 것만(濟) 같지(若) 못하고(未) 어버이를(親) 편안히 하여(安) 그리하여(以) 한(一) 집안을(家) 이루는 것은(成) 도를(道) 펴서(弘) 그리하여(以) 욕계·색계·무색계라는 세(三) 지경을(界) 구제하는 것만(濟) 같지(若) 못하며(未) 머리카락이나(髮) 살갗을(膚) 헐지(毁) 아니한다 함은(不) 세상사람(俗) 가운데(中)의(之) 가까운(近) 말일(言) 뿐이다(耳) 다만(但) 나의(吾) 덕이(德) 멀리(遠) 미치지(及) 못하고(不) 아울러(兼) 은혜를 입을(被) 수가(能) 없어(未) 그리하여(以) 이것이(此) 부끄러움이(愧) 되지만(爲) 그러나(然) 삼태기로(簣) 쌓아도(積) 산을(山) 이룰 수 있으니(成) 또한(亦) 자질구레한 것을(微) 좇아서(從) 이러한 것이(之) 나타나기를(著) 바라는 것(冀) 이다(也)

出典(출전) – 高僧傳 竺僧度傳(고승전 축승도전)

## 129. 積善成德(적선성덕) – 착함을 쌓아 덕을 이루다.

原文(원문) – 積土成山 風雨興焉 積水成淵 蛟龍生焉 積善成德 而神明自得聖心備焉 故不積蹞步 無以至千里 不積小流 無以成江海
적토성산 풍우흥언 적수성연 교룡생언 적선성덕 이신명자득 성심비언 고부적규보 무이지천리 부적소류 무이성강해

直譯(직역) – 흙을(土) 쌓아(積) 산을(山) 이루면(成) 바람과(風) 비가(雨) 이에(焉) 일어나고(興) 물을(水) 쌓아(積) 못을(淵) 이루면(成) 이에(焉) 이무기와(蛟) 용이(龍) 생기며(生) 선을(善) 쌓아(積) 덕을(德) 이루면(成) 곧(而) 신비스러운(神) 밝음을(明) 저절로(自) 얻

게 되어(得) 성스러운(聖) 마음이(心) 이에(焉) 갖추어진다(備) 그런 까닭으로(故) 반걸음(蹞) 걸음이(步) 쌓이지(積) 아니하면(不) 생각하건대(以) 천리에(千里) 이를 수(至) 없고(無) 작은(小) 흐름이(流) 쌓이지(積) 아니하면(不) 생각하건대(以) 강과(江) 바다를(海) 이룰 수(成) 없다(無)

出典(출전) – 荀子 勸學篇(순자 권학편)

## 130. 積小就大(적소취대) – 작은 것도 쌓이면 큰 것을 이룬다.

原文(원문) – 勿謂無知 居高聽卑 勿謂何害 積小就大 樂不可極 樂極生哀 欲不可縱 縱欲成災
물위무지 거고청비 물위하해 적소취대 낙불가극 낙극생애 욕불가종 종욕성재

直譯(직역) – 아는 것이(知) 없다고(無) 말하지(謂) 말아야하니(勿) 높은 곳에(高) 있어서(居) 낮은 것을(卑) 듣는다(聽) 무슨(何) 해로움이 되겠느냐고(害) 말하지(謂) 말아야하니(勿) 작은 것이(小) 쌓여(積) 큰 것을(大) 이룬다(就) 즐거움을(樂) 다하는 것은(極) 옳지(可) 않으니(不) 즐거움이(樂) 다하면(極) 슬픔이(哀) 생긴다(生) 욕심을(欲) 멋대로 하면(縱) 옳지(可) 않으니(不) 욕심을(欲) 멋대로 하면(縱) 재앙을(災) 이룬다(成)

出典(출전) – 張蘊古 大寶箴(장온고 대보잠)

**131. 積羽沈舟(적우침주) - 가벼운 새털도 많이 쌓으면 무거워져서 배를 물 속에 가라앉힐 수 있다.**

原文(원문) - 積羽沈舟 群輕折軸 衆口鑠金 積毁銷骨
적우침주 군경절축 중구삭금 적훼소골

直譯(직역) - 깃털도(羽) 쌓이면(積) 배를(舟) 가라앉히고(沈) 가벼운 것도(輕) 합쳐지면(群) 굴대를(軸) 부러뜨리며(折) 입이(口) 여럿이면(衆) 쇠도(金) 녹이고(鑠) 헐뜯는 말이(毁) 쌓이면(積) 뼈도(骨) 녹인다(銷)

出典(출전) - 史記 張儀傳(사기 장의전)

**132. 積土成山(적토성산) - 흙을 쌓아 산을 이루다.**

參照(참조) → 積善成德(적선성덕)

**133. 切問近思(절문근사) - 실제에 적절한 질문을 하여 곧 행하고자 생각하다.**

原文(원문) - 博學而篤志 切問而近思 仁在其中矣
박학이독지 절문이근사 인재기중의

直譯(직역) - 널리(博) 배워서(學) 그리하여(而) 뜻을(志) 도탑게 하고(篤) 친절하게(切) 물어서(問) 그리고(而) 생각을(思) 가까이 하면(近) 어짊이(仁) 그(其) 가운데에(中) 있다고(在) 할 것이니라(矣)

出典(출전) - 論語 子張篇(논어 자장편)

## 134. 切磋琢磨(절차탁마) – 문지르고 쪼고 갈고 다듬듯이 학업에 열중하다.

原文-1(원문) – 如切如磋 道學也 如琢如磨 自脩也
여절여차 도학야 여탁여마 자수야

直譯(직역) – 문지르는 것(切) 같이하고(如) 가는 것(磋) 같이 함은(如) 학문을 하는(學) 길인(道) 것이요(也) 다듬는 것(琢) 같이 하고(如) 문지르는 것(磨) 같이 함은(如) 스스로(自) 익히는(脩) 것이니라(也)

出典(출전) – 大學(대학)

原文-2(원문) – 骨謂之切 象謂之磋 玉謂之琢 石謂之磨
골위지절 상위지차 옥위지탁 석위지마

直譯(직역) – 뼈에서는(骨) 이 것을(之) 문지른다(切) 말하고(謂) 코끼리 이에서는(象) 이 것을(之) 갈고 문지른다(磋) 말하며(謂) 옥에서는(玉) 이 것을(之) 쪼아 다듬는다(琢) 말하고(謂) 돌에서는(石) 이 것을(之) 갈고 문지른다(磨) 말 하니라(謂)

出典(출전) – 爾雅釋器(이아석기)

## 135. 全性保眞(전성보진) – 성품을 온전하게 하고 천성을 지키다.

原文(원문) – 夫全性保眞 不虧其身 遭急迫難 精通于天 若乃未始出其宗者 何爲而不成
부전성보진 불휴기신 조급박난 정통우천 약내미시출기종자 하위이불성

直譯(직역) – 무릇(夫) 성품을(性) 온전하게 하고(全) 천성을(眞) 지켜(保) 그(其) 몸을(身) 이지러지게(虧) 아니하면(不) 급함을(急) 만나거나

(遭) 어려움에(難) 닥쳐도(迫) 정성이(精) 하늘(天)로(于) 통하니(通) 이에(乃) 처음이(始) 그(其) 마루 즉 일의 근본에서(宗) 벗어나지(出) 아니할(未) 것(者) 같으면(若) 무엇을(何) 하든(爲) 또한(而) 이루어지지(成) 아니하겠는가(不)

出典(출전) – 淮南子 覽冥訓篇(회남자 남명훈편)

## 136. 精明玄達(정명현달) – 맑고 밝고 멀리 두루 통하다.

原文(원문) – 使耳目精明玄達 而無誘慕 氣志虛靜恬愉 而省耆慾 五藏定寧忠盈 而不泄 精神內守形骸 而不外越 則望於往世之前 而視於來世之後 猶未足爲也
사이목정명현달 이무유모 기지허정념유 이성기욕 오장정영충영 이불설 정신내수형해 이불외월 즉망어왕세지전 이시어래세지후 유미족위야

直譯(직역) – 귀와(耳) 눈을(目) 맑고(精) 밝고(明) 멀리(玄) 두루 통하게(達) 하라(使) 그르면(而) 꾐이나(誘) 사모함이(慕) 없게 된다(無) 기운과(氣) 뜻은(志) 비어있게 하고(虛) 고요하게 하며(靜) 평온하게 하고(恬) 즐겁게 하라(愉) 그리하여(而) 즐기고자 하는(嗜) 욕심을(慾) 덜어버리면(省) 심장 콩팥 간 폐 지라의 다섯(五) 장기가(藏) 편안하고(定) 편안하며(寧) 가득하고(充) 가득 차니(盈) 그리하여(而) 새지(泄) 않게 되고(不) 진실한(精) 마음은(神) 안으로(內) 몸과(形) 뼈를(骸) 지키게 되니(守) 그리하여(而) 밖으로(外) 흩어지지(越) 않게 된다(不) 그리하면 곧(則) 지나간(往) 세상(世)의(之) 앞(前)에서(於) 보거나(望) 또는(而) 돌아 올(來) 세상(世)의(之) 뒤(後)에서(於) 보는 것도(視) 오히려(猶) 족하지(足) 아니(未) 하다고(爲) 하겠는가(也)

出典(출전) – 淮南子 精神訓篇(회남자 정신훈편)

### 137. 政如蒲盧(정여포로) – 정치는 나나니벌과 같이 백성을 잘 교화해야 한다.

原文(원문) – 人道敏政 地道敏樹 夫政者 蒲盧也
인도민정 지도민수 부정자 포로야

直譯(직역) – 사람의(人) 도는(道) 정치에(政) 힘써야하고(敏) 땅의(地) 도는(道) 나무에(樹) 힘써야 하니(敏) 대저(夫) 정치라는(政) 것은(者) 나나니벌일(蒲盧) 따름이다(也)

註解(주해) – 蒲盧 : 朱子(주자)라는 학자는 갈대의 빠른 성장을 정치의 빠른 효능에 비유했고 鄭玄(정현)이라는 학자는 나나니 벌 즉 土蜂(토봉)으로 보아 詩經小雅 小宛篇(시경소아 소완편)에 뽕나무 벌레 새끼를 나나니벌이 물어다가 길러서 자기 새끼로 만드는 것과 같이 백성을 능히 교화하는 것을 정치의 첫째라고 했다

出典(출전) – 中庸 第20章(중용 제20장)

### 138. 貞而不諒(정이불량) – 마음이 곧고 바르지만 고집스럽지는 않다.

原文(원문) – 子曰 君子貞而不諒
자왈 군자정이불량

直譯(직역) – 공자께서(子) 군자는(君子) 곧지만(貞) 그러나(而) 고집스럽지는(諒) 아니하다고(不) 말씀하셨다(曰)

出典(출전) – 論語 衛靈公篇(논어 위령공편)

### 139. 朝益暮習(조익모습) – 아침에는 더하고 저녁에는 익히며 힘써 배우다.

參照(참조) → 溫恭自虛(온공자허)

### 140. 存心養性(존심양성) – 마음을 보존하고 성품을 기르다.

原文(원문) – 孟子曰 盡其心者 知其性也 知其性 則知天也 存其心 養其性 所以事天也 殀壽不貳 修身以俟之 所謂立命也
맹자왈 진기심자 지기성야 지기성 즉지천야 존기심 양기성 소이사천야 요수불이 수신이사지 소위입명야

直譯(직역) – 맹자(孟子) 말씀이(曰) 그(其) 마음을(心) 다하는(盡) 사람은(者) 그(其) 성품을(性) 알(知) 것이요(也) 그(其) 성품을(性) 알게 되면(知) 곧(則) 하늘을(天) 알게 되는(知) 것이니(也) 그(其) 마음을(心) 보존하고(存) 그(其) 성품을(性) 기르는 것은(養) 하늘을(天) 섬기게(事) 되는(以) 까닭이(所) 되니라(也) 일찍 죽거나(殀) 오래 사는 것은(壽) 변할 수(貳) 없더라도(不) 몸을(身) 닦아(修) 그리하여(以) 하늘에 명을(之) 기다리면(俟) 타고난 성질을(命) 세우는(立) 바라고(所) 말할 수(謂) 있다 하더라(也)

出典(출전) – 孟子 盡心章句上(맹자 진심장구상)

### 141. 種德施惠(종덕시혜) – 덕을 펴고 은혜를 베풀다.

原文(원문) – 平民 肯種德施惠 便是無位的公相 士夫 徒貪權市寵 竟成有爵的乞人
평민 긍종덕시혜 편시무위적공상 사부 도탐권시총 경성유작적걸인

直譯(직역) – 보통의(平) 백성이라도(民) 덕을(德) 펴고(種) 은혜(惠) 베풀기를 (施) 즐겨하면(肯) 곧(便) 벼슬은(位) 없지만(無) 그러면서도(的) 태위 · 사도 · 사공의 삼공이나(公) 재상으로(相) 인정을 받고 (是) 벼슬아치인 사와(士) 그 위의 대부라 해도(夫) 다만(徒) 권세를(權) 탐내고(貪) 은혜를(寵) 장사하면(市) 마침내(竟) 벼슬은 (爵) 있지만(有) 그러면서도(的) 빌어먹는(乞) 사람이(人) 될 것 이다(成)

出典(출전) – 菜根譚 前篇(채근담 전편)

### 142. 周而不比(주이불비) – 편들지 아니하고 두루두루 사람과 잘 사귀다.

原文(원문) – 君子周而不比 小人比而不周
군자주이불비 소인비이부주

直譯(직역) – 군자는(君子) 두루 미치나(周) 그렇지만(而) 편들지(比) 아니하고(不) 소인은(小人) 편드나(比) 그렇지만(而) 두루 미치지는(周) 못한다(不)

出典(출전) – 論語 爲政篇(논어 위정편)

### 143. 啐啄同時(줄탁동시) – 병아리는 어미 닭과 동시에 알을 쪼아야 깨어난다.

原文(원문) – 啐啄同時
줄탁동시

直譯(직역) – 떠들고(啐) 쪼는(啄) 때가(時) 같아야 한다(同)

註解(주해) – 啐 : 닭이 알을 깔 때에 달걀 속에서 병아리가 밖으로 나오려고 껍질을 쪼는 것.

啄 : 어미 닭이 밖에서 쪼아 깨뜨리는 것.

啐啄同時 : 얻기 어려운 좋은 기회를 말하며 禪家(선가)에서는 두 사람의 마음이 기틀을 얻어 상응하는 것을 말함. 啐啄一致(줄탁일치).

出典(출전) – 玉篇(옥편)

## 144. 卽心是佛(즉심시불) – 마음이 곧 부처님이라.

原文(원문) – 有僧問大梅和尙 見馬祖得個甚麽 便住此山 大梅曰 馬祖道卽心是佛 僧曰 馬祖近日 又道非心非佛 大梅曰 這老漢惑亂人 未有了日 任汝非心非佛 我只管卽心是佛 馬祖後謂大衆曰 梅子熟
유승문대매화상 견마조득개심마 편주차산 대매왈 마조도즉심시불 승왈 마조근일 우도비심비불 대매왈 저노한혹난인 미유료일 임여비심비불 아지관즉심시불 마조후위대중왈 매자숙

直譯(직역) – 어떤(有) 스님이(僧) 대매 화상에게(大梅和尙) 묻기를(問) 마조가(馬祖) 무엇인가(甚) 자질구레한(麽) 낱개를(個) 얻었는지(得) 문득(便) 이(此) 산에(山) 머무는 것을(住) 보았다 하니(見) 대매 화상이(大梅) 말하기를(曰) 마조는(馬祖) 곧(卽) 마음이(心) 이에(是) 부처님이라고(佛) 말하더라 하니(道) 스님(僧) 말이(曰) 마조는(馬祖) 요사이(近) 날에(日) 또(又) 마음이(心) 아니면(非) 부처가(佛) 아니라고(非) 말하더라 하니(道) 대매 화상이(大梅) 말하기를(曰) 이(這) 늙은(老) 사람은(漢) 미친(亂) 사람에게(人) 현혹되어(惑) 총명한(了) 날이(日) 있지(有) 아니하니(未) 비심비불은(非心非佛) 당신에게(汝) 맡기고(任) 나는(我) 단지(只) 즉심시불만(卽心是佛) 관여 하겠다 하니(管) 마조가(馬祖) 뒤에(後) 대중에게(大衆) 말하여(謂) 가로되(曰) 대매 화상은(梅子) 잘 안다

고 하더라(熟)

出典(출전) – 傳燈錄(전등록)

**145. 指鹿爲馬(지록위마) – 중국 秦(진)나라 趙高(조고)가 사슴을 가리켜 말이라 하였다는 故事(고사)로 일부러 일을 만들어 사람을 속이는 것을 말하다.**

原文(원문) – 趙高欲爲亂 恐群臣不聽 乃先設驗 持鹿獻於二世曰 馬也 二世笑曰 丞相誤耶 謂鹿爲馬 問左右 左右或默 或言馬 以阿順趙高 或言鹿者 高因陰中諸言鹿者以法 後群臣皆畏高
조고욕위란 공군신불청 내선설험 지록헌어이세왈 마야 이세소왈 승상오야 위록위마 문좌우 좌우혹묵 혹언마 이아순조고 혹언록자 고인음중제언녹자이법 후군신개외고

直譯(직역) – 秦나라 조고가(趙高) 난리를(亂) 행하려(爲) 할 제(欲) 여러(群) 신하들이(臣) 듣지(聽) 아니할까(不) 두려워(恐) 이에(乃) 먼저(先) 시험을(驗) 베풀고자(設) 사슴을(鹿) 가지고(持) 2세(二世)에게(於) 바치며(獻) 말하기를(曰) 말이라고(馬) 하니(也) 2세가(二世) 웃으며(笑) 말하기를(曰) 승상은(丞相) 그릇되지(誤) 아니한가(耶) 사슴을(鹿) 말이라(馬) 하여(爲) 말하는구나 하고(謂) 왼쪽(左) 오른쪽에게(右) 물으니(問) 왼쪽(左) 오른쪽이(右) 혹은(或) 잠잠하고(默) 혹은(或) 말이라(馬) 말하여(言) 그리하여(以) 조고에게(趙高) 알랑거리며(阿) 따르기도 하고(順) 혹은(或) 사슴이라(鹿) 말하는(言) 사람도 있는데(者) 조고가(高) 사슴이라고(鹿) 말한(言) 여러(諸) 사람을(者) 모르는(陰) 가운데(中) 법으로(法)써(以) 의거하니(因) 뒤에(後) 여러(群) 신하가(臣) 모두(皆) 조고를(高) 두려워하더라(畏)

註解(주해) – 趙高 : 중국 秦(진)나라의 宦官(환관)으로 始皇帝(시황제)를 따

라 여행하던 중 始皇帝가 平臺(평대)에서 병사하자 승상 李斯(이사)와 짜고 詔書(조서)를 거짓 꾸며 始皇帝의 맏아들 扶蘇(부소)와 장군 蒙恬(몽염)을 자결하게 만든 다음 始皇帝의 우둔한 막내아들 胡亥(호해)를 2세 皇帝로 삼아 마음대로 조종하였고 2세 皇帝에게 참소하여 李斯를 처형시킨 뒤 각지에 반란이 일어난 와중에서 丞相이 되어 모든 권력을 한 손에 쥐고 2세 皇帝마저 謀殺(모살)한 후 扶蘇의 아들을 옹립하여 진왕이라 부르게 하였으나 곧 그에게 죽임을 당하고 3족도 함께 처벌되었음.

出典(출전) – 史記 秦始皇記(사기 진시황기)

## 146. 至誠無息(지성무식) – 정성을 지극히 하여 쉼이 없다.

原文(원문) – 誠者 非自成己而已也 所以成物也 成己仁也 成物知也 性之德也 合內外之道也 故時措之宜也 故至誠無息
성자 비자성기이이야 소이성물야 성기인야 성물지야 성지덕야 합내외지도야 고시조지의야 고지성무식

直譯(직역) – 성이라는(誠) 것은(者) 스스로(自) 자기를(己) 이루는 것(成) 뿐일(而) 따름(已) 만이(也) 아니고(非) 만물을(物) 이루는(成) 것이라고(所) 할(以) 것이다(也) 자기를(己) 이루는 것을(成) 어짊이라(仁) 하고(也) 만물을(物) 이루는 것을(成) 슬기라고(知) 하며(也) 성품(性)의(之) 덕이기도(德) 하고(也) 안과(內) 밖(外)의(之) 도를(道) 합한 것이(合) 되니(也) 그런 까닭으로(故) 때맞추어(時) 처리하는 것(措)이(之) 마땅해야(宜) 하고(也) 그런 까닭으로(故) 정성을(誠) 지극히 하여(至) 쉼이(息) 없어야 한다(無)

出典(출전) – 中庸(중용)

## 147. 志在千里(지재천리) – 뜻은 먼 거리에 있다.

原文(원문) – 老驥伏櫪 志在千里 烈士暮年 壯心不已
노기복력 지재천리 열사모년 장심불이

直譯(직역) – 늙은(老) 천리마는(驥) 마구간 널빤지에(櫪) 엎드려있어도(伏) 뜻은(志) 먼(千) 거리에(里) 있고(在) 공을 세운(烈) 선비는(士) 늙은(暮) 나이라도(年) 씩씩한(壯) 마음은(心) 그침이(已) 없다(不)

出典(출전) – 世說新語 豪爽篇(세설신어 호상편)

〖 ㅊ 〗

## 148. 處獨如衆(처독여중) – 홀로 있어도 여럿이 인 것 같이하다.

原文(원문) – 當正身心 表裏如一 處幽如顯 處獨如衆 使此心 如靑天白日 人得而見之
당정신심 표리여일 처유여현 처독여중 사차심 여청천백일 인득이견지

直譯(직역) – 마땅히(當) 몸과(身) 마음을(心) 바르게 하고(正) 겉과(表) 속이(裏) 한결(一) 같게 하여(如) 그윽한데(幽) 살아도(處) 나타난 것(顯) 같이하고(如) 홀로(獨) 살아도(處) 무리인 것(衆) 같이하여야 하니(如) 이런(此) 마음으로(心) 하여금(使) 푸른(靑) 하늘에(天) 밝은(白) 해와(日) 같게 하여(如) 사람들이(人) 얻어(得) 곧(而) 이를(之) 보게 해야 한다(見)

出典(출전) – 擊蒙要訣 持身章(격몽요결 지신장)

### 149. 天道無親(천도무친) – 하늘의 도는 사사로이 친함이 없다.

原文(원문) – 和大怨 必有餘怨 安可以爲善 是以聖人執左契 而不責于人 故有德司契 無德司徹 天道無親 常與善人
화대원 필유여원 안가이위선 시이성인집좌계 이불책우인 고유덕사계 무덕사철 천도무친 상여선인

直譯(직역) – 큰(大) 원망을(怨) 화해한다 해도(和) 반드시(必) 남는(餘) 원망은(怨) 있을 것이니(有) 어찌(安) 하여(以) 선이(善) 될(爲) 수 있겠는가(可) 이런(是) 까닭으로(以) 지식과 덕행이 뛰어난(聖) 사람은(人) 채무자가 갖는 왼쪽(左) 계약서나 부절을(契) 가진 듯이 공손하니(執) 그리하여(而) 다른 사람(人) 에게(于) 책망 받지(責) 않게 된다(不) 그런 까닭으로(故) 덕이(德) 있으면(有) 계약에 관한 것을(契) 맡길 만 하고(司) 덕이(德) 없으면(無) 세금에 관한 것을(徹) 맡길 만 하다고 하니(司) 하늘의(天) 도는(道) 사사로이 친함이(親) 없고(無) 항상(常) 착한(善) 사람(人) 편을 든다(餘)

出典(출전) – 老子 第79章(노자 제79장)

### 150. 千里同風(천리동풍) – 온 천지에 같은 바람이 분다는 뜻으로 태평한 세상을 이르다.

原文(원문) – 千里不同風 百里不共雷
천리부동풍 백리불공뇌

直譯(직역) – 천리에(千里) 바람이(風) 같지(同) 아니하면(不) 백 리에(百里) 우레도(雷) 한 가지가(共) 아니니라(不)

出典(출전) – 論衡(논형)

**151. 鐵心石腸(철심석장) - 지조가 철석같이 견고하여 외부의 유혹에 움직이지 않는 마음을 말하다.**

原文(원문) – 僕本以鐵心石腸待公
복본이철심석장대공

直譯(직역) – 소인은(僕) 본디(本) 철 같은(鐵) 마음과(心) 돌 같은(石) 창자로(腸)써(以) 임금을(公) 모시나이다(待)

出典(출전) – 蘇軾 與李公擇書(소식 여이공택서)

**152. 清則無欲(청즉무욕) - 맑으면 곧 욕심이 없다.**

原文(원문) – 在官惟明 蒞事惟平 立身惟清 清則無欲 平則不曲 明能正俗 三者備矣 然後可以理人
재관유명 이사유평 입신유청 청즉무욕 평즉불곡 명능정속 삼자비의 연후가이리인

直譯(직역) – 벼슬에(官) 있어서는(在) 오직(惟) 밝아야하며(明) 일에(事) 임하여서는(蒞) 오직(惟) 사사로움이 없어야하고(平) 몸을(身) 세우는 데에는(立) 오직(惟) 맑아야 한다(清) 맑으면(清) 곧(則) 욕심이(欲) 없게 되고(無) 사사로움이 없으면(平) 곧(則) 치우침이(曲) 없게 되어(不) 풍속을(俗) 밝고(明) 바르게(正) 할 수 있으니(能) 세 가지(三) 것을(者) 갖추어야(備) 하니(矣) 그러한(然) 뒤에(後) 사람을(人) 다스릴 수(理) 있게(以) 될 것이다(可)

出典(출전) – 忠經 守宰章(충경 수재장)

## 153. 青出於藍(청출어람) – 제자가 스승보다 뛰어나다.

原文(원문) – 君子曰 學不可以已 青出於藍而青於藍 冰水爲之而寒於水
군자왈 학불가이이 청출어람이청어람 빙수위지이한어수

直譯(직역) – 군자가(君子) 말하기를(曰) 학문을(學) 그치거나(以) 그만두어서는(已) 옳지(可) 아니할 것이니(不) 청색은(青) 남 풀(藍)에서(於) 나오지만(出) 그러나(而) 쪽빛(藍) 보다도(於) 푸르고(青) 얼음은(冰) 물이(水) 그것을(之) 만들지만(爲) 그러나(而) 물(水) 보다도(於) 차갑다 하니라(寒)

出典(출전) – 荀子 勸學篇(순자 권학편)

## 154. 忠信篤敬(충신독경) – 정성스럽고 믿음직하며 도탑고 정중히 하다.

原文(원문) – 子曰 言忠信 行篤敬 雖蠻貊之邦 行矣 言不忠信 行不篤敬 雖州里 行乎哉
자왈 언충신 행독경 수만맥지방 행의 언불충신 행부독경 수주리 행호재

直譯(직역) – 공자께서(子) 말씀하시기를(曰) 정성스럽고(忠) 믿음직하게(信) 말하며(言) 도탑고(篤) 정중하게(敬) 행한다면(行) 비록(雖) 남쪽 미개민족(蠻) 북쪽 이민족(貊)의(之) 나라라도(邦) 다닐 수(行) 있지만은(矣) 말은(言) 정성스럽지도(忠) 믿음직하지도(信) 아니하고(不) 행실이(行) 도탑지도(篤) 공손스럽지도(敬) 아니하다면(不) 비록(雖) 고을(州) 마을이라 하더라도(里) 다닐 수(行) 있다고(乎) 하겠는가 하시더라(哉)

註解(주해) – 不 : ①아니 불. 不可(불가). ②아니 부. 不當(부당).

出典(출전) – 論語 衛靈公篇(논어 위령공편)

## 155. 致平以淸(치평이청) – 평안을 이룸에 사념이 없는 것으로써 하다.

原文(원문) – 使怨治怨 是謂逆天 使讐治讐 其禍不救 治民使平 治平以淸 則民得其所 而天下寧
사원치원 시위역천 사수치수 기화불구 치민사평 치평이청 즉 민득기소 이천하영

直譯(직역) – 원망함으로(怨) 하여금(使) 원망함을(怨) 다스리게 하는 것(治) 이것을(是) 하늘을(天) 거스른다고(逆) 말하는데(謂) 원수로(讎) 하여금(使) 원수를(讐) 다스리게 하면(治) 그(其) 재앙을(禍) 막을 수(救) 없다(不) 백성을(民) 다스려(治) 평안하게(平) 하고(使) 평안을(平) 이룸에(致) 맑음으로(淸)써하면(以) 곧(則) 백성은(民) 그(其) 자리를(所) 얻게 되어(得) 곧(而) 하늘(天) 아래는(下) 편안하게 될 것이다(寧)

出典(출전) – 六韜三略 下略篇(육도삼략 하략편)

〖 ㅌ 〗

## 156. 土美養禾(토미양화) – 좋은 흙은 벼를 잘 기르듯이 어진 임금은 인재를 잘 기름을 비유한 말이다.

原文(원문) – 土之美者善養禾 君之明者善養士
토지미자선양화 군지명자선양사

直譯(직역) – 흙(土)이(之) 좋다는(美) 것은(者) 벼를(禾) 잘(善) 기르는데 있고(養) 임금(君)이(之) 밝다는(明) 것은(者) 선비를(士) 잘(善) 기르는 데 있다(養)

出典(출전) – 漢書 李尋傳(한서 이심전)

**157. 吐哺握發(토포악발) – 周公(주공)이 식사 때나 머리를 감을 때에 손이 찾아오면 입안의 밥을 뱉고 또는 감던 머리를 움켜쥐고 곧 나와 어진 선비를 극진히 영접한 고사를 말하다.**

原文(원문) – 成王封伯禽於魯 周公誡之曰 往矣 子無以魯國驕士 吾文王之子 武王之弟 成王之叔父也 又相天下 吾於天下亦不經矣 然一沐三握髮 一飯三吐哺 猶恐失天下之士
성왕봉백금어노 주공계지왈 왕의 자무이노국교사 오문왕지자 무왕지제 성왕지숙부야 우상천하 오어천하역불경의 연일목삼악발 일반삼토포 유공실천하지사

直譯(직역) – 주 나라 성왕이(成王) 백금을(伯禽) 노 나라(魯)에(於) 제후로 삼으니(封) 주공이(周公) 이에(之) 경계하여(誡) 가로되(曰) 가게(往) 되면(矣) 그대는(子) 노(魯) 나라(國)에서(以) 선비에게(士) 잘난 체하지(驕) 말아라(無) 나는(吾) 문왕(文王)의(之) 아들이요(子) 무왕(武王)의(之) 동생이며(弟) 성왕(成王)의(之) 작은(叔) 아버지(父)이고(也) 또(又) 하늘(天) 아래(下) 재상이지만(相) 나는(吾) 하늘(天) 아래(下)에서(於) 또한(亦) 다스리려 하지(經) 아니할(不) 따름이다(矣) 그리하여(然) 한 번(一) 머리 감음에(沐) 세 번(三) 머리카락을(髮) 움켜쥐고(握) 한 번(一) 밥 먹음에(飯) 세 번(三) 먹은 것을(哺) 게우는 것은(吐) 오히려(猶) 하늘(天) 아래(下)의(之) 선비를(士) 잃을까(失) 두려워함이라 하더라(恐)

出典(출전) – 韓詩外傳(한시외전)

〚ㅍ〛

### 158. 布德施惠(포덕시혜) – 덕을 펴고 은혜를 베풀다.

原文(원문) – 湯夙興夜昧 以致聰明 輕賦薄斂 以寬民氓 布德施惠 以振困窮 弔死問疾 以養孤孀 百姓親附 政令流行
탕숙흥야매 이치총명 경부박렴 이관민맹 포덕시혜 이진곤궁 조사문질 이양고상 백성친부 정령유행

直譯(직역) – 은나라 때 탕왕은(湯) 아침 일찍(夙) 일어나(興) 깊은 밤에야(夜) 자며(昧) 그리하여(以) 귀는 밝고(聰) 눈도 밝도록(明) 힘썼으며(致) 세금을(賦) 가볍게 하고(輕) 거두어들이는 것을(斂) 엷게 하여(薄) 그리하여(以) 백성과(民) 다른 곳에서 들어온 백성을(氓) 온후하게 해주었다(寬) 덕을(德) 펴고(布) 은혜를(惠) 베풀어(施) 그리하여(以) 가난하고(困) 궁한 사람을(窮) 건지고(振) 죽음을(死) 위로하고(弔) 병을(疾) 위로하여(問) 그리하여(以) 고아와(孤) 과부를(孀) 길렀고(養) 온갖(百) 성씨를(姓) 가까이(親) 따르게 하여(附) 정치상의(政) 명령이(令) 물 흐르듯(流) 행하도록 했다(行)

出典(출전) – 淮南子 修務訓篇(회남자 수무훈편)

〚ㅎ〛

### 159. 鶴立群鷄(학립군계) – 群鷄一鶴(군계일학)과 같은 말인데 학이 닭 속에 우뚝 서 있다는 뜻으로 눈에 띄게 훌륭함을 이르다.

原文(원문) – 嵇紹 字延祖 康之子也 紹始入浴 或謂王戎曰 昨於稠人中始見嵇紹 昻昻然如野鶴之在鷄群 戎曰 君復未見其父耳

혜소 자연조 강지자야 소시입욕 혹위왕융왈 작어조인중시견혜소 앙앙연여야학지재계군 융왈 군부미견기부이

直譯(직역) – 혜소의(嵇紹) 자는(字) 연조로(延祖) 혜강(康)의(之) 아들(子) 이었는데(也) 혜소가(紹) 비로소(始) 은혜 입어(浴) 들게 되니(入) 어떤 사람이(或) 왕융에게(王戎) 일러(謂) 가로되(曰) 어제(昨) 빽빽하게 많은(稠) 사람(人) 가운데(中)에서(於) 처음(始) 혜소를(嵇紹) 보았는데(見) 높게(昻) 뛰어나(昻) 그러함이(然) 들(野) 학(鶴) 이것이(之) 닭(鷄) 무리에(群) 있는 것(在) 같더라 하니(如) 왕융이(戎) 가로되(曰) 그대는(君) 그(其) 아비를(父) 다시(復) 아니(未) 보았을(見) 따름이라 하더라(耳)

註解(주해) – 嵇紹 : 竹林七賢(죽림칠현) 중 한 사람인 혜강의 아들로 10살 때 그 아비가 억울하게 죽임을 당하였으나 지혜가 뛰어나 아버지의 친구 山濤(산도)의 추천으로 비서승이란 높은 벼슬에 등용되었음.

竹林七賢 : 晉(진)나라 초기에 老子・莊子(노자・장자)의 虛無主義(허무주의)를 숭상하여 竹林에 모여 淸談(청담)을 일삼던 阮籍・嵇康・山濤・向秀・劉伶・王戎・阮咸(완적・혜강・산도・상수・유령・왕융・완함)의 일곱 사람.

向 : ①향할 향. 向上(향상). ②姓(성) 상. 向氏(상씨).

出典(출전) – 晉書 忠義傳(진서 충의전)

## 160. 鶴壽千歲(학수천세) – 학은 천년까지 오래 살다.

原文(원문) – 鶴壽千歲以極其游 蜉蝣朝生暮死而盡其樂

학수천세이극기유 부유조생모사이진기락

直譯(직역) – 학은(鶴) 천(千) 해 동안(歲) 오래 살아(壽) 그리하여(以) 그(其)

놂을(游) 다하고(極) 하루살이(蜉) 하루살이는(蝣) 아침에(朝) 태어나(生) 저녁에(暮) 죽지만(死) 그리하여도(而) 그(其) 즐거움을(樂) 다한다(盡)

出典(출전) – 淮南子(회남자)

## 161. 學如不及(학여불급) – 공부는 미치지 못하는 것 같이 쉬지 않고 노력해야 한다.

原文(원문) – 學如不及 猶恐失之
학여불급 유공실지

直譯(직역) – 배움은(學) 미치지(及) 못하는(不) 것같이 하고(如) 오히려(猶) 이를(之) 잃을까(失) 두려워해야 하니라(恐)

出典(출전) – 論語 泰伯篇(논어 태백편)

## 162. 學而不厭(학이불염) – 배우고 그리하여도 싫증나지 아니하다.

原文(원문) – 子曰 默而識之 學而不厭 誨人不倦 何有於我哉
자왈 묵이지지 학이불염 회인불권 하유어아재

直譯(직역) – 공자(子) 말씀에(曰) 말없이(默) 그리하여(而) 그것을(之) 기록하며(識) 배우고(學) 그리하여도(而) 싫증나지(厭) 아니하고(不) 다른 사람을(人) 가르침에(誨) 게으르지(倦) 아니함이(不) 어찌(何) 나(我)에게(於) 있다(有) 하겠는가 하시더라(哉)

註解(주해) – 識 : ①알 식. 知識(지식). ②기록할 지. 書用識哉(서용지재).

出典(출전) – 論語 述而篇(논어 술이편)

## 163. 學而時習(학이시습) – 배우고 그리고 때로 그것을 익히다.

原文(원문) – 子曰 學而時習之 不亦說乎 有朋自遠方來 不亦樂乎 人不知而不慍 不亦君子乎
자왈 학이시습지 불역열호 유붕자원방래 불역락호 인부지이불온 불역군자호

直譯(직역) – 공자(子) 말씀에(曰) 배우고(學) 그리고(而) 때로(時) 그것을(之) 익힌다면(習) 또한(亦) 기쁘지(說) 아니(不) 한가(乎) 벗이(朋) 있어(有) 먼(遠) 곳으로(方)부터(自) 찾아온다면(來) 또한(亦) 즐겁지(樂) 아니(不) 한가(乎) 다른 사람이(人) 알아주지(知) 아니(不) 하다고(而) 성내지(慍) 아니한다면(不) 또한(亦) 어진(君) 사람이라고(子) 아니(不) 하겠는가 하시더라(乎)

註解(주해) – 說 : ①말씀 설. 說明(설명). ②기쁠 열. 說樂(열락). ③달랠 세. 說客(세객). ④벗을 탈. 說甲(탈갑).

出典(출전) – 論語 學而篇(논어 학이편)

## 164. 行不由徑(행불유경) – 길을 가는데 지름길로 가지 않는 다는 뜻으로 행동을 공명정대하게 함을 이르다.

原文(원문) – 子游爲武城宰 子曰 女得人焉爾乎哉 曰 有澹臺滅明者 行不由徑 非公事未嘗至於偃之室也
자유위무성재 자왈 여득인언이호재 왈 유담대멸명자 행불유경 비공사미상지어언지실야

直譯(직역) – 공자 제자 자유가(子游) 무성 땅의(武城) 재상이(宰) 되니(爲) 공자께서(子) 이르되(曰) 너는(女) 사람을(人) 이에(焉) 어찌하고(爾) 어찌하여(乎) 얻게(得) 되었는가 하니(哉) 말하되(曰) 성씨

는 담대요(澹臺) 이름은 명멸이란(滅明) 사람이(者) 있으니(有) 나아감에(行) 지름길로(徑) 말미암지(由) 아니하고(不) 공적인(公) 일이(事) 아니거든(非) 일찍이(嘗) 쓰러져 가는(偃) 이(之) 집(室)에는(於) 이르지(至) 아니한다(未) 하더라(也)

出典(출전) – 論語 雍也篇(논어 옹야편)

## 165. 香遠益淸(향원익청) – 향기는 멀어질수록 더욱 맑아진다.

原文(원문) – 予獨愛蓮之出於淤泥而不染 濯淸漣而不妖 中通外直 不蔓不枝 香遠益淸 亭亭淨植 可遠觀而不可褻翫焉
여독애연지출어어니이불염 탁청연이불요 중통외직 불만부지 향원익청 정정정식 가원관이불가설완언

直譯(직역) – 나(予) 홀로(獨) 연을(蓮) 사랑하는(愛) 것은(之) 진흙(淤) 진창(泥)에서(於) 나와(出) 그리고서도(而) 더렵혀지지(染) 아니하고(不) 맑고(淸) 잔잔한 물결에(漣) 씻기어도(濯) 그리하여(而) 사람을 홀릴 만큼 아리땁지(妖) 아니하며(不) 가운데는(中) 통하고(通) 밖은(外) 곧으며(直) 넝쿨도(蔓) 아니고(不) 가지도(枝) 아니면서(不) 향기는(香) 멀어질수록(遠) 더욱(益) 맑아져(淸) 우뚝하고(亭) 우뚝하게(亭) 깨끗이(淨) 서있으니(植) 멀리서(遠) 볼(觀) 수는 있지만(可) 그러나(而) 버릇없이(褻) 가지고 놀(翫) 수(可) 없기(不) 때문이라(焉)

註解(주해) – 不 : ①아니 불. 不可(불가). ②아니 부. 不正(부정).

出典(출전) – 周敦頤 愛蓮說(주돈이 애연설)

### 166. 虛氣平心(허기평심) – 기운을 가라앉히고 마음을 안정히 하다.

原文(원문) – 虛氣平心 乃去怒喜
허기평심 내거노희

直譯(직역) – 기운을(氣) 비워두고(虛) 마음을(心) 편안하게 하면(平) 곧(乃) 노함도(怒) 기쁨도(喜) 덜리게 된다(去)

出典(출전) – 管子 版法解(관자 판법해)

### 167. 虛心平志(허심평지) – 마음을 비우고 뜻은 사사로움이 없게 하다.

原文(원문) – 文王曰 主位如何 太公曰 安徐而靜 柔節先定 善與而不爭 虛心平志 待物而正
문왕왈 주위여하 태공왈 안서이정 유절선정 선여이부쟁 허심평지 대물이정

直譯(직역) – 문왕이(文王) 말하기를(曰) 임금의(主) 자리는(位) 어찌함과(何) 같은가 하니(如) 태공이(太公) 말하기를(曰) 편안하고(安) 평온하며(徐) 그리고(而) 고요하며(靜) 부드럽고(柔) 알맞게(節) 먼저(先) 정해져야 하고(定) 좋게(善) 베풀어주어(與) 그리하여(而) 다투지(爭) 않게 할 것이니(不) 마음을(心) 비우고(虛) 뜻을(志) 사사로움이 없게 하여(平) 무리를(物) 대접함에(待) 곧(而) 바르게 해야 한다 하더라(正)

出典(출전) – 六韜三略 文韜篇(육도삼략 문도편)

168. 浩然之氣(호연지기) – 공명정대하여 조금도 부끄러워 할 바가 없는 도덕적 용기를 말하다.

原文(원문) – 大丈夫心事 當如光風霽月 無毫菑翳 凡愧天怍人之事 截然不犯 自然心廣體胖 有浩然之氣
대장부심사 당여광풍제월 무호치예 범괴천작인지사 절연불범 자연심광체반 유호연지기

直譯(직역) – 큰(大) 어른(丈) 사내(夫) 마음(心) 일은(事) 마땅히(當) 비가 개어 상쾌한(霽) 달과(月) 은혜로운(光) 바람(風) 같아(如) 터럭만큼도(毫) 고목과 같거나(菑) 쓰러짐이(翳) 없어야한다(無) 무릇(凡) 하늘에(天) 부끄럽고(愧) 사람에게(人) 부끄러운(怍) 그런(之) 일은(事) 끊은 듯(截) 그러하게(然) 범하지(犯) 아니한다면(不) 저절로(自) 그러하게(然) 마음은(心) 넓어지고(廣) 몸은(體) 편안하여(胖) 넓고 크고(浩) 그러한(然) 그(之) 기운이(氣) 있게 될 것이다(有)

出典(출전) – 茶山全書(다산전서)

169. 壺中之天(호중지천) – 신선 壺公(호공)의 고사에서 나온 말고 別世界(별세계)를 이르다.

原文(원문) – 費長房者 汝南人也 曾爲市椽 市中有老翁賣藥 縣一壺於肆頭 及市罷 輒跳入壺中 市人莫之見 唯長房於樓上覩之 異焉 因往再拜 翁乃與俱入壺中 唯見玉堂嚴麗 旨酒甘肴盈衍其中 共飮畢而出
비장방자 여남인야 증위시연 시중유노옹매약 현일호어사두 급시파 첩도입호중 시인막지견 유장방어루상도지 이언 인왕재배 옹내여구입호중 유견옥당엄려 지주감효영연기중 공음필이출

直譯(직역) – 비장방이라는(費長房) 사람은(者) 여남(汝南) 사람(人)으로(也) 일찍이(曾) 시연이(市椽) 되었는데(爲) 저자(市) 가운데(中) 어떤(有) 늙은(老) 늙은이가(翁) 약을(藥) 팔며(賣) 병(壺) 하나를(一) 가게(肆) 머리(頭)에(於) 달아두었다가(縣) 저자가(市) 파함에(罷) 미치어서는(及) 갑자기(輒) 뛰어가(跳) 병(壺) 속으로(中) 들어가더라(入) 저자(市) 사람들엔(人) 이것이(之) 보이지(見) 아니하였지만(莫) 오직(唯) 장방은(長房) 다락(樓) 위(上)에서(於) 이를(之) 보고(覩) 이에(焉) 괴이하게 여긴지라(異) 인하여(因) 가서(往) 두 번(再) 절하고(拜) 늙은이와(翁) 이에(乃) 더불어(與) 함께(俱) 병(壺) 속으로(中) 들어갔는데(入) 오직(唯) 구슬 같은(玉) 집이(堂) 엄숙하고(嚴) 곱게(麗) 보이며(見) 맛있는(旨) 술과(酒) 맛좋은(甘) 안주가(肴) 그(其) 속에(中) 차고(盈) 넘치어(衍) 함께(共) 마시다(飮) 끝나서(畢) 그리하여(而) 나왔다 하더라(出)

出典(출전) – 漢書 方述傳(한서 방술전)

## 170. 弘益人間(홍익인간) – 사람 사이를 크게 이롭게 하다.

原文(원문) – 昔有桓因 庶子桓雄 數意天下 貪求人世 父知子意 下視三危太伯 可以弘益人間 乃授天符印三箇 遣往理之
석유환인 서자환웅 삭의천하 탐구인세 부지자의 하시삼위태백 가이홍익인간 내수천부인삼개 견왕리지

直譯(직역) – 옛적에(昔) 제석천황인 환인의(桓因) 여러(庶) 아들 중에(子) 환웅이(桓雄) 있었는데(有) 자주(數) 하늘(天) 아래에(下) 뜻을 두어(意) 사람(人) 세상을(世) 얻으려고(求) 탐내니(貪) 아버지가(父) 아들의(子) 뜻을(意) 알고(知) 삼위산과(三危) 태백산을(太白) 내려(下) 보니(視) 가히(可) 사람(人) 사이를(間) 크게(弘) 이롭게 할 만(益) 하여(以) 이에(乃) 하늘의(天) 증거(符) 도장이

될(印) 바람과 비 그리고 구름 세(三) 개를(箇) 주어(授) 가서 (往) 이들을(之) 다스리게(理) 하였다(遣)

註解(주해) – 數 : ①수 수. 算數(산수). ②자주 삭. 數飛(삭비). ③빠를 속. 遲數(지속). ④촘촘할 촉. 數罟(촉고).

出典(출전) – 三國遺事 古朝鮮篇(삼국유사 고조선편)

**171. 和光同塵(화광동진) – 빛을 부드럽게 하여 속세의 티끌과 같이 한다는 뜻으로 자기의 재능을 감추고 속세의 사람들과 어울려 동화함을 이르다.**

原文(원문) – 知者不言 言者不知 塞其兌閉其門 挫其銳解其紛 和其光同其塵 是謂玄同 故不可得而親 亦不可得而疎 不可得而利 亦不可得而害 不可得而貴 亦不可得而賤 故爲天下貴
지자불언 언자부지 색기태폐기문 좌기예해기분 화기광동기진 시위현동 고불가득이친 역불가득이소 불가득이리 역불가득이해 불가득이귀 역불가득이천 고위천하귀

直譯(직역) – 아는(知) 사람은(者) 말을(言) 아니하고(不) 말하는(言) 사람은(者) 알지(知) 못하나니(不) 그(其) 눈・귀・입・귀・코 등의 구멍을(兌) 막고(塞) 그(其) 문을(門) 닫으며(閉) 그(其) 날카로움을(銳) 꺾고(挫) 그(其) 말썽 나는 것을(紛) 풀어버리며(解) 그(其) 빛을(光) 부드럽게 하고(和) 그(其) 흙먼지와(塵) 같게 되는 것(同) 이것을(是) 현동이라(玄同) 말하는데(謂) 이러한 까닭으로(故) 얻어(得) 곧(而) 가까이(親) 할 수도(可) 없고(不) 또한(亦) 얻어(得) 곧(而) 멀리(疎) 할 수도(可) 없으며(不) 얻어(得) 곧(而) 이롭게(利) 할 수도(可) 없고(不) 또한(亦) 얻어(得) 곧(而) 해롭게(害) 할 수도(可) 없으며(不) 얻어(得) 곧(而) 귀하게(貴) 할 수도(可) 없고(不) 또한(亦) 얻어(得) 곧(而) 천하게(賤) 할 수도(可)

없으니(不) 이러한 까닭으로(故) 하늘(天) 아래에(下) 귀함이(貴) 되느니라(爲)

出典(출전) – 老子 第57章(노자 제57장)

172. **和氣致祥(화기치상) – 陰(음)과 陽(양)이 서로 화합하면 그 기운이 엉기어서 좋은 일을 이루다.**

原文(원문) – 封事中曰 和氣致祥
봉사중왈 화기치상

直譯(직역) – 봉사중이(封事中) 가로되(曰) 온화한(和) 기운이(氣) 상서로움을(祥) 이룬다 하니라(致)

出典(출전) – 漢書 劉向傳(한서 유향전)

173. **畵龍點睛(화룡점정) – 용을 그리고 눈동자를 그려 넣었더니 그 용이 하늘로 올라갔다는 故事(고사)에서 나온 말로 사물의 중요한 곳을 말하다.**

原文(원문) – 張僧繇於金陵安樂寺 畵兩龍不點睛 每云 點之卽飛去 人以爲妄 因點其一 須臾雷電破壁 一龍上天 一龍不點眼者見在
장승요어금릉안락사 화양룡부점정 매운 점지즉비거 인이위망 인점기일 수유뇌전파벽 일룡상천 일룡부점안자견재

直譯(직역) – 중국 장승요라는 사람이(張僧繇) 금릉의(金陵) 안락사(安樂寺)에(於) 두(兩) 용을(龍) 그리면서(畵) 눈동자에(睛) 점을 찍지(點) 아니하고(不) 늘(每) 말하기를(云) 이에(之) 점을 찍으면(點) 곧(卽) 날아(飛) 가리라 하였는데(去) 어떤 사람이(人) 잇게(妄) 된(爲) 까닭으로(以) 그(其) 하나에(一) 점을 찍으니(點) 이로 말미암아(因) 잠시(須) 잠깐에(臾) 천둥(雷) 벼락이(電) 벽을(壁) 깨

뜨리니(破) 한(一) 용은(龍) 하늘로(天) 올라가고(上) 눈에(眼) 점을 찍지(點) 아니한(不) 것의(者) 한(一) 용만(龍) 보여(見) 있더라(在)

出典(출전) – 水衡記(수형기)

**174. 換骨奪胎(환골탈태) – 선인의 詩(시)나 문장을 살리되 자기 나름의 새로움을 보태어 자기 작품으로 삼는 일로 古詩(고시)의 뜻은 바꾸지 아니하고 語句(어귀)를 만드는 것을 換骨이라 하며 古詩(고시)의 뜻을 본따서 語句를 지어 原詩(원시)와 다소 뜻을 다르게 하는 것을 奪胎라 하다.**

原文(원문) – 山谷曰 詩意無窮 而人之才有限 以有限之才 追無窮之意 雖淵明少陵 不得工也 然不易其意而造其語 謂之換骨法 規模其意形容之 謂之奪胎法
산곡왈 시의무궁 이인지재유한 이유한지재 추무궁지의 수연명소릉 부득공야 연불역기의이조기어 위지환골법 규모기의형용지 위지탈태법

直譯(직역) – 황산곡이라는 사람이(山谷) 말하되(曰) 시의(詩) 뜻은(意) 다함이(窮) 없으나(無) 하지만(而) 사람(人)의(之) 재주란(才) 한계가(限) 있어(有) 한계가(限) 있는(有) 이(之) 재주를(才) 가지고(以) 다함이(窮) 없는(無) 그(之) 뜻을(意) 이루기란(追) 비록(雖) 도연명이나(淵明) 두보라 하더라도(少陵) 교묘함을(工) 얻을 수(得) 없는(不) 것이니(也) 그리하여(然) 그(其) 뜻을(意) 바꾸지(易) 아니하고서(不) 그리고(而) 그(其) 말을(語) 만드는 것(造) 이것을(之) 환골법이라(換骨法) 말하고(謂) 그(其) 뜻을(意) 법과(規) 법으로 삼고(模) 이에(之) 모양을 만들고(形) 얼굴을 꾸미는 것(容) 이것을(之) 탈태법이라(奪胎法) 말 하니라(謂)

註解(주해) – 山谷 : 黃庭堅(황정견)의 자는 魯直(노직)이고 호는 山谷(산곡)이라 하는데 시인으로서의 명성이 높았으며 스승인 東坡 蘇軾(동파 소식)과 나란히 宋代(송대)를 대표하는 시인으로 꼽히고 書(서)에서는 蔡襄 · 蘇軾 · 米芾(채양 · 소식 · 미불)과 함께 北宋四大家(북송 4대가)의 한 사람으로 일컬어지며 활력 있는 行草書(행초서)에 뛰어났음.

淵明 : 字(자)는 淵明 또는 元亮(원량)이고 이름은 潛(잠)이라 하며 문 앞에 버드나무 5 그루를 심어 놓고 스스로 五柳(오류) 선생이라 칭하기도 하였고 향리의 전원에 퇴거하여 스스로 괭이를 들고 농경생활을 영위하여 가난과 병의 괴로움을 당하면서도 62세에 깨달음의 경지에 도달한 것처럼 그 생애를 마쳤는데 당대 이후는 六朝(6조) 최고의 시인으로서 그 이름이 높음.

少陵 : 杜甫(두보)의 字는 子美(자미)이고 호는 少陵이며 중국 최고의 시인으로 詩聖(시성)이라 불렸고 李白(이백)과 병칭하여 李杜(이두)라 일컫는데 특히 律體(율체)에 뛰어나 엄격한 형식에다 복잡한 감정을 세밀하게 노래하여 이 시형의 완성자로서 명예를 얻었으며 그의 시풍이 한국에 미친 영향은 지대함.

## 175. 誨人不倦(회인불권) – 사람을 가르침에 게을리 하지 아니하다.

參照(참조) → 學而不厭(학이불염)

## 176. 後生可畏(후생가외) – 뒤에 나온 사람이 두려움이 되다.

原文(원문) – 子曰 後生可畏 焉知來者之不如今也 四十五而無聞焉 斯亦不足畏也已
자왈 후생가외 언지래자지불여금야 사십오이무문언 사역부족외야이

直譯(직역) – 공자께서(子) 말씀하시되(曰) 뒤에(後) 나온 사람이(生) 두려움이(畏) 될 것이니(可) 어찌(焉) 오는(來) 자(者) 이 사람이(之) 오늘만(今) 같지(如) 아니할 줄(不) 알게(知) 되겠는가(也) 마흔(四十) 다섯이고도(五) 곧(而) 이에(焉) 들림이(聞) 없다면(無) 이(斯) 또한(亦) 두렵다 하기에(畏) 족하지(足) 아니 할(不) 뿐 일(也) 따름이다 하시더라(已)

註解(주해) – 不 : ①아니 불. 不滿(불만). ②아니 부. 不足(부족).

出典(출전) – 論語 子罕篇(논어 자한편)

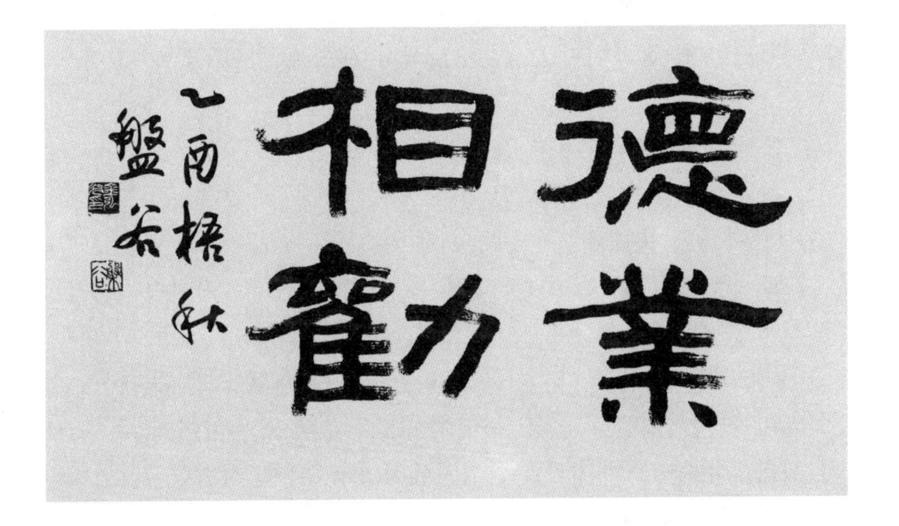

命 題(명 제) : 德業相勸(덕업상권)

書 體(서 체) : 隷書(예서)

規 格(규 격) : 64×38cm

內 容(내 용) : 本書(본서) 附錄(부록) 四字成語眞寶(사자성어진보) 參照(참조)

斷 想(단 상) : 2005. 제2회 개인전 작품이다. 좋은 행실을 서로 권장하라는 뜻이다. 鄕約(향약)에 좋은 행실은 서로 권장하고, 허물은 감싸주고, 아름다운 풍속은 서로 나누고, 어려운 일은 서로 도와주자는 네 덕목이 있었다.

# 附錄 5. <韓國漢詩眞寶> 正誤表

<韓國漢詩眞寶>에 대한 애정과 책임을 갖고 초판 및 재판에 대한 정오표를 아래와 같이 만들었다. 도움을 주신 독자 여러분들에게 감사를 드린다. 홈페이지 losong.co.kr에서 새롭게 확인 할 수 있다.

回 재판(2003.7)에 대한 정오표

① 32쪽 7행 照宮刀→照弓刀

② 115쪽 3행 來樹間→在樹間 4행 啼深野→啼深壑 塵廬靜→塵慮靜 5행 래수간→재수간 6행 제심야→제심학 진여정→진려정(서울 신상열)

8행 가을 소리 온다→가을 소리 들린다 11행 깊은 들에선→깊은 골짜기에선 16행 사이에서(間) 오네(來)→사이에(間) 있네(在) 19행 들에서(野)→골짜기에서(壑) 21행 더럽힌→더렵혀진 집(廬)→생각(慮)

③ 134쪽 3행 連欖起→連檻起 5행 연람기→연함기 17행 난간에(欖)→난간에(檻)(춘천 권영이)

④ 176쪽 작품 협서 忘見竹→乍見竹(논산 윤세중)

⑤ 206쪽 11행 공리(功利)→명리(名利) 15행 공훈과(功)→명예와(名)(익산 오경자)

⑥ 265쪽 아래서 2행 欲→慾

⑦ 268쪽 9행 霜楓→霜風(서울 신상열)

⑧ 275쪽 8행 肅然(숙연)→蕭然(소연)(광주 김우근)

⑨ 278쪽 1행 春心→春深(서울 김동연)

⑩ 311쪽 4행 爽情神→爽精神(광명 박인옥)

⑪ 428쪽 3행 유시위아축신지→유시위아축신기(울산 조규대)

回 초판(2002.2)에 대한 정오표

① 머릿글 16행 활용할 수 있도록→활용할 수 있도록 진하게 처리하였고

② 32쪽 7행 照宮刀→照弓刀

③ 60쪽 7행 磧川寺(책천사)→磧川寺(적천사)

④ 74쪽 11행 베 짜는(織) 여자는(女) 소(牛) 끌고 다니는 사람(牽) 떠난(別) 뒤에(後)→소(牛) 끌고 다니는 사람과(牽) 떨어져(離) 헤어진(別) 뒤에(後)

⑤ 85쪽 6행 고주독거경→고범독거경(서울 0 여사)

⑥ 100쪽 4행 何處有→何處遊(서울 박권용)

⑦ 115쪽 4행 集豪端→集毫端 아래서 2행 豪端→毫端(김제 유재임)

⑧ 115쪽 3행 來樹間→在樹間 4행 啼深野→啼深壑 塵廬靜→塵慮靜(서울 신상열)

5행 래수간→재수간 6행 제심야→제심학 진여정→진려정 8행 가을 소리 온다→가을 소리 들린다 11행 깊은 들에선→깊은 골짜기에선 16행 사이에서(間) 오네(來)→사이에(間) 있네(在) 19행 들에서(野)→골짜기에서(壑) 21행 더럽힌→더렵혀진 집(廬)→생각(慮)

⑨ 133쪽 3행 意勝集→宜勝集(대전 어영선)

⑩ 134쪽 3행 連欖起→連檻起 5행 연람기→연함기 17행 난간에(欖)→난간에(檻)(춘천 권영이)

⑪ 176쪽 작품 협서 忘見竹→乍見竹(논산 윤세중)

⑫ 197쪽 끝 기우네→기우노라

⑬ 206쪽 11행 공리(功利)→명리(名利) 15행 공훈과(功)→명예와(名)(익산 오경자)

⑭ 265쪽 아래서 2행 欲→慾
⑮ 268쪽 9행 霜楓→霜風(서울 신상열)
⑯ 275쪽 8행 肅然(숙연)→蕭然(소연)(광주 김우근)
⑰ 278쪽 1행 春心→春深(서울 김동연)
⑱ 310쪽 [金文－行書－禪居]→[印篆－한글]
⑲ 311쪽 4행 爽情神→爽精神(광명 박인옥)
⑳ 428쪽 3행 유시위아축신지→유시위아축신기(울산 조규대)
㉑ 435쪽 부 록→색 인 · 부 록
㉒ 436쪽 끝 [金文行書]→[金文－行書]
㉓ 437쪽 [知足－印篆－金文]→[印篆－金文]
㉔ 445쪽 오른쪽 6행 自隋時→自隨時

<韓國漢詩眞寶(한국한시진보)>를 애독해 주시고 격려해 주신 모든 분들에게 감사드린다. 중국에서 온 편지와 국내에서 보내준 편지 중 한 편씩 짧게 소개한다.

命 題(명 제) : 擊壤聲
(격양성)

書 體(서 체) : 行書(행서) · 金文(금문) · 한글

規 格(규 격) : 35×69cm

內 容(내 용) : 本書(본서) 355. 插秧(삽앙) 參照(참조)

斷 想(단 상) : 2005. 제2회 개인전 작품이다. 중국 堯(요) 임금 때 늙은 농부가 땅을 두드리며 천하가 태평함을 노래한 것이 擊壤歌(격양가)인데, 풍년의 노래 소리가 擊壤聲(격양성)이다. 날마다 곳마다 擊壤聲으로 가득 했으면 좋겠다.

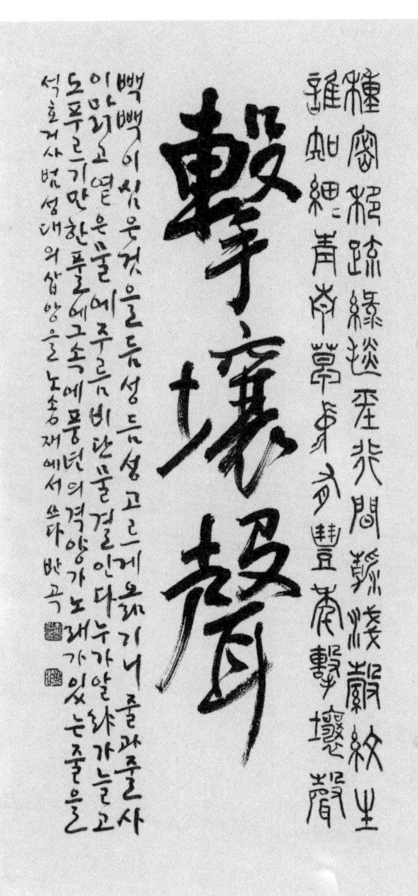

김홍광 金弘光 KIM HONG-GWANG

拙號 : 盤谷 · 솔벗 · 老松齋 · 德裕山人 · 自樂堂

■ **學 歷**
- 全北 長水教育廳 長溪初 · 中學校 卒業
- 全州師範學校 卒業
- 全州大學校 師範大學 漢文教育科 卒業
- 全北大學校 教育大學院 教育行政專攻('82碩士)

■ **書 歷**
- 大韓民國書藝大展(書協) 招待作家 · 審査('03)
- 全羅北道書藝大展(書協) 招待作家 · 審査('98. '00) · 運營委員('02)
- 제3회 韓中書藝交流展(韓國書藝協會 中國書法家協會)('05)
- 韓國漢詩眞寶 出版記念 個人展('02 全北學生綜合會館)-自省自顧展
- 中國漢詩眞寶 出版記念 個人展('05 全北學生綜合會館)-自醉自樂展

■ **經 歷**
- 全羅北道內 初 · 特殊 · 中 · 高等學校 勤務
- 長水教育廳 溪北中學校 校長('04. 2. 퇴임)
- 中部大學校 招聘敎授(歷)
- (社)大韓老人會 全北聯合 老人指導者大學長

■ **著 書**
- 韓國漢詩眞寶 (서울 이화출판사 '02) -2003 이화출판사 우량도서 선정기념 재판 발행
- 中國漢詩眞寶(서울 이화출판사 '05)
- 漢詩로 스승삼고 墨香으로 벗을 삼아 (서울 이화출판사 '05)

■ **賞 勳**
- 황조근정훈장(2004. 2. 28)-대통령

電話 : 自宅 ☎ (063) 285-2909, (063) 285-4509

# 中國漢詩眞寶

2020年 3月 1日 인쇄
2020年 3月 15日 발행

**編著者** 金 弘 光

**발행처** ㈜이화문화출판사
**발행인** 이 홍 연 · 이 선 화

**등록번호** 제300-2015-92호
**주소** 서울시 종로구 인사동길 12, 311호
**전화** 02-732-7091~3 (도서 주문처)
**FAX** 02-725-5153
**홈페이지** www.makebook.net

**값 30,000원**